教育部人文社会科学研究规划基金项目

美国小说研究

在中国的历史嬗变
及其效应研究

 任虎军

著

中国社会科学出版社

图书在版编目（CIP）数据

美国小说研究在中国的历史嬗变及其效应研究／任虎军著．—北京：
中国社会科学出版社，2017.6
ISBN 978 - 7 - 5203 - 0742 - 0

Ⅰ.①美…　Ⅱ.①任…　Ⅲ.①小说研究 - 美国　Ⅳ.①I712.074

中国版本图书馆 CIP 数据核字（2017）第 173997 号

出　版　人	赵剑英
责任编辑	曲弘梅
责任校对	闫　萃
责任印制	戴　宽

出　　版	中国社会科学出版社
社　　址	北京鼓楼西大街甲 158 号
邮　　编	100720
网　　址	http：//www.csspw.cn
发 行 部	010 - 84083685
门 市 部	010 - 84029450
经　　销	新华书店及其他书店

印刷装订	北京君升印刷有限公司
版　　次	2017 年 6 月第 1 版
印　　次	2017 年 6 月第 1 次印刷

开　　本	710×1000　1/16
印　　张	31
插　　页	2
字　　数	463 千字
定　　价	138.00 元

凡购买中国社会科学出版社图书，如有质量问题请与本社营销中心联系调换
电话：010 - 84083683

序

　　四川外国语大学任虎军教授邀我为其《美国小说研究在中国的历史嬗变及其效应研究》一书写"序"，我深感力不从心，却义不容辞，便欣然允诺。

　　我与虎军教授可谓忘年之交，虽然从未一起学习过，也未一起工作过，但可以说，我目睹了他的成长与发展。

　　青年时期，他勤奋好学，品学兼优，先后在西北师范大学和南开大学获得英语语言文学专业硕士和博士学位，这为他后来的发展奠定了坚实的语言与文学功底；中年之初，他获国家留学基金委资助，访学英国剑桥大学。访学期间，他读书钻研，孜孜不倦，收集了大量美国文学研究资料、书写整理了不少读书札记，为自己回国后的美国文学教学与研究工作做好了充分的精神与能力准备，蓄足了底气。

　　他的人生阅历、知识储备、素质修养，使他在"天命"之年，如日中天，精神饱满、精力充沛地投身教学与科研工作，先后承担并完成了重庆市教委人文社会科学研究项目和教育部人文社会科学研究项目，目前正致力于国家社科基金项目研究。他做事认真，低调谦逊，学风严谨，稳重笃实，成绩显著。

　　《美国小说研究在中国的历史嬗变及其效应研究》是虎军教授2013年5月获批立项的教育部人文社会科学研究规划基金项目成果。冬去春来，不辞辛苦，潜心研究，铸成此书，鸿篇巨著，脱稿付梓，由中国社会科学出版社出版，实乃国内美国小说研究乃至美国文学研究方面的一大快事，可喜可贺！

《美国小说研究在中国的历史嬗变及其效应研究》（以下简称《研究》）是一部中国美国小说研究之研究的百科全书，无论美国小说研究者抑或美国小说爱好者，只要拿起并翻开它，读上几行，便会爱不释手，反复品读玩味，因为它不落俗套，极具特色。

首先，《研究》从整体角度历时性全面系统地研究了20世纪初以来到2015年我国美国小说研究的历史嬗变及其效应，是国内第一部深入系统研究美国小说学术史的论著，弥补了过去美国小说学术史研究存在的多"点"少"面"之不足（主要针对某位经典小说家、某部经典小说、某种类别小说和某历史阶段的研究情况，目前还没有出现对美国小说研究情况进行整体研究的论著，也没有出现对美国小说研究在我国的历史嬗变及其效应进行研究的论著或论文）。

其次，《研究》不仅全面系统地探讨了我国百年美国小说研究的历史走向，总结了研究取得的成就和存在的不足，而且还探讨了美国小说研究的文学和文化效应，展望了未来我国美国小说研究的发展趋势，对我国美国小说研究的进一步发展具有十分重要的意义和作用。

再次，《研究》对我国百年美国小说学术史进行了点、线、面式的研究，将宏观理论概括与微观文本细读相结合，既有历时比较研究，亦有共时互文阐发，涉及文献多，时间跨度大，但主线明确，层次清晰。

最后，《研究》将研究文本与历史语境相结合，从多元多维角度通过大量翔实的资料分析、条分缕析的归纳和有理有据的阐述，揭示了一个世纪以来我国美国小说研究从意识形态化到去意识形态化、从阶级分析走向艺术性分析、从单维单向研究到多维多元研究的历史转变，研究视角与研究内容的多维多元性在以往相关研究中并不多见。

《研究》独具匠心，颇多亮点：

一　选题新颖、目的明确、观点正确、内容丰富，学术和理论意义较大

《研究》旨在研究美国小说研究在中国的历史嬗变及其效应，选题很好。它通过总结梳理分析百年中国美国小说研究的成败，展望未来中

国美国小说研究的发展趋势，为未来中国美国小说研究提供参照，目的非常明确。它认为中国美国小说研究受社会历史环境变化影响，其研究过程是中国读者认识和接受、中国学界认识与再认识美国小说的过程，是中美文化与文学交流并对中国现当代小说发展产生积极影响的过程，观点正确。

《研究》由"绪论"、"意识形态化的美国小说研究"、"去意识形态化的美国小说研究"、"走向多元化的美国小说研究"、"美国小说研究的文化与文学效应"和"结语"六部分构成，以"历史嬗变"为线，从"点"到"面"深入系统研究了百年中国美国小说研究从"意识形态化"到"去意识形态化"再到"多元化"的历史发展及其效应，凸显了 20 世纪初以来到 21 世纪前 15 年中国美国小说研究的历史走向以及美国小说研究对以莫言、贾平凹、王朔、王蒙等为代表的中国现当代小说家在艺术主张、创作题材、主题思想、艺术手法和语言风格等方面产生的重要影响，内容丰富。

《研究》大小章节，绪论结语，均先立论概述，论之有理，言出有因；再举例论证，证之有据，言而有信；大小篇章，前后均有简言归纳，小语总结，令人信服，"结语"部分针对未来中国美国小说研究发展趋势提出的"反思"与"创新"之见，可谓中国美国小说研究发展方向的引路明灯，对中国美国小说研究发展具有重要的学术和理论意义，颇具参考价值。

二 切入问题准确，"绪论"提纲挈领，导读全书

美国文学研究是中国外国文学研究不可分割的重要部分，美国小说研究自然是美国文学研究的重要部分。美国小说研究在中国已有百余年的历史，对百年中国美国小说研究的历史发展进行研究，这对推动中国美国小说研究的进一步发展，具有极其重要的意义和作用。国内研究美国文学和美国小说的人很多，而且日益增多，研究成果可谓汗牛充栋，但深入系统研究百年中国美国小说研究的历史发展及其效应的，虎军教授可谓第一人。从这个意义上讲，《研究》的意义和作用无疑是深远的。

《研究》提纲挈领，"绪论"部分从国内外美国小说研究现状与存在问题切入，言简意赅地交代了研究的目的、观点与思路，然后考证了美国小说在中国的出现及其研究的兴起，概括分析了百年中国美国小说研究从意识形态批评逐步向非意识形态批评和多元文学与文化批评的历史走向以及美国小说研究所产生的重要文化与文学效应，指出美国小说研究促进了美国小说和美国文化在中国的传播与接受，让中国普通读者"结识"了不少美国小说家、阅读了大量美国小说介绍和美国小说，促进了中国读者对美国文化的了解，促进了中美文化交流，并使不少中国现当代著名小说家熟悉并接受了不少美国现当代著名小说家的艺术主张、创作题材、主题思想、艺术手法和语言风格，从而对中国现当代小说产生了重要影响。"绪论"向读者勾勒了百年中国美国小说研究的轮廓与面貌，从整体角度展现了百年中国美国小说研究取得的成就与存在的不足，同时乐观地展望了未来中国美国小说研究的发展趋势，为读者阅读以后章节内容起到了非常重要的"导读"作用。

三 "三化"全景凸显中国美国小说研究之"历史嬗变"，"效应"全面彰显中国美国小说研究之"重要影响"，"反思与创新"清晰展望中国美国小说研究之"发展趋势"

《研究》将百年中国美国小说研究的历史发展划分为三个时段：1901—1978年、1979—1999年、2000—2015年，符合中国美国小说研究之生态"季节"，准确合理；"三化"（意识形态化、去意识形态化、多元化）研究，问题精准，分得有条，析得在理，繁而不乱，归类有序，各得其所，清晰地再现了各个时段中国美国小说研究的热点、角度、方法和走向，成功凸显了百年中国美国小说研究的"历史嬗变"。

首先，《研究》聚焦于1901—1978年中国的美国小说研究，指出：19世纪后半叶，随着华盛顿·欧文的短篇小说《瑞普·凡·温克尔》进入中国，美国小说开始逐渐进入中国批评界；20世纪上半叶出现了不少美国小说研究成果，但大都是评介性的，真正意义上的研究较少；20世纪中叶开始到1978年"改革开放"，中国美国小说研究有了深入发展，但意识形态倾向明显，用阶级分析的方法、从阶级性、革命性和

斗争性视角对美国小说的人物和主题以及美国小说家创作思想等进行意
识形态化探究成为这一时期中国美国小说研究的突出特征与主导走势，
除了"几个当时被认为是进步的、属于批判现实主义流派的作家"，大
多数美国小说家及小说都被"流放"出中国文学批评界。因此，《研
究》将这一时期中国的美国小说研究称为"意识形态化的美国小说研
究"是非常准确的。

然后，《研究》聚焦于1979—1999年中国的美国小说研究，认为：
随着"改革开放"的深入，中国的美国小说研究呈现出新的特征和新
的走势，出现两种明确的倾向，一是去政治化倾向，二是文学审美倾
向。这一时期，社会政治意识形态对中国美国小说研究的影响逐渐淡
化，美国小说研究范围逐步扩大，研究对象逐步增多，研究不仅关注美
国白人小说，而且关注美国黑人小说、犹太小说、华裔小说、印第安小
说等少数族裔小说，研究中的意识形态话语逐步减少、非意识形态话语
逐渐增多、文学审美倾向日益凸显，研究注重对美国小说艺术和主题进
行多维分析，尤其是从新的角度对美国小说人物形象进行去固化型分
析，使读者对许多美国小说人物有了新的认识和新的形象定位。这一时
期，中国的美国小说研究论文和论著频现不鲜，既有概论性研究，也有
具体作家作品分析研究，还有美国小说研究之研究，研究呈现出明显的
"去意识形态化"态势。

最后，《研究》聚焦于21世纪前15年中国的美国小说研究，认为：
21世纪以来，美国白人经典小说与非经典小说（浪漫主义的、现实主
义的、自然主义的、现代的和当代的）和21世纪的新秀新作以及美国
少数族裔小说（黑人小说、犹太小说、华裔小说、印第安小说等）如
雨后春笋般源源不断地进入中国批评界，"中国出版美国小说研究及相
关研究学术著作380余部，发表美国小说研究论文不计其数"。这一时
期，中国美国小说研究更加注重美国小说家及其作品的文学审美价值，
研究呈现出多元化发展态势，既有总论性研究，也有具体作家及作品分
析研究，还有总结、回顾和反思过去研究成果的综述性研究；研究方法
也呈现出多元化态势，既有多元文学批评方法，亦有语言学研究方法和
其他跨学科研究方法。研究者运用多元文学批评方法（如新历史主义批

评、后殖民主义批评、生态批评、女性主义批评、生态女性主义批评、结构主义批评、精神分析批评、意识形态批评等）研究并解读美国小说中的个人、社会、种族、阶级、性别、政治、历史、文化、宗教、自然、生态、空间、权力、权利、自由、平等、爱情、人生、伦理道德、人类生存、个性发展、生活哲理等多维主题关注；借用语言学（如文体学、语用学、认知语言学、修辞学、语义学、社会语言学等）相关理论方法研究美国小说中的主题、隐喻、人名、符号矩阵特征、反讽手法、夸张修辞、语言特点、语篇特征、文体特征、人生意义、叙述艺术、艺术视角等；采用跨学科（如艺术学、美学、神话学、宗教学、神学、影视学、医学、物理学、民俗学、人类学等）研究方法研究美国小说中的话语态度、反衬意象、原始图腾、暗含意义、象征传说等。这些研究方法的运用给中国美国小说研究带来了一股清新之风，开创了一片崭新局面，展现了 21 世纪中国美国小说研究多元发展、多彩纷呈的繁荣景象。

《研究》认为，20 世纪初以来到 21 世纪前 15 年中国美国小说研究"产生了积极的效应"：由于中国批评界对美国小说的研究，认识并接受美国小说的中国读者不断增多，进入中国批评界的美国小说成倍增加，美国小说在中国外国文学领域的占比分量增大，加快了美国文化在中国的传播，促进了中国读者对美国文化的认识、理解、反思、批评与接受，美国小说的艺术主张、创作题材、主题思想、艺术手法和语言风格对中国现当代小说产生了重要影响，丰富并改变着中国现当代小说创作。《研究》观点颇有见地，令人信服。

《研究》还在总结百年中国美国小说研究成就和不足的基础上，展望性地指出：未来中国美国小说研究一定会重视"反思性研究"与"创新研究"，会进一步加强"经典小说家和经典小说重读"，会更多重视"非经典小说家和非经典小说研究"，会更多关注"边缘少数族裔小说家及小说"，会进一步利用"跨学科研究方法"拓展美国小说研究，会更加重视"美国小说学术史研究"。这些展望，对推动中国美国小说研究进一步发展，无疑具有十分重要的引领作用。

四　文献资料引用翔实，学术文风规范，"主要参考文献"的文献参考价值较大

《研究》涉及参考文献众多，凡引用文献，均有出处，其"主要参考文献"部分的文献多达数百部（篇），其中既有国内外知名专家学者之学术经典，亦有作者鲜为人知但却很有学术分量的论文华章，这些文献虽然没有涵盖国内外所有美国小说的研究成果，却几乎涵盖了国内所有非常重要的美国小说（文学）研究文献，可以说为国内美国小说研究者和爱好者列出了一份全面且极为有用的美国小说（文学）研究参考文献清单，同时也表明了虎军教授涉猎广泛、文风端正、学术规范的人品与文品。

《研究》的"特色"与"亮点"，铸造了其价值与贡献。《研究》沿着百年中国美国小说研究的"历史嬗变"轨迹一路走来，在总结梳理取得成绩与存在不足的基础上，前瞻性地认为，"未来中国的美国小说研究会继承过去百年研究的优良传统，也会回看和反思过去研究中存在的问题与不足，创新是未来中国美国小说研究的基调，决定了美国小说研究的发展趋势"，那就是：未来中国美国小说研究会重视"反思性研究"、"经典小说家和经典小说重读研究"及"美国小说学术史研究"，重视"研究对象创新"、"研究视角创新"和"研究方法创新"，重视"从中国本土视角进行审视批评和从跨学科视角进行创新研究"，重视纵横"比较研究"，深入探讨美国小说"在成长发展过程中的成就与缺失、特色与不足、亮点与瑕疵"。这些"预见"，可信服人，毋庸置疑。

中国美国小说研究已有百余年的历史，如今虽说不是什么新鲜事，但如此全面系统研究"美国小说研究在中国的历史嬗变及其效应"的研究者屈指可数，给众多小说家、小说及小说论著和论文列位排座，任务艰巨，工程浩大，若缺少毅力，决心不足，则很难完成。居他人之后，看他人之事，则易；处他人之位，为他人之事，则难。所以，应该真诚地感谢虎军教授在美国小说研究方面所做出的重大贡献，这一贡献会有力促进中国美国小说研究进一步深入发展。

19 世纪英国伟大的道德学家塞缪尔·斯迈尔斯在他的《书谊》中这样写道：“看一个人读些什么书，同些什么人交往就能知道他的为人。因为人生在世有与人为友的，也有与书为友的。无论是书友还是朋友，人们都应该生活在最好的书和最好的朋友之中。”《美国小说研究在中国的历史嬗变及其效应研究》是一部好书，值得国内从事美国文学研究工作者借鉴参考，也方便国内美国文学和美国小说爱好者阅读学习。

《研究》无疑为中国美国小说研究发展补给了“正能量”，为中国美国文学研究做出了积极贡献。贡献在当前，其功在未来，意义重大，影响深远。

最后，真诚地希望虎军教授在美国小说研究领域不断耕耘探索，补前人所未及，启后者之未来，继续谱写美国小说研究的新篇章。

王柏国

2017 年 3 月 7 日于青岛

目　　录

绪　　论

第一节　美国小说研究之研究概说

外国文学研究之研究是外国文学研究中非常值得关注的现象。20世纪末，吴元迈先生在第六届中国外国文学学会年会上指出："外国文学学即外国文学研究的研究，对吸取百年以来外国文学研究进程中的经验与教训，对外国文学研究的进一步发展，具有重要的意义和作用。"① 美国文学研究是外国文学研究的重要组成部分，美国小说研究则是美国文学研究的重要组成部分。作为外国文学研究的重要分支，中国的美国小说研究已有百年的历史，对中国的美国小说研究进行研究，对吸取百年以来中国美国小说研究进程中的经验与教训，对中国美国小说研究的进一步发展，具有极其重要的意义和作用。

一　国内外美国小说研究之研究：现状与问题

国外美国文学研究之研究始于 20 世纪初。1917 年，美国哥伦比亚大学出版社出版了哈罗德·埃尔默·曼兹（Harold Elmer Mantz）的专著《1850 年前的法国美国文学批评》，该书系统介绍了 19 世纪初到 1850 年法国的美国文学研究情况。此后，自 1929 年以来，先后有人研究过美国文学在美国境外的研究与接受情况，主要有两类：一类对美国小说、诗歌和戏剧研究进行整体性笼统研究，如约翰·赫伯特·纳尔森

---

① 吴元迈：《回顾与思考——新中国外国文学研究 50 年》，《外国文学研究》2000 年第 1 期。

（John Herbert Nelson）的《德国美国文学研究》（1929）、H. 卢德科（H. Lüdeke）的《美国文学在德国：1931—1933 年批评研究报告》（1934）、简·西蒙（Jean Simon）的《美国文学在法国》（1934）、L. 巴拉－加亚德博士（Dr. L. Balla-Cayard）的《1900—1945 年德国美国文学研究学位论文》（1952）、威廉·A. 阿蒙斯特朗（William A. Armstrong）、D. S. 卫兰（D. S. R. Welland）和马尔库塞·卡恩利佛（Marcus Cunliffe）的《美国文学在英国》（1956）、卡尔·L. 安德森（Carl L. Anderson）的《美国文学在瑞典的接受》（费城大学出版社1957 年版）、查尔斯·安格佛（Charles Angoff）的《美国文学在欧洲和以色列》（1965）、阿尔敏·保罗·弗兰克（Armin Paul Frank）的《美国文学在德国》（1966）、赛格弗里德·缪斯（Siegfried Mews）的《十九世纪晚期美国作家在德国的接受》（1969）、博里斯·吉伦逊（Boris Gilenson）的《当代美国小说在苏联》（1973）和《美国文学在苏联》（1975）、娜塔莉亚·克里索斯卡（Natalia Klissourska）的《美国文学在保加利亚》（1991）和尹晓煌（Xiao-huang Yin）的《进步与问题：中国后毛时代的美国文学研究》（1991）等；另一类对单个作家或单部作品研究进行研究，如约翰·C. 菲斯克（John C. Fiske）的《苏联批评中的赫尔曼·梅尔维尔》（1953）、德明·布朗（Deming Brown）的《苏联的多斯·帕索斯研究》（1953）和《海明威在苏联》（1953）、雷兰·R. 菲尔普斯（Leland R. Phelps）的《〈白鲸〉在德国》（1958）、斯蒂芬·简·帕尔克（Stephen Jan Parker）的《海明威在苏联的复活：1955—1962》（1964）、尤里·普利赞尔（Yuri Prizel）的《苏联文学批评中的海明威》（1972）、玛丽苏·施丽柏尔（MarySue Schriber）的《舍伍德·安德森在法国：1919—1939》（1977）、大桥（Kichinosuki Ohashi）的《舍伍德·安德森在日本：早期阶段》（1977）、尹晓煌（Xiao-huang Yin）的《〈红字〉在中国》（1987）、伯谷嘉信（Yoshinobu Hakutani）和木内彻（Toru Kiuchi）的《詹姆斯·鲍德温在日本的批评接受》（1991）、木内彻（Toru Kiuchi）和伯谷嘉信（Yoshinobu Hakutani）的《理查德·赖特在日本的批评反应》（1997）、马蒂·萨沃莱侬（Matti Savolainen）的《约克纳帕塔法致命的血滴：论福克纳在芬兰的翻译与接受》（2000）和王兰明（Wang Lan-ming）的《托马斯·沃尔夫研究在中国》（2010）等。这些研究中，除了《〈红字〉在中国》、《进步与问题：中国后毛时代的美国文学研究》和《托马斯·沃尔夫研究在中国》，国外几乎没有人研究过美国文学在中国的研究与接受情况。《进步与问题：中国后毛时代的美国文学研究》虽然对1978—1990年美国文学在中国的研究与接受情况做了比较系统的介绍，但自1991年以来，国外还没有出现专门研究美国文学或美国小说在中国的研究与接受情况的专著。

国内美国文学研究之研究始于20世纪80年代末，绝大多数是美国小说研究之研究，研究成果多以论文形式出现。就研究模式而言，国内美国小说研究之研究主要有六类：

1. 小说家研究之研究，如姜岳斌和沈建青的《国内海明威研究述评》（1989），邱平壤编著的《海明威研究在中国》（黑龙江教育出版社1990年版），郭英剑的《中国二十世纪三、四十年代的赛珍珠研究》（1999），郭英剑和王弋璇的《约翰·厄普代克研究在中国》（2005），杨仁敬编著的《海明威在中国》（厦门大学出版社2006年版），杜志卿的《托妮·莫里森研究在中国》（2007），舒奇志的《霍桑研究在中国》（2007），何宁的《菲茨杰拉德研究与中国》（2008），杨金才和朱云的《中国的塞林格研究》（2010），苏鑫的《菲利普·罗斯研究在中国》（2010），尹志慧和曹霞的《福克纳研究在中国：2000—2010》（2011），许燕的《国内外薇拉·凯瑟研究述评》（2011），汪汉利的《索尔·贝娄在中国的传播与接受》（2011），杨仁敬的《海明威：美国文学批评八十年》（上海外语教育出版社2012年版），李怀波的《选择·接受·误读：杰克·伦敦在中国的形象研究》（南京大学出版社2012年版），王丽亚的《新中国六十年亨利·詹姆斯小说研究之考察与分析》（2012），张威和王春的《托马斯·沃尔夫在中国的译介与接受》（2012），杨仁敬的《海明威学术史研究》（译林出版社2014年版），程锡麟的《菲茨杰拉德学术史研究》（译林出版社2014年版），朱振武的《福克纳的创作流变及其在中国的接受和影响》（人民文学出版社2015年版）和申丹、王邦维总主编的《新中国60年外国文学研究（第一卷

下）：外国小说研究》（北京大学出版社 2015 年版）之第三章"英美爱
小说研究"中的美国小说研究等；

2. 经典小说研究之研究，如张玉霞的《美国通俗小说经典〈飘〉
研究综论》（2009）、黄协安的《厄普代克的"兔子故事"在中国的译
介和研究》（2009）、张婷婷和张跃军的《美国墨西哥裔女性的声
音——近 30 年〈芒果街上的小屋〉研究综述》（2011）和杜志卿的
《〈宠儿〉研究在中国》（2012）等；

3. 类别小说研究之研究，如张龙海的《华裔美国文学研究在中国》
（2005）、郭巍的《美国原住民文学研究在中国》（2007）、弥沙的
《"新冒现的文学"——华裔美国文学研究综述》（2009）、方岩的《国
内近十年来美国西部小说研究综述》（2009）、乔国强的《中国美国犹
太文学研究的现状》（2009）、郭英剑的《华裔美国文学研究：现状与
问题》（2010）、林元富的《历史与书写——当代美国新奴隶叙述研究
述评》（2011）、李公昭的《分裂的声音——美国内战小说与评论综述》
（2009）与《美国战争小说研究在中国》（2011）和佘军的《中国的美
国新现实主义小说研究》（2012）等；

4. 某历史阶段美国小说研究之研究，如施咸荣的《近十年美国文
学在中国》（1989），罗小云的《从接受到对话——改革开放后美国文
学研究在我国的复兴》（2002）和芮渝萍、范谊和刘春慧的《中国"十
五"期间美国小说研究》（2005）等；

5. 美国小说研究专著之研究，如章柳的《评毛信德〈美国小说发
展史〉》（2005）、王忠祥的《一部出色而厚重的学术著作——评杨仁敬
〈海明威在中国〉（增订本）》（2006）、钱青的《我国第一部美国黑人
小说史》（2006）和黄卫峰的《美国黑人小说研究的里程碑——评〈20
世纪美国黑人小说史〉》（2007）等；

6. 美国小说译介与接受之研究，如马士奎的《塑造美国形象——
"文革"期间对美国当代文学作品的译介》（2009），田丰、吴非晓的
《论凯特·肖邦的〈觉醒〉在中国的接受》（2010），彭书跃的《杰
克·伦敦小说接受路线图——杰克·伦敦 1919 年—1979 年作品接受情
况浅析》（2010），孙会军、郑庆珠的《新时期英美文学在中国大陆的

翻译（1976—2008）》（2010）和常润芳的《欧·亨利作品在中国的译介与影响》（2010）等。

从上述六种研究模式可以看出，国内美国小说研究之研究存在以下问题：

1. 对影响较大知名度较高的小说家和小说研究的研究较多，而对影响较小、知名度较低的小说家和小说研究的研究较少。

2. 对美国小说分类研究的研究较多，但对美国小说整体研究的研究较少。

3. 对美国小说断代研究的研究较多，但对百年来美国小说研究的历史嬗变的研究较少。

4. 对美国小说研究的本体研究较多，但对美国小说研究的文化与文学效应的研究较少。

上述问题表明，国内美国小说研究之研究存在多"点"少"面"的现象，从整体角度全面系统地研究中国美国小说研究的历史嬗变及其效应尚未受到学界重视。

二　本书的研究目的、观点与思路

基于国内外美国小说研究之研究的现状和存在的问题，本书对20世纪初以来中国美国小说研究进行了整体性历时研究，探讨了其历史嬗变及其效应，总结了百年美国小说研究中的成功与失败，展望了未来美国小说研究的发展趋势，为未来中国美国小说研究提供参照。

本书主要以20世纪初以来至2015年中国美国小说研究论文和论著为研究对象，探讨了中国美国小说研究在百年进程中的历史嬗变及其文化与文学效应，主要凸显了以下观点：

第一，中国美国小说研究受社会历史环境变化影响，改革开放前70多年（1901—1978年）以意识形态批评为主，注重探讨作家和作品的意识形态性；改革开放后20年（1979—1999年）的研究逐步摆脱了社会政治意识形态影响，呈现出明显的去意识形态化倾向，但比较注重经典作家和经典作品研究；21世纪以来（2000—2015年）的研究以多元文化批评为主，注重文本与文化关系研究。

第二，中国美国小说研究过程是美国小说在中国传播与接受的过程，是主流经典小说家及其作品不断被重读和非主流小说家及其作品逐步经典化的过程，是中国读者认识和接受美国小说的过程，是中国学界认识与再认识美国小说的过程。

第三，中国美国小说研究过程是中美文化与文学交流的过程，美国小说研究对中国现当代小说发展产生了积极的影响。

第四，中国百年美国小说研究为中国外国文学研究的发展做出了巨大贡献，但研究者的中国视角意识较为淡薄。

本书以文学接受批评和新历史主义文学批评为理论参照，通过细读自 20 世纪初以来国内重要学术期刊发表的美国小说研究论文和重要出版社出版的美国小说研究论著及相关研究学术论文与论著，努力挖掘了三个不同历史时期（1901—1978 年、1979—1999 年、2000—2015 年）美国小说研究的热点、角度、方法和总体走向，探讨了中国美国小说研究在百年进程中如何从意识形态批评逐步走向非意识形态批评和多元文化批评的历史嬗变及其文化和文学效应，总结了百年美国小说研究中的成功经验和失败教训，展望了未来美国小说研究的发展趋势。

本书研究了 20 世纪初以来至 2015 年中国的美国小说研究，书中涉及美国小说家和小说很多，所有小说家首次出现时均显示其全名（如威廉·福克纳），再次出现时只显示其姓（如福克纳），但异名同姓者（如菲利普·罗斯、亨利·罗斯）或在当代中国批评界出现较少因而不为当代中国读者所熟知的 20 世纪之前的非经典小说家抑或 21 世纪出现的文坛新秀，再次出现时也显示其全名。引文中出现的美国小说家或小说，本书保留了其在原文中出现的面貌；凡与批评界普遍使用的现行译名不一致者，其后方括号内注明了现行译名或圆括号内加注说明了现行译名。本书中出现的音译美国小说家的名字和小说的名称，其后圆括号内注明了其英文原名。

第二节　美国小说在中国的出现及其研究的兴起

美国小说产生于 18 世纪末①, 19 世纪 80 年代初进入中国②。1872 年 4 月 22 日,《申报》发表了华盛顿·欧文的短篇小说《瑞普·凡·温克尔》③, 这是进入中国的第一篇美国短篇小说, 也是最早进入中国的美国小说。之后将近 30 年, 没有任何美国小说进入中国。

20 世纪伊始, 美国小说开始大量进入中国。1901 年, 斯托夫人 (Harriet Beecher Stowe) 的小说《汤姆叔叔的小屋》(Uncle Tom's Cabin) 译成中文, 取名《黑人吁天录》④, 这是第一部进入中国的美国长篇小说。1905 年, 爱伦·坡的短篇小说《金甲虫》("The Gold-Bug") 和路易斯·J. 斯特朗 (Louise J. Strong) 的短篇小说《一个并非科学的故事》("An Unscientific Story") 译成中文, 进入中国。⑤ 1906 年, 爱德华·贝拉宓 (Edward Bellamy) 的小说《回头看》(Looking Backward) 译成中文, 进入中国⑥, 这是进入中国的第二部美国长篇小说。1907 年, 欧文的作品集《见闻札记》(其中包括《瑞普·凡·温克尔》和《睡谷传奇》等许多短篇小说) 译成中文, 进入中国。⑦ 1917 年, 上海中华书局出版了周瘦娟翻译的《欧美名家短篇小说丛刊》, 其中收入欧文、纳撒尼尔·霍桑、爱伦·坡、斯托夫人和马克·吐温等小说家的 7

---

① 1789 年, William Hill Brown (1765—1793) 发表了他的小说 The Power of Sympathy: or, the Triumph of Nature, Founded in Truth。这部由 Isaiah Thomas 出版的小说是美国的第一部小说。但也有评论家认为, 美国的第一部小说是 Charles Brockden Brown (1771—1810) 的 Wieland; or the Transformation, an American Tale (T. & J. Swords, 1798)。

② 1872 年, 华盛顿·欧文的短篇小说《瑞普·凡·温克尔》被首次译成中文, 取名《一睡十七年》, 发表在是年 4 月 22 日的《申报》上, 这是最早进入中国的美国小说。

③ 参见谢天振、查明建主编《中国现代翻译文学史 (1898—1949)》, 上海外语教育出版社 2004 年版, 第 30 页。

④ 同上书, 第 260 页。

⑤ 同上书, 第 36 页。

⑥ 同上书, 第 33 页。

⑦ 同上书, 第 260 页。

篇短篇小说，这是中国第一次对美国短篇小说的大规模集中译介。①

20世纪20年代开始，更多美国小说进入中国。1920年，《小说月报》第11卷第2号、第5号、第6号、第9号、第10号、第11号和第12号先后发表了屈兰因短篇小说《再生术》、司丹楠短篇小说《马牛》、毛脱雷短篇小说《理性与爱情》、乔治·哈姆弗莱（George Humphrey）短篇小说《父亲的手》、克雷小说《想夫燐》、查尔斯·考德威尔·多比勒（Charles Caldwell Doble）小说《咖啡魔》、安瑞斯·威廉斯（Anries Williams）短篇小说《一元纸币》和德莫里特（J. F. Demerit）短篇小说《一个初学的罪人》。同年，《东方杂志》第17卷第15号（1920年8月10日）刊文报道了美国现实主义大师豪威尔斯逝世的消息②，第17卷第18号（1920年9月25日）发表了爱伦·坡短篇小说《心声》（“The Tell-Tale Heart”）。1921年，《小说月报》第12卷第5号（1921年5月10日）发表了杰克·伦敦短篇小说《豢豹人的一个故事》，第12卷第7号（1921年7月10日）发表了马克·吐温短篇小说《生乎？死乎？》。1922年，《东方杂志》第19卷第2号（1922年1月25日）发表了亨利·哈兰短篇小说《破镜》，第19卷第11号（1922年6月10日）发表了戴维斯（M. C. Davies）短篇小说《两幅面孔的奴隶》；《小说月报》第13卷第5号（1922年5月10日）发表了欧·亨利短篇小说《东方圣人的礼物》和介绍美国文学近况的短文章。③ 1923年，《东方杂志》第20卷第4号（1923年2月25日）发表了勃莱脱哈短篇小说《一件稀奇的控诉》，第20卷第11号（1923年6月10日）发表了范大克短篇小说《兰花》。1924年，《小说月报》第15卷第2号（1924年2月10日）发表了苏珊·波乎（Susan M. Boogher）短篇小说《一个不知名的战士》，第15卷第3号（1924年3月10日）发表了欧·亨利短篇小说《桃源过客》，第15卷第5号（1924年5月10日）和第6号（1924年6月10日）发表了大卫·弗里曼（David Freeman）

---

① 查明建、谢天振：《中国20世纪外国文学翻译史》，湖北教育出版社2007年版，第169页。

② 参见《东方杂志》1920年8月10日第17卷第15号，第37页。

③ 参见《小说月报》1922年5月10日第13卷第5号，第124页。

小说《主妇——马兰孟德》。进入 20 年代后半期，译介到中国的美国小说开始逐年增多。

随着越来越多的美国小说译介到中国，中国出现了评介或评价美国小说的文字。1916 年，上海商务印书馆出版了孙毓修编著的《欧美小说丛谈》，其中收录 3 篇评介欧文、霍桑和斯托夫人三位美国小说家的短文章①，这是中国最早评介美国小说家的文字。1921 年，《小说月报》第 12 卷第 5 期（1921 年 5 月 10 日）发表了伦敦短篇小说《豢豹人的一个故事》，其后所附"小识"是中国最早评介伦敦的文字；同年，《小说月报》第 12 卷第 11 号（1921 年 11 月 10 日）介绍了美国女作家梅·辛克莱（May Sinclair）小说《威克的惠林顿先生》，《东方杂志》第 18 卷第 23 号（1921 年 12 月 10 日）发表了王靖翻译的英国人圣约翰·厄文（St. John Ervine）的《美国的文学——现在与将来（下）》，介绍了美国文学的现状与未来发展。② 1922 年，《东方杂志》第 19 卷第 20 号（1922 年 10 月 25 日）发表了幼雄的《美国革命文学与贵族精神的崩溃》，以辛克莱·刘易斯的《巴比特》为例论述了美国文学中革命精神的兴起和贵族精神的衰落③，这是中国最早的美国文学专题研究论文。1923 年，《小说月报》第 14 卷第 6 号（1923 年 6 月 10 日）发表了介绍舍伍德·安德森的《许多婚姻》和格特鲁德·阿瑟顿（Gertrude Atherton）的《黑牛》两部美国小说的短文章，这是中国最早评介美国小说作品的文字；同年，《小说月报》第 14 卷第 7 号（1923 年 7 月 10 日）发表了介绍 1922 年发表于美国的最佳短篇小说的短文章，第 14 卷第 11 号（1923 年 11 月 10 日）发表了介绍 1923 年上半年美国小说状况的评论文章。

进入 20 世纪 20 年代后半期，中国评介或评价美国小说的文字逐年增多，出现了大规模评介美国小说的势头，中国研究美国小说的浪潮开始兴起。

---

①　参见孙毓修编著《欧美小说丛谈》，上海商务印书馆 1916 年版，第 41—43 页。

②　参见［英］圣约翰·厄文（St. John Ervine）《美国的文学——现在与将来（下）》，王靖翻译，《东方杂志》1921 年 12 月 10 日第 18 卷第 23 号，第 49—62 页。

③　参见幼雄《美国革命文学与贵族精神的崩溃》，《东方杂志》1922 年 10 月 25 日第 19 卷第 20 号，第 81—84 页。

第三节　美国小说研究在中国的历史走向

20 世纪 10 年代后期，中国出现了评介美国小说的文字。① 但是，真正意义上的中国美国小说研究是 20 世纪 20 年代后半期开始的。从 20 世纪 20 年代后半期开始到 21 世纪 10 年代前半期，中国的美国小说研究逐渐从意识形态化走向了去意识形态化和多元化，大体经历了四个发展阶段。

一　1926—1949 年：美国小说研究兴起并走向繁荣

中国的美国小说研究是从 20 世纪 20 年代后半期开始兴起并走向繁荣的。1926 年，《小说月报》第 17 卷第 12 号（1926 年 12 月 10 日）发表了郑振铎的《文学大纲》② 第 43 章，该章为"美国文学"，其中第二部分介绍了南北战争前的美国小说，涉及查尔斯·布洛克顿·布朗、欧文、库柏、霍桑、爱伦·坡和斯托夫人等南北战争前的美国小说家及其作品；第三部分介绍了南北战争后的美国小说，涉及马克·吐温、威廉·豪威尔斯和亨利·詹姆斯以及布莱特·哈特、托马斯·贝利·阿尔特里契（Thomas Bailey Aldrich）、弗兰克·史托克顿（Frank Stockton）、乔治·华盛顿·开倍尔（George Washington Cable）、乔尔·查德勒·哈里斯（Joel Chandler Harris）、爱德华·依格斯顿（Edward Eggleston）、玛丽·威尔金斯·弗里曼（Mary Wilkins Freeman）、萨拉·奥恩·朱厄特、斯蒂芬·克莱恩、弗兰克·诺里斯、欧·亨利和伊迪丝·华顿等南北战争后的美国小说家及其小说或短篇小说。1927 年 4 月，上海商务印书馆出版了郑振铎的《文学大纲》，该书第 46 章为"新世纪的文学"，其中第三部分介绍了 20 世纪前 20 年的美国文学，涉及伦敦、刘易斯、华顿、西奥多·德莱塞、布斯·达金盾（Booth Tarkington）、汉

---

① 1916 年，上海商务印书馆出版了孙毓修编著的《欧美小说丛谈》，收入 3 篇评介华盛顿·欧文、纳撒尼尔·霍桑和斯托夫人三位美国小说家的文章，这是国内出现的最早评介美国小说的文字。

② 《文学大纲》于 1927 年 4 月由上海商务印书馆出版，共有 46 章，其中第 43 章专门论述美国文学，第 46 章题为"新世纪的文学"，其中也涉及美国文学。

姆林·加兰、舍伍德·安德森、温斯顿·丘吉尔（Winston Churchill）、厄普顿·辛克莱、约瑟夫·赫格西默（Joseph Hergesheimer）、约翰·厄尔斯金（John Erskine）、艾伦·格拉斯哥、威廉·艾伦·怀特（William Allen White）和玛丽·奥斯汀（Mary Austin）等美国小说家及其小说。郑振铎《文学大纲》中的"美国文学"和"新世纪的文学"是中国批评界第一次全面评介美国文学（包括美国小说）的可喜成果，对日后美国小说在中国的传播和接受起了非常重要的作用。1929 年，《小说月报》第 20 卷第 8 号（1929 年 8 月 10 日）发表了赵景深的《二十年来的美国小说》，是中国批评界发表的第一篇很有分量的美国小说研究论文，比较全面地勾勒了 20 世纪前 20 年美国小说的状况。该文将美国小说家分为"罗曼小说家"、"神秘小说家"、"心理小说家"和"社会小说家"，认为前两类是"浪漫的"，后两类是"写实的"①，比较详细地介绍了"较著名的 12 个人"②：伦敦、加兰、赫格西默、达金盾、华顿、德莱塞、安德森、辛克莱、刘易斯、阿瑟顿（Gertrude Atherton）、詹姆斯·布拉奇·坎贝尔（James Branch Cabell）和维拉·凯瑟；同年，上海 ABC 丛书社出版了曾虚白的《美国文学 ABC》，这是中国第一部美国文学研究专著，包括 1 章总论和 15 章作家论，其中 7 章（第二、三、五、八、十三、十四、十六章）分别评介了欧文、库柏、霍桑、爱伦·坡、马克·吐温、豪威尔斯和詹姆斯等小说家，每位作家的评介涉及"生活"、"性格"、"作品"和"批评"四个方面，以便"读者看了这本册子，引起了研究的兴味"。③ 这就是说，《美国文学 ABC》旨在抛砖引玉，将中国读者引向美国文学。

　　20 世纪 30 年代，中国出现更多评介和研究美国小说的文字，也出现了不少译介国外美国小说研究成果的文字。1930 年，《小说月报》第 21 卷第 1 号（1930 年 1 月 10 日）、第 4 号（1930 年 4 月 10 日）、第 5 号（1930 年 5 月 10 日）和第 8 号（1930 年 8 月 10 日）分别发表了赵

---

　　①　赵景深：《二十年来的美国小说》，《小说月报》1929 年 8 月 10 日第 20 卷第 8 号，第 1247 页。

　　②　同上。

　　③　曾虚白：《美国文学 ABC》，上海 ABC 丛书社 1929 年版，《序》第 2—3 页。

景深介绍美国文学近况、辛克莱小说《山城》、美国文学在俄国和赫格西默小说《宴会的衣服》（*Party Dress*）的短文章。1931年，《小说月报》第22卷第1号（1931年1月10日）和第2号（1931年2月10日）分别发表了赵景深介绍达金盾小说《欢乐之港》（*Mirthful Heaven*）和刘易斯获得诺贝尔文学奖之后舆论反应的短文章。1932年，《国闻周报》第9卷第18期发表了挹珊的《战后美国小说概况》，介绍了美国批评家格哈姆·曼笙（Gorham Munson）发表于《读书人》（*The Bookman*）1931年10月号的论文《战后美国小说》（"Our Post-war Novel"）。文章说，"大战［第一次世界大战］以后，美国小说界，未越出四作家之影响。"① 这"四作家"就是德莱塞、刘易斯、菲茨杰拉德和海明威。文章认为，"此四作家，实当代美国小说界之路标，吾人倘欲明瞭美国今日小说概况，则不能不对此四作家比较之，分析之。"② 文章将这四作家称作"美国四领袖小说作家"③，认为"四人所以能占据领袖地位，产生影响者，并非仅只能力使然。此四人者，每人均为许多群众之行动、感觉、意见之发音机，而此行动、此感觉、此意见又为许多作家野心所集，所欲表达而出之者。易言之，每人均受大数量读书界之欢迎，均有极多模仿者"④。文章说，"美国小说家值得注意者，此外约尚有十五人，为数实为可怜；且此众人均无大成就"⑤，这是"美国小说家理想过低使然。"⑥ 1933年，《文学》月刊第1卷第3期发表了介绍海明威创作情况的论文，上海商务印书馆出版了张越瑞的《美利坚文学》，这是中国第一部美国文学史，由"叙论"、"殖民时期的美洲（1607—1765）"、"新国家成立时期（1765—1800）"、"十九世纪的文学"和"二十世纪文学"五部分组成，概括介绍了17世纪初到20世纪30年代初期美国文学的历史发展，其中涉及布朗、欧文、库柏、霍桑、爱伦·坡、斯托夫人、豪威尔斯、詹姆斯、马克·吐温、哈特、朱

---

① 挹珊：《战后美国小说概况》，《国闻周报》1932年第9卷第18期。
② 同上。
③ 同上。
④ 同上。
⑤ 同上。
⑥ 同上。

厄特、克莱恩、诺里斯、德莱塞、欧·亨利、加兰、贝拉宓、达金盾、华顿、凯瑟、赫格西默、厄尔斯金、刘易斯、安德森、威廉·瓦第（William Wirt）、约翰·P. 肯尼迪（John P. Kennedy）、约翰·艾斯顿·库克（John Esten Cooke）、威廉·吉尔摩尔·西姆士（William Gilmore Simms）、罗斯·特里·库克（Rose Terry Cooke）、玛丽·威尔金斯·弗里曼、艾丽斯·布朗（Alice Brown）、托马斯·纳尔森·佩奇（Thomas Nelson Page）、乔尔·查德勒·哈里斯、乔治·华盛顿·开倍尔、查尔斯·艾格伯特·克勒多（Charles Egbert Craddock，原名 Mary N. Murfree）、奥克塔夫·萨尼特（Octave Thanet，原名艾丽斯·法兰琪〈Alice French〉）、康斯坦斯·费尼莫尔·伍尔逊（Constance Fenimore Woolson）、爱德华·依格斯顿、阿尔比恩·W. 屠基（Albion W. Tourgée）、约翰·海（John Hay）、H. H. 波倚森（Hjalmar Hjorth Boyesen）、H. 屈克（H. Quick）、伊丽莎白·马德克斯·罗伯茨（Elizabeth Madox Roberts）、O. A. 罗华格（O. A. Rölvaag）、桑顿·怀尔德（Thornton Wilder）、艾莉诺·威莉（Elinor Wylie）、露丝·萨柯（Ruth Suckow）和威尔勃·丹尼尔·斯蒂尔（Wilbur Daniel Steele）等许多小说家，其中不少小说家是当代中国批评界很少提及的，因而不为当代中国读者所熟悉；同年，上海良友图书印刷公司出版了杨昌溪的《黑人文学》，该书由"黑人的诗歌"、"黑人的小说"和"黑人的戏剧"三部分组成，"黑人的小说"部分介绍了哈里·斯蒂尔威尔·爱德华兹（Harry Stillwell Edwards）、艾德娜·突平（Edna Timpin）、纳曼·邓肯（Naman Duncan）、L. B. 夏芝（L. B. Yeates）、瓦尔特·弗朗西斯·怀特（Walter Francis White）、哥西·福西特（Gossie Fouset）、W. E. B. 杜波依斯、奈纳·拉森（Nella Larsen）、路德尔福·非修（Rudelph Fishor）、兰斯顿·休斯和赫勒·马郎（Rene Maren）等美国黑人小说家及其作品，其中除了杜波依斯和休斯，其他几位鲜为当代中国读者所熟悉。1934 年，《现代》第 5 卷第 1 号发表了赵家璧翻译的弥尔顿·王尔德曼（Milton Waldmand）的《近代美国小说之趋势》，文章分析了 20 世纪前后美国小说从"英国文学家的一支"向"十足美国的"小说发展的趋势，认为，"本世纪初期以及本世纪以前的美国小说，只是英国文学家的一支，事实上，确是从同一个根源上吸收着滋养材料，而放出同一样花朵来的"，因为 20 世纪之前美国小说的"背景也许都是美国的，所以对于一个英国人，不免要觉得有些新奇，但是从内容和形式上讲，二者之间简直没有什么重要的差异。因为言语方面，纵使有些新奇，也无过于哈代小说里所写的维萨克斯，而内容方面，好像作者的目光，他们的价值观念，以及特殊的英国成见，都是和母国里的小说家，抱着同样态度的"。① 文章认为，"到这一世纪的开始，才有一种新鲜而确实的特殊性在逐渐的加强而扩大了"，文章将这种"新鲜而确实的特殊性"称为"阿美加主义［美国主义］"。② 文章认为，20 世纪初追求"阿美加主义"的小说家有詹姆斯、豪威尔斯、华顿和德莱塞，他们尽管有各方面的不同，但都在努力回答"怎么样才是一个美国人"的问题。③ 四人的写作背景虽然不同（詹姆斯和华顿主要以欧洲为背景，豪威尔斯和德莱塞主要以美国为背景），但作者认为，"一个小说家要表现的最重要的东西，还是在乎那不被背景影响的心灵"。④ 除了这四位小说家，刘易斯、赫格西默、凯瑟和福克纳也是追求"阿美加主义"的小说家。文章认为，刘易斯之所以"获得伟大的成功"和德莱塞之所以"被人所忽略"，是因为前者"打在大众性情的自觉心上。当时大众们正渴望着要从一个著作家的目光里，去认识他们自己，要去学习把他自己的生活和理想中的以及别个社会里的相比较。刘易士［刘易斯］以及其他一辈和他们思想相同的人［……］把美国测量了一下之后，发见她的风尚习俗和理想是辜负了天所给她的好机会；于是他们一说，就说中了这一点"。⑤ 文章认为，福克纳是"美国近代小说家中最重要的"，因为"福尔克奈［福克纳］所写成的小说，不但是纯粹的艺术作

---

① ［美］弥尔顿·王尔德曼：《近代美国小说之趋势》，赵家璧译，《现代》1934 年第 5 卷第 1 号，第 108 页。
② 同上。
③ 同上。
④ ［美］弥尔顿·王尔德曼：《近代美国小说之趋势》，赵家璧译，《现代》1934 年第 5 卷第 1 号，第 109 页。
⑤ 同上书，第 111 页。

品，并且是十足美国的"。① 文章认为，"福尔可奈［福克纳］的天才和社会意识，也许不及刘易士［刘易斯］，但是他已经进展到一种将来会在美国产生的小说的纯粹艺术路上去。他的地方主义，要是说是他的短处，不如说是他的长处。"② 文章认为，"福尔克奈［福克纳］的风格，是受了许多影响而集成的混合物。许多对话是黑人的。这是写得做好的一部分。"③ 同年，《现代》第 5 卷第 6 号（《现代·现代美国文学专号》）（1934 年 10 月 1 日）发表了 8 篇美国小说研究论文，其中 1 篇总论，概括论述了美国小说的历史发展，其余 7 篇分别论述了伦敦、辛克莱、刘易斯、德莱塞、海明威、帕索斯和福克纳等小说家；这个专号还发表了可玉的短文章《第一部美国小说》，介绍了美国的第一部小说《同情之力》。如此大规模地集中评论美国小说，在 20 世纪 30 年代前的中国美国文学批评史上尚属首例。1935 年，《世界文学》第 1 卷第 4 号（1935 年 4 月）发表了允怀的《黑人文学在美国》，介绍了美国早期黑人文学，但以黑人诗歌为主，对黑人小说的介绍较少；《世界文学》第 1 卷第 6 号（1935 年 9 月）发表了安德森《关于写实主义》的译文；《时事类编》第 3 卷第 8 期发表了高植的《两本认为正相反的美国小说》，④ 介绍了怀尔德的《天堂是我的目的地》和诺曼·阿奇博尔特（Norman Archibald）的《天堂高—地狱深》（*Heaven High-Hell Deep*）；《时事类编》第 3 卷第 13 期发表了高植翻译的哈里·桑顿·穆尔（Harry Thornton Moore）的《今日之美国小说》（"The American Novel of To-day"）（载《伦敦水星月刊》〈*The London Mercury*〉1935 年 3 月号），介绍了 20 世纪 30 年代上半期美国小说的几种派别：模仿海明威情调的小说、"普罗小说"、"地方小说"和"城市小说"。文章开头说，"美国文学的混乱是与日俱增的，过去五年政治的及财政的变动更增加了此

---

① ［美］弥尔顿·王尔德曼：《近代美国小说之趋势》，赵家璧译，《现代》1934 年第 5 卷第 1 号，第 113 页。

② 同上书，第 114 页。

③ 同上。

④ 高植：《两本认为正相反的美国小说》，《时事类编》1935 年第 3 卷第 8 期。

种混乱。"① 文章说，"近来许多小说的情调是模仿汉敏威［海明威］，他的影响是超过我们所承认的那样大。"② 文章认为，"模仿汉敏威［海明威］的人很多。那些模仿他的体裁的人都惨然失败了［……］但许多模仿他的情调而不是他的体裁的人却有相当的成功。"③ 文章然后介绍了"普罗派作家"哈卜尔（Albert Halper）的《制造厂》、开突威尔（Robert Cantwell）的《富庶之地》、达柏格（Edward Dahlberg）的《那些死亡的人》、弗兰克（Waldo Frank）的《马尔坎德的生死》（认为这是"美国近来著作中一册最好的著作"④）和怀尔德的《天堂是我的目的地》、"地方派作家"弗克纳［福克纳］的《声与怒》［《喧哗与骚动》］、费锡尔（Vardis Fisher）的《悲剧的生活中》、《情感引成结构》（*Passions Spin the Plot*）和《我们受陷了》（*We Are Betrayed*）、李却生（Dorothy Richardson）、罗卜次（Elizabeth Madox Roberts）的《大平原》和《埋藏的财宝》、苏可（Ruth Suckow）的《家人》（*The Folks*）、约翰生（Josephine Johnson）的《现在是十一月里》、吴尔夫［沃尔夫］的《天使，望家乡》和《时间与河》，斯坦贝克的《天堂的牧场》和《给不知的上帝》、"城市文学作家"派克（Dorothy Parker）、派特生（Isabel Patterson）的《黄金山虚荣》（*The Golden Vanity*）、柯次（Robert M. Coates）的《昨日的担负》、司来生格尔（Tess Slessinger）的《未占有的》、法锐尔［法莱尔］（James T. Farrell）的"郎利干"系列小说和拍索士［帕索斯］的《曼哈顿中转站》（认为"这是一册最好的美国城市小说"⑤）；《现代文学》第 1 期发表了斐丹翻译的高垣松雄的《美国小说的一侧面》⑥，评介了以福克纳为中心的美国现代实验派小说，分析了詹姆斯、刘易斯、海明威、弗兰克、帕索斯和福克纳小说中的实验技巧及其影响，重点分析了福克纳的实验技巧及其影响；《协大艺文》

---

① ［美］哈里·桑顿·穆尔：《今日之美国小说》，高植译，《时事类编》1935 年第 3 卷第 13 期。
② 同上。
③ 同上。
④ 同上。
⑤ 同上。
⑥ ［日］高垣松雄：《美国小说的一侧面》，斐丹译，《现代文学》1935 年第 1 期。

第 2 期发表了点默的《美国小说家马克·吐温》，介绍了马克·吐温的生平，提到了他早期的几部作品。文章说，"马克·吐温是美国的萧伯纳。他的作品里充满着独创的滑稽的笔调，同时还具有最高的艺术的条件，并不只幽默而已。他简直是美国无冕的帝王，在亚美利加［美国］文坛上占有最高的地位，有无数算的爱读者拥戴着。他的作风是奇趣的、豪爽的。同时美国写实主义文学的先驱。在他的讽刺的幽默的文章里透露出他底社会主义和德谟克拉西的意识"①。同年，上海中华书局出版了伦敦的中短篇小说集《野性的呼唤》中译本，书前有两篇介绍性文章②，对促进日后伦敦及其小说在中国的传播和接受，无疑起了积极的作用。1936 年，赵家璧出版了《新传统》，这是中国第一部美国小说研究专著，被誉为"可能是中国最早的研究美国现代小说的专著"。③该书共 10 章，第 1 章概括论述了美国小说的发展，其余 9 章分别评述了 9 位美国小说家：德莱塞、安德森、凯瑟、格特鲁德·斯泰因、怀尔德、海明威、福克纳、帕索斯和赛珍珠。1937 年，上海商务印书馆出版了傅东华和于熙俭选译的《美国短篇小说集》（上、下册），收入欧文、马克·吐温、哈特、安布罗斯·毕尔斯、詹姆斯、欧·亨利、德莱塞、凯瑟和刘易斯等小说家的短篇小说，这些短篇小说之前冠有译者"导言"，比较详细地评介了 19 世纪初到 20 世纪 30 年代美国短篇小说的历史发展，是继赵家璧《新传统》之后国内出现的美国小说研究的又一力作。1937 年，《世界知识》（1937 年第 6 期）发表了渗加介绍美国现代文学新动向的论文，其中介绍了代表美国小说新动向的两位作家弗兰克和刘易斯。④

20 世纪 40 年代，中国评介和研究美国小说的势头有增无减，译介国外美国小说研究成果的文字也很多。1940 年，《健康生活》第 18 卷

①　点默：《美国小说家马克·吐温》，《协大艺文》1935 年第 2 期。
②　参见查明建、谢天振《中国 20 世纪外国文学翻译史》，湖北教育出版社 2007 年版，第 173 页。
③　引自谢天振、查明建主编《中国现代翻译文学史（1898—1949）》，上海外语教育出版社 2004 年版，第 266—267 页。
④　参见渗加《美国文学的新动向》，《世界知识》1937 年第 6 期。

第 6 期发表了玉棠的《美国小说家格雷的奋斗经过》①，介绍了美国小说家赞恩·格雷（Zane Grey）。1941 年，《文学月报》第 3 卷第 1 号推出"美国文学专辑"，其中《关于约翰·斯丹贝克》一文介绍了斯坦贝克。1943 年，《时与潮文艺》第 2 卷第 2 期推出"美国当代小说专号"，收入《美国当代小说专号引言》、《泛论美国小说》和《当代美国问题小说》3 篇美国小说研究论文；《时代生活》第 1 卷第 6 期发表了龙溪的《几部新翻译的美国小说》，评论了 4 部美国小说：斯坦贝克的《愤怒的葡萄》、《人鼠之间》和《月落》与奈埃德的《高于一切》。② 1944 年，重庆新生图书文具公司出版了加尔·凡·多兰（C. Van Doren）《现代美国的小说》中译本，介绍了克莱恩、诺里斯、伦敦、欧·亨利、加兰、德莱塞、达金盾、乔治·艾德（George Ade）、华顿、凯瑟、坎贝尔（James Branch Cabell）、辛克莱、刘易斯、安德森、林·拉德纳（Ring Lardner）、沃尔夫、福克纳、厄尔斯金·考德威尔、伊丽莎白·马德克斯·罗伯茨（Elizabeth Madox Roberts）、海明威、法莱尔和赛珍珠等 22 位美国小说家及其小说创作。1946 年，《世界知识》（1946 年第 1 期）介绍了辛克莱及其作品，《西风》第 67 期发表了林疑今翻译的法国纪德（A. Gide）的《幻想的会晤：谈美国小说》③，介绍了纪德对海明威、福克纳、帕索斯、斯坦贝克、刘易斯、德莱塞和考德威尔等美国小说家的评论。纪德说，"当代文学最引起我好奇心的，莫过于美国文学——甚至比苏联的新文学，更引起我的好奇心。"④ 1947 年，美国新闻处编印的《新闻资料》第 149 期（1947 年 5 月 3 日）推出"美国文学专辑"，发表了《现代美国小说及其背景》、《美国文学在苏联》以及《辛克莱略传》、《路易士其人》、《〈战地钟声〉作者海明威》、《斯坦贝克小史》、《黑人小说家拉爱特》与《德莱塞的成就》等"作家评传"文章，同时附有一份"近代美国作家名录，"包括自欧文以来的 43 位美国作家。《现代美国小说及其背景》分析了现代美国小说的特

---

① 玉棠：《美国小说家格雷的奋斗经过》，《健康生活》1940 年第 18 卷第 6 期。

② 参见龙溪《几部新翻译的美国小说》，《时代生活》1943 年第 1 卷第 6 期。

③ 原文为纪德在美出版的《幻想的会晤》的一部分，由美国《新共和周刊》编辑马尔科姆·考利（Malcolm Cowley）翻译成英文，于 1944 年 2 月 7 日发表于该刊。

④ ［法］A. 纪德：《幻想的会晤：谈美国小说》，林疑今译，《西风》1946 年第 67 期。

点及其产生的背景，作者大卫·邓普赛（David Dampsey）认为，"二十世纪美国文艺运动一开始就是对于旧趣味的反叛，自亨利·詹姆斯以后，作家们就不再接受他的道路，因为他的作品没有接触到美国人民生活的实际，没有接触到关于农民、店员的中产阶级。"① 这就是说，写实主义是现代美国小说的突出特征。文章追溯了美国写实主义文学发展的三个阶段：1900 年到第一次世界大战、1917 年到 1930 年、1930 年以后，认为：第一个阶段美国文学的写实主义 "是记录社会变化的现象、抗议一切的不平" 或 "嘲笑和分析富有阶级"②，前者的主要代表是豪威尔斯、诺里斯、伦敦和辛克莱，他们 "影响了 1900 以后的大部分作家"③；第二个阶段的写实主义不是反抗性的，而是 "选择了讽刺形式的文字"，反映 "对于保守政治和大商业的反感"④，这一阶段的主要代表是海明威和刘易斯；第三个阶段的写实主义不再是讽刺性的，而是社会分析性的，是 "对于社会基本问题的探讨" 和 "对于经济崩溃的诊断"⑤，这一阶段的主要代表是考德威尔、法莱尔和福克纳（被认为是 "现存的美国最伟大的作家"⑥）。同年，《新闻资料》第 163 期发表了刘燮翻译的牛顿·阿尔文（Newton Arvin）的《泛论近代美国小说家》（该文次年又发表于《时事评论》第 1 卷第 24 期第 13—14 页），文章分析了二战之前克莱恩、诺里斯、伦敦、德莱塞、辛克莱、刘易斯、海明威、帕索斯、法莱尔、考德威尔与斯坦贝克等小说家的 "外倾主义" 与 "文件记录式" 自然主义特征，展望了战后新进南方作家福克纳、安·波特、韦尔蒂、麦卡勒斯以及年轻女作家阿里斯·宁（Anais Nin）、艾莉娜·克拉克（Eleanor Clark）、玛格瑞特·扬（Marguerite Young）、简恩·斯坦福特（Jean Stafford）和男作家威廉·马克斯韦尔（William Maxwell）、艾萨克·卢森菲尔德（Issac Rosenfiled）、

---

① ［美］大卫·邓普赛：《现代美国小说及其背景》，《新闻资料》1947 年 5 月 3 日第 149 期。

② 同上。

③ 同上。

④ 同上。

⑤ 同上。

⑥ 同上。

杜鲁门·卡波特和亨利·米勒向"内倾主义"和"新自然主义"（Neo-Naturalism）（"人情化了的诗化了的自然主义"①）发展的趋势。1948年，《新中华》复刊第21期发表了陈东林翻译的马尔科姆·考利（Malcolm Cowley）发表在《纽约泰晤士报书评周刊》的《第二次大战的美国小说》，② 以20世纪20年代出版的描写第一次世界大战的小说为参照，分析了20世纪40年代末期出版的描写第二次世界大战的小说的主要特点，认为："到一九二四年事实已经非常明显，美国的新文艺将是反叛的、现实的、自然派的，同时要比一九一七年以前的多数小说更注重形式的问题。"③ 文章说，"在一九四八年［……］我们已经有数十部描写第二次世界大战的小说。对一切读者，第二次作战的一代至少有一个特色是很明显的：他们敏捷地学会了写作的技巧。平均说起来，他们的作品要比十九世纪二十年代［二十世纪二十年代］的多数战争小说写得更流畅，更老练。这些新的作品在报道'战斗中实际发生的事'（借用海明威语）上也较过去的小说为优。"④ 文章认为，"多数第二次大战的作家都采用了海明威的手法［报道'战斗中实际发生的事'］，结果是他们中有一部分人——尤其是梅勒在《裸体者与死者》中——写出生动而逼真的战争场面。"⑤ 文章说，"把这些小说作为一群阅读，我发觉它们形成美军的非正式战史。这同时又是一部很好的历史［……］比官方的报告更能激动心弦。"⑥ 文章认为，"十九世纪二十年代［二十世纪二十年代］的青年作家都有着这种信仰，这有时是接近一种幻想。他们相信实施他们自己的标准之世界，将比他们前辈的世界更愉快，更宽大，而更自然。它将没有军队。并且决不许再重演在西线的战役中青年生命的无谓之牺牲——这就是他们在每部作品中反复说的话。"⑦

---

① ［美］牛顿·阿尔文：《泛论近代美国小说家》，刘甍译，《时事评论》1948年第1卷第24期。

② 1949年，赵景深将其译为《美国小说与两次世界大战》，发表于《幸福》第24期。

③ ［美］马尔科姆·考利：《第二次大战的美国小说》，陈东林译，《新中华》1948年复刊第21期。

④ 同上书，第51页。

⑤ 同上。

⑥ 同上。

⑦ 同上。

但是，

> 第二次大战的作家并没有像十九世纪二十年代［二十世纪二十年代］的小说中那种简单的和平主义的含意。年青的作家们对于和平主义，犹如他们对于一向所接受的其他的主义，不免有些怀疑。他们虽然灰心了，但这并不是因为战争本身，而是因为我们的胜利不能达到我们的战争目标。他们怨诉军队中缺乏民主，美国占领军行为的不正，以及我们的理想与我们的行为之间明显的对照。①

文章认为："大多数的第二次大战的小说，在动作和对话上是根据海明威的；在结构上是根据杜斯派索斯［多斯帕索斯］，在氛围上是根据菲吉勒特［菲茨杰拉德］，在幽默上是根据史坦培克［斯坦贝克］。同时还有福克纳和华尔夫［沃尔夫］的痕迹，并且在《裸者与死者》中有法莱尔的气息。"② 文章最后说："在十九世纪二十年代［二十世纪二十年代］，作家们努力创造美国文学的一种新的传统，因为过去的传统已经崩溃或者消灭。在这十九世纪四十年代［二十世纪四十年代］的末期，美国作家——包括新的战争小说作家——努力在发展已经存在的传统。也许它的黄金时代和它的最优秀的作品尚待来临。"③ 同年，上海生活书店出版了秦牧的《世界文学欣赏初步》，书中简单介绍了辛克莱和伦敦及其部分作品。④ 1949 年，《方向文辑》第 1 期发表了江森的《试论当代美国小说》。文章首先引用斯坦贝克《斯坦贝克苏联行》中的话："在苏联，作家的任务是鼓励、庆贺、解释并用各种方法推进苏维埃制度，而在美国和英国，一位良好的作家是社会的守望犬。他的任务是讽刺社会的病态，攻击社会的不公，指责社会的过错。"⑤ 文章说，"转近三四十年来，美国文学不仅是两个英语国家的文学中比较更重要

---

① ［美］马尔科姆·考利：《第二次大战的美国小说》，陈东林译，《新中华》1948 年复刊第 21 期。

② 同上。

③ 同上。

④ 参见秦牧《世界文学欣赏初步》，上海生活书店 1948 年版，第 7、28、45、62 页。

⑤ 江森：《试论当代美国小说》，《方向文辑》1949 年第 1 期。

的一个，就是在世界文学中，他［它］也是最光彩夺目的一个。美国的戏剧、诗歌和小说，在国外发生的影响也是惊人的。"① 文章认为：

> 美国的文学，尤其是小说，能够在世界文学中放出灿烂的光辉，就是因为他们［它们］能大胆地描绘当代美国的真实生活，去接触社会，体验生活，狂喜地拥抱现实生活，他们看穿了美国资本主义社会中之矛盾与病态，勇敢地揭穿暴露这社会的不合理。因此美国的小说作品中都充满着积极的背叛者。作家们更以年青的富有幻想的眼睛去观察，梦想着一种新的改革。因此他们的写实主义中还有着崭新的内含的浪漫性，这就形成了美国近代小说的基调，而英国的［……］法国的［……］小说不能与美国的小说相并。因此，我们对于美国的近代小说，应该予以研究与提倡。②

文章指出："美国的文学能称为'美国的'，还是近三十年来的事。早在十九世纪的末期，美国文学的脚还踏在英国文学的土地。"③ 文章认为："当代美国小说的主流，就是这种富有批判性的积极性的写实主义。"④ 文章介绍了19世纪末和20世纪初富有批判性的美国写实主义小说家，包括克莱恩、诺里斯、伦敦、辛克莱、刘易斯、安德森和德莱塞，认为德莱塞是"美国近代文学的开山鼻祖、写实主义的奠基人"⑤。

整体上看，1926—1949年是中国美国小说研究兴起并走向繁荣的阶段。这一阶段，中国对美国小说的译介较多，深入研究较少；研究的范围较窄，研究的对象较少；研究比较零散，系统性研究较少。这一阶段，中国的美国小说评介与研究虽然带有一定的意识形态烙印，但没有完全被意识形态所控制。

---

① 江森：《试论当代美国小说》，《方向文辑》1949年第1期。
② 同上。
③ 同上。
④ 同上。
⑤ 同上。

二　1950—1978 年：中国美国小说研究意识形态化

1942 年 5 月毛泽东《在延安文艺座谈会上的讲话》发表之后，中国的美国小说研究开始受到社会政治意识形态影响，这种影响在 1949 年 10 月新中国成立前不是特别明显，但在新中国成立后就日益明显。受"文艺为政治服务"和"文艺为工农兵服务"的文艺方针影响，1950—1978 年，中国的美国小说研究由先前的繁荣走向了低谷，呈现出与前期完全不同的面貌和特点。首先，美国小说评介与研究活动大幅度减少。其次，美国小说评介与研究选择的对象和题材的范围大幅度缩小，除了描写和反映阶级与种族关系的"进步作家"和"进步小说"，其他美国小说家和小说明显受到冷落。最后，美国小说评介与研究成果的传播受到极大限制，很多评介与研究成果未能公开发行，只能在有限的范围之内进行传播，从而限制了美国小说研究的发展。社会政治意识形态对中国美国小说译介和研究的影响在十年"文化大革命"期间达到了登峰造极的程度。

1950—1978 年，中国评介或评论美国小说的文字很少。除了 1950 年 6 月出版的《美国文学的作家与作品》、1951 年 10 月文化工作社出版的施咸荣翻译的《马戏团到了镇上》（A. 马尔兹等著）的"译者序"、1953 年出版的《美国短篇小说选》（法斯特著）的译者"代序"、1954 年 10 月泥土社出版的余上沅翻译的《光明列车》（法斯特等著）的"译者前言"、1957 年新文艺出版社出版的吴柱存翻译的《这就是美国》（德莱塞等著）的"原序"、1962 年中国科学院哲学社会科学部学术资料研究室蔡葆真编写的《美国文学近况》和 1963 年创刊、"文化大革命"期间被迫中止、"文化大革命"后于 1978 年恢复建刊的《现代美国文学研究》、1977 年 10 月学生英文杂志社出版的谈德义和李连三主编的《美国短篇小说选注》以及 1978 年出版的董衡巽等编著的《美国文学简史》（上册），从 1950 年到 1978 年，中国几乎没有其他评论美国小说或涉及美国小说评论的著作或文章。这些为数不多的著述展现了新中国成立后到 1978 年"改革开放"这一时期中国美国小说研究的基本面貌和特征。

　　20 世纪 50 年代，中国的美国小说研究活动很少，为数不多的美国小说评论文字都带有社会政治意识形态影响的烙印。1950 年 6 月，生活·读书·新知三联书店出版了丁明译辑的《美国文学的作家与作品》，这是新中国成立后"文艺建设丛书"的第一辑，收入国外批评家（主要是苏联批评家）评价美国作家及作品的 10 篇文章，其中 5 篇总论、5 篇作家作品论。1951 年 10 月，文化工作社出版了施咸荣翻译的《马戏团到了镇上》（A. 马尔兹等著），收入马尔兹、休斯、鲍洛逊和奥福尔德等小说家的 5 篇短篇小说，"译者序"简单介绍了所选译作家及作品。1953 年，北京文艺翻译出版社出版了清华大学外国语文系英文组辑译的《美国短篇小说选》（法斯特等著），收入法斯特、克莱恩、陶德、奥福尔德、庞诺斯基和马尔兹 6 位小说家的 6 篇短篇小说。译者"代序"说，这部短篇小说集收入的 6 篇短篇小说，是"为了抗美援朝捐献飞机大炮而翻译的。"[①] 译者"代序"还说，"这六篇短篇小说的作者，除克莱恩外，都是当代的美国进步作家。"[②] 1954 年 10 月，泥土社出版了佘上沅翻译的《光明列车》（法斯特等著），收入菲力勃·邦诺斯基、璐丝·斯泰因堡、马丁·阿勃楚格、阿尔伯特·马尔兹、爱琳·颇兰、玛格丽特·莱因纳和华伦·密勒等小说家的 17 篇短篇小说，"译者前言"用阶级分析的方法介绍了这些作家和作品。1957 年，新文艺出版社出版了吴柱存翻译的《这就是美国》（德莱塞等著），收入 18 篇现代美国短篇小说，"原序"介绍了所选作品及其作者。无论是评论对象的选择还是评论角度的采用，50 年代的这些评论都带有明显的社会政治意识形态色彩，体现了"文艺为工农兵服务"和"为中国新文艺服务"的文艺和政治方向。

　　20 世纪 60 年代，中国评论美国小说的文字更少。1962 年，中国科学院哲学社会科学部学术资料研究室蔡葆真编写的《美国文学近况》从"从几种流派和倾向看美国的文学危机"、"一些作家的情况"和"十年来出现的一些重要小说"三个方面介绍了 20 世纪 50 年代美国文

---

　　① ［美］霍华德·法斯特等：《美国短篇小说选》，清华大学外国语文系英文组辑译，北京文艺翻译出版社 1953 年版，第 1 页。

　　② 同上。

学的状况，虽然主要目的是介绍"最近十年来美国资产阶级文学概况"、"各主要反动作家、资产阶级作家和进步作家的创作活动"和"进步小说内容"①，却是一部较为全面介绍美国文学状况的学术著作。1964—1966 年，山东大学美国文学研究室创办的《现代美国文学研究》发表了一些美国主要作家和作品的评论文章。除了这些研究成果，60年代没有出现其他评论美国小说的文字。跟 50 年代的情况相似，60 年代的这些研究都没有摆脱社会政治意识形态的影响。

　　20 世纪 70 年代，中国评论美国小说的文字也不多。1977 年 10 月，学生英文杂志社出版了谈德义与李连三主编的《美国短篇小说选注》，收入伯纳德·马拉默德的 3 篇短篇小说，书前有马拉默德英文简介。1978 年 12 月，《现代美国文学研究》第 2 期发表了 6 篇论述诺曼·梅勒和马拉默德小说的文章；同年，人民文学出版社出版了董衡巽等编著的《美国文学简史》（上册），这是新中国成立后中国的第一部美国文学史，也是第一部系统评介美国文学历史发展的学术著作。跟 60 年代相比，70 年代末期出现的这些评论似乎少了意识形态的色彩，但没有完全摆脱社会政治意识的影响。

　　除了上述研究成果，1950—1978 年，国内部分期刊也发表了一些美国小说研究或涉及美国小说研究的文章，涉及威廉·莱德勒（William Lederer）及其《不体面的美国人》、阿尔瓦·贝西（Alvah Bessie）及其《非美分子》、海明威及其《老人与海》、杜波依斯及其《在争取和平的战斗中》、霍华德·法斯特及其《奴隶起义》、沙斯柏莱（Harrison S. Salisbury）及其《没有着落的一代》、斯托夫人及其《汤姆叔叔的小屋》、马克·吐温及其《竞选州长》和短篇小说、赛珍珠与美国文化、福克纳与美国南方、法斯特与好莱坞、德莱塞的创作、勃兰克的《美国文学书目》以及垮掉的一代、美国作家笔下的美国、刘易斯的逝世、美国黑人文学与黑人低劣论、美国黑人文学的战斗性、二十世纪美国小说中的哲学、六十年代的美国文学批评和文艺为政治服务的问题等话题，再次彰显了新中国成立后到"文化大革命"结束这段时间

---

　　①　蔡葆真：《美国文学近况》，中国科学院哲学社会科学部学术资料研究室 1962 年版，"几点说明"。

中国美国小说研究的意识形态特征。

三 1979—1999 年：中国美国小说研究去意识形态化

从 1979 年开始，随着"改革开放"，中国的美国小说研究逐步摆脱了社会政治意识形态影响，迅速从前一时期的"低谷"中走出来，重新走向了繁荣。1979 年 8 月，全国美国文学研究会成立大会暨首届年会在山东烟台召开，确定《美国文学丛刊》（*American Literature Quarterly*）为学会会刊。全国美国文学研究会是中国第一个国家级的外国国别文学研究学术机构，它的成立及首届年会的召开标志着中国美国文学研究从此迈入一个新的时期，中国美国小说研究从此呈现一个新的面貌。1979—1983 年，山东大学现代美国文学研究室编辑出版的《现代美国文学研究》发表了数十篇美国小说研究论文，涉及索尔·贝娄、马拉默德、菲利普·罗斯、约翰·厄普代克、欧文·肖、约翰·契弗、约瑟夫·海勒和海明威等小说家。1985 年，《美国文学丛刊》和《现代美国文学研究》合并为《美国文学》，出版 5 年，发表了不少美国小说研究论文。除此，1979—1999 年，中国出版美国小说研究及相关研究学术著作 110 余部，发表了大量的美国小说研究论文。

1979 年 4 月，上海译文出版社出版的辛格和麦卡勒斯合编的《当代美国短篇小说集》中译本收入艾·巴·辛格、阿尔伯特·马尔兹、尤多拉·韦尔蒂、契弗、马拉默德、贝娄、罗斯、阿瑟·米勒、约翰·奥列弗·基伦斯、卡森·麦卡勒斯、库尔特·冯尼格特、梅勒、詹姆斯·阿瑟·鲍德温、卡波特、弗兰纳里·奥康纳、唐纳德·巴塞尔姆、厄普代克、威廉·梅尔文·凯利和乔伊斯·卡罗尔·欧茨 19 位美国作家的 19 篇中短篇小说，书前有编者"序"，每篇译文前有译家对所译作者和作品的介绍。同年，国内部分期刊也发表了一些美国小说研究论文，主要涉及："迷惘的一代"、海明威和"迷惘的一代"、海明威作品的艺术特点、海明威及其《老人与海》、亚历克斯·哈利及其《根》、辛格及其短篇小说《重逢》、辛格的文学观、赫尔曼·沃克及其《战争风云》和《战争与回忆》、马拉默德及其《店员》、玛格丽特·米切尔及其《飘》、厄普代克及其《兔子，跑吧》、马克·吐温及其《竞选州长》、

《王子与贫儿》和《哈克贝利·费恩历险记》、美国的"实事小说"、美国现代科幻小说、美国犹太文学、存在主义与美国当代小说以及贝娄、伦敦和理查德·耶茨等小说家。

　　进入 20 世纪 80 年代，大批美国小说家及小说进入中国批评界。1980—1981 年，上海文艺出版社出版的《外国文学作品提要》（四册）收入 73 篇评介美国小说的短文章，涉及 49 位 19—20 世纪的美国小说家，包括欧文、霍桑、梅尔维尔、理查德·希尔德里斯（Richard Hildreth）、斯托夫人、马克·吐温、詹姆斯、贝拉宓、德莱塞、伦敦、欧·亨利、辛克莱、加兰、刘易斯、安德森、斯坦贝克、华顿、海明威、沃尔夫、F. 司各特·菲茨杰拉德、福克纳、波特、马尔兹、艾伦·格拉斯哥、路易斯·梅·奥尔科特、考德威尔、基伦斯、肯·凯西、罗伯特·潘·沃伦、辛格、贝娄、马拉默德、迈克尔·戈尔德、拉尔夫·埃里森、鲍德温、理查德·赖特、海勒、梅勒、J. D. 塞林格、威廉·斯泰伦、厄普代克、菲利普·波诺斯基、冯尼格特、欧茨、卡波特、詹姆斯·琼斯、杰克·克鲁亚克、赫尔曼·沃克和罗伯特·那珊。同年 6 月，中国青年出版社出版的王佐良编选的《美国短篇小说选》，收入欧文、霍桑、爱伦·坡、梅尔维尔、哈特、马克·吐温、毕尔斯、詹姆斯、欧·亨利、伦敦、德莱塞、凯瑟、安德森、林·拉德纳、波特、海明威、马尔兹、赖特、詹姆斯·瑟伯、韦尔蒂、福克纳、沃伦、马拉默德、塞林格、兰斯顿·休斯、鲍德温、契弗、厄普代克、辛格、欧茨和雷·布雷德伯里 31 位美国著名小说家的 31 篇短篇小说，每篇前都有译者读后感，介绍了所译作者及作品，书前"编者序"比较详细地介绍了美国短篇小说的情况。该书旨在"加深读者对美国现实的了解"；因此，"所选篇目古今都有，然而以今为主，各种主要流派都略具一格，而每篇本身则或内容有较大意义，或是艺术上有特点，若干篇则是两者并具"。①

　　20 世纪 80 年代，中国批评界对美国白人小说的关注颇多，很多美国白人小说家受到中国批评界关注，如早期浪漫主义小说家库柏、霍

---

　　①　王佐良编选：《美国短篇小说选》，中国青年出版社 1980 年版，第 1 页。

桑、梅尔维尔、爱伦·坡、斯托夫人和希尔德里斯，现实主义小说家马克·吐温、詹姆斯、肖邦和哈特，自然主义小说家欧·亨利、德莱塞、伦敦和克莱恩，现代小说家福克纳、海明威、菲茨杰拉德、米切尔、斯坦贝克、凯瑟、安德森、帕索斯、麦卡勒斯、赛珍珠、刘易斯、马尔兹、威廉·萨洛扬、沃尔夫、波特、华顿和韦尔蒂，当代小说家契弗、欧茨、冯尼格特、厄普代克、海勒、塞林格、多克托罗、纳博科夫、梅勒、欧文·斯通、彼得·泰勒、卡波特、肯·凯西、劳里·麦克贝恩、欧文·华莱士、欧文·肖、威廉·肯尼迪、西尔维亚·普拉斯、雪莉·杰克逊、詹姆斯·米切纳、詹姆斯·瑟伯、阿瑟·黑利、安妮·泰勒、保罗·琼斯、菲利普·迪克、弗雷德里克·福斯特、凯·博伊尔、拉里·海涅曼、莱特·摩里斯、马克·温加纳、西德尼·谢尔顿、约翰·霍克斯和朱迪斯·格斯特等。在关注美国白人小说的同时，中国批评界也开始关注美国少数族裔小说；但总体上看，中国批评界对美国黑人小说和犹太小说关注多于对其他少数族裔小说的关注。这一时期，受到中国批评界关注的黑人小说家主要有埃里森、艾丽斯·沃克、托尼·莫里森、赖特、佐拉·尼尔·赫斯顿和安·佩特里，犹太小说家主要有马拉默德、贝娄、辛格、罗斯、辛茜娅·欧芝克、法斯特和赫尔曼·沃克。其他少数族裔小说家方面，除了华裔美国小说家汤亭亭、赵浩生、於梨华、聂华苓、蒋希曾和黎锦杨等，很少有非裔、犹太裔和华裔之外的美国少数族裔小说家受到中国批评界特别关注。

20 世纪 90 年代，中国批评界对美国白人小说的关注进一步增多，对美国少数族裔小说的关注也明显增多。这一时期，受到中国批评界关注的美国白人小说家主要有：早期小说家布朗和希尔德里斯，浪漫主义小说家欧文、库柏、霍桑、梅尔维尔、爱伦·坡和斯托夫人，现实主义小说家马克·吐温、肖邦、詹姆斯、朱厄特、吉尔曼、毕尔斯和范妮·弗恩，自然主义小说家欧·亨利、德莱塞、伦敦、克莱恩、诺里斯和欧文·威斯特，现代小说家海明威、赛珍珠、菲茨杰拉德、福克纳、斯坦贝克、凯瑟、华顿、米切尔、波特、韦尔蒂、安德森、奥康纳、麦卡勒斯、帕索斯、刘易斯、沃尔夫、马尔兹和斯泰因，当代小说家海勒、塞林格、厄普代克、欧茨、梅勒、德里罗、纳博科夫、品钦、斯泰伦、普拉斯、巴斯、冯尼格特、契弗、卡佛、卡波特、克鲁亚克、库弗、巴塞尔姆、霍克斯、谢尔顿、安·贝蒂、肯·凯西、亨利·米勒、斯蒂芬·金、雪莉·杰克逊、安妮·泰勒、罗宾·科克、玛丽·戈登、理查德·斯洛特金、P. T. 多伊特曼、埃伦娜·卡斯特多、布伦达·韦伯斯特、丹尼尔·斯蒂文、蒂姆·奥布赖恩、芭芭拉·金索沃、保罗·泰鲁、华莱士·斯泰格勒、简·斯迈利、罗伯特·斯通、迈克尔·克莱顿、保尔·塞罗克斯、斯蒂芬·威廉·弗雷、尤金·卢瑟·戈尔·维多尔 (Eugene Luther Gore Vidal)、沃克·珀西、约翰·凯西、小弗兰克·麦考特、艾莉森·卢里、R. A. 拉佛迪、约翰·格里森姆、彼得·泰勒、艾丽丝·亚当斯、安妮·普鲁、彼得·哈米尔、布莱恩·弗里曼、科马克·麦卡锡、威廉·肯尼迪、肯尼斯·罗伯茨、阿兰·莱特曼、理查德·福特、玛丽·麦卡锡、玛西亚·缪勒、约翰·C. 麦克斯韦尔、欧文·华莱士、欧文·斯通、乔治·丹尼生、约翰·艾汶 (John Irving)、约翰·布鲁纳、约翰·赫赛、詹姆斯·米切纳和詹姆斯·索尔特。这一时期，不少美国少数族裔小说家也进入中国批评界，如黑人小说家沃克、埃里森、赖特、莫里森、格洛丽亚·奈勒、休斯、赫斯顿、盖尔·琼斯、玛亚·安吉罗和波莱·马歇尔、犹太小说家贝娄、罗斯、马拉默德、辛格、欧芝克、法斯特、赫尔曼·沃克以及早期小说家亨利·罗斯、华裔小说家谭恩美、於梨华、汤亭亭、伍慧明、萧逸、赵健秀、雷庭招、任碧莲、聂华苓和严歌苓。除了这三个族裔小说家群，中国批评界也开始关注美国印第安小说家，但关注的程度还不是很高。

整体上看，从 1979 年开始，中国的美国小说研究开始摆脱社会政治意识形态的影响与控制，逐步从政治功利性走向了文学审美性，去意识形态化倾向明显。1979—1999 年，中国美国小说研究范围较广，对象较多，但关注点主要是美国白人小说以及黑人小说、犹太小说和华裔小说，对其他美国少数族裔小说关注较少。这一时期，既有概括性研究，也有具体作家作品分析研究，还有少量美国小说研究之研究。

四　2000—2015 年：中国美国小说研究多元化

进入 21 世纪，中国的美国小说研究更加繁荣发展，进入中国批评

界的美国小说家和小说更多，研究受社会政治意识形态影响更小，从
"政治功利性"角度选择美国小说进行评介和研究的做法几乎消失，研
究更重视小说家及其作品的文学价值而非政治功能，研究呈现出多元化
发展态势。2000—2015 年，中国出版美国小说研究及相关研究学术著
作 380 余部，发表美国小说研究论文不计其数。

21 世纪，进入中国批评界的美国白人小说家很多，不仅有美国文
学史上已经定论的经典小说家，而且有步入文坛不久但却享有名气的新
秀作家。2000—2015 年，进入中国批评界的美国白人小说家主要有：
早期小说家布朗、汉纳·韦伯斯特·福斯特（Hannah Webster Foster）
和凯瑟琳·玛利亚·赛奇威克（Katherine Maria Sedgewick），浪漫主义
小说家欧文、库柏、爱伦·坡、梅尔维尔、霍桑和斯托夫人，现实主义
小说家詹姆斯、肖邦、马克·吐温、朱厄特、豪威尔斯、夏洛蒂·帕金
斯·吉尔曼、小贺拉提欧·艾尔格（Horatio Alger, Jr.）、露易莎·
梅·奥尔科特、玛丽·威尔金斯·弗里曼、毕尔斯、哈特和科克兰德
（Joseph Kirkland），自然主义小说家德莱塞、克莱恩、伦敦、欧·亨利、
诺里斯、辛克莱、威斯特（Owen Wister）、加兰、斯多克顿（Frank
R. Stockton）和苏珊·库柏，现代小说家菲茨杰拉德、福克纳、海明威、
奥康纳、安德森、凯瑟、斯坦贝克、华顿、波特、米切尔、麦卡勒斯、
韦尔蒂、斯泰因、帕索斯、沃伦、贝拉密、怀尔德、詹姆斯·琼斯、法
莱尔、埃德加·赖斯·巴勒斯、理查德·康乃尔、赛珍珠、刘易斯、沃
尔夫、哈珀·李、托马斯·狄克逊、理查德·耶茨、纳撒尼尔·韦斯
特、安迪·亚当斯、埃伦·格拉斯哥、苔丝·斯拉辛格和林·拉德纳，
当代小说家巴塞尔姆、塞林格、海勒、冯尼格特、梅勒、纳博科夫、巴
斯、多克托罗、厄普代克、桑塔格、欧茨、克鲁亚克、德里罗、品钦、
普拉斯、契弗、卡佛、库弗、卡波特、斯泰伦、霍克斯、赫赛、谢尔
顿、雪莉·杰克逊、查尔斯·弗雷泽、斯蒂芬·金、亨利·米勒、琼·
迪迪恩、安·贝蒂、丹·布朗、肯·凯西、迈克尔·坎宁宁、威廉·加
迪斯、保罗·奥斯特、威廉·巴勒斯、欧文·肖、简·斯迈利、科马
克·麦卡锡、拉里·麦克莫瑞、威廉·肯尼迪、威廉·马奇、杰拉尔
丁·布鲁克斯、尼尔·盖曼、艾瑞卡·琼、阿瑟·A. 伯格、埃洛拉·

达农、巴瑞·汉纳赫、艾什顿·史密斯、安娜·奎德伦、安妮·普鲁、奥尔特·凡·蒂尔伯格·克拉克、芭芭拉·金索沃、保罗·哈丁、保罗·金代尔、彼得·泰勒、丹·西蒙斯、蒂茜·玛丁荪、杜安·弗兰克里特、多萝塞·坎菲尔德·费希尔、费雷思（Leslie Feinberg）、劳伦·威斯伯格、卡罗尔·希金斯·克拉克、里克·穆迪、罗伯特·詹姆斯·沃勒、莉莉·塔克、马克思·舒尔曼、玛丽·莫里斯、迈克尔·赫尔、尼娜·斯凯勒、乔安娜·拉斯、乔纳森·弗兰岑、乔纳森·莱瑟姆（Jonathan Lethem）、乔瑟琳·杰克逊、琼·C.乔治、斯宾塞·约翰逊、苏·蒙克·基德、汤姆·罗宾斯、辛西亚·沃尔特、约翰·加德纳、约翰·克劳利、约翰·托兰、詹姆斯·帕特森、詹姆斯·道森、朱娜·巴内斯、弗朗西斯·霍奇森·伯内特、R. L. 史坦恩、安妮·赖斯（原名霍华德·爱伦·奥布里安）、安妮·泰勒、保罗·鲍尔斯、布莱特·伊斯顿·埃利斯、厄秀拉·勒·魁恩（Ursula Le Guin）、菲力普·卡普托、菲利普·K. 迪克、弗诺·文奇、盖瑞·伯森、戈尔·维多尔、哈罗德·罗宾斯、华莱士·斯特格纳、卡罗琳·米伯、凯茜·埃克、坎迪斯·布什奈尔、拉瑞·尼文、劳瑞·安德森、雷蒙德·钱德勒、理查德·鲍威尔斯、理查德·拉索、罗伯特·奥伦·巴特勒、罗伯特·斯通、玛丽琳·鲁滨逊、纳坦·恩格兰德、内尔森·德米勒、斯科特·奥台尔、苏西·辛顿（S. E. Hinton）、汤姆·沃尔夫、梯姆·奥布莱恩、托尼·厄雷、威廉·吉布森、威廉·沃尔曼（William Wolman）、约翰·格里森姆、约翰·欧文、詹姆斯·瑟伯、朱迪·布鲁姆、阿瑟·黑利、艾弗里·科尔曼、艾拉·莱文、艾丽斯·西伯德、艾米·沃尔德曼、艾萨克·阿西莫夫、安·兰德、安·帕契特、安东尼·伯吉斯、安东尼·道尔、奥森·斯科特·卡德、保罗·巴西加卢皮、保罗·索鲁（Paul Theroux）、博比·安·梅森、查克·帕拉纽克、达拉·豪恩、丹尼斯·约翰逊、道格拉斯·库普兰德、蒂姆·温顿、弗兰特·麦考特、弗雷德里克·波尔、西里尔·科恩布鲁斯、乔纳森·萨佛兰·福尔、格洛丽亚·惠兰、贾德·鲁本菲尔德、金·爱德华兹、凯瑟琳·厄尔斯金、凯瑟琳·斯多克特、凯文·布洛克梅尔、科伦·麦凯恩、克莱尔·梅苏德、兰顿·斯沃斯奥特、劳拉·英格斯·怀德、雷切尔·卡森、理查德·马特森、琳内·沙伦·施瓦茨、路易斯·萨奇尔、罗伯特·海因莱因、罗伯特·科米尔、罗素·班克斯、洛丽·摩尔、玛·金·罗琳斯、玛丽·盖维尔、玛丽·麦卡锡、莫莉·贾尔斯、妮可·克劳斯、尼尔·斯蒂芬森、尼古拉斯·斯帕克斯、诺纳德·苏可尼克、帕特丽夏·康薇尔、乔纳森·罗森、乔治·马丁、瑞克·巴斯、萨拉·帕坎南、斯蒂芬妮·梅尔、苏珊·柯林斯、塔马·亚诺维茨、唐娜·塔特、托毕斯·武尔弗、托马斯·伯杰、托马斯·哈里斯、威廉·加斯、维罗尼卡·罗斯、温德尔·贝里、温斯顿·格卢姆、沃克·珀西、肖恩·威斯图、伊维·莫里斯、约翰·哈特、约书亚·弗里斯、赞恩·格雷、詹姆斯·帕特里克·唐利维、詹妮弗·伊根和朱迪·皮考特等。

21 世纪，中国批评界对美国少数族裔小说家及作品的关注范围大幅度扩大，不仅更多的黑人小说家、犹太小说家和华裔小说家进入中国批评界，而且不少印第安小说家和其他少数族裔小说家也纷纷进入中国批评界。2000—2015 年，进入中国批评界的美国少数族裔小说家主要有：黑人小说家莫里森、沃克、埃里森、休斯、赖特、鲍德温、赫斯顿、杜波依斯、安吉罗、马歇尔、基伦斯、奈勒、伊什梅尔·里德、米尔德丽德·狄罗斯·泰勒、汉纳·克拉夫茨、查尔斯·切斯纳特、托尼·凯德·巴巴拉、亚历克斯·哈利、爱德华·P. 琼斯、罗恩·米尔纳、卡罗利维亚·赫伦、欧内斯特·盖恩斯、盖尔·琼斯、格温德林·布鲁克斯、劳埃·布朗、帕西瓦尔·埃弗雷特、奥克塔维娅·埃斯特尔·巴特勒、芭芭拉·尼利、查尔斯·约翰逊、戴维·布拉德利、弗雷德里克·道格拉斯、哈里特·雅各布斯、杰斯明·沃德、拉丽塔·塔德米、内拉·拉森、所罗门·诺瑟普、塔亚丽·琼斯、特瑞·麦克米兰、威廉·韦尔斯·布朗、威廉·加德纳·史密斯、维拉德·萨伏伊、萨菲尔（Sapphire，原名 Ramona Lofton）、沃尔特·莫斯利、爱丽丝·奇尔德里斯、宝琳·伊丽莎白·霍普金斯、约翰·埃德加·怀德曼（John Edgar Wideman）、詹姆斯·温尔顿·约翰逊和牙买加·金凯德（加勒比海裔黑人女作家），犹太小说家贝娄、马拉默德、菲利普·罗斯、辛格、欧芝克、戈尔德、赫尔曼·沃克、蒂莉·奥尔森、格蕾斯·佩蕾、哈依穆·波特克、亨利·罗斯、阿特·斯皮格曼、乔纳森·萨福兰·福厄、亚伯拉罕·卡恩和安斯阿·伊捷斯卡（Anzia Yezierska），华裔小说家於梨华、严歌苓、谭恩美、哈金、汤亭亭、任碧莲、黄玉雪、伍慧明、赵健秀、劳伦斯·于、包柏漪、徐忠雄、李健孙、雷庭招、查建英、黎锦扬、裔锦声、雷祖威、张岚、白先勇、陈若曦、裘小龙、何舜廉、蒋希曾、陈耀光、李翊云、施雨、聂华苓、林语堂、水仙花、林德露、崔洁芬、江岚、邝丽莎、梁志英、吕红、王屏和杰米·福特，印第安小说家司各特·莫马迪、詹姆斯·韦尔奇、路易斯·厄德里奇、莱丝莉·马蒙·西尔科、杰拉尔德·维兹诺、戴安娜·葛兰西、灵达·霍根、路易斯·欧文斯、苏珊·鲍威尔、托马斯·金、谢尔曼·阿莱克西、约翰·约瑟夫·马修斯以及早期印第安裔小说家西蒙·波卡贡和达西·麦克尼克尔，墨西哥裔小说家桑德拉·希斯内罗斯、鲁道福·安纳亚、亚历桑德罗·莫拉莱斯、海伦娜·玛丽亚·维瑞蒙迪斯和格洛丽亚·安扎杜尔，日裔小说家弥尔顿·村山、朱丽·大塚、约翰·冈田、内田淑子和山下凯伦，印度裔小说家巴拉蒂·穆克吉、裘帕·拉希莉、基兰·德赛和安妮·施瑞安（Anne Cherian），韩裔小说家李昌瑞、诺拉·凯勒、佩蒂·金和金兰英，越南裔小说家曹兰和黎氏艳岁，菲律宾裔小说家卡洛斯·布洛桑，海地裔女小说家艾薇菊·丹提卡，伊朗裔小说家吉娜·B. 那海，巴基斯坦裔小说家莫欣·哈米德和 H. M. 纳克维，希腊裔小说家杰弗里·尤金尼德斯，阿富汗裔小说家卡勒德·胡赛尼，古巴裔小说家克里斯蒂·加西亚，多米尼加裔小说家朱诺特·迪亚兹（Junot Diaz）与朱莉娅·阿尔瓦雷斯和意大利裔小说家马里奥·普佐等。

　　总体上讲，21 世纪，进入中国批评界的美国白人小说家和少数族裔小说家都很多，中国的美国小说研究在研究对象的选择和研究方法的采用方面都呈现出多元化态势，既有总论性研究，又有具体作家作品分析研究，还有总结、梳理和反思过去研究成果的综述性研究。

第四节　美国小说研究在中国的文化与文学效应

　　百年中国美国小说研究经历了从意识形态化到去意识形态化再到多元化的历史嬗变，为中国的外国文学研究做出了巨大贡献，也产生了积极的文学与文化效应。

　　首先，美国小说研究促进了美国小说在中国的传播与接受。中国批评界对美国小说家及小说的评介和评论，使中国读者对美国小说家及小说的认识越来越深刻，使越来越多的中国读者接受了越来越多的美国小说家及小说，使越来越多的美国小说家和小说进入中国。美国小说研究者不仅是美国小说的读者，更是美国小说的发现者、接受者、推介者和传播者。自20世纪20年代以来，随着中国美国小说研究的发展，进入中国的美国小说家和小说不断增多，表明美国小说研究对美国小说在中国的传播与接受产生了积极的效应，这种效应使美国小说家和小说的中国读者群和接受群不断扩大，使美国小说在中国外国文学领域的占比分量越来越重。

　　其次，美国小说研究促进了美国文化在中国的传播与接受。美国文化是美国小说的重要书写对象与主题关注，美国小说研究必然涉及美国文化。中国批评界对美国小说的研究，很多是对美国小说中出现的美国文化现象和文化因素的解读。通过对美国小说中出现的美国文化现象和文化因素的深入解读，中国批评界使不曾了解和熟悉美国小说中出现的美国文化现象和文化因素的中国读者了解和熟悉了所读美国文化，使比较了解和熟悉美国小说中出现的美国文化现象和文化因素的中国读者加深了对所读美国文化的认识和理解。通过对美国小说中出现的美国文化思想、文化现象、文化运动和文化符号的评介和评论，中国美国小说研究促进了中国读者对美国文化的认识、理解、反思、批评与接受，促进了美国文化在中国的传播，也促进了中美文化交流。

　　最后，美国小说研究对中国现当代小说产生了不可忽视的重要影响。美国小说研究不仅促进了美国小说和美国文化在中国的传播与接受，而且积极地影响了中国现当代小说的发展。中国批评界对美国小说的研究，不仅将大批美国小说家和小说介绍给了中国普通读者，而且使不少中国著名现当代小说家（如莫言、贾平凹、王朔和王蒙等）接触到了不少伟大的美国小说家（如海明威、福克纳、海勒、纳博科夫、克鲁亚克、塞林格、厄普代克、亨利·米勒、卡佛、契弗和辛格等），他们的艺术主张、创作题材、主题思想、艺术手法和语言风格都对中国现当代小说产生了十分重要的影响。

　　百年中国美国小说研究促进了美国小说在中国的传播与接受，促进了美国文化在中国的传播与接受，并对中国现当代小说发展产生了积极影响；另外，美国小说和美国文化在中国的广泛传播与接受、中国现当代小说对美国小说创作理念和艺术技巧的吸收利用，也十分有力地推动了美国小说研究在中国的进一步发展。因此，百年中国美国小说研究所产生的效应不是单向单边的，而是双向双边的。

第一章

意识形态化的美国小说研究：1901—1978

第一节　概述

美国小说于 19 世纪 80 年代初进入中国，但中国的美国小说研究始于 20 世纪 10 年代。1916 年，孙毓修编著出版了《欧美小说丛谈》，收入 3 篇评介欧文、霍桑和斯托夫人三位美国小说家的短文章①，这是国内最早评介美国小说的文字。

20 世纪 20 年代，中国评介美国小说的文字逐渐增多，《东方杂志》和《小说月报》等当时影响较大的文艺刊物发表了不少评介美国小说的文章。20 世纪 30 年代，中国评介美国小说的文字进一步增多，译介国外美国小说研究成果的文字也不少。20 世纪 40 年代，中国评介美国小说和译介国外美国小说研究成果的文字有增无减。总体上讲，20 世纪 20—40 年代，中国美国小说研究非常繁荣，但评介多于深入研究，除了个别论文和论著，评介与研究关注的对象不是很多，评介和研究较为零散，评介和研究的广度和深度都比较欠缺。40 年代之前，中国美国小说研究受社会政治意识形态影响较少；1942 年毛泽东《在延安文艺座谈会上的讲话》发表之后，中国美国小说研究受社会政治意识形态影响日益明显，"批判性"和"写实性"这样的词汇频现于批评话语之中，但到 40 年代末，研究者在研究对象的选择方面还没有完全被社会政治意识形态所控制，他们的批评标准和研究方法也不完全是意识形态

---

① 参见孙毓修编著《欧美小说丛谈》，上海商务印书馆 1916 年版，第 41—43 页。

性的。

从 1949 年底开始，社会政治意识形态对美国小说研究的影响日益加重。受"文艺为政治服务"和"文艺为工农兵服务"的文艺方针影响，1950—1978 年，中国的美国小说研究由先前的繁荣走向了萧条，除了 1950 年的《美国文学的作家与作品》（丁明译辑）、1951年的《马戏团到了镇上》（A. 马尔兹等著、施咸荣译）的"译者序"、1953 年的《美国短篇小说选》（法斯特著）的译者"代序"、1954 年的《光明列车》（法斯特等著、佘上沅译）的"译者前言"、1957 年的《这就是美国》（德莱塞等著、吴柱存译）的"原序"、1962 年的《美国文学近况》（蔡葆真编写），1963 年创刊、"文化大革命"期间被迫中止、"文化大革命"后于 1978 年恢复建刊的《现代美国文学研究》和 1977 年的《美国短篇小说选注》（谈德义、李连三主编）以及 1978 年的《美国文学简史》（上册）（董衡巽等编著），中国几乎没有其他评论美国小说或涉及美国小说的研究专著或文章。纵观 1950—1978 年的研究，可以看出，新中国成立后，由于受社会政治意识形态的严重影响，中国美国小说研究是一种意识形态化的研究，研究对象的选择、批评标准的确定和研究方法的采用无不体现了"文艺为政治服务"的意识形态目的。

总体上讲，从 19 世纪 80 年代美国小说进入中国到 20 世纪 70 年代末，中国的美国小说研究受到社会政治意识形态影响，特别是 1942 年5 月毛泽东《在延安文艺座谈会上的讲话》发表之后，这种影响更为明显。1942 年之前，中国对美国小说的深入研究较少，大多数的研究都是评介性的，研究者虽然在研究对象的选择上有社会政治意识形态的考虑，但没有完全被社会政治意识形态所束缚，研究的视野相对比较广阔。1942 年之后，中国对美国小说的深入研究逐渐增多，但受毛泽东《在延安文艺座谈会上的讲话》精神影响，研究者在研究对象选择方面的社会政治意识形态倾向越来越明显，特别是 1949 年新中国成立后到1976 年"文化大革命"结束的 20 多年，"文艺为政治服务"的文学批评标准在中国的美国小说研究中体现得非常明显。

第二节 "文艺为政治服务"与政治化的美国小说研究

一 "左翼"小说家与小说：美国小说研究的重点对象

中国的美国小说研究一开始就带有社会政治意识形态影响的烙印，这种烙印在 1949 年新中国成立后到 1976 年 "文化大革命"结束的 28 年中尤为明显。可以说，1978 年前，中国的美国小说研究主要是意识形态化和政治化的研究，这种意识形态化和政治化研究的重点对象是具有 "左翼"思想倾向的美国小说家与小说。

（一）美国早期白人小说和浪漫主义小说研究

18 世纪 80 年代末，小说作为一种文学形式出现于美国文学。1789 年，威廉·希尔·布朗（William Hill Brown）发表了《同情的力量：或者，建立于真实中的自然之胜利》（*The Power of Sympathy*：*or*，*the Tri-umph of Nature*，*Founded in Truth*），这是美国的第一部小说。① 时隔 83 年之后，美国小说进入中国。最早进入中国的美国小说是白人浪漫主义小说，最早进入中国批评界的美国小说也是白人浪漫主义小说。20 世纪前，除了欧文及其《瑞普·凡·温克尔》，没有美国小说家和小说进入中国。欧文是 "美国文学之父"，思想相对比较保守，其短篇小说《瑞普·凡·温克尔》中的主人公温克尔的思想在一定程度上体现了他的保守思想。1872 年 4 月 22 日，文艺期刊《申报》发表了《瑞普·凡·温克尔》的首译文，取名《一睡十七年》。② 欧文虽然算不上美国的 "左翼"小说家，《瑞普·凡·温克尔》也算不上 "左翼"小说，但欧文在美国文学史上的伟大地位与《瑞普·凡·温克尔》的优美语言和生动故事使他成为第一位进入中国的美国小说家。

① 有评论家认为，美国的第一部小说是查尔斯·布洛克顿·布朗（Charles Brockden Brown）的《威兰德；或者转化，一个美国故事》（*Wieland*；*or the Transformation*，*an American Tale*，T. & J. Swords，1798）。

② 参见谢天振、查明建主编《中国现代翻译文学史（1898—1949）》，上海外语教育出版社 2004 年版，第 30 页。

　　时隔近 30 年后，第二位美国小说家进入中国，她就是中国读者非常熟悉的《汤姆叔叔的小屋》的作者斯托夫人。斯托夫人虽为白人，却极力反对自己时代和社会中的奴隶制，因此，她是一个具有"左翼"思想的小说家。20 世纪刚刚开始之际，1901 年，斯托夫人的小说《汤姆叔叔的小屋》被林纾和魏易合作译成中文，取名《黑人吁天录》。①1907 年，林纾和魏易再次合作，翻译出版了欧文的作品集《见闻札记》，取名《拊掌录》。②10 年后，著名翻译家周瘦娟翻译出版了《欧美名家短篇小说丛刊》，其中的"美利坚之部"收入欧文、霍桑、爱伦·坡、斯托夫人和马克·吐温等小说家的 7 篇短篇小说。这些译介为中国批评界研究美国小说提供了素材，也铺平了道路。随着翻译界对欧文、斯托夫人和霍桑等小说家的译介，中国批评界也开始将注意力投向这些小说家。1916 年，上海商务印书馆出版的孙毓修编著的《欧美小说丛谈》收入 3 篇评介斯托夫人、霍桑和欧文的短文章③，它们虽然算不上严格意义上的研究论文，却是国内最早的评介美国小说家的文字，因此具有比较重要的历史价值。

　　20 世纪 20 年代开始，不仅欧文、霍桑、爱伦·坡和斯托夫人的更多作品受到中国翻译界和批评界关注，而且更多具有"左翼"思想倾向的小说家及其作品也受到了中国翻译界和批评界关注。20 年代，《东方杂志》、《小说月报》和《世界文学》等当时影响较大的文艺刊物发表了不少具有"左翼"思想倾向的美国小说家的小说译文或介绍和评价这些小说家或小说的文章。1920 年 9 月 25 日，《东方杂志》第 17 卷第 19 号发表了沈雁冰翻译的爱伦·坡短篇小说《心声》（今译为《泄密的心》）。1926 年 8 月 10 日，《小说月报》第 17 卷第 8 期发表了傅东华翻译的爱伦·坡的《奇事的天使》；是年 12 月 10 日，《小说月报》第 17 卷第 12 期发表了郑振铎的《文学大纲》④第 43 章，该章为"美

---

　　① 参见谢天振、查明建主编《中国现代翻译文学史（1898—1949）》，上海外语教育出版社 2004 年版，第 260 页。

　　② 同上。

　　③ 参见孙毓修编著《欧美小说丛谈》，上海商务印书馆 1916 年版，第 49—51 页。

　　④ 《文学大纲》于 1927 年 4 月由上海商务印书馆出版，共有 46 章，其中第 43 章专门论述美国文学，第 46 章题为"新世纪的文学"，其中也涉及美国文学。

国文学"，其中论述南北战争前美国小说的部分介绍了 6 位美国早期白人小说家和浪漫主义小说家及其作品：早期小说家布朗（Charles Brockden Brown），浪漫主义小说家欧文及其《杂记》（即《见闻札记》）中的短篇小说《李迫》（即《瑞普·凡·温克尔》）和《睡洞的传说》（即《睡谷传奇》），欧文同时代的浪漫主义小说家柯甫（即库柏）及其小说《奸细》、《最后的一个莫希根人》（即《最后的莫西干人》）、《海盗》（The Pilot）和《水巫》，浪漫主义小说家霍桑及其代表作《红字》和其他小说如《七个屋翼的房子》（即《七个尖角的屋子》与《大石脸》以及短篇小说如《怪书》和《林莽故事集》（Tanglewood Tales）、浪漫主义小说家爱伦·坡及其小说《瓶中所得的稿酬本》以及侦探小说如《鲁莫格的谋杀者》（即《瑞莫格街的谋杀案》）和《被盗的信》以及史拖活夫人（即斯托夫人）及其代表作《黑奴吁天录》（即《汤姆叔叔的小屋》）和另一部小说《古镇的人》。郑振铎的《文学大纲》中"美国文学"部分涉及的美国早期白人小说家和浪漫主义小说家及其作品不全具有"左翼"思想，因为《文学大纲》旨在比较全面地向读者介绍世界文学的历史发展，因此，它对美国早期白人小说家和浪漫主义小说家及其作品的全面评介对这些小说家及其作品在中国的传播和接受具有重要意义。

20 年代涉及美国早期白人浪漫主义小说研究的主要论著是 1929 年 3 月上海 ABC 丛书社出版的曾虚白的《美国文学 ABC》，这是国内第一部重要的美国文学研究专著。该书评介了 15 位美国作家，其中 4 位白人浪漫主义小说家。在"华盛顿·欧文"一章，曾虚白介绍了欧文的短篇小说和随笔作品集《拊掌录》（即《见闻札记》），特别提到其中的两篇短篇小说——《李泼范温格尔》（即《瑞普·凡·温克尔》）和《睡窟逸闻》（即《睡谷传奇》）。在"詹姆士·弗尼莫·古柏"（即詹姆斯·费尼莫尔·库柏）一章，曾虚白提到了库柏的《警戒》（Precaution）、《间谍》、《开闾者》（Pioneers）、《掌舵者》（The Pilot）、《摩喜根的末代》（即《最后的莫西干人》）、《草原》、《红寇》、《找路者》和《杀鹿者》等小说。在"那萨尼尔·霍桑"（即纳撒尼尔·霍桑）一章，曾虚白提到了霍桑的《范晓》（Fanshawe）、《复述的故事》、《祖父的椅子》、《牧师老住宅的青苔》（即《古屋青苔》）、《红字》、《七座山墙的屋子》（即《七个尖角的屋子》）、《一本怪异的书》（*A Wonderful Book*）、《勃利得达尔的罗曼斯》（即《福谷传奇》）、《乱林故事》（*Tanglewood Tales*）和《文石山神》（即《玉石雕像》）等小说，特别介绍了霍桑的《红字》、《七个尖角的屋子》和《福谷传奇》。在"爱茄欧伦濮"（即埃德加·爱伦·坡）一章，曾虚白提到了《阿塞戈登品姆的纪述》（*Narrative of Arthur Gorden Pym*）、《怪异的与阿喇伯式的故事》（*Tales of the Grotesque and the Arabesque*）和《故事集》等作品，但没有提及爱伦·坡的名著《厄舍屋的倒塌》和短篇小说《失窃的信》与《瑞·莫格街的谋杀案》等恐怖和侦探小说。

　　30 年代出现的几部美国文学研究著作和译著中也涉及美国早期白人小说家和浪漫主义小说家及其作品。1933 年 12 月，上海商务印书馆出版了张越瑞的《美利坚文学》，这是国内第一部美国文学史，概括介绍了 17 世纪初到 20 世纪 30 年代初美国文学的历史发展，其中介绍了几位美国早期白人小说家和浪漫主义小说家。第一位是白朗（即查尔斯·布洛克顿·布朗）。张越瑞介绍了白朗的生平和创作，提到了他的处女作《阿久瀛》（*Alcuin*）和成名作《威兰德》（*Wieland*，全名 *Wieland; or, the Transformation, an American Tale*）以及《阿曼德》（*Ormond*）、《瓦梭·马芬》（*Arthur Mervyn*）和《哀加洪第烈》（*Edgar Huntly*）等其他小说。第二位是欧文。张越瑞介绍了欧文的《见闻录》（即《见闻札记》），特别提及其中《李朴》（即《瑞普·凡·温克尔》）和《睡洞的故事》（即《睡谷传奇》）两篇短篇小说，重点介绍了前者，还提到了欧文在欧洲的影响。第三位是波丁。张越瑞认为，波丁"在文坛上虽不著声誉然而是极能代表美国的作家"[①]。他介绍了波丁及其小说《荷兰人的家庭》（*The Dutchman's Fireside*）。第四位是库伯（即库柏）。张越瑞介绍了库伯及其《勒梭斯托金的故事集》（即《皮袜子故事集》）以及《领港者》（*The Pilot*）、《红色海盗》（*The Red Rover*）和《沙吞斯脱》（*Satanstoe*）等小说。第五位是欧林坡（即爱伦·坡）。张

---

　　① 张越瑞：《美利坚文学》，上海商务印书馆 1933 年版，第 47 页。

越瑞介绍了坡的五类短篇小说："超自然的"（如"Ligiea"）、"道德意识的"（如"William Wilson"）、"伪科学的"（如"A Descent into the Maelstrom"）、"分析的或推理的"（如"The Golden-Bug"、"The Murders in the Rue Morgue"、"The Adventures of Sherlock Holmes"）和"自然美的"（如"The Domain of Arnheim"）。[①] 张越瑞还提到了"南方文坛上几个过渡的作家"，如瓦第（William Wirt）、克奈德（John P. Kennedy）、库克（John Esten Cooke）和逊姆士（William Gilmore Simms）等，他们都是当代中国读者很不熟悉的，也鲜为当代中国批评界所提及。第六位是司脱活夫人（即斯托夫人）。张越瑞提到了司脱活夫人的《黑奴吁天录》（即《汤姆叔叔的小屋》），简单介绍了这部小说及其思想，并提到了她的另一部小说——《古镇的人们》。最后一位是霍桑。张越瑞将霍桑的短篇小说分为三类："寓意的或象征的"小说（如 Roppacini's Daughter）、"历史的"小说（如 The Gentle Boy）和"描写与叙述参合的"小说（如 The Old Apple-Dealer）[②]，提到了霍桑的《重述的故事》、《古屋青苔》与《雪像和其他重述的故事》三部短篇小说集和《红字》、《七个屋翼的房子》（即《七个尖角的屋子》）、《变相》（The Transformation）与《百利士得的故事》（即《福谷传奇》）四部传奇小说，简单介绍了他"最伟大的悲剧小说"《红字》和写罪恶的另一部小说《七个屋翼的房子》，称《红字》为"以艺术的手腕表现清教的罪恶观，'美'、道德、诗意三种元素集合成这旷世的伟著"[③]。

1936 年，上海生活书店出版了塞先艾和陈家麟翻译的《美国短篇小说集》，这是继 1917 年周瘦娟翻译出版的《欧美名家短篇小说丛刊》以来国内出版的又一部集中译介美国短篇小说的力作，其中收入欧文、霍桑和爱伦·坡的短篇小说。1937 年 6 月，上海商务印书馆出版了傅东华和于熙俭选译的《美国短篇小说集》（上、下册），收入欧文的《李伯·凡·温克》（即《瑞普·凡·温克尔》）、霍桑的《胖先生》和《腊巴尼西的女儿》和爱伦·坡的《告密的心》等短篇小说，译者"导

---

① 张越瑞：《美利坚文学》，上海商务印书馆 1933 年版，第 60 页。
② 同上书，第 81 页。
③ 同上书，第 83 页。

言"比较详细地评介了 19 世纪初到 20 世纪 30 年代美国短篇小说的历史发展，涉及欧文、霍桑和爱伦·坡三位白人浪漫主义小说家。译者"导言"虽然简单介绍了这三位小说家，但可以说是继《美国文学ABC》和《美利坚文学》之后国内评介美国早期白人小说家和浪漫主义小说家的又一力作。

20 世纪 40 年代开始，中国批评界关注的美国白人小说家和小说逐渐减少。1940 年，上海中流书店出版了程鸥和夏雨主编的《美国文学》，收入霍桑短篇小说。① 1946 年，上海铁流书店出版了茅盾等编译的美国短篇小说集《革命的女儿》，收入爱伦·坡短篇小说。② 1949 年，晨光出版公司出版了一套"美国文学丛书"（共计 18 种 20 卷，其中 2 种分上下卷），其中包括爱伦·坡小说《海上历险记》和中篇小说集《爱伦·坡故事集》。③ 31 年后，回忆这套丛书的出版过程，赵家璧不无感慨地说：

> 我们知道，美国文学直到十九世纪末叶，才逐渐摆脱维多利亚时代风尚和殖民主义的精神枷锁，以独特的民族风格和文学语言，崛起在新大陆的土地上。这种土生土长的以各种不同文学形式，从各个方面反映美国社会生活的现实主义文学，以及这以前十九世纪的浪漫主义文学，对我国读者认识美国的历史、社会风貌和人民思想都能起到一定的作用，其中大多数是健康的，进步的；当然不包括那些大量流行的通俗小说在内。但在当时的中国文艺界，特别在专搞外国文学者的圈子里，美国文学一直没有得到应有的重视。④

赵先生之言道出了新中国成立前中国翻译界和批评界译介和评介美国小说的选材标准，虽然很多译者和研究者没有像赵先生那样直接使用"健

---

① 参见查明建、谢天振《中国 20 世纪外国文学翻译史》，湖北教育出版社 2007 年版，第 368 页。
② 同上书，第 368 页。
③ 参见赵家璧《出版〈美国文学丛书〉的前前后后——回忆一套标志中美文化交流的丛书》，《读书》1980 年第 10 期。
④ 同上。

康的”和“进步的”这样的饱含社会政治意识形态意蕴的词汇，但他们译介和评介选材上的社会政治意识形态标准是客观存在的。

1949 年新中国成立后，随着中美关系日益恶化，中国评介美国小说的活动越来越受到社会政治意识形态影响，评介的主要对象日渐局限于“几个当时被认为是进步的、属于批判现实主义流派的作家”以及“揭露美国社会黑暗和反对种族歧视的具有‘战斗性’的美国黑人文学作品”①。1949—1976 年，中国评介美国早期白人小说和浪漫主义小说的文字几乎为零。除了黄嘉德在《文史哲》1963 年第 6 期发表的 1 篇论及斯托夫人的《汤姆叔叔的小屋》的文章（《论斯托的〈汤姆叔叔的小屋〉》），20 世纪 50—70 年代出版的为数不多的几部美国文学论著是：1950 年 6 月出版的《美国文学的作家与作品》，1953 年出版的《美国短篇小说选》（法斯特著）的“代序”，1962 年出版的《美国文学近况》和 1963 年创刊、“文化大革命”中被迫中止而“文化大革命”后于 1978 年恢复建刊的《现代美国文学研究》，这些论著都没有涉及美国早期白人小说和浪漫主义小说的评介文字。1976 年“文化大革命”结束后，社会政治意识形态的影响开始逐渐消退，中国批评界开始重新关注美国早期白人小说和浪漫主义小说。1978 年人民文学出版社出版的董衡巽主编的《美国文学简史》（上册）比较全面地介绍了美国早期白人小说家和浪漫主义小说家欧文、库柏、爱伦·坡、霍桑和梅尔维尔以及“废奴文学”的代表作家哈里叶特·比彻·斯托（即斯托夫人）和希尔德里斯。

（二）美国白人现实主义小说研究

20 世纪初，美国白人现实主义小说出现在中国；20 世纪 20 年代中后期，中国出现了评介美国白人现实主义小说的文字。跟评介美国早期白人小说和浪漫主义小说的情况相似，中国批评界评介美国白人现实主义小说的意识形态倾向也比较明显，评介的对象主要是具有“左翼”思想倾向的小说家和小说。

20 世纪 20 年代，《东方杂志》、《小说月报》和《世界文学》等当

---

① 查明建、谢天振：《中国 20 世纪外国文学翻译史》，湖北教育出版社 2007 年版，第 632 页。

时影响较大的文艺刊物发表了不少评介美国白人现实主义小说的文章。1920 年，《东方杂志》第 17 卷第 15 号发表了一篇名为《美国名小说家何威尔斯之逝世》的短文章，报道了美国现实主义大师豪威尔斯逝世的消息。① 1926 年，《小说月报》第 17 卷第 12 号发表了郑振铎的《文学大纲》第 43 章，该章为"美国文学"，其中第三部分介绍了南北战争后美国小说界出现的"三个一等重要的作家"②：马克·特文（即马克·吐温）、霍威尔（即豪威尔斯）和亨利·乾姆士（即亨利·詹姆斯）。郑振铎认为，马克·吐温是"最深沉而博大的美国人"，"没有一个作家比他更适宜于解释他所住之国的，也没有一个国家有他那样的一个作家更适宜的去解释它的"③。他提到了马克·吐温的《海外的呆子》（即《傻瓜国外流浪记》）、《汤姆·莎耶》（即《汤姆·索亚历险记》）、《毁坏了赫特莱堡的人》和《神秘的客人》（The Mysterious Stranger），重点介绍了代表作《赫克莱培莱·芬》（即《哈克贝利·费恩历险记》）。郑振铎还提到豪威尔斯及其小说《一个近代的例子》、《西拉士拉潘的兴起》（即《赛拉斯·拉帕姆的发迹》）和《吉顿人》。郑振铎认为，亨利·詹姆斯是"十九世纪有数的艺术家之一"。④ 他提到了詹姆斯的《赫特生》（Roderick Hudson）、《雏菊磨者》（即《黛西·米勒》）、《一个贵妇的肖像》（即《贵妇画像》）、《美国人》、《鸽之翼》和《金钵》（即《金碗》）等小说。1929 年，上海 ABC 丛书社出版了曾虚白的《美国文学 ABC》，该书评介了 3 位美国白人现实主义小说家。第一位是马克·吐温。曾虚白认为，马克·吐温是"穿着小丑衣服的人生哲学家"。⑤ 在"麦克吐温"（即马克·吐温）一章，曾虚白提到了马克·吐温的《出国的天真者》（即《傻瓜国外流浪记》）、《耐苦》（即《苦日子》）、《镀金时代》、《一个出国的流浪者》（A Trample A-

---

① 参见《东方杂志》1920 年 8 月 10 日第 17 卷第 15 号，第 37 页。
② 郑振铎：《郑振铎全集》第 12 卷·文学大纲（三），花山文艺出版社 1998 年版，第 367 页。
③ 同上。
④ 郑振铎：《郑振铎全集》第 12 卷·文学大纲（三），花山文艺出版社 1998 年版，第 369 页。
⑤ 曾虚白：《美国文学 ABC》，上海 ABC 丛书社 1929 年版，第 92 页。

broad)、《王公与穷人》(即《王子与贫儿》)、《密西西比河上的生活》、《赫格尔勃茉芬》(即《哈克贝利·费恩历险记》)和《汤姆骚渊的出国》(即《汤姆·索亚历险记》)等小说,比较粗略地介绍了《出国的天真者》(即《傻瓜国外流浪记》)、《耐苦》和《赫格尔勃茉芬》(即《哈克贝利·费恩历险记》)三部小说。第二位是豪威尔斯。曾虚白认为,"根本上讲何威尔斯是个值得介绍的天才作家 [……] 在他的范围里讲,他仍旧是个完善的艺术家。他没有写一页不好的文学,他没有写过一句能让人家修改的句子 [……] 凡是爱好艺术文学的人,也能爱好地读他的作品,并且会景仰地反复重读。他的情绪和事实虽不能引人的注意,可是他的作风是有陶醉性的;看他表演英文的艺术确是种文学家的愉快。"① 在"威廉定何威尔斯"(即威廉·迪恩·豪威尔斯)一章,曾虚白提到了豪威尔斯的《一个偶然的认识》(A Chance Acquaint-ance)、《阿庐斯都克的夫人》(The Lady of Aroostook)、《一个可怕的责任》、《一个近代的例证》、《萨拉司拉芬的起来》(即《赛拉斯·拉帕姆的发迹》)、《印度之夏》、《阿妮滑尔朋》(Annie Kilburn)、《新运命的险遇》、《堪东门》(The Kentons)和《皮林之神》等小说。第三位是詹姆斯。曾虚白认为,詹姆斯是"美国第二个写实派的领袖,然而他仍旧算不得怎样伟大的作家"②,因为"单提文学的艺术讲,他确乎有可取的地方,若说是表现人生,他可实在是失败了"③;但是,"根本上讲,詹姆士是一个头脑清晰,理智透开的思想家。他的作品的长处只在能表现他有条不紊的理智 [……] 他是个解析心理的专家"④。在"亨利詹姆士"一章,曾虚白提到了詹姆斯的《罗特利克黑特孙》(Roder-ick Hudson)、《美国人》、《一个夫人的画像》(即《贵妇画像》)、《鲍斯屯人》(即《波士顿人》)、《为难的时代》(The Awkward Age)和《美国现象》(The American Sense)等小说。

30 年代,中国批评界对美国白人现实主义小说的评介沿袭了 20 年代

① 曾虚白:《美国文学 ABC》,上海 ABC 丛书社 1929 年版,第 104—105 页。
② 同上书,第 114—115 页。
③ 同上书,第 115 页。
④ 同上书,第 116—117 页。

的模式，批评家在选择研究对象时仍然将目光主要投向了具有"左翼"思想倾向的小说家及小说。1933 年 12 月，上海商务印书馆出版了张越瑞的《美利坚文学》，该书介绍了马克·吐温（即马克·吐温）、何威尔士（即豪威尔斯）和詹姆士（即詹姆斯）及其他美国"乡土派"小说家，主要介绍了马克·吐温及其处女作《海外的婴儿》（即《傻瓜国外流浪记》）以及"那几篇写小孩的故事"①——《汤姆·梭耶》（即《汤姆·索亚历险记》）和《黑克波莱·芬》（即《哈克贝利·费恩历险记》）及其他小说如《傻的威尔逊》（*Pudd'nhead Wilson*）、《我的准奥夫阿克印象记》（*Personal Recollection of Joan of Arc*）、《狗的故事》和《镀金时代》，何威尔士及其小说《拉芬的起家》（即《赛拉斯·拉帕姆的发迹》）、《一个新例》（*A Modern Instance*）、《四月的希望》和《新运命的险遇》，詹姆士及其《黛西·米勒》、《罗德里克·哈德森》和《一位小姐的写真》（即《贵妇画像》），还提到了其他"乡土派"小说家，如库克（Rose Terry Cooke）、朱厄特、芙莉门（Mary E. Wilkins Freeman）、柏梁（Alice Brown）、夏里士（Joel Chandler Harris）、家克卜（George Washington Cable）、克勒多（Charles Egbert Craddock，即 Mary N. Murfree）、萨内特（Octave Thanet，原名法兰琪〈Alice French〉）、伍尔逊（Constance Fenimore Woolson）、伊格斯坦（Edward Egglestan）和格兰德（即哈姆林·加兰）等，其中很多是当代中国批评界很少提及的，因而不为当代中国读者所熟知。1935 年 9 月，《世界文学》第 1 卷第 6 期发表了允怀的论文《关于写实主义》，其中涉及美国白人现实主义小说。1936 年，赵家璧出版了《新传统》，该书第一章"美国小说之成长"评介了马克·吐温和豪威尔斯。赵家璧认为，美国小说源于马克·吐温。他说：

> 美国小说清除了那许多荆棘，走上了这一条大道［现实主义大道］，是经历过许多阶段的。在依着这条大道进行的作家中，许多人是属于过去的，许多人是正在前进着，更有许多人在把自己转变过来。这些英雄都是使美国小说成长的功臣，前人开了路，后人才

---

① 张越瑞：《美利坚文学》，上海商务印书馆 1933 年版，第98 页。

能继续的扩张而进行；而马克·吐温（Mark Twain）的开辟荒芜的大功，更值得称为近代的"美国的"小说的始祖。①

赵家璧认为，"马克·吐温的幽默小说，虽然受到同时代人的攻击，可是从历史的观点上看，马克·吐温的'边疆的现实主义'（Frontier Realism）或称'初民的现实主义'（Primitive Realism），终于替今日的美国现实小说树了一块基石"。② 关于豪威尔斯，赵家璧认为，"霍威耳斯对阿美利加主义和现实主义在美国的成长，和马克·吐温是同样值得纪念的。虽然他没有把那时代的生活忠实的记录下来，并且有许多不彻底的地方；至少他已看到美国作家所应写的题材必得是美国的事物，而写小说的基本条件更脱不出对于事物忠实的观察和热情的抒写。"③ 1937 年 6 月，上海商务印书馆出版了傅东华和于熙俭选译的《美国短篇小说集》（上、下册），译者"导言"比较详细地介绍了 19 世纪初到 20 世纪 30 年代美国短篇小说的历史发展，其中涉及马克·吐温、詹姆斯、哈特和毕尔斯四位美国白人现实主义小说家。译者认为，马克·吐温的短篇小说在体裁上"替短篇小说开辟了一条新路"④，哈特"并不怎样掩饰人们的恶，但他有一种技俩，能够显出即使万恶的败类也未尝不包含着几分的善，而表现时又丝毫不违背自然"⑤，毕尔斯的短篇小说"非常精细而深刻"⑥，詹姆斯的"性格分析"方法"开拓了心理小说的一条大路"⑦。

40 年代，中国学界对美国白人现实主义小说关注不多，唯一涉及美国白人现实主义小说的作品是 1949 年晨光出版公司出版的一套"美国文学丛书"，该丛书收入马克·吐温的长篇小说《密西西比河上》，这部小说之所以能被收入，是因为它是"健康的，进步的"。⑧

① 赵家璧：《新传统》，中国国际广播出版社 2013 年版，第 8 页。
② 同上书，第 9 页。
③ 同上书，第 11 页。
④ 傅东华、于熙俭选译：《美国短篇小说集》，上海商务印书馆 1937 年版，第 9 页。
⑤ 同上书，第 10 页。
⑥ 同上。
⑦ 傅东华、于熙俭选译：《美国短篇小说集》，上海商务印书馆 1937 年版，第 11 页。
⑧ 赵家璧：《出版〈美国文学丛书〉的前前后后——回忆一套标志中美文化交流的丛书》，《读书》1980 年第 10 期。

如果说20—40年代中国批评界评介美国白人现实主义小说时比较关注具有"左翼"思想倾向的小说家及小说的话，这种意识形态化的做法在1949年新中国成立后日益明显。新中国成立后，随着中美关系的变化，美国小说研究受社会政治意识形态影响越来越大，研究对象日益缩减为"几个当时被认为是进步的、属于批判现实主义流派的作家"①。1950—1978年，中国评介或评论美国白人现实主义小说家及小说的文字很少，除了1978年出版的《美国文学简史》（上册）和部分期刊发表的研究论文，几乎没有任何美国文学研究论著或论文涉及美国白人现实主义小说家及小说。《美国文学简史》（上册）的"南北战争到第一次世界大战时期"一章比较详细地介绍了豪威尔斯、詹姆斯和马克·吐温三位美国白人现实主义小说家。国内部分期刊也发表了一些美国白人现实主义小说研究论文，但关注范围仅限于马克·吐温及其政治讽刺小说《竞选州长》和具有社会批判性的几篇短篇小说。

（三）美国白人自然主义小说研究

与评介美国早期白人浪漫主义与现实主义小说相比，中国美国白人自然主义小说评介中的意识形态倾向更为明显，评介选择的对象主要是具有"左翼"思想倾向的小说家及小说，伦敦和欧·亨利首当其冲成了中国批评界关注的重点对象。

1921年，《小说月报》第12卷第5号发表了理白翻译的伦敦短篇小说《豢豹人的一个故事》，这是最早进入中国的美国白人自然主义小说。理白译文后附有"小识"一篇，虽然算不上真正的评论文章，却是最早见于国内文艺期刊的评介美国白人自然主义小说的文字。理白译文及其"小识"使"中国读者开始感受到杰克·伦敦及其作品的魅力"②，拉开了中国评介美国白人自然主义小说的序幕。随后，美国白人自然主义小说评介文字不断出现于《小说月报》等重要文艺期刊。

20世纪20年代，不少评介美国白人自然主义小说的文字出现于

---

① 查明建、谢天振：《中国20世纪外国文学翻译史》，湖北教育出版社2007年版，第632页。

② 谢天振、查明建主编：《中国现代翻译文学史（1898—1949）》，上海外语教育出版社2004年版，第268页。

《小说月报》。1926 年,《小说月报》第 17 卷第 12 号发表了郑振铎的
《文学大纲》① 第 43 章,该章是"美国文学",其中第三部分专论南北
战争后的美国小说,主要介绍了克兰(即克莱恩)、诺利士(即诺里
斯)和奥·亨利(即欧·亨利)等美国白人自然主义小说家及其小说
或短篇小说,虽然介绍比较粗略,鲜有文本细读分析,却是国内学界第
一次对美国白人自然主义小说的较大规模评介,是国内美国白人自然主
义小说研究的可喜成果,对日后美国白人自然主义小说在中国的传播和
接受起了非常重要的促进作用。1929 年,《小说月报》第 20 卷第 8 号
发表了赵景深的论文《二十年来的美国小说》,其中介绍了伦敦、加兰
和辛克莱三位美国白人自然主义小说家,提到了伦敦的《马丁·爱丹》
(即《马丁·伊登》和《野犬呼声》(即《野性的呼唤》)两部小说、
加兰的《边境中段的女儿》和《草原上的儿童生活》两部小说以及辛
克莱的《屠场》和其他小说,文章虽然对涉及作品未做文本细读分析,
但对这些小说家在中国的传播与接受起到了积极的促进作用。

　　30 年代,中国对美国白人自然主义小说的评介进一步增多,但评
介的对象主要还是伦敦、欧·亨利、辛克莱和德莱塞等具有"左翼"
思想倾向的小说家。1930 年,《小说月报》第 21 卷第 4 号"现代文坛
杂话"栏目发表了赵景深的短文章《辛克莱的山城》,简单介绍了辛克
莱小说《山城》。同年,余慕陶在《美国新兴文学家介绍》中介绍了
"震动了全世界的四位文坛将士",其中包括伦敦和辛克莱。② 1933 年
12 月,上海商务印书馆出版了张越瑞的《美利坚文学》,该书概括介绍
了 17 世纪初到 20 世纪 30 年代初美国文学的历史发展,其"十九世纪
的文学"部分简单介绍了克兰(即克莱恩)及其小说《娟女,墨谐》
(即《街头女郎玛琪》)与《勇敢的红徽》(即《红色英勇勋章》)和罗
利士(即诺里斯)及其小说《章鱼》、《麦克提格》与《芬多福与野
兽》,"二十世纪文学"部分简单介绍了德莱西(即德莱塞)及其《金
融家》、《泰坦神》(*Titan*)与《珍妮姑娘》和阿亨利(即欧·亨利)

---

　　① 《文学大纲》于 1927 年 4 月由上海商务印书馆出版,共有 46 章,其中第 43 章专门论
述美国文学,第 46 章题为"新世纪的文学",其中也涉及美国文学。
　　② 谢天振、查明建主编:《中国现代翻译文学史(1898—1949)》,第 265 页。

及其《四百万》。1934 年 10 月，《现代》第 5 卷第 6 号 （《现代·现代美国文学专号》） 发表了 8 篇美国小说研究论文，其中 3 篇分别评介了伦敦、曷普登·辛克莱 （即厄普顿·辛克莱） 和德莱塞三位美国白人自然主义小说家。1935 年 2 月，上海中华书局出版了张梦麟和刘杰夫合译的伦敦中短篇小说集《野性的呼唤》，译文前译者的《关于野性的呼唤》和日本厨川百村的《贾克伦敦的小说》两篇介绍性文章介绍了伦敦及其小说《野性的呼唤》。① 1936 年，赵家璧出版了《新传统》，该书分章评介了 9 位著名美国小说家，其中包括德莱塞。在 "特莱塞"（即德莱塞） 一章，赵家璧比较详细地评介了德莱塞长篇小说《卡莉妹妹》（ 即《嘉莉妹妹》)、《珍妮姑娘》、《理财家》（The Financier）、《力神》（Titan）、《一幕美国的悲剧》 和短篇小说集《十二个人》及其思想和认识变迁，认为《一幕美国的悲剧》是 "特莱塞 ［德莱塞］ 所写的小说中公认为最足代表的杰作"，"可以把他 ［它］ 看作最忠实的美国社会史读：因为克拉特的梦想其实是每个美国人的梦想，而诱惑克拉特处罚克拉特的社会就是美国人所生活着的社会"。② 除了专章评介德莱塞，在 "美国小说之成长" 一章，赵家璧也谈到德莱塞和另外两位美国白人自然主义小说家：辛克莱和伦敦，认为他们是 "暴露运动"的代表小说家③，但 "讲现代的美国文学，就得从特莱塞 ［德莱塞］ 说起"，因为 "美国民族文学一开始就在摆脱理想文学而向现实主义的大道前进，但是马克·吐温、霍威耳斯 ［豪威尔斯］、诺立斯 ［诺里斯］、杰克伦敦一群人只替特莱塞 ［德莱塞］ 开辟荒芜，帮助完成特莱塞［德莱塞］ 的事业而已"④。1937 年 6 月，上海商务印书馆出版了傅东华和于熙俭选译的《美国短篇小说集》（上、下册），译者 "导言" 介绍了欧·亨利和德莱塞，认为德莱塞的短篇小说 "大胆打破了从前那种讲究布局的作风，而自创一种新风格，因为他已经看出现实的人生是并

---

① 参见查明建、谢天振《中国 20 世纪外国文学翻译史》，湖北教育出版社 2007 年版，第 173 页。

② 赵家璧：《新传统》，中国国际广播出版社 2013 年版，第 45 页。

③ 同上书，第 14 页。

④ 同上书，第 37 页。

不如小说家意想的那么有结构的"①。这篇译者"导言"不仅是 20 世纪
30 年代国内评介欧·亨利和德莱塞的力作，而且是继赵家璧《美国小
说之成长》之后国内美国小说研究的佳作。

　　20 世纪 40 年代，中国批评界评介美国白人自然主义小说的势头有
增无减，但评介选择的主要对象跟 30 年代没有多大差别。1943 年 10
月，偏重于外国文学译介和研究的重庆刊物《时与潮文艺》（第 2 卷第
2 期）推出"美国当代小说专号"，收入孙晋三的《美国当代小说专号
引言》和林疑今的《当代美国问题小说》两篇论文。《当代美国小说专
号导言》简单介绍了克莱恩、诺里斯、伦敦和辛克莱。《当代美国问题
小说》认为，"自从 1929 年经济大恐慌后，问题小说逐渐成为美国文
学的主流，浩浩荡荡，至今未衰。"② 文章分析了美国问题小说兴盛的
缘由，并分析了"种族问题小说"、"政治问题小说"、"经济问题小说"
和"社会问题小说"等当时美国主要问题小说及其主要代表人物及作
品，其中涉及欧·亨利、德莱塞、诺里斯和辛克莱。1944 年 3 月，重
庆新生图书文具公司出版了胡曦翻译的加尔·凡·多兰（C. Van Doren）
的《现代美国的小说》，该书介绍了 22 位美国小说家及其小说创作，其
中包括克莱恩、诺里斯、伦敦、欧·亨利、加兰、德莱塞和辛克莱等美
国白人自然主义小说家。1946 年，《世界知识》（1946 年第 1—5 期）
发表了曹末风节译的辛克莱小说《龙果》（*Dragon Harvest*），第 1 期的
节译文前简单介绍了所译作者与作品。1948 年 6 月，上海生活书店出
版了秦牧的《世界文学欣赏初步》，其中提到辛克莱的《屠场》和伦敦
的《马丁伊甸》（即《马丁·伊登》），并简单介绍了伦敦《野性的呼
唤》的故事梗概与主题。③ 1949 年，晨光出版公司出版了一套"美国文
学丛书"（共 18 种 20 卷），其中包括德莱塞的《珍妮小传》。

　　总体上讲，1921—1949 年，虽然中国批评界对美国白人自然主义
小说的评介有一定的意识形态目的，研究者虽然将目光主要投向了德莱
塞、伦敦、欧·亨利和辛克莱，但也没有完全忽视其他非常重要的美国

---

① 傅东华、于熙俭选译：《美国短篇小说集》，上海商务印书馆 1937 年版，第 12 页。
② 林疑今：《当代美国问题小说》，《时与潮文艺》1943 年 10 月第 2 卷第 2 期。
③ 参见秦牧《世界文学欣赏初步》，上海生活书店 1948 年版，第 7、28、45、62 页。

白人自然主义小说家如克莱恩、诺里斯和加兰。但 1949 年新中国成立后，随着中美关系日益恶化，社会政治意识形态对外国文学研究的影响越来越严重，中国美国白人自然主义小说评介的意识形态倾向更加明显。在社会政治意识形态统治下，文艺工作必须遵循"文艺为政治服务"和"文艺为工农兵服务"的宗旨和方向。这个时期，研究美国小说必须考虑研究对象的思想倾向问题，因此，美国小说研究的对象仅为"几个当时被认为是进步的、属于批判现实主义流派的作家"。① 1950—1978 年，中国评介美国白人自然主义小说的文字很少，除了《西方语文》1957 年第 3 期发表的朱树飏的论文《西奥多·德莱赛：偶像破坏者》、1953 年出版的《美国短篇小说选》和 1978 年出版的董衡巽主编的《美国文学简史》（上册），几乎看不到评介美国白人自然主义小说的文字。1953 年，北京文艺翻译出版社出版了清华大学外国语文系英文组辑译的《美国短篇小说选》（法斯特等著），收入克莱恩的短篇小说，译文"代序"说：

> 这本小小的集子里收集了六篇美国短篇小说，这是我们英文组师生为了抗美援朝捐献飞机大炮而翻译的。这样我们一方面以实际行动响应了捐献运动，一方面借这个机会使我们的广大读者从美国作家笔下窥见美帝国主义血腥的本质和吃人的剥削制度以及所谓"美国生产方式"的凶恶真相——这是一个战斗的任务，一个用笔杆向敌人作战的任务，这任务一提出来就为全组师生热情拥护，大家都抱着无限的热忱从事这一个集体翻译。②

"代序"还说："这六篇短篇小说的作者，除克莱恩外，都是当代的美国进步作家。"③ 可见，当时的社会政治意识形态对中国美国小说研究产生了非常大的影响。1978 年，人民文学出版社出版了董衡巽等编著

---

① 查明建、谢天振：《中国 20 世纪外国文学翻译史》，湖北教育出版社 2007 年版，第 632 页。

② ［美］霍华德·法斯特等：《美国短篇小说选》，清华大学外国语文系英文组辑译，北京文艺翻译出版社 1953 年版，第 1 页。

③ 同上。

的《美国文学简史》（上册），第二、三章比较详细介绍了加兰、诺里斯、克莱恩、欧·亨利、伦敦和德莱塞等美国白人自然主义小说家，是新中国成立以来国内首次对美国白人自然主义小说的大规模评介。

（四）美国白人现代小说研究

美国白人现代小说于 20 世纪 20 年代初进入中国。美国白人现代小说进入中国不久，中国出现了评介美国白人现代小说的文字。如果说 1978 年前中国对美国早期白人小说和浪漫主义小说、现实主义小说及自然主义小说的评介都带有社会政治意识形态影响的烙印，1978 年前中国对美国白人现代小说的评介也同样受到社会政治意识形态影响，这种影响在评介对象的选择方面体现得比较明显。

20 世纪 20 年代，《小说月报》和《东方杂志》等文艺期刊发表了不少评介美国白人现代小说的文章。1921 年，《小说月报》第 12 卷第 11 号"海外文坛消息"栏目发表了沈雁冰的短文章，介绍了美国女作家梅·辛克莱的《威克的惠林顿先生》。1922 年，《小说月报》第 13 卷第 5 号"海外文坛消息"栏目发表了沈雁冰的《美国文坛近况》，简单介绍了美国文学的近期状况①；《东方杂志》第 19 卷第 20 号发表了幼雄的《美国革命文学与贵族精神的崩溃》，论述了刘易斯《白弼德》（即《巴比特》）中体现出来的革命精神的兴起和贵族精神的衰落②，是国内最早涉及美国白人现代小说的研究论文。1923 年，《小说月报》第 14 卷第 6 号"海外文坛消息"栏目发表了沈雁冰的短文章《两部美国小说》，提到当年出版的颇受"多数人欢迎而风行一时"的几部小说，如斯特拉·本森（Stella Benson）的《可怜之人》、佐纳·盖勒（Zona Gale）的《淡淡的芳香》（*Faint Perfume*）、阿瑟顿（Gertrude Franklin Horn Atherton）的《黑牛》和安德森的《许多婚姻》，比较详细地评介了《黑牛》和《许多婚姻》这两部小说，认为后者是"一部值得一读的小说"③，前者"也可以读一读的"④。此文虽短，却是国内最早评介

---

① 参见《小说月报》1922 年 5 月 10 日第 13 卷第 5 号，第 124 页。
② 参见幼雄《美国革命文学与贵族精神的崩溃》，《东方杂志》1922 年 10 月 25 日第 19 卷第 20 号，第 81—84 页。
③ 沈雁冰：《两部美国小说》，《小说月报》1923 年 6 月 10 日第 14 卷第 6 号，第 3 页。
④ 同上书，第 4 页。

美国白人现代小说的文字之一。同年，《小说月报》第 14 卷第 7 号 "海外文坛消息" 栏目发表了沈雁冰的短文章《美国的短篇小说》，介绍了奥·勃林（Edward O'Brien）主编的《1922 年最佳短篇小说》第二册（*The Best Short Stories of* 1922：*II*：*American*），认为书中所收短篇小说 "含着极广泛的风土人情"，因为既有 "完全美国式的小说，也有东欧式的小说"①；《小说月报》第 14 卷第 11 号 "海外文坛消息" 栏目发表了沈雁冰的短文章《美国的小说》，分类介绍了 1923 年上半年美国小说界的七类小说②：第一类是 "关于欧战的小说"，代表小说是斐列波·吉勃司（Sir Philip Gibes）的《中途》（*The Middle of the Road*）、勒文东·康福忒（Will Levingston Comfort）的《大街》（*The Public Square*）、马克思韦尔（W. B. Maxwell）的《时日的旅程》（*The Day's Journey*）、麦尔考司凯（Edna Walker Malcoskey）的《初次上台者》（*The Debutante*）和汤麦司·鲍特（Thomas Boyd）的《小麦中》（*Through the Wheat*）；第二类是 "两性问题小说"，代表小说是奥佛东（Grant Overton）的《清白之岛》（*Island of the Innocent*）、斯坦福（Alfred B. Stanford）的《胀大的土地》（*The Ground Swell*）和萨巴蒂尼（Rafael Sabatini）的《海鹰》（*The Sea-Hawk*）；第三类是 "由近代人的 '望乡心' 产生的憎恨都市的小说"；第四类是 "描写异域情调或古代风化的小说"；第五类是 "恋爱小说"；第六类是 "反对结婚的小说"；第七类是 "描写 '新奇迹' 的小说"，代表小说是大卫·加纳忒（David Garnett）的《美人变为狐》（*Lady into Fox*）和欧南司忒·勃拉玛（Ernest Bramah）的《客兰的黄金时代》（*Kai Lung's Golden Hours*）。1926 年，《小说月报》第 17 卷第 12 号发表了郑振铎的《文学大纲》③ 第 43 章，该章为 "美国文学"，其第三部分专论南北战争后的美国小说，其中介绍了瓦尔登夫人（即华顿）及其小说。1927 年 4 月，上海

---

① 参见沈雁冰《美国的短篇小说》，《小说月报》1923 年 7 月 10 日第 14 卷第 7 号，第 3 页。

② 参见沈雁冰《美国的小说》，《小说月报》1923 年 11 月 10 日第 14 卷第 11 号，第 1—2 页。

③ 《文学大纲》于 1927 年 4 月由上海商务印书馆出版，共有 46 章，其中第 43 章专门论述美国文学，第 46 章题为 "新世纪的文学"，其中也涉及美国文学。

商务印书馆出版了郑振铎的《文学大纲》，第46章（"新世纪的文学"）第三部分简单介绍了刘委士（即辛克莱·刘易斯）及其《大街》和《白比特》（即《巴比特》）、瓦尔顿夫人（即华顿）及其《伊坦·弗洛姆》、《泥屋》（即《欢乐之家》）和《一个在前线的儿子》、奥司金（即约翰·厄尔斯金）及其《海伦的家常生活》（*The Private Life of Helen of Troy*）和《格拉哈特》（*Galahad*）以及安特生（即安德森）、海格萧莫（即赫格西默）、格拉司歌（即格拉斯哥）、惠特（W. A. White）和奥斯汀（Mary Austin）等小说家。郑振铎《文学大纲》涉及的美国白人现代小说家较多，虽然小说文本细读分析很少，却是国内学界对美国白人现代小说的第一次全面评介，对美国白人现代小说在中国的传播和接受有着非常重要的意义。1929年，《小说月报》第20卷第8号发表了赵景深的论文《二十年来的美国小说》，这是国内第一篇专门系统研究美国白人现代小说的文章，该文将20世纪前20多年的美国小说家分为"罗曼小说家"、"神秘小说家"、"心理小说家"和"社会小说家"四类，其中介绍了坎贝尔（James Branch Cabell）、赫格西默、华顿、安德森、刘易斯和凯瑟。文章提到了赫格西默的《从一老屋》、《光亮的肩巾》和《西赛亚》，华顿的《快乐家庭》（即《欢乐之家》）、《天真时代》、《乡间风俗》、中篇小说《老纽约》、《战斗的法兰西》和《一个在前线的儿子》，安德森的《塔尔》（*The Tar*）、《小城畸人》、《前进的人们》、《可怜的白人》和短篇小说《蛋之胜利》，刘易斯的《大街》、《爱罗史密司》（*Arrow Smith*）、《我们的雷恩先生》和《职业》，凯瑟的《未来的爱神》、《雕刻家的葬仪》和《百灵曲》（即《云雀之歌》）等小说。文章还简单综述了评论界对刘易斯的批评："世人对于他的批评颇不一致，有的尊他为先知，为天才，有的骂他为骗子；有的说他是被社会遗弃的人，有的又说他是欺骗自己的伪善者。"① 文章对上述小说家的小说没有做文本细读分析，但比较全面地介绍了20世纪前20多年美国现代小说的面貌，涉及的美国白人现代小说家中，除了开贝尔和赫格西默，其他都是当代中国读者非常熟悉的。

---

① 赵景深：《二十年来的美国小说》，《小说月报》1929年8月10日第20卷第8号，第1251页。

30 年代，中国评介和研究美国白人现代小说或涉及美国白人现代小说的评介论文和论著也增多了不少。1930 年，《小说月报》第 21 卷第 1 号"现代文坛杂话"栏目发表了赵景深的短文章《最近的美国文坛》，简单介绍了 20 世纪 20 年代后期美国文学的状况；《小说月报》第 21 卷第 8 号"现代文坛杂话"栏目发表了赵景深的短文章《美国文坛杂讯》，简单介绍了赫格西默小说《宴会的衣服》。1931 年，《小说月报》第 22 卷第 1 号"国外文坛消息"栏目发表了赵景深的短文章《美国文坛短讯》，介绍了达金盾小说《欢乐之港》；《小说月报》第 22 卷第 2 号"国外文坛消息"栏目发表了赵景深的短文章《刘易士得诺贝尔奖的舆论》，简单介绍了刘易斯获得诺贝尔文学奖之后所引起的舆论反应。1933 年 9 月，《文学》月刊第 1 卷第 3 号发表了黄源的《美国新进步作家汉敏威》，比较详细地介绍了海明威的创作情况，开篇直言："安尼斯脱汉敏威［厄内斯特·海明威］是美国的新进步作家。"① 作者对海明威的这番评价，足以表明当时中国批评界评介美国现代小说时的意识形态倾向。虽然海明威是"美国的新进步作家"，作者却感叹说："这几年来我很关心关于汉敏威［海明威］的评论，但至今没有读到专论他的文章，更不容说专书了。"② 同年 12 月，上海商务印书馆出版了张越瑞的《美利坚文学》，其"二十世纪的文学"部分简单介绍了很多美国白人现代小说家和小说，包括路维斯（即刘易斯）及其《大街》、《巴比特》、《阿罗史密斯》和《埃尔默·甘特利》、屈克（H. Quick）及其《凡德尔马克思的傻瓜》（*The Fool of Vandermarks*）、罗伯（E. Robert）及其《人之时间》、威得（G. Wescott）及其《祖母们》、罗华格（O. A. Rölvaag）及其《地下巨人》、威德（T. Wilde）及其《圣路易斯·莱的桥》、厄尔斯金（J. Erskine）及其《海伦的家常生活》、威莱（E. Wylie）及其《杰尼弗·劳恩》和《黑盔甲》，短篇小说家萨柯（R. Suckow）及其《衣阿华内政》、安得森（即安德森）及其《鸡蛋的胜利》和斯蒂尔（W. D. Steele）及其《看穿天堂的人》，其中很多不为

---

① 引自贾植芳、陈思和主编《中外文学关系史资料汇编（1898—1937）》，广西师范大学出版社 2004 年版，第 1019 页。

② 同上书，第 1025 页。

当代中国读者所熟悉，他们在 20 世纪前 20 年美国文坛上的活跃表现，"预告了美国文学艺术新世纪的来临。"① 1934 年 10 月，《现代》第 5 卷第 6 号《现代·现代美国文学专号》发表了 7 篇专论美国小说家的文章，其中 3 篇分别评介了海明威、帕索斯和福尔克奈（即福克纳）三位美国白人现代小说家。1936 年，赵家璧出版了《新传统》，被誉为"可能是中国最早的研究美国现代小说的专著"②，全书共 10 章，除了总论，其余 9 章分别评介了 9 位美国白人小说家：特莱塞（即德莱塞）、休伍·安特生（即舍伍德·安德森）、维拉·凯漱（即维拉·凯瑟）、裘屈罗·斯坦因（即格特鲁德·斯泰因）、桑顿·怀尔德、海敏威（即海明威）、福尔格奈（即福克纳）、杜司·帕索斯（即多思·帕索斯）和辟尔·勃克（即赛珍珠），其中除了德莱塞，其他 8 位都是现代小说家。在 1936 年 8 月 20 日写成的"序"中，赵家璧说：

> 我觉得现在中国的新文学，在许多地方和现代的美国文学有些相似的：现代美国文学摆脱了英国的旧传统而独立起来，像中国的新文学突破了四千年旧文化的束缚而揭起了新旗帜一样；至今口头语的应用，新字汇的创制，各种写作方法的实验，彼此都在努力着；而近数年来，在美国的个人主义没落以后，从五四时代传播到中国思想界来的"美国精神"，现在也被别一种东西所淘汰。太平洋两岸的文艺工作者，大家都向现实主义的大道前进着。他们的成绩并不十分惊人，但是我们至少可以从他们的作品里认识许多事实，学习许多东西的。③

从此话中可以看出，赵家璧选择上述 9 位小说家作为自己的研究对象，不是没有意识形态考虑的。对美国小说的成长做了总论性介绍之后，赵家璧分章评介了安德森及其《穷白人》、《麦克弗逊的儿子》、《前进的

---

① 张越瑞：《美利坚文学》，上海商务印书馆 1933 年版，第 134 页。
② 引自谢天振、查明建主编《中国现代翻译文学史（1898—1949）》，上海外语教育出版社 2004 版，第 266—267 页。
③ 赵家璧：《新传统》，中国国际广播出版社 2013 年版，"序"第 2 页。

人们》和《温斯堡屋海奥》（即《小城畸人》），凯瑟及其《我的安托妮》（即《我的安东妮娅》）、《我的生死的敌人》（*My Mortal Enemy*）、《主教之死》、《石上人影》、《失望的妇人》（即《迷途的女人》）、《垦荒者》（即《啊，拓荒者!》）和《百灵的歌声》（即《云雀之歌》），斯泰因及其《三个人的生活》和《美国人之成长》，怀尔德及其《断桥因果》（*The Bridge of San Louis Rey*）、《卡巴拉》（*Cabala*）、《安多士的妇人》（*The Woman of Andros*）和《天堂是我的目的地》，海明威及其《再会吧武器》（即《永别了，武器》）、《太阳又起来了》（即《太阳照样升起》）、《二心河》、《一处干净明亮的地方》、《我们的时代》、《午后之死》、《杀人者》、《海变》、《战斗者》、《瑞士顶礼》、《简单的询问》、《依立奥脱先生和夫人》（*Mr. and Mrs. Eliot*）和《雨中猫》，福克纳及其《兵士的酬报》（即《士兵的报酬》）、《沙套列斯》（即《沙多里斯》）、《声音与愤怒》（即《喧哗与骚动》）（赵家璧认为这是“在现代文学中最大胆的实验作品”①）、《我在等死》（即《我弥留之际》）、《避难所》和《八月之光》，帕索斯及其《三兵士》、《曼哈顿中转站》和《美国》三部曲——《大洋钿》（即《赚大钱》）、《第四十二纬度》（即《北纬42度》和《一九一九》，赛珍珠及其《大地》、《东风·西风》、《小革命家》、《儿子们》和《分家》。1937年6月，上海商务印书馆出版了傅东华和于熙俭选译的《美国短篇小说集》（上、下册），收入凯瑟的《保罗的罪状》和刘易斯的《柳径》等短篇小说，译者“导言”对这两位小说家做了评介，认为他们是“大战后的代表”，他们的短篇小说反映了“大战后美国生活”②，因为凯瑟的短篇小说“写实的观察非常忠实，但一般的含着悲剧的情调，往往把现代生活烘托在过去时代的背景上”③，而刘易斯是“一个眼光锐利的第一流的讽刺家。他的题材是彻底地现代生活的。他自己并没有什么明显确定的主张，但是他对于现世相的各方面表示着深刻的不满和愤激”④。可以说，这篇

---

① 赵家璧：《新传统》，中国国际广播出版社2013年版，第159页。
② 傅东华、于熙俭选译：《美国短篇小说集》，上海商务印书馆1937年版，第2—3页。
③ 同上书，第13页。
④ 同上。

译者"导言"是继赵家璧《新传统》后国内评介美国白人现代小说的又一力作。同年,《世界知识》(1937 年第 6 期)发表了渺加的《美国文学的新动向》,介绍了美国现代文学"沿着现实批判的线路而发展"的新动向,其中介绍了代表美国小说新动向的两位作家弗兰克和刘易斯。①

40 年代,中国评介美国白人现代小说的势头有增无减,但评介对象选择方面的意识形态倾向却比以前更加明显。1941 年 6 月,创作、翻译、评论并重的大型文学刊物《文学月报》(第 3 卷第 1 号)推出"美国文学专辑",发表了铁弦的《关于约翰斯丹贝克》一文。1943 年 10 月,偏重于外国文学译介和研究的重庆刊物《时与潮文艺》(第 2 卷第 2 期)推出了"美国当代小说专号",收入孙晋三的《美国当代小说专号引言》,该文从"健壮的当代美国小说"、"写实主义在美国"和"美国的短篇小说"三个方面分析了 20 世纪 20—40 年代美国小说的突出特征,简单评介了安德森、凯瑟、威特各特(Glenway Wescott)、海明威、斯坦贝克和萨洛扬等美国白人现代小说家,认为"当代的美国文学,富于小市民的气息(但是批判性的,而不是感伤性的)"②。1944 年 3 月,重庆新生图书文具公司出版了胡曦翻译的加尔·凡·多兰(C. Van Doren)的《现代美国的小说》,介绍了 22 位美国小说家及其小说创作,其中包括达金盾、乔治·艾德(George Ade)、华顿、凯瑟、坎贝尔(James Branch Cabell)、刘易斯、安德森、拉德纳、沃尔夫、福克纳、考德威尔、罗伯茨、海明威、法莱尔和赛珍珠等美国白人现代小说家。

1949 年之后,中美关系日益恶化,美国小说研究受社会政治意识形态影响也日渐明显,评介美国小说必须首先考虑评介对象的思想倾向问题。50 年代,中国评介美国白人现代小说的文字不多,评介对象都是具有"进步"思想的美国白人现代小说家。1953 年,北京文艺翻译出版社出版了清华大学外国语文系英文组辑译的《美国短篇小说选》(法斯特等著),收入马尔兹的短篇小说,译者"代序"对其做了简单

---

① 参见渺加《美国文学的新动向》,《世界知识》1937 年第 6 期。
② 孙晋三:《美国当代小说专号引言》,《时与潮文艺》1943 年 10 月第 2 卷第 2 期。

介绍。此外，50年代，国内还有部分期刊也发表了一些美国白人现代小说研究或涉及美国白人现代小说的研究论文，涉及海明威和刘易斯。60年代，除了1962年中国科学院哲学社会科学部学术资料研究室编著的《美国文学近况》和国内部分期刊发表的美国白人现代小说研究或涉及美国白人现代小说的研究论文，几乎没有其他评介美国白人现代小说的文字。《美国文学近况》是一部比较全面评介美国文学的学术专著，该书从"进步作家"的角度比较详细地介绍了约翰·朵思·派索斯（即约翰·多斯·帕索斯）、詹姆斯·古尔德·柯赞斯（James Gould Cozzens）、赛珍珠、福克纳、考德威尔、斯坦贝克、海明威、萨洛扬、马尔兹、菲里普·邦诺斯基（Phillip Bonosky）、阿兰·迈克斯（Alan Max）、马克·万·道伦（Mark Van Doren）、韦尔蒂、波特、刘易斯、凯瑟琳·布鲁什（Katherine Brush）、撒姆尔·奥尼兹（Samuel Ornitz）和圣约翰·高加梯（Oliver St. John Gogarty）等美国白人现代小说家的生平及其创作情况。60年代，国内还有部分期刊也发表了一些美国白人现代小说研究或涉及美国白人现代小说的研究论文，涉及赛珍珠和福克纳。"文化大革命"结束后，1978年，人民文学出版社出版了董衡巽主编的《美国文学简史》（上册），这是新中国成立后国内第一部美国文学史。该书第四章（"第一次世界大战到第二次世界大战"）比较详细地介绍了刘易斯、安德森、凯瑟、海明威、菲茨杰拉德、沃尔夫、帕索斯、法莱尔、斯坦贝克、福克纳、沃伦和波特等美国白人现代小说家，是自1962年《美国文学近况》以来中国批评界首次对美国白人现代小说的大规模评介。

（五）当代美国白人小说研究

当代美国小说指1945年第二次世界大战结束以来的美国小说；因此，从时间上讲，1945年前，中国没有评介当代美国白人小说的活动或文字。1945—1949年，中国也没有出现评介当代美国白人小说的文字。1949年之后，随着中美关系日益恶化，社会政治意识形态对美国小说研究的影响日渐加重，研究对象的思想倾向问题成为研究者重点关注的问题，研究的重点对象是"几个当时被认为是进步的、属于批判现

实主义流派的作家"。① 1950—1978 年，中国评介当代美国白人小说的
文字很少，评介中的社会政治意识形态影响极为明显，这种影响在评介
对象选择方面表现得尤为突出。

　　50 年代，国内部分期刊发表了一些当代美国白人小说研究或涉及
当代美国白人小说的研究论文，涉及小说家及其作品有博尔迪克（Eu-
gene Burdick）和莱德勒（William Lederer）的《不体面的美国人》、贝
西（Alvah Bessie）的长篇小说《非美分子》和沙斯柏莱的（Harrison
S. Salisbury）的《没有着落的一代》。除了这几位小说家，很少有当代
美国白人小说家及其作品受到中国批评界关注。

　　60 年代，中国出现了系统介绍当代美国白人小说的文字。1962 年，
中国科学院哲学社会科学部学术资料研究室蔡葆真编写的《美国文学近
况》系统介绍了 20 世纪 50 年代的美国文学状况，其中涉及很多当代美
国白人小说家及小说，包括克鲁亚克及其《在路上》、《地下人》（The
Subterraneans）、《通晓佛法的流浪汉》（Dharma Bums）、《萨克斯医生》
和《麦琪·卡西迪》，劳伦斯·李普顿（Lawrence Lipton）及其《神圣
的野蛮人》，克莱伦·霍尔姆斯（Clellon Holmes）及其《走吧》和《号
角》，威廉·巴勒斯和亚历山大·特罗奇及其小说《该隐之书》，斯
隆·威尔逊（Sloan Wilson）及其长篇小说《穿灰色法兰绒衣的人》，博
尔迪克和莱德勒及其政治小说《不体面的美国人》，雷·布雷德伯里
（Ray Bradbury）及其短篇小说集《解围的人》（The Illustrated Man）、
《太阳的金苹果》、《马蒂安大事录》（The Martian Chronicles）和中篇小
说《华氏 451 度》，柯赞斯及其《爱的纠缠》（By Love Possessed），弗拉
基米尔·纳博科夫及其《洛丽塔》，艾伦·德鲁里（Allen Drury）及其
《咨询与赞许》和约翰·赫赛（John Hersey）及其《战争爱好者》。该
书还从"进步作家"的角度比较详细地介绍了柯赞斯、塞林格、斯泰
伦和米切尔·威尔逊（Mitchell Wilson）等当代美国白人小说家的生平
及其创作情况以及杰洛姆（V. J. Jerome）的《杰瑞米的明灯》、邦诺斯
基的《燃烧的山谷》和《魔草》（The Magic Fern）、斯蒂芬·海姆

---

　　① 查明建、谢天振：《中国 20 世纪外国文学翻译史》，湖北教育出版社 2007 年版，第
632 页。

（Stefen Heym）的《高尔兹镇》（*Goldsborough*）和短篇小说集《吃人者及其他》、马克西姆·李伯尔（Maxim Lieber）的短篇小说集《美国世纪》、台克斯忒·马斯特斯（Dexter Masters）的《事故》、玛撒·陶德（Martha Dodd）的《疾风劲草》（*The Searching Light*）、菲里普·斯蒂文逊的《种子》三部曲第一部（《晨午夜》〈*Morning Noon and Night*〉和《从泥土中来》）和第二部（《老朽的法律》〈*Old Father Antic*〉和《骗局》〈*The Hoax*〉）、贝西（Alvah Bessie）的《非美分子》和卡尔·马替尼（Carl Marzani）的《余生》（*The Survivor*）等小说。1964 年，山东大学美国文学研究室创办了《现代美国文学研究》，不定期出版，发表了一些当代美国白人小说评介文章。1966—1976 年"文化大革命"期间，外国文学作品被一概拒之门外，几乎没有当代美国白人小说受到中国批评界关注。

1976 年"文化大革命"结束后，中国批评界开始将注意力重新投向当代美国白人小说，社会政治意识形态的影响也日趋减少。1978 年 12 月，山东大学美国文学研究所编辑出版的《现代美国文学研究》第 2 期发表了 3 篇研究梅勒长篇小说《裸者与死者》的论文；同年，人民文学出版社出版了董衡巽等编著的《美国文学简史》（上册），其中第五章（"第二次世界大战以后的文学"）比较详细地评介了克鲁亚克、梅勒、霍克斯、欧茨、纳博科夫、冯尼格特、海勒、巴斯和斯泰伦等当代美国白人小说家，是自 1962 年《美国文学近况》以来中国批评界首次对当代美国白人小说的大规模介绍。

（六）美国黑人小说研究

美国历史上，黑人一直是白人压迫的对象，长期以来处于被压迫被统治的地位。美国黑人的社会地位使得美国黑人文学具有非常鲜明的意识形态性。在中国批评界，美国黑人文学一直受到"青睐"，特别是那些具有反抗思想和战斗精神的黑人小说家和小说，更受中国批评界关注。

20 世纪 10 年代后期，中国出现了评介美国小说的文字，但涉及美国黑人小说的评介文字出现得较晚。1933 年 12 月，上海良友图书印刷公司出版了杨昌溪的《黑人文学》，其中专章介绍了美国黑人小说。可以说，中国批评界对美国黑人小说的研究从这时开始。从 1933 年到 1978 年底，中国批评界对美国黑人小说的评介不是很多，评介选择的黑人小说家和小说都是思想上比较"进步的"。

　　1933 年 12 月，上海良友图书印刷公司出版了杨昌溪的《黑人文学》，是国内首次涉及美国黑人小说研究的学术专著，其中"黑人的小说"部分介绍了黑人小说家爱德华兹（Harry Stiwell Edwards）的短篇小说《黑影》（*Shadow*）、突平（Edna Timpin）的短篇小说《亚伯拉罕的解放》（*Abraham's Freedom*）、邓肯（Naman Duncan）的短篇小说《一件假设的事》和夏芝（L. B. Yeates）的短篇小说《白墨战》（*The Chalk-Game*），这 4 篇短篇小说都以种族关系为书写对象，揭示了黑人受白人欺压的不平等种族关系。该部分还介绍了淮提及其小说《燧石中的花火》、女作家浮色德（Gossie Fouset）及其短篇小说《有混乱》（*There Is Confusion*）、"革命小说家"波依士（即杜波依斯）及其小说《黑公主》、那生（Nella Larson）及其短篇小说《流沙》、非修（Rudelph Fishor）及其短篇小说《吉立柯的墙》（*Wall of Jericho*）、休士（即兰斯顿·休斯）及其《不是没有笑的》以及当时在美国不出名而在法国比较有名的黑人小说家赫勒·马郎（Rene Maren）及其小说《霸都亚纳》（*Batouala*）。这些黑人小说家中，除了杜波依斯和休斯，其他几位鲜为当代中国读者所熟知。1935 年 4 月，《世界文学》第 1 卷第 4 期发表了允怀的论文《黑人文学在美国》，但以黑人诗歌为主，对黑人小说的介绍较少。此后到 1949 年，中国没有出现评介美国黑人小说的文字。总体上讲，1933—1949 年，中国批评界对美国黑人小说的评介不是很多。

　　1949 年之后，随着中美关系日渐恶化，美国小说研究不可避免地受到社会政治意识形态影响，小说家的思想倾向问题成为中国美国小说研究关注的重点问题。50 年代，中国批评界评介的美国黑人小说只是一些"揭露美国社会黑暗和反对种族歧视的具有'战斗性'的美国黑人文学作品"①。1953 年，北京文艺翻译出版社出版了清华大学外国语

---

　　①　查明建、谢天振：《中国 20 世纪外国文学翻译史》，湖北教育出版社 2007 年版，第 632 页。

文系英文组辑译的法斯特等著的《美国短篇小说选》，其中包括卡尔·奥福德的短篇小说《青青的草地和一支枪》，译者"代序"对它做了简单介绍。1954 年 7 月，上海文艺联合出版社出版了施咸荣翻译的休斯等著的《黑人短篇小说选》，收入休斯、奥福德、杰·哈·克拉克和弗·爱森堡 4 位美国黑人小说家的 6 篇短篇小说，其中休斯 3 篇、其他 3 位各 1 篇，"译者前记"比较详细地介绍了休斯。1955 年 2 月，中国青年出版社出版了黄钟翻译的苏联蒙·贝尔克选编的美国黑人小说家休斯等著的《黑人短篇小说集》（Negro Stories），收入休斯、克拉克、爱森堡和安奇洛·韩盾等黑人小说家的 6 篇短篇小说。译者之所以选译这些作品，是因为"作者都是现代美国进步的黑人作家。各篇内容描写美国黑人儿童和青少年所受的种种歧视，以及他们日常的悲惨生活。也描写了青年的反抗精神，刻画了一些同情黑人的、善良的美国公民的形象。从这几个短篇小说里，可以更清楚地看到美国统治阶级的凶恶嘴脸"①。"序言"对休斯的生平、创作和思想以及所选 6 篇短篇小说做了简单介绍。1959 年 4 月，人民文学出版社出版了贝金翻译的雪莉·格雷汉姆的《从前有个奴隶》，该书介绍了"十九世纪美国黑人伟大领袖弗雷德里克·道格拉斯的英雄事迹，而且深入地反映了南北战争前后黑人和一般人民为了废除奴隶制度、要求妇女选举权，以及反对美帝国主义侵略而进行的一系列斗争"②。"译后记"详细介绍了格雷汉姆的生平和创作。总体上讲，20 世纪 50 年代，中国批评界对美国黑人小说的评介不多，而且受"文艺为工农兵服务"和"文艺为政治服务"的文艺方针影响，评介明显带有社会政治意识形态影响的烙印，批评家喜欢从揭发美国社会黑暗面和美国人缺点的角度选择黑人作家及其作品进行评介。

60 年代，中国批评界对美国黑人小说的评介也很少，唯一涉及美国黑人小说评介的论著是 1962 年中国科学院哲学社会科学部学术资料

---

① ［美］兰斯顿·休斯等：《黑人短篇小说集》，［苏］蒙·贝尔克选编，黄钟译，中国青年出版社 1955 年版，"内容提要"。

② ［美］雪莉·格雷汉姆：《从前有个奴隶》，贝金译，人民文学出版社 1959 年版，第420 页。

研究室蔡葆真编写的《美国文学近况》，该书从"进步作家"的角度介绍了赖特、休斯、杜波依斯、基伦斯（John O. Killens）、阿尔纳·邦当（Arna Bontemps）、劳埃·布朗（Lloyd Brown）、朱利安·梅菲尔德（Julian Mayfield）、弗兰克·伦敦·布朗（Frank London Brown）等"进步黑人作家"以及埃里森的《看不见的人》、劳埃·布朗的《铁城》、基伦斯的《扬布拉德一家》（Young Blood）、弗兰克·伦敦·布朗的《德伦布尔广场》（Trumbull Park）和杜波依斯的《黑色的火焰》［第一部《曼沙特的考验》（The Ordeal of Mansart）、第二部《曼沙特兴起记》（Mansart Builds a School）］等黑人小说，是自 1933 年杨昌溪《黑人文学》出版以来国内出版的涉及美国黑人小说最多的一部学术著作，但对美国黑人小说的评介带有明显的社会政治意识形态影响的烙印。60 年代，国内部分期刊也发表了美国黑人小说研究或涉及美国黑人小说的研究论文，但多数是笼统性研究，涉及具体小说家和作品分析不多。

70 年代，受"文化大革命"影响，中国批评界对美国黑人小说的评介很少，唯一的评介文字出现于 1978 年人民文学出版社出版的董衡巽等编著的《美国文学简史》（上册）中。该书第二章第五节（"黑人文学"）比较详细地介绍了南北战争前的美国黑人小说家威廉·威尔斯·布朗（William Wells Brown）、马丁·德兰尼（Martin Delany）和弗雷德里克·道格拉斯（Frederick Douglass），第三章第五节（"黑人文学"）比较详细地介绍了南北战争与第一次世界大战之间的美国黑人小说家切斯纳特（Charles Waddell Chestnutt）和杜波依斯，第四章第八节（"黑人文艺复兴及其影响"）比较详细地介绍了两次世界大战之间的美国黑人小说家克劳德·麦凯（Claude Mckay）、康梯·卡伦（Countee Cullen）、乔治·舒拉（George Schuyler）、休斯、邦当（Arna Bontemps）、赫斯顿和赖特，第五章第六节（"黑人小说"）比较详细地介绍了埃里森、鲍德温、约翰·威廉斯（John Williams）、盖恩斯和莫里森，"越战以后的文学"部分中的"少数民族小说"部分比较详细地介绍了越战以后的美国黑人小说家沃克、巴巴拉和奈勒。无论从时间跨度还是涉及作家数量来看，《美国文学简史》（上册）对美国黑人小说的介绍和评价，是"改革开放"前任何美国文学专著都不可与之相比的，其涉及美国黑人小说家的数量足以表明，"文化大革命"之后，社会政治意识形态对美国小说研究的影响开始减少。

（七）美国犹太小说研究

犹太人在美洲大陆的历史很长，早在美国独立前，美洲大陆上就有犹太人居住。据历史记载，1621 年，犹太人首次来到了美洲大陆。[①] 19 世纪末，美国出现了犹太小说。1892 年，爱玛·沃尔夫（Emma Wolf）的小说《其他事情皆平等》在美国出版，这是"第一部由犹太人写的关于犹太题材的美国小说"。[②] 19 世纪 70 年代初，美国小说进入中国，但美国犹太小说家直到 20 世纪 20 年末才进入中国。1929 年，《小说月报》第 20 卷第 11 号发表了刘穆翻译的高尔特（即迈克尔·戈尔德）的《到思想——文化之路的暗号》，这是美国犹太作家首次进入中国。20 世纪 30 年代初，中国出现了评介美国犹太小说家的文字。美国犹太人虽然身为白人，却属于少数民族，长期以来遭受着跟黑人一样的命运。美国犹太小说家没有忘记将他们在美国的生活经历写进小说。跟对美国黑人小说的评介情况相似，1978 年前，中国批评界对美国犹太小说的评介也带有社会政治意识形态影响的烙印，评介选择的对象常常是那些揭露美国社会黑暗面、反映种族歧视和阶级斗争的思想比较"进步"的小说家和小说。

1930 年 3 月，余慕陶在《美国新兴文学家介绍》中，介绍了"震动了全世界的四位文坛将士"，其中包括美国犹太小说家高尔德（即迈克尔·戈尔德）。[③] 但是，从 1930 年到 1949 年，中国没有出现任何评介美国犹太小说的文字。因此，美国犹太小说家虽然于 1930 年进入中国批评界，但 1949 年前，中国学界对美国犹太小说的关注可以说微乎

---

① Irving J. Sloan, ed. & comp., *The Jews in America* 1621—1970, New York：Oceana Publications Inc., 1971, p. 1.

② 评论界也认为，第一部美国犹太小说不是 Emma Wolf 的 *Other Things Being Equal*，而是 1867 年出版的 Natan Mayer 的 *Diffferences*. 参见 D. G. Myers, "Retrieving American Jewish Fiction," Thursday, September 1, 2011；Wed., Aug. 21, 2013（http：//www. jewishideasdaily. com/959/features/retrieving-american-jewish-fiction/）。

③ 谢天振、查明建主编：《中国现代翻译文学史（1898—1949）》，上海外语教育出版社 2004 年版，第 265 页。

其微。

　　1949 年之后，中美关系逐渐走向恶化，社会政治意识形态对美国小说研究的影响也日渐加重，美国小说研究越来越关注研究对象的思想倾向问题，研究对象越来越少，越来越集中于"几个当时被认为是进步的、属于批判现实主义流派的作家"以及"揭露美国社会黑暗和反对种族歧视的具有'战斗性'的美国黑人文学作品"。① 整个 20 世纪 50—60 年代，除了《叛徒霍华德·法斯特从好莱坞领得了犒赏》② 这篇短文章，只有一部学术著作简单介绍了个别犹太小说家，这就是 1962 年中国科学院哲学社会科学部学术资料研究室蔡葆真编写的《美国文学近况》，该书从"进步作家"的角度简单介绍了戈尔德的生平与创作和赫尔曼·沃克长篇小说《马乔里·摩宁斯塔》（*Marjorie Morning-star*）。

　　1966—1976 年"文化大革命"期间，中国批评界没有评介过任何美国犹太小说。"文化大革命"结束后，1977 年 10 月，学生英文杂志社出版了谈德义和李连三主编的《美国短篇小说选注》，收入 3 篇马拉默德短篇小说：《魔桶》、《悲悼者》和《监狱》，书前还有关于马拉默德英文简介，是 1962 年《美国文学近况》出版以来国内第一次译介和评介美国犹太小说。

　　总体上讲，1950 年到 1978 年前，中国学界对美国犹太小说关注很少，除了戈尔德、赫尔曼·沃克和马拉默德这几位"进步作家"，几乎没有其他美国犹太小说家进入中国批评界。

　　从 1978 年底开始，社会政治意识形态对外国文学研究的影响大大减少，中国批评界对美国犹太小说的评介活动又逐渐活跃起来。1978年 12 月，山东大学美国文学研究所编辑出版的《现代美国文学研究》第 2 期发表了 2 篇评介美国犹太小说家马拉默德小说《店员》的研究论文；同年，人民文学出版社出版了董衡巽等编著的《美国文学简史》（上册），该书第五章（"第二次世界大战以后的文学"）第五节（"犹太小说"）比较详细地介绍了辛格、马拉默德、贝娄和罗斯等美国犹太

---

　　① 查明建、谢天振：《中国 20 世纪外国文学翻译史》，湖北教育出版社 2007 年版，第632 页。

　　② 邢祖文：《叛徒霍华德·法斯特从好莱坞领得了犒赏》，《中国电影》1958 年第 8 期。

小说家及其小说创作，是国内首次对美国重要犹太小说家的大规模评介。

综上所述，从中国批评界开始关注美国小说到 1978 年，无论白人小说还是少数族裔小说，中国批评界对美国小说的评介始终带有社会政治意识形态影响的烙印，批评界选择评介的美国小说家和小说，大多具有一定的"左翼"思想倾向。但历时地看，1942 年毛泽东《在延安文艺座谈会上的讲话》发表之前，社会政治意识形态对中国美国小说评介的影响相对较小；1942 年之后，社会政治意识形态的影响日趋严重；1949 年新中国成立后到 1976 年"文化大革命"结束，社会政治意识形态对中国美国小说评介的影响达到了登峰造极的程度；1976 年"文化大革命"结束后，社会政治意识形态对中国美国小说译介和评介的影响日趋减弱。

二 阶级分析：美国小说研究的主导方法

社会政治意识形态影响了中国美国小说研究对象，也对中国美国小说研究方法产生了很大影响。1978 年前，特别是 1949 年新中国成立后到 1976 年"文化大革命"结束，中国批评界主要从"阶级斗争"的角度评介和评论美国小说，阶级分析法成为中国美国小说研究的主导方法。

（一） 美国早期白人小说和浪漫主义小说研究

阶级分析法是 1978 年前中国美国小说评介和评论的主导方法，但 1949 年前的美国早期白人和浪漫主义小说研究中，阶级分析不是很多。1916 年，上海商务印书馆出版的孙毓修编著的《欧美小说丛谈》收入 3 篇评介美国早期白人小说家和浪漫主义小说家的短文章，其中 1 篇简单评介了斯托夫人及其小说《黑奴吁天录》（即《汤姆叔叔的小屋》）以及它对欧文和霍桑的影响[1]，1 篇评介了霍桑的生平与创作及其与欧文和库柏的异同[2]，1 篇简单评介了欧文[3]。这三篇短文章中没有明显的阶

---

[1] 参见孙毓修编著《欧美小说丛谈》，上海商务印书馆 1916 年版，第 41—43 页。

[2] 同上书，第 45—49 页。

[3] 同上书，第 49—51 页。

级分析。1926 年 12 月，《小说月报》第 17 卷第 12 号发表了郑振铎的《文学大纲》① 第 43 章，该章为"美国文学"，其中第二部分评介了南北战争前的美国小说，涉及布朗（Charles Brockden Brown）、欧文、柯甫（即库柏）、霍桑、爱伦·坡和史拖活夫人（即斯托夫人）6 位美国早期白人小说家和浪漫主义小说家，是国内学者第一次对美国早期白人小说和浪漫主义小说的全面评介；除了对斯托夫人的评介，对其他 5 位小说家的评介中，阶级分析不是很明显。1929 年 3 月，上海 ABC 丛书社出版了曾虚白的《美国文学 ABC》，该书共 16 章，其中 1 章总论，15 章作家论，其中 4 章论及美国白人浪漫主义小说。曾虚白从"生活"、"性格"、"作品"和"批评"四个方面"顺着诞生的先后"对每位作家做了比较详细的介绍，其中的阶级分析不是很明显。1933 年 12 月，上海商务印书馆出版了张越瑞的《美利坚文学》，概括介绍了 17 世纪初到 20 世纪 30 年代初美国文学的历史发展，评介了不少作家和作品，其中包括美国早期白人小说家白朗（即查尔斯·布洛克顿·布朗）和波丁（1778—1860）、浪漫主义小说家欧文、库伯（即库柏）、欧林坡（即爱伦·坡）、霍桑、司脱活夫人（即斯托夫人）以及"南方文坛上几个过渡的作家"，如瓦第（William Wirt）、克奈德（John P. Kennedy）、库克（John Esten Cooke）和逊姆士（William Gilmore Simms）等。1937 年 6 月，上海商务印书馆出版了傅东华和于熙俭选译的《美国短篇小说集》（上、下册），译者"导言"比较详细地评介了 19 世纪初到 20 世纪 30 年代美国短篇小说的历史发展，涉及 3 位美国白人浪漫主义小说家：欧文、霍桑和爱伦·坡，是继《美国文学 ABC》和《美利坚文学》之后国内评介美国早期白人和浪漫主义小说的又一力作，其中的阶级分析也不是特别明显。

　　1949 年之后，受中美关系变化影响，美国小说研究受社会政治意识形态影响越来越大，研究美国小说必须考虑研究对象的思想倾向问题，研究对象日益局限于"几个当时被认为是进步的、属于批判现实主义流派的作家"以及"揭露美国社会黑暗和反对种族歧视的具有'战

----

① 《文学大纲》于 1927 年 4 月由上海商务印书馆出版，共有 46 章，其中第 43 章专门论述美国文学，第 46 章题为"新世纪的文学"，其中也涉及美国文学。

斗性'的美国黑人文学作品"①，研究也基本上是纯阶级分析。1950—
1978 年，中国评介美国早期白人和浪漫主义小说的文字几乎为零。除
了《文史哲》1963 年第 6 期发表的黄嘉德的论文《论斯托的〈汤姆叔
叔的小屋〉》和人民文学出版社 1978 年出版的董衡巽等编著的《美国
文学简史》（上册），20 世纪 50—70 年代出版的为数不多的几部美国文
学评论著作（如《美国文学的作家与作品》〈1950〉、《美国短篇小说
选》〈1953〉、《美国文学近况》〈1962〉和《现代美国文学研究》
〈1978〉）都没有涉及美国早期白人小说和浪漫主义小说的评介文字。
黄嘉德对斯托夫人《汤姆叔叔的小屋》的评介没有脱离阶级分析，但
董衡巽《美国文学简史》（上册）对"前期浪漫主义"小说家欧文、库
柏和爱伦·坡、"后期浪漫主义"小说家霍桑和梅尔维尔以及"废奴文
学"的代表作家斯托夫人和希尔德里斯的评介中，阶级分析明显减少。

（二）美国白人现实主义小说研究

与美国早期白人小说和浪漫主义小说研究相似，1949 年前，中国
批评界对美国白人现实主义小说的研究很少采用阶级分析法；但 1949
年后到"文化大革命"结束，中国批评界对美国白人现实主义小说的
研究主要采用了阶级分析法。

1920 年，《东方杂志》第 17 卷第 15 号发表了题为《美国名小说家
何威尔斯之逝世》的短文章，报道了美国现实主义大师豪威尔斯逝世的
消息。② 1926 年 12 月，《小说月报》第 17 卷第 12 号发表了郑振铎的
《文学大纲》③ 第 43 章，该章为"美国文学"，其第三部分介绍了马
克·特文（即马克·吐温）、霍威尔（即豪威尔斯）和亨利·乾姆士
（即亨利·詹姆斯），是国内对美国白人现实主义小说的第一次全面评
介。1929 年 3 月，上海 ABC 丛书社出版了曾虚白的《美国文学 ABC》，
该书评介了 3 位美国白人现实主义小说家：麦克吐温（即马克·吐
温）、威廉定何威尔斯（即威廉·迪恩·豪威尔斯）和亨利詹姆士（即

<hr>

① 查明建、谢天振：《中国 20 世纪外国文学翻译史》，湖北教育出版社 2007 年版，第
632 页。

② 参见《东方杂志》1920 年 8 月 10 日第 17 卷第 15 号，第 37 页。

③ 《文学大纲》于 1927 年 4 月由上海商务印书馆出版，共有 46 章，其中第 43 章专门论
述美国文学，第 46 章题为"新世纪的文学"，其中也涉及美国文学。

亨利·詹姆斯）。曾虚白对这三位小说家的评介是分章进行的，比郑振铎的评介更为详细，但与郑的评介相似，曾的评介没有特别明显的阶级分析，虽然他评介詹姆斯时使用了一些前人没有使用过的词汇，如"民族的个性"、"民族的"和"民族化"等。①

30 年代，中国批评界对美国白人现实主义小说的评介也鲜有阶级分析。1933 年 12 月，上海商务印书馆出版了张越瑞的《美利坚文学》，该书介绍了马克·德温（即马克·吐温）、何威尔士（即豪威尔斯）与詹姆士（即詹姆斯）以及其他"乡土派"作家。1935 年 9 月，《世界文学》第 1 卷第 6 期发表了允怀的论文《关于写实主义》，其中涉及美国白人现实主义小说。1936 年，赵家璧出版了《新传统》，其中"美国小说之成长"一章比较详细地勾勒了美国小说从马克·吐温的"边疆的现实主义"（或称"初民的现实主义"），经过豪威尔斯的"缄默的现实主义"、辛克莱和伦敦所代表的"早期的社会主义的现实主义"、凯瑟和华顿等代表的"逃避现实的浪漫主义"、德莱塞、安德森和刘易斯的"个人主义的现实主义"、海明威和福克纳的"悲观主义"到帕索斯的"社会主义的现实主义"的成长轨迹，也对马克·吐温和豪威尔斯做了评介。1937 年 6 月，上海商务印书馆出版了傅东华和于熙俭选译的《美国短篇小说集》（上、下册），译者"导言"评介了马克·吐温、詹姆斯、哈特和毕尔斯四位美国白人现实主义小说家。

1949 年之后，受社会政治意识形态影响，美国小说研究越来越关注研究对象的思想倾向问题，研究对象主要是"几个当时被认为是进步的、属于批判现实主义流派的作家"②，研究主要采用了阶级分析法。1950—1978 年，中国评介美国白人现实主义小说的文字很少，除了1978 年出版的董衡巽等编著的《美国文学简史》（上册），几乎没有任何美国文学论著或研究论文涉及美国白人现实主义小说。《美国文学简史》（上册）的"南北战争到第一次世界大战时期"一章比较详细地介绍了豪威尔斯、詹姆斯和马克·吐温三位美国白人现实主义小说家。同

---

① 参见曾虚白《美国文学 ABC》，上海 ABC 丛书社 1929 年版，第 114—115 页。
② 查明建、谢天振：《中国 20 世纪外国文学翻译史》，湖北教育出版社 2007 年版，第632 页。

年，国内部分期刊也发表了涉及马克·吐温及其《竞选州长》和部分短篇小说的研究论文。

（三）美国白人自然主义小说研究

社会政治意识形态影响使中国批评界对美国白人自然主义小说关注颇多，批评家不仅选择那些具有"左翼"思想倾向的"进步作家"进行研究，而且常常采用阶级分析的方法对所选作家和作品进行评介和评论。1921 年 5 月，《小说月报》第 12 卷第 5 号发表了理白翻译的伦敦短篇小说《豢豹人的一个故事》，译文后附有"小识"一篇，简单介绍了伦敦，是中国最早评介美国白人自然主义小说的文字。随后，美国白人自然主义小说评介文字不断出现于《小说月报》、《东方杂志》和《世界文学》等 20 世纪 20—30 年代的重要文艺期刊。1926 年 12 月，《小说月报》第 17 卷第 12 号发表了郑振铎的《文学大纲》[①] 第 43 章，该章是"美国文学"，其第三部分专论南北战争后的美国小说，其中介绍了克兰（即克莱恩）、诺利士（即诺里斯）和奥·亨利（即欧·亨利）等美国白人自然主义小说家及其小说，是国内第一次对美国白人自然主义小说的较大规模评介。1929 年 8 月，《小说月报》第 20 卷第 8 号发表了赵景深的论文《二十年来的美国小说》，该文比较详细地介绍了 12 位美国小说家，其中包括 3 位美国白人自然主义小说家：伦敦、加兰和辛克莱。30 年代，中国评介美国白人自然主义小说或涉及美国白人自然主义小说的研究论文或论著增加了不少。1933 年 12 月，上海商务印书馆出版了张越瑞的《美利坚文学》，该书"十九世纪的文学"部分简单介绍了 19 世纪末的"新小说"（实际上就是现在所说的"自然主义小说"）派作家克兰（即克莱恩）与罗利士（即诺里斯），"二十世纪的文学"部分简单介绍了德莱西（即德莱塞）。1934 年 10 月，《现代》第 5 卷第 6 号（《现代·现代美国文学专号》）发表了 7 篇评介美国小说家的论文，其中 3 篇分别评介了伦敦、辛克莱和德莱塞。1935 年 2 月，上海中华书局出版了张梦麟和刘杰夫合译的伦敦中短篇小说集《野性的呼唤》，译者的《关于野性的呼唤》和日本厨川白村的《贾克

---

① 《文学大纲》于 1927 年 4 月由上海商务印书馆出版，共有 46 章，其中第 43 章专门论述美国文学，第 46 章题为"新世纪的文学"，其中也涉及美国文学。

伦敦的小说》两篇介绍性文章介绍了伦敦及其小说《野性的呼唤》。①
1936年，赵家璧出版了《新传统》，该书由10章组成，其中1章专门
评介了德莱塞，"美国小说之成长"一章还介绍了辛克莱、伦敦和德莱
塞。如果说在赵家璧之前没有批评家明显采用阶级分析法评介美国小说
的话，赵家璧在评介德莱塞时显然采用了阶级分析法。他说，"德莱塞
的现实主义是个人主义的现实主义，他代表了美国农村和都市里数千万
小有资产的个人主义者，为了受到各方面的压迫而难以生活，在替他们
吐露着悲观失望的情绪。"② 1937年6月，上海商务印书馆出版了傅东
华和于熙俭选译的《美国短篇小说集》（上、下册），译者"导言"介
绍了欧·亨利和德莱塞。40年代，中国评介美国白人自然主义小说的
势头有增无减。1943年10月，《时与潮文艺》（第2卷第2期）推出
"美国当代小说专号"，收入孙晋三的论文《美国当代小说专号引言》
和林疑今的论文《当代美国问题小说》。孙文简单介绍了4位美国白人
自然主义小说家，即克莱恩、诺里斯、伦敦和辛克莱，林文分析了美国
问题小说兴盛的缘由，并分析了"种族问题小说"、"政治问题小说"、
"经济问题小说"和"社会问题小说"等当时美国主要问题小说及其主
要代表人物和作品，其中涉及欧·亨利、德莱塞、诺里斯和辛克莱，阶
级分析比较明显。1946年，《世界知识》（1946年第1—5期）发表了
曹未风翻译的辛克莱小说《龙果》，第1期的译文前简单介绍了作者和
作品。1948年6月，上海生活书店出版了秦牧的《世界文学欣赏初
步》，其中简单介绍了伦敦的《野性的呼唤》。③

　　1949年之后，随着中美关系日渐恶化，社会政治意识形态对美国
小说研究的影响也日趋增强，研究中的阶级分析也更为明显。1950—
1978年，中国的美国白人自然主义小说研究很少，除了《西方语文》
1957年第3期发表的朱树飏的论文《西奥多·德莱赛：偶象破坏者》、
1953年出版的《美国短篇小说选》和1978年出版的董衡巽主编的《美

---

　　① 参见查明建、谢天振《中国20世纪外国文学翻译史》，湖北教育出版社2007年版，第173页。

　　② 赵家璧：《新传统》，中国国际广播出版社2013年版，第23页。

　　③ 参见秦牧《世界文学欣赏初步》，上海生活书店1948年版，第7、28、45、62页。

国文学简史》（上册），涉及美国白人自然主义小说研究的文字很少。
1953 年，文艺翻译出版社出版了清华大学外国语文系英文组辑译的
《美国短篇小说选》（法斯特等著），译者"代序"说，辑译这部作品的
目的是"使我们的广大读者从美国作家笔下窥见美帝国主义血腥的本
质和吃人的剥削制度以及所谓'美国生产方式'的凶恶真相。"① "代序"
还说，"这六篇短篇小说的作者，除克莱恩外，都是当代的美国进步作
家。"② 可以说，这篇译者"代序"是 20 世纪 50—70 年代中国美国小
说研究中使用阶级分析法的典型。1976 年"文化大革命"结束后，社
会政治意识形态对外国文学研究的影响逐渐减弱，阶级分析也渐渐淡出
中国美国小说研究。1978 年，人民文学出版社出版的董衡巽等编著的
《美国文学简史》（上册）第二、三章较为详细地介绍了加兰、诺里斯、
克莱恩、欧·亨利、伦敦和德莱塞等美国白人自然主义小说家，是自
1950 年以来国内对美国白人自然主义小说的首次大规模评介。

（四）美国白人现代小说研究

1949 年前，中国批评界对美国白人现代小说的研究有阶级分析的
倾向，但阶级分析法不是研究的主导方法；但 1949 年后到 1976 年"文
化大革命"结束，在社会政治意识形态严重影响下，阶级分析法成为中
国批评界研究美国白人现代小说的主导方法。

20 年代，《小说月报》和《东方杂志》发表了不少评介美国白人现
代小说的文章，但涉及阶级分析较少。1922 年，《东方杂志》第 19 卷
第 20 号发表了幼雄的《美国革命文学与贵族精神的崩溃》，论述了刘易
斯《白弼德》（即《巴比特》）中体现出来的革命精神的兴起和贵族精
神的衰落③，是国内最早从"阶级"角度评介美国白人小说的文字。
1923 年，《小说月报》第 14 卷第 6 号"海外文坛消息"栏目发表了沈
雁冰的《两部美国小说》，比较详细地介绍了安德森的《许多婚姻》和
阿瑟顿的《黑牛》。1926 年 12 月，《小说月报》第 17 卷第 12 号发表了

---

① ［美］霍华德·法斯特等：《美国短篇小说选》，清华大学外国语文系英文组辑译，文
艺翻译出版社 1953 年版，第 1 页。
② 同上。
③ 参见幼雄《美国革命文学与贵族精神的崩溃》，《东方杂志》1922 年 10 月 25 日第 19
卷第 20 号，第 81—84 页。

郑振铎的《文学大纲》① 第43章（"美国文学"），该章第三部分专论南北战争后的美国小说，其中介绍了瓦尔登夫人（即华顿）及其小说。1927年4月，上海商务印书馆出版了郑振铎的《文学大纲》，该书第46章为"新世纪的文学"，该章第三部分介绍了新世纪（即20世纪）的美国文学，其中介绍了刘委士（即辛克莱·刘易斯）、瓦尔顿夫人（即伊迪丝·华顿）、奥司金（即约翰·厄尔斯金）、安特生（即安德森）、海格萧莫（即赫格西默）、格拉司歌（即格拉斯哥）、惠特（即 W. A. 怀特）和奥斯汀（即玛丽·奥斯汀）等小说家。1929年8月，《小说月报》第20卷第8号发表了赵景深的论文《二十年来的美国小说》，是国内第一篇专门系统评介美国白人现代小说的研究论文，比较详细地评介了20世纪前20多年"较著名的12个人"②，其中包括坎贝尔（James Branch Cabell）、赫格西默、华顿、安德森、刘易斯和凯瑟等美国白人现代小说家。总体上讲，20年代中国批评界对美国白人现代小说的评介不是很少，但采用阶级分析法进行的评介不是很多。

　　30年代，中国对美国白人现代小说的评介很多，涉及美国白人现代小说的论文和论著也增多了不少，但跟20年代的情况有所不同，一些评介中的阶级分析比较明显。1930年，《小说月报》第21卷第1号"现代文坛杂话"栏目发表了赵景深的短文章《最近的美国文坛》，简单介绍了20世纪20年代后期美国文学的状况③；《小说月报》第21卷第8号"现代文坛杂话"栏目发表了赵景深的短文章《美国文坛杂讯》，简单介绍了赫格西默小说《宴会的衣服》。1931年，《小说月报》第22卷第1号"国外文坛消息"栏目发表了赵景深的短文章《美国文坛短讯》，介绍了达金盾小说《欢乐之港》；《小说月报》第22卷第2号"国外文坛消息"栏目发表了赵景深的短文章《刘易士得诺贝尔奖的舆论》，简单介绍了刘易斯获得诺贝尔文学奖之后所引起的舆论反应。

---

　　① 《文学大纲》于1927年4月由上海商务印书馆出版，共有46章，其中第43章专门论述美国文学，第46章题为"新世纪的文学"，其中也涉及美国文学。

　　② 赵景深：《二十年来的美国小说》，《小说月报》1929年8月10日第20卷第8号，第1247页。

　　③ 参见赵景深《最近的美国文坛》，《小说月报》1930年1月10日第21卷第1号，第752页。

这些短文章中阶级分析的痕迹不是很明显。1933 年，《文学》月刊第 1 卷第 3 号发表了黄源的《美国新进步作家汉敏威》。文章开篇直言："安尼斯脱汉敏威［厄内斯特·海明威］是美国的新进步作家。"① 显然，作者对海明威的评价带有意识形态色彩，阶级分析的倾向比较明显。同年，上海商务印书馆出版了张越瑞的《美利坚文学》，该书"二十世纪的文学"部分简单介绍了很多美国白人现代小说家，包括路维斯（即刘易斯）、屈克（H. Quick）、罗伯（E. Robert）、罗华格（O. A. Rölvaag）、威德（T. Wilde）、厄尔斯金（J. Erskine）和威莱（E. Wylie）以及短篇小说家萨柯（R. Suckow）、安得森（即安德森）和斯蒂尔（W. D. Steele），但没有明显的阶级分析倾向。1934 年，《现代》第 5 卷第 6 号（《现代·现代美国文学专号》）发表了 3 篇涉及美国白人现代小说家的论文，分别评介了海明威、帕索斯和福克纳。1936 年，赵家璧出版了《新传统》，是国内第一部美国白人现代小说研究专著，分章评介了 9 位美国小说家：特莱塞（即德莱塞）、休伍·安特生（即舍伍德·安德森）、维拉·凯漱（即维拉·凯瑟）、裴屈罗·斯坦因（即格特鲁德·斯坦因）、桑顿·怀尔德、海敏威（即海明威）、福尔格奈（即福克纳）、杜司·帕索斯（即多思·帕索斯）和辟尔·勃克（即赛珍珠），其中 8 位现代小说家，有些评介具有阶级分析倾向。1937 年 6 月，上海商务印书馆出版了傅东华和于熙俭选译的《美国短篇小说集》（上、下册），译者"导言"比较详细地评介了凯瑟和刘易斯两位现代小说家。同年，《世界知识》（1937 年第 6 期）发表了渺加的《美国文学的新动向》，文章介绍了美国现代文学"沿着现实批判的线路而发展"的新动向及其代表作家弗兰克和刘易斯。②

40 年代，中国评介美国白人现代小说的势头有增无减，有些评介中的阶级分析比较明显。1941 年，《文学月报》第 3 卷第 1 号推出"美国文学专辑"，发表了铁弦的文章《关于约翰斯丹贝克》。1943 年，《时与潮文艺》（第 2 卷第 2 期）推出了"美国当代小说专号"，收入 2

---

① 引自贾植芳、陈思和主编《中外文学关系史资料汇编（1898—1937）》，广西师范大学出版社 2004 年版，第 1019 页。

② 参见渺加《美国文学的新动向》，《世界知识》1937 年第 6 期。

篇涉及美国现代小说的论文：孙晋三的《美国当代小说专号引言》和林疑今的《当代美国问题小说》。《当代美国小说专号导言》从"健壮的当代美国小说"、"写实主义在美国"和"美国的短篇小说"三个方面分析了 20 世纪 20—40 年代美国小说的突出特征，比较详细地评介了安德森、凯瑟、威斯各特（Glenway Wescott）、海明威、斯坦贝克和萨洛扬等白人现代小说家，其中的阶级分析不是很明显。《当代美国问题小说》分析了当代（即 20 世纪 20—40 年代）美国问题小说兴盛的缘由，并分析了"种族问题小说"、"政治问题小说"、"经济问题小说"和"社会问题小说"等 20 世纪 20—40 年代美国主要问题小说及其主要代表人物和作品，其中的阶级分析比较明显。

　　1949 年之后，随着中美关系的变化，社会政治意识形态对美国小说研究的影响越来越严重，研究美国小说必须考虑研究对象的思想倾向问题；因此，只有刘易斯、斯坦贝克和马尔兹等为数不多的几位描写和反映阶级与种族关系的"进步作家"受到批评界关注，其他美国白人现代小说家明显受到冷落，30—40 年代一度受到批评界热捧的美国白人现代小说家如海明威和福克纳等，在这个时期完全被遗忘，而其他一些非常重要的美国白人现代小说家如菲茨杰拉德，在这一时期也几乎没有任何评介。1950—1978 年，中国评介美国白人现代小说的文字不多，但所有的评介都采用了阶级分析的方法。1953 年，文艺翻译出版社出版了清华大学外国语文系英文组辑译的《美国短篇小说选》（法斯特等著），译者"代序"采用阶级分析的方法简单介绍了马尔兹的短篇小说《午后森林中》的故事梗概和主题思想。50 年代国内还有部分期刊也发表了一些美国白人现代小说研究或涉及美国白人现代小说的研究论文，涉及的小说家有海明威和刘易斯。受"文艺为工农兵服务"和"文艺为政治服务"的文艺方针的影响，这一时期国内美国白人现代小说研究明显带有社会政治意识形态影响的烙印，研究者喜欢从揭发美国社会和美国人缺点的角度评介美国小说。1962 年，中国科学院哲学社会科学部学术资料研究室编写了《美国文学近况》，该书从"进步作家"的角度比较详细地介绍了约翰·朵思·派索斯（John Dos Passos）、詹姆斯·古尔德·柯赞斯、赛珍珠、福克纳、考德威尔、斯坦贝克、海明威、萨洛扬、马尔兹、菲里普·邦诺斯基、阿兰·迈克斯（Alan Max）、马克·万·道伦（Mark Van Doren）、韦尔蒂、波特、刘易斯、凯瑟琳·布鲁什（Katherine Brush）、撒姆尔·奥尼兹（Samuel Ornitz）和圣约翰·高加梯（Oliver St. John Gogarty）等美国白人现代小说家的生平及其创作情况，涉及美国白人现代小说家很多，阶级分析的痕迹也比较明显。60 年代国内部分期刊也发表了一些美国白人现代小说研究或涉及美国白人现代小说的研究论文，涉及的小说家有赛珍珠和福克纳，这些研究明显带有社会政治意识形态影响的烙印，明显的例子就是当时部分学人对赛珍珠的评价，认为她是"美帝国主义文化侵略的急先锋"①。1966—1976 年"文化大革命"期间，中国没有出现评介美国白人现代小说的文字。1978 年，人民文学出版社出版了董衡巽主编的《美国文学简史》（上册），该书第四章（"第一次世界大战到第二次世界大战"）比较详细地介绍了刘易斯、安德森、凯瑟、海明威、菲茨杰拉德、沃尔夫、帕索斯、法莱尔、斯坦贝克、福克纳、沃伦和波特等美国白人现代小说家，是自 1962 年《美国文学近况》以来国内首次对美国白人现代小说的大规模评介，但阶级分析的痕迹少了许多。

（五）当代美国白人小说研究

当代美国小说指 1945 年第二次世界大战结束以来的美国小说，因此，1945 年前，中国没有评介当代美国小说的活动或文字。1945—1949 年，中国也没有出现评介当代美国白人小说的文字。1949 年之后，受中美关系变化影响，美国小说研究受社会政治意识形态影响也越来越大，研究对象越来越集中于"几个当时被认为是进步的、属于批判现实主义流派的作家"以及"揭露美国社会黑暗和反对种族歧视的具有'战斗性'的美国黑人文学作品"②，除了个别小说家，中国批评界对当代美国白人小说关注甚少。1953 年，北京文艺翻译出版社出版了清华大学外国语文系英文组辑译的《美国短篇小说选》（法斯特等著），译

---

① 参见徐育新《赛珍珠——美帝国主义文化侵略的急先锋》，《文学评论》1960 年第 5 期。

② 查明建、谢天振：《中国 20 世纪外国文学翻译史》，湖北教育出版社 2007 年版，第 632 页。

者"代序"采用阶级分析的方法简单介绍邦诺斯基短篇小说《乔尼·库库的记录》和陶德短篇小说《玛丽亚》的故事梗概和主题思想。50年代，国内部分期刊也发表了一些当代美国白人小说研究或涉及当代美国白人小说的研究论文，涉及的小说家及作品有博尔迪克和莱德勒的《不体面的美国人》、贝西长篇小说《非美分子》和沙斯柏莱的《没有着落的一代》。这些研究受"文艺为工农兵服务"和"文艺为政治服务"的文艺方针影响，明显带有社会政治意识形态影响的烙印，研究者喜欢从揭发美国社会和美国人缺点的角度评介作家及其作品。除了莱德勒、贝西和沙斯柏莱，50年代很少有其他当代美国白人小说家及其作品受到中国批评界关注。1962年，中国科学院哲学社会科学部学术资料研究室推出了蔡葆真编写的《美国文学近况》，该书系统介绍了20世纪50年代的美国文学状况，阶级分析的痕迹比较明显，涉及的当代美国白人小说家很多，包括"垮掉的一代"的代表克鲁亚克、劳伦斯·李普顿（Lawrence Lipton）和克莱伦·霍尔姆斯（Clellon Holmes），"颂扬毒品的'麻醉文学'"的代表威廉·巴勒斯和亚历山大·特罗奇，"粉饰太平的假现实主义"的代表斯隆·威尔逊（Sloan Wilson）、博尔迪克和莱德勒，"荒诞不经的'科学小说'"的代表雷·布雷德伯里，"轰动一时的所谓畅销书"的代表柯赞斯、纳博科夫、艾伦·德鲁里（Allen Drury）和赫赛，"进步作家"的代表塞林格、米切尔·威尔逊（Mitchell Wilson）、斯泰伦、杰洛姆（V. J. Jerome）、邦诺斯基、斯蒂芬·海姆（Stefen Heym）、马克西姆·李伯尔（Maxim Lieber）、马斯特斯（Dexter Masters）、陶德（Martha Dodd）、菲里普·斯蒂文逊、贝西和卡尔·马替尼（Carl Marzani）等。1964年，山东大学美国文学研究室创办《现代美国文学研究》，该刊不定期出版，发表了一些当代美国白人小说研究的文章。1966—1976年"文化大革命"期间，外国作品被一概拒之门外，几乎没有当代美国白人小说受到中国批评界关注。"文化大革命"结束后，当代美国白人小说再次受到中国批评界关注。1978年12月，山东大学美国文学研究所编辑出版的《现代美国文学研究》第2期发表了3篇论及美国当代小说家梅勒及其代表作《裸者与死者》的论文；同年，人民文学出版社出版的董衡巽等编著的《美国文学简史》（上册）第五章（"第二次世界大战以后的文学"）比较详细地评介了克鲁亚克、梅勒、霍克斯、欧茨、纳博科夫、冯尼格特、海勒、巴斯和斯泰伦等当代美国白人小说家，是自 1962 年《美国文学近况》以来国内首次对当代美国白人小说的大规模介绍，虽然也有阶级分析的痕迹，但与《美国文学近况》相比，阶级分析的色彩淡了许多。

（六）　美国黑人小说研究

如果说 1978 年前，特别是 1949 年新中国成立后到 1976 年"文化大革命"结束，中国批评界对美国白人小说的研究多采用阶级分析的方法，阶级分析法是 1978 年前中国学界研究美国少数族裔小说的主导方法，这在美国黑人小说研究中尤为突出。

1933 年 12 月，上海良友图书印刷公司出版了杨昌溪的《黑人文学》，是国内首次涉及美国黑人小说研究的学术专著，其中"黑人的小说"部分采用阶级分析的方法介绍了很多黑人小说家，包括爱德华兹（Harry Stiwell Edwards）、突平（Edna Timpin）、邓肯（Naman Duncan）夏芝（L. B. Yeates）、准提、浮色德（Gossie Fouset）、波依士（即杜波依斯）、那生（Nella Larson）、非修（Rudelph Fishor）、休士（即休斯）和赫勒·马郎（Rene Maren）。作者指出，1912 年黑人小说家杜波依斯在亚特兰大演讲之前，黑人小说"在思想上和行动上都是很和平的"[1]，但在杜氏演讲之后，"黑人对于美国和宰制亚非利加洲［非洲］的帝国主义者作了新的控诉。所以，从那时起，小说家在描写上转变了方向，在意识上已经从缓和的领域而到了激烈的阶段。不但在黑人文学方面开展了一个新的局面，而同时更为黑人民族解放运动上开拓了一个新时代"[2]。1935 年 4 月，《世界文学》第 1 卷第 4 期发表了允怀的论文《黑人文学在美国》，但对黑人小说的介绍较少。此后到 1949 年，中国没有出现评介美国黑人小说的文字。

1949 年之后，随着中美关系日益恶化，美国小说研究越来越受社会政治意识形态影响，一些"揭露美国社会黑暗和反对种族歧视的具有

---

[1]　杨昌溪：《黑人文学》，上海良友图书印刷公司 1933 年版，第 40 页。
[2]　同上书，第 41 页。

'战斗性'的美国黑人文学作品"① 越来越受中国批评界"青睐"。
1953 年，北京文艺翻译出版社出版了清华大学外国语文系英文组辑译
的法斯特等著的《美国短篇小说选》，译者"代序"采用阶级分析的方
法对奥福德短篇小说《青青的草地和一支枪》的故事梗概和主题思想
做了简单介绍。1954 年 7 月，上海文艺联合出版社出版了施咸荣翻译
的休斯等著的《黑人短篇小说选》，"译者前记"采用阶级分析的方法
比较详细地介绍了休斯及其作品。1955 年 2 月，中国青年出版社出版
了黄钟翻译的苏联蒙·贝尔克选编的美国黑人小说家休斯等著的《黑人
短篇小说集》，"内容提要"采用阶级分析法对该书做了这样的介绍：
"这个集子包括六个描写美国的短篇小说，作者都是现代美国进步的黑
人作家。各篇内容描写美国黑人儿童和青少年所受的种种歧视，以及他
们日常的悲惨生活。也描写了青年的反抗精神，刻画了一些同情黑人
的、善良的美国公民的形象。从这几个短篇小说里，可以更清楚地看到
美国统治阶级的凶恶嘴脸。"② "序言"也采用阶级分析的方法详细介绍
了休斯的生平、创作和思想以及所选译的 6 篇短篇小说。1959 年 4 月，
人民文学出版社出版了贝金翻译的雪莉·格雷汉姆的《从前有个奴
隶》，副标题是"弗雷德里克·道格拉斯的英雄事迹"。该书介绍了
"十九世纪美国黑人伟大领袖弗雷德里克·道格拉斯的英雄事迹，而且
深入地反映了南北战争前后黑人和一般人民为了废除奴隶制度、要求妇
女选举权，以及反对美帝国主义侵略而进行的一系列斗争"③，"译后
记"详细介绍了格雷汉姆的生平和创作。总体上讲，50 年代，受"文
艺为工农兵服务"和"文艺为政治服务"的文艺方针影响，中国批评
界对美国黑人小说的评介明显带有社会政治意识形态影响的烙印，批评
家喜欢从揭发美国社会和美国人缺点的角度采用阶级分析的方法评介美
国黑人小说家及其作品。

---

① 查明建、谢天振：《中国 20 世纪外国文学翻译史》，湖北教育出版社 2007 年版，第
632 页。
② [美] 兰斯顿·休斯等：《黑人短篇小说集》，[苏] 蒙·贝尔克选编，黄钟译，中国
青年出版社 1955 年版，"内容提要"。
③ [美] 雪莉·格雷汉姆：《从前有个奴隶》，贝金译，人民文学出版社 1959 年版，第
420 页。

60 年代，中国批评界对美国黑人小说的研究仍然采用了阶级分析的方法。1962 年，中国科学院哲学社会科学部学术资料研究室推出蔡葆真编写的《美国文学近况》，该书采用阶级分析的方法，从"进步作家"的角度介绍了 20 世纪 50 年代活跃于美国文坛的黑人小说家，包括埃里森、赖特、休斯、邦当（Arna Bontemps）、杜波依斯、基伦斯（John O. Killens）、劳埃·布朗、朱利安·梅菲尔德和弗兰克·伦敦·布朗等，是自 1933 年杨昌溪的《黑人文学》出版以来国内对美国黑人小说的第一次全面评介。60 年代，国内部分期刊也发表了一些美国黑人小说研究或涉及美国黑人小说的研究论文，话题较为笼统，涉及具体小说家和作品较少。

1966—1976 年"文化大革命"期间，中国批评界对美国黑人小说关注甚少，中国没有出现评介美国黑人小说的文字。1976 年"文化大革命"结束后，中国批评界重新开始关注美国黑人小说。1978 年，人民文学出版社出版了董衡巽等编著的《美国文学简史》（上册），第二章第五节（"黑人文学"）比较详细地介绍了南北战争前的美国黑人小说家威廉·威尔斯·布朗、马丁·德兰尼和弗雷德里克·道格拉斯的小说创作，第三章第五节（"黑人文学"）比较详细地介绍了南北战争与第一次世界大战之间的美国黑人小说家切斯纳特（Charles Waddell Chestnutt）和杜波依斯的小说创作，第四章第八节（"黑人文艺复兴及其影响"）比较详细地介绍了两次世界大战之间的美国黑人小说家克劳德·麦凯、康梯·卡伦、休斯、乔治·舒拉（George Schuyler）、邦当（Arna Bontemps）、赫斯顿和赖特的小说创作，第五章第六节（"黑人小说"）比较详细地介绍了埃里森、鲍德温、约翰·威廉斯、盖恩斯和莫里森的小说创作，"越战以后的文学"部分中的"少数民族小说"部分比较详细地介绍了越战以后的美国黑人小说家沃克、巴巴拉和奈勒的小说创作，是 1962 年《美国文学近况》以来国内学界对美国黑人小说的第一次大规模评介，但与《美国文学近况》相比，其阶级分析倾向明显减弱。

（七）美国犹太小说研究

阶级分析法也是 1978 年前中国美国犹太小说研究的主导方法。

1949 年前，中国批评界对美国犹太小说关注甚少。1949 年之后，受社会政治意识形态影响，美国小说研究对研究对象的思想倾向问题的关注越来越明显，研究对象越来越局限于"几个当时被认为是进步的、属于批判现实主义流派的作家"以及"揭露美国社会黑暗和反对种族歧视的具有'战斗性'的美国黑人文学作品"。① 整个 20 世纪 50—60 年代，除了《叛徒霍华德·法斯特从好莱坞领得了犒赏》② 这篇短文章，只有一部学术著作简单介绍了个别犹太小说家，这就是 1962 年中国科学院哲学社会科学部学术资料研究室蔡葆真编写的《美国文学近况》。该书较为全面地介绍了 20 世纪 50 年代的美国文学状况，但只涉及两位美国犹太小说家：赫尔曼·沃克和迈克尔·戈尔德。作者之所以介绍这两位小说家，是因为沃克的长篇小说《马乔里·摩宁斯塔》是"假现实主义文学"的代表，是"为美国统治阶级的要求服务的反动文学"③，而戈尔德则是一位"进步作家"。70 年代，中国也仅出现一部涉及美国犹太小说的著作，它是 1977 年 10 月学生英文杂志社出版的谈德义和李连三主编的《美国短篇小说选注》。该书收入 3 篇马拉默德短篇小说：《魔桶》、《悲悼者》和《监狱》，书前有马拉默德英文简介。总体上讲，1950 年到 1978 年前，中国批评界对美国犹太小说的关注很少，除了法斯特、戈尔德、沃克和马拉默德，几乎没有其他美国犹太小说家进入中国批评界；而批评界对这四位小说家的评介，主要采用的是阶级分析的方法。

1976 年"文化大革命"结束后，从 1978 年底开始，中国批评界对美国犹太小说的关注逐渐增多，对美国犹太小说评介中的阶级分析也逐渐减少。1978 年 12 月，山东大学美国文学研究所编辑出版的《现代美国文学研究》第 2 期发表了 2 篇美国犹太小说家马拉默德小说研究论文；同年，人民文学出版社出版了董衡巽等编著的《美国文学简史》（上册），该书第五章（"第二次世界大战以后的文学"）第五节（"犹

---

① 查明建、谢天振：《中国 20 世纪外国文学翻译史》，湖北教育出版社 2007 年版，第632 页。

② 邢祖文：《叛徒霍华德·法斯特从好莱坞领得了犒赏》，《中国电影》1958 年第 8 期。

③ 蔡葆真：《美国文学近况》，中国科学院哲学社会科学部学术资料研究室 1962 年版，第 7 页。

太小说"）比较详细地介绍了辛格、马拉默德、贝娄和罗斯等美国犹太小说家的小说创作，是国内第一次对美国重要犹太小说家的大规模评介。与先前的评介相比，《美国文学简史》（上册）没有完全从"进步作家"的角度评介美国犹太小说家，阶级分析的成分明显减少了。

三　阶级性、革命性与斗争性：美国小说研究的重要视角

1978 年前，特别是 1949 年新中国成立后到 1976 年"文化大革命"结束，中国的美国小说研究受到社会政治意识形态的严重影响，这种影响不仅体现在研究对象的选择和研究方法的采用方面，而且体现在研究视角的选择方面。1978 年前，中国批评界注重从"阶级性"、"革命性"和"斗争性"的角度研究美国小说，这种视角选择在 1949—1976 年的美国小说研究中尤为明显。

（一）美国早期白人小说和浪漫主义小说研究

1916 年，上海商务印书馆出版了孙毓修编著的《欧美小说丛谈》，收入 3 篇评介美国早期白人小说家和浪漫主义小说家的短文章，分别简单评介了斯托夫人、霍桑和欧文，虽然称不上研究美国小说的论文，却是最早评介美国小说家的文字。20—30 年代，中国出现了不少评介美国早期白人小说和浪漫主义小说的文字，但从"阶级性"、"革命性"和"斗争性"角度进行的评介较少。1926 年，《小说月报》第 17 卷第 12 号发表了郑振铎的《文学大纲》① 第 43 章"美国文学"，其中第二部分论述了南北战争前的美国小说，涉及 6 位美国早期白人小说家和浪漫主义小说家：布朗（Charles Brockden Brown）、欧文、柯甫（即库柏）、霍桑、爱伦·坡和史拖活夫人（即斯托夫人）。1929 年，上海 ABC 丛书社出版了曾虚白的《美国文学 ABC》，该书评介了 15 位作家，其中 4 位美国白人小说家和浪漫主义小说家。1933 年 12 月，上海商务印书馆出版了张越瑞的《美利坚文学》，该书评介了美国早期白人小说家白朗（即查尔斯·布洛克顿·布朗），"美国十九世纪文学之祖"欧文、库伯（即库柏）、欧林坡（即爱伦·坡），浪漫主义大师霍桑、司

---

① 《文学大纲》于 1927 年 4 月由上海商务印书馆出版，共有 46 章，其中第 43 章专门论述美国文学，第 46 章题为"新世纪的文学"，其中也涉及美国文学。

脱活夫人（即斯托夫人）以及"南方文坛上几个过渡的作家"，如瓦第（William Wirt）、克奈德（John P. Kennedy）、库克（John Esten Cooke）和逊姆士（William Gilmore Simms）等。1937年6月，上海商务印书馆出版了傅东华和于熙俭选译的《美国短篇小说集》（上、下册），译者"导言"介绍了欧文、霍桑和爱伦·坡。

40年代，中国对美国早期白人小说和浪漫主义小说的评介不多。1949年之后，受中美关系变化影响，社会政治意识形态对美国小说研究的影响日渐增强。1950—1978年，中国评介美国早期白人小说和浪漫主义小说的文字很少，除了黄嘉德的论文《论斯托的〈汤姆叔叔的小屋〉》（载于《文史哲》1963年第6期）和董衡巽的专著《美国文学简史》（上册，人民文学出版社1978年版），50—70年代没有任何涉及美国早期白人小说和浪漫主义小说的评介文字。《美国文学简史》（上册）是1949年新中国成立以来国内第一部涉及美国早期白人小说和浪漫主义小说评介的美国文学论著，其"独立革命到南北战争时期"一章从"阶级性"和"斗争性"的角度比较详细地评介了"前期浪漫主义"小说家欧文、库柏和爱伦·坡、"后期浪漫主义"小说家霍桑和梅尔维尔以及"废奴文学"的代表作家斯托（即斯托夫人）和希尔德里斯，评介注重突显这些小说家的作品对"美国资产阶级社会"的批判。

（二）美国白人现实主义小说研究

20世纪20年代中后期，中国出现了评介美国白人现实主义小说的文字。1926年12月，《小说月报》第17卷第12号发表了郑振铎的《文学大纲》① 第43章"美国文学"，其中第三部分介绍了南北战争后美国小说界出现的"三个一等重要的作家"②：马克·特文（即马克·吐温）、霍威尔（即豪威尔斯）和亨利·乾姆士（即亨利·詹姆斯），是国内对美国白人现实主义小说的第一次全面评介。1929年3月，上海ABC丛书社出版了曾虚白的《美国文学ABC》，该书评介了3位美国

---

① 《文学大纲》于1927年4月由上海商务印书馆出版，共有46章，其中第43章专门论述美国文学，第46章题为"新世纪的文学"，其中也涉及美国文学。

② 郑振铎：《郑振铎全集》第12卷·文学大纲（三），花山文艺出版社1998年版，第367页。

白人现实主义小说家。1933 年 12 月，上海商务印书馆出版了张越瑞的《美利坚文学》，该书介绍了马克·德温（即马克·吐温）、何威尔士（即豪威尔斯）与詹姆士（即亨利·詹姆斯）以及加兰等其他"乡土派"作家。1935 年 9 月，《世界文学》第 1 卷第 6 期发表了允怀的论文《关于写实主义》，其中涉及美国白人现实主义小说。1936 年，赵家璧出版了《新传统》，该书第一章（"美国小说之成长"）比较详细地勾勒了美国小说从马克·吐温的"边疆的现实主义"（或称"初民的现实主义"），经过豪威尔斯的"缄默的现实主义"，辛克莱和伦敦所代表的"早期的社会主义的现实主义"，凯瑟和华顿等代表的"逃避现实的浪漫主义"，德莱塞、安德森和刘易斯的"个人主义的现实主义"，海明威和福克纳的"悲观主义"到帕索斯的"社会主义的现实主义"的成长轨迹，其中介绍了马克·吐温和豪威尔斯。1937 年 6 月，上海商务印书馆出版了傅东华和于熙俭选译的《美国短篇小说集》（上、下册），译者"导言"比较详细地介绍了 19 世纪初到 20 世纪 30 年代美国短篇小说的历史发展，其中评介了 4 位美国白人现实主义小说家：马克·吐温、詹姆斯、哈特和毕尔斯。从此开始到 40 年代末，中国没有出现评介美国白人现实主义小说的文字。纵观 20—40 年代中国批评界对美国白人现实主义小说的评介，可以看出，这个时期的评介受社会政治意识形态影响较小，批评家也较少从"阶级性"、"革命性"和"斗争性"角度评介美国白人现实主义小说。

1949 年之后，随着中美关系逐渐恶化，美国小说研究日渐受社会政治意识形态严重影响，研究对象日渐减少，日益集中于"几个当时被认为是进步的、属于批判现实主义流派的作家"[①]。1950—1978 年，中国评介美国白人现实主义小说的文字很少，除了 1978 年出版的董衡巽主编的《美国文学简史》（上册），几乎没有任何美国文学研究著作或论文涉及美国白人现实主义小说。《美国文学简史》（上册）的"南北战争到第一次世界大战时期"一章比较详细地介绍了 3 位美国白人现实主义小说家：豪威尔斯、詹姆斯和马克·吐温，作者对这三位现实主义

[①] 查明建、谢天振：《中国 20 世纪外国文学翻译史》，湖北教育出版社 2007 年版，第 632 页。

小说家及其作品的评介，主要从"阶级性"和"革命性"的角度展开，表明当时社会政治意识形态对他的影响。此外，1978 年，国内部分期刊也发表了一些美国白人现实主义小说研究论文，涉及小说家主要是马克·吐温，批评家主要从"阶级性"和"斗争性"角度评介了马克·吐温的《竞选州长》和他的一些短篇小说。与 1949 年前相比，1949 年后，中国批评界对美国白人现实主义小说的评介很少，但评介中的阶级分析则更为突出。

（三）美国白人自然主义小说研究

"阶级性"和"斗争性"也是 1978 年前中国批评界评介美国白人自然主义小说的主要视角。美国白人自然主义小说于 20 世纪 20 年代初进入中国批评界。1921 年，《小说月报》第 12 卷第 5 号发表了理白翻译的伦敦短篇小说《豢豹人的一个故事》，译文后附有"小识"一篇，是中国最早评介美国白人自然主义小说的文字。随后，评介美国白人自然主义小说的文字不断出现在《小说月报》、《东方杂志》和《世界文学》等 20 世纪 20—30 年代的重要文艺期刊。1926 年 12 月，《小说月报》第 17 卷第 12 号发表了郑振铎的《文学大纲》[①]第 43 章"美国文学"，其中第三部分介绍了克兰（即克莱恩）、诺利士（即诺里斯）和奥·亨利（即欧·亨利）等美国白人自然主义小说家，介绍比较粗略，鲜有详细的文本分析，却是国内第一次对美国白人自然主义小说的较大规模评介。1929 年 8 月，《小说月报》第 20 卷第 8 号发表了赵景深的论文《二十年来的美国小说》，其中评介了 3 位白人自然主义小说家：伦敦、加兰和辛克莱。1930 年 3 月，余慕陶在《美国新兴文学家介绍》中介绍了伦敦和辛克莱。[②] 1933 年 12 月，上海商务印书馆出版了张越瑞的《美利坚文学》，该书"十九世纪的文学"部分简单介绍了 19 世纪末的"新小说"（实际上就是现在所说的"自然主义小说"）派作家克兰（即克莱恩）与罗利士（即诺里斯），"二十世纪的文学"部分简

① 《文学大纲》于 1927 年 4 月由上海商务印书馆出版，共有 46 章，其中第 43 章专门论述美国文学，第 46 章题为"新世纪的文学"，其中也涉及美国文学。

② 谢天振、查明建主编：《中国现代翻译文学史（1898—1949）》，上海外语教育出版社 2004 年版，第 265 页。

单介绍了德莱西（即德莱塞）和阿亨利（即欧·亨利）。1934 年 10 月，《现代》第 5 卷第 6 号（《现代·现代美国文学专号》）发表了 8 篇美国小说研究论文，其中 3 篇分别评介了美国白人自然主义小说家伦敦、辛克莱和德莱塞。1935 年 2 月，上海中华书局出版了张梦麟和刘杰夫合译的伦敦中短篇小说集《野性的呼唤》，译者的《关于野性的呼唤》和日本厨川百村的《贾克伦敦的小说》两篇介绍性文章介绍了伦敦及其小说《野性的呼唤》。① 1936 年，赵家璧出版了《新传统》，该书分章评介了 9 位著名美国小说家，其中包括德莱塞，总论（"美国小说之成长"）一章还介绍了辛克莱、伦敦和德莱塞。与以前的评介相比，赵家璧对德莱塞、伦敦和辛克莱的评介更注重他们的"阶级性"特征，这可以在他对德莱塞的评价中看出："德莱塞的现实主义是个人主义的现实主义，他代表了美国农村和都市里数千万小有资产的个人主义者，为了受到各方面的压迫而难以生活，在替他们吐露着悲观失望的情绪。"② 1937 年 6 月，上海商务印书馆出版了傅东华和于熙俭选译的《美国短篇小说集》（上、下册），译者"导言"比较详细地评介了欧·亨利和德莱塞，是 30 年代国内评介欧·亨利和德莱塞的力作。40 年代，中国评介美国白人自然主义小说的势头有增无减。1943 年 10，《时与潮文艺》（第 2 卷第 2 期）推出"美国当代小说专号"，收入孙晋三论文《美国当代小说专号引言》和林疑今论文《当代美国问题小说》。孙文简单介绍了克莱恩、诺里斯、伦敦和辛克莱。林文分析了美国问题小说兴盛的缘由及主要的问题小说及其主要代表人物与作品，其中涉及欧·亨利、德莱塞、诺里斯和辛克莱。1946 年，《世界知识》（1946 年第 1—5 期）发表了曹未风翻译的辛克莱小说《龙果》，第 1 期的节译文前简单介绍了作者和作品。1948 年 6 月，上海生活书店出版了秦牧的《世界文学欣赏初步》，其中简单介绍了伦敦的《野性的呼唤》。③ 与 20—30 年代相比，40 年代评介中的"阶级性"和"斗争性"视角似乎

---

① 参见查明建、谢天振《中国 20 世纪外国文学翻译史》，湖北教育出版社 2007 年版，第 173 页。

② 赵家璧：《新传统》，中国国际广播出版社 2013 年版，第 23 页。

③ 参见秦牧《世界文学欣赏初步》，上海生活书店 1948 年版，第 7、28、45、62 页。

更为突出。

1949 年之后，受中美关系变化影响，美国小说研究受社会政治意识形态影响越来越大，除了"几个当时被认为是进步的、属于批判现实主义流派的作家"以及"揭露美国社会黑暗和反对种族歧视的具有'战斗性'的美国黑人文学作品"①，很少有美国小说家及小说受到中国批评界关注，"阶级性"、"革命性"和"斗争性"成为几乎所有研究的主导视角。1950—1978 年，中国评介美国白人自然主义小说的文字很少，除了《西方语文》1957 年第 3 期发表的朱树飏的论文《西奥多·德莱赛：偶象破坏者》、1953 年出版的《美国短篇小说选》和 1978 年出版的董衡巽主编的《美国文学简史》（上册），很少有期刊发表美国白人自然主义小说评介文章或学术专著中出现论及美国白人自然主义小说的文字。1953 年，北京文艺翻译出版社出版了清华大学外国语文系英文组辑译的《美国短篇小说选》（法斯特等著），译者把译介美国小说作为"一个用笔杆子向敌人作战的任务"，因此，"阶级性"、"革命性"和"斗争性"就自然而然成为他们评介美国小说的重要视角，从这些视角来看，他们所选译"六篇短篇小说的作者，除克莱恩外，都是当代的美国进步作家"。②《西奥多·德莱赛：偶象破坏者》这篇论文的题目本身十分明显地表明了它的"阶级性"视角。1978 年，人民文学出版社出版了董衡巽等编著的《美国文学简史》（上册），该书第二、三章比较详细地介绍了加兰、诺里斯、克莱恩、欧·亨利、伦敦和德莱塞等美国白人自然主义小说家，是自 1950 年以来国内首次对美国白人自然主义小说的大规模评介，评介注重突显这些小说家的"阶级性"和"斗争性"特征。

（四）美国白人现代小说研究

"阶级性"、"革命性"和"斗争性"更是 1978 年前中国批评界评介美国白人现代小说的重要视角。美国白人现代小说于 20 世纪 20 年代初进入中国后不久，中国出现了评介美国白人现代小说的文字。1922

---

① 查明建、谢天振：《中国 20 世纪外国文学翻译史》，湖北教育出版社 2007 年版，第 632 页。

② 同上。

年，《东方杂志》第 19 卷第 20 号发表了幼雄的《美国革命文学与贵族精神的崩溃》，论述了刘易斯《白弼德》（即《巴比特》）中体现出来的革命精神的兴起和贵族精神的衰落①，是国内最早评介美国白人现代小说的文字。1923 年，《小说月报》第 14 卷第 6 号"海外文坛消息"栏目发表了沈雁冰短文章《两部美国小说》，介绍了阿瑟顿的《黑牛》和安德森的《许多婚姻》；《小说月报》第 14 卷第 7 号"海外文坛消息"栏目发表了沈雁冰短文章《美国的短篇小说》，介绍了奥·勃林（Edward O'Brien）主编的《1922 年最佳短篇小说》（第二册），涉及美国白人现代小说；《小说月报》第 14 卷第 11 号"海外文坛消息"栏目发表了沈雁冰短文章《美国的小说》，分类介绍了 1923 年上半年美国小说界的状况。1926 年，《小说月报》第 17 卷第 12 号发表了郑振铎的《文学大纲》② 第 43 章"美国文学"，其第三部分专论南北战争后的美国小说，涉及瓦尔登夫人（即华顿）及其小说。1927 年 4 月，上海商务印书馆出版了郑振铎的《文学大纲》，该书第 46 章为"新世纪的文学"，该章第三部分介绍了新世纪（即 20 世纪）的美国文学，其中涉及刘委士（刘易斯）、瓦尔顿夫人（即华顿）、奥司金（即约翰·厄尔斯金）、安特生（即安德森）、海格萧莫（即赫格西默）、格拉司歌（即格拉斯哥）、惠特（即 W. A. 怀特）和奥斯汀（Mary Austin）等美国白人现代小说家，虽然鲜有详细的小说文本分析，却是国内对美国白人现代小说的第一次全面评介。1929 年 8 月，《小说月报》第 20 卷第 8 号发表了赵景深的论文《二十年来的美国小说》，系统论述了美国白人现代小说，其中包括坎贝尔（James Branch Cabell）、赫格西默、华顿、安德森、刘易斯和凯瑟。与 20 年代前半期的评介相比，20 年代后半期的评介不仅更为全面深入，而且"阶级性"视角更为突出。

　　30 年代，中国批评界对美国白人现代小说的评介也凸显了"阶级性"和"革命性"视角。1933 年 9 月，黄源在《文学》月刊第 1 卷第

---

①　参见幼雄《美国革命文学与贵族精神的崩溃》，《东方杂志》1922 年 10 月 25 日第 19 卷第 20 号，第 81—84 页。

②　《文学大纲》于 1927 年 4 月由上海商务印书馆出版，共有 46 章，其中第 43 章专门论述美国文学，第 46 章题为"新世纪的文学"，其中也涉及美国文学。

3 号上发表《美国新进步作家汉敏威》一文，评介了海明威，是国内最早评介海明威的文章①，该文题目一目了然地表明了它的"阶级性"视角。1933 年 12 月，上海商务印书馆出版了张越瑞的《美利坚文学》，该书"二十世纪的文学"部分简单介绍了很多美国白人现代小说家，包括路维斯（即刘易斯）、屈克（H. Quick）、罗伯（E. Robert）、威得（G. Wescott）、罗华格（O. A. Rölvaag）、威德（T. Wilde）、厄尔斯金（J. Erskine）、威莱（E. Wylie）、萨柯（R. Suckow）、安得森（即安德森）和斯蒂尔（W. D. Steele）。1934 年 10 月，《现代》第 5 卷第 6 号（《现代·现代美国文学专号》）发表了 8 篇美国小说研究论文，其中 3 篇分别评介了美国白人现代小说家海明威、帕索斯和福尔克奈（即福克纳）。1936 年，赵家璧出版了《新传统》，该书分章评介了 8 位美国白人现代小说家：休伍·安特生（即舍伍德·安德森）、维拉·凯漱（即维拉·凯瑟）、裴屈罗·斯坦因（即格特鲁德·斯坦因）、桑顿·怀尔德、海敏威（即海明威）、福尔格奈（即福克纳）、杜司·帕索斯（即多思·帕索斯）和辟尔·勃克（即赛珍珠）。作者在"序"中说：

> 我觉得现在中国的新文学，在许多地方和现代的美国文学有些相似的：现代美国文学摆脱了英国的旧传统而独立起来，像中国的新文学突破了四千年旧文化的束缚而揭起了新旗帜一样；至今口头语的应用，新字汇的创制，各种写作方法的实验，彼此都在努力着；而近数年来，在美国的个人主义没落以后，从五四时代传播到中国思想界来的"美国精神"，现在也被别一种东西所淘汰。太平洋两岸的文艺工作者，大家都向现实主义的大道前进着。他们的成绩并不十分惊人，但是我们至少可以从他们的作品里认识许多事实，学习许多东西的。②

显然，作者从"革命性"的角度解读了美国文学的价值及中国学界研

---

① 参见贾植芳、陈思和主编《中外文学关系史资料汇编（1898—1937）》，广西师范大学出版社 2004 年版，第 1025 页。
② 赵家璧：《新传统》，中国国际广播出版社 2013 年版，"序"第 2 页。

究美国文学的意义，这一视角也体现在他对美国小说成长的解读中。在"美国小说之成长"一章，他说：

> 一百五十多年来，为了思想上·言语上，经济上的落后，停顿在英国殖民地意识上的美国小说，从马克·吐温起开始挣扎，经过霍威耳斯，伦敦，辛克莱的努力，到二十世纪开始，由德莱塞，安特生［安德森］，刘易士［刘易斯］而逐渐建立，如今到了福尔克奈［福克纳］，帕索斯，而成为一种纯粹的民族产物了。这里，美国的人民活动在美国的天地间，说着美国的话，表露着美国人的思想感情；在美国的散文中，包容着美国的韵调，讲述着美国实际社会中许多悲欢离合的故事。①

所以，"今日的美国小说，虽然他［它］的成就还不大，可是他［它］不再是英国的一支，而是世界文坛上最活跃最前进的一国了。"② 他从"阶级性"角度比较详细地勾勒了美国小说从马克·吐温的"边疆的现实主义"（或称"初民的现实主义"），经过霍威耳斯（即豪威尔斯）的"缄默的现实主义"，辛克莱和伦敦所代表的"早期的社会主义的现实主义"，凯瑟和华顿等代表的"逃避现实的浪漫主义"，德莱塞、安特生（即安德森）和刘易士（即刘易斯）的"个人主义的现实主义"，海敏威（即海明威）和福尔克奈（即福克纳）的"悲观主义"，到帕索斯的"社会主义的现实主义"的成长轨迹，其中反复使用的一些术语如"个人主义的现实主义"和"社会主义的现实主义"充分表明了他评介美国白人现代小说时的"阶级性"视角，这一视角也体现在他对维拉·凯漱（即维拉·凯瑟）、华顿、坎贝尔（即 James Branch Cabell）和赫格夏麦（即赫格西默）的评介中。他认为，这四位小说家"代表着少数富人们悠闲的心绪而已"。③

除此，30 年代还有 2 篇评介美国白人现代小说的文章，也突显了中

---

① 赵家璧：《新传统》，中国国际广播出版社 2013 年版，第 35 页。
② 同上书，第 36 页。
③ 同上书，第 21 页。

国批评界评介美国白人现代小说中的"阶级性"和"革命性"视角。一篇是 1937 年 6 月上海商务印书馆出版的傅东华和于熙俭选译的《美国短篇小说集》（上、下册）的译者"导言"，该文评介了凯瑟和刘易斯；另一篇是《世界知识》1937 年第 6 期发表的渗加的论文《美国文学的新动向》，该文介绍了代表美国小说新动向的两位作家弗兰克和刘易斯。①

20 世纪 40 年代，中国批评界评介美国白人现代小说的文字减少了，但评介中的"阶级性"和"斗争性"视角却比较明显。1941 年 6 月，《文学月报》第 3 卷第 1 号推出"美国文学专辑"，发表了铁弦的论文《关于约翰斯丹贝克》，评介了斯坦贝克。1943 年 10 月，《时与潮文艺》第 2 卷第 2 期推出了"美国当代小说专号"，收录孙晋三论文《美国当代小说专号引言》和林疑今论文《当代美国问题小说》。孙文评介了 6 位美国白人现代小说家，即安德森、凯瑟、威斯各特（G. Wescoot）、海明威、斯坦贝克和萨洛扬，认为"当代的美国文学，富于小市民的气息（但是批判性的，而不是感伤性的)"②。林文分析了20 世纪 20—40 年代美国问题小说兴盛的缘由及主要问题小说及其代表人物与作品。1944—1945 年，中国几乎没有出现评介美国白人现代小说的文字。

1949 年之后，中美关系逐渐走向恶化，受社会政治意识形态影响，美国小说研究对象日益转向了"几个当时被认为是进步的、属于批判现实主义流派的作家"以及"揭露美国社会黑暗和反对种族歧视的具有'战斗性'的美国黑人文学作品"。③ 因此，1950—1978 年，中国评介美国白人现代小说的文字不是很多，但评介中的"阶级性"、"革命性"和"斗争性"视角却更为突出。1953 年，北京文艺翻译出版社出版了清华大学外国语文系英文组辑译的《美国短篇小说选》（法斯特等著），译者"代序"从"阶级性"和"斗争性"角度简单介绍了马尔兹短篇

---

① 参见渗加《美国文学的新动向》，《世界知识》1937 年第 6 期。
② 孙晋三：《美国当代小说专号引言》，《时与潮文艺》1943 年 10 月第 2 卷第 2 期。
③ 查明建、谢天振：《中国 20 世纪外国文学翻译史》，湖北教育出版社 2007 年版，第632 页。

小说《午后森林中》的故事梗概和主题思想。50 年代，国内部分期刊也发表了一些美国白人现代小说研究或涉及美国白人现代小说的研究论文，涉及美国白人现代小说家有海明威和刘易斯。受"文艺为工农兵服务"和"文艺为政治服务"的文艺方针影响，这些研究基本上都采用了"阶级性"和"斗争性"视角。

1962 年，中国科学院哲学社会科学部学术资料研究室推出蔡葆真编写的《美国文学近况》，该书从"进步作家"的角度比较详细地介绍了帕索斯、柯赞斯、赛珍珠、福克纳、考德威尔、斯坦贝克、海明威、萨洛扬、马尔兹、邦诺斯基、阿兰·迈克斯（Alan Max）、马克·万·道伦（Mark Van Doren）、韦尔蒂、波特、刘易斯、凯瑟琳·布鲁什（Katherine Brush）、撒姆尔·奥尼兹（Samuel Ornitz）和圣约翰·高加梯（Oliver St. John Gogarty）等美国白人现代小说家的生平及创作，评介中的"阶级性"和"革命性"视角非常突出。60 年代，国内部分期刊也发表了一些美国白人现代小说研究或涉及美国白人现代小说的研究论文，涉及赛珍珠和福克纳。在社会政治意识形态影响下，这些研究几乎都采用了"阶级性"和"斗争性"视角，这可以从当时部分学人对赛珍珠的评价中看出。赛珍珠长期生活在中国，与中国人民感情至深，但 20 世纪 60 年代，她被视为"美帝国主义文化侵略的急先锋"。①

70 年代，中国几乎没有出现评介美国白人现代小说的文字。1976 年"文化大革命"结束后，1978 年，人民文学出版社出版了董衡巽主编的《美国文学简史》（上册），该书第四章（"第一次世界大战到第二次世界大战"）比较详细地介绍了刘易斯、安德森、凯瑟、海明威、菲茨杰拉德、沃尔夫、帕索斯、法莱尔、斯坦贝克、福克纳、沃伦和波特等美国白人现代小说家，是自 1962 年《美国文学近况》出版以来国内首次对美国白人现代小说的大规模评介。与《美国文学近况》相比，《美国文学简史》（上册）对美国白人现代小说的评介，阶级分析的色彩明显淡了许多。

---

① 参见徐育新《赛珍珠——美帝国主义文化侵略的急先锋》，《文学评论》1960 年第 5 期。

（五）当代美国白人小说研究

1949 年前，中国没有出现评介当代美国白人小说的文字。1949 年之后，美国小说研究越来越受社会政治意识形态影响，研究对象越来越集中于"几个当时被认为是进步的、属于批判现实主义流派的作家"以及"揭露美国社会黑暗和反对种族歧视的具有'战斗性'的美国黑人文学作品"。① 1949—1978 年，除了 1953 年清华大学外国语文系英文组辑译出版的《美国短篇小说选》（法斯特等著）、50 年代的一些期刊论文、1962 年中国科学院哲学社会科学部学术资料研究室编写的《美国文学近况》、1964 年山东大学美国文学研究室创办的《现代美国文学研究》和 1978 年董衡巽等编著出版的《美国文学简史》（上册）对当代美国白人小说做了不同程度的评介，中国没有出现评介当代美国白人小说的文字。

1953 年，北京文艺翻译出版社出版了清华大学外国语文系英文组辑译的《美国短篇小说选》（法斯特等著），译者"代序"从"阶级性"和"斗争性"角度评介了邦诺斯基短篇小说《乔尼·库库的记录》和陶德短篇小说《玛丽亚》的故事梗概和主题思想。50 年代，国内部分期刊发表了一些当代美国白人小说研究或涉及当代美国白人小说的研究论文，涉及小说家和小说有博尔迪克和莱德勒的《不体面的美国人》、贝西长篇小说《非美分子》和沙斯柏莱的《没有着落的一代》。受"文艺为工农兵服务"和"文艺为政治服务"的文艺方针影响，这个时期的当代美国白人小说研究旨在揭发美国社会和美国人的缺点，"阶级性"和"斗争性"是研究的主导视角。

1962 年，中国科学院哲学社会科学部学术资料研究室推出蔡葆真编写的《美国文学近况》，该书评介了很多活跃于 20 世纪 50 年代美国文坛的当代美国白人小说家，包括克鲁亚克、李普顿（Lawrence Lipton）、霍尔姆斯（Clellon Holmes）、巴勒斯、亚历山大·特罗奇、斯隆·威尔逊、博尔迪克、莱德勒、布雷德伯里、柯赞斯、纳博科夫、艾伦·德鲁里（Allen Drury）、赫赛、塞林格、米切尔·威尔逊、斯泰伦、

---

① 查明建、谢天振：《中国 20 世纪外国文学翻译史》，湖北教育出版社 2007 年版，第 632 页。

杰洛姆（V. J. Jerome）、邦诺斯基、斯蒂芬·海姆、马克西姆·李伯尔、马斯特斯（Dexter Masters）、陶德（Martha Dodd）、菲里普·斯蒂文逊、贝西和马替尼（Carl Marzani），重点评介了其中的"进步作家"，评介中的"阶级性"、"革命性"和"斗争性"视角非常明显，这可以从评价"垮掉的一代"小说家克鲁亚克、李普顿和霍尔姆斯的文字中看出：

> 他们的作品浸透了资产阶级的没落意识。他们把资本主义的末日说成了世界的末日。他们否认过去与未来，认为只有眼前与"自我"才是确实的存在，个人主义发展到了顶点。由于否认历史发展规律，他们只好拜倒在各种神的面前，陷入宗教的主观唯心主义。这就是他们的全部"哲学体系"，这是腐朽到极点的哲学。其中并没有任何"新"的创造。他们和形形色色的现代唯心主义，特别是生存主义是一脉相承的，只是具有更反动的时代特性而已。他们崇拜的是最颓废的作家。①

"阶级性"和"斗争性"视角也体现在评价斯隆·威尔逊小说《穿灰色法兰绒衣的人》和博尔迪克与莱德勒政治小说《不体面的美国人》的文字中。编著者认为，这两部小说属于"假现实主义文学"，而"假现实主义文学是为美国统治阶级的要求服务的反动文学，它为美国腐朽的社会制度作掩饰，肯定现状，强调'乐观精神'、'相信未来'、'树立积极的理想'等。这种文学颂扬市场，粉饰垄断掠夺者的丑态，宣扬军国主义，因此受到统治集团的欢迎"②。

1964年，山东大学美国文学研究室创办了《现代美国文学研究》，该刊不定期出版，发表了一些当代美国白人小说研究文章。该刊"文化大革命"期间停刊，"文化大革命"结束后复刊，1978年第2期发表了3篇当代美国白人小说家梅勒及其长篇小说《裸者与死者》研究论文。1978年，人民文学出版社出版了董衡巽等编著的《美国文学简史》（上

---

① 蔡葆真：《美国文学近况》，中国科学院哲学社会科学部学术资料研究室1962年版，第5页。

② 同上书，第7页。

册），该书第五章（"第二次世界大战以后的文学"）比较详细地评介了克鲁亚克、梅勒、霍克斯、欧茨、纳博科夫、冯尼格特、海勒、巴斯和斯泰伦等当代美国白人小说家，是自 1962 年《美国文学近况》以来国内首次对当代美国白人小说的大规模介绍。但跟《美国文学近况》不同，也跟评介美国早期白人小说和浪漫主义小说、现实主义小说和自然主义小说的情况不同，《美国文学简史》（上册）对当代美国白人小说的评介明显少了阶级分析的痕迹，"阶级性"和"斗争性"不是评介的主导视角，表明编著者对当代美国白人小说的评介受社会政治意识形态影响相对较少。

（六）美国黑人小说研究

如果说"阶级性"、"革命性"和"斗争性"是 1978 年前中国批评界评介美国白人小说的主导视角，它们也是 1978 年前中国批评界评介美国黑人小说的主导视角。20 世纪 10 年代后期，中国出现了评介美国小说的文字，但中国评介美国黑人小说的文字却出现于 20 世纪 30 年代。1933 年 12 月，上海良友图书印刷公司出版了杨昌溪的《黑人文学》，这是国内首次涉及美国黑人小说评介的学术专著。该书"黑人的小说"部分评介了一些美国黑人小说家，包括爱德华兹（Harry Stiwell Edwards）、突平（Edna Timpin）、邓肯（Naman Duncan）、夏芝（L. B. Yeates）、淮提、浮色德（Gossie Fouset）、波依士（即杜波依斯）、那生（Nella Larson）、非修（Rudelph Fishor）、休士（即休斯）和马郎（Rene Maren），评介中的"阶级性"、"斗争性"和"革命性"视角比较明显，这可以在作者对美国黑人小说的评价中看出。作者指出，1912 年黑人小说家杜波依斯在亚特兰大演讲之前，黑人小说"在思想上和行动上都是很和平的"[1]，但杜氏演讲之后，"黑人对于美国和宰制亚非利加洲［非洲］的帝国主义者作了新的控诉。所以，从那时起，小说家在描写上转变了方向，在意识上已经从缓和的领域而到了激烈的阶段。不但在黑人文学方面开展了一个新的局面，而同时更为黑人民族解放运动上开拓了一个新时代"[2]。1935 年 4 月，《世界文学》第 1 卷第

---

[1] 杨昌溪：《黑人文学》，上海良友图书印刷公司 1933 年版，第 40 页。
[2] 同上书，第 41 页。

4 期发表了允怀的论文《黑人文学在美国》，其中对黑人小说的介绍较少。此后到 1949 年新中国成立，中国没有出现评介美国黑人小说的文字。

1949 年之后，中美关系日益恶化，美国小说研究受社会政治意识形态影响也日渐明显，小说家的思想倾向问题日益成为研究的重点关注。50 年代，除了一些"揭露美国社会黑暗和反对种族歧视的具有'战斗性'的美国黑人文学作品"①，中国批评界很少关注美国黑人小说，为数不多的评介都以"阶级性"和"斗争性"为主导视角。1953年，北京文艺翻译出版社出版了清华大学外国语文系英文组辑译的法斯特等著的《美国短篇小说选》，译者"代序"说："这本小小的集子里收集了六篇美国短篇小说，这是我们英文组师生为了抗美援朝捐献飞机大炮而翻译的。"②

"代序"从"阶级性"和"斗争性"角度简单介绍了奥福德短篇小说《青青的草地和一支枪》的故事梗概和主题思想。1954 年 7 月，上海文艺联合出版社出版了施咸荣翻译的休斯等著的《黑人短篇小说选》，"译者前记"从"阶级性"和"斗争性"角度比较详细地介绍了休斯。1955 年 2 月，中国青年出版社出版了黄钟翻译的苏联蒙·贝尔克选编的美国黑人小说家休斯等著的《黑人短篇小说集》，"内容提要"说，"这个集子包括六个描写美国的短篇小说，作者都是现代美国进步的黑人作家。各篇内容描写美国黑人儿童和青少年所受的种种歧视，以及他们日常的悲惨生活。也描写了青年的反抗精神，刻画了一些同情黑人的、善良的美国公民的形象。从这几个短篇小说里，可以更清楚地看到美国统治阶级的凶恶嘴脸。"③"序言"还从"阶级性"和"斗争性"角度详细介绍了休斯的生平、创作和思想，同时还简单介绍了所选译短篇小说。

---

① 查明建、谢天振：《中国 20 世纪外国文学翻译史》，湖北教育出版社 2007 年版，第 632 页。

② ［美］霍华德·法斯特等：《美国短篇小说选》，清华大学外国语文系英文组辑译，北京文艺翻译出版社 1953 年版，第 1 页。

③ ［美］兰斯顿·休斯等：《黑人短篇小说集》，［苏］蒙·贝尔克选编，黄钟译，中国青年出版社 1955 年版，"内容提要"。

1962 年，中国科学院哲学社会科学部学术资料研究室推出蔡葆真编写的《美国文学近况》，该书从"进步黑人作家"的角度评介了活跃于 20 世纪 50 年代美国文坛的一些黑人小说家，包括埃里森、赖特、休斯、邦当（Arna Bontemps）、杜波依斯、基伦斯、劳埃·布朗、朱利安·梅菲尔德和弗兰克·伦敦·布朗等。60 年代，国内部分期刊也发表了一些美国黑人小说研究或涉及美国黑人小说的研究论文。总体来说，60 年代，中国批评界对美国黑人小说的评介都以"阶级性"和"斗争性"为主导视角，注重揭示黑人小说的批判性和战斗性。

70 年代，中国批评界对美国黑人小说的评介主要出现于 1978 年人民文学出版社出版的董衡巽等编著的《美国文学简史》（上册）。该书第二章第五节（"黑人文学"）比较详细地介绍了南北战争前的美国黑人小说家布朗、德兰尼和道格拉斯的小说创作，第三章第五节（"黑人文学"）比较详细地介绍了南北战争与第一次世界大战之间的美国黑人小说家切斯纳特和杜波依斯的小说创作，第四章第八节（"黑人文艺复兴及其影响"）比较详细地介绍了两次世界大战之间的美国黑人小说家麦凯（Claude Mckay）、卡伦（Countee Cullen）、休斯、舒拉（George Schuyler）、邦当（Arna Bontemps）、赫斯顿和赖特的小说创作，第五章第六节（"黑人小说"）比较详细地介绍了埃里森、鲍德温、威廉斯（John Williams）、盖恩斯和莫里森的小说创作，"越战以后的文学"部分中的"少数民族小说"部分比较详细地介绍了越战以后的美国黑人小说家沃克、巴巴拉和奈勒的小说创作，评介的时间跨度和涉及作家都是"改革开放"前任何美国文学论著不可相比的，评介中的"阶级性"和"斗争性"视角也比较明显。

（七）美国犹太小说研究

1978 年前，中国批评界对美国犹太小说的评介也以"阶级性"和"斗争性"为主导视角。1949 年前，中国批评界对美国犹太小说关注很少。1949 年之后，社会政治意识形态对美国小说研究的影响日渐增强，美国小说研究对象日益转向"几个当时被认为是进步的、属于批判现实主义流派的作家"以及"揭露美国社会黑暗和反对种族歧视的具有

'战斗性'的美国黑人文学作品"。① 整个 50—60 年代，除了一篇名为
《叛徒霍华德·法斯特从好莱坞领得了犒赏》② 的短文章，中国只有一
部学术专著简单介绍了个别犹太小说家。1962 年，中国科学院哲学社
会科学部学术资料研究室推出蔡葆真编写的《美国文学近况》，其中
"粉饰太平的假现实主义"部分谈到了沃克（Herman Wouk）长篇小说
《马乔里·摩宁斯塔》，因为它属于"假现实主义文学"，而"假现实主
义文学是为美国统治阶级的要求服务的反动文学，它为美国腐朽的社会
制度作掩饰，肯定现状，强调'乐观精神'、'相信未来'、'树立积极
的理想'等。这种文学颂扬市场，粉饰垄断掠夺者的丑态，宣扬军国主
义，因此受到统治集团的欢迎"。③ 该书"一些作家的情况"部分还介
绍了戈尔德（Michael Gold）的生平及创作；之所以介绍他，是因为他
是"进步作家"。1977 年 10 月，学生英文杂志社出版了谈德义和李连
三主编的《美国短篇小说选注》，收录 3 篇马拉默德短篇小说：《魔
桶》、《悲悼者》和《监狱》，书前有马拉默德英文简介。除了该著，70
年代，中国没有出现评介美国犹太小说的文字。总体上讲，1978 年前，
中国批评界对美国犹太小说关注很少，除了法斯特、戈尔德、沃克和马
拉默德，几乎没有其他美国犹太小说家进入中国批评界。

从 1978 年底开始，中国批评界开始关注美国犹太小说。1978 年 12
月，山东大学美国文学研究所编辑出版的《现代美国文学研究》第 2 期
发表了 2 篇评介美国犹太小说家马拉默德小说的论文；同年，人民文学
出版社出版了董衡巽等编著的《美国文学简史》（上册），该书第五章
（"第二次世界大战以后的文学"）第五节（"犹太小说"）比较详细地
介绍了辛格、马拉默德、贝娄和罗斯等美国犹太小说家的小说创作，是
国内第一次对美国重要犹太小说家的大规模评介，评介中的"阶级性"
视角比较明显。

---

① 查明建、谢天振：《中国 20 世纪外国文学翻译史》，湖北教育出版社 2007 年版，第
632 页。
② 邢祖文：《叛徒霍华德·法斯特从好莱坞领得了犒赏》，《中国电影》1958 年第 8 期。
③ 蔡葆真：《美国文学近况》，中国科学院哲学社会科学部学术资料研究室 1962 年版，
第 7 页。

第三节 "文学是意识形态的再现"与意识形态化的美国小说研究

1978 年前，特别是 1949 年新中国成立后到 1976 年"文化大革命"结束，受"文艺为政治服务"和"文艺为工农兵服务"的文艺方针影响，"文学是意识形态的再现"成为中国批评界普遍认同的文学观。在这种文学观的指导下，中国批评界对美国小说的评介和评论自然走向了意识形态化，主要体现在三个方面：小说人物的意识形态化分析、小说主题的意识形态化探讨和小说家创作思想的意识形态化透视。

一 小说人物形象的意识形态化分析

1978 年前，中国美国小说研究中的人物形象分析总体上讲比较少，但人物分析常常是意识形态化的，这种意识形态化的人物形象分析在1949 年前的白人小说研究中有所体现，但不是特别凸显，而在 1949—1978 年的白人小说研究中比较明显。但是，意识形态化的人物形象分析在 1978 年前的美国黑人小说和犹太小说研究中却体现得非常突出。

（一）美国早期白人小说和浪漫主义小说人物研究

1926 年 12 月 10 日，《小说月报》第 17 卷第 12 期发表了郑振铎的《文学大纲》① 第 43 章"美国文学"，其中第二部分论述了南北战争前的美国小说，涉及浪漫主义小说家欧文《杂记》（即《见闻札记》）中的短篇小说《李迫》（即《瑞普·凡·温克尔》）和《睡洞的传说》（即《睡谷传奇》），柯甫（即詹姆斯·费尼莫尔·库柏）小说《奸细》（*The Spy*)、《最后的一个莫希根人》（即《最后的莫西干人》）、《海盗》（*The Pilot*）和《水巫》，浪漫主义小说家霍桑代表作《红字》及其他小说如《七个屋翼的房子》（即《七个尖角的屋子》）和《大石脸》以及短篇小说如《怪书》和《林莽故事集》，爱伦·坡第一部小说《瓶中所得的稿酬本》及其侦探小说如《鲁莫格的谋杀者》（即《瑞莫格街的谋

---

① 《文学大纲》于 1927 年 4 月由上海商务印书馆出版，共有 46 章，其中第 43 章专门论述美国文学，第 46 章题为"新世纪的文学"，其中也涉及美国文学。

杀案》）和《被盗的信》以及史拖活夫人（即斯托夫人）代表作《黑奴吁天录》（即《汤姆叔叔的小屋》）和另一部小说《古镇的人》。郑振铎对这些小说的论述本质上是介绍性的，鲜有详细的文本分析和人物形象分析。

1929 年 3 月，上海 ABC 丛书社出版了曾虚白的《美国文学 ABC》，其中涉及 4 位美国白人浪漫主义小说家及其作品：欧文短篇小说和随笔作品集《拊掌录》（即《见闻札记》）中的两篇短篇小说——《李泼范温格尔》（即《瑞普·凡·温克尔》）和《睡窟逸闻》（即《睡谷传奇》），古柏（即库柏）的《警戒》、《间谍》、《开闯者》、《掌舵者》、《摩喜根的末代》（即《最后的莫希干人》）、《草原》、《红寇》（*The Red Rover*）、《找路者》和《杀鹿者》，那萨尼尔·霍桑（即纳撒尼尔·霍桑）的《范晓》（*Fanshawe*）、《复述的故事》、《祖父的椅子》、《牧师老住宅的青苔》（即《古屋青苔》）、《红字》、《七座山墙的屋子》（即《七个尖角的屋子》）、《一本怪异的书》、《勃利得达尔的罗曼斯》（即《福谷传奇》）、《乱林故事》和《文石山神》（即《玉石雕像》），爱茄欧伦濮（即埃德加·爱伦·坡）的《阿塞戈登品姆的纪述》（*Narrative of Arthur Gorden Pym*）、《怪异的与阿喇伯式的故事》（*Tales of the Grotesque and the Arabesque*）和《故事集》。曾虚白对这些作品的介绍也是泛泛而谈，很少有比较详细的人物分析和文本分析。

1933 年 12 月，上海商务印书馆出版了张越瑞的《美利坚文学》，概括介绍了 17 世纪初到 20 世纪 30 年代初美国文学的历史发展，涉及美国早期白人小说家和浪漫主义小说家及其作品有：威廉·希尔·布朗的《同情之力》，查尔斯·布洛克顿·布朗的处女作《阿久瀛》（*Alcuin*）和成名作《威兰德》以及《阿曼德》（*Ormond*）、《瓦梭·马芬》（*Arthur Mervyn*）和《哀加洪第烈》（*Edgar Huntly*）等其他小说，"美国十九世纪文学之祖"欧文《见闻录》（即《见闻札记》）中的《李朴》（即《瑞普·凡·温克尔》）和《睡洞的故事》（即《睡谷传奇》）两篇短篇小说，"在文坛上虽不著声誉然而是极能代表美国的作家"① 波丁

---

① 张越瑞：《美利坚文学》，上海商务印书馆 1933 年版，第 47 页。

的《荷兰人的家庭》，库伯（即库柏）的《勒梭斯托金的故事集》（即《皮袜子故事集》）以及《领港者》、《红色海盗》（*The Red Rover*）和《沙吞斯脱》（*Satanstoe*）等小说，欧林坡（即爱伦·坡）的短篇小说，"南方文坛上几个过渡的作家"如瓦第（William Wirt）、克奈德（John P. Kennedy）、库克（John Esten Cooke）和逊姆士（William Gilmore Simms）等，司脱活夫人（即斯托夫人）的《黑奴吁天录》（即《汤姆叔叔的小屋》和《古镇的人们》，浪漫主义大师霍桑的 3 部短篇小说集：《重述的故事》、《古屋青苔》和《雪像和其他重述的故事》和 4 部传奇小说：《红字》、《七个屋翼的房子》（即《七个尖角的屋子》）、《变相》（*The Transformation*）和《百利士得的故事》（即《福谷传奇》），虽然涉及作品较多，但以评介为主，详细的人物分析或文本分析较少。

20 世纪 40 年代，中国评价美国白人小说的势头逐渐减弱。但整个 40 年代，涉及美国小说评介的文字很少，涉及美国小说人物形象分析的文字则更少。

1949 年之后，随着中美关系的变化，美国小说批评活动越来越受社会政治意识形态影响，研究美国小说必须考虑研究对象的思想倾向问题。1950—1978 年，中国批评界评论美国小说的文字很少，评论美国早期白人和浪漫主义小说的文字几乎为零。除了黄嘉德在《文史哲》1963 年第 6 期发表的论文《论斯托的〈汤姆叔叔的小屋〉》和董衡巽 1978 年出版的《美国文学简史》（上册），20 世纪 50—70 年代出版的为数不多的几部美国文学论著［如 1950 年 6 月出版的《美国文学的作家与作品》，1953 年出版的《美国短篇小说选》（法斯特著），1962 年出版的《美国文学近况》和 1963 年创刊、"文化大革命"中被迫中止而"文化大革命"后于 1978 年恢复建刊的《现代美国文学研究》］，没有涉及美国早期白人小说和浪漫主义小说的评论文字。1978 年人民文学出版社出版了董衡巽主编的《美国文学简史》（上册），其"独立革命到南北战争时期"一章比较详细地介绍了"前期浪漫主义"小说家欧文、库柏和爱伦·坡、"后期浪漫主义"小说家霍桑和梅尔维尔以及"废奴文学"的代表作家斯托夫人和希尔德里斯，但对这些作家作品中的人物形象未做详细分析。

（二）美国白人现实主义小说人物研究

20 世纪 20 年代，中国出现两部涉及美国白人现实主义小说的美国文学研究著作。一部是 1927 年 4 月上海商务印书馆出版的郑振铎的《文学大纲》，该书第 43 章于 1926 年 12 月 10 日在《小说月报》第 17 卷第 12 号发表，该章为"美国文学"，其中第三部分专论南北战争后的美国小说，介绍了南北战争后美国小说界出现的"三个一等重要的作家"[①]：马克·特文（即马克·吐温）、霍威尔（即豪威尔斯）和亨利·乾姆士（即亨利·詹姆斯），涉及作品包括马克·吐温的《海外的呆子》（即《傻瓜国外流浪记》）、《汤姆·莎耶》（即《汤姆·索亚历险记》）、《毁坏了赫特莱堡的人》、《神秘的客人》和《赫克莱培莱·芬》（即《哈克贝利·费恩历险记》）、豪威尔斯的《一个近代的例子》、《西拉士拉潘的兴起》（即《赛拉斯·拉帕姆的发迹》）和《吉顿人》（The Kentons）、亨利·詹姆斯的《赫特生》（Roderick Hudson）、《雏菊磨者》（即《黛西·米勒》）、《一个贵妇的肖像》（即《贵妇画像》）、《美国人》、《鸽之翼》和《金钵》（即《金碗》）。另一部是 1929 年 3 月上海 ABC 丛书社出版的曾虚白的《美国文学 ABC》，其中评介了 19 世纪的 3 位美国白人现实主义小说家：麦克吐温（即马克·吐温）、威廉定何威尔斯（即威廉·迪恩·豪威尔斯）和亨利詹姆士（即亨利·詹姆斯），涉及作品包括马克·吐温的《出国的天真者》（即《傻瓜国外流浪记》）、《耐苦》（即《苦日子》）、《镀金时代》、《一个出国的流浪者》（A Trample Abroad）、《王公与穷人》（即《王子与贫儿》）、《密西西比河上的生活》、《赫格尔勃茉芬》（即《哈克贝利·费恩历险记》）和《汤姆骚渊的出国》（即《汤姆·索亚历险记》）、豪威尔斯的《一个偶然的认识》、《阿庐斯都克的夫人》（The Lady of Aroostook）、《一个可怕的责任》、《一个近代的例证》、《萨拉司拉芬的起来》（即《赛拉斯·拉帕姆的发迹》）、《印度之夏》、《阿妮滑尔朋》（Annie Kilburn）、《新运命的险遇》、《堪东门》（The Kentons）和《皮林之神》、

---

① 郑振铎：《郑振铎全集》第 12 卷·文学大纲（三），花山文艺出版社 1998 年版，第 367 页。

詹姆斯的《罗特利克黑特孙》（*Roderick Hudson*）、《美国人》、《一个夫人的画像》（即《贵妇画像》）、《鲍斯屯人》（即《波士顿人》）、《为难的时代》（*The Awkward Age*）和《美国现象》等。这两部著作涉及美国白人现实主义小说很多，但对涉及小说只做了简单介绍，鲜有详细的小说文本分析和人物形象分析。

　　20 世纪 30 年代，中国美国白人现实主义小说研究进一步发展，但对小说人物形象分析仍然很少。1933 年 12 月，上海商务印书馆出版了张越瑞的《美利坚文学》，概括介绍了 17 世纪初到 20 世纪 30 年代初美国文学的历史发展，其中介绍了马克·德温（即马克·吐温）及其处女作《海外的婴儿》（即《傻瓜国外流浪记》）以及“那几篇写小孩的故事”①——《汤姆·梭耶》（*The Adventures of Tom Sawyer*）和《黑克波莱·芬》（*The Adventures of Huckleberry Finn*）及其他小说如《傻的威尔逊》（*Pudd'nhead Wilson*）、《我的准奥夫阿克印象记》（*Personal Recollection of Joan of Arc*）、《狗的故事》和《镀金时代》，其他“乡土派”作家如库克（Rose Terry Cooke）、朱厄特、芙莉门（Mary E. Wilkins Freeman）、柏梁（Alice Brown）、夏里士（Joel Chandler Harris）、家克卜（George Washington Cable）、克勒多（Charles Egbert Craddock，即 Mary N. Murfree）、萨内特（Octave Thanet，原名法兰琪〈Alice French〉）、伍尔逊（Constance Fenimore Woolson）、伊格斯坦（Edward Egglestan）和格兰德（Hamlin Garland）以及另外两位白人现实主义小说家——何威尔士（即豪威尔斯）及其小说《拉芬的起家》（*The Rise of Silas Lapham*）、《一个新例》（*A Modern Instance*）、《四月的希望》和《新运命的险遇》，詹姆士（即詹姆斯）及其《黛西·米勒》、《罗德里克·哈德森》和《一位小姐的写真》（即《贵妇画像》），虽然涉及美国白人现实主义小说家及小说较多，但对这些小说中人物形象具体分析较少。1936 年，赵家璧出版了《新传统》，比较详细地勾勒了美国小说从马克·吐温的“边疆的现实主义”（或称“初民的现实主义”），经过豪威尔斯的“缄默的现实主义”、辛克莱和伦敦所代表的“早期的社会

――――――――――――
① 张越瑞：《美利坚文学》，上海商务印书馆 1933 年版，第 98 页。

主义的现实主义"、凯瑟和华顿等代表的"逃避现实的浪漫主义"、德莱塞、安德森和刘易斯的"个人主义的现实主义"、海明威和福克纳的"悲观主义"到帕索斯的"社会主义的现实主义"的成长轨迹。1937 年6 月，上海商务印书馆出版了傅东华和于熙俭选译的《美国短篇小说集》（上、下册），译者"导言"比较详细地介绍了 19 世纪初到 20 世纪 30 年代美国短篇小说的历史发展，其中评介了 4 位美国白人现实主义小说家：马克·吐温、亨利·詹姆斯、哈特和毕尔斯。跟张越瑞的《美利坚文学》一样，这两部著作也没有详细的小说人物形象分析。

　　1949 年之后，中美关系逐渐恶化，社会政治意识形态对美国小说研究的影响与日俱增，美国小说研究对小说家思想倾向问题的关注越来越多，研究对象日益集中于"几个当时被认为是进步的、属于批判现实主义流派的作家"①。1949—1966 年，中国批评界对美国白人现实主义小说的研究很少；1966—1976 年，中国几乎没有出现过评介任何美国白人现实主义小说家和小说的文字。② 1976 年"文化大革命"结束后，1978 年，人民文学出版社出版了董衡巽主编的《美国文学简史》（上册），其中"南北战争到第一次世界大战时期"一章比较详细地介绍了豪威尔斯、詹姆斯和马克·吐温三位美国白人现实主义小说家。同年，国内部分期刊也发表了一些美国白人现实主义小说研究论文，主要关注点是马克·吐温和他的《竞选州长》等短篇小说，涉及人物分析成分较少。

　　（三）　美国白人自然主义小说人物研究

　　1926 年 12 月 10 日，《小说月报》第 17 卷第 12 号发表了郑振铎的《文学大纲》第 43 章，该章是"美国文学"，其中第三部分专论南北战争后的美国小说，涉及克兰（即克莱恩）、诺利士（即诺里斯）和奥·亨利（即欧·亨利）等美国白人自然主义小说家及其小说或短篇小说，但对这些小说家的介绍比较粗略，对涉及小说人物形象分析很少。1929

---

　　①　查明建、谢天振：《中国 20 世纪外国文学翻译史》，湖北教育出版社 2007 年版，第632 页。
　　②　参见谢天振《非常时期的非常翻译——关于中国大陆文革时期的文学翻译》，《中国比较文学》2009 年第 2 期。

年 8 月 10 日，《小说月报》第 20 卷第 8 号发表了赵景深论文《二十年
来的美国小说》，其中涉及伦敦的《马丁·爱丹》（即《马丁·伊登》）
和《野犬呼声》（即《野性的呼唤》）、加兰的《边境中段的女儿》和
《草原上的儿童生活》以及辛克莱的《屠场》和其他小说。同样，赵文
也未对涉及作品人物形象进行详细分析。

　　1930 年 4 月 10 日，《小说月报》第 21 卷第 4 号的"现代文坛杂
话"栏目发表了赵景深短文章《辛克莱的山城》，简单介绍了辛克莱小
说《山城》，人物分析很少。1933 年 12 月，上海商务印书馆出版了张
越瑞的《美利坚文学》，该书"十九世纪的文学"部分简单介绍了 19
世纪末的"新小说"（实际上就是现在所说的"自然主义小说"）派作
家克兰（即克莱恩）及其小说《娼女，墨谐》（即《街头女郎玛琪》）
与《勇敢的红徽》（即《红色英勇勋章》）和罗利士（即诺里斯）及其
小说《章鱼》、《麦克提格》、《芬多福与野兽》，"二十世纪的文学"部
分简单介绍了德莱西（即德莱塞）及其《金融家》、《泰坦神》（Titan）
和《珍妮姑娘》以及阿亨利（即欧·亨利）及其《四百万》。1934 年
10 月 1 日，《现代》第 5 卷第 6 号（《现代·现代美国文学专号》）发
表了 8 篇美国小说研究论文，其中 3 篇分别评介了 3 位美国白人自然主
义小说家：伦敦、辛克莱和德莱塞。1935 年 2 月，上海中华书局出版
了张梦麟和刘杰夫合译的伦敦中短篇小说集《野性的呼唤》，译文前的
两篇介绍性文章——译者的《关于野性的呼唤》和日本厨川百村的
《贾克伦敦的小说》——介绍了伦敦及其小说《野性的呼唤》。[①] 1936
年，赵家璧出版了《新传统》，该书除了"总论"部分介绍辛克莱、伦
敦和德莱塞三位美国白人自然主义小说家，还有一章专门评介了德莱
塞，比较详细地评介了德莱塞长篇小说《卡莉妹妹》（即《嘉莉妹
妹》）、《珍妮姑娘》（该小说当时已由傅东华翻译成中文，由中华书局
出版）、《理财家》（The Financier）、《力神》（Titan）、《一幕美国的悲
剧》和短篇小说集《十二个人》。1937 年 6 月，上海商务印书馆出版了
傅东华和于熙俭选译的《美国短篇小说集》（上、下册），书前译者

---

　　① 参见查明建、谢天振《中国 20 世纪外国文学翻译史》，湖北教育出版社 2007 年版，
第 173 页。

"导言"比较详细地评介了 19 世纪初到 20 世纪 30 年代美国短篇小说的历史发展，涉及欧·亨利和德莱塞两位美国白人自然主义小说家的短篇小说。整体上讲，30 年代，中国批评界对美国白人自然主义小说的研究大多是总论性评介，涉及人物分析的具体性研究较少。

　　1943 年 10 月 15 日，偏重于外国文学译介和研究的重庆刊物《时与潮文艺》第 2 卷第 2 期推出"美国当代小说专号"，收录孙晋三的《美国当代小说专号引言》和林疑今的《当代美国问题小说》两篇论文。《当代美国小说专号导言》将美国写实主义小说的历史发展分为"本地风光"、"赤裸裸的写实主义"、"社会批评"和"幻灭破碎的写实主义"四个阶段，其中简单介绍了克莱恩、诺里斯、伦敦和辛克莱。《当代美国问题小说》分析了美国问题小说兴盛的缘由，并分析了"种族问题小说"、"政治问题小说"、"经济问题小说"和"社会问题小说"等当时美国主要问题小说及其主要代表人物和作品，其中涉及欧·亨利、德莱塞、诺里斯和辛克莱。这两篇文章涉及具体人物分析都很少。1946 年，《世界知识》（1946 年第 1—5 期）发表了曹未风翻译的辛克莱小说《龙果》，第 1 期的节译文前简单介绍了作者和作品。1948 年 6 月，上海生活书店出版了秦牧的《世界文学欣赏初步》，其中提到辛克莱的《屠场》和伦敦的《马丁伊甸》（即《马丁·伊登》），并简单介绍了伦敦《野性的呼唤》的故事梗概和主题。[1] 跟 30 年代的情况相似，40 年代中国批评界对美国白人自然主义小说的研究也鲜有详细的人物形象分析。

　　1949 年之后，美国小说研究受社会政治意识形态影响越来越大，研究对象日渐集中于"几个当时被认为是进步的、属于批判现实主义流派的作家"以及"揭露美国社会黑暗和反对种族歧视的具有'战斗性'的美国黑人文学作品"。[2] 1950—1978 年，中国出现的美国白人自然主义小说研究很少，除了 1953 年出版的《美国短篇小说选》、1957 年《西方语文》第 3 期发表的朱树飏的论文《西奥多·德莱赛：偶象破坏

　　[1]　参见秦牧《世界文学欣赏初步》，上海生活书店 1948 年版，第 7、28、45、62 页。
　　[2]　查明建、谢天振：《中国 20 世纪外国文学翻译史》，湖北教育出版社 2007 年版，第 632 页。

者》和1978年出版的董衡巽主编的《美国文学简史》（上册），很少有期刊发表美国白人自然主义小说研究论文或学术论著中出现论及美国白人自然主义小说的文字。人民文学出版社出版的董衡巽主编的《美国文学简史》（上册）的第二、三章比较详细地介绍了加兰、诺里斯、克莱恩、欧·亨利、伦敦和德莱塞等美国白人自然主义小说家，这是自1950年以来中国学界首次对美国白人自然主义小说的大规模评介，但评介主要还是总论性的，涉及人物形象和文本的具体分析较少。

（四）美国白人现代小说人物研究

1921年11月10日，《小说月报》第12卷第11号"海外文坛消息"栏目发表了沈雁冰的短文章，介绍了美国女作家梅·辛克莱小说《威克的惠林顿先生》。1923年6月10日，《小说月报》第14卷第6号"海外文坛消息"栏目发表了沈雁冰的《两部美国小说》，文中提到本森（Stella Benson）的《可怜之人》、盖勒（Zona Gale）的《淡淡的芳香》（Faint Perfume）、阿瑟顿的《黑牛》和安德森的《许多婚姻》，比较详细地介绍了后两部小说，但人物分析很少；同年11月10日，《小说月报》第14卷第11号"海外文坛消息"栏目发表了沈雁冰的《美国的小说》，分类介绍了1923年上半年美国小说界的状况，主要涉及六类小说：第一类是"关于欧战的小说"，代表小说是斐列波·吉勃司（Sir Philip Gibes）的《中途》、勒文东·康福忒（Will Levingston Comfort）的《大街》（The Public Square）、马克思韦尔（W. B. Maxwell）的《时日的旅程》、麦尔考司凯（Edna Walker Malcoskey）的《初次上台者》（The Debutante）和汤麦司·鲍特（Thomas Boyd）的《小麦中》（Through the Wheat）；第二类是"两性问题小说"，代表小说是奥佛东（Grant Overton）的《清白之岛》、斯丹福特（Alfred B. Stanford）的《胀大的土地》（The Ground Swell）和萨巴蒂尼（Rafael Sabatini）的《海鹰》；第三类是"由近代人的'望乡心'产生的憎恨都市的小说"；第四类是"描写异域情调或古代风化的小说"；第五类是"恋爱小说"；第六类是"反对结婚的小说"。文章还简单介绍了"描写'新奇迹'的小说"及其代表作——大卫·加纳忒（David Garnett）的《美人变为狐》和欧南司忒·勃拉玛（Ernest Bramah）的《客兰的黄金时代》

（*Kai Lung's Golden Hours*）。该文涉及作品较多，但几乎没有具体人物分析。1926 年 12 月 10 日，《小说月报》第 17 卷第 12 号发表了郑振铎的《文学大纲》① 之 "美国文学" 一章，该章第三部分专论南北战争后的美国小说，其中介绍了瓦尔登夫人（即华顿）及其小说。1927 年 4 月，上海商务印书馆出版了郑振铎的《文学大纲》，该书第 46 章为 "新世纪的文学"，其中第三部分介绍了新世纪（即 20 世纪）的美国文学，该部分简单介绍了刘委士（即辛克莱·刘易斯）及其《大街》和《白比特》（即《巴比特》），瓦尔顿夫人（即华顿）及其《伊坦·弗洛姆》、《泥屋》（即《欢乐之家》）和《一个在前线的儿子》，奥司金（即约翰·厄尔斯金）及其《海伦的家常生活》与《格拉哈特》（*Gala-had*），以及安特生（即安德森）、海格萧莫（即赫格西默）、格拉司歌（即格拉斯哥）、惠特（W. A. White）和奥斯汀（Mary Austin）等小说家。郑振铎的《新世纪的文学》是 20 世纪 20 年代中后期国内出现的美国白人现代小说研究的重要成果，但本质上是介绍性的，鲜有详细的小说文本分析和人物形象分析。1929 年 8 月 10 日，《小说月报》第 20 卷第 8 号发表了赵景深论文《二十年来的美国小说》，其中比较详细地介绍了坎贝尔（James Branch Cabell）、赫格西默、华顿、安德森、刘易斯和凯瑟，提到了赫格西默的《从一老屋》、《光亮的肩巾》和《西赛亚》（*Cytherea*），华顿的《快乐家庭》（即《欢乐之家》）、《天真时代》、《乡间风俗》及中篇小说《老纽约》、《战斗的法兰西》和《一个在前线的儿子》，安德森的《塔尔》（*The Tar*）、《小城畸人》、《前进的人们》、《可怜的白人》和短篇小说《蛋之胜利》，刘易斯的《大街》、《爱罗史密司》（*Arrow Smith*）、《我们的雷恩先生》和《职业》，凯瑟的《未来的爱神》、《雕刻家的葬仪》和《百灵曲》（即《云雀之歌》）。通过对上述小说家和其他小说家创作状况的评介，文章比较全面地介绍了 20 世纪前 20 多年美国小说的面貌，但对涉及小说没有做具体文本和人物形象分析。整体上看，20 年代，中国批评界对美国白人现代小说的研究主要是总论性评介，具体性人物形象分析或文本分析很少。

———————————

① 《文学大纲》于 1927 年 4 月由上海商务印书馆出版，共有 46 章，其中第 43 章专门论述美国文学，第 46 章题为 "新世纪的文学"，其中也涉及美国文学。

1930 年 8 月 10 日，《小说月报》第 21 卷第 8 号"现代文坛杂话"栏目发表了赵景深的短文章《美国文坛杂讯》，简单介绍了赫格西默小说《宴会的衣服》，人物分析很少。1931 年 1 月 10 日，《小说月报》第 22 卷第 1 号"国外文坛消息"栏目发表了赵景深的短文章《美国文坛短讯》，介绍了达金盾小说《欢乐之港》，也鲜有人物分析。1933 年 9 月 1 日，《文学》第 1 卷第 3 号发表了黄源的《美国新进步作家汉敏威》，比较详细地介绍了海明威的创作情况。12 月，上海商务印书馆出版了张越瑞的《美利坚文学》，其"二十世纪的文学"部分简单介绍了很多美国白人现代小说家和小说，包括路维斯（Sinclair Lewis）及其《大街》、《巴比特》、《阿罗史密斯》和《埃尔默·甘特利》，屈克（H. Quick）及其《凡德尔马克思的傻瓜》（*The Fool of Vandermarks*），罗伯（E. Robert）及其《人之时间》，威得（G. Wescott）及其《祖母们》，罗华格（O. A. Rölvaag）及其《地下巨人》，威德（T. Wilde）及其《圣路易斯·莱的桥》（*The Bridge of St. Louis Rey*），厄尔斯金（J. Erskine）及其《海伦的家常生活》，威莱（E. Wylie）及其《杰尼弗·劳恩》和《黑盔甲》、短篇小说家萨柯（R. Suckow）及其《衣阿华内政》、安得森（即安德森）及其《鸡蛋的胜利》和斯蒂尔（W. D. Steele）及其《看穿天堂的人》，涉及小说家及小说不少，但人物分析不多。

1934 年 10 月，《现代》第 5 卷第 6 号（《现代·现代美国文学专号》）发表了 8 篇美国小说研究论文，其中 3 篇涉及美国白人现代小说家海明威、帕索斯和福尔克奈（即福克纳）。1936 年，赵家璧出版了《新传统》，全书共 10 章，除了总论（"美国小说之成长"），其余 9 章分别评介了 9 位美国小说家，包括 8 位现代小说家，即休伍·安特生（即舍伍德·安德森）、维拉·凯漱（即维拉·凯瑟）、裴屈罗·斯坦因（即格特鲁德·斯泰因）、桑顿·怀尔德、海敏威（即海明威）、福尔格奈（即福克纳）、杜司·帕索斯（即多思·帕索斯）和辟尔·勃克（即赛珍珠），涉及作品有安德森的《穷白人》、《麦克弗逊的儿子》、《前进的人们》和《温斯堡屋海奥》（即《小城畸人》），凯瑟的《我的安托妮》（即《我的安东妮娅》）、《我的生死的敌人》、《主教之死》、《石上人影》、《失望的妇人》（即《迷途的女人》）、《垦荒者》（即《啊，拓荒者!》）和《百灵的歌声》（即《云雀之歌》），斯泰因的《三个人的生活》和《美国人之成长》，怀尔德的《断桥因果》（*The Bridge of San Louis Rey*）（中译本由曾虚白译，中华书局出版）、《卡巴拉》（*Cabala*）、《安多士的妇人》（*The Woman of Andros*）和《天堂是我的目的地》，海明威的《再会吧武器》（即《永别了，武器》）、《太阳又起来了》（即《太阳照样升起》）、《二心河》、短篇小说《一处干净明亮的地方》及短篇小说集《我们的时代》和《午后之死》、《杀人者》、《海变》、《战斗者》、《瑞士顶礼》、《简单的询问》、《依立奥脱先生和夫人》（*Mr. and Mrs. Eliot*）和《雨中的猫》，福克纳的《兵士的酬报》（即《士兵的报酬》）、《沙套列斯》（即《沙多里斯》）、《声音与愤怒》（即《喧哗与骚动》）、《我在等死》（即《我弥留之际》）、《避难所》和《八月之光》，帕索斯的《三兵士》、《曼哈顿中转站》、《美国》三部曲——《大洋钿》（即《赚大钱》）、《第四十二纬度》（即《北纬42度》）与《一九一九》和赛珍珠的《大地》、《东风和西风》、《小革命家》、《儿子们》和《分家》，除了对《大地》中主人公黄龙这个人物形象的分析，对其他小说人物形象的分析不是很多。

1937年6月，上海商务印书馆出版了傅东华和于熙俭选译的《美国短篇小说集》（上、下册），译者"导言"比较详细地评介了20世纪前30年美国短篇小说的状况，其中涉及凯瑟和刘易斯，称他们是"大战后的代表"，他们的短篇小说反映了"大战后美国生活"。[1] 同年，《世界知识》（1937年第6期）发表了渺加的《美国文学的新动向》，文章介绍了美国现代文学"沿着现实批判的线路而发展"的新动向，其中涉及刘易斯。[2] 总体上看，30年代，中国批评界对美国白人现代小说的评介较多，但具体分析小说人物形象的文字还是很少。

20世纪40年代，中国批评界评价美国白人现代小说的势头有增无减。1941年6月1日，创作、翻译、评论并重的大型文学刊物《文学月报》（第3卷第1号）推出"美国文学专辑"，发表了铁弦的论文

---

① 傅东华、于熙俭选译：《美国短篇小说集》，上海商务印书馆1937年版，第2—3页。
② 参见渺加《美国文学的新动向》，《世界知识》1937年第6期。

《关于约翰斯丹贝克》。1943 年 10 月 15 日，偏重于外国文学译介和研究的重庆刊物《时与潮文艺》（第 2 卷第 2 期）推出"美国当代小说专号"，收录孙晋三的《美国当代小说专号引言》和林疑今的《当代美国问题小说》两篇论文。《当代美国小说专号导言》从"健壮的当代美国小说"、"写实主义在美国"和"美国的短篇小说"三个方面分析了 20 世纪 20—40 年代美国小说的突出特征，涉及 6 位美国白人现代小说家，即安德森、凯瑟、威斯各特（G. Wescott）、海明威、斯坦贝克和萨洛扬。《当代美国问题小说》分析了 20 世纪 20—40 年代美国问题小说兴盛的缘由，并分析了"种族问题小说"、"政治问题小说"、"经济问题小说"和"社会问题小说"等 20 世纪 20—40 年代美国主要问题小说及其主要代表人物和作品。整体上看，40 年代，中国批评界对美国白人现代小说的评介中，涉及人物形象分析的文字也比较少。

1949 年之后，中美关系日益恶化，社会政治意识形态对美国小说研究的影响日渐增强，中国美国小说研究对象也日渐转向"几个当时被认为是进步的、属于批判现实主义流派的作家"以及"揭露美国社会黑暗和反对种族歧视的具有'战斗性'的美国黑人文学作品"[1]，20 世纪 30—40 年代一度受到批评界热捧的美国白人现代小说家如海明威和福克纳等，在这个时期受到了"冷遇"。1950—1978 年，中国评论美国白人现代小说的文字不多。1953 年，北京文艺翻译出版社出版了清华大学外国语文系英文组辑译的《美国短篇小说选》（法斯特等著），译者"代序"简单介绍了马尔兹的《午后森林中》的故事梗概和主题思想，人物分析很少。此外，20 世纪 50 年代，国内部分期刊也发表了评介海明威及其《老人与海》的文章，但人物分析也不多。1962 年，中国科学院哲学社会科学部学术资料研究室推出蔡葆真编写的《美国文学近况》，编著者从"进步作家"的角度比较详细地介绍了帕索斯、柯赞斯（James Gould Cozzens）、赛珍珠、福克纳、考德威尔、斯坦贝克、海明威、萨洛扬、马尔兹、邦诺斯基（Phillip Bonosky）、阿兰·迈克斯（Alan Max）、马克·万·道伦（Mark Van Doren）、韦尔蒂、波特、刘

---

① 查明建、谢天振：《中国 20 世纪外国文学翻译史》，湖北教育出版社 2007 年版，第 632 页。

易斯、凯瑟琳·布鲁什（Katherine Brush）、撒姆尔·奥尼兹（Samuel Ornitz）和圣约翰·高加梯（Oliver St. John Gogarty）等美国白人现代小说家的生平及创作，但人物分析较少。此外，60 年代，国内部分期刊也发表了涉及福克纳和赛珍珠等美国白人现代小说家的研究文章，人物分析也较少。1978 年，人民文学出版社出版了董衡巽主编的《美国文学简史》（上册），其中第四章（"第一次世界大战到第二次世界大战"）比较详细地介绍了刘易斯、安德森、凯瑟、海明威、菲茨杰拉德、沃尔夫、帕索斯、法莱尔、斯坦贝克、福克纳、沃伦和波特等美国白人现代小说家，是自 1962 年以来国内学界首次对美国白人现代小说的大规模评介，但对涉及小说人物分析不多。总体上看，新中国成立后到 70 年代末，中国批评界对美国白人现代小说的研究大多是总论性评介，涉及人物形象分析的具体性研究很少。

（五）当代美国白人小说人物研究

1945 年前，中国没有评介当代美国小说的活动或文字。1945—1949 年，中国也没有出现评介当代美国白人小说的文字。进入 20 世纪 50 年代，当代美国白人小说才逐渐进入中国，评论当代美国白人小说的文字也逐渐出现。新中国成立之初，中国批评家常常从意识形态角度看待当代美国白人小说，研究对象选择上的政治化倾向非常明显，因此，除了一些对无产阶级革命具有积极作用的作品，很少有当代美国白人小说家和小说受到中国批评界关注。1953 年，北京文艺翻译出版社出版了清华大学外国语文系英文组辑译的《美国短篇小说选》（法斯特等著），其中收录陶德（Martha Dodd）短篇小说《玛丽亚》和邦诺斯基短篇小说《乔尼·库库的记录》，"代序"对这两篇短篇小说的故事梗概和主题思想做了简单介绍，人物分析较少。此外，20 世纪 50 年代，国内部分期刊发表了一些当代美国白人小说研究或涉及当代美国白人小说研究的论文，涉及博尔迪克和莱德勒的《不体面的美国人》、贝西长篇小说《非美分子》和沙斯柏莱的《没有着落的一代》等小说，人物分析也不多。受"文艺为工农兵服务"和"文艺为政治服务"的文艺方针影响，这一时期的当代美国白人小说研究明显带有政治意识形态影响的烙印，研究者喜欢从揭发美国及美国人缺点的角度选择作家及其作品进行研究，除了莱德勒、贝西和沙斯柏莱等极少数几位小说家，很少有当代美国白人小说家及其作品受到中国批评界广泛关注。1962 年，中国科学院哲学社会科学部学术资料研究室推出的蔡葆真编写的《美国文学近况》简单介绍了"红极一时的'垮掉的一代'"、"颂扬毒品的'麻醉文学'"、"粉饰太平的假现实主义"、"荒诞不经的'科学小说'"以及"轰动一时的所谓畅销书"，涉及小说家及作品包括克鲁亚克及其《在路上》、《地下人》、《通晓佛法的流浪汉》（*Dharma Bums*）、《萨克斯医生》和《麦琪·卡西迪》、李普顿（Lawrence Lipton）及其《神圣的野蛮人》、霍尔姆斯（Clellon Holmes）及其《走吧》与《号角》、巴勒斯和亚历山大·特罗奇及其小说《该隐之书》、斯隆·威尔逊及其长篇小说《穿灰色法兰绒衣的人》、博尔迪克和莱德勒及其政治小说《不体面的美国人》、布雷德伯里及其短篇小说集《解围的人》（*The Illustrated Man*）、《太阳的金苹果》、《马蒂安大事录》和中篇小说《华氏451 度》以及柯赞斯（James Gould Cozzens）的《爱的纠缠》（*By Love Possessed*）、纳博科夫的《洛丽塔》、德鲁里（Allen Drury）的《咨询与赞许》和赫赛（John Hersey）的《战争爱好者》等 50 年代发表的几部畅销小说。该书从"进步作家"的角度比较详细地介绍了柯赞斯、塞林格、米切尔·威尔逊（Mitchell Wilson）和斯泰伦等当代美国白人小说家的生平及创作以及"十年来出现的一些重要小说"如杰洛姆（V. J. Jerome）的《杰瑞米的明灯》、邦诺斯基（Phillip Bonosky）的《燃烧的山谷》和《魔草》、海姆（Stefen Heym）的《高尔兹镇》（*Goldsborough*）和短篇小说集《吃人者及其他》、李伯尔（Maxim Lieber）的短篇小说集《美国世纪》、马斯特斯（Dexter Masters）的《事故》、陶德（Martha Dodd）的《疾风劲草》（*The Searching Light*）、菲里普·斯蒂文逊的《种子》三部曲第一部（《晨午夜》〈*Morning Noon and Night*〉和《从泥土中来》）和第二部（《老朽的法律》〈*Old Father Antic*〉和《骗局》〈*The Hoax*〉）、贝西的《非美分子》和马替尼（Carl Marzani）的《余生》（*The Survivor*），涉及小说家及小说很多，但具体的人物分析很少。1978 年 12 月，山东大学美国文学研究所编辑出版的《现代美国文学研究》第 2 期发表了 6 篇美国文学研究论文，其中 3 篇论及当代美国白人小说，它们是王文彬的《谈谈诺曼·梅勒的长篇小说〈裸者与死者〉》、李自修的《〈裸者与死者〉故事梗概》和保罗·西格尔的《〈裸者与死者〉中的恶神》。同年，人民文学出版社出版了董衡巽等编著的《美国文学简史》（上册），该书第五章（"第二次世界大战以后的文学"）比较详细地评介了克鲁亚克、梅勒、霍克斯、欧茨、纳博科夫、冯尼格特、海勒、巴斯、斯泰伦等当代美国白人小说家，是自1962年以来国内学界首次对当代美国白人小说的大规模介绍，但具体人物分析同样很少。总体来看，1950—1978年，中国批评界对当代美国白人小说的研究多为笼统性介绍或评介，对于具体作品或人物形象的细读性研究较少，但凡涉及人物分析，意识形态化倾向也较为明显。

（六）美国黑人小说人物研究

1933年12月，上海良友图书印刷公司出版了杨昌溪的《黑人文学》，是国内出现的首部涉及美国黑人小说研究的学术著作。该书"黑人的小说"部分介绍了爱德华兹（Harry Stiwell Edwards）短篇小说《黑影》（Shadow）和突平（Edna Timpin）短篇小说《亚伯拉罕的解放》的故事梗概及其主题以及邓肯（Naman Duncan）短篇小说《一件假设的事》和夏芝（L. B. Yeates）短篇小说《白墨战》（The Chalk-Game）的故事梗概，另外还介绍了淮提及其小说《燧石中的花火》、浮色德（Gossie Fouset）及其短篇小说《有混乱》（There Is Confusion）、"革命小说家"波依士［杜波依斯］及其小说《黑公主》、那生（Nella Larson）及其短篇小说《流沙》、非修（Rudelph Fishor）及其短篇小说《吉立柯的墙》（Wall of Jericho）和休士（即兰斯顿·休斯）及其《不是没有笑的》以及马郎（Rene Maren）及其小说《霸都亚纳》（Batouala）的故事梗概与主题思想。《黑人文学》虽然涉及小说家及小说较多，但对涉及小说人物形象的分析很少。从1933年到1949年，中国批评界对美国黑人小说的研究不是很多。

1949年之后，中美关系开始逐渐恶化，社会政治意识形态对美国小说研究的影响也开始逐渐增强，小说家和小说的思想倾向日渐成为研究的重点关注。1953年，北京文艺翻译出版社出版了清华大学外国语文系英文组辑译的法斯特等著的《美国短篇小说选》，收录奥福德短篇

小说《青青的草地和一支枪》，译者"代序"对其故事梗概和主题思想
做了简单介绍。1954 年 7 月，上海文艺联合出版社出版了施咸荣翻译
的休斯等著的《黑人短篇小说选》，收录了休斯、克拉克、爱森堡和奥
福德等四位美国黑人小说家的 6 篇短篇小说，"译者前记"比较详细地
介绍了休斯。1955 年 2 月，中国青年出版社出版了黄钟翻译的苏联
蒙·贝尔克选编的美国黑人小说家休斯等著的《黑人短篇小说集》，收
录克拉克、爱森堡、休斯和韩盾等黑人小说家的 6 篇短篇小说，选编者
"序言"详细介绍了休斯的生平、创作和思想，同时还简单介绍了所选
译短篇小说。1959 年 4 月，人民文学出版社出版了贝金翻译的雪莉·
格雷汉姆的《从前有个奴隶》，"译后记"详细介绍了格雷汉姆的生平
和创作。总体上讲，20 世纪 50 年代，受"文艺为工农兵服务"和"文
艺为政治服务"的文艺方针影响，中国批评界对美国黑人小说的研究明
显带有社会政治意识形态影响的烙印，研究者喜欢从揭发美国及美国人
缺点的角度选择黑人作家及其作品进行评介，但评介大多是总论性的，
很少有细读性的人物形象分析。

　　1962 年，中国科学院哲学社会科学部学术资料研究室推出蔡葆真
编写的《美国文学近况》，该书较为全面地介绍了 20 世纪 50 年代美国
文学的状况，其中"从几种流派和倾向看美国的文学危机"部分简单
介绍了埃里森的《看不见的人》，"一些作家的情况"部分从"进步作
家"的角度比较详细地介绍了赖特、休斯、邦当（Arna Bontemps）、杜
波依斯、基伦斯（John O. Killens）、劳埃·布朗、朱利安·梅菲尔德和
弗兰克·伦敦·布朗等"进步黑人作家"，"十年来出现的一些重要小
说"部分从"进步作家"的角度介绍了劳埃·布朗的《铁城》、基伦斯
的《扬布拉德一家》、弗兰克·伦敦·布朗的《德伦布尔广场》和杜波
依斯的《黑色的火焰》。《美国文学近况》是自 1933 年杨昌溪的《黑人
文学》以来国内出版的涉及美国黑人小说研究最多的一部学术著作，评
介中的意识形态化倾向不言而喻，但对涉及小说人物的具体分析不是很
多。此外，60 年代，国内部分期刊也发表了美国黑人小说研究或涉及
美国黑人小说研究的论文，但跟 50 年代一样，这个时期中国批评界对
美国黑人小说的研究带有明显的社会政治意识形态影响的烙印，研究者

一般对涉及小说家及作品进行总论性评介，很少进行人物形象分析。

1978 年，人民文学出版社出版了董衡巽等编著的《美国文学简史》（上册），该书第二章第五节（"黑人文学"）比较详细地介绍了南北战争前的美国黑人小说家威廉·威尔斯·布朗、马丁·德兰尼和弗雷德里克·道格拉斯的小说创作，第三章第五节（"黑人文学"）比较详细地介绍了南北战争与第一次世界大战之间的美国黑人小说家切斯纳特和杜波依斯的小说创作，第四章第八节（"黑人文艺复兴及其影响"）比较详细地介绍了两次世界大战之间的美国黑人小说家麦凯、卡伦、休斯、舒拉（George Schuyler）、邦当（Arna Bontemps）、赫斯顿和赖特的小说创作，第五章第六节（"黑人小说"）比较详细地介绍了埃里森、鲍德温、约翰·威廉斯、盖恩斯和莫里森的小说创作，"越战以后的文学"部分中的"少数民族小说"部分比较详细地介绍了越战以后的美国黑人小说家沃克、巴巴拉和奈勒的小说创作，涉及美国黑人小说家很多，但对美国黑人小说的研究以总论性评介为主，细读性人物形象分析或文本分析较少。

（七）美国犹太小说人物研究

1930 年 3 月 1 日，余慕陶在其论文《美国新兴文学家介绍》中介绍了美国犹太小说家高尔德（即迈克尔·戈尔德）。[1] 但此后到 1949 年，中国没有出现评介美国犹太小说的文字。因此，美国犹太小说家虽然于 1930 年进入了中国批评界，但 1949 年前，中国批评界对美国犹太小说的关注微乎其微。

1949 年之后，随着中美关系日益恶化，社会政治意识形态对美国小说研究的影响日渐增强，小说家及其作品的思想倾向逐渐成为研究的核心关注。20 世纪 50—60 年代，除了《叛徒霍华德·法斯特从好莱坞领得了犒赏》[2] 这篇短文章，只有一部学术著作简单介绍了个别犹太小说家，那就是 1962 年中国科学院哲学社会科学部学术资料研究室推出的蔡葆真编写的《美国文学近况》。该书"粉饰太平的假现实主义"部

---

① 谢天振、查明建主编：《中国现代翻译文学史（1898—1949）》，上海外语教育出版社 2004 年版，第 265 页。

② 邢祖文：《叛徒霍华德·法斯特从好莱坞领得了犒赏》，《中国电影》1958 年第 8 期。

分谈到了沃克（Herman Wouk）长篇小说《马乔里·摩宁斯塔》，编著者将这部小说贴上了"假现实主义文学"的标签，认为"假现实主义文学是为美国统治阶级的要求服务的反动文学，它为美国腐朽的社会制度作掩饰，肯定现状，强调'乐观精神'、'相信未来'、'树立积极的理想'等。这种文学颂扬市场，粉饰垄断掠夺者的丑态，宣扬军国主义，因此受到统治集团的欢迎"。① 此外，该书"一些作家的情况"部分从"进步作家"的角度比较详细地介绍了戈尔德（Michael Gold）的生平及创作。1977 年 10 月，学生英文杂志社出版了谈德义和李连三主编的《美国短篇小说选注》，收录 3 篇马拉默德短篇小说：《魔桶》、《悲悼者》和《监狱》，书前有马拉默德英文简介，但未对涉及小说人物做具体分析。总体上讲，1950 年到 1978 年前，中国批评界对美国犹太小说关注很少，除了法斯特、戈尔德、沃克和马拉默德，几乎没有其他美国犹太小说家进入中国外国文学批评领域。从研究方法和角度来看，研究者主要从社会政治意识形态角度对一些美国犹太小说家及其作品进行概论性介绍，对涉及小说人物形象的细读性分析很少。

从 1978 年底开始，中国美国犹太小说研究逐渐繁荣起来。1978 年 12 月，山东大学美国文学研究所编辑出版了《现代美国文学研究》（1978 年第 2 期），发表了 2 篇美国犹太小说家马拉默德小说研究论文，它们是欧阳基的《伯纳德·马拉默德的长篇小说〈店员〉》和鲁人的《伯纳德·马拉默德的小说〈店员〉》。1978 年，人民文学出版社出版了董衡巽等编著的《美国文学简史》（上册），该书第五章（"第二次世界大战以后的文学"）第五节（"犹太小说"）比较详细地介绍了辛格、马拉默德、贝娄和罗斯等美国犹太小说家的小说创作，但对涉及小说人物形象的分析不多。

二 小说主题的意识形态化探讨

意识形态化的美国小说研究还体现在研究者对美国小说主题进行意识形态化探讨方面。这种意识形态化的探讨在美国白人小说主题研究中

---

① 蔡葆真：《美国文学近况》，中国科学院哲学社会科学部学术资料研究室 1962 年版，第 7 页。

有所体现，但在美国黑人小说和犹太小说主题研究中体现得比较明显。

（一）美国早期白人小说和浪漫主义小说主题研究

1916 年，上海商务印书馆出版了孙毓修编著的《欧美小说丛谈》，收录 3 篇评介美国早期白人小说家和浪漫主义小说家的文章，其中 1 篇简单评介了斯托夫人及其小说《黑奴吁天录》（即《汤姆叔叔的小屋》）及其对欧文和霍桑的影响①，1 篇简单评介了霍桑的生平与创作，并与欧文和库柏做了简单比较②，1 篇对欧文做了简单介绍。③

1926 年 12 月 10 日，《小说月报》第 17 卷第 12 号发表了郑振铎的《文学大纲》④ 第 43 章 "美国文学"，其中介绍了 6 位美国早期白人和浪漫主义小说家：布朗（Charles Brockden Brown）、欧文、柯甫（即库柏）、霍桑、爱伦·坡和史拖活夫人（即斯托夫人），重点介绍了欧文《李迫》（即《瑞普·凡·温克尔》）的故事梗概以及后辈小说家霍桑和爱伦·坡与欧文和柯甫的不同所在、霍桑代表作《红字》及其他小说如《七个屋翼的房子》（即《七个尖角的屋子》）和《大石脸》以及短篇小说如《怪书》和《林莽故事集》、爱伦·坡第一部小说《瓶中所得的稿酬本》及侦探小说如《鲁莫格的谋杀者》（即《瑞莫格街的谋杀案》）和《被盗的信》、史拖活夫人（即斯托夫人）代表作《黑奴吁天录》（即《汤姆叔叔的小屋》）和另一部小说《古镇的人》。郑振铎对这些小说的介绍是概论性的，虽然涉及主题分析较少，但分析不无意识形态色彩。1929 年是 3 月，上海 ABC 丛书社出版了曾虚白的《美国文学 ABC》，其中评介了欧文、库柏、霍桑和爱伦·坡等美国白人浪漫主义小说家。曾虚白对这些小说家的评介，一定程度上折射了当时中国美国小说研究的意识形态化倾向。例如，在 "华盛顿·欧文" 一章，曾虚白说：

在欧文的不朽作品里，我们听不到革命的号角，也找不到开辟

① 参见孙毓修编著《欧美小说丛谈》，上海商务印书馆 1916 年版，第 41—43 页。
② 同上书，第 45—49 页。
③ 同上书，第 49—51 页。
④ 《文学大纲》于 1927 年 4 月由上海商务印书馆出版，共有 46 章，其中第 43 章专门论述美国文学，第 46 章题为 "新世纪的文学"，其中也涉及美国文学。

荒芜的伟大事业，只享受他静悄而旧式的诙谐、温文的语调、尔雅的态度。对于地方性浓厚的热情，他只有微笑的淡漠。就在自己国家里，他也像是个同情而注意的过客，眼见的虽熟练地了解，可是不会投身到思想的漩涡里去。他不会叫我们感觉到在他那时最占据人们心灵的是什么，最烦扰人们生活的又是什么。他的确是跳出人群的一个袖手旁观者。①

曾虚白对欧文的这番评价，表明他没有从意识形态的角度看待欧文，这正好从一个侧面反映了当时中国美国小说研究中的意识形态化倾向。在"那萨尼尔·霍桑"（即纳撒尼尔·霍桑）一章，曾虚白说：

很多美国的批评家说霍桑是一个表现清教精神的作家，我以为这是个重大的错误［……］霍桑的作品特别显示给我们看他已经完全脱离了清教的色彩。他的作品是纯艺术，决没有受什么黑奴问题或其他重要的政治问题的影响。若说他在那里借着艺术来启示问题，那就完全没有了解这个作家。他的目的只注意在艺术化表现灵魂的形态，决不想开发什么道德问题［……］《红字》决不是清教生活的历史小说［……］他的目的只求融合着各种情感，把这篇作品演染成一篇极完善的艺术品，决没有别样杂念。②

曾虚白对霍桑及其《红字》的评价具有反意识形态倾向，这也从一个侧面反映了当时中国美国小说研究中的意识形态化倾向。

1933 年 12 月，上海商务印书馆出版了张越瑞的《美利坚文学》，该书概括介绍了 17 世纪初到 20 世纪 30 年代初美国文学的历史发展，其中评介了很多美国早期白人和浪漫主义小说家，如白朗（即查尔斯·布洛克顿·布朗）、"美国十九世纪文学之祖"欧文、库伯（即库柏）、"在文坛上虽不著声誉然而是极能代表美国的作家"③ 波丁、欧林坡

---

① 曾虚白：《美国文学 ABC》，上海 ABC 丛书社 1929 年版，第 15 页。
② 同上书，第 34—35 页。
③ 张越瑞：《美利坚文学》，上海商务印书馆 1933 年版，第 47 页。

（即爱伦·坡）、"南方文坛上几个过渡的作家"——瓦第（William Wirt）、克奈德（John P. Kennedy）、库克（John Esten Cooke）和逊姆士（William Gilmore Simms）等、南北战争前的司脱活夫人（即斯托夫人）和美国浪漫主义大师霍桑，重点评介了3位小说家，即布朗、爱伦·坡和霍桑。张越瑞对这些小说家的评介，不无意识形态色彩。例如，他这样评价霍桑：

> 霍桑把清教徒写到作品里，他的思想从不超过"十戒"的世界，罪恶和责罚常在他的心海中发生联想，他往往从现实的转到想象的，所以小说的取材不外浪漫的与超自然的。他写短篇小说常借事物或现象以象征道德的行为或道德的结果。换言之，他认现象与道德目的是符合一致的。他不信从任何哲学家的说法，只主张自我的个人主义。他独创一种作风，是流畅的、真挚的、细腻的；不紧张，不过事雕琢。他是散文大家，是灵魂的宣露者，是美国最伟大的小说家。①

1937年6月，上海商务印书馆出版了傅东华和于熙俭选译的《美国短篇小说集》（上、下册），译者"导言"比较详细地评介了19世纪初到20世纪30年代美国短篇小说的历史发展，其中涉及欧文、霍桑和爱伦·坡，评介也带有意识形态色彩，这可以在对霍桑的评价中见出：霍桑"把道德和艺术调和得非常融洽，以致他的作品里虽然包含着深切的教训，却使你无论如何不会觉得讨厌"②，因此，"他的作品里面一般地充满着黑暗的阴影，而又流露着闪电一般的光明，使读者读了之后自然觉得现实之可唾弃和光明之可追求。这就是他用最高艺术手段施行教训的方法"③。

20世纪40年代，中国批评界评介和评论美国早期白人和浪漫主义小说中的意识形态化倾向日趋明显，这种情况一直持续到70年代末。

---

① 张越瑞：《美利坚文学》，上海商务印书馆1933年版，第83页。
② 傅东华、于熙俭选译：《美国短篇小说集》，上海商务印书馆1937年版，第5页。
③ 同上书，第6页。

新中国成立后，随着中美关系的变化，受社会政治意识形态影响，中国美国小说研究重点逐渐转向了"几个当时被认为是进步的、属于批判现实主义流派的作家"①。1950—1978 年，中国评论美国小说的文字更少，评论美国早期白人和浪漫主义小说的文字很少。除了黄嘉德在《文史哲》1963 年第 6 期发表的论文《论斯托的〈汤姆叔叔的小屋〉》和董衡巽 1978 年出版的《美国文学简史》（上册），20 世纪 50—70 年代没有涉及美国早期白人小说和浪漫主义小说的评论文字。1978 年人民文学出版社出版的董衡巽主编的《美国文学简史》（上册）是 1949 年新中国成立以来国内涉及美国早期白人小说和浪漫主义小说最多的美国文学研究专著，该书"独立革命到南北战争时期"一章比较详细地介绍了"前期浪漫主义"小说家欧文、库柏和爱伦·坡、"后期浪漫主义"小说家纳霍桑和梅尔维尔以及"废奴文学"的代表作家斯托夫人和希尔德里斯，评介中的意识形态色彩虽然没有 50—60 年代那么浓烈，但并非完全淡去。

（二）美国白人现实主义小说主题研究

中国对美国白人现实主义小说的评介始于 20 世纪 20 年代。1926 年 12 月 10 日，《小说月报》第 17 卷第 12 号发表了郑振铎的《文学大纲》② 第 43 章，其中介绍了马克·特文（即马克·吐温）、霍威尔（即豪威尔斯）和亨利·乾姆士（即亨利·詹姆斯），重点介绍了马克·吐温和詹姆斯，介绍带有一定的意识形态色彩。作者认为：马克·吐温是"最深沉而博大的美国人"，"没有一个作家比他更适宜于解释他所住之国的，也没有一个国家有他那样的一个作家更适宜的去解释它的"。③ 1929 年 3 月，上海 ABC 丛书社出版了曾虚白的《美国文学 ABC》，其中比较详细地评介了 19 世纪的 3 位美国白人现实主义小说家，即马克·吐温、豪威尔斯和詹姆斯，评介也带有一定的意识形态色彩。例如，在"亨利·詹姆士"一章，曾虚白指出：

---

① 查明建、谢天振：《中国 20 世纪外国文学翻译史》，湖北教育出版社 2007 年版，第632 页。

② 《文学大纲》于 1927 年 4 月由上海商务印书馆出版，共有 46 章，其中第 43 章专门论述美国文学，第 46 章题为"新世纪的文学"，其中也涉及美国文学。

③ 郑振铎：《文学大纲》，上海商务印书馆 1927 年版，第 367 页。

　　亨利·詹姆士是美国第二个写实派的领袖，然而他仍旧算不得怎样伟大的作家。他最令人注意的特点，是想用分析的方法，描写出各种民族的个性。在这一点上，他却已完全失败了。虽然他很努力地介绍给读者各民族中彼此不同的人物，然而读者只感觉到这种不同只是作者的附会。差不多他所着眼的性质，说他是人类的个性没有一项不确当，说他只是某民族的个性，我们就觉得他浮泛。他虽标着描写民族性的旗帜，却没有深入到每个民族的灵魂里，所以他要把人类的性质分析地民族化起来，就不免要失败了。①

　　1933 年 12 月，上海商务印书馆出版了张越瑞的《美利坚文学》，该书概括介绍了 17 世纪初到 20 世纪 30 年代初美国文学的历史发展，其中介绍了何威尔士（即豪威尔斯）、詹姆士（即詹姆斯）、马克·德温（即马克·吐温）及其他"乡土派"作家，介绍带有一定的意识形态色彩。1936 年，赵家璧出版了《新传统》，其中涉及马克·吐温和豪威尔斯，介绍也带有一定的意识形态色彩，这可以在对马克·吐温《傻瓜国外流浪记》的评价中见出。赵家璧认为，《傻瓜国外流浪记》是"第一本美国的散文"（他这儿所说的"散文"，实际上就是我们现在所说的"小说"），因为"在他之前，没有一本小说能这样的摆脱殖民地心理而写得如此独创而富有边疆精神过；加上那幽默的风格，更帮助这部作品获得广大的读者"②。1937 年 6 月，上海商务印书馆出版了傅东华和于熙俭选译的《美国短篇小说集》（上、下册），译者"导言"介绍了马克·吐温、詹姆斯、哈特和毕尔斯四位美国白人现实主义小说家，介绍同样也带有一定的意识形态色彩。

　　从 40 年代开始，中国批评界评介美国白人现实主义小说的文字逐渐减少，但评介中的意识形态色彩日渐浓厚。1949 年之后，受社会政治意识形态影响，美国小说研究的重点对象日趋集中于"几个当时被认

---

① 曾虚白：《美国文学 ABC》，上海 ABC 丛书社 1929 年版，第 114—115 页。
② 赵家璧：《新传统》，中国国际广播出版社 2013 年版，第 8 页。

为是进步的、属于批判现实主义流派的作家"①。1950—1978 年，中国评论美国白人现实主义小说的文字很少，除了 1978 年出版的《美国文学简史》（上册），几乎没有论著或研究论文涉及美国白人现实主义小说。1978 年，人民文学出版社出版了董衡巽主编的《美国文学简史》（上册），该书"南北战争到第一次世界大战时期"一章比较详细地介绍了豪威尔斯、詹姆斯和马克·吐温三位美国白人现实主义小说家，介绍中的意识形态色彩比较明显。同年，国内部分期刊也发表了美国白人现实主义小说研究论文，主要涉及马克·吐温及其《竞选州长》等短篇小说，研究中的意识形态倾向甚为明显。

（三）美国白人自然主义小说主题研究

中国批评界对美国白人自然主义小说的研究始于 20 世纪 20 年代初。1921 年 5 月 10 日，《小说月报》第 12 卷第 5 号发表了理白翻译的伦敦短篇小说《豢豹人的一个故事》，译文后有"小识"一篇，是最早见于国内文艺期刊的美国白人自然主义小说评介文字。1926 年 12 月 10 日，《小说月报》第 17 卷第 12 号发表了郑振铎的《文学大纲》② 第 43 章，其中介绍了克兰（即克莱恩）、诺利士（即诺里斯）和奥·亨利（即欧·亨利）等美国白人自然主义小说家及其小说或短篇小说，是中国批评界第一次对美国白人自然主义小说的较大规模评介，评介中的意识形态色彩比较明显。1929 年 8 月 10 日，《小说月报》第 20 卷第 8 号发表了赵景深论文《二十年来的美国小说》，其中评介了伦敦、加兰和辛克莱三位美国白人自然主义小说家，评介带有一定的意识形态色彩，这可以从对伦敦的评介中看出。赵景深认为，伦敦"在美国只不过是个三等作家，但在瑞典，却极著名，俄国甚至把他当做先知看待，他的小说取材极广，从来没有一个作家能够像他那样把世界上一切奇丽景色显示给我们看的"③。

---

① 查明建、谢天振：《中国 20 世纪外国文学翻译史》，湖北教育出版社 2007 年版，第 632 页。

② 《文学大纲》于 1927 年 4 月由上海商务印书馆出版，共有 46 章，其中第 43 章专门论述美国文学，第 46 章题为"新世纪的文学"，其中也涉及美国文学。

③ 赵景深：《二十年来的美国小说》，《小说月报》1929 年 8 月 10 日第 20 卷第 8 号，第 1247 页。

20 世纪 30 年代，中国评介美国白人自然主义小说的文字有增无减，评介中的意识形态色彩也比较明显。1930 年 3 月 1 日，余慕陶发表《美国新兴文学家介绍》一文，其中介绍了伦敦和辛克莱。① 1930 年 4 月 10 日，《小说月报》第 21 卷第 4 号 "现代文坛杂话" 栏目发表了赵景深的短文章《辛克莱的山城》，简单介绍了辛克莱小说《山城》。1933 年 12 月，上海商务印书馆出版了张越瑞的《美利坚文学》，概括介绍了 17 世纪初到 20 世纪 30 年代初美国文学的历史发展，该书 "十九世纪的文学" 部分简单介绍了 19 世纪末的 "新小说"（实际上就是现在所说的 "自然主义小说"）派作家克兰（即克莱恩）与罗利士（即诺里斯），"二十世纪的文学" 部分简单介绍了德莱西（即德莱塞）与阿亨利（即欧·亨利）。1934 年 10 月 1 日，《现代》第 5 卷第 6 号（《现代·现代美国文学专号》）发表了 8 篇美国小说研究论文，其中 3 篇分别评介了伦敦、辛克莱和德莱塞三位白人自然主义小说家。1935 年 2 月，上海中华书局出版了张梦麟和刘杰夫合译的伦敦中短篇小说集《野性的呼唤》，书前有译者写的《关于野性的呼唤》和日本厨川百村写的《贾克伦敦的小说》两篇介绍性文章，介绍了伦敦及其小说《野性的呼唤》。② 1936 年，赵家璧出版了《新传统》，除了 "总论" 对辛克莱、伦敦和德莱塞的介绍，其中 1 章专门评介了德莱塞。在总论 "美国小说之成长" 一章，赵家璧指出，"在美国文学逐渐独立而现实主义已证明是主流的二十世纪，这一派作家的出现，在美国文学史上，只可以当作大风雨将来前的一种片刻的安静，代表着少数富人们悠闲的心绪而已。"③ 他认为，"从马克·吐温的 '边疆的现实主义' 经过霍威耳斯的 '缄默的现实主义' 和辛克莱一群人的暴露文学，到二十世纪德莱塞出现，美国的现实小说，因为社会条件的具备，和殖民地心理的消灭，冲破了浪漫主义的烟雾，而开拓到 '真实的现实主义' 的园地里去了。虽然它的真实仍旧限制于个人而没有发展到社会方面去，但是特

---

① 谢天振、查明建主编：《中国现代翻译文学史（1898—1949）》，上海外语教育出版社 2004 年版，第 265 页。

② 参见查明建、谢天振《中国 20 世纪外国文学翻译史》，湖北教育出版社 2007 年版，第 173 页。

③ 赵家璧：《新传统》，中国国际广播出版社 2013 年版，第 21 页。

莱塞却已经够称为‘真实的现实主义’的先锋了”；但是，“德莱塞的现实主义是个人主义的现实主义，他代表了美国农村和都市里数千万小有资产的个人主义者，为了受到各方面的压迫而难以生活，在替他们吐露着悲观失望的情绪”。① 因此，他认为，“讲现代的美国文学，就得从特莱塞说起”，因为“美国民族文学一开始就在摆脱理想文学而向现实主义的大道前进，但是马克·吐温、霍威耳斯、诺立斯、杰克伦敦一群人只替特莱塞开辟荒芜，帮助完成特莱塞的事业而已”②。“特莱塞”一章比较详细地评介了德莱塞长篇小说《卡莉妹妹》（即《嘉莉妹妹》）、《珍妮姑娘》、《理财家》（*The Financier*）、《力神》（*Titan*）、《一幕美国的悲剧》、短篇小说集《十二个人》以及德莱塞的思想和认识变迁，认为《一幕美国的悲剧》是“特莱塞所写的小说中公认为最足代表的杰作”，“可以把他看做最忠实的美国社会史读：因为克拉特的梦想其实是每个美国人的梦想，而诱惑克拉特处罚克拉特的社会就是美国人所生活着的社会”。③ 可以说，赵家璧对德莱塞及其所代表的“美国民族文学”的评价，带有比较浓厚的意识形态色彩。1937 年 6 月，上海商务印书馆出版了傅东华和于熙俭选译的《美国短篇小说集》（上、下册），译者“导言”中评介了欧·亨利和德莱塞，同样带有一定的意识形态色彩。

20 世纪 40 年代，中国批评界评介美国白人自然主义小说的文字进一步增多，但评介中的意识形态色彩也日益渐重。1943 年 10 月 15 日，偏重外国文学译介和研究的重庆刊物《时与潮文艺》（第 2 卷第 2 期）推出“美国当代小说专号”，收录孙晋三论文《美国当代小说专号引言》和林疑今论文《当代美国问题小说》，前者涉及克莱恩、诺里斯、伦敦和辛克莱，后者涉及欧·亨利、德莱塞、诺里斯和辛克莱，二者评介均带有较为明显的意识形态色彩。1946 年，《世界知识》（1946 年第1—5 期）发表了曹未风翻译的辛克莱小说《龙果》，第 1 期的节译文前简单介绍了作者和作品。1948 年 6 月，上海生活书店出版了秦牧的

① 赵家璧：《新传统》，中国国际广播出版社 2013 年版，第 23 页。
② 同上书，第 37 页。
③ 同上书，第 45 页。

《世界文学欣赏初步》，其中简单介绍了伦敦《野性的呼唤》的故事梗概和主题。① 这两篇介绍同样带有一定的意识形态色彩。

1949 年之后，受中美关系变化影响，美国小说研究中的意识形态化倾向日益明显，研究的重点对象是"几个当时被认为是进步的、属于批判现实主义流派的作家。"② 1950—1978 年，中国批评界对美国白人自然主义小说的研究很少，除了《西方语文》1957 年第 3 期发表的朱树飏的论文《西奥多·德莱赛：偶象破坏者》、1953 年出版的《美国短篇小说选》和 1978 年出版的董衡巽主编的《美国文学简史》（上册），很少有期刊发表美国白人自然主义小说研究论文或学术专著中出现论及美国白人自然主义小说的文字。1953 年，北京文艺翻译出版社出版了清华大学外国语文系英文组辑译的《美国短篇小说选》（法斯特等著），其中收录克莱恩短篇小说。译者在"代序"中说，"这六篇短篇小说的作者，除克莱恩外，都是当代的美国进步作家。"③ 显然，"是否进步"是当时中国批评界选择和评价美国小说家及其作品的标准。1978 年，人民文学出版社出版了董衡巽等编著的《美国文学简史》（上册），该书第二、三章比较详细地介绍了加兰、诺里斯、克莱恩、欧·亨利、伦敦和德莱塞等美国白人自然主义小说家，是自 1950 年以来中国批评界对美国白人自然主义小说的首次大规模评介，评介中的意识形态色彩较为明显。

（四）美国白人现代小说主题研究

1922 年 10 月 25 日，《东方杂志》第 19 卷第 20 号发表了幼雄的《美国革命文学与贵族精神的崩溃》，论述了刘易斯《白弼德》（即《巴比特》）中体现出来的革命精神的兴起和贵族精神的衰落，④ 其中的意识形态色彩比较明显。1923 年 6 月 10 日，《小说月报》第 14 卷第 6 号

① 参见秦牧《世界文学欣赏初步》，上海生活书店 1948 年版，第 7、28、45、62 页。

② 查明建、谢天振：《中国 20 世纪外国文学翻译史》，湖北教育出版社 2007 年版，第 632 页。

③ ［美］霍华德·法斯特等：《美国短篇小说选》，清华大学外国语文系英文组辑译，北京文艺翻译出版社 1953 年版，第 1 页。

④ 参见幼雄《美国革命文学与贵族精神的崩溃》，《东方杂志》1922 年 10 月 25 日第 19 卷第 20 号，第 81—84 页。

"海外文坛消息"栏目发表了沈雁冰的《两部美国小说》，比较详细地介绍了阿瑟顿的《黑牛》和安德森的《许多婚姻》的故事梗概及主题思想，评介具有一定的意识形态色彩；同年 11 月 10 日，《小说月报》第 14 卷第 11 号 "海外文坛消息" 栏目发表了沈雁冰的《美国的小说》，分类介绍了 1923 年上半年美国小说界的状况，主要涉及七类小说："关于欧战的小说"、"两性问题小说"、"由近代人的 '望乡心' 产生的憎恨都市的小说"、"描写异域情调或古代风化的小说"、"恋爱小说"、"反对结婚的小说" 和 "描写 '新奇迹' 的小说"，评介也有一定的意识形态色彩。1926 年 12 月 10 日，《小说月报》第 17 卷第 12 号发表了郑振铎的《文学大纲》① 第 43 章，其中介绍了瓦尔登夫人（即华顿）及其小说。1927 年 4 月，上海商务印书馆出版了郑振铎的《文学大纲》，该书第 46 章为 "新世纪的文学"，其中简单介绍了刘委士（即刘易斯）及其《大街》和《白比特》（即《巴比特》）、瓦尔顿夫人（即华顿）及其《伊坦·弗洛姆》、《泥屋》（即《欢乐之家》）和《一个在前线的儿子》、奥司金（John Erskine）及其《海伦的家常生活》和《格拉哈特》（Galahad）以及安特生（即安德森）、海格萧莫（即赫格西默）、格拉司歌（即格拉斯哥）、惠特（W. A. White）和奥斯汀（Mary Austin）等小说家，评介也有一定的意识形态色彩。1929 年 8 月 10 日，《小说月报》第 20 卷第 8 号发表了赵景深论文《二十年来的美国小说》，其中评介了坎贝尔（James Branch Cabell）、赫格西默、华顿、安德森、刘易斯和凯瑟等美国白人现代小说家及其作品。赵景深比较详细地介绍了坎贝尔和赫格西默，比较了他们的异同，提到了赫格西默的《从一老屋》、《光亮的肩巾》和《西赛亚》（Cytherea）三部小说。赵景深还比较详细地介绍了华顿，提到了她的《快乐家庭》（即《欢乐之家》）、《天真时代》、《乡间风俗》、中篇小说《老纽约》、《战斗的法兰西》和《一个在前线的儿子》。赵景深也比较详细地介绍了安德森、刘易斯和凯瑟，提到了安德森的《塔尔》（The Tar）、《小城畸人》、《前进的人们》、《可怜的白人》与短篇小说《蛋之胜利》和刘易斯的

---

① 《文学大纲》于 1927 年 4 月由上海商务印书馆出版，共有 46 章，其中第 43 章专门论述美国文学，第 46 章题为 "新世纪的文学"，其中也涉及美国文学。

《大街》、《爱罗史密司》（*Arrow Smith*）、《我们的雷恩先生》和《职业》。赵景深也提到了凯瑟的《未来的爱神》、《雕刻家的葬仪》和《百灵曲》（即《云雀之歌》）。通过对这些小说家和其他小说家创作状况的评介，《二十年来的美国小说》比较全面地介绍了 20 世纪前 20 多年美国小说的面貌，"扩大了美国小说在中国现代文坛的影响"①，但评介不无意识形态色彩。

　　20 世纪 30 年代，中国评介和研究美国白人现代小说的成果很多，评介中的意识形态色彩也比较明显。1930 年 1 月 10 日，《小说月报》第 21 卷第 1 号 "现代文坛杂话" 栏目发表了赵景深短文章《最近的美国文坛》，简单介绍了 20 世纪 20 年代后期美国文学的状况。② 1930 年 8 月 10 日，《小说月报》第 21 卷第 8 号 "现代文坛杂话" 栏目发表了赵景深短文章《美国文坛杂讯》，简单介绍了赫格西默小说《宴会的衣服》。1931 年 1 月 10 日，《小说月报》第 22 卷第 1 号 "国外文坛消息" 栏目发表了赵景深短文章《美国文坛短讯》，介绍了达金盾小说《欢乐之港》。1931 年 2 月 10 日，《小说月报》第 22 卷第 2 号 "国外文坛消息" 栏目发表了赵景深短文章《刘易士得诺贝尔奖的舆论》，简单介绍了刘易斯获得诺贝尔文学奖之后所引起的舆论反应。1933 年 9 月 1 日，《文学》月刊第 1 卷第 3 号发表了黄源的论文《美国新进步作家汉敏威》，比较详细地介绍了海明威的创作情况，评介中的意识形态色彩非常明显。同年 12 月，上海商务印书馆出版了张越瑞的《美利坚文学》，其 "二十世纪的文学" 部分简单介绍了很多美国白人现代小说家和小说，包括路维斯（Sinclair Lewis）及其《大街》、《巴比特》、《阿罗史密斯》和《埃尔默·甘特利》，屈克（H. Quick）及其《凡德尔马克思的傻瓜》（*The Fool of Vandermarks*）、罗伯（E. Robert）及其《人之时间》（*Time of Man*），威得（G. Wescott）及其《祖母们》、罗华格（O. A. Rölvaag）及其《地下巨人》，威德（T. Wilde）及其《圣路易

---

　　① 谢天振、查明建主编：《中国现代翻译文学史（1898—1949）》，上海外语教育出版社 2004 年版，第 264 页。
　　② 参见赵景深《最近的美国文坛》，《小说月报》1930 年 1 月 10 日第 21 卷第 1 号，第 752 页。

斯·莱的桥》（*The Bridge of St. Louis Rey*），厄尔斯金（J. Erskine）及其《海伦的家常生活》，威莱（E. Wylie）及其《杰尼弗·劳恩》和《黑盔甲》，短篇小说家萨柯（R. Suckow）及其《衣阿华内政》，安得森（即安德森）及其《鸡蛋的胜利》和斯蒂尔（W. D. Steele）及其《看穿天堂的人》，评介不无意识形态色彩。1934 年 10 月，《现代》第 5 卷第 6 号（《现代·现代美国文学专号》）发表了 8 篇美国小说研究论文，其中 3 篇涉及美国白人现代小说家海明威、帕索斯和福尔克奈（即福克纳）。1936 年，赵家璧出版了《新传统》，分章评介了 8 位美国现代小说家：休伍·安特生（即舍伍德·安德森）、维拉·凯漱（即维拉·凯瑟）、裘屈罗·斯坦因（即格特鲁德·斯坦因）、桑顿·怀尔德、海敏威（即海明威）、福尔格奈（即福克纳）、杜司·帕索斯（即多思·帕索斯）和辟尔·勃克（即赛珍珠）。在"休伍·安特生"一章，赵家璧比较详细地评介了安德森的《穷白人》、《麦克弗逊的儿子》、《前进的人们》和《温斯堡屋海奥》（即《小城畸人》）等小说，将安德森的小说分为三类：第一类"是以他自己脱离事业追求真理的故事为模型的"，第二类是专门写美国小城市里小市民的灰色生活的"，第三类"是解释社会实际问题的"①。在"维拉·凯漱"一章，赵家璧比较详细地评介了凯瑟的《我的安托妮》（即《我的安东妮娅》）、《我的生死的敌人》、《主教之死》和《石上人影》，提到了《失望的妇人》（即《迷途的女人》）、《垦荒者》（即《啊，拓荒者!》）和《百灵的歌声》（即《云雀之歌》）等小说。在"裘屈罗斯坦因"一章，赵家璧比较详细地评介了斯泰因的《三个人的生活》和《美国人之成长》。在"桑顿·怀尔德"一章，赵家璧比较详细地评介了怀尔德的《断桥因果》、《卡巴拉》、《安多士的妇人》和《天堂是我的目的地》四部小说。在"海敏威"一章，赵家璧比较详细地评介了《再会吧武器》（即《永别了，武器》）、《太阳又起来了》（即《太阳照样升起》）、《二心河》和短篇小说《一处干净明亮的地方》，提到了短篇小说集《我们的时代》和《午后之死》、《杀人者》、《海变》、《战斗者》、《瑞士顶礼》、《简单的询

①　赵家璧：《新传统》，中国国际广播出版社 2013 年版，第 72 页。

问》、《依立奥脱先生和夫人》（*Mr. and Mrs. Eliot*）和《雨中的猫》等
短篇小说。在"福尔格奈"一章，赵家璧说福克纳是一个"专写在溃
烂的文明社会里白人们所干的残暴故事的新进小说家"，他自"那部代
表作《避难所》出版以后，就被批评家看作美国年青作家中一个了不
起的人物了"。① 赵家璧比较详细地评介了福克纳的《兵士的酬报》（即
《士兵的报酬》）、《沙套列斯》（即《沙多里斯》）、《声音与愤怒》（即
《喧哗与骚动》，赵家璧认为它是"现代文学中最大胆的实验作品"②）、
《我在等死》（即《我弥留之际》）、《避难所》和《八月之光》等小说。
在"杜司·帕索斯"（即多斯·帕索斯）一章，赵家璧提到了帕索斯的
《三兵士》、《曼哈顿中转站》和《美国》三部曲中的第三部——《大洋
钿》（即《赚大钱》）等小说，比较详细地评介了《第四十二纬度》
（即《北纬 42 度》）和《一九一九》两部小说。在"辟尔勃克〈附
录〉"一章，赵家璧提到了赛珍珠的《大地》、《东风和西风》、《小革
命家》、《儿子们》和《分家》等小说，重点介绍了《大地》。赵家璧
对上述美国白人现代小说家及其作品的评介，虽然不完全是意识形态性
的，但其中不无意识形态色彩。1937 年 6 月，上海商务印书馆出版了
傅东华和于熙俭选译的《美国短篇小说集》（上、下册），译者"导言"
比较详细地评介了 20 世纪前 30 年美国短篇小说的状况，其中涉及凯瑟
和刘易斯。译者认为，凯瑟和刘易斯是"大战后的代表"，他们的短篇
小说反映了"大战后美国生活"。③ 这篇译者"导言"是继赵家璧《新
传统》之后中国出现的美国白人现代主义小说研究的又一力作，但同样
具有一定的意识形态色彩。

　　20 世纪 40 年代，中国批评界评介美国白人现代小说的文字有增无
减，评介中的意识形态色彩也日益增浓。1941 年 6 月 1 日，《文学月
报》第 3 卷第 1 号推出"美国文学专辑"，发表了铁弦的《关于约翰斯
丹贝克》一文。1943 年 10 月 15 日，偏重外国文学译介和研究的《时
与潮文艺》（第 2 卷第 2 期）推出"美国当代小说专号"，收录孙晋三

---

① 赵家璧：《新传统》，中国国际广播出版社 2013 年版，第 154 页。
② 同上书，第 159 页。
③ 傅东华、于熙俭选译：《美国短篇小说集》，上海商务印书馆 1937 年版，第 2—3 页。

的论文《美国当代小说专号引言》和林疑今的论文《当代美国问题小说》。《当代美国小说专号引言》从"健壮的当代美国小说"、"写实主义在美国"和"美国的短篇小说"三个方面分析了20世纪20—40年代美国小说的突出特征,其中涉及安德森、凯瑟、海明威、斯坦贝克和萨洛扬等美国白人现代小说家。《当代美国问题小说》分析了当代(即20世纪20—40年代)美国问题小说兴盛的缘由,并分析了"种族问题小说"、"政治问题小说"、"经济问题小说"和"社会问题小说"等20世纪20—40年代美国主要问题小说及其主要代表人物和作品。可以说,这两篇论文是20世纪40年代国内评介美国白人现代小说家及其作品的重要成果,但其中不无意识形态色彩。

1949年之后,随着中美关系日渐恶化,中国美国小说研究中的意识形态色彩也日益增浓。由于研究对象仅限于"几个当时被认为是进步的、属于批判现实主义流派的作家"以及"揭露美国社会黑暗和反对种族歧视的具有'战斗性'的美国黑人文学作品"①,1950—1978年,中国评论美国白人现代小说的文字不多。1953年,北京文艺翻译出版社出版了清华大学外国语文系英文组辑译的《美国短篇小说选》(法斯特等著),其中收录马尔兹短篇小说《午后森林中》,译者"代序"从意识形态角度对这篇短篇小说的故事梗概和主题思想做了简单介绍。50年代,国内部分期刊也发表了一些从意识形态角度评介海明威及其《老人与海》的文章。1962年,中国科学院哲学社会科学部学术资料研究室推出蔡葆真编写的《美国文学近况》,编著者从"进步作家"的角度比较详细地介绍了帕索斯、柯赞斯(James Gould Cozzens)、赛珍珠、福克纳、考德威尔、斯坦贝克、海明威、萨洛扬、马尔兹、邦诺斯基(Phillip Bonosky)、迈克斯(Alan Max)、道伦(Mark Van Doren)、韦尔蒂、波特、刘易斯、布鲁什(Katherine Brush)、奥尼兹(Samuel Ornitz)和高加梯(Oliver St. John Gogarty)等美国白人现代小说家的生平及创作,可以说是60年代从意识形态角度评介美国白人现代小说家及其作品的典范。60年代,国内部分期刊也发表了涉及赛珍珠和福克纳以

---

① 查明建、谢天振:《中国20世纪外国文学翻译史》,湖北教育出版社2007年版,第632页。

及 20 世纪前早期美国小说中的哲学主题的文章，其中不无意识形态色彩。1978 年，人民文学出版社出版了董衡巽主编的《美国文学简史》（上册），该书第四章（"第一次世界大战到第二次世界大战"）比较详细地介绍了刘易斯、安德森、凯瑟、海明威、菲茨杰拉德、沃尔夫、帕索斯、法莱尔、斯坦贝克、福克纳、沃伦和波特等美国白人现代小说家，是自 1962 年以来中国批评界对美国白人现代小说的首次大规模评介，但评介也不无意识形态色彩。

（五）当代美国白人小说主题研究

1945 年前，中国没有评介当代美国小说的文字。1945—1949 年，中国也没有出现评介当代美国白人小说的文字。1949 年之后，随着中美关系日渐恶化，中国美国小说研究日益局限于"几个当时被认为是进步的、属于批判现实主义流派的作家"以及"揭露美国社会黑暗和反对种族歧视的具有'战斗性'的美国黑人文学作品"。[①] 因此，1950—1978 年，中国评介当代美国白人小说的文字不多，但评介中的意识形态色彩却比较浓厚。新中国成立之初，中国批评界常常从意识形态角度看待当代美国白人小说，研究对象选择上的政治化倾向非常明显，因此，除了一些对无产阶级革命具有积极作用的作品，很少有当代美国白人小说家和小说受到中国批评界关注。20 世纪 50 年代，国内部分期刊发表了一些当代美国白人小说研究或涉及当代美国白人小说研究的论文，主要关注点是博尔迪克和莱德勒的《不体面的美国人》、贝西的《非美分子》、沙斯柏莱的《没有着落的一代》、垮掉的一代和愤怒的青年以及美国作家笔下的美国等。受"文艺为工农兵服务"和"文艺为政治服务"的文艺方针影响，这一时期的当代美国白人小说研究明显带有社会政治意识形态影响的烙印，研究者喜欢从揭发美国及美国人缺点的角度选择作家及其作品进行研究，除了莱德勒、贝西和沙斯柏莱等极少数几位小说家，很少有当代美国白人小说家及其作品受到中国批评界广泛关注。

1962 年，中国科学院哲学社会科学部学术资料研究室推出蔡葆真

---

① 查明建、谢天振：《中国 20 世纪外国文学翻译史》，湖北教育出版社 2007 年版，第 632 页。

编写的《美国文学近况》，这是一部系统介绍 20 世纪 50 年代美国文学状况的学术专著，内容包括三部分："从几种流派和倾向看美国的文学危机"、"一些作家的情况"和"十年来出现的一些重要小说"。在"从几种流派和倾向看美国的文学危机"部分，编著者从意识形态角度简单介绍了"红极一时的'垮掉的一代'"、"颂扬毒品的'麻醉文学'"、"粉饰太平的假现实主义"、"荒诞不经的'科学小说'"以及"轰动一时的所谓畅销书"。在"红极一时的'垮掉的一代'"部分，编著者提到 3 位当代白人小说家及其作品：克鲁亚克及其《在路上》、《地下人》、《通晓佛法的流浪汉》（*Dharma Bums*）、《萨克斯医生》和《麦琪·卡西迪》、李普顿（Lawrence Lipton）及其《神圣的野蛮人》和霍尔姆斯（Clellon Holmes）及其《走吧》与《号角》，编著者笼统地将"垮掉的一代"的作品分为三类："卡夫卡式的最突出的阴谋"、"托马斯沃尔夫式的最突出的意识之流"和"乔伊斯式的最突出的色情"[1]，认为，

> 他们的作品浸透了资产阶级的没落意识。他们把资本主义的末日说成了世界的末日。他们否认过去与未来，认为只有眼前与"自我"才是确实的存在，个人主义发展到了顶点。由于否认历史发展规律，他们只好拜倒在各种神的面前，陷入宗教的主观唯心主义。这就是他们的全部"哲学体系"，这是腐朽到极点的哲学。其中并没有任何"新"的创造。他们和形形色色的现代唯心主义，特别是生存主义是一脉相承的，只是具有更反动的时代特性而已。他们崇拜的是最颓废的作家。[2]

在"颂扬毒品的'麻醉文学'"部分，编著者提到威廉·巴勒斯和亚历山大·特罗奇及其小说《该隐之书》，认为，"'麻醉文学'实际上是美

---

① 参见蔡葆真《美国文学近况》，中国科学院哲学社会科学部学术资料研究室 1962 年版，第 2—6 页。
② 同上书，第 5 页。

帝备战政策的直接产物，它倒过来麻醉青年，为美帝国主义服务。"①
在"粉饰太平的假现实主义"部分，编著者提到斯隆·威尔逊（Sloan
Wilson）长篇小说《穿灰色法兰绒衣的人》以及博尔迪克和莱德勒的政
治小说《不体面的美国人》，将这两部小说贴上"假现实主义文学"的
标签，认为"假现实主义文学是为美国统治阶级的要求服务的反动文
学，它为美国腐朽的社会制度作掩饰，肯定现状，强调'乐观精神'、
'相信未来'、'树立积极的理想'等。这种文学颂扬市场，粉饰垄断掠
夺者的丑态，宣扬军国主义，因此受到统治集团的欢迎"②。在"荒诞
不经的'科学小说'"部分，编著者提到布雷德伯里短篇小说集《解围
的人》（*The Illustrated Man*）、《太阳的金苹果》、《马蒂安大事录》和中
篇小说《华氏451度》，认为这些小说"尽管故事安排在今后五十年一
直到今后数千年，故事所影射的却明显是今日的美国"③。在"轰动一
时的所谓畅销书"部分，编著者简单介绍了柯赞斯（James Gould
Cozzens）的《爱的纠缠》、纳博科夫的《洛丽塔》、艾伦·德鲁里（Al-
len Drury）的《咨询与赞许》和赫赛的《战争爱好者》等50年代发表
的几部畅销小说。在"一些作家的情况"部分，编著者从"进步作家"
的角度比较详细地介绍了柯赞斯、塞林格、米切尔·威尔逊（Mitchell
Wilson）和斯泰伦等当代美国白人小说家的生平及创作。在"十年来出
现的一些重要小说"部分，编著者是从"进步作家"的角度介绍了杰
洛姆（V. J. Jerome）的《杰瑞米的明灯》、邦诺斯基（Phillip Bonosky）
的《燃烧的山谷》和《魔草》、海姆（Stefen Heym）的《高尔兹镇》
（*Goldsborough*）和短篇小说集《吃人者及其他》、李伯尔（Maxim
Lieber）的短篇小说集《美国世纪》、马斯特斯（Dexter Masters）的
《事故》、陶德（Martha Dodd）的《疾风劲草》（*The Searching Light*）、
斯蒂文逊（Philip Stevenson）的《种子》三部曲第一部（《晨午夜》和
《从泥土中来》）和第二部（《老朽的法律》和《骗局》）、贝西（Alvah

---

① 蔡葆真：《美国文学近况》，中国科学院哲学社会科学部学术资料研究室1962年版，
第7页。
② 同上。
③ 蔡葆真：《美国文学近况》，中国科学院哲学社会科学部学术资料研究室1962年版，
第11页。

Bessie）的《非美分子》和马替尼（Carl Marzani）的《余生》（*The Sur-vivor*）。可以说，《美国文学近况》对当代美国白人小说家及其作品的评介，是 1950—1978 年中国美国小说研究受意识形态影响的典型例证。

1978 年 12 月，山东大学美国文学研究所编辑出版了《现代美国文学研究》第 2 期，发表了 6 篇美国文学研究论文，其中 3 篇论及当代美国白人小说，它们是王文彬的《谈谈诺曼·梅勒的长篇小说〈裸者与死者〉》、李自修的《〈裸者与死者〉故事梗概》和保罗·西格尔的《〈裸者与死者〉中的恶神》。1978 年，人民文学出版社出版了董衡巽等编著的《美国文学简史》（上册），其中第五章（"第二次世界大战以后的文学"）比较详细地评介了克鲁亚克、梅勒、霍克斯、欧茨、纳博科夫、冯尼格特、海勒、巴斯和斯泰伦等当代美国白人小说家，是自 1962 年以来国内学界首次对当代美国白人小说的大规模介绍。1978 年出现的这些研究成果，虽然不具有先前研究那样浓厚的意识形态色彩，但也没有完全淡出意识形态的阴影。

（六）美国黑人小说主题研究

1933 年 12 月，上海良友图书印刷公司出版了杨昌溪的《黑人文学》，这是国内出现的首次涉及美国黑人小说研究的学术专著。该书第二部分（"黑人的小说"）介绍了黑人小说家爱德华兹（Harry Stiwell Edwards）短篇小说《黑影》（*Shadow*）的故事梗概及其主题、突平（Edna Timpin）短篇小说《亚伯拉罕的解放》的故事梗概及其主题、邓肯（Naman Duncan）短篇小说《一件假设的事》的故事梗概和夏芝（L. B. Yeates）短篇小说《白墨战》（*The Chalk-Game*）的故事梗概。这 4 篇短篇小说都以种族关系为书写对象，揭示了黑人受白人欺压的不平等种族关系。杨昌溪指出，1912 年黑人小说家杜波依斯在亚特兰大演讲之前，黑人小说"在思想上和行动上都是很和平的"①，但杜氏演讲之后，"黑人对于美国和宰制亚非利加洲［非洲］的帝国主义者作了新的控诉。所以，从那时起，小说家在描写上转变了方向，在意识上已经从缓和的领域而到了激烈的阶段。不但在黑人文学方面开展了一个新的

---

① 杨昌溪：《黑人文学》，上海良友图书印刷公司 1933 年版，第 40 页。

局面，而同时更为黑人民族解放运动开拓了一个新时代。"① 杨昌溪介绍了一些"转变了方向"的黑人小说家及其小说，包括淮提及其小说《燧石中的花火》、浮色德（Gossie Fouset）及其短篇小说《有混乱》（*There Is Confusion*）、杜波依斯及其小说《黑公主》、那生（Nella Larson）及其短篇小说《流沙》、非修（Rudelph Fishor）及其短篇小说《吉立柯的墙》（*Wall of Jericho*）和休士（即兰斯顿·休斯）及其《不是没有笑的》。杨昌溪指出，"美国的黑人小说家和诗人似乎都为了生活的压迫，好像只有对于诗歌和短篇小说方面有所贡献，而对于长篇小说的创造，除了休士〔休斯〕的长篇小说《不是没有笑的》外，只有约翰逊（James Weldon Johnson）的《一个有色人的自传》（*The Autobiography of an Ex-Colored Man*）算是好几部长篇自传中出色的作品。"② 显而易见，杨昌溪对美国黑人小说的评介具有比较浓厚的意识形态色彩。1935 年 4 月，《世界文学》第 1 卷第 4 期发表了允怀的论文《黑人文学在美国》，主要聚焦黑人诗歌，对黑人小说的介绍较少。此后到 1949 年，中国没有出现评介美国黑人小说的文字。

　　1949 年之后，随着中美关系发生巨大变化，中国的美国黑人小说研究日益受社会政治意识形态严重影响，研究重点是一些"揭露美国社会黑暗和反对种族歧视的具有'战斗性'的美国黑人文学作品"③，研究中的意识形态色彩更加浓厚。1953 年，北京文艺翻译出版社出版了清华大学外国语文系英文组辑译的法斯特等著的《美国短篇小说选》，译者"代序"中从意识形态角度对奥福德短篇小说《青青的草地和一支枪》的故事梗概和主题思想做了简单介绍。1954 年 7 月，上海文艺联合出版社出版了施咸荣翻译的休斯等著的《黑人短篇小说选》，"译者前记"从意识形态角度比较详细地介绍了休斯。1955 年 2 月，中国青年出版社出版了黄钟翻译的苏联蒙·贝尔克选编的美国黑人小说家休斯等著的《黑人短篇小说集》，译者在"内容提要"中说，"这个集子

①　杨昌溪：《黑人文学》，上海良友图书印刷公司 1933 年版，第 41 页。
②　同上书，第 44—45 页。
③　查明建、谢天振：《中国 20 世纪外国文学翻译史》，湖北教育出版社 2007 年版，第 632 页。

包括六个描写美国的短篇小说，作者都是现代美国进步的黑人作家。各篇内容描写美国黑人儿童和青少年所受的种种歧视，以及他们日常的悲惨生活。也描写了青年的反抗精神，刻画了一些同情黑人的、善良的美国公民的形象。从这几个短篇小说里，可以更清楚地看到美国统治阶级的凶恶嘴脸。"①"序言"详细介绍了休斯的生平、创作和思想，同时还简单介绍了所选译短篇小说。1959 年 4 月，人民文学出版社出版了贝金翻译的雪莉·格雷汉姆的《从前有个奴隶》，该书介绍了"十九世纪美国黑人伟大领袖弗雷德里克·道格拉斯的英雄事迹，而且深入地反映了南北战争前后黑人和一般人民为了废除奴隶制度、要求妇女选举权，以及反对美帝国主义侵略而进行的一系列斗争"②，译者"译后记"从意识形态角度详细介绍了格雷汉姆的生平和创作。总体上讲，20 世纪50 年代，受"文艺为工农兵服务"和"文艺为政治服务"的文艺方针影响，国内美国黑人小说研究者喜欢从揭发美国及美国人缺点的角度选择黑人作家及其作品进行研究，研究成果带有明显的社会政治意识形态影响的烙印。

1962 年，中国科学院哲学社会科学部学术资料研究室推出蔡葆真编写的《美国文学近况》，较为全面地介绍了 20 世纪 50 年代的美国文学状况。在"从几种流派和倾向看美国的文学危机"部分，编著者简单介绍了埃里森的《看不见的人》。在"一些作家的情况"部分，编著者从"进步作家"的角度比较详细地介绍了赖特、休斯、邦当（Arna Bontemps）、杜波依斯、基伦斯（John O. Killens）、劳埃·布朗、朱利安·梅菲尔德和弗兰克·伦敦·布朗等"进步黑人作家"。在"十年来出现的一些重要小说"部分，编著者也从"进步作家"的角度介绍了劳埃·布朗的《铁城》、基伦斯的《扬布拉德一家》、弗兰克·伦敦·布朗的《德伦布尔广场》和杜波依斯的《黑色的火焰》。《美国文学近况》是自 1933 年杨昌溪的《黑人文学》出版以来国内出版的涉及美国

---

① ［美］兰斯顿·休斯等：《黑人短篇小说集》，［苏］蒙·贝尔克选编，黄钟译，中国青年出版社 1955 年版，"内容提要"。
② ［美］雪莉·格雷汉姆：《从前有个奴隶》，贝金译，人民文学出版社 1959 年版，第420 页。

黑人小说最多的一部学术专著，但跟后者一样，该书对美国黑人小说主
题的探讨带有深深的意识形态影响的烙印。60 年代，国内部分期刊也
发表了一些涉及美国黑人小说的研究论文。跟 50 年代一样，60 年代中
国的美国黑人小说研究带有明显的社会政治意识形态影响的烙印。

　　1978 年，人民文学出版社出版了董衡巽等编著的《美国文学简史》
（上册），其中第二章第五节（"黑人文学"）比较详细地介绍了南北战
争前的美国黑人小说家威廉·威尔斯·布朗、马丁·德兰尼（Martin
Delany）和弗雷德里克·道格拉斯的小说创作，第三章第五节（"黑人
文学"）比较详细地介绍了南北战争与第一次世界大战之间的美国黑人
小说家查尔斯·切斯纳特和杜波依斯的小说创作，第四章第八节（"黑
人文艺复兴及其影响"）比较详细地介绍了两次世界大战之间的美国黑
人小说家克劳德·麦凯、康梯·卡伦、乔治·舒拉（George Schuyler）、
阿那·邦当（Arna Bontemps）、休斯、赫斯顿和赖特的小说创作，第五
章第六节（"黑人小说"）比较详细地介绍了埃里森、鲍德温、约翰·
威廉斯、盖恩斯和莫里森的小说创作，"越战以后的文学"部分中的
"少数民族小说"部分比较详细地介绍了越战以后的美国黑人小说家沃
克、巴巴拉和奈勒的小说创作，涉及黑人小说家很多，但评介没有完全
淡出意识形态的阴影。

　　（七）美国犹太小说主题研究

　　20 世纪 30 年代初，中国出现了评介美国犹太小说家的文字。1930
年 3 月 1 日，余慕陶发表《美国新兴文学家介绍》一文，其中介绍了美
国犹太小说家高尔德（即迈克尔·戈尔德）。① 但此后到 1949 年，中国
批评界对美国犹太小说的关注甚少。1949 年之后，受社会政治意识形
态影响，中国批评界对美国犹太小说的关注很少。1950 年到 1977 年
前，除了《叛徒霍华德·法斯特从好莱坞领得了犒赏》② 这篇完全从意
识形态角度批评法斯特的短文章，仅有一部学术专著简单介绍了个别犹
太小说家，而且是从意识形态角度进行评介的，这部专著就是 1962 年

---

① 谢天振、查明建主编：《中国现代翻译文学史（1898—1949）》，上海外语教育出版社
2004 年版，第 265 页。

② 邢祖文：《叛徒霍华德·法斯特从好莱坞领得了犒赏》，《中国电影》1958 年第 8 期。

中国科学院哲学社会科学部学术资料研究室推出蔡葆真编写的《美国文学近况》，其"从几种流派和倾向看美国的文学危机"部分谈到了赫尔曼·沃克（Herman Wouk）长篇小说《马乔里·摩宁斯塔》（*Marjorie Morning-star*），编著者将这部小说贴上"假现实主义文学"的标签，认为"假现实主义文学是为美国统治阶级的要求服务的反动文学，它为美国腐朽的社会制度作掩饰，肯定现状，强调'乐观精神'、'相信未来'、'树立积极的理想'等。这种文学颂扬市场，粉饰垄断掠夺者的丑态，宣扬军国主义，因此受到统治集团的欢迎"①。在"一些作家的情况"部分，编著者从"进步作家"的角度比较详细地介绍了戈尔德的生平及创作。1977 年 10 月，学生英文杂志社出版了谈德义和李连三主编的《美国短篇小说选注》，收录 3 篇马拉默德短篇小说《魔桶》、《悲悼者》和《监狱》，书前有马拉默德英文简介。除了法斯特、戈尔德、沃克和马拉默德，1950 年到 1978 年前，几乎没有其他美国犹太小说家进入中国批评界。

从 1978 年底开始，中国的美国犹太小说研究逐渐繁荣起来。1978 年 12 月，山东大学美国文学研究所编辑出版了《现代美国文学研究》（1978 年第 2 期），发表了 2 篇美国犹太小说家马拉默德小说研究论文：一篇是欧阳基的《伯纳德·马拉默德的长篇小说〈店员〉》，另一篇是鲁人的《伯纳德·马拉默德的小说〈房客〉》。1978 年，人民文学出版社出版了董衡巽等编著的《美国文学简史》（上册），其中第五章（"第二次世界大战以后的文学"）第五节（"犹太小说"）比较详细地介绍了辛格、马拉默德、贝娄和罗斯等美国犹太小说家的小说创作，是国内学界首次对美国重要犹太小说家的大规模评介，对涉及犹太小说主题思想的探讨没有完全淡出意识形态的阴影。

三　小说家创作思想的意识形态化透视

对小说家创作思想进行意识形态化透视是意识形态化的美国小说研究的又一重要表征，这种意识形态化透视在白人小说家创作思想研究中

---

① 蔡葆真：《美国文学近况》，中国科学院哲学社会科学部学术资料研究室 1962 年版，第 7 页。

有所体现，但在黑人小说家和犹太小说家创作思想研究中体现得非常突出。

（一）美国早期白人小说家和浪漫主义小说家创作思想研究

1916 年，上海商务印书馆出版了孙毓修编著的《欧美小说丛谈》，收录 3 篇评介文章，分别简单评介了欧文①、斯托夫人及其对欧文和霍桑的影响②、霍桑的生平与创作及其与欧文和库柏的不同③。

20 世纪 20 年代，中国出现了不少评介美国早期白人小说和浪漫主义小说的文章。1926 年 12 月 10 日，《小说月报》第 17 卷第 12 号发表了郑振铎的《文学大纲》④ 第 43 章，该章为"美国文学"，其中介绍了 6 位美国早期白人小说家和浪漫主义小说家。第一位是早期小说家布朗（Charles Brockden Brown），郑振铎认为他是美国的"第一个作家"，是"爱伦·坡与霍桑的先驱"，是"美洲的第一个重要的小说家"⑤，是文学方面"美国的开国元勋"，与政治方面"美国的开国元勋"华盛顿齐名。⑥ 第二位是欧文。第三位是欧文同时代的浪漫主义小说家柯甫（即库柏）。郑振铎比较了后辈小说家霍桑和爱伦·坡与欧文和柯甫的不同所在，认为："柯甫和欧文把人生的外面的冒险与奇遇写成为他们的传奇"，而"霍桑与爱伦·坡写的却是人生的内面的事件，他们的心灵的冒险与奇遇"。⑦ 第四位是浪漫主义小说家霍桑，郑振铎认为他是"美国文学史上第一个写悲剧的人"⑧。第五位是浪漫主义小说家爱伦·坡，郑振铎认为"他是美国最伟大的作家。没有一个美国作家在欧洲文学史上有他那样之有力的影响的"，因为"欧文使欧洲文坛认识了美国的文

---

① 参见孙毓修编著《欧美小说丛谈》，上海商务印书馆 1916 年版，第 49—51 页。

② 同上书，第 41—43 页。

③ 同上书，第 45—49 页。

④ 《文学大纲》于 1927 年 4 月由上海商务印书馆出版，共有 46 章，其中第 43 章专门论述美国文学，第 46 章题为"新世纪的文学"，其中也涉及美国文学。

⑤ 郑振铎：《郑振铎全集》第 12 卷·文学大纲（三），花山文艺出版社 1998 年版，第 357 页。

⑥ 同上书，第 358 页。

⑦ 同上书，第 360 页。

⑧ 同上书，第 362 页。

学，爱伦·坡却使欧洲文坛受着美国文学的重大影响了"。① 郑振铎高度评价坡，认为"坡乃最少数的高超的智慧者之一"②。第六位是史拖活夫人（即斯托夫人）。郑振铎对这些小说家的评介中，意识形态的色彩不是很浓。1929 年 3 月，上海 ABC 丛书社出版了曾虚白的《美国文学 ABC》，其中评介了 4 位美国白人小说家和浪漫主义小说家。第一位是欧文。在"华盛顿·欧文"一章，曾虚白说：

> 在欧文的不朽作品里，我们听不到革命的号角，也找不到开辟荒芜的伟大事业，只享受他静悄而旧式的诙谐、温文的语调、尔雅的态度。对于地方性浓厚的热情，他只有微笑的淡漠。就在自己国家里，他也像是个同情而注意的过客，眼见的虽熟练地了解，可是不会投身到思想的漩涡里去。他不会叫我们感觉到在他那时最占据人们心灵的是什么，最烦扰人们生活的又是什么。他的确是跳出人群的一个袖手旁观者。③

曾虚白对欧文的这番评价，虽然不完全是意识形态化的，却略带意识形态色彩。第二位是库柏。在"詹姆士·弗尼莫·古柏"（即詹姆斯·费尼莫尔·库柏）一章，曾虚白说，"古柏的作品是大刀阔斧粗枝大叶的东西，若拿精细的文学眼光去研究他，可以说毛病百出。什么叫风格，什么叫描写，他一概不问，然而他自有一种粗犷而天真的大力来挟持读者。"④ 曾虚白认为，"古柏不是艺术家［……］我们不应把他高高地捧到第一流作家的位置上去，因为他的价值并不在高处求的。他是个旷野里的作家。"⑤ 第三位是霍桑。在"那萨尼尔·霍桑"（即纳撒尼尔·霍桑）一章，曾虚白说，霍桑的"作品虽不能一定说是怎样伟大，可是最少地是忠实的、美丽的，没有虚伪的映像，在同时坚强的天才中虽比

---

① 郑振铎：《郑振铎全集》第 12 卷·文学大纲（三），花山文艺出版社 1998 年版，第 365 页。
② 同上书，第 366 页。
③ 曾虚白：《美国文学 ABC》，上海 ABC 丛书社 1929 年版，第 15 页。
④ 同上书，第 19—20 页。
⑤ 同上书，第 21 页。

较的脆弱些，可是岸然有尊严气概的"①。所以，他这样说：

> 很多美国的批评家说霍桑是一个表现清教精神的作家，我以为这是个重大的错误［……］霍桑的作品特别显示给我们看他已经完全脱离了清教的色彩。他的作品是纯艺术，决没有受什么黑奴问题或其他重要的政治问题的影响。若说他在那里借着艺术来启示问题，那就完全没有了解这个作家。他的目的只注意在艺术化表现灵魂的形态，决不想开发什么道德问题。②

曾虚白认为："霍桑是一个散文的诗家，纽英伦（即新英格兰）的文坛上，只有他是特出的，是一个讽咏者，不带一点儿道德的气味；他表现的，倘若他真是表现，决不是清教的精神，是'美'的精神，是毁减灵魂的清教道德所仇视的'美'的精神。"③ 最后一位是爱伦·坡。在"爱茄欧伦濮"（即埃德加·爱伦·坡）一章，曾虚白说，"凡是伟大的作品，决不光注意在拿读者的情感包围在黑雾中间，供给奇异的色彩让人类赏玩的，他们的目标是要解决人生，表现真实的情感；那么，濮以奇异炫人当然是一种末技了。因为他尽他的能力，所创作的只是平面的图画，只能供读者耳目的享受，不能深入他们的灵魂。"④

20世纪30年代，中国评介美国早期白人小说和浪漫主义小说的文字也不少，但从意识形态角度透视小说家创作思想的倾向比20年代更为明显。1933年12月，上海商务印书馆出版了张越瑞的《美利坚文学》，该书概括介绍了17世纪初到20世纪30年代初美国文学的历史发展，其中涉及很多早期和浪漫主义小说家，如白朗（Charles Brockden Brown）、"美国十九世纪文学之祖"欧文、"在文坛上虽不著声誉然而是极能代表美国的作家"⑤ 波丁、库伯（即库柏）、欧林坡（即爱伦·坡）、"南方文坛上几个过渡的作家"如瓦第（William Wirt）、克奈德

---

① 曾虚白：《美国文学ABC》，上海ABC丛书社1929年版，第33页。
② 同上书，第34—35页。
③ 同上书，第37页。
④ 同上书，第61页。
⑤ 张越瑞：《美利坚文学》，上海商务印书馆1933年版，第47页。

（John P. Kennedy）、库克（John Esten Cooke）和逊姆士（William Gil-
more Simms）、司脱活夫人（即斯托夫人）和浪漫主义大师霍桑。张越
瑞对这些小说家的评介，不完全是意识形态化的，但并非完全没有意识
形态色彩。张越瑞指出，"白朗的小说不是伤感的，不含道德教训的，
而是高特式的（Gothic）或浪漫的。"① 他以《威兰德》为例，认为
"他所写的恐怖不是高特式的机械的而是心理的。这种写法影响到日后
欧林坡、霍桑的创作。"② 张越瑞称爱伦·坡是"一位盛世的文宗"，
"是在世界文豪队里显出伟大金光的"作家。③ 他将坡的短篇小说（共
计60篇）分为"超自然的"、"道德意识的"、"伪科学的"、"分析的
或推理的"和"自然美的"五类。④ 同样，他将霍桑的短篇小说也分为
三类："寓意的或象征的"、"历史的"和"描写与叙述参合的"⑤，
认为：

> 霍桑把清教徒写到作品里，他的思想从不超过"十戒"的世
> 界，罪恶和责罚常在他的心海中发生联想，他往往从现实的转到想
> 象的，所以小说的取材不外浪漫的与超自然的。他写短篇小说常借
> 事物或现象以象征道德的行为或道德的结果。换言之，他认现象与
> 道德目的是符合一致的。他不信从任何哲学家的说法，只主张自我
> 的个人主义。他独创一种作风，是流畅的、真挚的、细腻的；不紧
> 张，不过事雕琢。他是散文大家，是灵魂的宣露者，是美国最伟大
> 的小说家。⑥

1937年6月，上海商务印书馆出版了傅东华和于熙俭选译的《美
国短篇小说集》（上、下册），译者"导言"比较详细地评介了19世纪
初到20世纪30年代美国短篇小说的历史发展，其中涉及欧文、霍桑和

---

① 张越瑞：《美利坚文学》，上海商务印书馆1933年版，第40页。
② 同上书，第40页。
③ 同上书，第59页。
④ 同上书，第60页。
⑤ 同上书，第81页。
⑥ 同上书，第83页。

爱伦·坡，评介也带有一定的意识形态色彩。译者说，欧文的作品"包含着不少十八世纪的浪漫气氛，它的一般特色是感情的、主观的、想象的，内容则充满着民间传说、神秘、悲哀情调及异国情调等。但他具有他的特殊的风格，特别在短篇小说里，他曾创造了一种独特的优美动人的情调，就成了短篇小说所不可缺少的一个元素。短篇小说的体裁虽不完全在欧文手里，欧文却曾给短篇小说打下了一重坚实的精神的基础。"① 译者认为，霍桑"把道德和艺术调和得非常融洽，以致他的作品里虽然包含着深切的教训，却使你无论如何不会觉得讨厌"②；因此，"他的作品里面一般地充满着黑暗的阴影，而又流露着闪电一般的光明，使读者读了之后自然觉得现实之可唾弃和光明之可追求。这就是他用最高艺术手段施行教训的方法"③。译者认为，爱伦·坡"同时是一个诗人、批评家和短篇小说作者，但他的短篇小说给予世界的影响最大"④，因为他"用做诗的方法做小说，他的小说也就同他的诗一般，作风简洁而能给人以强力的整个印象"⑤。

　　20 世纪 40 年代，中国批评界评介美国早期白人和浪漫主义小说的文字不多，但对小说家创作思想的意识形态化透视却更为明显。新中国成立后，随着中美关系日益恶化，中国美国小说研究受社会政治意识形态影响日益增强，研究对象日渐集中于"几个当时被认为是进步的、属于批判现实主义流派的作家"以及"揭露美国社会黑暗和反对种族歧视的具有'战斗性'的美国黑人文学作品"。⑥ 因此，1950—1978 年，中国评论美国小说的文字很少，评论美国早期白人小说和浪漫主义小说的文字几乎为零。除了黄嘉德在《文史哲》1963 年第 6 期发表的论文《论斯托的〈汤姆叔叔的小屋〉》和董衡巽 1978 年出版的论著《美国文学简史》（上册），20 世纪 50—70 年代没有任何涉及美国早期白人小说

---

① 傅东华、于熙俭选译：《美国短篇小说集》，上海商务印书馆 1937 年版，第 4 页。

② 同上书，第 5 页。

③ 同上书，第 6 页。

④ 同上书，第 7 页。

⑤ 同上书，第 8 页。

⑥ 查明建、谢天振：《中国 20 世纪外国文学翻译史》，湖北教育出版社 2007 年版，第 632 页。

和浪漫主义小说的评论文字。1978 年，人民文学出版社出版了董衡巽主编的《美国文学简史》（上册），其"独立革命到南北战争时期"一章比较详细地介绍了"前期浪漫主义"小说家欧文、车柏和爱伦·坡、"后期浪漫主义"小说家霍桑和梅尔维尔以及"废奴文学"的代表作家斯托夫人和希尔德里斯，是 1949 年新中国成立以来国内学界对美国早期白人和浪漫主义小说家的首次大规模评介，但评介没有完全淡出意识形态的阴影。

（二）美国白人现实主义小说家创作思想研究

20 世纪 20 年代，中国发表了不少评介美国白人现实主义小说家的文章，从意识形态角度透视小说家创作思想的倾向日益显露。1920 年 8 月 10 日，《东方杂志》第 17 卷第 15 号发表了题为《美国名小说家何威尔斯之逝世》的短文章，报道了美国现实主义文学大师豪威尔斯逝世的消息。[①] 1926 年 12 月 10 日，《小说月报》第 17 卷第 12 号发表了郑振铎的《文学大纲》[②] 第 43 章"美国文学"，其中介绍了马克·特文（即马克·吐温）、霍威尔（即豪威尔斯）和亨利·乾姆士（即亨利·詹姆斯）。郑振铎认为：马克·吐温是"最深沉而博大的美国人"，"没有一个作家比他更适宜于解释他所住之国的，也没有一个国家有他那样的一个作家更适宜的去解释它的"。[③] 1929 年 3 月，上海 ABC 丛书社出版了曾虚白的《美国文学 ABC》，其中 3 章（第十三、十四、十六章）分别评介了 19 世纪的 3 位美国白人现实主义小说家。在"威廉定何威尔斯"（即威廉·迪恩·豪威尔斯）一章，曾虚白指出，"法国和俄国的写实派作品，都是由诚挚的心灵和求自由的热情所养成的，在以虚伪为用、以享乐为体的美国社会中本来就不易生根的了。何威尔斯却抱着伟大的志愿，要给美国的文学开一条新的途径 [……] 可是他却不能接受写实派的根本条件：要讲赤裸的真理，并且他始终没有找到了写实派的真

---

① 参见《东方杂志》1920 年 8 月 10 日第 17 卷第 15 号，第 37 页。
② 《文学大纲》于 1927 年 4 月由上海商务印书馆出版，共有 46 章，其中第 43 章专门论述美国文学，第 46 章题为"新世纪的文学"，其中也涉及美国文学。
③ 郑振铎：《文学大纲》，上海商务印书馆 1927 年版，第 367 页。

精神"①。曾虚白认为，"何威尔斯写实的失败是在他根本上没有了解人生"②；但是，"根本上讲何威尔斯是个值得介绍的天才作家〔……〕在他的范围里讲，他仍旧是个完善的艺术家。他没有写一页不好的文学，他没有写过一句能让人家修改的句子〔……〕凡是爱好艺术文学的人，也能爱好地读他的作品，并且会景仰地反复重读。他的情绪和事实虽不能引人的注意，可是他的作风是有陶醉性的；看他表演英文的艺术确是种文学家的愉快。"③ 在"亨利詹姆士"一章，曾虚白说：

> 亨利·詹姆士是美国第二个写实派的领袖，然而他仍旧算不得怎样伟大的作家。他最令人注意的特点，是想用分析的方法，描写出各种民族的个性。在这一点上，他却已完全失败了。虽然他很努力地介绍给读者各民族中彼此不同的人物，然而读者只感觉到这种不同只是作者的附会。差不多他所着眼的性质，说他是人类的个性没有一项不确当，说他只是某民族的个性，我们就觉得他浮泛。他虽标着描写民族性的旗帜，却没有深入到每个民族的灵魂里，所以他要把人类的性质分析地民族化起来，就不免要失败了。④

曾虚白认为，詹姆斯"不能了解广大而普遍的人类性质"，虽然"他能深入到每一个单独的人，却不能深入到人生中去。单提文学的艺术讲，他确乎有可取的地方，若说是表现人生，他可实在是失败了"。⑤ 曾虚白还认为，"根本上讲，詹姆士〔詹姆斯〕是一个头脑清晰，理智透开的思想家。他的作品的长处只在能表现他有条不紊的理智。所以看他的小说，最饶兴味的地方是在跟着他追寻某一个思想的发展，起先慢慢地浮现出来，然后这儿遇到了一个动机，那儿遇到了一个环境，最后绕涌到书中人物的嘴唇上发为有音的言语。这是詹姆士〔詹姆斯〕的特长，

---

① 曾虚白：《美国文学 ABC》，上海 ABC 丛书社 1929 年版，第 100 页。
② 同上书，第 103 页。
③ 同上书，第 104—105 页。
④ 同上书，第 114—115 页。
⑤ 同上书，第 115 页。

他是个解析心理的专家。"①

20 世纪 30 年代，中国批评界评介美国白人现实主义小说的文字有增无减，从意识形态角度透视小说家创作思想的倾向也比 20 年代更为明显。1933 年 12 月，上海商务印书馆出版了张越瑞的《美利坚文学》，该书概括介绍了 17 世纪初到 20 世纪 30 年代初美国文学的历史发展，其中介绍了何威尔士（即豪威尔斯）、詹姆士（即詹姆斯）、马克·德温（即马克·吐温）和朱厄特等白人现实主义小说家。1936 年，赵家璧出版了《新传统》，其中评介了马克·吐温和豪威尔斯。1937 年 6 月，上海商务印书馆出版了傅东华和于熙俭选译的《美国短篇小说集》（上、下册），译者"导言"比较详细地介绍了 19 世纪初到 20 世纪 30 年代美国短篇小说的历史发展，其中评介了马克·吐温、詹姆斯、哈特和毕尔斯四位美国白人现实主义小说家。

20 世纪 40 年代伊始，中国批评界评介美国白人现实主义小说的文字开始减少，但从意识形态角度评介小说家创作思想的倾向却更为明显。新中国成立后，随着中美关系日渐恶化，美国小说研究受社会政治意识形态的影响日益严重，研究对象日渐局限于"几个当时被认为是进步的、属于批判现实主义流派的作家"②，除了马克·吐温，很少有美国白人现实主义小说家受到中国批评界关注。1950—1978 年，中国批评界评论美国白人现实主义小说的文字很少，除了 1978 年人民文学出版社出版的董衡巽主编的《美国文学简史》（上册），没有论著或研究论文涉及白人现实主义小说。《美国文学简史》（上册）的"南北战争到第一次世界大战时期"一章比较详细地介绍了豪威尔斯、詹姆斯和马克·吐温三位美国白人现实主义小说家，评介中的意识形态色彩虽然没有以前那么浓厚，但并非完全淡去。

（三）美国白人自然主义小说家创作思想研究

中国批评界对美国白人自然主义小说家创作思想的研究始于 20 世纪 20 年代初。1921 年 5 月 10 日，《小说月报》第 12 卷第 5 号发表了

---

① 曾虚白：《美国文学 ABC》，上海 ABC 丛书社 1929 年版，第 116—117 页。
② 查明建、谢天振：《中国 20 世纪外国文学翻译史》，湖北教育出版社 2007 年版，第632 页。

理白翻译的伦敦短篇小说《獒豹人的一个故事》，译文后的"小识"简
单评介了伦敦。1926 年 12 月 10 日，《小说月报》第 17 卷第 12 号发表
了郑振铎的《文学大纲》① 第 43 章"美国文学"，其中介绍了克兰（即
克莱恩）、诺利士（即诺里斯）和奥·亨利（即欧·亨利）等美国白人
自然主义小说家。1929 年 8 月 10 日，《小说月报》第 20 卷第 8 号发表
了赵景深论文《二十年来的美国小说》，其中介绍了伦敦、加兰和辛克
莱三位美国白人自然主义小说家。

20 世纪 30 年代，中国批评界评介美国白人自然主义小说家的文字
进一步增多，从意识形态角度透视小说家创作思想的倾向也日益凸显。
1930 年 3 月 1 日，余慕陶发表《美国新兴文学家介绍》一文，其中介
绍了伦敦和辛克莱。② 1933 年 12 月，上海商务印书馆出版了张越瑞的
《美利坚文学》，其"十九世纪的文学"部分简单评介了 19 世纪末的
"新小说"（实际上就是现在所说的"自然主义小说"）派作家克兰
（即克莱恩）与罗利士（即诺里斯），"二十世纪的文学"部分简单评介
了德莱西（即德莱塞）。1934 年 10 月 1 日，《现代》第 5 卷第 6 号
（《现代·现代美国文学专号》）发表了 8 篇美国小说研究论文，其中 3
篇分别评介了伦敦、辛克莱和德莱塞三位美国白人自然主义小说家。
1935 年 2 月，上海中华书局出版了张梦麟和刘杰夫合译的伦敦中短篇
小说集《野性的呼唤》，译者的《关于野性的呼唤》和日本厨川百村的
《贾克伦敦的小说》两篇介绍性文章介绍了伦敦。③ 1936 年，赵家璧出
版了《新传统》，其中评介了辛克莱、伦敦和德莱塞，评介中的意识形
态色彩比较明显。在"美国小说之成长"一章，赵家璧说，辛克莱和
伦敦是"暴露运动"的代表作家，也是"代表着早期的社会主义的写
实主义者"④。他指出，"在美国文学逐渐独立而现实主义已证明是主流

---

① 《文学大纲》于 1927 年 4 月由上海商务印书馆出版，共有 46 章，其中第 43 章专门论
述美国文学，第 46 章题为"新世纪的文学"，其中也涉及美国文学。

② 谢天振、查明建主编：《中国现代翻译文学史（1898—1949）》，上海外语教育出版社
2004 年版，第 265 页。

③ 参见查明建、谢天振《中国 20 世纪外国文学翻译史》，湖北教育出版社 2007 年版，
第 173 页。

④ 赵家璧：《新传统》，中国国际广播出版社 2013 年版，第 14 页。

的二十世纪，这一派作家的出现，在美国文学史上，只可以当作大风雨将来前的一种片刻的安静，代表着少数富人们悠闲的心绪而已"①。赵家璧认为，"讲现代的美国文学，就得从特莱塞说起"，因为"美国民族文学一开始就在摆脱理想文学而向现实主义的大道前进，但是马克·吐温、霍威耳斯、诺立斯、杰克伦敦一群人只替特莱塞开辟荒芜，帮助完成特莱塞的事业而已"。② 在"特莱塞"一章，赵家璧还评介了德莱塞的思想和认识变迁。1937 年 6 月，上海商务印书馆出版了傅东华和于熙俭选译的《美国短篇小说集》（上、下册），译者"导言"比较详细地评介了 19 世纪初到 20 世纪 30 年代美国短篇小说的历史发展，其中涉及欧·亨利和德莱塞。

20 世纪 40 年代，中国批评界评介美国白人自然主义小说的势头有所减弱，但从意识形态角度透视小说家创作思想的倾向却比 30 年代更加明显。1943 年 10 月 15 日，偏重外国文学译介和研究的《时与潮文艺》（第 2 卷第 2 期）推出"美国当代小说专号"，收录孙晋三论文《美国当代小说专号引言》和林疑今论文《当代美国问题小说》，前者简单介绍了克莱恩、诺里斯、伦敦和辛克莱，后者分析了美国问题小说兴盛的缘由，并分析了"种族问题小说"、"政治问题小说"、"经济问题小说"和"社会问题小说"等当时美国主要问题小说及其主要代表人物和作品，其中涉及欧·亨利、德莱塞、诺里斯和辛克莱等美国白人自然主义小说家，二者评介中的意识形态色彩比较明显。

1949 年之后，随着中美关系的巨大变化，受社会政治意识形态影响，中国美国小说研究的重点日益转向了"被认为是进步的、属于批判现实主义流派的作家"。③ 因此，1950—1978 年，中国出现的美国白人自然主义小说研究成果很少，除了《西方语文》1957 年第 3 期发表的朱树飏的论文《西奥多·德莱赛：偶象破坏者》、1953 年出版的《美国短篇小说选》和 1978 年出版的董衡巽主编的《美国文学简史》（上

---

① 赵家璧：《新传统》，中国国际广播出版社 2013 年版，第 21 页。
② 同上书，第 37 页。
③ 查明建、谢天振：《中国 20 世纪外国文学翻译史》，湖北教育出版社 2007 年版，第 632 页。

册），很少有期刊发表美国白人自然主义小说研究论文或学术论著中出现论及美国白人自然主义小说的文字。1953 年，北京文艺翻译出版社出版了清华大学外国语文系英文组辑译的《美国短篇小说选》（法斯特等著），其中收录克莱恩短篇小说，译者在"代序"中说，"这六篇短篇小说的作者，除克莱恩外，都是当代的美国进步作家。"① 这是当时中国批评界对美国小说家创作思想进行意识形态化透视的典型例证。1978 年，人民文学出版社出版了董衡巽等编著的《美国文学简史》（上册），其中第二、三章比较详细地介绍了加兰、诺里斯、克莱恩、欧·亨利、伦敦和德莱塞等美国白人自然主义小说家，是新中国成立以来中国批评界首次对美国白人自然主义小说的大规模评介，但评介没有完全淡去意识形态色彩。

（四）美国白人现代小说家创作思想研究

中国批评界对美国白人现代小说家创作思想的研究始于 20 世纪 20 年代初。1922 年 10 月 25 日，《东方杂志》第 19 卷第 20 号发表了幼雄论文《美国革命文学与贵族精神的崩溃》，论述了刘易斯《白弼德》（即《巴比特》）中体现的革命精神的兴起和贵族精神的衰落，② 评论中的意识形态色彩比较明显。1923 年 11 月 10 日，《小说月报》第 14 卷第 11 号"海外文坛消息"栏目发表了沈雁冰短文《美国的小说》，分类介绍了 1923 年上半年美国小说界的七类小说："关于欧战的小说"、"两性问题小说"、"由近代人的'望乡心'产生的憎恨都市的小说"、"描写异域情调或古代风化的小说"、"恋爱小说"、"反对结婚的小说"和"描写'新奇迹'的小说"。1926 年 12 月 10 日，《小说月报》第 17 卷第 12 号发表了郑振铎的《文学大纲》③ 第 43 章"美国文学"，其中介绍了瓦尔登夫人（即华顿）。1927 年 4 月，上海商务印书馆出版了郑振铎的《文学大纲》，该书第 46 章为"新世纪的文学"，其

---

① ［美］霍华德·法斯特等：《美国短篇小说选》，清华大学外国语文系英文组辑译，北京文艺翻译出版社 1953 年版，第 1 页。

② 参见幼雄《美国革命文学与贵族精神的崩溃》，《东方杂志》1922 年 10 月 25 日第 19 卷第 20 号，第 81—84 页。

③ 《文学大纲》于 1927 年 4 月由上海商务印书馆出版，共有 46 章，其中第 43 章专门论述美国文学，第 46 章题为"新世纪的文学"，其中也涉及美国文学。

中简单介绍了刘委士（即刘易斯）、瓦尔顿夫人（即华顿）、安特生
（即安德森）、海格萧莫（即赫格西默）、格拉司歌（即格拉斯哥）、惠
特（W. A. White）和奥斯汀（Mary Austin）等美国白人现代小说家。
1929 年 8 月 10 日，《小说月报》第 20 卷第 8 号发表了赵景深论文《二
十年来的美国小说》，其中比较详细地介绍了坎贝尔（James Branch
Cabell）、赫格西默、华顿、安德森、刘易斯和凯瑟等美国白人现代小说
家。总体上看，20 年代，中国批评界对美国白人现代小说家创作思想
的透视带有一定的意识形态色彩。

　　20 世纪 30 年代，中国批评界评介美国白人现代小说的文字增多不
少，从意识形态角度透视小说家创作思想的倾向也更为显露。1931 年 2
月 10 日，《小说月报》第 22 卷第 2 号 "国外文坛消息" 栏目发表了赵
景深短文章《刘易士得诺贝尔奖的舆论》，简单介绍了刘易斯获得诺贝
尔文学奖后的舆论反应。1933 年 9 月 1 日，《文学》月刊第 1 卷第 3 号
发表了黄源论文《美国新进步作家汉敏威》，文章开篇直言："安尼斯
脱汉敏威（Ernest Hemingway）是美国的新进步作家"①，可以说，这是
中国批评界从意识形态角度透视美国白人现代小说家创作思想的典型例
证。同年 12 月，上海商务印书馆出版了张越瑞的《美利坚文学》，该书
概括介绍了 17 世纪初到 20 世纪 30 年代初美国文学的历史发展，其中
简单介绍了很多美国白人现代小说家，包括路维斯（Sinclair Lewis）、
屈克（H. Quick）、罗伯（E. Robert）、威得（G. Wescott）、罗华格
（O. A. Rölvaag）、威德（T. Wilde）、厄尔斯金（J. Erskine）、威莱（E.
Wylie）、萨柯（R. Suckow）、安得森（即安德森）和斯蒂尔
（W. D. Steele）等。1934 年 10 月，《现代》第 5 卷第 6 号（《现代·现
代美国文学专号》）发表了 8 篇美国小说研究论文，其中 3 篇分别涉及
海明威、帕索斯和福克纳等美国白人现代小说家。1936 年，赵家璧出
版了《新传统》，其中详细评介了 8 位美国白人现代小说家：休伍·安
特生（即舍伍德·安德森）、维拉·凯漱（即维拉·凯瑟）、裘屈罗·
斯坦因（即格特鲁德·斯泰因）、桑顿·怀尔德、海敏威（即海明威）、

---

　　① 引自贾植芳、陈思和主编《中外文学关系史资料汇编（1898—1937）》，广西师范大
学出版社 2004 年版，第 1019 页。

福尔格奈（即福克纳）、杜司·帕索斯（即多思·帕索斯）和辟尔·勃克（即赛珍珠）。在"美国小说之成长"一章，赵家璧评介了刘易斯，认为他是"近代美国生活最忠实的记录人"①，因为"假如我们要看美国人如何生活的实际情形，刘易士是最能使我们满意的"②。赵家璧还评介了安特生（即安德森），认为他也是美国文学史上重要的"真实的现实主义"作家。此外，赵家璧还介绍了"新进的悲观主义者"的代表海敏威（即海明威）、"新进作家"中的"新星"福尔克奈（即福克纳）和"美国年青作家的又一阵营中"产生的"一颗明亮的晓星"③——杜司·帕索斯（即约翰·多斯·帕索斯）。赵家璧这样评价福尔克奈：

　　　　他曾受到安特生、费兰克（Waldo Frank），和乔也斯［乔伊斯］的影响，但是他所独创的那种丰满而新鲜的散文，证明他是一个自己的文体家，比海敏威要高出许多，而在力量和氛围方面，也胜过费兹格拉尔德［菲茨杰拉德］。安特生和海敏威的文字，我们已经觉得它是够"美国的"，但是没有一个人像福尔克奈般值得称为文体家的。福尔克奈的散文，正像美国的文化一样是受了许多外来的影响而产生的另一种东西。他应用简单的字汇，写得独创而特殊，流畅而美丽。许多对话是黑人的，这些黑人的对话是每部书中最美丽的一部分，而在对话以外，更混杂许多黑人口里所说那种不合英国文法的话，有时更发明许多像德文般用许多字拼合而成的新字。在叙述故事的时候，更把对话、心理描写拼合在一起，这一种形式上冲破英国束缚的勇气，比海敏威和安特生的更值得纪念。④

赵家璧指出，"福尔克奈的小说不但在形式上是美国的产物，他的故事和思想，也是现实地美国的。"⑤ 他说，"除了几个例外以外，福尔克奈

① 赵家璧：《新传统》，中国国际广播出版社 2013 年版，第 26 页。
② 同上书，第 26 页。
③ 同上书，第 33 页。
④ 同上书，第 31 页。
⑤ 同上书，第 32 页。

的男男女女都是在疯狂世界上混乱和破坏中的变态的人物。"① 他认为，"福尔克奈那种痛恶愤嫉的人生观，悲剧继续着悲剧的连演，无法把这些凶汉恶徒谋一个总解决的苦闷，正代表了一九三○年代在这疯狂的世界中挣扎着的现代人的悲哀。"② 因此。福克纳是一个"专写在溃烂的文明社会里白人们所干的残暴故事的新进小说家"③。对于杜司·帕索斯（即约翰·多斯·帕索斯），赵家璧认为，"二三年来美国读者被德莱塞、安特生、刘易士、海敏威、福尔克奈所连续射入的悲观失望的印象，到帕索斯出来，才见到了一线光芒"④，因为帕索斯"把社会上的实际材料，作者本身的生活经验，和各层社会间的许多男男女女的历史，完全打成了一片，是马克·吐温、霍威耳斯一辈人所意想不到的。他替美国的现实主义又开辟了一条新路，不是缄默的写实主义，也不是个人主义的写实主义，而是社会主义的写实主义"⑤。显而易见，赵家璧对福克纳和帕索斯的评介充满意识形态色彩。1937 年 6 月，上海商务印书馆出版了傅东华和于熙俭选译的《美国短篇小说集》（上、下册），译者"导言"比较详细地评介了 20 世纪前 30 年美国短篇小说的状况，其中涉及凯瑟和刘易斯。译者认为，凯瑟和刘易斯是"大战后的代表"，他们的短篇小说反映了"大战后美国生活"。⑥

　　20 世纪 40 年代，中国批评界评介美国白人现代小说的势头有增无减，从意识形态角度透视小说家创作思想的倾向比 30 年代更为明显。1941 年 6 月 1 日，《文学月报》第 3 卷第 1 号推出"美国文学专辑"，发表了铁弦论文《关于约翰斯丹贝克》。1943 年 10 月 15 日，《时与潮文艺》（第 2 卷第 2 期）推出"美国当代小说专号"，收录孙晋三论文《美国当代小说专号引言》和林疑今论文《当代美国问题小说》。孙文从"健壮的当代美国小说"、"写实主义在美国"和"美国的短篇小说"三个方面分析了 20 世纪 20—40 年代美国小说的突出特征，认为这个时

---

　① 赵家璧：《新传统》，中国国际广播出版社 2013 年版，第 32 页。
　② 同上书，第 33 页。
　③ 同上书，第 154 页。
　④ 同上书，第 34 页。
　⑤ 同上书，第 35 页。
　⑥ 傅东华、于熙俭选译：《美国短篇小说集》，上海商务印书馆 1937 年版，第 2—3 页。

期美国小说"富于小市民的气息（但是批判性的，而不是感伤性的）"①，其主流是"写实主义"，但是，"美国的写实主义和欧洲与英国的写实主义稍有不同，就是，旧世界的写实主义作家只是以一种新的态度来写旧的题材，而美国作家所写的却是崭新的东西"。② 文章将美国写实主义小说的历史发展分为"本地风光"、"赤裸裸的写实主义"、"社会批评"和"幻灭破碎的写实主义"四个阶段，简单介绍了每个阶段的代表小说家及其风格特征，其中涉及 6 位美国白人现代小说家：安德森、凯瑟、威斯各特（G. Wescott）、海明威、斯坦贝克和萨洛扬。林文分析了 20 世纪 20—40 年代美国问题小说兴盛的缘由，并分析了这个时期"种族问题小说"、"政治问题小说"、"经济问题小说"和"社会问题小说"等美国主要问题小说及其主要代表人物和作品。这两篇文章对涉及美国小说家创作思想的透视都带有意识形态影响的烙印。

1949 年之后，中美关系发生巨大变化，受社会政治意识形态影响，中国美国小说研究重点放在了"几个当时被认为是进步的、属于批判现实主义流派的作家"以及"揭露美国社会黑暗和反对种族歧视的具有'战斗性'的美国黑人文学作品"③，白人现代小说家及其作品很少进入中国批评界。因此，1950—1978 年，中国评论美国白人现代小说的文字不是很多。20 世纪 50 年代，除了 1953 年北京文艺翻译出版社出版的清华大学外国语文系英文组辑译的《美国短篇小说选》（法斯特等著）收录马尔兹短篇小说《午后森林中》以及部分期刊发表的一些研究论文涉及海明威及其《老人与海》，美国白人现代小说家及其作品没有受到中国批评界关注。受"文艺为工农兵服务"和"文艺为政治服务"的文艺方针影响，这一时期中国美国白人现代小说研究明显带有社会政治意识形态影响的烙印，研究者喜欢从揭发美国社会及美国人缺点的角度选择作家及其作品进行批评研究。20 世纪 60 年代，国内出版了一部涉及不少美国白人现代小说家评介的专著，这就是 1962 年中国科

---

①　孙晋三：《美国当代小说专号引言》，《时与潮文艺》1943 年 10 月第 2 卷第 2 期。
②　同上。
③　查明建、谢天振：《中国 20 世纪外国文学翻译史》，湖北教育出版社 2007 年版，第 632 页。

学院哲学社会科学部学术资料研究室推出的蔡葆真编写的《美国文学近况》。在"一些作家的情况"部分，编著者从"进步作家"的角度比较详细地介绍了帕索斯、柯赞斯（James Gould Cozzens）、赛珍珠、福克纳、考德威尔、斯坦贝克、海明威、萨洛扬、马尔兹、邦诺斯基（Phillip Bonosky）、阿兰·迈克斯（Alan Max）、马克·万·道伦（Mark Van Doren）、韦尔蒂、波特、刘易斯、凯瑟琳·布鲁什（Katherine Brush）、撒姆尔·奥尼兹（Samuel Ornitz）和圣约翰·高加梯（Oliver St. John Gogarty）等美国白人现代小说家的生平及创作。此外，60 年代，国内部分期刊也发表了涉及赛珍珠和福克纳等小说家的研究论文。尽管这个时期对美国白人现代小说家的评介较多，但评介中的社会政治意识形态色彩非常浓厚，明显的例子就是当时部分学人对赛珍珠的评价，认为她是"美帝国主义文化侵略的急先锋"①。20 世纪 70 年代，国内也出版了一部涉及不少美国白人现代小说家的专著，这就是 1978 年人民文学出版社出版的董衡巽主编的《美国文学简史》（上册），该书第四章（"第一次世界大战到第二次世界大战"）比较详细地介绍了刘易斯、安德森、凯瑟、海明威、菲茨杰拉德、沃尔夫、帕索斯、法莱尔、斯坦贝克、福克纳、沃伦和波特等美国白人现代小说家，是自 1962 年以来中国批评界首次对美国白人现代小说的大规模评介，但评介中的意识形态阴影还是清晰可见的。

（五）当代美国白人小说家创作思想研究

新中国成立前，中国没有出现评介当代美国白人小说的文字。新中国成立后，受社会政治意识形态影响，中国批评界评论当代美国白人小说的文字很少。新中国成立之初，中国批评界常常从意识形态角度看待当代美国白人小说，研究对象选择上的意识形态倾向非常明显，因此，除了一些对无产阶级革命具有积极作用的作品，很少有当代美国白人小说家和小说受到中国批评界关注。20 世纪 50 年代，国内部分期刊发表了一些涉及博尔迪克、莱德勒、贝西和沙斯柏莱等当代美国白人小说家的研究论文。受"文艺为工农兵服务"和"文艺为政治服务"的文艺

---

① 参见徐育新《赛珍珠——美帝国主义文化侵略的急先锋》，《文学评论》1960 年第 5 期。

方针影响，这一时期的当代美国白人小说研究明显带有社会政治意识形态影响的烙印，研究者喜欢从揭发美国社会及美国人缺点的角度选择作家及其作品进行研究，除了莱德勒、贝西和沙斯柏莱等极少数几位小说家，很少有当代美国白人小说家及其作品受到中国批评界广泛关注。

　　20 世纪 60 年代，中国有一部美国文学研究著作从意识形态角度透视了当代美国白人小说家的创作思想，这就是 1962 年中国科学院哲学社会科学部学术资料研究室推出的蔡葆真编写的《美国文学近况》。在"从几种流派和倾向看美国的文学危机"部分，编著者从意识形态角度简单介绍了"红极一时的'垮掉的一代'"、"颂扬毒品的'麻醉文学'"、"粉饰太平的假现实主义"、"荒诞不经的'科学小说'"以及"轰动一时的所谓畅销书"。在"红极一时的'垮掉的一代'"部分，编著者提到克鲁亚克、李普顿（Lawrence Lipton）和霍尔姆斯（Clellon Holmes）等"垮掉的一代"小说家，认为，

　　　　他们的作品浸透了资产阶级的没落意识。他们把资本主义的末日说成了世界的末日。他们否认过去与未来，认为只有眼前与"自我"才是确实的存在，个人主义发展到了顶点。由于否认历史发展规律，他们只好拜倒在各种神的面前，陷入宗教的主观唯心主义。这就是他们的全部"哲学体系"，这是腐朽到极点的哲学。其中并没有任何"新"的创造。他们和形形色色的现代唯心主义，特别是生存主义是一脉相承的，只是具有更反动的时代特性而已。他们崇拜的是最颓废的作家。①

在"颂扬毒品的'麻醉文学'"部分，编著者提到巴勒斯和亚历山大·特罗奇，认为"'麻醉文学'实际上是美帝备战政策的直接产物，它倒过来麻醉青年，为美帝国主义服务"②。在"粉饰太平的假现实主义"部分，编著者提到斯隆·威尔逊、博尔迪克与莱德勒，认为"假现实主

---

　　① 蔡葆真：《美国文学近况》，中国科学院哲学社会科学部学术资料研究室 1962 年版，第 5 页。
　　② 同上书，第 7 页。

义文学是为美国统治阶级的要求服务的反动文学，它为美国腐朽的社会制度作掩饰，肯定现状，强调'乐观精神'、'相信未来'、'树立积极的理想'等。这种文学颂扬市场，粉饰垄断掠夺者的丑态，宣扬军国主义，因此受到统治集团的欢迎"。① 在"荒诞不经的'科学小说'"部分，编著者提到布雷德伯里，认为其小说"尽管故事安排在今后五十年一直到今后数千年，故事所影射的却明显是今日的美国"②。在"轰动一时的所谓畅销书"部分，编著者简单介绍了柯赞斯（James Gould Cozzens）、纳博科夫、德鲁里（Allen Drury）和赫赛（John Hersey）等50年代畅销小说家。在"一些作家的情况"部分，编著者从"进步作家"的角度比较详细地介绍了柯赞斯、塞林格、米切尔·威尔逊（Mitchell Wilson）和斯泰伦等当代美国白人小说家的生平及创作。

20世纪70年代，中国批评界对当代美国白人小说家关注不多，仅有的评介当代美国白人小说家的文字出现于70年代末。1978年12月，山东大学美国文学研究所编辑出版了《现代美国文学研究》，第2期发表了6篇美国文学研究论文，其中3篇论及当代美国白人小说：一篇是王文彬的《谈谈诺曼·梅勒的长篇小说〈裸者与死者〉》，一篇是李自修的《〈裸者与死者〉故事梗概》，还有一篇是保罗·西格尔的《〈裸者与死者〉中的恶神》。同年，人民文学出版社出版了董衡巽等编著的《美国文学简史》（上册），其中第五章（"第二次世界大战以后的文学"）比较详细地评介了克鲁亚克、梅勒、霍克斯、欧茨、纳博科夫、冯尼格特、海勒、巴斯和斯泰伦等当代美国白人小说家，是自1962年以来国内学界首次对当代美国白人小说的大规模评介，其中对涉及小说家创作思想的透视带有比较明显的意识形态色彩。

总体来看，1950—1978年，中国批评界对当代美国白人小说的关注不多，在为数不多的评介文字中，涉及小说家创作思想的批评话语，无不带有社会政治意识形态影响的烙印。

---

① 蔡葆真：《美国文学近况》，中国科学院哲学社会科学部学术资料研究室1962年版，第7页。

② 同上书，第11页。

(六) 美国黑人小说家创作思想研究

中国批评界评介美国黑人小说的文字出现于 20 世纪 30 年代。1933 年 12 月，上海良友图书印刷公司出版了杨昌溪的《黑人文学》，是国内最早涉及美国黑人小说研究的学术专著。该书"黑人的小说"部分中，杨昌溪指出：1912 年前，黑人小说"在思想上和行动上都是很和平的"①；1912 年后，"黑人对于美国和宰制亚非利加洲［非洲］的帝国主义者作了新的控诉。所以，从那时起，小说家在描写上转变了方向，在意识上已经从缓和的领域而到了激烈的阶段。不但在黑人文学方面开展了一个新的局面，而同时更为黑人民族解放运动开拓了一个新时代。"② 杨昌溪介绍了一些"转变了方向"的黑人小说家，如淮提、浮色德 (Gossie Fouset)、波依士 (即杜波依斯)、那生 (Nella Larson)、非修 (Rudelph Fishor)、休士 (即休斯) 和马郎 (Rene Maren)，他对这些小说家创作思想的评介充满意识形态色彩。1933 年后到 1949 年，中国批评界对美国黑人小说关注不多。

1949 年之后，随着中美关系发生巨大变化，受社会政治意识形态影响，一些"揭露美国社会黑暗和反对种族歧视的具有'战斗性'的美国黑人文学作品"③ 逐渐成为中国美国黑人小说研究的重点，研究中的意识形态色彩颇为浓厚。1953 年，北京文艺翻译出版社出版了清华大学外国语文系英文组辑译的法斯特等著的《美国短篇小说选》，译者"代序"说这些短篇小说可以"使我们的广大读者从美国作家笔下窥见美帝国主义血腥的本质和吃人的剥削制度以及所谓'美国生产方式'的凶恶真相。"④

1954 年 7 月，上海文艺联合出版社出版了施咸荣翻译的休斯等著的《黑人短篇小说选》，"译者前记"比较详细地介绍了休斯。1955 年 2 月，中国青年出版社出版了黄钟翻译的苏联蒙·贝尔克选编的美国黑

---

① 杨昌溪：《黑人文学》，上海良友图书印刷公司 1933 年版，第 40 页。

② 同上书，第 41 页。

③ 查明建、谢天振：《中国 20 世纪外国文学翻译史》，湖北教育出版社 2007 年版，第 632 页。

④ ［美］霍华德·法斯特等：《美国短篇小说选》，清华大学外国语文系英文组辑译，北京文艺翻译出版社 1953 年版，第 1 页。

人小说家休斯等著的《黑人短篇小说集》，"内容提要"说，"这个集子包括六个描写美国的短篇小说，作者都是现代美国进步的黑人作家。各篇内容描写美国黑人儿童和青少年所受的种种歧视，以及他们日常的悲惨生活。也描写了青年的反抗精神，刻画了一些同情黑人的、善良的美国公民的形象。从这几个短篇小说里，可以更清楚地看到美国统治阶级的凶恶嘴脸。"① "序言"详细介绍了休斯的生平、创作和思想，介绍中的意识形态色彩非常明显。1959 年 4 月，人民文学出版社出版了贝金翻译的雪莉·格雷汉姆的《从前有个奴隶》，该书介绍了"十九世纪美国黑人伟大领袖弗雷德里克·道格拉斯的英雄事迹，而且深入地反映了南北战争前后黑人和一般人民为了废除奴隶制度、要求妇女选举权、以及反对美帝国主义侵略而进行的一系列斗争"②，"译后记"详细介绍了格雷汉姆的生平和创作。总体上讲，20 世纪 50 年代，受"文艺为工农兵服务"和"文艺为政治服务"的文艺方针影响，中国的美国黑人小说研究带有社会政治意识形态影响的烙印，研究者喜欢从揭发美国社会及美国人缺点的角度透视美国黑人小说家的创作思想。

20 世纪 60 年代，中国批评界从意识形态角度透视美国黑人小说家创作思想的倾向更为凸显。1962 年，中国科学院哲学社会科学部学术资料研究室推出蔡葆真编写的《美国文学近况》，较为全面地介绍了 20 世纪 50 年代的美国文学状况，其中涉及许多"进步黑人作家"，如埃里森、赖特、休斯、阿尔纳·邦当（Arna Bontemps）、杜波依斯、基伦斯（John O. Killens）、劳埃·布朗、朱利安·梅菲尔德和弗兰克·伦敦·布朗等，作者认为这些黑人小说家都是"进步作家"，充分表明其评价中的意识形态倾向。60 年代，国内部分期刊也发表了一些涉及美国黑人小说家的研究论文，其中的意识形态色彩也比较明显。

20 世纪 70 年代，中国批评界对美国黑人小说关注很少，仅有的涉及美国黑人小说评介文字出现于 1976 年"文化大革命"结束之后，其

---

① ［美］兰斯顿·休斯等：《黑人短篇小说集》，［苏］蒙·贝尔克选编，黄钟译，中国青年出版社 1955 年版，"内容提要"。

② ［美］雪莉·格雷汉姆：《从前有个奴隶》，贝金译，人民文学出版社 1959 年版，第 420 页。

中对黑人小说家创作思想的透视也没有完全淡去意识形态色彩。1978
年，人民文学出版社出版了董衡巽等编著的《美国文学简史》（上册），
其中介绍了很多美国黑人小说家，如南北战争前的美国黑人小说家威
廉·威尔斯·布朗、马丁·德兰尼和道格拉斯、南北战争与第一次世界
大战之间的美国黑人小说家切斯纳特和杜波依斯、两次世界大战之间的
美国黑人小说家麦凯、卡伦、休斯、舒拉（George Schuyler）、邦当
（Arna Bontemps）、赫斯顿和赖特、"二战"之后的黑人小说家埃里森、
鲍德温、约翰·威廉斯（John Williams）、盖恩斯和莫里森以及"越战"
之后的美国黑人小说家沃克、巴巴拉和奈勒，是新中国成立以来中国批
评界对美国黑人小说的第一次全面评介，但由于受时代影响，作者对上
述美国黑人小说家创作思想的透视不无意识形态色彩。

（七）美国犹太小说家创作思想研究

20 世纪 30 年代初，中国出现了评介美国犹太小说家的文字。1930
年 3 月 1 日，余慕陶在《美国新兴文学家介绍》一文中介绍了美国犹太
小说家高尔德（即迈克尔·戈尔德）。[1] 此后到 1949 年，中国批评界对
美国犹太小说关注很少。

1949 年之后，中美关系发生巨大变化，受社会政治意识形态影响，
中国批评界对美国犹太小说关注仍然不多，从 1950 年到 1977 年前，除
了一篇从意识形态角度批评法斯特的短文章《叛徒霍华德·法斯特从好
莱坞领得了犒赏》[2]，只有一部学术专著从意识形态角度介绍了个别犹
太小说家，这就是 1962 年中国科学院哲学社会科学部学术资料研究室
推出的蔡葆真编写的《美国文学近况》，其中涉及沃克（Herman Wouk）
长篇小说《马乔里·摩宁斯塔》，编著者视它为"假现实主义文学"，
认为"假现实主义文学是为美国统治阶级的要求服务的反动文学，它为
美国腐朽的社会制度作掩饰，肯定现状，强调'乐观精神'、'相信未
来'、'树立积极的理想'等。这种文学颂扬市场，粉饰垄断掠夺者的

---

① 谢天振、查明建主编：《中国现代翻译文学史（1898—1949）》，上海外语教育出版社
2004 年版，第 265 页。

② 邢祖文：《叛徒霍华德·法斯特从好莱坞领得了犒赏》，《中国电影》1958 年第 8 期。

丑态，宣扬军国主义，因此受到统治集团的欢迎"①。该书也比较详细地介绍了戈尔德的生平与创作，认为他是美国的"进步作家"。1977年10月，学生英文杂志社出版了谈德义和李连三主编的《美国短篇小说选注》，收入马拉默德短篇小说《魔桶》、《悲悼者》和《监狱》，选文前有马拉默德英文简介。除了法斯特、戈尔德、沃克和马拉默德，从1950年到1978年前半年，几乎没有其他美国犹太小说家进入中国美国文学研究领域。

　　从1978年底开始，中国批评界对美国犹太小说的关注开始增多，从意识形态角度透视美国犹太小说家创作思想的倾向开始转变。1978年12月，山东大学美国文学研究所编辑出版了《现代美国文学研究》(1978年第2期)，发表了2篇美国犹太小说家马拉默德小说研究论文。同年，人民文学出版社出版了董衡巽等编著的《美国文学简史》（上册），其中比较详细地介绍了"二战"之后美国犹太小说家辛格、马拉默德、贝娄和罗斯的小说创作，由于受时代影响，作者对这些犹太小说家创作思想的透视没有完全摆脱社会政治意识形态的影响。

---

　　① 蔡葆真：《美国文学近况》，中国科学院哲学社会科学部学术资料研究室1962年版，第7页。

第二章

去意识形态化的美国小说
研究：1979—1999

第一节　概述

十年"文化大革命"结束后，中国的美国小说研究开始重现生机。1978 年底，全国美国文学研究会筹备会在山东大学召开，会议商定次年召开全国美国文学研究会成立大会。1979 年 8 月，全国美国文学研究会成立大会暨首届年会在山东烟台召开，这是国内举办的首次全国性美国文学研究学术交流活动，会议决定编辑出版《美国文学丛刊》（*American Literature Quarterly*）作为会刊。全国美国文学研究会是国内成立的第一个国家级外国国别文学研究学术机构，它的成立标志着中国的美国文学研究从此迈入一个新时期，中国的美国小说译介和研究呈现一个新面貌。从 1979 年开始，中国的美国小说译介和研究逐步从前一时期的"低谷"中走出来，重新走向了繁荣，译介和研究逐渐摆脱了社会政治意识形态的影响与控制，逐步从政治功利性走向了文学审美性，很多在"文化大革命"期间被"流放"的美国小说家和小说重新回到中国翻译界和批评界，很多以前从未出现过的美国小说家也逐步进入中国翻译界和批评界。1979—1999 年，中国批评界不仅发表了大量美国小说研究论文，还出版了 110 多部美国小说研究及相关研究学术著作。这一时期，中国的美国小说研究有两大倾向：一是去政治化倾向，二是文学审美倾向。

"文化大革命"结束后，社会政治意识形态对美国小说译介的影响逐渐淡化，译介范围逐渐扩大，译介到中国的美国小说也逐渐增多。20世纪 80—90 年代，美国文学史上重要小说家的作品都译介到了中国①，译介的作品既有严肃题材小说，也有不少通俗小说；既有经典作品，也有不少以前并不出名的作品；既有以前没有任何译介的作品，也有不少以前已经译介过的作品；既有很多名家的作品集，也有不少美国小说丛书或包含美国小说的"丛书"。②

　　"文化大革命"结束后，社会政治意识形态对美国小说研究的影响也逐渐淡化，美国小说研究开始蓬勃发展。20 世纪 70 年代末年，一部分在"文化大革命"期间被"流放"的美国小说家开始返回中国批评界。20 世纪 80 年代，更多被"流放"的美国小说家进入中国批评界，涉及白人小说家主要有：早期小说家和浪漫主义小说家库柏、霍桑、梅尔维尔、爱伦·坡、斯托夫人和希尔德里斯，现实主义小说家马克·吐温、詹姆斯、肖邦和哈特，自然主义小说家欧·亨利、德莱塞、伦敦和克莱恩，现代小说家福克纳、海明威、菲茨杰拉德、米切尔、斯坦贝克、凯瑟、安德森、帕索斯、麦卡勒斯、赛珍珠、刘易斯、马尔兹、沃尔夫、萨洛扬、波特、华顿和韦尔蒂，当代小说家契弗、欧茨、冯尼格特、厄普代克、海勒、塞林格、多克托罗、纳博科夫、梅勒、欧文·斯通、彼得·泰勒、卡波特、肯·凯西、劳里·麦克贝恩、欧文·华莱士、欧文·肖、威廉·肯尼迪、西尔维亚·普拉斯、雪莉·杰克逊、詹姆斯·米切纳、詹姆斯·瑟伯、阿瑟·黑利、安妮·泰勒、保罗·琼斯、菲利普·迪克、弗雷德里克·福斯特、凯·博伊尔、拉里·海涅曼、莱特·摩里斯、马克·温加纳、西德尼·谢尔顿、约翰·霍克斯和朱迪斯·格斯特。

　　20 世纪 80 年代，中国批评界开始关注美国少数族裔小说，但总体上看，批评界对美国黑人小说和犹太小说的关注多于对其他少数族裔小说的关注。这一时期，进入中国批评界的黑人小说家主要是埃里森、沃克、莫里森、赖特、赫斯顿和安·佩特里，犹太小说家主要是马拉默

　　① 参见查明建、谢天振《中国 20 世纪外国文学翻译史》，湖北教育出版社 2007 年版，第 967—968 页。

　　② 同上书，第 984—985 页。

德、贝娄、辛格、菲利普·罗斯、欧芝克、霍华德·法斯特和赫尔曼·
沃克。其他少数族裔小说家方面，除了华裔美国小说家汤亭亭、赵浩
生、於梨华、聂华苓、蒋希曾和黎锦杨等，很少有少数族裔小说家受到
中国批评家特别关注。

20 世纪 90 年代，进入中国批评界的美国白人小说家进一步增多，
少数族裔小说家也受到较多关注。白人小说家方面，批评界关注的对象
主要有：早期小说家和浪漫主义小说家查尔斯·布洛克顿·布朗、欧
文、库柏、希尔德里斯、霍桑、梅尔维尔、爱伦·坡和斯托夫人，现实
主义小说家马克·吐温、肖邦、詹姆斯、朱厄特、吉尔曼、毕尔斯和范
妮·弗恩，自然主义小说家欧·亨利、德莱塞、伦敦、克莱恩、诺里斯
和欧文·威斯特，现代小说家海明威、赛珍珠、菲茨杰拉德、福克纳、
斯坦贝克、凯瑟、华顿、米切尔、波特、韦尔蒂、安德森、奥康纳、麦
卡勒斯、帕索斯、刘易斯、沃尔夫、马尔兹和斯泰因，当代小说家海
勒、塞林格、厄普代克、欧茨、梅勒、安·贝蒂、德里罗、纳博科夫、
品钦、斯泰伦、普拉斯、巴斯、冯尼格特、卡佛、契弗、卡波特、克鲁
亚克、肯·凯西、亨利·米勒、库弗、巴塞尔姆、霍克斯、斯蒂芬·
金、雪莉·杰克逊、西德尼·谢尔顿、安妮·泰勒、罗宾·科克、玛
丽·戈登、理查德·斯洛特金、P. T. 多伊特曼、埃伦娜·卡斯特多、
布伦达·韦伯斯特、丹尼尔·斯蒂文、蒂姆·奥布赖恩、芭芭拉·金索
沃、保罗·泰鲁、华莱士·斯泰格勒、简·斯迈利、罗伯特·斯通、迈
克尔·克莱顿、保尔·塞罗克斯、斯蒂芬·W. 弗雷、尤金·卢瑟·戈
尔·维多尔、沃克·珀西、约翰·凯西、小弗兰克·麦考特、艾莉森·
卢里、R. A. 拉佛迪、约翰·格里森姆、彼得·泰勒、艾丽丝·亚当斯、
安妮·普鲁、彼得·哈米尔、布莱恩·弗里曼、科·麦卡锡、威廉·肯
尼迪、肯尼迪·罗伯茨、阿兰·莱特曼、理查德·福特、玛丽·麦卡
锡、玛西亚·缪勒、约翰·C. 麦克斯韦尔、欧文·华莱士、欧文·斯
通、乔治·丹尼生、约翰·艾汶、约翰·布鲁纳、约翰·赫赛、詹姆
斯·米切纳和詹姆斯·索尔特。少数族裔小说家方面，批评界关注的主
要对象有黑人小说家沃克、埃里森、赖特、莫里森、奈勒、休斯、赫斯
顿、安吉罗、马歇尔和盖尔·琼斯，犹太小说家贝娄、菲利普·罗斯、

马拉默德、辛格、欧芝克、法斯特、赫尔曼·沃克和亨利·罗斯、华裔
小说家谭恩美、於梨华、汤亭亭、伍慧明、萧逸、赵健秀、雷庭招、任
碧莲、聂华苓和严歌苓。除了这三个族裔小说家群，批评界也开始关注
美国印第安小说家，但关注程度还不是很高。

总体上讲，"文化大革命"结束后到 20 世纪末，中国美国小说研究
关注的范围很广，但主要关注的还是白人小说以及黑人小说、犹太小说
和华裔小说，其他少数族裔小说所受关注较少。这一时期的研究成果很
多，既有总论性的概括研究，又有个体性的作家作品分析研究，研究中
的意识形态话语逐渐减少，非意识形态话语逐渐增多，研究的文学审美
走向日益凸显。

第二节　美国小说研究的去政治化

随着"改革开放"，社会政治意识形态对外国文学研究的影响逐渐
减少，中国美国小说研究的去政治化倾向日益明显，主要体现在两个方
面：一是研究范围逐渐扩大，研究对象逐渐增多，"文化大革命"期间
被"流放"的美国小说家和小说重新回到中国批评界；二是研究视角
和批评话语发生很大变化，研究中的意识形态色彩逐渐淡化，非意识形
态关注逐渐凸显。

一　"改革开放"与美国小说研究中的"流放者"归来

1978 年 12 月，十一届三中全会做出了"改革开放"的重大决策，
这一决策使中国社会发生了巨大变化，也给中国的美国小说研究带来了
新的生机，很多在"文化大革命"期间被"流放"的美国白人小说家
和少数族裔小说家纷纷回到中国批评界。

（一）美国早期白人小说和浪漫主义小说研究中的"流放者"归来
"改革开放"扩大了中国批评界对美国早期白人小说家和浪漫主义
小说家的关注。"改革开放"前的"文化大革命"期间，许多白人小说
家被"流放"出中国批评界，除了欧文、库柏、希尔德里斯和梅尔维
尔，很少有美国早期白人小说家和浪漫主义小说家进入中国批评界。

"改革开放"后，不仅"文化大革命"期间被"流放"的美国早期白人小说家和浪漫主义小说家重新回到中国批评界，而且在"文化大革命"期间受到关注的美国浪漫主义小说家受到中国批评界更多关注。

20 世纪 80 年代开始，"文化大革命"期间受到中国批评界关注的美国早期白人小说家和浪漫主义小说家进一步受到学界关注，"文化大革命"期间被"流放"的美国早期白人小说家和浪漫主义小说家也纷纷进入中国批评界。1980—1981 年，上海文艺出版社出版了《外国文学作品提要》（四册），收录 73 篇评介美国小说的短文章，涉及 49 位 19—20 世纪的美国小说家，其中包括 5 位美国早期白人小说家和浪漫主义小说家。第一册收录 14 篇评介美国小说的文章，其中 1 篇评介了梅尔维尔的《白鲸》，1 篇评介了希尔德里斯的《白奴》；第二册收录 21 篇评介美国小说的文章，其中 1 篇评介了霍桑的《红字》，1 篇评介了欧文的《见闻札记》（其中包括《瑞普》〈即《瑞普·凡·温克尔》〉和《睡谷》〈即《睡谷传奇》〉）；第三册收录 20 篇评价美国小说的文章，其中 1 篇评介了斯托夫人的《汤姆叔叔的小屋》。除此，20 世纪 80 年代，国内还有几种期刊发表了一些研究美国早期白人小说和浪漫主义小说的论文，涉及小说家及其作品有：霍桑及其《红字》、《好小伙布朗》、《人生的行列》和《牧师的黑面纱》，梅尔维尔及其《白鲸》和《速写员巴特尔比》以及爱伦·坡、库柏和希尔德里斯等小说家，其中霍桑及其《红字》所受关注最多。除了这些专门关注，这一时期出现的一些概论性研究也涉及美国白人浪漫主义小说。总体上讲，20 世纪 80 年代，中国批评界对美国早期白人小说的关注比较少，对美国浪漫主义小说的关注主要集中于霍桑、梅尔维尔、爱伦·坡和库柏等小说家及其部分小说。

20 世纪 90 年代，中国批评界对美国早期白人小说和浪漫主义小说关注较多，受到关注的美国早期白人小说家和浪漫主义小说家及小说主要有：霍桑及其《红字》、《牧师的黑面纱》和《好小伙布朗》，梅尔维尔及其《白鲸》和《速写员巴特尔比》，爱伦·坡及其《毛格街血案》（即《瑞莫格街的谋杀案》）和《人群中的人》，欧文及其《瑞普·凡·温克尔》以及库柏和查尔斯·布洛克顿·布朗，其中受到批评界关注最多的是霍桑及其《红字》、梅尔维尔及其《白鲸》和欧文及其短篇小说《瑞普·凡·温克尔》。除此,这一时期出现的一些比较笼统的概论性研究也涉及美国早期白人小说和浪漫主义小说,这些概论性研究关注的主要是美国早期经典小说、美国短篇小说、美国浪漫主义小说、美国十七世纪文学、美国西部文学和美国侦探小说。

(二) 美国白人现实主义小说研究中的"流放者"归来

"改革开放"之前,"文化大革命"期间,除了马克·吐温、哈特和贝拉宓,其他美国白人现实主义小说家都被"流放"出中国批评界。"改革开放"之后,"文化大革命"期间被"流放"出中国批评界的美国白人现实主义小说家重新回到中国批评界,他们跟"文化大革命"期间受到学界关注的美国白人现实主义小说家一样再次受到学界关注。20 世纪 70 年代末,国内部分期刊发表了马克·吐温小说研究论文,涉及马克·吐温的《竞选州长》、《王子与贫儿》和《哈克贝利·费恩历险记》等小说。80 年代开始,越来越多的美国白人现实主义小说受到中国批评界关注。1980—1981 年,上海文艺出版社出版了《外国文学作品提要》(四册),收录 73 篇评介美国小说的短文章,涉及 49 位 19—20 世纪的美国小说家,其中包括 5 位白人现实主义小说家。第一册收录 14 篇评介美国小说的文章,其中 3 篇分别评介了马克·吐温的《百万英镑》、《败坏了哈德莱堡的人》和《镀金时代》,1 篇评介了詹姆斯的《贵妇人的画像》;第二册收录 21 篇评介美国小说的文章,其中 1 篇评介了马克·吐温的《哈克贝利·费恩历险记》,1 篇评介贝拉宓的《回头看》;第三册收录 20 篇评价美国小说的文章,其中 2 篇分别评介了马克·吐温的《傻瓜威尔逊》和《汤姆·索亚历险记》,1 篇评介了詹姆斯的《苔瑟·密勒》(即《黛西·米勒》);第四册收录 18 篇评介美国小说的文章,其中 1 篇评介了马克·吐温的《王子与贫儿》。80 年代,除了马克·吐温及其《百万英镑》、《哈克贝利·费恩历险记》、《败坏了哈德莱堡的人》和《汤姆·索亚历险记》,中国批评界还比较关注詹姆斯及其《黛西·米勒》、《贵妇画像》和《螺丝拧紧》、肖邦及其《觉醒》以及哈特及其《扑克滩放逐的人们》,其中,马克·吐温的《哈克贝利·费恩历险记》所受关注最多。此外,80 年代一些论述美国短篇小说、美国小说象征传统、美国小说发展轨迹以及美国文学在中国等话题的概论性研究也涉及白人现实主义小说。总体上讲，20 世纪 80年代，中国批评界虽然开始较大范围地关注美国白人现实主义小说，但研究关注的范围还不是很广，除了马克·吐温和詹姆斯，其他美国白人现实主义小说家并没有受到很多关注。

20 世纪 90 年代，中国批评界进一步关注马克·吐温，他的小说《哈克贝利·费恩历险记》、《竞选州长》、《傻瓜威尔逊》、《汤姆·索亚历险记》和《败坏了哈德莱堡的人》都是批评界的主要关注点。这一时期，其他美国白人现实主义小说家如詹姆斯、肖邦、朱厄特、吉尔曼和范妮·弗恩及其作品也受到批评界关注，肖班的《觉醒》和《一个小时的故事》、詹姆斯的《黛西·米勒》、《贵妇画像》、短篇小说《假的》、《忙碌经纪人的浪漫史》和《宝石》、朱厄特的《白苍鹭》和吉尔曼的《黄色墙纸》等小说都是批评界关注的热点，其中受到关注最多的是马克·吐温的《哈克贝利·费恩历险记》、肖邦的《觉醒》和吉尔曼的《黄色墙纸》。此外，一些概论性研究也涉及美国白人现实主义小说家及其作品，这些概论性研究的主要关注点是："乡土文学"、废奴文学、美国"镀金时代"的政治小说、美国的废奴运动与废奴文学、美国独立战争小说发展轨迹、美国短篇小说、美国纪实文学、美国小说中的商人形象、美国严肃小说的没落、美国战争文学、美国战争小说中的道德选择、社会问题小说、西方自叙体小说的发展、美国现实主义与美国文学传统以及自传体小说等。

（三）美国白人自然主义小说研究中的"流放者"归来

"改革开放"之前，美国白人自然主义小说家就比较受中国批评界关注。"改革开放"之后，中国批评界对美国白人自然主义小说家的关注进一步增多，一些"文化大革命"期间以及"文化大革命"之前被"流放"出中国批评界的美国白人自然主义小说家及其作品纷纷进入中国批评界。20 世纪 70 年代末年，《语文教学与研究》（1979 年第 2 期）发表了莫自佳论文《德莱塞》，《社会科学战线》（1979 年第 3 期）发表了许铮的论文《杰克·伦敦的创作习惯：泛舟海上》，分别对德莱塞和伦敦进行了评介。进入 80 年代，更多美国白人自然主义小说家及其作品进入中国批评界。1980—1981 年，上海文艺出版社出版了《外国文学作品提要》（四册），收录 73 篇评介美国小说的短文章，涉及 49 位 19—20 世纪的美国小说家，其中包括 5 位白人自然主义小说家。第一册收录 14 篇评介美国小说的文章，其中 1 篇评介了欧·亨利的短篇小说《白菜与皇帝》；第二册收录 21 篇评介美国小说的文章，其中 2 篇分别评介了德莱塞的《嘉莉妹妹》和《美国悲剧》，3 篇分别评介了伦敦的《马丁·伊登》、《海浪》和短篇小说《墨西哥人》，1 篇评介了辛克莱的《卖炭大王》（*King Coal*）；第三册收录 20 篇评介美国小说的文章，其中 1 篇评介了德莱塞的《天才》，1 篇评介了辛克莱的《屠场》；第四册收录 18 篇评介美国小说的文章，其中 2 篇分别评介了德莱塞的"欲望三部曲"（《金融家》、《巨人》和《斯多葛》）和《珍妮姑娘》，1 篇评介了伦敦的《雪虎》（即《白牙》），1 篇评介了加兰的《中部边地农家子》（*A Son of the Middle Border*）。20 世纪 80 年代，美国文学史上比较重要的白人自然主义小说家都受到中国批评界不同程度关注，德莱塞的《嘉莉妹妹》、《美国的悲剧》、"欲望三部曲"、《美国日记》、《珍妮姑娘》和《黑鬼杰夫》，欧·亨利的《警察与赞美诗》、《麦琪的礼物》和《最后的藤叶》，伦敦的《海狼》、《马丁·伊登》、《热爱生命》和《墨西哥人》以及克莱恩的《街头女郎玛琪》等小说都是批评界关注的热点，其中受到关注最多的是《警察与赞美诗》、《马丁·伊登》和《嘉莉妹妹》。

20 世纪 90 年代，中国批评界对美国白人自然主义小说的关注范围进一步扩大，受到批评界关注的小说家及作品有：欧·亨利及其《二十年后》、《公主与美洲狮》、《最后的藤叶》、《耗费钱财的情人》、《麦琪的礼物》、短篇小说集《四百万》、《警察与赞美诗》、《命运之路》和《我们选择的道路》，德莱塞及其《嘉莉妹妹》、《美国的悲剧》、《请君入瓮》和《珍妮姑娘》，伦敦及其《马丁·伊登》和《野性的呼唤》，克莱恩及其《红色英勇勋章》、短篇小说《蓝色旅店》和《老兵》，诺里斯及其《麦克提格》，辛克莱及其《屠场》以及欧文·威斯特等，其中批评界关注最多的是欧·亨利的《警察与赞美诗》，德莱塞的《嘉莉妹妹》与《美国的悲剧》和克莱恩的《红色英勇勋章》。

（四）美国白人现代小说研究中的"流放者"归来

"改革开放"之前，受社会政治意识形态影响，美国白人现代小说一直未受到中国批评界极大关注，除了刘易斯、斯坦贝克和马尔兹，很多美国白人现代小说家都被"流放"出中国批评界。"改革开放"之后，社会政治意识形态对中国外国文学研究的影响日渐减少，"文化大革命"期间被"流放"出中国批评界的美国白人现代小说家重新回到中国批评界。

从 1979 年开始，美国白人现代小说逐渐进入中国批评界。1979年，山东大学现代美国文学研究室编辑出版了 2 期《现代美国文学研究》，第 2 期发表了李文俊的论文《对评价西方现代文学的几点看法》和黄嘉德的论文《要正确评价西方现代文学》，其中涉及美国白人现代小说。此外，国内部分期刊也发表了一些美国白人现代小说研究或涉及美国白人现代小说研究的论文，主要涉及"迷惘的一代"、海明威的《老人与海》、美国"实事小说"、美国现代科幻小说和 1978 年畅销小说等。总体上讲，1979 年，中国批评界对美国白人现代小说关注不多，除了海明威及其《老人与海》和米切尔及其《飘》等为数不多的美国白人现代小说家及小说，很少有其他美国白人现代小说家及小说受到中国批评界关注。

进入 20 世纪 80 年代，随着"改革开放"，美国白人现代小说家及其作品纷纷涌入中国外国文学研究领域，福克纳、海明威、斯坦贝克和赛珍珠等许多优秀美国白人现代小说家受到中国批评界广泛关注。1980—1981 年，上海文艺出版社出版了《外国文学作品提要》（四册），收录 73 篇评介美国小说的短文章，涉及 49 位 19—20 世纪的美国小说家，其中包括 16 位美国白人现代小说家。第一册收录 14 篇评介美国小说的文章，其中 2 篇分别评介了刘易斯的《巴比特》和《大街》，1 篇评介了安德森的《俄亥俄州的温斯堡》（即《小城畸人》），1 篇评介了斯坦贝克的《愤怒的葡萄》，1 篇评介了沃伦的《国王的人马》；第二册收录 21 篇评介美国小说的文章，其中 1 篇评介了华顿的《欢乐之家》，1 篇评介了海明威的《老人与海》；第三册收录 20 篇评价美国小说的文章，其中 2 篇分别评介了萨洛扬的《人间喜剧》和《躺在黑暗

中》，1 篇评介了斯坦贝克的《人与鼠》（即《人鼠之间》），1 篇评介
了海明威的《丧钟为谁而鸣?》，1 篇评介了波特的《傻瓜船》（即《愚
人船》），1 篇评介了马尔兹的《十字奖章与箭火》，1 篇评介了沃尔夫
的《天使，望家乡》，1 篇评介了格拉斯哥的《铁脉》；第四册收录 18
篇评介美国小说的文章，其中 1 篇评介了刘易斯的《王子小梦》
（Kingsblood Royal），1 篇评介了菲茨杰拉德的《伟人盖茨比》（即《了
不起的盖茨比》），1 篇评介了福克纳的《押沙龙，押沙龙!》，1 篇评介
了考德威尔的《烟草路》，1 篇评介了华顿的《伊坦·弗洛美》，1 篇评
介了詹姆斯·琼斯的（永恒之路）（即《从这里到永恒》），1 篇评介了
罗伯特·那珊的《珍妮的肖像》，1 篇评介了斯坦贝克的短篇小说《珍
珠》。同年 6 月，中国青年出版社出版了王佐良编选的《美国短篇小说
选》，收录凯瑟的《汤姆奥特兰的故事》、拉德纳的《理发》，安德森的
《我想要知道为什么》、波特的《中午酒》、海明威的《弗朗西斯麦康勃
短促的快乐生活》、马尔兹的《兽国黄昏》、韦尔蒂的《一条新闻》、福
克纳的《熊》和沃伦的《春寒》等著名美国白人现代小说家短篇小说
译文，译文前均有译者读后感，介绍了所译作家及作品，"编者序"还
比较详细地介绍了美国短篇小说的情况。"编者序"说，《美国短篇小
说选》"原是'文革'前计划的"，但"等到一九七九年重新编选"，
书中所选短篇小说，旨在"加深读者对美国现实的了解"；因此，"所
选篇目古今都有，然而以今为主，各种主要流派都略具一格，而每篇本
身则或内容有较大意义，或是艺术上有特点，若干篇则是两者并具"。①
除了上述两部著作，20 世纪 80 年代，国内还有不少期刊发表了美国白
人现代小说研究或涉及美国白人现代小说研究的论文，主要涉及福克纳
的《八月之光》、《献给艾米丽的玫瑰》、《沙多里斯》、《喧哗与骚动》、
《熊》、《圣殿》和《我弥留之际》，海明威的《老人与海》、《乞力马扎
罗的雪》、《伊甸园》、《永别了，武器》、《丧钟为谁而鸣?》、《尼克·
亚当斯的故事》和《在异乡》，菲茨杰拉德的《了不起的盖茨比》，米
切尔的《飘》，斯坦贝克的《愤怒的葡萄》和《人鼠之间》，凯瑟的

① 王佐良编选：《美国短篇小说选》，中国青年出版社 1980 年版，第 1 页。

《冤家》和《一个迷途的女人》，安德森的《林中之死》，帕索斯的
《美国》，麦卡勒斯的《伤心咖啡馆之歌》，韦尔蒂的《一个作家的起
点》，赛珍珠的《大地》和《大地的女儿》，刘易斯的《大街》以及波
特和华顿等，其中最受学界关注的是福克纳的《喧哗与骚动》和《献
给艾米丽的玫瑰》，海明威的《老人与海》和菲茨杰拉德的《了不起的
盖茨比》。此外，20 世纪 80 年代，一些笼统性研究也涉及美国白人现
代小说，这些笼统性研究关注的主要是 20 世纪美国小说、美国"迷惘
的一代"及其文化背景、美国现代短篇小说、美国现代主义、美国小说
的象征传统、美国小说的发展和"二战"前后美国少年小说等。除此，
中国批评界还出版了《福克纳评论集》①，召开了海明威国际学术研讨
会、海明威学术讨论会和江苏作家和美国学者海明威小说座谈会，举办
了纪念菲茨杰拉德逝世 50 周年和海明威百年诞辰纪念等学术活动。

　　20 世纪 90 年代，受到中国批评界关注的美国白人现代小说家及小
说进一步增多，受到关注较多的小说家及小说有：海明威及其《老人与
海》、《给她买了一只金丝鸟》、《永别了，武器》、《乞力马扎罗的雪》、
《在异乡》、《丧钟为谁而鸣?》、《杀人者》、《一天的等待》和《岛之
恋》，赛珍珠及其《母亲》、《大地》三部曲、《我的中国世界》、《东
风·西风》和《圣诞早晨》，菲茨杰拉德及其《了不起的盖茨比》和
《夜色温柔》，福克纳及其《献给艾米丽的玫瑰》、《喧哗与骚动》、
《熊》、《押沙龙，押沙龙!》、《我弥留之际》、《圣殿》、《去吧，摩西》、
《夕阳》、《干燥的九月》、《莱巴嫩的玫瑰花》和《老人》，斯坦贝克及
其《愤怒的葡萄》和《人鼠之间》，凯瑟及其《一个迷途的女人》、
《我的安东妮娅》、《教授的房子》和《啊，拓荒者!》，华顿及其《欢
乐之家》和《伊坦·弗洛姆》，米切尔及其《飘》，波特及其《愚人
船》、《偷窃》和《坟》，韦尔蒂及其《被遗弃的韦瑟罗尔奶奶》和
《庞德之心》，安德森及其《母亲》、《小镇畸人》、《鸡蛋》和《林中之
死》，奥康纳及其《善良的乡下人》，麦卡勒斯及其《伤心咖啡馆之歌》
和帕索斯及其《美国》三部曲，其中最受关注的是菲茨杰拉德的《了

---

　　①　李文俊编选：《福克纳评论集》，中国社会科学出版社 1980 年版。

不起的盖茨比》、福克纳的《喧哗与骚动》、海明威的《老人与海》、斯坦贝克的《愤怒的葡萄》、米切尔的《飘》和凯瑟的《我的安东妮娅》。此外，一些笼统性研究也涉及美国白人现代小说，这些笼统性研究主要关注："迷惘的一代"作家、美国短篇小说、美国南方短篇小说、美国南方文学及其流变、美国南方文学传统、美国文学中的几番借鉴、美国无产阶级文学、美国现代小说、美国现代哥特式小说、美国战争小说、20世纪30年代的美国小说、"一战"后的美国作家和英美现代主义。除此，中国学界还举办了"赛珍珠与中国——纪念赛珍珠诞辰一百周年"学术活动和"多斯·帕索斯诞生一百周年"学术活动，召开了北京国际福克纳研讨会，回顾了第17届福克纳年会在美国召开的情况，出版了1部福克纳研究专著——《大家族的没落——福克纳和巴金家庭小说比较研究》①，总结梳理了国外海明威研究的新成就，介绍了美国文学在中国的研究与接受状况。

（五）当代美国白人小说研究中的"流放者"归来

"改革开放"之前，除了克鲁亚克等为数不多的几位小说家，绝大多数当代美国白人小说家都被"流放"出中国批评界。"改革开放"之后，被"流放"出中国批评界的当代美国白人小说家重新回到中国批评界。从1979年开始，当代美国白人小说家及其作品纷纷进入中国批评界。1979年，山东大学现代美国文学研究所编辑出版了2期《现代美国文学研究》：第1期发表了5篇当代美国白人小说研究及相关研究论文，涉及冯尼格特及其《猫的摇篮》与《冠军早餐》和海勒及其《第二十二条军规》；第2期发表了1篇当代美国白人小说研究论文，评论了海勒及其《像戈尔德那样好》。除此，国内其他期刊也发表了一些当代美国白人小说研究或涉及当代美国白人小说研究的文章，主要涉及厄普代克及其《兔子，跑吧》、美国"实事小说"、存在主义与美国当代小说以及1978年畅销小说等。

进入20世纪80年代，更多当代美国白人小说家及其作品受到中国批评界关注。1980年，山东大学现代美国文学研究所编辑出版了《现

---

① 肖明翰：《大家族的没落：福克纳和巴金家庭小说比较研究》，广西师范大学出版社1994年版。

代美国文学研究》（1980 年第 1 期），发表了 1 篇厄普代克及其《超级食品市场》研究论文。1980—1981 年，上海文艺出版社出版了《外国文学作品提要》（四册），收录 73 篇评介美国小说的短文章，涉及 49 位 19—20 世纪的美国小说家，其中包括 10 位当代美国白人小说家。第一册收录 14 篇评介美国小说的文章，其中 1 篇评介了海勒的《第二十二条军规》，1 篇评介了肯·凯西的《飞跃杜鹃巢》；第二册收录 21 篇评介美国小说的文章，其中 1 篇评介了梅勒的《裸者与死者》，1 篇评介了塞林格的《麦田里的守望者》；第三册收录 20 篇评介美国小说的文章，其中 2 篇分别评介了厄普代克的《兔子归窝》（即《兔子归来》）和《兔子跑了》，1 篇评介了邦诺斯基（Phillip Bonosky）的《燃烧的山谷》，1 篇评介了冯尼格特的《胜利者早餐》（即《冠军早餐》），1 篇评介了欧茨的《他们》；第四册收录 18 篇评介美国小说的文章，其中 1 篇评介了卡波特的《凶杀》（即《冷血》），1 篇评介了克鲁亚克的《在路上》。1980 年 6 月，中国青年出版社出版了王佐良编选的《美国短篇小说选》，其中收录塞林格的《给艾斯美写的一封信——既有故事又有凄凉》、契弗的《贾丝蒂娜之死》、厄普代克的《家》、欧茨的《天路历程》和雷·布雷德伯里的《霹雳轰鸣》等当代美国白人小说家的短篇小说，每篇前均有译者读后感，介绍了所译作者及作品，"编者序"还比较详细地介绍了美国短篇小说的情况。1981 年，山东大学美国文学研究所编辑出版了 2 期《现代美国文学研究》，第 1 期"评论"栏目发表了 3 篇当代美国白人小说研究论文，涉及厄普代克及其小说《莱比特回来了》（即《兔子归来》）和海勒及其《第二十二条军规》，"翻译"栏目发表了巴塞尔姆的《学校》（孙家新译）和约翰·W. 奥尔德里奇的《唐纳德·巴塞尔姆与狗的生活》（姚秀清译）；第 2 期"评论"栏目发表了 1 篇论述"当代美国文学中的幽默"的研究论文，涉及当代美国白人小说。1983 年，山东大学美国文学研究所编辑出版了 2 期《现代美国文学研究》：第 1 期"评论"栏目发表了 1 篇当代美国白人小说研究论文，评论了欧文·肖及其《乞丐，窃贼》；第 2 期"评论"栏目发表了 4 篇当代美国白人小说研究或相关研究论文，涉及品钦、伊哈布·哈桑及其《战后美国小说》、马尔科姆·考利及其《约翰·契弗——小说家戏剧般的一生》。这 2 期"作家简介"栏目还发表了李登科翻译的纳博科夫简介。除了这些期刊和著作,国内还有不少期刊发表了当代美国白人小说家及其作品研究论文,受到批评界关注的当代美国白人小说家及作品主要有:契弗及其《再见,我的弟弟》、《住在郊区的丈夫》、《第四次警报》和《五点四十八分班车》,欧茨及其《在冰山里》、《奇境》、《冬至》和《罗莎蒙特·密斯》,冯尼格特及其《囚徒》、《神枪手迪克》和《猫的摇篮》,厄普代克及其《罗杰的说法》,海勒及其《第二十二条军规》,埃里奇·西格尔及其《爱情故事》,塞林格及其《麦田里的守望者》,多克托罗及其《潜鸟湖》,纳博科夫及其《洛丽塔》,肯·凯西及其《飞越杜鹃巢》,梅勒及其《一场美国梦》和《古代的夜晚》,欧文·斯通及其《起源》,彼得·泰勒及其《孟菲斯的召唤》,卡波特及其《冷血》,普拉斯及其《钟形罩》,欧文·肖及其《可以理解的失败》,威廉·肯尼迪及其《斑鸠菊》,小巴克利及其《马可·波罗,如果你能》,雪莉·杰克逊及其《抽彩》,詹姆斯·瑟伯及其《华尔特·密蒂的秘密生活》,劳里·麦克贝恩及其《荒岛剑鸣》,欧文·华莱士及其《无所不能》、詹姆斯·米切纳及其《太空风云》以及安妮·泰勒、阿瑟·黑利(又译亚瑟·赫利)、保罗·琼斯、布赖恩·穆尔、达夫妮·杜穆里埃、菲利普·迪克、弗雷德里克·福斯特、凯·博伊尔、拉里·海涅曼、莱特·摩里斯、马克·温加纳、西德尼·谢尔顿、约翰·霍克斯和朱迪斯·格斯特等,其中受到关注最多的是契弗、欧茨、冯尼格特、厄普代克、海勒、塞林格、西格尔、多克托罗、纳博科夫和梅勒。总体上看,20 世纪 80 年代,中国的当代美国白人小说研究涉及小说类别较多,包括黑色幽默小说、科幻小说、侦探小说、探索性小说、自传小说、微型小说、犯罪小说、惊险小说、自觉小说、通俗小说和非虚构小说,但研究对象选择上的经典化倾向比较明显,虽然进入中国批评界的当代美国白人小说家及小说大大超过前一时期,不少先前被拒之批评门外的小说家和小说日益受到批评界重视,但居于经典之列的小说家及小说构成了研究主流。

　　20 世纪 90 年代,中国批评界对当代美国白人小说的关注范围进一步扩大,许多非经典小说家及小说也纷纷进入中国批评界,研究的中心与边缘、经典与非经典之间的界限开始模糊，研究对象逐渐多元化。这一时期，除了上文已经提到的小说家及小说，先前未进入中国批评界的当代美国白人小说家和小说以及许多刚出现的新作也引起了中国批评界极大关注。进入中国批评界的当代美国白人小说家及小说很多，主要有：海勒及其《第二十二条军规》、《出事了》和《此时彼时》，塞林格及其《麦田里的守望者》，厄普代克及其《对福特执政时期的回忆》、《来生》、《兔子，跑吧》，A&P 和短篇小说集《后半辈子与其他短篇》，欧茨及其《内罗比》、《黑水》、《自我封闭》、《奇境》、《如愿以偿》、《花痴》和《袒露心怀》，梅勒及其《裸者与死者》、《奥斯瓦尔德的故事：美国疑案》和《儿子的福音》，雪莉·杰克逊及其《抽彩》，契弗及其《巨型收音机》，谢尔顿及其《世无定事》，冯尼格特及其《五号屠场》，卡佛及其《你在圣·弗兰西斯科做什么?》和《茫茫大海》，安妮·泰勒及其《圣人之举》和《岁月之梯》，卡波特及其《蒂凡尼的早餐》，安·贝蒂及其短篇小说《像玻璃》和短篇小说集《燃烧的房子》，德里罗及其《白噪声》，医学悬念小说家罗宾·科克及其《昏迷》和《居心叵测》，纳博科夫及其《洛丽塔》和《天赋》，品钦及其《拍卖第四十九批》，斯泰伦及其《索菲的选择》，巴斯及其《漂浮的歌剧》、《路的尽头》和《萨巴斯的戏剧》，普拉斯及其《钟形罩》，霍克斯及其《第二层皮》，克鲁亚克及其《在路上》，肯·凯西及其《飞越杜鹃巢》，罗伯特·斯通及其《亡命之徒》，玛丽·戈登及其《余生》和《开销》，理查德·斯洛特金及其《强夺复生》和《枪手民族》，P. T. 多伊特曼及其《官方特权》，埃伦娜·卡斯特多及其《天堂》，芭芭拉·金索沃及其《动物梦》，保罗·泰鲁及其《领事的档案》，布伦达·韦伯斯特及其《母亲之罪》，丹尼尔·斯蒂文及其《最后的补偿》，蒂姆·奥布赖恩及其《追寻卡奇亚托》，华莱士·斯泰格勒及其《旁观的鸟》，简·斯迈利及其《哞》，迈克尔·克莱顿及其《失落的世界》，保尔·塞罗克斯及其《芝加哥闹市区》，斯蒂芬·W. 弗雷及其《竞选基金》，尤金·卢瑟·戈尔·维多尔及其《史密森学会》，沃克·珀西及其《影迷》，小麦考特及其《一个游泳的修道士》、约翰·凯西及其《半世的幸福》以及巴塞尔姆、库弗、卡佛、亨利·米勒、威廉·肯尼迪、斯蒂

芬·金、欧文·斯通、彼得·泰勒、约翰·格里森姆、R.A.拉佛迪、
艾莉森·卢里、艾丽丝·亚当斯、安妮·普鲁、彼得·哈米尔、冯·斯
特劳亨、布莱恩·弗里曼、歌鲁巴、哈罗德·鲁宾斯、科·麦卡锡、肯
尼斯·罗伯茨、阿兰·莱特曼、理查德·福特、罗尔德·达尔、马里
奥·贝内德蒂、玛丽·麦卡锡、玛西亚·缪勒、约翰·C.麦克斯韦尔、
梅维斯·加兰特、欧文·华莱士、乔治·丹尼生、约翰·艾汶、约翰·
布鲁纳、约翰·赫赛、詹姆斯·米切纳和詹姆斯·索尔特等。总体上
看，20 世纪 90 年代，中国的当代美国白人小说研究范围很广，涉及女
性小说、黑色幽默小说、后现代主义小说、元小说、短篇小说、科幻小
说、少年小说、战争小说、非虚构小说、哥特小说、新现实主义小说、
当代纪实小说、社会风俗小说、社会问题小说、通俗小说、微型小说、
自叙体小说、新移民小说、滑稽模仿小说、南方小说和 90 年代美国新
秀小说家的小说等不同类别小说，研究对象选择上的经典化倾向逐渐消
退，多元化趋势日益明显。

（六）美国黑人小说研究中的"流放者"归来

"改革开放"之前，除了休斯和杜波依斯等为数不多的描写和反映
阶级与种族关系的"进步作家"，很多黑人小说家都被"流放"出中国
批评界。"改革开放"之后，由于摆脱了社会政治意识形态的影响，中
国批评界对美国黑人小说家的关注越来越多，许多"文化大革命"期
间被"流放"出中国批评界的美国黑人小说家及其小说也重新回到了
中国批评界。

1979 年，美国黑人小说家亚历克斯·哈利（Alex Haley）小说
《根》受到中国批评界关注，是年发表的该小说研究论文①，是国内学
界首次对单部美国黑人小说的专文评论。同年 4 月，上海译文出版社出
版了辛格和麦卡勒斯合编的《当代美国短篇小说集》中译本，收录
"十九位当代著名的或有代表性的美国作家的十九个中短篇小说"，其
中包括黑人小说家基伦斯的《上帝保佑美国》和鲍德温的《今天早晨，
今天晚上，真快》，其前有译者对作者及作品的介绍。

---

① 杨静远：《根》，《读书》1979 年第 1 期。

　　进入 80 年代，中国批评界对美国黑人小说家及其小说的关注逐渐增多。1980—1981 年，上海文艺出版社出版了《外国文学作品提要》（四册），收录 73 篇评介美国小说的短文章，涉及 49 位 19—20 世纪的美国小说家，其中包括 4 位美国黑人小说家。第二册收录 21 篇评介美国小说的文章，其中 1 篇评介了埃里森的《看不见的人》，1 篇评介了鲍德温的《另一个国家》；第三册收录 20 篇评价美国小说的文章，其中 1 篇评介了赖特的《土生土长的孩子》（即《土生子》）；第四册收录 18 篇评介美国小说的文章，其中 1 篇评介了基伦斯的《扬布拉德一家》。1980 年 6 月，中国青年出版社出版了王佐良编选的《美国短篇小说选》，收录 31 篇美国著名小说家的短篇小说，其中包括美国黑人小说家休斯的《教授》和鲍德温的《桑尼的布鲁士》，其前有译者读后感，介绍了所译作者及作品。从 1981 年开始，《美国文学丛刊》由山东文艺出版社正式出版，历时 4 年（1981—1984），共出 12 期，主要刊登美国文学翻译作品，其中包括一些美国黑人小说译文。从 1985 年起，《美国文学丛刊》和山东大学现代美国文学研究所主办的《现代美国文学研究》合并为《美国文学》，由山东大学出版社出版，连续出版了 5 年（1985—1989），起先为半年刊（1985—1987），后来改为季刊（1988—1989）。除了这些期刊，国内其他期刊也发表了一些美国黑人小说研究论文。总体来看，20 世纪 80 年代，中国的美国黑人小说研究比较萧条，除了一些概括性研究，很少有批评家关注具体小说家的具体作品，这种情况一直持续到 80 年代末。80 年代前期，除了埃里森及其《看不见的人》和沃克，很少有美国黑人小说家及其作品受到中国批评界关注。80 年代后期，沃克及其《紫色》、莫里森及其《最蓝的眼睛》、赖特及其《女仆》以及赫斯顿和安·佩特里等小说家纷纷进入中国批评界，受到越来越多的关注。值得一提的是，20 世纪 80 年代，中国批评界对美国黑人小说家及其作品的关注只是对美国小说关注的一部分，研究者对美国黑人小说的评介散见于他们对下列话题的关注之中：当代美国小说、美国后现代主义小说、当代英美小说异同、现当代美国小说、现当代美国小说开场白的语言特点、当代美国文学、20 世纪美国小说、当代外国小说创作技巧、第二次世界大战后美国小说中的现实主义与自然主义、当代美国文学发展的几个新趋势、80 年代美国文学发展的几个新趋势、1987—1988 年美国小说、自觉小说、美国文学在美国和美国 80 年代小说创作倾向等，但偶尔也出现一些专门论及美国黑人小说的文章。总体上讲，这一时期中国的美国黑人小说研究主要是概论性的，具体小说文本细读性研究较少。

20 世纪 90 年代，中国批评界对美国黑人小说的研究仍然以概论性研究居多，但对具体作家及其作品的细读性研究明显增多。这一时期，沃克及其《紫色》和《梅丽迪安》，埃里森及其《看不见的人》，赖特及其《土生子》，莫里森及其《爵士乐》、《宠儿》、《秀拉》、《最蓝的眼睛》、《所罗门之歌》和《乐园》，奈勒及其《林登山》，休斯及其短篇小说《初秋》以及赫斯顿、安吉罗、马歇尔和盖尔·琼斯等黑人小说家都受到中国批评界高度关注，特别是埃里森的《看不见的人》，沃克的《紫色》，莫里森的《宠儿》、《秀拉》、《所罗门之歌》和《最蓝的眼睛》。总体来看，20 世纪 90 年代，中国批评界对美国黑人小说的关注仍然是他们对美国黑人文学和美国文学关注的一部分，因此，除了个别研究文章，大多数研究文章并没有冠以“美国黑人小说”的名称。此外，这一时期，中国批评界还比较重视对美国黑人小说发展动态的介绍，赖特作品集在美国的出版、莫里森荣获 1993 年度诺贝尔文学奖、埃里森的逝世、埃里森生前作品的出版以及沃克新著的出版都受到批评界关注。除了进入学术期刊，许多美国黑人小说家及其小说还出现于全国性学术研讨会，如“全国外国文学现状研讨会”、“全国美国文学研究会第八届年会”和“全国‘英美小说：理论与阐释’研讨会”等。

（七）美国犹太小说研究中的“流放者”归来

“改革开放”之前，除了戈尔德、沃克、马拉默德和法斯特，其他美国犹太小说家很少受到中国批评界关注；“文化大革命”期间，很多美国犹太小说家被“流放”出中国批评界。“改革开放”之后，随着社会政治意识形态影响的逐渐消退，“文化大革命”期间被“流放”出中国批评界的美国犹太小说家重新回到了中国批评界，中国批评界越来越关注美国犹太小说家及其作品。

1979 年，山东大学美国文学研究室编辑出版了 2 期《现代美国文

学研究》：第 1 期发表了 2 篇美国犹太小说研究论文，涉及马拉默德及
其《杜宾的传记》和辛格及其短篇小说；第 2 期"评论"栏目发表了 2
篇美国犹太小说研究论文，涉及罗斯及其《鬼作家》和马拉默德及其
短篇小说；"翻译"栏目发表了郭继德翻译的马拉默德短篇小说《银
冠》与《信》。同年 4 月，上海译文出版社出版了辛格和麦卡勒斯合编
的《当代美国短篇小说集》中译本，收录"十九位当代著名的或有代
表性的美国作家的十九个中短篇小说"，其中包括辛格的《市场街的斯
宾诺莎》、马拉默德的《魔桶》、贝娄的《寻找格林先生》和罗斯的
《信仰的维护者》，每篇短篇小说前均有译者对作者和作品的介绍。除
了这些评介文章，国内部分期刊也发表了一些美国犹太小说研究或涉及
美国犹太小说研究的论文，主要涉及贝娄、辛格及其短篇小说《重
逢》、马拉默德及其小说《店员》和沃克及其《战争风云》与《战争与
回忆》。

20 世纪 80 年代，中国批评界对美国犹太小说的关注范围明显扩
大，研究涉及小说家和小说越来越多。1980 年，山东大学美国文学研
究所编辑出版了《现代美国文学研究》（1980 年第 1 期），"评论"栏
目发表了 3 篇美国犹太小说研究论文，涉及贝娄及其小说《雨王汉德
森》与《赫索格》和罗斯及其小说集《再见吧，哥伦布》；"翻译"栏
目发表了王誉公翻译的马拉默德的《店员》（节译）。1980—1981 年，
上海文艺出版社出版了《外国文学作品提要》（四册），收录 73 篇评介
美国小说的短文章，涉及 49 位 19—20 世纪的美国小说家，其中包括 5
位美国犹太小说家：第二册收录 21 篇评介美国小说的文章，其中 2 篇
分别评介了贝娄的《赫索》（即《赫索格》）和《洪堡的礼物》，1 篇评
介了马拉默德的《伙计》，1 篇评介了辛格的《鲁柏林的魔术师》（即
《卢布林的魔术师》），1 篇评介了戈尔德的《没有钱的犹太人》；第四
册收录 18 篇评介美国小说的文章，其中 1 篇评介了沃克的《战争风
云》。1980 年 6 月，中国青年出版社出版了王佐良编选的《美国短篇小
说选》，收录 31 篇美国著名小说家的短篇小说，其中包括马拉默德的
《德国流亡者》和辛格的《皮包》，每篇前均有译者读后感，介绍了所
译作者及作品。1981 年，山东大学美国文学研究所编辑出版了 2 期

《现代美国文学研究》：第 1 期"评论"栏目发表了 1 篇马拉默德及其小说研究论文，第 2 期"评论"栏目发表了 1 篇贝娄及其《勿失良机》研究论文，"翻译"栏目发表了蒲隆翻译的贝娄的《晃来晃去的人》（节译）。1982 年，山东大学美国文学研究所编辑出版的《现代美国文学研究》（1982 年第 2 期）"评论"栏目发表了 1 篇贝娄及其《离别黄屋》研究论文，"翻译"栏目发表了晓真翻译的贝娄小说《离别黄屋》（节译）。1983 年，山东大学美国文学研究所编辑出版了 2 期《现代美国文学研究》：第 1 期"评论"栏目发表了 1 篇马拉默德及其小说研究论文，"翻译"栏目发表了晓真翻译的贝娄小说《离别黄屋》（节译）；第 2 期"评论"栏目发表了 1 篇贝娄及其《院长的十二月》研究论文，"小说"栏目发表了孙筱珍翻译的贝娄小说《老世道》和鲁焕翻译的马拉默德小说《头七年》。除此，80 年代，国内还有很多期刊也发表了美国犹太小说研究论文，涉及小说家及小说主要有：马拉默德及其《店员》、《头七年》、《上帝的恩惠》和《自选集》，贝娄及其《赫索格》、《雨王汉德森》、《倒霉的人及其他》、《失言者》、《洪堡的礼物》、《再遭情变》和《奥吉·玛琪历险记》，辛格及其《原野之王》、《迟来的爱情》、《市场街的斯宾诺莎》、《老来恋》和短篇小说集《弥杜撒拉之死及其他故事》，罗斯及其《鬼作家》和《对立的生活》、欧芝克及其《吃人的银河系》、沃克及其《战争与回忆》与《战争风云》和法斯特及其《裘·库伦的忏悔》等。

20 世纪 90 年代，中国批评界对美国犹太小说的关注范围比 80 年代更广，关注小说家及小说进一步增多。这一时期，受到中国批评界关注的美国犹太小说家及小说主要有：贝娄及其《赫索格》、《奥吉·玛琪历险记》、《洪堡的礼物》、《赛姆勒老先生的行星》、《只争朝夕》、《雨王汉德森》、《再遭情变》、《更多的人死于心碎》、《偷窃》和《实际情况》，罗斯及其《再见吧，哥伦布》、《欺骗》、《萨巴斯的戏剧》和《传统继承》，马拉默德及其《黑色是我最钟爱的颜色》、《店员》、《信》和《杜宾的生活》，辛格及其《萧莎》、《羽毛皇冠》、《证件》和《第三者》，欧芝克及其《帕特梅塞和赞瑟普》和《大围巾》，沃克及其《战争风云》与《战争与回忆》以及美国早期犹太小说家亨利·罗斯等。

（八）华裔美国小说研究

与美国黑人小说和犹太小说不同，华裔美国小说受中国批评界关注较晚。"改革开放"之前，中国批评界几乎没有关注过华裔美国小说。"改革开放"之后，中国批评界才开始关注华裔美国小说。20世纪80年代，在译介华裔美国小说的同时，中国批评界也开始关注华裔美国小说家及其作品，汤亭亭、赵浩生、於梨华、聂华苓、蒋希曾和黎锦杨等华裔美国小说家先后进入中国批评界。但是，这一时期，中国批评界对华裔美国小说的关注范围较窄，专门研究华裔美国小说的成果较少，除了聂华苓，很少有华裔美国小说家受到中国批评界特别关注，大多数研究者只在谈及美国小说的时候才谈及华裔美国小说。因此，除了个别文章，许多论及华裔美国小说的研究文章并没有冠以"华裔美国小说"的名称。

20世纪90年代，华裔美国小说家群中出现了一些新人，他们也纷纷受到中国批评界关注，谭恩美及其《喜福会》和《灶王的妻子》，於梨华及其《考验》，汤亭亭及其《女勇士》和《中国佬》，雷庭招及其《吃碗茶》以及伍慧明、萧逸、赵健秀、任碧莲、聂华苓和严歌苓等华裔小说家及其作品成为中国华裔美国小说研究的热点关注。这一时期，中国专门研究华裔美国小说的成果明显增多，但大多数研究还是概论性的，涉及具体小说家及作品的细读性研究较少。很多概论性研究要么对华裔美国小说进行整体研究，要么把华裔美国小说作为美国小说研究或亚裔美国小说研究的一部分进行研究。整体上讲，20世纪90年代，中国批评界对谭恩美、严歌苓、聂华苓和於梨华及其作品关注较多。

（九）美国印第安小说研究

"改革开放"之前，中国批评界没有关注过美国印第安小说；"改革开放"之后，中国批评界开始关注美国印第安小说。但是，20世纪80年代，中国批评界对美国印第安小说的关注很少，大多数研究者只在谈及美国小说发展时才顺便提及美国印第安小说。这一时期出现的一些美国小说研究成果（如《1987—1988年美国小说概述》①）虽然提到

---

① 阚晨：《1987—1988年美国小说概述》，《外国文学评论》1989年第2期。

了美国印第安小说，但真正论及美国印第安小说的研究成果寥寥无几。
1989 年第 4 期的《读书》发表了冯亦代的文章《印第安族的踪迹》，这
是 20 世纪 90 年代之前中国出现的唯一评介美国印第安小说家及其作品
的文字。此文中，冯亦代说，"美国是个多民族国家，每一民族都有他
们的作家和作品，唯独美洲原来的主人印第安族的作家和作品，似乎尚
付阙如 [……] 至今尚无一位的知名的印第安裔作家和作品。"①《印第
安族的踪迹》详细介绍了首位引起美国文坛关注的印第安小说家路易
斯·厄德里奇及其 80 年代发表的两部小说《爱药》和《痕迹》，提到
她 80 年代发表的另一部小说《甜蔗女王》和即将完成的 "第四部印第
安的历史小说"。除了冯亦代的这篇文章，20 世纪 80 年代，中国没有
出现其他评介或研究美国印第安小说的文字。

　　20 世纪 90 年代，中国批评界对美国印第安小说的关注明显增多，
批评界关注的不仅有比较笼统的话题，如 "90 年代美国印第安文学"、
"当代印第安小说"、"当代美国印第安小说的背景与现状" 和 "九十年
代美国印第安文学中主人公的演变" 等，也有具体小说家的具体作品，
如司各特·莫马迪的《黎明之屋》、《名字》和《原始孩童》，詹姆斯·
韦尔奇的《血中冬季》、《吉姆洛尼之死》、《福尔斯克劳》和《印第安
律师》，路易斯·厄德里奇的《爱药》和《痕迹》，路易斯·厄德里奇
和迈克尔·道尔斯的《哥伦布王冠》，莱丝莉·马蒙·西尔科的《典
仪》，杰拉尔德·维兹诺的《暴露的大腿》、《圣路易斯熊心灵的黑暗》、
《格瑞佛：一个美国猴王在中国》和《自由的特里克斯特》以及美国早
期印第安小说家西蒙·波卡贡（Simon Pokagon）的《森林女王》和达
西·麦克尼克尔（Darcy McNickle）的《被困者》与《太阳下的奔跑
者》等。研究这些小说家及其作品的文字不仅出现于 90 年代的学术期
刊，也频现于这一时期的各种学术会议，如 "全国 '英美小说：理论
与阐释' 研讨会"、"全国美国文学研究会第八届年会" 和 "全国外国
文学现状研讨会"。总体上看，20 世纪 90 年代，中国批评界开始关注
美国印第安小说，但关注程度不高，研究成果较少。

----

① 　冯亦代：《印第安族的踪迹》，《读书》1989 年第 4 期。

二 美国小说研究中意识形态话语的淡出

意识形态话语淡出是"改革开放"后中国美国小说研究去政治化的又一重要表征，这体现在美国白人小说研究中，也体现在美国少数族裔小说研究中。

（一）美国早期白人小说和浪漫主义小说研究中的意识形态话语淡出

随着"改革开放"，从 80 年代开始，中国批评界对美国早期白人小说和浪漫主义小说的研究呈现出蓬勃发展的态势。1980—1981 年，上海文艺出版社出版了《外国文学作品提要》（四册），收录 73 篇评介美国小说的短文章，其中涉及 5 位美国早期白人小说家和浪漫主义小说家的小说：梅尔维尔的《白鲸》、希尔德里斯的《白奴》、霍桑的《红字》、欧文的《见闻札记》（其中包括《瑞普》〈即《瑞普·凡·温克尔》〉和《睡谷》〈即《睡谷传奇》〉）以及斯托夫人的《汤姆叔叔的小屋》。除此，20 世纪 80 年代，国内还有几种期刊也发表了美国早期白人小说和浪漫主义小说研究论文，研究者比较关注的小说家及其作品有：霍桑及其《红字》、《好小伙布朗》、《人生的行列》和《牧师的黑面纱》，梅尔维尔及其《白鲸》和《速写员巴特尔比》，爱伦·坡、库柏和希尔德里斯等，其中霍桑及其《红字》所受关注最多。总体上讲，20 世纪 80 年代，中国批评界对美国早期白人小说关注较少，对浪漫主义小说的关注主要集中于霍桑、梅尔维尔、爱伦·坡以及库柏等小说家及其部分小说，主要关注点是：《红字》的人物刻画、象征手法、心理描写和思想主题，《红字》与《男人的一半是女人》之异同，《好小伙布朗》的道德主题，霍桑创作的主要思想倾向、霍桑短篇小说艺术、霍桑小说艺术以及霍桑及其创作特色；《白鲸》的社会意义以及《白鲸》与《鱼王》之异同；爱伦·坡的短篇小说理论、爱伦·坡的短篇小说以及爱伦·坡在美国文学史上的地位；库柏《皮袜子故事集》的主题和人物等。除了这些专门关注，这一时期出现的一些概论性研究也涉及美国白人浪漫主义小说。总体上看，与"改革开放"之前相比，20 世纪 80 年代的研究明显少了意识形态影响的烙印，研究中的意识形态话语明显减少。

20 世纪 90 年代，中国批评界对美国早期白人小说和浪漫主义小说关注较多，受到关注的美国早期白人小说家和浪漫主义小说家及作品主要有：霍桑及其《红字》、《牧师的黑面纱》和《好小伙布朗》，梅尔维尔及其《白鲸》和《速写员巴特尔比》，爱伦·坡及其《毛格街血案》（即《瑞莫格街的谋杀案》）和《人群中的人》，欧文及其《瑞普·凡·温克尔》以及库柏和查尔斯·布洛克顿·布朗，其中受到批评界关注最多的是霍桑及其《红字》、梅尔维尔及其《白鲸》和欧文及其短篇小说《瑞普·凡·温克尔》，主要关注点是：《红字》的系统化反衬手法、《红字》的象征手法与霍桑的文学观念、《红字》的道德观念与宗教道德观、《红字》中的"圣经"意象、《红字》中珠儿形象的作用、《红字》中的色彩意象美、《红字》中霍桑的修辞手法与风格、《红字》的艺术表现手法以及霍桑小说创作中的宗教精神、《牧师的黑面纱》中霍桑的清教观；《白鲸》的悲剧艺术效果、《白鲸》中的人道主义思想、《白鲸》与《了不起的盖茨比》之异同、《白鲸》与《李尔王》之异同、《速写员巴特尔比》中的巴特尔比形象、梅尔维尔与大海以及梅尔维尔与戈尔丁之异同；爱伦·坡小说的语言魅力、爱伦·坡的短篇小说、爱伦·坡的恐怖小说以及爱伦·坡的幽默小说，等等。除了这些比较具体的研究，这一时期还出现了一些比较笼统的概论性研究，其中也涉及美国早期白人小说和浪漫主义小说，这些概论性研究涉及的话题包括美国早期经典小说、美国短篇小说、美国浪漫主义小说、美国十七世纪文学、美国西部文学、美国小说中的商人形象、美国早期小说和美国侦探小说。跟 80 年代一样，90 年代的研究受社会政治意识形态影响较少，研究中的意识形态话语进一步减少。

（二）美国白人现实主义小说研究中的意识形态话语淡出

"改革开放"之后，中国批评界对美国白人现实主义小说的关注开始日益增多，研究中的意识形态话语日益减少。1979 年，国内部分期刊发表了马克·吐温小说研究论文，主要关注点是马克·吐温的《竞选州长》、《王子与贫儿》和《哈克贝利·费恩历险记》。进入 80 年代，中国批评界对美国白人现实主义小说的研究呈现出蓬勃发展的态势。

1980—1981 年，上海文艺出版社出版了《外国文学作品提要》（四册），其中涉及美国白人现实主义小说有：马克·吐温的《百万英镑》、《败坏了哈德莱堡的人》、《镀金时代》、《哈克贝利·费恩历险记》、《傻瓜威尔逊》、《汤姆·索亚历险记》和《王子与贫儿》、詹姆斯的《贵妇人的画像》（即《贵妇画像》）与《苔瑟·密勒》（即《黛西·米勒》）和贝拉宓的《回头看》。除此，20 世纪 80 年代，中国批评界还比较关注詹姆斯的《螺丝拧紧》、肖邦的《觉醒》以及哈特的《扑克滩放逐的人们》等美国白人现实主义小说。总体上讲，20 世纪 80 年代，中国批评界虽然开始较大范围地关注美国白人现实主义小说，但研究关注的范围还不是很广，除了马克·吐温和詹姆斯，其他美国白人现实主义小说家并没有受到很多关注；就关注点而言，研究主要集中于《百万英镑》的语言技巧、《哈克贝利·费恩历险记》中美语方言的语法特点、《钦差大臣》与《败坏了哈德莱堡的人》的异同、马克·吐温创作的阶段性特征、马克·吐温笔下的汤姆·索亚与哈克贝利·费恩之异同、马克·吐温和契诃夫的幽默之异同、马克·吐温与中国、女性原则与“哈克贝利·费恩”、《黛西·米勒》的艺术特色、《专使》中的情景反讽与詹姆斯对美国文化的讽刺以及詹姆斯的文体特征等，从这些关注点可以看出，研究中的意识形态话语明显减少。

20 世纪 90 年代，中国批评界进一步关注马克·吐温，他的小说《哈克贝利·费恩历险记》、《竞选州长》、《傻瓜威尔逊》、《汤姆·索亚历险记》和《败坏了哈德莱堡的人》都是批评界的主要关注。这一时期，其他美国白人现实主义小说家如詹姆斯、肖邦、朱厄特、吉尔曼和范妮·弗恩及其作品也受到批评界关注。肖邦的《觉醒》和《一个小时的故事》，詹姆斯的《黛西·米勒》、《贵妇画像》、短篇小说《假的》、《忙碌经纪人的浪漫史》和《宝石》，朱厄特的《白苍鹭》，吉尔曼的《黄色墙纸》等小说都是批评界的热点关注，其中受到关注最多的是马克·吐温的《哈克贝利·费恩历险记》、肖邦的《觉醒》和吉尔曼的《黄色墙纸》。总体上讲，20 世纪 90 年代，中国批评界对美国白人现实主义小说的研究大体可以分为两类，一类是涉及美国白人现实主义小说的概论性研究，一类是具体小说家及其作品的细读性研究；概论性研究主要关注"乡土文学"、废奴文学、美国"镀金时代"的政治小说、美国的废奴运动与废奴文学、美国独立战争小说的发展轨迹、美国纪实文学、美国小说中的商人形象、美国严肃小说的没落、美国战争文学、美国战争小说中的道德选择、社会问题小说、西方自叙体小说的发展、美国现实主义与美国文学传统以及自传体小说等;具体小说家及作品细读性研究主要关注:《哈克贝利·费恩历险记》的主题、语言艺术、幽默艺术、对照与夸张,《汤姆·索亚历险记》的主题与艺术,马克·吐温创作中的象征、马克·吐温的密西西比河情结、马克·吐温的原始意象创造、马克·吐温短篇小说的幽默特色、马克·吐温小说幽默艺术的文化根源、马克·吐温的幽默技巧;詹姆斯《黛西·米勒》的思想内涵与艺术特色,《贵妇画像》中的文化融合意识,詹姆斯《宝石》的文学语言,詹姆斯对西方现代小说的开拓性贡献;肖邦《觉醒》中的空间意象、《觉醒》与肖邦的艺术观,肖邦笔下的女性形象,肖邦其人;斯托夫人《汤姆叔叔的小屋》与《圣经》之关系;吉尔曼的妇女观及其思想渊源、吉尔曼的生平及其女权思想;朱厄特《白鹭》中的人文主义象征,等等。从这些关注点可以看出,90年代研究中的意识形态话语进一步减少。

(三) 美国白人自然主义小说研究中的意识形态话语淡出

1979年开始,中国批评界对美国白人自然主义小说的研究逐渐从"文化大革命"时期的低谷中走出来,研究中的意识形态话语逐渐减少。继1978年董衡巽等编著的《美国文学简史》(上册)对美国白人自然主义小说的大规模评介之后,1979年,《语文教学与研究》(1979年第2期)发表了莫自佳的论文《德莱塞》,《社会科学战线》(1979年第3期)发表了许铮的论文《杰克·伦敦的创作习惯:泛舟海上》,分别对德莱塞和伦敦进行了评介。

1980—1981年,上海文艺出版社出版了《外国文学作品提要》(四册),其中评介了5位美国白人自然主义小说家的小说:欧·亨利短篇小说《白菜与皇帝》,德莱塞的《嘉莉妹妹》、《美国悲剧》、《天才》、"欲望三部曲"(《金融家》、《巨人》和《斯多葛》)和《珍妮姑娘》,伦敦的《马丁·伊登》、《海浪》、《雪虎》(即《白牙》)和短篇小说

《墨西哥人》、辛克莱的《卖炭大王》与《屠场》和加兰的《中部边地农家子》。除此，国内还有部分期刊也发表了一些美国白人自然主义小说研究论文。总体上讲，20 世纪 80 年代，美国文学史上比较重要的白人自然主义小说家都受到中国批评界不同程度关注，德莱塞的《嘉莉妹妹》、《美国的悲剧》、"欲望三部曲"、《美国日记》、《珍妮姑娘》和《黑鬼杰夫》，欧·亨利的《警察与赞美诗》、《麦琪的礼物》和《最后的藤叶》，伦敦的《海狼》、《马丁·伊登》、《热爱生命》和《墨西哥人》以及克莱恩的《街头女郎玛琪》等美国白人自然主义小说都是批评界关注的热点，其中受到关注最多的是《警察与赞美诗》、《马丁·伊登》和《嘉莉妹妹》。这一时期不仅有涉及白人自然主义小说的概论性研究，而且有许多具体小说家及小说的细读性研究，主要关注点有：德莱塞《美国的悲剧》的艺术构思特色、"欲望三部曲"结尾的得与失、《黑鬼杰夫》中的自然主义倾向，德莱塞的长篇小说、德莱塞小说创作的自然主义倾向，伦敦的书信及自杀、伦敦的短篇小说、《马丁·伊登》中的马丁·伊登形象，欧·亨利《警察与赞美诗》的构思艺术、结构与语言、《最后的藤叶》的结构、欧·亨利的短篇小说、欧·亨利的生活与创作、欧·亨利小说的特色、欧·亨利《麦琪的礼物》与毛姆《全懂先生》的艺术相似性，克莱恩的艺术观以及克莱恩作品中的自然主义。这一时期研究的明显特点是，研究受社会政治意识形态影响日益减少，研究中的意识形态话语明显减少。

20 世纪 90 年代，中国批评界对美国白人自然主义小说的研究范围进一步扩大，受到批评界关注的小说家及小说有：欧·亨利及其《二十年后》、《公主与美洲狮》、《最后的藤叶》、《耗费钱财的情人》、《麦琪的礼物》、《警察与赞美诗》、《命运之路》、《我们选择的道路》和短篇小说集《四百万》，德莱塞及其《嘉莉妹妹》、《美国的悲剧》、《请君入瓮》和《珍妮姑娘》，伦敦及其《马丁·伊登》和《野性的呼唤》，克莱恩及其《红色英勇勋章》、短篇小说《蓝色旅店》和《老兵》，诺里斯及其《麦克提格》以及辛克莱及其《屠场》，其中颇受批评界关注的是欧·亨利的《警察与赞美诗》、德莱塞的《嘉莉妹妹》与《美国的悲剧》、克莱恩的《红色英勇勋章》以及欧文·威斯特。这一时期，中国美国白人自然主义小说研究不仅涉及 19 世纪末 20 世纪初的美国早期自然主义文学和美国自然主义文学等较为笼统的话题，而且涉及具体小说家的具体作品，主要关注点有：德莱塞《美国的悲剧》与司汤达《红与黑》之异同、德莱塞《嘉莉妹妹》与哈代《德伯家的苔丝》之异同、德莱塞《嘉莉妹妹》中的机械论哲学观、德莱塞和《珍妮姑娘》的面世、新版《珍妮姑娘》与德莱塞的初衷、德莱塞笔下的美国梦与美国悲剧、德莱塞笔下的青年形象、德莱塞的道德观、德莱塞短篇小说的创作艺术、德莱塞及其小说创作、德莱塞小说的现代主题、德莱塞小说中的自然主义细节描写、德莱塞小说中的生活、人物和命运，克莱恩《红色英勇勋章》中颜色的使用、《蓝色旅店》中的自然主义因素、克莱恩的现代主义倾向、克莱恩的小说创作，诺里斯和他的自然主义小说、诺里斯自然主义文学观的形成，欧·亨利《警察与赞美诗》的结尾艺术、幽默手法和主题表现艺术、《麦琪的礼物》的语言特色、《公主与美洲狮》的"抽底式结构"、《我们选择的道路》的"葫芦形结构"、欧·亨利的文体风格、欧·亨利短篇小说的艺术手法、欧·亨利的现实主义、欧·亨利小说的价值观、欧·亨利的性格及其前 30 年、欧·亨利与星新一，伦敦《马丁·伊登》与菲茨杰拉德《了不起的盖茨比》之异同、伦敦《野性的呼唤》与戈尔丁《蝇王》之异同、《马丁·伊登》中马丁·伊登的美国梦、《北方故事》的艺术特色、伦敦的短篇小说艺术以及伦敦北方小说的创作意图。与 80 年代一样，90 年代研究中的意识形态话语也明显减少。

（四）美国白人现代小说研究中的意识形态话语淡出

1979 年开始，中国批评界对美国白人现代小说的研究呈现出蓬勃发展的态势，研究中的意识形态话语日益淡出。1979 年，山东大学现代美国文学研究室编辑出版的《现代美国文学研究》（第 2 期）发表了李文俊的《对评价西方现代文学的几点看法》和黄嘉德的《要正确评价西方现代文学》2 篇论文，其中涉及美国白人现代小说。同年，国内还有部分期刊也发表了一些美国白人现代小说研究或涉及美国白人现代小说研究的论文。总体上讲，1979 年，中国对美国白人现代小说关注不多，除了海明威及其《老人与海》和米切尔及其《飘》等为数不多的美国白人现代小说家及小说，很少有其他美国白人现代小说家及小说受到中国批评界关注。

1980—1981 年，上海文艺出版社出版了《外国文学作品提要》（四册），其中评介了 16 位美国白人现代小说家的小说：刘易斯的《巴比特》和《大街》，安德森的《俄亥俄州的温斯堡》（即《小城畸人》），斯坦贝克的《愤怒的葡萄》、《人鼠之间》和短篇小说《珍珠》，沃伦的《国王的人马》，华顿的《欢乐之家》和《伊坦·弗洛姆》，海明威的《老人与海》和《丧钟为谁而鸣?》，萨洛扬的《人间喜剧》和《躺在黑暗中》，波特的《傻瓜船》（即《愚人船》），马尔兹的《十字奖章与箭火》，沃尔夫的《天使，望家乡》，格拉斯哥的《铁脉》，刘易斯的《王子小梦》，菲茨杰拉德的《伟人盖茨比》（即《了不起的盖茨比》），福克纳的《押沙龙，押沙龙!》，考德威尔的《烟草路》，琼斯的（《永恒之路》）（即《从这里到永恒》）和那珊的《珍妮的肖像》。1980 年 6 月，中国青年出版社出版了王佐良编选的《美国短篇小说选》，收录凯瑟的《汤姆奥特兰的故事》、拉德纳的《理发》、安德森的《我想要知道为什么》、波特的《中午酒》、海明威的《弗朗西斯麦康勃短促的快乐生活》、马尔兹的《兽国黄昏》、韦尔蒂的《一条新闻》、福克纳的《熊》和沃伦的《春寒》等著名美国白人现代小说家短篇小说译文，译文前译者读后感介绍了所译作者及作品，"编者序"还比较详细地介绍了美国短篇小说的情况。除了这两部著作，20 世纪 80 年代，国内还有不少期刊发表了美国白人现代小说研究或涉及美国白人现代小说研究的论文，关注小说主要有：福克纳的《八月之光》、《献给艾米丽的玫瑰》、《沙多里斯》、《喧哗与骚动》、《熊》、《圣殿》和《我弥留之际》，海明威的《老人与海》、《乞力马扎罗的雪》、遗作《伊甸园》、《永别了，武器》、《丧钟为谁而鸣?》、《尼克·亚当斯的故事》和《在异乡》，菲茨杰拉德的《了不起的盖茨比》，米切尔的《飘》，斯坦贝克的《愤怒的葡萄》和《人鼠之间》，凯瑟的《冤家》和《一个迷途的女人》，安德森的《林中之死》，帕索斯的《美国》，麦卡勒斯的《伤心咖啡馆之歌》，韦尔蒂的《一个作家的起点》，赛珍珠的《大地》与《大地的女儿》和刘易斯的《大街》，其中最受关注的是福克纳的《喧哗与骚动》和《献给艾米丽的玫瑰》、海明威的《老人与海》和菲茨杰拉德的《了不起的盖茨比》。此外，这一时期，国内还召开了海明威国际学术研讨会、海明威学术讨论会和江苏作家和美国学者海明威小说座谈会，举办了纪念菲茨杰拉德逝世 50 周年和海明威百年诞辰纪念等学术活动，不少美国白人现代小说研究成果出现于这些学术研讨会和活动。整体上看，20 世纪 80 年代，中国批评界对美国白人现代小说的研究受社会政治意识形态影响明显减少，研究中的意识形态话语也明显减少，除了一些比较笼统的话题（如"二十世纪美国小说"、"美国短篇小说"、"美国现代短篇小说"、"美国现代主义"、"美国小说的象征传统"、"美国小说的发展"和"二战前后美国少年小说"等），研究比较关注具体小说家及小说，主要关注点有：海明威《老人与海》的描写艺术、《乞力马扎罗的雪》与《布礼》的异同、《永别了，武器》的主题思想、意识流文学与海明威的《乞力马扎罗的雪》、海明威的"硬汉性格"与其作品中的人物形象、海明威的"准则英雄"、海明威的小说艺术、海明威的短篇小说艺术、海明威的美学思想及创作实践、海明威的小说语言风格及其艺术张力、海明威与象征主义、海明威与詹姆斯短篇小说的语言特色，海明威小说的主人公、海明威小说的人物，福克纳《我弥留之际》的思维与语言、《喧哗与骚动》中的"阴影"象征性、时间与历史、《喧哗与骚动》的时空艺术、《献给艾米丽的玫瑰》的主题与风格、《熊》的语言风格与主题及其美学意义、《八月之光》的主题与人物、《沙多里斯》中的语言与文化标志、福克纳的创作视角、福克纳第二创作期小说中的南方种族意识、福克纳小说的深层意蕴、福克纳与通俗文化以及福克纳关于白人种族主义的观点，菲茨杰拉德《了不起的盖茨比》的艺术形式与技巧、象征主义及其表现特点、菲茨杰拉德的小说技巧、菲茨杰拉德的小说创作、菲兹杰拉德生前未发表的短篇小说，凯瑟《一个迷途的女人》的表现手法、凯瑟的印第安之恋，斯坦贝克《愤怒的葡萄》的结构与语言以及斯坦贝克语言的特点，等等。

20 世纪 90 年代，中国批评界对美国白人现代小说家及小说的关注进一步增多，研究中的意识形态话语进一步减少。这一时期，中国批评界不仅发表了大量美国白人现代小说研究论文，还出版了 1 部福克纳研究专著——《大家族的没落——福克纳和巴金家庭小说比较研究》，召开了北京国际福克纳研讨会，举办了"赛珍珠与中国——纪念赛珍珠诞辰一百周年"和"多斯·帕索斯诞生一百周年"等学术活动，很多美国白人现代小说家及小说受到中国批评界关注，主要有：海明威的《老人与海》、《给她买了一只金丝鸟》、《永别了，武器》、《乞力马扎罗的雪》、《在异乡》、《丧钟为谁而鸣?》、《杀人者》、《一天的等待》和《岛之恋》，赛珍珠的《母亲》、《大地》三部曲、《我的中国世界》、《东风·西风》和短篇《圣诞早晨》，菲茨杰拉德的《了不起的盖茨比》和《夜色温柔》，福克纳的《献给艾米丽的玫瑰》、《喧嚣与骚动》、《熊》、《押沙龙，押沙龙!》、《我弥留之际》、《圣殿》、《去吧，摩西》、《夕阳》、《干燥的九月》、《莱巴嫩的玫瑰花》和《老人》，斯坦贝克的《愤怒的葡萄》和《人鼠之间》，凯瑟的《一个迷途的女人》、《我的安东妮娅》、《教授的房子》和《啊，拓荒者!》，华顿的《欢乐之家》和《伊坦·弗洛姆》，米切尔的《飘》，波特的《愚人船》、《偷窃》和《坟》，韦尔蒂的《被遗弃的韦瑟罗尔奶奶》和《庞德之心》，安德森的《母亲》、《小镇畸人》、《鸡蛋》和《林中之死》，奥康纳的《善良的乡下人》，麦卡勒斯的《伤心咖啡馆之歌》以及帕索斯的《美国》三部曲，其中最受关注的是菲茨杰拉德的《了不起的盖茨比》，福克纳的《喧哗与骚动》，海明威的《老人与海》，斯坦贝克的《愤怒的葡萄》，米切尔的《飘》和凯瑟的《我的安东妮娅》。从关注话题来看，研究既涉及一些比较笼统的话题，如"迷惘的一代"作家、"迷惘的一代"作家的思想取向与审美追求，美国短篇小说、美国南方短篇小说、美国南方文学、美国南方文学的流变、美国南方文学传统、美国南方文学中的"怪诞"现象，美国无产阶级文学、美国现代小说、美国现代小说中的爱情观，美国现代哥特式小说的主题思想，美国战争文学、美国战争小说中的道德选择，20 世纪 30 年代的美国小说、第一次世界大战后的美国作家和英美现代主义等，也涉及具体小说家及其小说，如菲茨杰拉德、福克纳、海明威、斯坦贝克、安德森、凯瑟、华顿、赛珍珠、韦尔蒂、波特和米切尔，主要关注有：

菲茨杰拉德研究。菲茨杰拉德研究主要关注：《了不起的盖茨比》

的叙事方式、创作手法、人物性格及艺术特色、时代特征、文化神话模式、象征手法及其意义、象征性艺术描写，《了不起的盖茨比》中的"距离控制"，美国东西部差异，汽车隐喻、意象，人物性格两重性，盖茨比悲剧原因，《了不起的盖茨比》与《呼啸山庄》之异同，《夜色温柔》中的深度模式与自我放逐主题，菲茨杰拉德的荒诞艺术、菲茨杰拉德描写金钱财富的原因、菲茨杰拉德小说中的无限可能性现象及其根源、菲茨杰拉德小说作者与主人公的隐蔽距离、菲茨杰拉德与他的"美国梦"、菲茨杰拉德的悲剧人生观及其代表作以及菲茨杰拉德笔下的再生神话。

福克纳研究。福克纳研究主要关注：《献给艾米丽的玫瑰》中的并置对照技巧，《去吧，摩西》的主题，《熊》的创作主题与风格、双重神话原型及主题、象征意义，《喧哗与骚动》的创作史、《喧哗与骚动》的结构与结构艺术、叙事艺术、时间观与历史意识、《喧哗与骚动》中的意识流主题、南方世界的语言、文化与历史，《献给艾米丽的玫瑰》的叙事时间特征，《我弥留之际》中艾迪的内心独白、艾迪的人物形象，《押沙龙，押沙龙!》的人生哲学、结构及其反讽意义，福克纳笔下女性的悲剧命运、福克纳笔下的妇女形象、福克纳小说对经典印第安形象的突破、福克纳小说对西方文学主流的继承与发展、福克纳小说与戏剧的互文性、福克纳小说创作与基督教文化的关联、福克纳小说的神秘侦探情结、福克纳小说中的南方文化情结、福克纳笔下的妇女形象、福克纳的父与子模式、福克纳的南方人物与言语模式、福克纳及其短篇小说中的异化人物、福克纳的小说创作、福克纳小说的叙事手法、福克纳小说的思想、福克纳小说中的悲剧因素、福克纳小说中的基督教原型、福克纳的遗作、福克纳与美国南方文学传统、福克纳在中国、福克纳中短篇小说的结构艺术、福克纳的创作特色、福克纳的乡恋情结，福克纳与沈从文之异同、福克纳与巴金的家庭小说之异同、福克纳与莫言之异同、福克纳与白先勇小说之异同以及福克纳与哈代创作视角之异同。

海明威研究。海明威研究主要关注：《老人与海》的创作史、美学意义、哲学意味、人物塑造艺术手法、景物描写及其意义与特色、《老人与海》中大马林鱼形象的象征意义、阿 Q 主义与桑提亚哥精神、《老人与海》与《老人和树》的主人公之异同，《乞力马扎罗的雪》的意识流手法，《永别了，武器》中的人物会话风格、反讽与象征叙事特色，《在异乡》的文体特征与象征意味，《岛之恋》的创作构思，海明威的人生经历与其主要作品的创作特色、海明威笔下的人物形象、海明威的创作及其创作思想分期问题、海明威的"冰山"创作原则、海明威的文体风格、海明威 30 年代作品的特色、海明威式主人公的天路历程、海明威的文化心理结构、海明威现象对中国新时期文学的启示、海明威小说创作的艺术特色、海明威小说的悲剧意识、海明威小说的创作手法与语言风格、海明威小说的艺术风格以及海明威小说的语言特色。

　　其他小说家研究。除了对菲茨杰拉德、福克纳和海明威及其重要小说的研究，中国批评界还比较关注：斯坦贝克《愤怒的葡萄》的复调性与思想内涵、《人鼠之间》的主题与艺术成就、斯坦贝克"蒙特雷小说"中的人生哲学、斯坦贝克文学创作中的道德主题、逃避现实主题和履行义务主题、斯坦贝克的"剧本小说"、斯坦贝克其人其作，安德森《林中之死》的叙述手法与象征艺术、《母亲》中的畸人形象、现代意识、思想内涵与艺术特色、安德森短篇小说中的神秘与美，凯瑟《我的安东妮娅》的文体审美特征、《一个迷途的女人》中的双重视角、《啊，拓荒者！》中的女权主义倾向、《啊，拓荒者！》与《我的安东妮娅》中的女性形象、凯瑟及其小说中的印第安主题、凯瑟的人物性格对照艺术、凯瑟的写作技巧与风格、凯瑟和她的"无家具小说"，奥康纳短篇小说的特色、奥康纳和她笔下的妇女群、奥康纳小说文本中的不同声音、奥康纳作品的宗教思想、奥康纳的种族立场、奥康纳及其作品，赛珍珠《大地》中的主要人物形象、《我的中国世界》的多重价值、《大地》三部曲对中国文学走向世界的启示、赛珍珠笔下的中国妇女群像、赛珍珠的文学世界、赛珍珠的文艺观、赛珍珠的中国心、赛珍珠其人其作、赛珍珠的生平事迹、赛珍珠与美国文学传统、赛珍珠与中国小说、赛珍珠在中国的命运，华顿《伊坦·弗洛姆》的描写特色、华顿的羞愧意识、华顿及其小说，韦尔蒂小说的哥特式艺术、韦尔蒂的小说艺术、韦尔蒂的短篇小说，韦尔蒂的文体风格，波特《被遗弃的韦瑟罗尔奶奶》的叙事结构与叙述技巧、波特中短篇小说的创作艺术、波特笔下的女人们，麦卡勒斯《伤心咖啡馆之歌》的叙事艺术与复义主题，帕索斯《美国》三部曲的创作特色，斯泰因的创作意识、技巧与历程，米切尔《飘》的价值与特色、《飘》的社会轰动效应、艺术魅力、研究历史与现状。

（五）当代美国白人小说研究中的意识形态话语淡出

随着"改革开放"，中国的外国文学研究日渐摆脱了社会政治意识形态影响，中国批评界对当代美国白人小说的研究日渐增多，研究中的意识形态话语日渐淡出。1979 年，山东大学现代美国文学研究室编辑出版了 2 期《现代美国文学研究》：第 1 期发表了 5 篇当代美国白人小说及相关研究论文，评介和评论了冯尼格特的《猫的摇篮》与《冠军早餐》和海勒的黑色幽默小说《第二十二条军规》，第 2 期发表了 1 篇当代美国白人小说研究论文，评论了海勒的黑色幽默小说《像戈尔德那样好》。此外，国内还有部分期刊也发表了一些当代美国白人小说研究或涉及当代美国白人小说研究的文章。1980 年，山东大学现代美国文学研究所编辑出版的《现代美国文学研究》（1980 第 1 期）发表了 1 篇厄普代克《超级食品市场》主题思想研究论文。1980—1981 年，上海文艺出版社出版了《外国文学作品提要》（四册），其中评介了 10 位当代美国白人小说家的小说：海勒的《第二十二条军规》、肯·凯西的《飞跃杜鹃巢》、梅勒的《裸者与死者》、塞林格的《麦田里的守望者》、厄普代克的《兔子归窝》（即《兔子归来》）和《兔子跑了》、邦诺斯基（Phillip Bonosky）的《燃烧的山谷》、冯尼格特的《胜利者早餐》（即《冠军早餐》）、欧茨的《他们》、卡波特的《凶杀》（即《冷血》）和克鲁亚克的《在路上》。1980 年 6 月，中国青年出版社出版了王佐良编选的《美国短篇小说选》，其中收录塞林格的《给艾斯美写的一封信——既有故事又有凄凉》、契弗的《贾丝蒂娜之死》、厄普代克的《家》、欧茨的《天路历程》和布雷德伯里的《霹雳轰鸣》等当代美国白人短篇小说，每篇前均有译者对所译作者及作品的介绍。1981 年，山东大学美国文学研究所编辑出版了 2 期《现代美国文学研究》：第 1期"评论"栏目发表了 3 篇当代美国白人小说研究论文（黄嘉德的

《十年沧桑——评约翰·厄普代克的小说〈莱比特回来了〉》、王文彬的
《再谈黑色幽默和〈第二十二条军规〉》和刘传建的《怎样看待黑色幽
默文学——与王文彬同志商榷》），第 2 期"评论"栏目发表了 1 篇涉
及当代美国白人小说研究论文（陆凡的《漫谈当代美国文学中的幽
默》）。1983 年，山东大学美国文学研究所编辑出版了 2 期《现代美国
文学研究》：第 1 期"评论"栏目发表了 1 篇当代美国白人小说研究论
文（王文彬的《当代美国社会的现实主义写照——简论欧文·肖的
〈乞丐，窃贼〉》），第 2 期"评论"栏目发表了 4 篇当代美国白人小说
研究或相关论文（伊哈布·哈桑的《战后美国小说》〈刘学云、孙晓荣
译〉、武国强的《神话寓言象征——当代美国文学讽喻艺术初探》、马
尔科姆·考利的《约翰·契弗——小说家戏剧般的一生》〈程锡麟译〉
和《当代的文学风格——荒诞——从埃利森到品钦》〈孙超英译、王文
彬校〉）。除了这些期刊论文和专著，80 年代，国内还有许多期刊也发
表了当代美国白人小说家及其作品研究论文，受到批评界关注的当代美
国白人小说家及作品主要有：契弗及其《再见，我的弟弟》、《住在郊
区的丈夫》、《第四次警报》和《五点四十八分班车》，欧茨及其《在冰
山里》、《奇境》、《冬至》和《罗莎蒙特·密斯》，冯尼格特及其《囚
徒》、《神枪手迪克》和《猫的摇篮》，厄普代克及其《罗杰的说法》，
海勒及其《第二十二条军规》，埃里奇·西格尔及其《爱情故事》，塞
林格及其《麦田里的守望者》，多克托罗及其《潜鸟湖》，纳博科夫及
其《洛丽塔》，肯·凯西及其《飞越杜鹃巢》，梅勒及其《一场美国梦》
和《古代的夜晚》，欧文·斯通及其《起源》，彼得·泰勒及其《孟菲
斯的召唤》，卡波特及其《冷血》，普拉斯及其《钟形罩》，欧文·肖及
其《可以理解的失败》，威廉·肯尼迪及其《斑鸠菊》，小巴克利及其
《马可·波罗，如果你能》，雪莉·杰克逊及其《抽彩》，詹姆斯·瑟伯
及其《华尔特·密蒂的秘密生活》，劳里·麦克贝恩及其《荒岛剑鸣》，
欧文·华莱士及其《无所不能》，詹姆斯·米切纳及其《太空风云》以
及安妮·泰勒、阿瑟·黑利（又译亚瑟·赫利）、保罗·琼斯、布赖
恩·穆尔、达夫妮·杜穆里埃、菲利普·迪克、弗雷德里克·福斯特、
凯·博伊尔、克莱默、拉里·海涅曼、莱特·摩里斯、马克·温加纳、

西德尼·谢尔顿、约翰·霍克斯和朱迪斯·格斯特等，其中受到关注最多的是契弗、欧茨、冯尼格特、厄普代克、海勒、塞林格、西格尔、多克托罗、纳博科夫和梅勒。总体上讲，这一时期，虽然进入中国批评界的当代美国白人小说家及作品大大超过前一时期，不少先前被拒之批评门外的小说家和小说日益受到批评界重视，但居于经典之列的小说家及小说构成了研究主流，经典解读是这一时期当代美国白人小说研究的主导走向。从关注点来看，这一时期，研究主要关注：当代美国小说发展的新趋势、当代美国小说中的南方传统、当代美国小说的象征传统、美国80年代小说的创作倾向、当代美国小说的思想性与艺术性、当代美国小说中的异化问题、当代美国小说开场白的语言特点、当代美国小说的创作技巧、当代英美小说的异同以及"二战"后美国小说中的现实主义与自然主义等，这些关注点涉及当代美国小说类别较多，包括黑色幽默小说、科幻小说、侦探小说、探索性小说、自传小说、微型小说、犯罪小说、惊险小说、自觉小说、通俗小说和非虚构小说等，研究中的意识形态话语较少。

20世纪90年代，中国批评界对当代美国白人小说的研究进一步增多，许多非经典小说家及小说受到批评界关注，研究的主流与边缘之间的界限开始模糊，研究对象多元化倾向比较明显，除了上文已经提到的小说家及小说，先前未进入中国批评界的小说家和小说以及许多刚出现的新作也受到批评界关注，研究中的意识形态话语进一步减少。这一时期，中国批评界关注较多的当代美国白人小说家及作品有：海勒及其《第二十二条军规》、《出事了》和《此时彼时》，塞林格及其《麦田里的守望者》，厄普代克及其《对福特执政时期的回忆》、《来生》、《后半辈子与其他短篇》、《兔子，跑吧》和A&P，欧茨及其《内罗比》、《黑水》、《自我封闭》、《奇境》、《如愿以偿》、《花痴》和《袒露心怀》，梅勒及其《裸者与死者》、《奥斯瓦尔德的故事：美国疑案》和《儿子的福音》，雪莉·杰克逊及其《抽彩》，契弗及其《巨型收音机》，谢尔顿及其《世无定事》，冯尼格特及其《五号屠场》，卡佛及其《你在圣·弗兰西斯科做什么?》和《茫茫大海》，安妮·泰勒及其《圣人之举》和《岁月之梯》，卡波特及其《蒂凡尼的早餐》，安·贝蒂及其短篇小说《像玻璃》和短篇小说集《燃烧的房子》，德里罗及其《白噪声》，医学悬念小说家罗宾·科克及其《昏迷》和《居心叵测》，纳博科夫及其《洛丽塔》和《天赋》，品钦及其《拍卖第四十九批》，斯泰伦及其《索菲的选择》，巴斯及其《漂浮的歌剧》、《路的尽头》和《萨巴斯的戏剧》，普拉斯及其《钟形罩》，霍克斯及其《第二层皮》，克鲁亚克及其《在路上》，肯·凯西及其《飞越杜鹃巢》，罗伯特·斯通及其《亡命之徒》，玛丽·戈登及其《余生》和《开销》，理查德·斯洛特金及其《强夺复生》和《枪手民族》，P. T. 多伊特曼及其《官方特权》，埃伦娜·卡斯特多及其《天堂》，芭芭拉·金索沃及其《动物梦》，保罗·泰鲁及其《领事的档案》，布伦达·韦伯斯特及其《母亲之罪》，丹尼尔·斯蒂文及其《最后的补偿》，蒂姆·奥布赖恩及其《追寻卡奇亚托》，华莱士·斯泰格勒及其《旁观的鸟》，简·斯迈利及其《哞》，迈克尔·克莱顿及其《失落的世界》，保尔·塞罗克斯及其《芝加哥闹市区》，斯蒂芬·W. 弗雷及其《竞选基金》，尤金·卢瑟·戈尔·维多尔及其《史密森学会》，沃克·珀西及其《影迷》，小麦考特及其《一个游泳的修道士》，约翰·凯西及其《半世的幸福》以及巴塞尔姆、库弗、亨利·米勒、威廉·肯尼迪、斯蒂芬·金、欧文·斯通、彼得·泰勒、约翰·格里森姆、R. A. 拉佛迪、艾莉森·卢里、艾丽丝·亚当斯、安妮·普鲁、彼得·哈米尔、冯·斯特劳亨、布莱恩·弗里曼、歌鲁巴、哈罗德·鲁宾斯、科马克·麦卡锡、肯尼斯·罗伯茨、阿兰·莱特曼、理查德·福特、罗尔德·达尔、马里奥·贝内德蒂、玛丽·麦卡锡、玛西亚·缪勒、约翰·C. 麦克斯韦尔、梅维斯·加兰特、欧文·华莱士、乔治·丹尼生、约翰·艾汶、约翰·布鲁纳、约翰·赫赛、詹姆斯·米切纳和詹姆斯·索尔特等。这一时期，研究涉及当代美国白人小说类别更多，包括女性小说、黑色幽默小说、后现代主义小说、短篇小说、科幻小说、少年小说、战争小说、非虚构小说、哥特小说、新现实主义小说、社会风俗小说、社会问题小说、通俗小说、微型小说、自叙体小说、新移民小说和滑稽模仿小说等，研究主要关注：当代美国小说、当代美国女性小说、美国 60 年代以来的女性小说、美国女作家与性爱小说、当代美国南方女作家小说、当代美国小说结尾的开放性、当代美国小说的戏剧效应、"二战"后的美国小说、当代美国小说的写实现象、当代美国小说的新现实主义倾向、当代美国新写实小说、当代美国纪实小说、当代美国小说的口头语言特点、当代美国小说的发展趋势、当代美国南方小说、当代美国南方小说中的"怪诞"现象、当代美国西部小说、当代美国小说中的"行旅"主题模式、当代美国小说中的商人形象、当代美国严肃小说、当代美国小说的荒诞意识与表现形态、黑色幽默小说中的回归意识、黑色幽默小说的美学技巧、黑色幽默小说的社会文化背景和哲学蕴含、黑色幽默小说的艺术特色、美国后现代主义小说及其艺术特征、美国后现代反小说、滑稽模仿小说、元小说、美国当代科幻小说、60 年代以来的美国科幻小说、"二战"后美国少年小说、当代美国少年小说的基本特征、70 年代初的美国少年小说、美国"二战"小说发展阶段及其特征、战后美国非虚构小说、战后美国小说的当代性与新现实主义、美国当代写实小说的产生背景、美国流行小说的动向、美国当代哥特式小说的主题思想、美国当代社会风俗小说、美国当代社会问题小说、美国当代通俗小说、美国当代微型小说、美国当代自叙体小说、美国当代新移民小说、"垮掉的一代"小说、90 年代的美国小说、90 年代的美国南方小说、90 年代美国新秀小说家、1991 年美国畅销小说及其作者、战后美国短篇小说、当代美国短篇小说、当代美国南方短篇小说以及美国短篇小说理论近况。

与 80 年代相比，20 世纪 90 年代，中国的当代美国白人小说研究比较重视经典重读，研究者对海勒的《第二十二条军规》、塞林格的《麦田里的守望者》、厄普代克的"兔子四部曲"、冯尼格特的《五号屠场》等经典小说从不同角度进行了重读，比较详细深入地探讨了《第二十二条军规》的结构、主题、艺术与文体，《麦田里的守望者》的象征艺术、语言特色、色彩运用、思想艺术、版本、反正统文化语言以及塞林格笔下的神经症人物，《兔子，跑吧》的主题与意象以及"兔子"形象与小说结构，《五号屠场》的思想与艺术。此外，研究者还通过重读探讨了欧茨其人及其小说创作中的女性视野、契弗的长篇小说创作和短篇小说的叙事艺术及其小说中人物的精神特征、厄普代克的创作思想及其"兔子四部曲"、"红字"三部曲、"兔子"系列作品政治小说的倾向及其获奖小说、冯尼格特小说的荒诞性、杰克逊的创作思想及创作艺术、《抽彩》的创作艺术、谢尔顿的通俗小说及其魅力、汤姆·沃尔夫的批判现实主义、沃尔夫的"迷惘"四部曲及其 1965—1998 年的作品、德里罗《白噪声》和美国后现代主义文学的关系、凯西《飞越杜鹃巢》的基督教背景、品钦《拍卖第四十九批》的风格、巴塞尔姆的语言特色、弗里曼短篇小说的主题、歌鲁巴的青少年文学创作、霍克斯《第二层皮》的后现代主义创作技巧、纳博科夫的长篇小说、色情小说大师罗宾斯的生涯、巴斯及其作品、彼得·泰勒及其《在田纳西乡间》、安妮·泰勒及其新作、阿瑟·黑利的创作、亨利·米勒与乔治·奥威尔的异同、科马克·麦卡锡及其三部曲、库弗及其新作、梅勒及其五十年作品集、斯蒂芬·金与斯蒂芬·金现象、斯泰伦及其新作、约翰·赫赛及其遗作以及玛丽·麦卡锡其人其事。

（六）美国黑人小说研究中的意识形态话语淡出

与美国白人小说研究相比，中国的美国黑人小说研究始终带有意识形态影响的烙印，但从 1979 年开始，中国的美国黑人小说研究中的意识形态话语明显减少。1979 年，中国批评界对美国黑人小说关注很少，除了亚历克斯·哈利的《根》、基伦斯短篇小说《上帝保佑美国》和鲍德温短篇小说《今天早晨，今天晚上，真快》，没有美国黑人小说受到中国批评界关注。80 年代开始，中国批评界对美国黑人小说的关注逐渐增多。1980—1981 年，上海文艺出版社出版了《外国文学作品提要》（四册），其中评介了埃里森的《看不见的人》、鲍德温的《另一个国家》、赖特的《土生土长的孩子》（即《土生子》）和基伦斯的《扬布拉德一家》四部美国黑人小说；1980 年 6 月，中国青年出版社出版了王佐良编选的《美国短篇小说选》，其中收录休斯的《教授》和鲍德温的《桑尼的布鲁士》两篇美国黑人短篇小说，每篇前均有译者读后感，介绍了所译作者及作品。80 年代，国内还有部分期刊也发表了一些美国黑人小说研究论文。总体上看，20 世纪 80 年代，中国的美国黑人小说研究比较萧条，除了一些概括性评介，很少有研究者关注具体小说家的具体作品。20 世纪 80 年代前期，除了埃里森及其《看不见的人》和沃克，很少有美国黑人小说家及其作品受到中国批评界关注；80 年代后期，沃克及其《紫色》、莫里森及其《最蓝的眼睛》、赖特及其《女仆》以及赫斯顿和安·佩特里等美国黑人小说家纷纷进入中国批评界，受到较多关注。

20世纪90年代，中国的美国黑人小说研究呈现出繁荣发展的态势。这一时期，沃克及其《紫色》和《梅丽迪安》，埃里森及其《看不见的人》，赖特及其《土生子》，莫里森及其《爵士乐》、《宠儿》、《秀拉》、《最蓝的眼睛》、《所罗门之歌》和《乐园》，奈勒及其《林登山》，休斯及其短篇小说《初秋》以及赫斯顿、盖尔·琼斯、安吉罗和马歇尔等美国黑人小说家都受到批评界高度关注，特别是埃里森的《看不见的人》，沃克的《紫色》，莫里森的《宠儿》、《秀拉》、《所罗门之歌》和《最蓝的眼睛》。总体来看，这一时期，中国批评界对美国黑人小说研究中的总论性评介仍然很多，但对具体作家及其作品的细读性研究明显增多，研究中的意识形态话语明显减少。概括性评介中，纯研究美国黑人小说的较少，研究者对美国黑人小说的关注仍然是他们对美国黑人文学和美国文学关注的一部分，因此，除个别研究文章，大多数涉及美国黑人小说的研究文章并没有冠以"美国黑人小说"的名称。具体小说家及其作品细读性研究中，研究者主要关注：沃克《梅丽迪安》的艺术特色、埃里森《看不见的人》的象征手法、埃里森作品的思想艺术、埃里森小说的文化意义、埃里森未完成第二部小说的缘由，赖特的创作道路、赖特和埃里森小说的象征，莫里森《最蓝的眼睛》的结构艺术、莫里森的四部长篇小说、莫里森的小说创作、莫里森对重建美国黑奴文学的贡献，奈勒及其黑人女性四部曲，赫斯顿的生平与创作，安吉罗与她的自传体小说，美国黑人男作家对黑人女作家作品的评论和当代美国黑人文学作品选《打破坚冰》。

（七）美国犹太小说研究中的意识形态话语淡出

与美国黑人小说研究相似，中国的美国犹太小说研究中始终存在意识形态话语，但从1979年开始，研究中的意识形态话语日渐减少。1979年，中国批评界发表了不少美国犹太小说研究论文。山东大学美国文学研究室编辑出版的《现代美国文学研究》第1期发表了黄嘉德的《马拉默德的新小说〈杜宾的传记〉》和欧阳基的《艾萨克·巴什维斯·辛格的短篇小说》两篇美国犹太小说研究论文，第 2 期发表了陆凡的《菲利普·罗斯新著〈鬼作家〉评介》和欧阳基的《马拉默德的短篇小说中的人物剖析》两篇美国犹太小说研究论文。同年 4 月，上海译文出版社出版的辛格和麦卡勒斯合编的《当代美国短篇小说集》中译本收录辛格的《市场街的斯宾诺莎》、马拉默德的《魔桶》、贝娄的《寻找格林先生》和罗斯的《信仰的维护者》四篇美国犹太小说，每篇前均有译者对所译作者与作品的介绍。除此，国内还有部分期刊也发表了一些论及辛格短篇小说《重逢》、沃克《战争风云》和《战争与回忆》、马拉默德《店员》以及贝娄和辛格的研究论文。

　　20 世纪 80 年代，中国的美国犹太小说研究范围明显扩大，研究关注点明显增多，研究中的意识形态话语明显减少。1980 年，山东大学美国文学研究所编辑出版的《现代美国文学研究》（1980 年第 1 期）发表了陆凡的《索尔·贝娄小说中的妇女形象》、欧阳基的《罗斯小说集〈再见吧，哥伦布〉中的现代美国犹太人》和王誉公的《赫索与汉德森》三篇美国犹太小说研究论文。1980—1981 年，上海文艺出版社出版的《外国文学作品提要》（四册）评介了贝娄的《赫索》（即《赫索格》）和《洪堡的礼物》、马拉默德的《伙计》、辛格的《鲁柏林的魔术师》（即《卢布林的魔术师》）、戈尔德的《没有钱的犹太人》和沃克的《战争风云》等美国犹太小说。1980 年 6 月，中国青年出版社出版的王佐良编选的《美国短篇小说选》收录马拉默德的《德国流亡者》和辛格的《皮包》等美国犹太短篇小说，译者读后感介绍了所译作者及作品。1981 年，山东大学美国文学研究所编辑出版的《现代美国文学研究》第 1 期和第 2 期分别发表了晓真的《异化和伯纳德·马拉默德的作品》和王誉公的《结构严谨、主题鲜明——谈〈勿失良机〉一书的章节结构》两篇美国犹太小说研究论文。《现代美国文学研究》1982年第 2 期和 1983 年第 1 期分别发表了王文彬的《心灵的絮语、生活的哀歌——读索尔·贝娄的〈离别黄屋〉》和欧阳基的《伯纳德·马拉默德作品中的主题和人物》两篇美国犹太小说研究论文，1983 年第 2 期还发表了原元翻译的迈克尔·耶特曼所写的贝娄小说研究论文——《不可抗拒的语言分裂——评〈院长的十二月〉》。除此，80 年代，国内还

有很多期刊也发表了美国犹太小说研究论文，涉及小说家及作品主要
有：马拉默德及其《店员》、《头七年》、《上帝的恩惠》和《自选集》，
贝娄及其《赫索格》、《雨王汉德森》、《倒霉的人及其他》、《失言者》、
《洪堡的礼物》、《再遭情变》和《奥吉·玛琪历险记》，辛格及其《原
野之王》、《迟来的爱情》、《市场街的斯宾诺莎》、《老来恋》和短篇小
说集《弥杜撒拉之死及其他故事》，罗斯及其《鬼作家》和《对立的生
活》，欧芝克及其《吃人的银河系》，沃克及其《战争与回忆》和《战
争风云》以及法斯特及其《裘·库伦的忏悔》，研究主要关注：马拉默
德和他的小说、马拉默德作品中的异化问题、马拉默德及其创作体裁、
马拉默德《店员》的文体与语言技巧、马拉默德《店员》与茅盾《林
家铺子》之异同，贝娄《赫索格》的艺术表现手法、《雨王汉德森》中
的荒诞虚构与严肃主题、《倒霉的人及其他》的主题、《洪堡的礼物》
的主题、《再遭情变》的主题与艺术技巧、《奥吉·玛琪历险记》中的
玛琪形象及其意义、贝娄的小说创作、贝娄小说中的妇女形象、贝娄与
美国当代现实主义、贝娄小说人物的两性意识、贝娄其人其作，辛格
《原野之王》和短篇集《弥杜撒拉之死及其他故事》的主题思想和艺术
技巧、《市场街的斯宾诺莎》和《老来恋》的主题和艺术技巧、辛格短
篇小说的主题与艺术技巧、辛格笔下的犹太社会、辛格的创作思想，罗
斯《鬼作家》的主题思想和艺术技巧、《对立的生活》的主题思想与艺
术技巧，欧齐克《吃人的银河系》的主题思想和艺术技巧，欧芝克其
人其作以及一些较为笼统的话题，如 1987—1988 年的美国犹太小说、
80 年代的美国犹太小说、当代美国犹太小说的发展、美国犹太小说中
的异化问题、犹太小说与犹太作家以及犹太文学中的施勒密尔形象等。

20 世纪 90 年代，中国的美国犹太小说研究范围比 80 年代更广，研
究对象更多，研究关注点进一步增多，研究中的意识形态话语进一步减
少。这一时期，受到中国批评界关注的美国犹太小说家及作品主要有：
贝娄及其《赫索格》、《奥吉·玛琪历险记》、《洪堡的礼物》、《赛姆勒
老先生的行星》、《只争朝夕》、《雨王汉德森》、《再遭情变》、《更多的
人死于心碎》、《偷窃》和《实际情况》，罗斯及其《再见吧，哥伦
布》、《欺骗》、《萨巴斯的戏剧》和《传统继承》，马拉默德及其《黑

色是我最钟爱的颜色》、《店员》、《信》和《杜宾的生活》，辛格及其
《萧莎》、《羽毛皇冠》、《证件》和《第三者》，欧芝克及其《帕特梅塞
和赞瑟普》和《大围巾》，沃克及其《战争风云》与《战争与回忆》
以及美国早期犹太小说家亨利·罗斯，研究主要有两类：一类是总论性
研究；另一类是具体小说家及小说细读研究。总论性研究主要关注：大
屠杀后意识的新移民小说、当代美国犹太小说、当代美国犹太小说中蕴
含的孤儿状态、美国的犹太女小说家、犹太文化与美国犹太小说、美国
犹太小说人物体现的犹太文化与犹太身份、美国犹太小说的"犹太性"
及其代表价值、美国犹太小说中的"父与子"母题、美国犹太小说的
主题模式、诺贝尔文学奖中的"犹太现象"及其文化机理、当代美国
犹太小说中的异化主题以及当代美国犹太小说家笔下的异化内涵等。小
说家及小说细读研究主要关注：贝娄笔下的职业女性、贝娄笔下的知识
分子形象、贝娄笔下的流浪汉形象、贝娄笔下的金钱世界、贝娄小说及
其价值、贝娄的创作技法、贝娄小说的艺术表现手法、贝娄小说的悲喜
情绪趋向、贝娄小说的现代性意蕴、贝娄小说中的两性意识、贝娄小说
中的历史主题、贝娄小说主人公的认识方式、心理模式及其形成机制、
贝娄与二项对立、贝娄与当代西方精神历程的戏剧化、贝娄小说的叙述
信息密度、存在主义对贝娄主要作品的影响、贝娄的早期小说、《赫索
格》中的书信与创作技巧、《赫索格》与浪漫主义传统、《赫索格》与
贝娄其他小说之异同、《围城》与《赫索格》之异同、《赫索格》中的
自我乌托邦思想、《赫索格》与当代人的生存困境、《赫索格》与贝娄
的小说品格、《赫索格》中的迷惘与探寻、现实主义与现代主义、《奥
吉·玛琪历险记》的神话母题、追寻主题和重返伊甸园的亚当梦、《奥
吉·玛琪历险记》与当代文学中的反英雄形象、《洪堡的礼物》的存在
主义思想与艺术手法、《洪堡的礼物》与两代美国犹太文学家的成败、
《赛姆勒先生的行星》中的人性与希望、《比拉罗赛内线》的主题与艺
术、《只争朝夕》中的人生陷阱、金钱世界与超越时空警钟、《只争朝
夕》与当今社会中的情感与理性、《雨王汉德森》与《黑暗中心》之异
同、《雨王汉德森》中汉德森和思特里克兰德的形象、《再遭情变》的
主题与艺术、《更多的人死于心碎》与当代生活、《偷窃》的新颖视角

与深邃意蕴、《实际情况》的主题与艺术；罗斯小说的主题及其文化意蕴、罗斯创作的阶段性特征、《再见吧，哥伦布》的主题与艺术、《萨巴斯的戏剧》的主题与艺术、《传统继承》的主题与艺术；马拉默德的心理分析人、马拉默德的犹太道德观、马拉默德小说中的肤色及其意义、马拉默德与当代美国犹太文学运动、《黑色是我最钟爱的颜色》的主题、《店员》的犹太性与人性、《店员》中的痛苦、爱和希望、《店员》与《林家铺子》中主人公形象的异同、《信》的主题与艺术、《杜宾的生活》中的欲望及欲望之歌；辛格小说创作主题模式的文化意蕴、辛格创作的传统取向、辛格宗教题材短篇小说中的传统与现实、辛格小说中的"民族忧煎情结"、辛格的宗教意识及其创作、《萧莎》与犹太文学、《萧莎》的文化母题与叙事风格、《羽毛皇冠》中羽毛皇冠的符号象征游戏、《证件》的主题与艺术、《第三者》的主题与艺术；欧芝克的艺术创作、《帕特梅塞和赞瑟普》中有生命的"假人"及假人形象创造的意义、《大围巾》的主题思想与艺术特色；沃克《战争风云》和《战争与回忆》中的人道主义倾向；美国早期犹太小说家亨利·罗斯的小说创作。

（八）华裔美国小说研究

中国对华裔美国小说的研究出现在"改革开放"之后，因此受社会政治意识形态影响较少，研究中的意识形态话语成分也相对较少。20世纪80年代，在译介华裔美国小说的同时，中国批评界开始关注华裔美国小说家及其作品，汤亭亭、赵浩生、於梨华、聂华苓、蒋希曾和黎锦扬等华裔小说家先后进入中国批评界。但是，这一时期，中国批评界对华裔美国小说关注范围较窄，专门研究华裔美国小说的成果较少，除了聂华苓，很少有华裔美国小说家受到中国批评界特别关注，大多数批评家只在谈及美国小说的时候才谈及华裔美国小说。

20世纪90年代，华裔美国小说家群中出现了一些新人，他们也纷纷受到中国批评界关注。这一时期，中国对华裔美国小说研究的范围明显扩大，专门研究华裔美国小说的成果明显增多，但大多数研究还是概论性的，涉及具体小说家及小说的细读性研究较少，研究中的意识形态话语也很少。许多概论性研究要么对华裔美国小说进行整体研究，要么把华裔美国小说作为美国小说或亚裔美国小说的一部分进行研究。从小说家及小说细读研究来看，谭恩美、严歌苓、聂华苓和於梨华比较受批评界关注，研究主要关注：谭恩美其人其作、谭恩美的畅销小说、谭恩美小说中旧中国妇女的命运及美籍华裔的根情结、聂华苓小说创作的社会文化心态、严歌苓的新移民小说以及於梨华及其留学生题材小说等。

（九）　美国印第安小说研究

与华裔美国小说研究相似，中国的美国印第安小说研究主要出现在"改革开放"之后，因此受社会政治意识形态影响较少，研究中的意识形态话语也较少。20 世纪 80 年代，中国批评界对美国印第安小说关注很少，大多数批评家只在谈及美国小说的发展时才顺便提及美国印第安小说，但真正论及美国印第安小说的研究文章寥寥无几，仅有的研究论文是《读书》1989 年第 4 期发表的冯亦代的《印第安族的踪迹》，该文介绍了厄德里奇的《爱药》、《痕迹》、《甜蔗女王》和即将完成的"第四部印第安的历史小说"。

20 世纪 90 年代，中国批评界对美国印第安小说的关注明显增多，研究者不仅关注一些笼统话题，如"90 年代美国印第安文学"、"当代印第安小说"、"当代美国印第安小说的背景与现状"和"90 年代美国印第安文学中主人公的演变"，而且关注具体小说家的具体作品，如莫马迪的《黎明之屋》、《名字》和《原始孩童》，韦尔奇的《血中冬季》、《吉姆洛尼之死》、《福尔斯克劳》和《印第安律师》，厄德里奇和道尔斯的《哥伦布王冠》，西尔科的《典仪》，厄德里奇的《爱药》和《痕迹》，维兹诺的《暴露的大腿》、《圣路易斯熊心灵的黑暗》、《格里夫：一个美国猴王在中国》和《自由的特里克斯特》，美国早期印第安小说家西蒙·波卡贡的《森林女王》和达西·麦克尼克尔的《被困者》与《太阳下的奔跑者》。总体上看，20 世纪 90 年代，中国批评界开始较多关注美国印第安小说，但关注程度还不是很高，概论性评介较多，具体作品研究较少，研究中的意识形态话语不多。

三　美国小说研究中非意识形态关注的凸显

"改革开放"之后，随着意识形态话语的淡出，中国美国小说研究中的非意识形态关注日益凸显，这种凸显不仅体现在美国白人小说研究中，也体现在美国少数族裔小说研究中。

（一）美国早期白人小说和浪漫主义小说研究中的非意识形态关注

从 20 世纪 80 年代开始，中国的美国早期白人小说和浪漫主义小说研究中的非意识形态关注日益凸显。1980—1981 年，上海文艺出版社出版的《外国文学作品提要》（四册）评介了梅尔维尔的《白鲸》、希尔德里斯的《白奴》、霍桑的《红字》、欧文的《见闻札记》（其中包括《瑞普》〈即《瑞普·凡·温克尔》〉和《睡谷》〈即《睡谷传奇》〉）和斯托夫人的《汤姆叔叔的小屋》，评介中的意识形态关注较少。20 世纪 80 年代国内期刊发表的涉及霍桑及其《红字》、《好小伙布朗》、《人生的行列》和《牧师的黑面纱》、梅尔维尔及其《白鲸》和《速写员巴特尔比》以及爱伦·坡、库柏和希尔德里斯等小说家的论文中，非意识形态关注多于意识形态关注。整体上看，20 世纪 80 年代，中国批评界对美国早期白人小说和浪漫主义小说的研究比较关注《红字》的人物、主题和艺术、《红字》与《男人的一半是女人》的异同、《好小伙布朗》的道德主题、霍桑的创作思想倾向、霍桑的创作特色及其小说艺术、《白鲸》的社会意义及其与《鱼王》的异同、爱伦·坡的短篇小说与短篇小说理论、爱伦·坡在美国文学史上的地位、库柏《皮袜子故事集》的主题与人物，研究中的非意识形态关注比较明显。

20 世纪 90 年代，中国批评界对美国早期白人小说和浪漫主义小说关注较多，研究中的非意识形态关注更加明显。霍桑及其《红字》、《牧师的黑面纱》和《好小伙布朗》、梅尔维尔及其《白鲸》和《速写员巴特尔比》、爱伦·坡及其《毛格街血案》（即《瑞莫格街的谋杀案》）和《人群中的人》、欧文及其《瑞普·凡·温克尔》以及库柏和布朗都受到中国批评界关注，尤其是霍桑及其《红字》、梅尔维尔及其《白鲸》和欧文及其短篇小说《瑞普·凡·温克尔》，研究者从非意识形态角度探讨了霍桑《红字》和《牧师的黑面纱》的艺术与主题、霍桑的文学观念、霍桑小说创作中的宗教精神，梅尔维尔《白鲸》的艺术与主题、《白鲸》与《了不起的盖茨比》和《李尔王》等作品的异同、《速写员巴特尔比》中的人物形象、梅尔维尔与大海以及梅尔维尔与戈尔丁的异同，爱伦·坡小说的语言魅力、短篇小说、恐怖小说以及幽默小说，欧文《瑞普·凡·温克尔》的主题以及美国早期经典小说、美国短篇小说、美国浪漫主义小说、美国十七世纪文学、美国西部文学、美国小说中的商人形象、美国早期小说和美国侦探小说等涉及美国早期白人和浪漫主义小说的笼统话题。

（二）美国白人现实主义小说研究中的非意识形态关注

"改革开放"之前，中国的美国白人现实主义小说研究带有浓厚的意识形态色彩；"改革开放"之后，这种意识形态色彩日益淡褪，研究中的非意识形态关注日益凸显。1979 年，国内部分期刊发表了马克·吐温《竞选州长》、《王子与贫儿》和《哈克贝利·费恩历险记》等小说研究论文，其中意识形态关注比较明显。但进入 20 世纪 80 年代，中国批评界对美国白人现实主义小说研究中的意识形态关注明显减少。1980—1981 年，上海文艺出版社出版的《外国文学作品提要》（四册）评介了马克·吐温的《百万英镑》、《败坏了哈德莱堡的人》、《镀金时代》、《哈克贝利·费恩历险记》、《傻瓜威尔逊》、《汤姆·索亚历险记》与《王子与贫儿》，詹姆斯的《贵妇人的画像》与《苔瑟·密勒》（即《黛西·米勒》）和贝拉宓的《回头看》。除此，20 世纪 80 年代，詹姆斯的《螺丝拧紧》、肖邦的《觉醒》和哈特的《扑克滩放逐的人们》也受到中国批评界关注。就关注点而言，研究者的注意力主要集中于《百万英镑》的语言技巧、《哈克贝利·费恩历险记》中美语方言的语法特点、《钦差大臣》与《败坏了哈德莱堡的人》的异同、马克·吐温创作的阶段特征、马克·吐温笔下的汤姆·索亚与哈克贝利·费恩的异同、马克·吐温和契诃夫的幽默之异同、马克·吐温与中国、女性原则与"哈克贝利·费恩"，《黛西·米勒》的艺术特色、《专使》中的情景反讽与詹姆斯对美国文化的讽刺和詹姆斯的文体特征等。此外，一些论述美国短篇小说、美国小说象征传统、美国小说发展轨迹以及美国文学在中国等话题的概论性研究也涉及白人现实主义小说。总体上讲，20 世纪 80 年代，虽然除了马克·吐温和詹姆斯，中国批评界对其他美国白人现实主义小说家的关注并不多，但从关注作品及作品研究中的关注点来看，研究中的意识形态关注明显减少，非意识形态关注明显增多。

20 世纪 90 年代，马克·吐温、詹姆斯、肖邦和哈特进一步受到中国批评界关注，其他白人现实主义小说家如朱厄特、吉尔曼和范妮·弗恩也受到批评界关注。马克·吐温的《哈克贝利·费恩历险记》、《竞选州长》、《傻瓜威尔逊》、《汤姆·索亚历险记》和《败坏了哈德莱堡的人》，肖邦的《觉醒》和《一个小时的故事》，詹姆斯的《黛西·米勒》、《贵妇画像》、《假的》、《忙碌经纪人的浪漫史》和《宝石》，朱厄特的《白苍鹭》和吉尔曼的《黄色墙纸》等美国白人现实主义小说成为批评界的热点关注。就关注点而言，研究主要关注：《哈克贝利·费恩历险记》的主题以及语言艺术、幽默艺术、对照与夸张等艺术特色、《汤姆·索亚历险记》的主题与艺术、马克·吐温创作中的象征、马克·吐温的密西西比河情结、马克·吐温的原始意象创造、马克·吐温短篇小说的幽默特色、马克·吐温的幽默技巧及其幽默艺术的文化根源，詹姆斯《黛西·米勒》的思想内涵与艺术特色、《贵妇画像》中的文化融合意识、《宝石》的文学语言、詹姆斯对西方现代小说的开拓性贡献，肖邦《觉醒》中的空间意象、《觉醒》与肖邦的艺术观、肖邦笔下的女性形象、肖邦其人，吉尔曼的妇女观及其思想渊源、吉尔曼的生平及其女权思想以及朱厄特《白鹭》中的人文主义象征等。此外，一些概论性研究也涉及美国白人现实主义小说。整体上讲，20 世纪 90 年代，无论从作家作品选择还是从作品研究中的关注点来看，中国批评界对美国白人现实主义小说的研究明显少了意识形态关注，而多了非意识形态关注。

（三）美国白人自然主义小说研究中的非意识形态关注

"改革开放"之前，中国批评界主要从意识形态角度关注美国白人自然主义小说；"改革开放"之后，中国的美国白人自然主义小说研究中的意识形态关注日渐减少，非意识形态关注日益凸显。1979 年，《语文教学与研究》第 2 期发表了莫自佳论文《德莱塞》，《社会科学战线》第 3 期发表了许铮论文《杰克·伦敦的创作习惯：泛舟海上》，分别对德莱塞和伦敦进行了评介。从研究对象选择来看，1979 年，中国美国白人自然主义小说研究中的意识形态关注比较明显。但进入 80 年代，中国美国白人自然主义小说研究中的意识形态关注日益减少，非意识形态关注日渐增多。1980—1981 年，上海文艺出版社出版了《外国文学作品提要》（四册），其中评介了欧·亨利的短篇小说《白菜与皇帝》，德莱塞的《嘉莉妹妹》、《美国的悲剧》、《天才》、"欲望三部曲"（《金融家》、《巨人》和《斯多葛》）和《珍妮姑娘》，伦敦的《马丁·伊登》、《海浪》、《雪虎》（即《白牙》）和短篇小说《墨西哥人》，辛克莱的《卖炭大王》和《屠场》和加兰的《中部边地农家子》。80 年代，还有不少期刊发表了美国白人自然主义小说研究论文，主要涉及德莱塞的《嘉莉妹妹》、《美国的悲剧》、"欲望三部曲"、《美国日记》、《珍妮姑娘》和《黑鬼杰夫》，欧·亨利的《警察与赞美诗》、《麦琪的礼物》和《最后的藤叶》，伦敦的《海狼》、《马丁·伊登》、《热爱生命》和《墨西哥人》以及克莱恩的《街头女郎玛琪》等小说，关注点主要有：德莱塞《美国的悲剧》的艺术构思特色、"欲望三部曲"结尾的得与失、《黑鬼杰夫》中的自然主义倾向，德莱塞小说创作的自然主义倾向、伦敦的书信及自杀、伦敦的短篇小说、《马丁·伊登》中的马丁·伊登形象，欧·亨利《警察与赞美诗》的构思艺术、结构与语言、《最后的藤叶》的结构、欧·亨利的短篇小说、欧·亨利的生活与创作、欧·亨利小说的特色、欧·亨利《麦琪的礼物》与毛姆《全懂先生》在艺术上的相似点，克莱恩的艺术观以及克莱恩作品中的自然主义等。从这些关注点来看，20 世纪 80 年代，中国的美国白人自然主义小说研究比较关注研究对象的非意识形态特征。

20 世纪 90 年代，中国的美国白人自然主义小说研究范围进一步扩大，研究中的意识形态关注进一步减少，非意识形态关注进一步增多，欧·亨利及其《二十年后》、《公主与美洲狮》、《最后的藤叶》、《耗费钱财的情人》、《麦琪的礼物》、《警察与赞美诗》、《命运之路》、《我们选择的道路》和短篇小说集《四百万》，德莱塞及其《嘉莉妹妹》、《美国的悲剧》、《请君入瓮》和《珍妮姑娘》，伦敦及其《马丁·伊登》和《野性的呼唤》，克莱恩及其《红色英勇勋章》、短篇小说《蓝色旅店》和《老兵》，诺里斯及其《麦克提格》，辛克莱及其《屠场》以及欧文·威斯特都成为中国美国白人自然主义小说研究的主要关注。从关注点来看，研究主要关注：《美国的悲剧》与《红与黑》的异同、《嘉莉妹妹》与《德伯家的苔丝》的异同、《嘉利妹妹》中的机械论哲学观、《珍妮姑娘》的手稿、德莱塞笔下的青年形象、美国梦与美国悲剧、德莱塞的道德观、德莱塞短篇小说的创作艺术、德莱塞小说的现代主题、德莱塞小说中的自然主义细节描写、德莱塞小说中的生活、人物和命运、新版《珍妮姑娘》与德莱塞的初衷,《红色英勇勋章》中的颜色、《蓝色旅店》中的自然主义因素、克莱恩的小说创作及其现代主义倾向,诺里斯及其自然主义小说、诺里斯自然主义文学观的形成,《警察与赞美诗》的结尾艺术、幽默手法和主题表现艺术、《麦琪的礼物》的语言特色、《公主与美洲狮》的"抽底式结构"、《我们选择的道路》的"葫芦形结构"、欧·亨利的文体风格及其短篇小说的艺术手法、欧·亨利的现实主义、欧·亨利小说的价值观、欧·亨利的性格及其前30年,《马丁·伊登》与《了不起的盖茨比》的异同、《野性的呼唤》与《蝇王》的异同、《马丁·伊登》中马丁·伊登的美国梦、伦敦的短篇小说艺术、伦敦北方小说的创作意图以及伦敦小说《北方故事》的艺术特色等。从这些关注点来看,20世纪90年代,中国的美国白人自然主义小说研究更加关注研究对象的非意识形态特征。

（四）美国白人现代小说研究中的非意识形态关注

"改革开放"之前,中国批评界对美国白人现代小说的研究受社会政治意识形态影响,研究中的意识形态关注比较突出;"改革开放"之后,中国的美国白人现代小说研究呈现出蓬勃发展的态势,研究中的意识形态关注日渐减少,非意识形态关注日益增多。1979年,山东大学现代美国文学研究室编辑出版的《现代美国文学研究》第2期发表了李文俊论文《对评价西方现代文学的几点看法》和黄嘉德论文《要正确评价西方现代文学》,其中涉及美国白人现代小说;除此,国内还有部分期刊也发表了一些美国白人现代小说研究或涉及美国白人现代小说研究的论文。但整体上看,1979年,中国批评界对美国白人现代小说关注不多,除了海明威及其《老人与海》和米切尔及其《飘》等为数不多的美国白人现代小说家及小说,很少有其他美国白人现代小说家及小说受到中国批评界关注;为数不多的美国白人现代小说研究中,意识形态关注比较明显。

进入 80 年代，中国美国白人现代小说研究中的意识形态关注日益减少，非意识形态关注日渐增多。1980—1981 年，上海文艺出版社出版了《外国文学作品提要》（四册），其中评介了刘易斯的《巴比特》、《大街》和《王子小梦》，安德森的《俄亥俄州的温斯堡》（即《小城畸人》），斯坦贝克的《愤怒的葡萄》、《人鼠之间》和短篇小说《珍珠》，沃伦的《国王的人马》，华顿的《欢乐之家》和《伊坦·弗洛姆》，海明威的《老人与海》和《丧钟为谁而鸣？》，萨洛扬的《人间喜剧》和《躺在黑暗中》，波特的《傻瓜船》（即《愚人船》），马尔兹的《十字奖章与箭火》，沃尔夫的《天使，望家乡》，格拉斯哥的《铁脉》，菲茨杰拉德的《伟人盖茨比》（即《了不起的盖茨比》），福克纳的《押沙龙，押沙龙!》，考德威尔的《烟草路》，琼斯的《永恒之路》（即《从这里到永恒》）和那珊的《珍妮的肖像》；1980 年 6 月，中国青年出版社出版了王佐良编选的《美国短篇小说选》，收入凯瑟的《汤姆奥特兰的故事》、拉德纳的《理发》，安德森的《我想要知道为什么》，波特的《中午酒》，海明威的《弗朗西斯麦康勃短促的快乐生活》、马尔兹的《兽国黄昏》，韦尔蒂的《一条新闻》，福克纳的《熊》和沃伦的《春寒》等美国白人现代小说。20 世纪 80 年代，中国批评界还出版了《福克纳评论集》、召开了海明威国际学术研讨会、海明威学术讨论会和江苏作家和美国学者海明威小说座谈会，举办了纪念菲茨杰拉德逝世五十周年和海明威百年诞辰纪念等活动，不少期刊发表了美国白人现代小说研究或涉及美国白人现代小说研究论文，这些论文集、研讨会、学术活动和期刊论文主要涉及：福克纳的《八月之光》、《献给艾米丽的玫瑰》、《沙多里斯》、《喧哗与骚动》、《熊》、《圣殿》和《我弥留之际》，海明威的《老人与海》、《乞力马扎罗的雪》、《伊甸园》、《永别了，武器》、《丧钟为谁而鸣？》、《尼克·亚当斯的故事》和《在异乡》，菲茨杰拉德的《了不起的盖茨比》，米切尔的《飘》，斯坦贝克的《愤怒的葡萄》和《人鼠之间》，凯瑟的《冤家》和《一个迷途的女人》，安德森的《林中之死》，帕索斯的《美国》，麦卡勒斯的《伤心咖啡馆之歌》，韦尔蒂的《一个作家的起点》，赛珍珠的《大地》与《大地的女儿》和刘易斯的《大街》。从关注点来看，研究主要关注：

《老人与海》的描写艺术、意识流文学与海明威的《乞力马扎罗的雪》、《乞力马扎罗的雪》与《布礼》的异同、《永别了，武器》的主题思想、海明威的"硬汉性格"与其作品中的人物形象、海明威的"准则英雄"、海明威的小说艺术、海明威的短篇小说艺术、海明威的美学思想及创作实践、海明威的小说语言风格及其艺术张力、海明威与象征主义、海明威与詹姆斯短篇小说的语言特色、海明威小说的人物，《我弥留之际》的思维与语言、《喧哗与骚动》中的时间与历史、时空艺术、"阴影"象征性、《献给艾米丽的玫瑰》的主题与风格、《熊》的语言风格、主题及其美学意义、《八月之光》的主题和人物、《沙多里斯》中的语言和文化标志、福克纳的创作视角、福克纳第二创作期小说中的南方种族意识、福克纳小说的深层意蕴、福克纳与通俗文化以及福克纳关于白人种族主义的观点，《了不起的盖茨比》的艺术形式与技巧、象征主义及其表现特点、菲茨杰拉德的小说创作、菲茨杰拉德的小说技巧、菲兹杰拉德生前未发表的短篇小说，《一个迷途的女人》的表现手法、凯瑟的印第安之恋，《愤怒的葡萄》的结构和语言以及斯坦贝克语言的特点等。从这些关注点来看，20 世纪 80 年代，中国美国白人现代小说研究明显少了意识形态关注，多了非意识形态关注。

　　20 世纪 90 年代，中国批评界对美国白人现代小说的关注范围进一步扩大，研究中的意识形态关注进一步减少，非意识形态关注进一步增多。海明威的《老人与海》、《给她买了一只金丝鸟》、《永别了，武器》、《乞力马扎罗的雪》、《在异乡》、《丧钟为谁而鸣?》、《杀人者》、《一天的等待》和《岛之恋》，赛珍珠的《母亲》、《大地》三部曲、《我的中国世界》、《东风·西风》和短篇小说《圣诞早晨》，菲茨杰拉德的《了不起的盖茨比》和《夜色温柔》，福克纳的《献给艾米丽的玫瑰》、《喧嚣与骚动》、《熊》、《押沙龙，押沙龙!》、《我弥留之际》、《圣殿》、《去吧，摩西》、《夕阳》、《干燥的九月》、《莱巴嫩的玫瑰花》和《老人》，斯坦贝克的《愤怒的葡萄》和《人鼠之间》，凯瑟的《一个迷途的女人》、《我的安东妮娅》、《教授的房子》和《啊，拓荒者!》，华顿的《欢乐之家》和《伊坦·弗洛姆》，米切尔的《飘》，波特的《愚人船》、《偷窃》和《坟》，韦尔蒂的《被遗弃的韦瑟罗尔奶

奶》和《庞德之心》，安德森的《母亲》、《小镇畸人》、《鸡蛋》和
《林中之死》，奥康纳的《善良的乡下人》，麦卡勒斯的《伤心咖啡馆之
歌》和帕索斯的《美国》三部曲等美国白人现代小说都受到中国批评
界较多关注。从关注点来看，研究主要关注：《了不起的盖茨比》的叙
事方式、"距离控制"、创作手法、人物性格及艺术特色、时代特征、
文化神话模式、象征性艺术描写、象征手法的运用及其意义、《了不起
的盖茨比》中的美国东西部差异、汽车隐喻、意象、人物性格的双重
性、盖茨比悲剧的原因、《了不起的盖茨比》与《呼啸山庄》的异同、
《夜色温柔》中的深度模式与自我放逐主题、菲茨杰拉德的荒诞艺术、
菲茨杰拉德描写金钱财富的原因、菲茨杰拉德小说中的无限可能性现象
及其根源、菲茨杰拉德小说作者与主人公的隐蔽距离、菲茨杰拉德与他
的"美国梦"、菲茨杰拉德的悲剧人生观及其代表作以及菲茨杰拉德笔
下的再生神话，《献给艾米丽的玫瑰》中的并置对照技巧、《去吧，摩
西》的主题、《熊》的象征意义、双重神话原型、创作主题与风格、
《喧哗与骚动》的创作史、结构与结构艺术、时间观与历史意识、叙事
艺术、《喧哗与骚动》中的文化与历史、意识流主题与南方世界的语
言、《献给艾米丽的玫瑰》的叙事时间特征、《我弥留之际》中艾迪的
内心独白及形象、《押沙龙，押沙龙!》的人生哲学、结构及其反讽意
义、福克纳笔下女性的悲剧命运、福克纳笔下的妇女形象、福克纳小说
对经典印第安形象的突破、福克纳小说对西方文学主流的继承和发展、
福克纳小说与戏剧的互文性、福克纳小说创作与基督教文化的关联、福
克纳小说的神秘侦探情结、福克纳小说中的南方文化情结、福克纳的父
与子模式、福克纳的南方人物和言语模式、福克纳及其短篇小说中的异
化人物、福克纳的思想、福克纳的小说创作、福克纳小说的叙事手法、
福克纳小说中的悲剧因素、福克纳小说中的基督教原型、福克纳与美国
南方文学传统、福克纳中短篇小说的结构艺术、福克纳的创作特色、福
克纳的乡恋情结以及福克纳和沈从文之异同、福克纳与巴金的家庭小说
之异同、福克纳与莫言之异同、福克纳与白先勇小说的异同、福克纳与
哈代创作视角之异同、《老人与海》的创作史、美学意义、哲学意味、
人物塑造艺术手法、《老人与海》中景物描写的意义与特色、阿 Q 主义

与桑提亚哥精神、大马林鱼形象的象征意义、《老人与海》与《老人和树》的主人公之异同、《乞力马扎罗的雪》的意识流手法、《永别了，武器》中的人物会话风格、《永别了，武器》中反讽与象征的叙事特色、《在异乡》的文体特征、象征意味、《岛之恋》的创作构思、海明威的人生经历与其主要作品的创作特色、海明威笔下的人物形象、海明威的创作及其创作思想分期问题、海明威的"冰山"创作原则、海明威的文体风格、海明威30年代作品的特色、海明威式主人公的天路历程、海明威的文化心理结构、海明威小说创作的艺术特色、海明威小说的悲剧意识、海明威小说的创作手法与语言风格、海明威小说的艺术风格以及海明威小说的语言特色，《愤怒的葡萄》的复调性、思想内涵、《人鼠之间》的主题、艺术成就、斯坦贝克"蒙特雷小说"中的人生哲学、斯坦贝克文学创作中的道德主题、逃避现实主题和履行义务主题、斯坦贝克的"剧本小说"、斯坦贝克其人其作，《林中之死》的叙述手法与象征艺术、《母亲》中的畸人形象、《小城畸人》的现代意识、思想内涵与艺术特色、安德森短篇小说中的神秘与美，《我的安东妮娅》的文体审美特征、《一个迷途的女人》中的双重视角、《啊，拓荒者!》中的女权主义倾向、《啊，拓荒者!》和《我的安东妮娅》中的女性形象、凯瑟及其小说中的印第安主题、凯瑟的人物性格对照艺术、凯瑟的写作技巧与风格、凯瑟和她的"无家具小说"、奥康纳短篇小说的特色、奥康纳和她笔下的妇女群、奥康纳小说文本中的不同声音、奥康纳作品的宗教思想、奥康纳的种族立场、《大地》中的主要人物形象、《我的中国世界》的多重价值、《大地》三部曲对中国文学走向世界的启示、赛珍珠笔下的中国妇女群像、赛珍珠的文学世界、赛珍珠的文艺观、赛珍珠的中国心、赛珍珠的生平、创作与中国、赛珍珠的生平事迹、赛珍珠与美国文学传统、赛珍珠与中国小说、赛珍珠在中国的命运，《伊坦·弗洛姆》的描写特色、华顿的羞愧意识，韦尔蒂的小说艺术、韦尔蒂的短篇小说、韦尔蒂的文体风格、《被遗弃的韦瑟罗尔奶奶》的叙事结构和叙述技巧，波特中短篇小说的创作艺术、波特笔下的女人们，《伤心咖啡馆之歌》的叙事艺术与复义主题，《美国》三部曲的创作特色，斯泰因的创作意识、技巧和历程以及《飘》的价值与特色、社会轰动效应、艺术魅力、研究历史与现状。这些关注点表明，20世纪90年代，非意识形态关注是中国美国白人现代小说研究最突出的特征。

（五）当代美国白人小说研究中的非意识形态关注

"改革开放"之后，外国文学研究逐渐摆脱了社会政治意识形态的影响，当代美国白人小说也逐渐受到中国批评界关注，研究中的意识形态关注日益减少，非意识形态关注日渐增多。1979年，山东大学现代美国文学研究室编辑出版的《现代美国文学研究》第1期和第2期分别发表了陆凡的《评库尔特·冯纳古特的两本小说：〈猫的摇篮〉、〈胜利者的早餐〉》、佟望的《库尔特·冯纳古特简介》、海音的《〈猫的摇篮〉故事梗概》、秋红的《〈胜利者的早餐〉故事梗概》、王文彬的《漫谈黑色幽默和〈第二十二条军规〉》和黄嘉德的《评海勒的〈像戈尔德那样好〉———一部黑色幽默的新小说》等当代美国白人小说研究论文，国内还有部分期刊也发表了一些当代美国白人小说研究或涉及当代美国白人小说研究的文章，总体上看，这一年中国的当代美国白人小说研究还没有完全褪去意识形态色彩。20世纪80年代开始，中国批评界对当代美国白人小说的关注日渐增多，研究中的意识形态关注日益减少，非意识形态关注相应增多。1980年，中国青年出版社出版的王佐良编选的《美国短篇小说选》收入塞林格的《给艾斯美写的一封信——既有故事又有凄凉》、契弗的《贾丝蒂娜之死》，厄普代克的《家》，欧茨的《天路历程》和雷·布雷德伯里的《霹雳轰鸣》等当代美国白人短篇小说，每篇前译者读后感介绍了所译作者及作品。1980—1981年，上海文艺出版社出版的《外国文学作品提要》（四册）评介了海勒的《第二十二条军规》、肯·凯西的《飞跃杜鹃巢》、梅勒的《裸者与死者》、塞林格的《麦田里的守望者》、厄普代克的《兔子归窝》（即《兔子归来》）和《兔子跑了》、邦诺斯基（Phillip Bonosky）的《燃烧的山谷》、冯尼格特的《胜利者早餐》（即《冠军早餐》）、欧茨的《他们》、卡波特的《凶杀》（即《冷血》）和克鲁亚克的《在路上》。1980—1983年，《现代美国文学研究》（山东大学现代美国文学研究所编辑出版）1980年第1期发表了王文彬的《性爱与现实——略谈阿卜代克小说〈超级食品市场〉的主题思想》，1981 年第 1 期和第 2 期分别发表了黄嘉德的《十年沧桑——评约翰·厄普代克的小说〈莱比特回来了〉》、王文彬的《再谈黑色幽默和〈第二十二条军规〉》、刘传建的《怎样看待黑色幽默文学——与王文彬同志商榷》和陆凡的《漫谈当代美国文学中的幽默》等涉及当代美国白人小说的研究论文，1983 年第 1 期和第 2 期分别发表了王文彬的《当代美国社会的现实主义写照——简论欧文·肖的〈乞丐，窃贼〉》、伊哈布·哈桑的《战后美国小说》（刘学云、孙晓荣译）、武国强的《神话寓言象征——当代美国文学讽喻艺术初探》、马尔科姆·考利的《约翰·契弗——小说家戏剧般的一生》（程锡麟译）与《当代的文学风格——荒诞——从埃利森到品钦》（孙超英译、王文彬校）和李登科翻译的纳博科夫简介等涉及当代美国白人小说的文章。80 年代，国内还有许多期刊发表了当代美国白人小说家及其作品研究论文，涉及契弗及其《再见，我的弟弟》、《住在郊区的丈夫》、《第四次警报》和《五点四十八分班车》，欧茨及其《在冰山里》、《奇境》、《冬至》和《罗莎蒙特·密斯》，冯尼格特及其《囚徒》、《神枪手迪克》和《猫的摇篮》，厄普代克及其《罗杰的说法》，海勒及其《第二十二条军规》，西格尔及其《爱情故事》，塞林格及其《麦田里的守望者》，多克托罗及其《潜鸟湖》，纳博科夫及其《洛丽塔》，肯·凯西及其《飞越杜鹃巢》，梅勒及其《一场美国梦》和《古代的夜晚》，欧文·斯通及其《起源》，彼得·泰勒及其《孟菲斯的召唤》，卡波特及其《冷血》，普拉斯及其《钟形罩》，欧文·肖及其《可以理解的失败》，威廉·肯尼迪及其《斑鸠菊》，小巴克利及其《马可·波罗，如果你能》，雪莉·杰克逊及其《抽彩》，詹姆斯·瑟伯及其《华尔特·密蒂的秘密生活》，劳里·麦克贝恩及其《荒岛剑鸣》，欧文·华莱士及其《无所不能》，詹姆斯·米切纳及其《太空风云》以及安妮·泰勒、阿瑟·黑利（又译亚瑟·赫利）、保罗·琼斯、布赖恩·穆尔、达夫妮·杜穆里埃、菲利普·迪克、弗雷德里克·福斯特、凯·博伊尔、克莱默、拉里·海涅曼、莱特·摩里斯、马克·温加纳、西德尼·谢尔顿、约翰·霍克斯和朱迪斯·格斯特等当代美国白人小说家。整体上看，20 世纪 80 年代，中国的当代美国白人小说研究主要关

注：当代美国小说发展的新趋势、当代美国小说中的南方传统、当代美国小说的象征传统、80 年代美国小说的创作倾向、当代美国小说的思想性与艺术性、当代美国小说中的异化问题、当代美国小说开场白的语言特点、当代美国小说的创作技巧、当代英美小说的异同以及"二战"后美国小说中的现实主义与自然主义，研究涉及诸多当代美国白人小说类别，如黑色幽默小说、科幻小说、侦探小说、探索性小说、自传小说、微型小说、犯罪小说、惊险小说、自觉小说、通俗小说和非虚构小说，研究比较注重经典解读，塞林格《麦田里的守望者》的心理描写、语言特色及其时代主题，契弗短篇小说中的幻灭感、认识价值和艺术特色以及《五点四十八分班车》的创作手法，霍克斯及其创作思想，冯尼格特及其创作，莱特·摩里斯的创作风格，沃尔夫的长篇小说创作，美国当代女作家的"复古热"和麦克贝恩的《荒岛剑鸣》，普拉斯《钟形坛》的口语和诗歌文体特征等都是研究热点关注，研究注重凸显研究对象的非意识形态特征。

20 世纪 90 年代，中国的当代美国白人小说研究进一步发展，先前未进入中国批评界的小说家和小说以及许多刚出现的新作也受到批评界关注，研究中的非意识形态关注更为明显，研究涉及海勒的《第二十二条军规》、《出事了》和《此时彼时》，塞林格的《麦田里的守望者》，厄普代克的《对福特执政时期的回忆》、《来生》、《兔子，跑吧》、A&P 和短篇小说集《后半辈子与其他短篇》，欧茨的《内罗比》、《黑水》、《自我封闭》、《奇境》、《如愿以偿》、《花痴》和《袒露心怀》，梅勒的《裸者与死者》、《奥斯瓦尔德的故事：美国疑案》和《儿子的福音》，杰克逊的《抽彩》，契弗及其《巨型收音机》，谢尔顿的《世无定事》，冯尼格特的《五号屠场》，卡佛的《你在圣·弗兰西斯科做什么?》和《茫茫大海》，安妮·泰勒的《圣人之举》和《岁月之梯》，卡波特的《蒂凡尼的早餐》，安·贝蒂的短篇小说《像玻璃》和短篇小说集《燃烧的房子》，德里罗的《白噪声》，罗宾·科克的《昏迷》和《居心叵测》，纳博科夫的《洛丽塔》和《天赋》，品钦的《拍卖第四十九批》，斯泰伦的《索菲的选择》，巴斯的《漂浮的歌剧》、《路的尽头》和《萨巴斯的戏剧》，普拉斯的《钟形罩》，霍克斯的《第二层皮》，克鲁亚克的《在路上》，肯·凯西的《飞越杜鹃巢》，罗伯特·斯通的《亡命之徒》，玛丽·戈登的《余生》和《开销》，理查德·斯洛特金的《强夺复生》和《枪手民族》，P. T. 多伊特曼的《官方特权》，埃伦娜·卡斯特多的《天堂》，芭芭拉·金索沃的《动物梦》，保罗·泰鲁的《领事的档案》，布伦达·韦伯斯特的《母亲之罪》，丹尼尔·斯蒂文的《最后的补偿》，蒂姆·奥布赖恩的《追寻卡奇亚托》，华莱士·斯泰格勒的《旁观的鸟》，简·斯迈利的《哞》，迈克尔·克莱顿的《失落的世界》，保尔·塞罗克斯的《芝加哥闹市区》，斯蒂芬·W. 弗雷的《竞选基金》，尤金·卢瑟·戈尔·维多尔的《史密森学会》，沃克·珀西的《影迷》，小麦考特的《一个游泳的修道士》和约翰·凯西的《半世的幸福》以及一些以前从未受到关注的当代美国白人小说家，如巴塞尔姆、库弗、亨利·米勒、威廉·肯尼迪、斯蒂芬·金、欧文·斯通、彼得·泰勒、约翰·格里森姆、R. A. 拉佛迪、艾莉森·卢里、艾丽丝·亚当斯、安妮·普鲁、彼得·哈米尔、冯·斯特劳亨、布莱恩·弗里曼、歌鲁巴、哈罗德·鲁宾斯、科马克·麦卡锡、肯尼斯·罗伯茨、阿兰·莱特曼、理查德·福特、罗尔德·达尔、马里奥·贝内德蒂、玛丽·麦卡锡、玛西亚·缪勒、约翰·C. 麦克斯韦尔、梅维斯·加兰特、欧文·华莱士、乔治·丹尼生、约翰·艾汶、约翰·布鲁纳、约翰·赫赛、詹姆斯·米切纳和詹姆斯·索尔特等，涵盖了女性小说、黑色幽默小说、后现代主义小说、短篇小说、科幻小说、少年小说、战争小说、非虚构小说、哥特小说、新现实主义小说、社会风俗小说、社会问题小说、通俗小说、微型小说、自叙体小说、新移民小说和滑稽模仿小说等诸多当代美国白人类别小说，不仅关注当代美国女性小说、美国60年代以来的女性小说、英美当代女性小说、中美当代女性小说、美国女作家与性爱小说、当代美国南方女作家小说、当代美国小说结尾的开放性、当代美国小说的戏剧效应、"二战"后的美国小说、当代美国小说的写实现象、当代美国小说的新现实主义倾向、当代美国新写实小说、当代美国纪实小说、当代美国小说的口头语言特点、当代美国小说的发展趋势、当代美国南方小说、当代美国南方小说中的"怪诞"现象、当代美国西部小说、当代美国小说中的"行旅"主题模式、当代美国小说中的商人形象、当代美国严肃小说、当代美国小说的荒诞意识与表现形态、黑色幽默小说中的回归意识、黑色幽默小说的美学技巧、黑色幽默小说的社会文化背景和哲学蕴含、黑色幽默小说的艺术特色、美国后现代主义小说、美国后现代反小说及其艺术特征、滑稽模仿小说、元小说、美国当代科幻小说、60 年代以来的美国科幻小说、"二战"后美国少年小说、当代美国少年小说的基本特征、70 年代初的美国少年小说、美国"二战"小说发展阶段及其特征、战后美国非虚构小说、战后美国小说的当代性与新现实主义、美国当代写实小说的产生背景、美国当代哥特式小说的主题思想、美国当代社会风俗小说、美国当代社会问题小说、美国当代通俗小说、美国当代微型小说、美国当代自叙体小说、美国当代新移民小说、"垮掉的一代"小说、90 年代的美国小说、90 年代的美国南方小说、90 年代美国新秀小说家、1991 年美国畅销小说及其作者、战后美国短篇小说、当代美国短篇小说、当代美国南方短篇小说以及美国短篇小说理论近况等笼统话题，而且关注《第二十二条军规》的结构、主题、艺术与文体，《麦田里的守望者》的象征艺术、语言特色、色彩运用、思想艺术、版本，反正统文化语言以及塞林格笔下的神经症人物，《兔子，跑吧》的主题与意象以及"兔子"形象与小说结构、厄普代克的创作思想及其"兔子四部曲""红字"三部曲、"兔子"系列作品政治小说的倾向，《五号屠场》的思想与艺术、冯尼格特小说的荒诞性，《抽彩》的创作艺术，《白噪声》与美国后现代主义文学的关系，《飞越杜鹃巢》的基督教背景，《拍卖第四十九批》的风格，《第二层皮》的后现代主义创作技巧，契弗的长篇小说创作和短篇小说的叙事艺术及其小说中人物的精神特征、杰克逊的创作思想及创作艺术、谢尔顿的通俗小说及其魅力、汤姆·沃尔夫的批判现实主义、巴塞尔姆的语言特色、弗里曼短篇小说的主题、歌鲁巴的青少年文学创作、纳博科夫的长篇小说、色情小说大师罗宾斯的生涯、巴斯及其作品、欧茨小说创作中的女性视野、阿瑟·黑利的创作、亨利·米勒与乔治·奥威尔的异同等具体话题，从这些笼统和具体话题可以看出，20世纪 90 年代，非意识形态关注是中国当代美国白人小说研究十分突出的特征。

（六）美国黑人小说研究中的非意识形态关注

相对美国白人小说研究而言，中国的美国黑人小说研究始终带有意识形态影响的烙印，但"改革开放"之后，中国的美国黑人小说研究出现去意识形态化倾向，研究对象日渐增多，研究中的意识形态关注逐渐减少，非意识形态关注日益凸显。70 年代末到 80 年代前期，中国的美国黑人小说研究带有明显的社会政治意识形态影响的烙印，除了埃里森的《看不见的人》、鲍德温的《另一个国家》和赖特的《土生子》等几部反映美国黑人生存状况的小说，很少有美国黑人小说受到中国批评界关注；80 年代后期开始，中国美国黑人小说研究中的社会政治意识形态关注明显减少，沃克及其《紫色》、莫里森及其《最蓝的眼睛》、赖特及其《女仆》以及赫斯顿和安·佩特里等黑人小说家和小说也受到中国批评界关注。

20 世纪 90 年代，中国批评界对美国黑人小说家及其作品关注明显增多，研究中的非意识形态关注也更加凸显，研究涉及沃克及其《紫色》和《梅丽迪安》，埃里森及其《看不见的人》，赖特及其《土生子》，莫里森及其《爵士乐》、《宠儿》、《秀拉》、《最蓝的眼睛》、《所罗门之歌》和《乐园》，奈勒及其《林登山》，休斯及其短篇小说《初秋》以及赫斯顿、盖尔·琼斯、安吉罗和马歇尔等黑人小说家和小说，研究关注《梅丽迪安》的艺术特色、《看不见的人》的象征手法、埃里森作品的思想艺术、埃里森小说的文化意义、埃里森未完成第二部小说的缘由、赖特的创作道路、赖特和埃里森小说的象征、《最蓝的眼睛》的结构艺术、莫里森的四部长篇小说、莫里森的小说创作、莫里森对重建美国黑奴文学的贡献、奈勒及其黑人女性四部曲、赫斯顿的生平与创作、安吉罗与她的自传体小说以及美国黑人男作家对黑人女作家作品的评论等，这些关注表明，非意识形态关注是 20 世纪 90 年代中国美国黑人小说研究的突出特点。

（七）美国犹太小说研究中的非意识形态关注

"改革开放"之后，中国的美国犹太小说研究开始蓬勃发展，研究中的意识形态关注日益减少，非意识形态关注日渐增多。"改革开放"之初，中国美国犹太小说研究的意识形态色彩比较明显，1979 年山东大学美国文学研究室编辑出版的《现代美国文学研究》第 1 期和第 2 期发表的黄嘉德的论文《马拉默德的新小说〈杜宾的传记〉》、欧阳基的论文《艾萨克·巴什维斯·辛格的短篇小说》与《马拉默德的短篇小说中的人物剖析》和陆凡的论文《菲利普·罗斯新著〈鬼作家〉评介》，同年 4 月上海译文出版社出版的辛格和麦卡勒斯合编的《当代美国短篇小说集》收录的辛格的《市场街的斯宾诺莎》、马拉默德的《魔桶》，贝娄的《寻找格林先生》和罗斯的《信仰的维护者》等短篇小说以及其中译者对所译作品与作者的评介以及国内部分期刊发表的一些涉及辛格短篇小说《重逢》、沃克《战争风云》与《战争与回忆》和马拉默德《店员》等小说的研究论文，无不带有一定的意识形态影响的烙印。

　　20 世纪 80 年代开始，中国美国犹太小说研究中的意识形态关注明显减少，非意识形态关注明显增多，研究成果较多。1980 年，中国青年出版社出版的王佐良编选的《美国短篇小说选》收录马拉默德的《德国流亡者》和辛格的《皮包》两篇美国犹太短篇小说，每篇前有作者及作品介绍。1980—1981 年，上海文艺出版社出版的《外国文学作品提要》（四册）评介了贝娄的《赫索》（即《赫索格》）和《洪堡的礼物》、马拉默德的《伙计》、辛格的《鲁柏林的魔术师》（即《卢布林的魔术师》）、戈尔德的《没有钱的犹太人》和沃克的《战争风云》等美国犹太小说。1980—1983 年，《现代美国文学研究》（山东大学美国文学研究所编辑出版）1980 年第 1 期发表了陆凡的《索尔·贝娄小说中的妇女形象》、欧阳基的《罗斯小说集〈再见吧，哥伦布〉中的现代美国犹太人》和王誉公的《赫索与汉德森》三篇美国犹太小说研究论文，1981 年第 1 期和第 2 期分别发表了晓真的论文《异化和伯纳德·马拉默德的作品》、王誉公的论文《结构严谨、主题鲜明——谈〈勿失良机〉一书的章节结构》和王文彬的论文《心灵的絮语、生活的哀歌——读索尔·贝娄的〈离别黄屋〉》，1983 年第 1 期和第 2 期分别发表了欧阳基的论文《伯纳德·马拉默德作品中的主题和人物》和原元翻译的迈克尔·耶特曼的论文《不可抗拒的语言分裂——评〈院长的十二月〉》。20 世纪 80 年代，国内还有很多期刊也发表了涉及马拉默德

及其《店员》、《头七年》、《上帝的恩惠》和《自选集》，贝娄及其
《赫索格》、《雨王汉德森》、《倒霉的人及其他》、《失言者》、《洪堡的
礼物》、《再遭情变》和《奥吉·玛琪历险记》，辛格及其《原野之
王》、短篇小说集《弥杜撒拉之死及其他故事》、《迟来的爱情》、《市场
街的斯宾诺莎》和《老来恋》，罗斯及其《鬼作家》和《对立的生
活》，欧芝克及其《吃人的银河系》，沃克及其《战争与回忆》和《战
争风云》，法斯特及其《裘·库伦的忏悔》等美国犹太小说家和小说研
究论文。整体上看，20世纪80年代，中国美国犹太小说研究主要关
注：1987—1988年的美国犹太小说、80年代的美国犹太小说、当代美
国犹太小说的发展、美国犹太小说中的异化问题、犹太小说与犹太作
家、犹太文学中的施勒密尔形象、马拉默德作品中的异化问题、马拉默
德及其创作体裁、《店员》的文体与语言技巧、《店员》与《林家铺子》
的异同、《赫索格》的艺术表现手法、《雨王汉德森》的荒诞虚构与严
肃主题、《倒霉的人及其他》的主题、《洪堡的礼物》的主题、《再遭情
变》的主题与艺术技巧、《奥吉·玛琪历险记》中的玛琪形象及其意
义、贝娄小说中的妇女形象、贝娄与美国当代现实主义、贝娄小说人物
的两性意识、贝娄其人其作、《原野之王》和短篇集《弥杜撒拉之死及
其他故事》的主题思想与艺术技巧、《市场街的斯宾诺莎》和《老来
恋》的主题与艺术技巧、辛格短篇小说的主题与艺术技巧、辛格笔下的
犹太社会、辛格的创作思想、《鬼作家》的主题思想与艺术技巧、《对
立的生活》的主题思想与艺术技巧、《吃人的银河系》的主题思想与艺
术技巧以及欧芝克其人其作等，这些关注表明，这一时期的中国美国犹
太小说研究注重凸显研究对象的非意识形态特征。

　　20世纪90年代，中国的美国犹太小说研究蓬勃发展，研究范围比
80年代更广，研究中的非意识形态关注更为明显，研究涉及贝娄及其
《赫索格》、《奥吉·玛琪历险记》、《洪堡的礼物》、《赛姆勒先生的行
星》、《只争朝夕》、《雨王汉德森》、《再遭情变》、《更多的人死于心
碎》、《偷窃》和《实际情况》，罗斯及其《再见吧，哥伦布》、《欺
骗》、《萨巴斯的戏剧》和《传统继承》，马拉默德及其《黑色是我最钟
爱的颜色》、《店员》、《信》和《杜宾的生活》，辛格及其《萧莎》、

《羽毛皇冠》、《证件》和《第三者》，欧芝克及其《帕特梅塞和赞瑟普》和《大围巾》，沃克及其《战争风云》与《战争与回忆》以及亨利·罗斯等美国犹太小说家及小说，研究关注：大屠杀后意识的新移民小说、当代美国犹太小说、当代美国犹太小说中蕴含的孤儿状态、美国的犹太女小说家、犹太文化与美国犹太小说、美国犹太小说人物体现的犹太文化与犹太身份、美国犹太小说的"犹太性"及其代表价值、美国犹太小说中的"父与子"母题、美国犹太小说的主题模式、当代美国犹太小说中的异化主题、当代美国犹太小说家笔下的异化内涵，贝娄笔下的职业女性、贝娄小说及其价值、贝娄笔下的金钱世界、贝娄笔下的知识分子形象、贝娄小说中的流浪汉形象、贝娄的创作技法、贝娄小说的悲喜情绪趋向、贝娄小说中的两性意识、贝娄小说主人公的认识方式、心理模式及其形成机制、贝娄与当代西方精神历程的戏剧化、贝娄小说的叙述信息密度、存在主义对贝娄主要作品的影响、贝娄的早期小说、贝娄小说中的历史主题、贝娄小说的艺术表现手法、贝娄小说的现代性意蕴，《赫索格》中的书信与创作技巧、《赫索格》与浪漫主义传统、《赫索格》与贝娄其他小说的异同、《围城》与《赫索格》的异同、《赫索格》中的自我乌托邦思想、《赫索格》与当代人的生存困境、《赫索格》与贝娄的小说品格、《赫索格》中的现实主义与现代主义、迷惘与探寻，《奥吉·玛琪历险记》的神话母题与追寻主题、《奥吉·玛琪历险记》与当代文学中的反英雄形象、《奥吉·玛琪历险记》中重返伊甸园的亚当梦、《洪堡的礼物》的存在主义思想与艺术手法、《赛姆勒先生的行星》中的人性与希望、《比拉罗赛内线》的主题与艺术、《只争朝夕》中的人生陷阱、金钱世界、超越时空警钟、《只争朝夕》与当今社会中的情感与理性、《雨王汉德森》与《黑暗中心》的异同、《雨王汉德森》中的汉德森和思特里克兰德形象、《再遭情变》的主题与艺术、《更多的人死于心碎》与当代生活、《偷窃》的新颖视角与深邃意蕴、《实际情况》的主题与艺术，罗斯小说的主题及其文化意蕴、罗斯创作的阶段性特征、《再见吧，哥伦布》的主题与艺术、《萨巴斯的戏剧》的主题与艺术、《传统继承》的主题与艺术，马拉默德的心理分析人、马拉默德的犹太道德观、马拉默德小说中的肤色及其意义、马拉默德与当代美国犹太文学运动、《黑色是我最钟爱的颜色》的主题、《店员》中的犹太性与人性、痛苦、爱与希望、《店员》与《林家铺子》中主人公形象的异同、《信》的主题与艺术、《杜宾的生活》中的欲望及欲望之歌，辛格小说创作主题模式的文化意蕴、辛格创作的传统取向、辛格宗教题材短篇小说中的传统与现实、辛格小说中的"民族忧煎情结"、辛格的宗教意识及其创作、《萧莎》的文化母题与叙事风格、《羽毛皇冠》中羽毛皇冠的符号象征游戏、《证件》的主题与艺术，《第三者》的主题与艺术，《帕特梅塞和赞瑟普》中有生命的"假人"及假人形象创造的意义、欧芝克的艺术创作、《大围巾》的主题思想和艺术特色，《战争风云》与《战争与回忆》中的人道主义倾向以及亨利·罗斯的小说创作等，这些关注表明，20 世纪 90 年代，中国的美国犹太小说研究走出了社会政治意识形态的阴影，非意识形态关注成为研究的核心关注和主导方向。

（八）华裔美国小说研究

与美国黑人小说和犹太小说研究不同，中国的华裔美国小说研究出现较晚，受社会政治意识形态影响也较少，研究虽然不无意识形态关注，但非意识形态关注始终是核心与主流。20 世纪 80 年代，中国的华裔美国小说研究范围较窄，除了聂华苓，很少有华裔美国小说家受到批评界特别关注，大多数批评家只在谈及美国小说的时候才谈及华裔美国小说。20 世纪 90 年代，中国的华裔美国小说研究范围明显扩大，研究成果明显增多，但概论性研究居多，具体作家作品细读性研究较少，研究主要涉及谭恩美、严歌苓、聂华苓和於梨华等华裔美国小说家及其小说，研究主要关注谭恩美其人其作、谭恩美的畅销小说、谭恩美小说中旧中国妇女的命运及美籍华裔的根情结、聂华苓小说创作的社会文化心态、严歌苓的新移民小说以及於梨华及其留学生题材小说，研究中的意识形态关注较少。

（九）美国印第安小说研究

与华裔美国小说研究相似，中国的美国印第安小说研究出现较晚，受社会政治意识形态影响较少，研究中的意识形态关注较少，非意识形态关注始终是研究的主流关注。20 世纪 80 年代，中国批评界对美国印第安小说关注很少，大多数研究者谈及美国小说发展时才顺便提及美国印第安小说，真正论及美国印第安小说的研究文章寥寥无几，除了《读书》1989 年第 4 期发表的冯亦代的《印第安族的踪迹》谈及厄德里奇及其《爱药》、《痕迹》、《甜蔗女王》和即将完成的"第四部印第安的历史小说"，中国没有出现论及美国印第安小说的研究文章。20 世纪 90 年代，中国批评界对美国印第安小说的关注明显增多，研究主要关注 90 年代美国印第安文学、当代印第安小说、当代美国印第安小说的背景与现状以及 90 年代美国印第安文学中主人公的演变，涉及莫马迪的《黎明之屋》、《名字》和《原始孩童》，韦尔奇的《血中冬季》、《吉姆洛尼之死》、《福尔斯克劳》和《印第安律师》，厄德里奇和道尔斯的《哥伦布王冠》，西尔科的《典仪》，厄德里奇的《爱药》和《痕迹》，维兹诺的《圣路易斯熊心灵的黑暗》、《暴露的大腿》、《格里夫：一个美国猴王在中国》和《自由的特里克斯特》以及美国早期印第安小说家西蒙·波卡贡的《森林女王》和达西·麦克尼克尔的《被困者》与《太阳下的奔跑者》，涉及小说家和小说比 80 年代多得多，但研究以评介为主，细读性研究成果较少，意识形态关注不明显。

第三节　美国小说研究的文学趋向

"改革开放"之后，中国的美国小说研究呈现出十分明显的去政治化倾向，研究的文学趋向也日渐明显，主要体现为：第一，艺术性日益成为美国小说研究的重要视角；第二，价值重估使美国小说主题研究日益多维化；第三，去固型化人物分析使被"偏平"的美国小说人物日益回归圆形人物。

一　艺术性：美国小说研究的重要视角

艺术性是"改革开放"后中国美国小说研究的重要视角，是美国小说研究趋向文学化的重要表征。艺术关注不仅是美国白人小说研究的突出特征，而且是美国少数族裔小说研究的重要特征，既体现在美国早期小说研究中，也体现在现当代美国小说研究中。

（一）美国早期白人小说和浪漫主义小说研究中的艺术关注

20世纪80年代，中国批评界对美国早期白人小说关注较少，对美国白人浪漫主义小说的关注主要集中于霍桑、梅尔维尔、爱伦·坡和库柏等小说家及其小说，研究比较关注《红字》的人物刻画、象征手法与心理描写、霍桑短篇小说艺术风格、霍桑小说艺术、霍桑的创作特色、爱伦·坡的短篇小说理论、爱伦·坡的短篇小说艺术和《皮袜子故事集》中的人物刻画，研究中的艺术关注比较明显。

90年代，中国批评界对美国早期白人小说和浪漫主义小说关注较多，研究中的艺术关注也明显增多，研究涉及霍桑及其《红字》、《牧师的黑面纱》和《好小伙布朗》，梅尔维尔及其《白鲸》和《速写员巴特尔比》，爱伦·坡及其《毛格街血案》（即《瑞莫格街的谋杀案》）和《人群中的人》，欧文及其《瑞普·凡·温克尔》以及库柏和布朗等小说家和小说。《红字》的系统化反衬手法、《红字》的象征手法与霍桑的文学观念、《红字》中的"圣经"意象、《红字》中的色彩意象美、《红字》中霍桑的修辞手法与风格、《红字》的艺术表现手法、《白鲸》的悲剧艺术效果、《速写员巴特尔比》中的巴特尔比形象和爱伦·坡小说的语言魅力等都是研究的热点关注，这些关注表明，艺术性是这一时期中国美国浪漫主义小说研究的重要视角。

（二）美国白人现实主义小说研究中的艺术关注

20世纪80年代，中国美国白人现实主义小说研究比较关注马克·吐温及其《百万英镑》、《哈克贝利·费恩历险记》、《败坏了哈德莱堡的人》和《汤姆·索亚历险记》，詹姆斯及其《黛西·米勒》、《专使》、《贵妇画像》和《螺丝拧紧》，肖邦及其《觉醒》以及哈特及其《扑克滩放逐的人们》等美国白人现实主义小说家和小说。《百万英镑》的语言技巧、《哈克贝利·费恩历险记》中美语方言的语法特点、马克·吐温和契诃夫的幽默之异同、《黛西·米勒》的艺术特色、《专使》中的情景反讽和詹姆斯的文体特征等颇受研究者关注，这些关注表明，艺术性是这一时期中国美国白人现实主义小说研究的重要视角。

20世纪90年代，中国美国白人现实主义小说研究范围进一步扩大，研究涉及马克·吐温的《哈克贝利·费恩历险记》、《竞选州长》、

《傻瓜威尔逊》、《汤姆·索亚历险记》和《败坏了哈德莱堡的人》，肖邦的《觉醒》和《一个小时的故事》，詹姆斯的《黛西·米勒》、《贵妇画像》、《假的》、《忙碌经纪人的浪漫史》和《宝石》，朱厄特的《白苍鹭》和吉尔曼的《黄色墙纸》等白人现实主义小说，研究中的艺术关注进一步增多，《哈克贝利·费恩历险记》的艺术特色、语言艺术、幽默艺术、对照与夸张，《汤姆·索亚历险记》的艺术特色，马克·吐温创作中的象征、马克·吐温的原始意象创造、马克·吐温短篇小说的幽默特色、马克·吐温小说幽默艺术的文化根源、马克·吐温的幽默技巧，《黛西·米勒》的艺术特色、《宝石》的文学语言、詹姆斯对西方现代小说的开拓性贡献，《觉醒》中的空间意象，《觉醒》与肖邦的艺术观、肖邦笔下的女性形象以及《白苍鹭》中的人文主义象征等都是研究的热点关注。

（三）美国白人自然主义小说研究中的艺术关注

20 世纪 80 年代，中国美国白人自然主义小说研究涵盖了美国文学史上占有重要地位的大部分自然主义小说家和小说，涉及德莱塞的《嘉莉妹妹》、《美国的悲剧》、"欲望三部曲"、《美国日记》、《珍妮姑娘》和《黑鬼杰夫》，欧·亨利的《警察与赞美诗》、《麦琪的礼物》和《最后的藤叶》，伦敦的《海狼》、《马丁·伊登》、《热爱生命》和《墨西哥人》以及克莱恩的《街头女郎玛琪》等小说，研究中的艺术关注比较明显，《美国的悲剧》的艺术构思特色、德莱塞"欲望三部曲"结尾的得与失、《黑鬼杰夫》中的自然主义倾向、德莱塞小说创作的自然主义倾向、《马丁·伊登》中的马丁·伊登形象，《警察与赞美诗》的构思艺术、结构和语言、欧·亨利小说的特色、《麦琪的礼物》与毛姆《全懂先生》艺术上的相似性、《最后的藤叶》的结构以及克莱恩的艺术观等都是研究的热点关注。

20 世纪 90 年代，中国美国白人自然主义小说研究关注的范围进一步扩大，研究涉及欧·亨利及其《二十年后》、《公主与美洲狮》、《最后的藤叶》、《耗费钱财的情人》、《麦琪的礼物》、《四百万》、《警察与赞美诗》、《命运之路》和《我们选择的道路》，德莱塞及其《嘉莉妹妹》、《美国的悲剧》、《请君入瓮》和《珍妮姑娘》，伦敦及其《马

丁·伊登》和《野性的呼唤》，克莱恩及其《红色英勇勋章》、《蓝色旅
店》和《老兵》，诺里斯及其《麦克提格》，辛克莱及其《屠场》以及
欧文·威斯特等小说家，研究中的艺术关注比 80 年代更多，德莱塞短
篇小说的创作艺术、德莱塞小说中的自然主义细节描写，《红色英勇勋
章》中的颜色使用、克莱恩的现代主义倾向，《警察与赞美诗》的结尾
艺术、幽默手法和主题表现艺术、《麦琪的礼物》的语言特色、《公主
与美洲狮》的"抽底式结构"、《我们选择的道路》的"葫芦形结构"、
欧·亨利的文体风格、欧·亨利短篇小说的艺术手法，伦敦的短篇小说
艺术以及伦敦小说《北方故事》的艺术特色等都是研究的热点关注。

（四）美国白人现代小说研究中的艺术关注

20 世纪 80 年代，随着"改革开放"，中国美国白人现代小说研究
范围迅速扩大，研究涉及福克纳及其《八月之光》、《献给艾米丽的玫
瑰》、《沙多里斯》、《喧哗与骚动》、《熊》、《圣殿》和《我弥留之际》，
海明威及其《老人与海》、《乞力马扎罗的雪》、《伊甸园》、《永别了，
武器》、《丧钟为谁而鸣?》、《尼克·亚当斯的故事》和《在异乡》，菲
茨杰拉德及其《了不起的盖茨比》，米切尔及其《飘》，斯坦贝克及其
《愤怒的葡萄》和《人鼠之间》，凯瑟及其《冤家》和《一个迷途的女
人》，安德森及其《林中之死》，帕索斯及其《美国》，麦卡勒斯及其
《伤心咖啡馆之歌》，韦尔蒂及其《一个作家的起点》，赛珍珠及其《大
地》和《大地的女儿》，刘易斯及其《大街》以及波特和华顿等重要美
国白人现代小说家和小说，研究中的艺术关注颇多，《老人与海》的描
写艺术、海明威的短篇小说艺术、海明威的美学思想及创作实践、海明
威的小说语言风格及其艺术张力、海明威的小说艺术、海明威与象征主
义、海明威与詹姆斯短篇小说的语言特色，《我弥留之际》的思维和与
语言、《喧哗与骚动》的小说技巧、时空艺术和"阴影"象征性、《献
给艾米丽的玫瑰》的风格、《熊》的主题及其美学意义、《熊》的语言
风格、《沙多里斯》中的语言和文化标志、福克纳的创作视角，《了不
起的盖茨比》的艺术形式和技巧、象征主义及其表现特点、菲茨杰拉德
的小说技巧、《一个迷途的女人》的表现手法、《愤怒的葡萄》的结构
和语言以及斯坦贝克语言的特点等都是研究的热点关注，这些关注表

明，艺术性是这一时期中国美国白人现代小说研究的重要视角。

　　20 世纪 90 年代，中国美国白人现代小说关注的小说家和小说进一步增多，涉及海明威的《老人与海》、《给她买了一只金丝鸟》、《永别了，武器》、《乞力马扎罗的雪》、《在异乡》、《丧钟为谁而鸣?》、《杀人者》、《一天的等待》和《岛之恋》，赛珍珠的《母亲》、《大地》三部曲、《我的中国世界》、《东风·西风》和短篇《圣诞早晨》，菲茨杰拉德的《了不起的盖茨比》和《夜色温柔》，福克纳的《献给艾米丽的玫瑰》、《喧嚣与骚动》、《熊》、《押沙龙，押沙龙!》、《我弥留之际》、《圣殿》、《去吧，摩西》、《夕阳》、《干燥的九月》、《莱巴嫩的玫瑰花》和《老人》，斯坦贝克的《愤怒的葡萄》和《人鼠之间》，凯瑟的《一个迷途的女人》、《我的安东妮娅》、《教授的房子》和《啊，拓荒者!》，华顿的《欢乐之家》和《伊坦·弗洛姆》，米切尔的《飘》，波特的《愚人船》、《偷窃》和《坟》，韦尔蒂的《被遗弃的韦瑟罗尔奶奶》和《庞德之心》，安德森的《母亲》、《小镇畸人》、《鸡蛋》和《林中之死》，奥康纳的《善良的乡下人》，麦卡勒斯的《伤心咖啡馆之歌》，帕索斯的《美国》三部曲以及斯泰因等美国白人现代小说家和小说，研究中的艺术关注比 80 年代更多更明显，热点关注主要有：《了不起的盖茨比》的叙事方式、"距离控制"、创作手法、人物性格及艺术特色、象征性艺术描写、象征手法的运用及其意义、艺术技巧、汽车隐喻、意象、《夜色温柔》中的深度模式、菲茨杰拉德的荒诞艺术、菲茨杰拉德小说作者与主人公的隐蔽距离，《献给艾米丽的玫瑰》中的并置对照技巧、《熊》的创作风格、《喧哗与骚动》的艺术特色、结构艺术和叙事艺术、《献给艾米丽的玫瑰》的叙事时间特征、《我弥留之际》中艾迪的内心独白、《押沙龙，押沙龙!》结构中的反讽及其意义、福克纳小说与戏剧的互文性、福克纳的南方人物和言语模式、福克纳小说的叙事手法、福克纳中短篇小说的结构艺术、福克纳的创作特色、福克纳与哈代创作视角的异同、《老人与海》的美学、人物塑造艺术手法、景物描写的意义与特色、《乞力马扎罗的雪》的意识流手法、《永别了，武器》中的人物会话风格、反讽与象征的叙事特色、《在异乡》的文体特征与象征意味、《岛之恋》的创作构思、海明威的"冰山"创作原则、海明威的文体风格、海明威小说创作的艺术特色、海明威小说的创作手法与语言风格、海明威小说的艺术风格、海明威小说的语言特色、《愤怒的葡萄》的复调性、《人鼠之间》的艺术成就、《林中之死》的叙述手法与象征艺术、《小城畸人》的思想内涵与艺术特色、安德森短篇小说中的神秘与美,《我的安东妮娅》的文体审美特征、《一个迷途的女人》中的双重视角、凯瑟的人物性格对照艺术、凯瑟的写作技巧与风格,奥康纳短篇小说的特色,赛珍珠的文艺观,《伊坦·弗洛姆》的描写特色,韦尔蒂小说的哥特式艺术、韦尔蒂的小说艺术、韦尔蒂的文体风格、《被遗弃的韦瑟罗尔奶奶》的叙事结构与叙述技巧,波特中短篇小说的创作艺术,《伤心咖啡馆之歌》的叙事艺术,《美国》三部曲的创作特色,斯泰因的创作技巧以及《飘》的艺术魅力等。

(五) 当代美国白人小说研究中的艺术关注

20世纪80年代,中国的当代美国白人小说研究关注范围很广,涉及契弗及其《再见,我的弟弟》、《住在郊区的丈夫》、《第四次警报》和《五点四十八分班车》,欧茨及其《他们》、《在冰山里》、《奇境》、《冬至》和《罗莎蒙特·密斯》,冯尼格特及其《胜利者早餐》 (即《冠军早餐》)、《囚徒》、《神枪手迪克》和《猫的摇篮》,厄普代克及其《兔子归窝》 (即《兔子归来》)、《兔子跑了》和《罗杰的说法》,海勒及其《第二十二条军规》,西格尔及其《爱情故事》,塞林格及其《麦田里的守望者》,多克托罗及其《潜鸟湖》,纳博科夫及其《洛丽塔》,肯·凯西及其《飞越杜鹃巢》,梅勒及其《裸者与死者》、《一场美国梦》和《古代的夜晚》,斯通及其《起源》,泰勒及其《孟菲斯的召唤》,卡波特及其《冷血》,邦诺斯基及其《燃烧的山谷》,克鲁亚克及其《在路上》,普拉斯及其《钟形罩》,欧文·肖及其《乞丐,窃贼》与《可以理解的失败》,肯尼迪及其《斑鸠菊》,小巴克利及其《马可·波罗,如果你能》,杰克逊及其《抽彩》,瑟伯及其《华尔特·密蒂的秘密生活》,麦克贝恩及其《荒岛剑鸣》,华莱士及其《无所不能》,米切纳及其《太空风云》以及安妮·泰勒、阿瑟·黑利、保罗·琼斯、布赖恩·穆尔、达夫妮·杜穆里埃、菲利普·迪克、弗雷德里克·福斯特、凯·博伊尔、克莱默、拉里·海涅曼、莱特·摩里斯、马克·温加纳、西德尼·谢尔顿、约翰·霍克斯和朱迪斯·格斯特等很多当代美国白人小说家和小说。从关注点来看，艺术性是研究的重要视角，当代美国小说的象征传统、当代美国小说的艺术性、当代美国小说开场白的语言特点、当代美国小说的创作技巧、当代英美小说的异同、《麦田里的守望者》的心理描写、语言特色、契弗短篇小说的艺术特色、《五点四十八分班车》的创作手法、摩里斯的创作风格、《钟形罩》的口语和诗歌文体特征等都是研究的热点关注。

　　20 世纪 90 年代，中国当代美国白人小说研究的关注范围进一步扩大，研究涉及海勒及其《第二十二条军规》、《出事了》和《此时彼时》，塞林格及其《麦田里的守望者》，厄普代克及其《对福特执政时期的回忆》、《来生》、《后半辈子与其他短篇》、《兔子，跑吧》和 *A&P*，欧茨及其《内罗比》、《黑水》、《自我封闭》、《奇境》、《如愿以偿》、《花痴》和《袒露心怀》，梅勒及其《裸者与死者》、《奥斯瓦尔德的故事：美国疑案》和《儿子的福音》，杰克逊及其《抽彩》、契弗及其《巨型收音机》，谢尔顿及其《世无定事》，冯尼格特及其《五号屠场》，卡佛及其《你在圣·弗兰西斯科做什么?》和《茫茫大海》，安妮·泰勒及其《圣人之举》和《岁月之梯》，卡波特及其《蒂凡尼的早餐》，安·贝蒂及其《像玻璃》和《燃烧的房子》，德里罗及其《白噪声》，罗宾·科克及其《昏迷》和《居心叵测》，纳博科夫及其《洛丽塔》和《天赋》，品钦及其《拍卖第四十九批》，斯泰伦及其《索菲的选择》，巴斯及其《漂浮的歌剧》、《路的尽头》和《萨巴斯的戏剧》，普拉斯及其《钟形罩》，霍克斯及其《第二层皮》，克鲁亚克及其《在路上》，肯·凯西及其《飞越杜鹃巢》，罗伯特·斯通及其《亡命之徒》，玛丽·戈登及其《余生》和《开销》，理查德·斯洛特金及其《强夺复生》和《枪手民族》，P. T. 多伊特曼及其《官方特权》，埃伦娜·卡斯特多及其《天堂》，芭芭拉·金索沃及其《动物梦》，保罗·泰鲁及其《领事的档案》，布伦达·韦伯斯特及其《母亲之罪》，丹尼尔·斯蒂文及其《最后的补偿》，蒂姆·奥布赖恩及其《追寻卡奇亚托》，华莱士·斯泰格勒及其《旁观的鸟》，简·斯迈利及其《哞》，迈克尔·克莱顿及其《失落的世界》，保尔·塞罗克斯及其《芝加哥闹市区》，斯蒂芬·W. 弗雷及其《竞选基金》，尤金·卢瑟·戈尔·维多尔及其《史密森学会》，沃克·珀西及其《影迷》，小麦考特及其《一个游泳的修道士》，约翰·凯西及其《半世的幸福》以及亨利·米勒、巴塞尔姆、库弗、卡佛、威廉·肯尼迪、斯蒂芬·金、欧文·斯通、彼得·泰勒、约翰·格里森姆、R. A. 拉佛迪、艾莉森·卢里、艾丽丝·亚当斯、安妮·普鲁、彼得·哈米尔、冯·斯特劳亨、布莱恩·弗里曼、歌鲁巴、哈罗德·鲁宾斯、科马克·麦卡锡、肯尼斯·罗伯茨、阿兰·莱特曼、理查德·福特、罗尔德·达尔、马里奥·贝内德蒂、玛丽·麦卡锡、玛西亚·缪勒、约翰·C. 麦克斯韦尔、梅维斯·加兰特、欧文·华莱士、乔治·丹尼生、约翰·艾汶、约翰·布鲁纳、约翰·赫赛、詹姆斯·米切纳和詹姆斯·索尔特等一大批当代美国白人小说家和小说。从研究视角来看，研究对当代美国白人小说的艺术关注进一步增多，当代美国小说结尾的开放性、当代美国小说的戏剧效应、当代美国小说的口头语言特点、当代美国小说的荒诞意识与表现形态、黑色幽默小说的美学技巧、黑色幽默小说的艺术特色、美国后现代反小说的艺术特征；《第二十二条军规》的结构、艺术与文体，《麦田里的守望者》的象征艺术、语言特色、色彩运用、思想艺术、反正统文化语言，《兔子，跑吧》的意象、"兔子"形象及小说的结构，《五号屠场》的艺术，契弗短篇小说的叙事艺术，杰克逊的创作艺术、《抽彩》的创作艺术，《拍卖第四十九批》的风格，巴塞尔姆的语言特色，《第二层皮》的后现代主义创作技巧以及契弗短篇小说的叙事艺术等都是研究的热点关注。

（六）美国黑人小说研究中的艺术关注

20 世纪 80 年代，中国美国黑人小说研究关注范围较窄，除了埃里森的《看不见的人》、鲍德温的《另一个国家》与《桑尼的布鲁士》、赖特的《土生子》和《女仆》、基伦斯的《扬布拉德一家》、休斯的《教授》、沃克的《紫色》、莫里森的《最蓝的眼睛》以及赫斯顿和安·佩特里等小说家和小说，没有美国黑人小说家和小说受到中国批评界关注。进入 90 年代，中国美国黑人小说研究关注范围逐步扩大，沃克及其《紫色》和《梅丽迪安》、埃里森及其《看不见的人》、赖特及其

《土生子》、莫里森及其《爵士乐》、《宠儿》、《秀拉》、《最蓝的眼睛》、《所罗门之歌》和《乐园》、奈勒及其《林登山》、休斯及其短篇小说《初秋》以及赫斯顿、盖尔·琼斯、安吉罗和马歇尔等小说家和小说都受到中国批评界关注。从关注点来看，艺术性是这一时期中国美国黑人小说研究的重要视角，《梅丽迪安》的艺术特色、《看不见的人》的象征手法、埃里森作品的思想艺术、赖特和埃里森小说的象征以及《最蓝的眼睛》的结构艺术等都是研究的热点关注。

（七）美国犹太小说研究中的艺术关注

20 世纪 70 年代末，马拉默德的《杜宾的生活》、《魔桶》和《店员》，罗斯的《鬼作家》和《信仰的维护者》，辛格的《市场街的斯宾诺莎》和《重逢》，贝娄的《赫索格》、《雨王汉德森》、《倒霉的人及其他》、《失言者》、《洪堡的礼物》、《再遭情变》、《奥吉·玛琪历险记》、《寻找格林先生》、《离别黄屋》和《老世道》以及沃克的《战争风云》和《战争与回忆》等美国犹太小说的艺术特色受到中国批评界不同程度关注。20 世纪 80 年代，更多美国犹太小说家和小说进入中国批评界，贝娄的《赫索格》、《雨王汉德森》和《洪堡的礼物》，罗斯的《再见吧，哥伦布》、《鬼作家》和《对立的生活》，马拉默德的《店员》、《头七年》、《上帝的恩惠》、《自选集》和《德国流亡者》，辛格的《卢布林的魔术师》、《原野之王》、《弥杜撒拉之死及其他故事》、《迟来的爱情》、《市场街的斯宾诺莎》、《老来恋》和《皮包》，戈尔德的《没有钱的犹太人》，沃克的《战争与回忆》和《战争风云》，欧芝克的《吃人的银河系》以及法斯特的《裘·库伦的忏悔》等美国犹太小说受到研究者较多关注，艺术性是这一时期中国美国犹太小说研究的重要视角，《店员》的文体与语言技巧、马拉默德及其创作体裁，辛格短篇小说的艺术技巧，《赫索格》的艺术表现手法、《雨王汉德森》中的荒诞虚构、《再遭情变》、《原野之王》、《弥杜撒拉之死及其他故事》、《市场街的斯宾诺莎》、《老来恋》、《鬼作家》、《对立的生活》和《吃人的银河系》等小说的艺术技巧都是研究的热点关注。

20 世纪 90 年代，中国美国犹太小说研究关注范围更广，涉及贝娄的《赫索格》、《奥吉·玛琪历险记》、《洪堡的礼物》、《赛姆勒先生的行星》、《只争朝夕》、《雨王汉德森》、《再遭情变》、《更多的人死于心碎》、《偷窃》和《实际情况》，罗斯的《再见吧，哥伦布》、《欺骗》、《萨巴斯的戏剧》和《传统继承》，马拉默德的《黑色是我最钟爱的颜色》、《店员》、《信》和《杜宾的生活》，辛格的《萧莎》、《羽毛皇冠》、《证件》和《第三者》，欧芝克的《帕特梅塞和赞瑟普》和《大围巾》，沃克的《战争风云》与《战争与回忆》以及美国早期犹太小说家亨利·罗斯。从研究视角来看，艺术关注是这一时期研究十分突出的特征，贝娄的创作技法、贝娄小说的艺术表现手法、《赫索格》的创作技巧、《偷窃》的新颖视角、《萧莎》的叙事风格、《羽毛皇冠》中羽毛皇冠的符号象征游戏以及《洪堡的礼物》、《再遭情变》、《实际情况》、《再见吧，哥伦布》、《萨巴斯的戏剧》、《传统继承》、《信》、《证件》、《第三者》和《大围巾》等小说的艺术特色都是研究的热点关注。

（八）华裔美国小说研究中的艺术关注

20 世纪 80 年代，除了聂华苓，很少有华裔美国小说家受到中国批评界特别关注。20 世纪 90 年代，中国华裔美国小说研究关注范围明显扩大，谭恩美、严歌苓、聂华苓和於梨华等华裔美国小说家受到研究者较多关注，华裔美国小说研究成果明显增多，但概论性研究居多，作家作品细读性研究较少，研究既有思想探讨，亦有艺术关注。

（九）美国印第安小说研究中的艺术关注

20 世纪 80 年代，中国批评界对美国印第安小说关注甚少，除了厄德里奇的《爱药》、《甜蔗女王》和《痕迹》，没有美国印第安小说受到批评界关注。20 世纪 90 年代，中国批评界对美国印第安小说关注明显增多，研究中的艺术关注也比较明显，莫马迪的《黎明之屋》、《名字》和《原始孩童》，韦尔奇的《血中冬季》、《吉姆洛尼之死》、《福尔斯克劳》和《印第安律师》，厄德里奇和道尔斯的《哥伦布王冠》，西尔科的《典仪》，厄德里奇的《爱药》和《痕迹》，维兹诺的《圣路易斯熊心灵的黑暗》、《暴露的大腿》、《格里夫：一个美国猴王在中国》和《自由的特里克斯特》以及美国早期印第安小说家西蒙·波卡贡的《森林女王》和达西·麦克尼克尔的《被困者》与《太阳下的奔跑者》等美国印第安小说的艺术特色都不同程度地受到研究者关注，艺术性成为这一时期中国美国印第安小说研究的一个重要视角。

二 价值重估：小说主题的多维研究

"改革开放"之后，随着社会政治意识形态影响的日益消退，中国批评界开始重新认识美国小说，重新评估美国小说的价值，研究者从多维视角分析解读美国小说的主题，这是美国小说研究趋向文学化的又一表征。不论美国早期小说研究还是现当代美国小说研究，也不论白人小说研究还是少数族裔小说研究，都比较注重小说主题多维解读。

（一）美国早期白人小说和浪漫主义小说主题的多维研究

20 世纪 80 年代，中国批评界对美国早期白人小说关注较少，对浪漫主义小说的关注主要涉及霍桑的《红字》、《好小伙布朗》、《人生的行列》和《牧师的黑面纱》，梅尔维尔的《白鲸》和《速写员巴特尔比》以及库柏的《皮袜子故事集》，关注点涉及《红字》的主题、《好小伙布朗》的道德主题、《白鲸》的社会意义和库柏《皮袜子故事集》的主题，有些关注（如《白鲸》的社会意义）在以前研究中从未有过，这一定程度上表明了美国白人浪漫主义小说研究中的价值重估倾向。

90 年代，中国批评界对美国早期白人小说和浪漫主义小说关注较多，研究中的价值重估倾向更加明显，研究涉及霍桑的《红字》、《牧师的黑面纱》和《好小伙布朗》，梅尔维尔的《白鲸》和《速写员巴特尔比》，爱伦·坡的《毛格街血案》（即《瑞莫格街的谋杀案》）与《人群中的人》和欧文的《瑞普·凡·温克尔》等小说，《红字》中的宗教道德观和道德观念、《牧师的黑面纱》中的清教观、霍桑小说创作中的宗教精神以及《白鲸》中的人道主义思想等都是研究的热点关注，这些关注在以前美国白人浪漫主义小说研究中从未出现过。

（二）美国白人现实主义小说主题的多维研究

20 世纪 80 年代，中国美国白人现实主义小说研究涉及马克·吐温的《百万英镑》、《败坏了哈德莱堡的人》、《镀金时代》、《哈克贝利·费恩历险记》、《傻瓜威尔逊》、《汤姆·索亚历险记》和《王子与贫儿》，詹姆斯的《贵妇画像》、《黛西·米勒》和《螺丝拧紧》，贝拉宓的《回头看》，肖邦的《觉醒》以及哈特的《扑克滩放逐的人们》等小说，但总体上讲，除了马克·吐温和詹姆斯，其他美国白人现实主义小说家并没有受到很多关注。90年代，中国批评界对美国白人现实主义小说的关注进一步增多，除了马克·吐温及其《哈克贝利·费恩历险记》、《竞选州长》、《傻瓜威尔逊》、《汤姆·索亚历险记》和《败坏了哈德莱堡的人》，其他美国白人现实主义小说家如詹姆斯、肖邦、朱厄特、吉尔曼和范妮·弗恩及其作品也受到批评界关注，研究者从多维角度分析解读了肖班的《觉醒》和《一个小时的故事》，詹姆斯的《黛西·米勒》、《贵妇画像》、《假的》、《忙碌经纪人的浪漫史》和《宝石》，朱厄特的《白苍鹭》和吉尔曼的《黄色墙纸》等小说的主题思想，探讨了吉尔曼的妇女观及其思想渊源以及吉尔曼的生平及其女权思想，体现了美国白人现实主义小说研究中的价值重估倾向。

（三）美国白人自然主义小说主题的多维研究

20世纪80年代，中国美国白人自然主义小说研究涉及德莱塞的《嘉莉妹妹》、《美国的悲剧》、"欲望三部曲"、《美国日记》、《珍妮姑娘》和《黑鬼杰夫》，欧·亨利的《警察与赞美诗》、《麦琪的礼物》和《最后的藤叶》，伦敦的《海狼》、《马丁·伊登》、《热爱生命》和《墨西哥人》以及克莱恩的《街头女郎玛琪》等小说，研究从多维角度分析解读了这些作品的主题思想，《黑鬼杰夫》中的自然主义倾向、德莱塞小说创作的自然主义倾向、欧·亨利的生活与创作以及克莱恩作品中的自然主义等都是研究的热点关注。

20世纪90年代，中国批评界对美国白人自然主义小说的关注进一步增多，从多维角度分析解读小说主题的倾向更为明显，研究涉及欧·亨利的《二十年后》、《公主与美洲狮》、《最后的藤叶》、《耗费钱财的情人》、《麦琪的礼物》、《四百万》、《警察与赞美诗》、《命运之路》和《我们选择的道路》，德莱塞的《嘉莉妹妹》、《美国的悲剧》、《请君入瓮》和《珍妮姑娘》，伦敦的《马丁·伊登》和《野性的呼唤》，克莱恩的《红色英勇勋章》、《蓝色旅店》和《老兵》，诺里斯的《麦克提格》以及辛克莱的《屠场》等小说，热点关注有：《嘉莉妹妹》中的机械论哲学观、德莱塞笔下的美国梦与美国悲剧、德莱塞的道德观、德莱塞小说的现代主题、德莱塞小说中的生活、人物与命运、新版《珍妮姑娘》与德莱塞的初衷，《蓝色旅店》中的自然主义因素、克莱恩的现代主义倾向，欧·亨利的现实主义、欧·亨利小说的价值观，《马丁·伊登》中马丁·伊登的美国梦以及伦敦北方小说的创作意图，研究深入挖掘了这些小说家及其作品中前人未发觉的价值，具有明显的价值重估倾向。

（四）美国白人现代小说主题的多维研究

20 世纪 70 年代末，中国美国白人现代小说研究只涉及海明威及其《老人与海》和米切尔及其《飘》等为数不多的小说家及小说。20 世纪 80 年代，中国美国白人现代小说研究关注范围明显扩大，涉及福克纳的《八月之光》、《献给艾米丽的玫瑰》、《沙多里斯》、《喧哗与骚动》、《熊》、《圣殿》和《我弥留之际》，海明威的《老人与海》、《乞力马扎罗的雪》、《伊甸园》、《永别了，武器》、《丧钟为谁而鸣?》、《尼克·亚当斯的故事》和《在异乡》，菲茨杰拉德的《了不起的盖茨比》，米切尔的《飘》，斯坦贝克的《愤怒的葡萄》和《人鼠之间》，凯瑟的《冤家》和《一个迷途的女人》，安德森的《林中之死》，帕索斯的《美国》，麦卡勒斯的《伤心咖啡馆之歌》，韦尔蒂的《一个作家的起点》，赛珍珠的《大地》和《大地的女儿》以及刘易斯的《大街》等很多小说，研究从多维角度分析解读了《永别了，武器》的主题思想、海明威的"硬汉性格"与其作品中的人物形象、海明威的"准则英雄"、《我弥留之际》的思维、《喧哗与骚动》中的时间与历史、《献给艾米丽的玫瑰》的主题、《熊》的主题、《八月之光》的主题、福克纳第二创作期小说中的南方种族意识、福克纳小说的深层意蕴、福克纳与通俗文化、福克纳关于白人种族主义的观点以及凯瑟的印第安之恋等热点问题，体现了美国白人现代小说研究中的价值重估态势。

20 世纪 90 年代，中国的美国白人现代小说研究关注范围进一步扩大，研究中的价值重估倾向更为明显，研究涉及海明威的《老人与海》、《给她买了一只金丝鸟》、《永别了，武器》、《乞力马扎罗的雪》、《在异乡》、《丧钟为谁而鸣?》、《杀人者》、《一天的等待》和《岛之恋》，赛珍珠的《母亲》、《大地》三部曲、《我的中国世界》、《东风·西风》和《圣诞早晨》，菲茨杰拉德的《了不起的盖茨比》和《夜色温柔》，福克纳的《献给艾米丽的玫瑰》、《喧嚣与骚动》、《熊》、《押沙龙，押沙龙!》、《我弥留之际》、《圣殿》、《去吧，摩西》、《夕阳》、《干燥的九月》、《莱巴嫩的玫瑰花》和《老人》，斯坦贝克的《愤怒的葡萄》和《人鼠之间》，凯瑟的《一个迷途的女人》、《我的安东妮娅》、《教授的房子》和《啊，拓荒者!》，华顿的《欢乐之家》和《伊坦·弗洛姆》，米切尔的《飘》，波特的《愚人船》、《偷窃》和《坟》，韦尔蒂的《被遗弃的韦瑟罗尔奶奶》和《庞德之心》，安德森的《母亲》、《小镇畸人》、《鸡蛋》和《林中之死》，奥康纳的《善良的乡下人》，麦卡勒斯的《伤心咖啡馆之歌》和帕索斯的《美国》三部曲等很多小说，研究从多维角度分析解读了菲茨杰拉德、福克纳、海明威、斯坦贝克、安德森、凯瑟、华顿、赛珍珠、韦尔蒂、波特和米切尔等小说家作品的主题思想，涉及《了不起的盖茨比》的时代特征、文化神话模式、《了不起的盖茨比》中的美国东西部差异、汽车隐喻、盖茨比悲剧的原因、《夜色温柔》中的自我放逐主题、菲茨杰拉德描写金钱财富的原因、菲茨杰拉德小说中的无限可能性现象及其根源、菲茨杰拉德与他的"美国梦"、菲茨杰拉德的悲剧人生观及其代表作以及菲茨杰拉德笔下的再生神话，《去吧，摩西》的主题、《熊》的双重神话原型及主题、《熊》的象征意义与创作主题、《喧哗与骚动》的意识流主题、时间观与历史意识、《喧哗与骚动》中南方世界的文化与历史、《押沙龙，押沙龙!》中的人生哲学、福克纳笔下女性的悲剧命运、福克纳小说创作与基督教文化的关联、福克纳小说的神秘侦探情结、福克纳小说中的南方文化情结、福克纳小说的思想、福克纳小说中的悲剧因素、福克纳小说中的基督教原型、福克纳的乡恋情结，《老人与海》的哲学意味、《老人与海》中的阿Q主义与桑提亚哥精神、大马林鱼形象的象征意义、《在异乡》的象征意味、海明威的人生经历与其主要作品的创作特色、海明威的创作及其创作思想分期问题、海明威式主人公的天路历程、海明威小说的悲剧意识，《愤怒的葡萄》的思想内涵、《人鼠之间》的主题、斯坦贝克"蒙特雷小说"中的人生哲学、斯坦贝克文学创作中的道德主题、逃避现实主题与履行义务主题，《小城畸人》的思想内涵与现代意识、安德森短篇小说中的神秘与美，《啊，拓荒者!》中的女权主义倾向、凯瑟及其小说中的印第安主题，奥康纳小说文本中的不同声音、奥康纳作品的宗教思想、奥康纳的种族立场，《我的中国世界》的多重价值、赛珍珠的中国心，华顿的羞愧意识、《伤心咖啡馆之歌》的复义主题和《飘》的价值与社会轰动效应等，研究中的价值重估倾向甚为明显。

（五）当代美国白人小说主题的多维研究

20 世纪 70 年代末开始，当代美国白人小说逐渐受到中国批评界关注。进入 80 年代，中国当代美国白人小说研究范围迅速扩大，涉及冯尼格特及其《猫的摇篮》、《冠军早餐》、《囚徒》和《神枪手迪克》，海勒及其《第二十二条军规》和《像戈尔德那样好》，厄普代克及其《兔子归来》、《兔子跑了》、《超级食品市场》和《罗杰的说法》，肯·凯西及其《飞跃杜鹃巢》，梅勒及其《裸者与死者》、《一场美国梦》和《古代的夜晚》，塞林格及其《麦田里的守望者》，邦诺斯基及其《燃烧的山谷》，卡波特及其《冷血》，克鲁亚克及其《在路上》，欧文·肖及其《乞丐，窃贼》，契弗及其《再见，我的弟弟》、《住在郊区的丈夫》、《第四次警报》和《五点四十八分班车》，欧茨及其《他们》、《在冰山里》、《奇境》、《冬至》和《罗莎蒙特·密斯》，西格尔及其《爱情故事》，多克托罗及其《潜鸟湖》，纳博科夫及其《洛丽塔》，斯通及其《起源》，泰勒及其《孟菲斯的召唤》，普拉斯及其《钟形罩》，欧文·肖及其《可以理解的失败》，肯尼迪及其《斑鸠菊》，小巴克利及其《马可·波罗，如果你能》，杰克逊及其《抽彩》，瑟伯及其《华尔特·密蒂的秘密生活》，麦克贝恩及其《荒岛剑鸣》，华莱士及其《无所不能》，米切纳及其《太空风云》以及安妮·泰勒、阿瑟·黑利、保罗·琼斯、布赖恩·穆尔、达夫妮·杜穆里埃、菲利普·迪克、弗雷德里克·福斯特、凯·博伊尔、拉里·海涅曼、莱特·摩里斯、马克·温加纳、西德尼·谢尔顿、约翰·霍克斯和朱迪斯·格斯特等许多小说家和小说，研究从多维角度分析解读了这些小说家及作品的主题思想，热点关注涉及当代美国小说中的南方传统、当代美国小说的象征传统、当代美国小说的思想性、当代美国小说中的异化问题、当代英美小说的异同、"二战"后美国小说中的现实主义与自然主义、《麦田里的守望者》

的时代主题、契弗短篇小说中的幻灭感与认识价值以及霍克斯的创作思想，研究具有比较明显的价值重估倾向。

20世纪90年代，中国当代美国白人小说研究关注范围进一步扩大，多维角度解读小说主题的倾向更为明显，研究从不同角度分析解读了很多当代美国白人小说家及其作品的主题思想，涉及海勒及其《第二十二条军规》、《出事了》和《此时彼时》，塞林格及其《麦田里的守望者》，厄普代克及其《对福特执政时期的回忆》、《来生》、《后半辈子与其他短篇》、《兔子，跑吧》和 A&P，欧茨及其《内罗比》、《黑水》、《自我封闭》、《奇境》、《如愿以偿》、《花痴》和《袒露心怀》，梅勒及其《裸者与死者》、《奥斯瓦尔德的故事：美国疑案》和《儿子的福音》，杰克逊及其《抽彩》，契弗及其《巨型收音机》，谢尔顿及其《世无定事》，冯尼格特及其《五号屠场》，卡佛及其《你在圣·弗兰西斯科做什么?》和《茫茫大海》，安妮·泰勒及其《圣人之举》和《岁月之梯》，卡波特及其《蒂凡尼的早餐》，安·贝蒂及其《像玻璃》和《燃烧的房子》，德里罗及其《白噪声》，罗宾·科克及其《昏迷》和《居心叵测》，纳博科夫及其《洛丽塔》和《天赋》，品钦及其《拍卖第四十九批》，斯泰伦及其《索菲的选择》，巴斯及其《漂浮的歌剧》、《路的尽头》和《萨巴斯的戏剧》，普拉斯及其《钟形罩》，霍克斯及其《第二层皮》，克鲁亚克及其《在路上》，肯·凯西及其《飞越杜鹃巢》，斯通及其《亡命之徒》，戈登及其《余生》和《开销》，斯洛特金及其《强夺复生》和《枪手民族》，多伊特曼及其《官方特权》，卡斯特多及其《天堂》，金索沃及其《动物梦》，泰鲁及其《领事的档案》，韦伯斯特及其《母亲之罪》，斯蒂文及其《最后的补偿》，奥布赖恩及其《追寻卡奇亚托》，斯泰格勒及其《旁观的鸟》，斯迈利及其《哞》，克莱顿及其《失落的世界》，塞罗克斯及其《芝加哥闹市区》，弗雷及其《竞选基金》，维多尔（Eugene Luther Gore Vidal）及其《史密森学会》，珀西及其《影迷》，小麦考特及其《一个游泳的修道士》，约翰·凯西及其《半世的幸福》以及巴塞尔姆、库弗、亨利·米勒、威廉·肯尼迪、斯蒂芬·金、欧文·斯通、彼得·泰勒、约翰·格里森姆、R. A. 拉佛迪、艾莉森·卢里、艾丽丝·亚当斯、安妮·普鲁、彼得·哈米尔、冯·斯特劳亨、布莱恩·弗里曼、歌鲁巴、哈罗德·鲁宾斯、科马克·麦卡锡、肯尼斯·罗伯茨、阿兰·莱特曼、理查德·福特、罗尔德·达尔、马里奥·贝内德蒂、玛丽·麦卡锡、玛西亚·缪勒、约翰·C. 麦克斯韦尔、梅维斯·加兰特、欧文·华莱士、乔治·丹尼生、约翰·艾汶、约翰·布鲁纳、约翰·赫赛、詹姆斯·米切纳和詹姆斯·索尔特等小说家，研究关注当代美国小说的戏剧效应、当代美国小说的写实现象、当代美国南方小说中的"怪诞"现象、当代美国小说中的"行旅"主题模式、当代美国小说的荒诞意识与表现形态、黑色幽默小说中的回归意识、黑色幽默小说的社会文化背景和哲学蕴含、战后美国小说的当代性与新现实主义、美国当代写实小说的产生背景、美国当代哥特式小说的主题思想、欧茨小说创作中的女性视野、契弗小说人物的精神特征、厄普代克的创作思想、"兔子"系列作品政治小说的倾向、冯尼格特小说的荒诞性、杰克逊的创作思想、《白噪声》和美国后现代主义文学的关系、《飞越杜鹃巢》的基督教背景以及弗里曼短篇小说的主题等热点问题，彰显了当代美国白人小说研究中的价值重估态势。

（六）美国黑人小说主题的多维研究

20 世纪 70 年代末，中国美国黑人小说研究只涉及亚历克斯·哈利的《根》、基伦斯的《上帝保佑美国》和鲍德温的《今天早晨，今天晚上，真快》等为数不多的黑人小说。进入 80 年代，中国美国黑人小说研究关注范围明显扩大，涉及埃里森的《看不见的人》、鲍德温的《另一个国家》和《桑尼的布鲁士》、赖特的《土生子》和《女仆》、基伦斯的《扬布拉德一家》、休斯的《教授》、沃克的《紫色》、莫里森的《最蓝的眼睛》以及赫斯顿和安·佩特里等小说家，研究以概论性评介为主，具体小说文本细读性研究较少。

20 世纪 90 年代，中国美国黑人研究关注范围进一步扩大，具体小说文本细读性研究较多，多维解读小说主题的倾向比较明显，研究涉及沃克及其《紫色》和《梅丽迪安》，埃里森及其《看不见的人》，赖特及其《土生子》，莫里森及其《爵士乐》、《宠儿》、《秀拉》、《最蓝的眼睛》、《所罗门之歌》和《乐园》，奈勒及其《林登山》，休斯及其《初秋》以及赫斯顿、盖尔·琼斯、安吉罗和马歇尔等小说家，《看不见的人》、《紫色》、《宠儿》、《秀拉》、《所罗门之歌》和《最蓝的眼睛》等小说的主题思想以及埃里森小说的文化意义、赖特和埃里森小说的象征、莫里森对重建美国黑奴文学的贡献、赫斯顿的生平与创作、安吉罗与其自传体小说和美国黑人男作家对黑人女作家作品的评论等成为研究的热点关注，研究中的价值重估倾向甚为明显。

（七）美国犹太小说主题的多维研究

20 世纪 70 年代末，马拉默德的《杜宾的生活》、《魔桶》和《店员》，辛格的《市场街的斯宾诺莎》及短篇小说《重逢》，罗斯的《鬼作家》和《信仰的维护者》，贝娄的《赫索格》、《雨王汉德森》、《倒霉的人及其他》、《失言者》、《洪堡的礼物》、《再遭情变》、《奥吉·玛琪历险记》、《寻找格林先生》、《离别黄屋》和《老世道》，沃克的《战争风云》和《战争与回忆》等美国犹太小说受到中国批评界关注，这些小说的主题思想成为批评界的热点关注。进入 80 年代，中国美国犹太小说研究关注范围进一步扩大，涉及马拉默德及其《店员》、《头七年》、《上帝的恩惠》和《自选集》，贝娄及其《赫索格》、《雨王汉德森》、《寻找格林先生》、《倒霉的人及其他》、《失言者》、《洪堡的礼物》、《离别黄屋》、《再遭情变》和《奥吉·玛琪历险记》，辛格及其《卢布林的魔术师》、《原野之王》、《弥杜撒拉之死及其他故事》、《迟来的爱情》、《市场街的斯宾诺莎》和《老来恋》，罗斯及其《再见吧，哥伦布》、《鬼作家》和《对立的生活》，欧芝克及其《吃人的银河系》，戈尔德及其《没有钱的犹太人》，沃克及其《战争与回忆》和《战争风云》和法斯特及其《裘·库伦的忏悔》，80 年代美国犹太小说的主题、美国犹太小说中的异化问题、马拉默德作品中的异化问题、贝娄小说人物的两性意识、辛格短篇小说的主题、辛格笔下的犹太社会、辛格的创作思想，《雨王汉德森》中的荒诞虚构与严肃主题以及《倒霉的人及其他》、《洪堡的礼物》、《再遭情变》、《原野之王》、《弥杜撒拉之死及其他故事》、《市场街的斯宾诺莎》、《老来恋》、《鬼作家》、《对立的生活》和《吃人的银河系》等小说的主题思想成为研究关注的热点问题，多维解读和价值重估成为研究的突出特征。

20 世纪 90 年代，中国美国犹太小说研究中的多维解读倾向更为明显，研究关注范围更广，涉及贝娄及其《赫索格》、《奥吉·玛琪历险记》、《洪堡的礼物》、《赛姆勒先生的行星》、《只争朝夕》、《雨王汉德森》、《再遭情变》、《更多的人死于心碎》、《偷窃》和《实际情况》，罗斯及其《再见吧，哥伦布》、《欺骗》、《萨巴斯的戏剧》和《传统继承》，马拉默德及其《黑色是我最钟爱的颜色》、《店员》、《信》和《杜宾的生活》，辛格及其《萧莎》、《羽毛皇冠》、《证件》和《第三者》，欧芝克及其《帕特梅塞和赞瑟普》和《大围巾》，沃克及其《战争风云》与《战争与回忆》以及美国早期犹太小说家亨利·罗斯，研究热点涉及当代美国犹太小说中蕴含的孤儿状态、犹太文化与美国犹太小说、美国犹太小说人物体现的犹太文化与犹太身份、美国犹太小说的"犹太性"及其代表价值、美国犹太小说中的"父与子"母题、美国犹太小说的主题模式、当代美国犹太小说中的异化主题、当代美国犹太小说家笔下的异化内涵以及贝娄笔下的职业女性、贝娄小说及其价值、贝娄笔下的金钱世界、贝娄小说的悲喜情绪趋向、贝娄小说中的两性意识、贝娄小说主人公的认识方式、贝娄小说的存在主义、贝娄小说中的历史主题、贝娄小说的现代性意蕴，罗斯小说的主题及其文化意蕴，马拉默德的犹太道德观、马拉默德小说中的肤色及其意义，辛格小说创作主题模式的文化意蕴、辛格创作的传统取向、辛格宗教题材短篇小说中的传统与现实、辛格小说中的"民族忧煎情结"、辛格的宗教意识及其创作；《赫索格》中的自我乌托邦思想、现实主义与现代主义、迷惘与探寻、《赫索格》与当代人的生存困境、《奥吉·玛琪历险记》的神话母题与追寻主题、《洪堡的礼物》的存在主义思想、《赛姆勒先生的行星》中的人性与希望、《只争朝夕》中的人生陷阱、金钱世界与超越时空警钟、《只争朝夕》与当今社会中的情感与理性、《更多的人死于心碎》与当代生活、《偷窃》的深邃意蕴，《店员》中的犹太性与人性、痛苦、爱和希望、《杜宾的生活》中的欲望及欲望之歌，《萧莎》的文化母题，《战争风云》与《战争与回忆》中的人道主义倾向，《帕特梅塞和赞瑟普》中有生命的"假人"及假人形象创造的意义以及《再遭情变》、《实际情况》、《再见吧，哥伦布》、《萨巴斯的戏剧》、《传统继承》、《黑色是我最钟爱的颜色》、《信》、《证件》、《第三者》和《大围巾》等小说的主题思想，彰显了中国美国犹太小说研究中的价值重估态势。

（八）华裔美国小说主题的多维研究

20 世纪 80 年代，华裔美国小说进入中国批评界，但除了聂华苓，很少有华裔美国小说家受到批评界特别关注。进入 90 年代，中国批评界对华裔美国小说关注范围明显扩大，谭恩美、严歌苓、聂华苓和於梨华等华裔小说家受到批评界较多关注，谭恩美小说中旧中国妇女的命运及美籍华裔的根情结、聂华苓小说创作的社会文化心态、严歌苓的新移民小说以及於梨华及其留学生题材小说的主题成为研究的热点关注，研究中的多维解读和价值重估倾向比较明显。

（九）美国印第安小说主题的多维研究

20 世纪 80 年代，中国的美国印第安小说研究只涉及厄德里奇及其个别小说，如《爱药》、《甜蔗女王》和《痕迹》。进入 90 年代，中国美国印第安小说研究关注范围明显扩大，涉及小说家和小说较多，研究从多维角度分析解读了 90 年代美国印第安小说的主题、当代美国印第安小说的背景与现状、90 年代美国印第安小说中主人公的演变以及莫马迪的《黎明之屋》、《名字》和《原始孩童》，韦尔奇的《血中冬季》、《吉姆洛尼之死》、《福尔斯克劳》和《印第安律师》，厄德里奇的《爱药》和《痕迹》，厄德里奇和道尔斯的《哥伦布王冠》，西尔科的《典仪》，维兹诺的《圣路易斯熊心灵的黑暗》、《暴露的大腿》、《格里夫：一个美国猴王在中国》和《自由的特里克斯特》，西蒙·波卡贡的《森林女王》，达西·麦克尼克尔的《被困者》和《太阳下的奔跑者》等小说的主题思想，研究彰显了中国批评界对美国印第安小说及其价值的重新认识与重新评估。

三 走向"圆形人物"：小说人物形象的去固型化分析

对小说人物形象进行去固型化分析，是"改革开放"后中国美国小说研究的突出特征和趋向文学化的重要表征。无论美国早期小说研究还是现当代美国小说研究，也不论美国白人小说研究还是美国少数族裔小说研究，去固型化的人物形象分析都比较明显。去固型化分析使过去被

"偏平"的美国小说人物重新成为"圆形人物"。

（一）美国早期白人小说和浪漫主义小说人物的去固型化分析

20 世纪 80 年代，中国的美国早期白人小说和浪漫主义小说研究涉及霍桑的《红字》、《好小伙布朗》、《人生的行列》和《牧师的黑面纱》，梅尔维尔的《白鲸》和《速写员巴特尔比》，库柏的《皮袜子故事集》以及爱伦·坡和希尔德里斯等小说家，但涉及小说人物分析很少，除了《红字》和《皮袜子故事集》，其他小说研究鲜有人物分析。

20 世纪 90 年代，中国的美国早期白人小说和浪漫主义小说研究关注范围扩大，涉及霍桑的《红字》、《牧师的黑面纱》和《好小伙布朗》，梅尔维尔的《白鲸》和《速写员巴特尔比》，爱伦·坡的《毛格街血案》（即《瑞莫格街的谋杀案》）和《人群中的人》，欧文的《瑞普·凡·温克尔》以及库柏和早期小说家布朗，研究中的人物分析明显增多，《红字》中的珠儿形象及其作用和《速写员巴特尔比》中的巴特尔比形象受到研究者较多关注，研究者从新的角度对他们的形象进行分析解读，消除了过去意识形态分析赋予他们的固型化形象。

（二）美国白人现实主义小说人物的去固型化分析

20 世纪 80 年代，中国的美国白人现实主义小说研究涉及马克·吐温的《百万英镑》、《竞选州长》、《儿子与贫儿》、《哈克贝利·费恩历险记》、《败坏了哈德莱堡的人》和《汤姆·索亚历险记》，詹姆斯的《黛西·米勒》、《贵妇画像》和《螺丝拧紧》，肖邦的《觉醒》以及哈特的《扑克滩放逐的人们》等小说中的人物形象，《哈克贝利·费恩历险记》中的主人公费恩和《汤姆·索亚历险记》中的主人公索亚受到研究者特别关注，研究者对比分析了汤姆·索亚与哈克贝利·费恩的异同，从女性原则角度解读了哈克贝利·费恩形象，使读者对这些小说人物有了新的认识，消除了过去意识形态分析赋予他们的固型化形象。

20 世纪 90 年代，中国的美国白人现实主义小说研究涉及更多人物分析，马克·吐温的《哈克贝利·费恩历险记》、《竞选州长》、《傻瓜威尔逊》、《汤姆·索亚历险记》和《败坏了哈德莱堡的人》，詹姆斯的《黛西·米勒》、《贵妇画像》、《假的》、《忙碌经纪人的浪漫史》和《宝石》，肖邦的《觉醒》和《一个小时的故事》，朱厄特的《白苍鹭》

和吉尔曼的《黄色墙纸》等小说中的人物均受到研究者关注，《哈克贝利·费恩历险记》、《觉醒》和《黄色墙纸》的主人公是研究者关注的热点。研究者从女性主义角度分析解读了肖邦笔下的女性形象和吉尔曼的妇女观与女权思想，从新的角度勾勒了肖邦和吉尔曼小说人物的形象，消解了过去意识形态分析和男权意识赋予这些人物的固型化形象，使他们的创造者成为"被重新发现的"作家。

（三）美国白人自然主义小说人物的去固型化分析

20世纪80年代，中国的美国白人自然主义小说研究涉及德莱塞的《嘉莉妹妹》、《美国的悲剧》、"欲望三部曲"、《美国日记》、《珍妮姑娘》和《黑鬼杰夫》，欧·亨利的《警察与赞美诗》、《麦琪的礼物》和《最后的藤叶》，伦敦的《海狼》、《马丁·伊登》、《热爱生命》和《墨西哥人》以及克莱恩的《街头女郎玛琪》等小说中的主要人物形象，《马丁·伊登》和《嘉莉妹妹》两部小说中的主人公是研究者关注的热点。研究者从新的角度对《嘉莉妹妹》中的嘉莉妹妹和《马丁·伊登》中的马丁·伊登这两个小说人物形象进行了分析解读，赋予他们新的形象，使他们从过去意识形态化分析赋予他们的固型化形象中走出来，让读者重新认识并看待他们。

20世纪90年代，中国的美国白人自然主义小说研究涉及更多人物分析，欧·亨利的《二十年后》、《公主与美洲狮》、《最后的藤叶》、《耗费钱财的情人》、《麦琪的礼物》、《四百万》、《警察与赞美诗》、《命运之路》和《我们选择的道路》，德莱塞的《嘉莉妹妹》、《美国的悲剧》、《请君入瓮》和《珍妮姑娘》，伦敦的《马丁·伊登》和《野性的呼唤》，克莱恩的《红色英勇勋章》、《蓝色旅店》和《老兵》，诺里斯的《麦克提格》以及辛克莱的《屠场》等小说中的主要人物均受到研究者不同程度关注，《嘉莉妹妹》、《美国的悲剧》和《红色英勇勋章》中的主要人物成为研究者关注的热点。研究者分析解读了德莱塞笔下的青年形象及其小说中的人物和命运，对比分析了德莱塞《美国的悲剧》与司汤达《红与黑》、《嘉莉妹妹》与《德伯家的苔丝》、伦敦《马丁·伊登》与菲茨杰拉德《了不起的盖茨比》、伦敦《野性的呼唤》与戈尔丁《蝇王》中主要人物的异同，从新的角度突显了德莱赛和伦敦小说人物的形象，使读者对他们有了新的认识，改变了对他们的固型化形象定位。

（四）美国白人现代小说人物的去固型化分析

20世纪80年代，中国的美国白人现代小说研究涉及福克纳的《八月之光》、《献给艾米丽的玫瑰》、《沙多里斯》、《喧哗与骚动》、《熊》、《圣殿》和《我弥留之际》，海明威的《老人与海》、《乞力马扎罗的雪》、《伊甸园》、《永别了，武器》、《丧钟为谁而鸣?》、《尼克·亚当斯的故事》和《在异乡》，菲茨杰拉德的《了不起的盖茨比》，米切尔的《飘》，斯坦贝克的《愤怒的葡萄》和《人鼠之间》，凯瑟的《冤家》和《一个迷途的女人》，安德森的《林中之死》，帕索斯的《美国》，麦卡勒斯的《伤心咖啡馆之歌》，韦尔蒂的《一个作家的起点》，赛珍珠的《大地》和《大地的女儿》，刘易斯的《大街》等小说以及波特和华顿等小说家笔下的主要人物形象，《喧哗与骚动》、《献给艾米丽的玫瑰》、《老人与海》和《了不起的盖茨比》等小说中的主要人物受到研究者较多关注。由于社会政治意识形态影响的淡化，研究者不再从"积极进步的"和"消极颓废的"角度认识和分析美国现代小说人物，而从非意识形态角度重新认识他们的思想与行为，对他们进行新的分析解读。海明威的"硬汉性格"与其作品中的人物形象、海明威的"准则英雄"与其小说的主人公以及《八月之光》中的人物形象成为研究者关注的热点。通过对这些热点的分析解读，研究者消解了过去意识形态化分析赋予海明威和福克纳小说人物的固型化形象，使读者对他们有了新的认识，形成了新的形象定位。

20世纪90年代，中国的美国白人现代小说研究涉及更多人物分析，海明威的《老人与海》、《给她买了一只金丝鸟》、《永别了，武器》、《乞力马扎罗的雪》、《在异乡》、《丧钟为谁而鸣?》、《杀人者》、《一天的等待》和《岛之恋》，赛珍珠的《母亲》、《大地》三部曲、《我的中国世界》、《东风·西风》和短篇《圣诞早晨》，菲茨杰拉德的《了不起的盖茨比》和《夜色温柔》，福克纳的《献给艾米丽的玫瑰》、《喧嚣与骚动》、《熊》、《押沙龙，押沙龙!》、《我弥留之际》、《圣殿》、《去吧，摩西》、《夕阳》、《干燥的九月》、《莱巴嫩的玫瑰花》和《老人》，斯坦贝克的《愤怒的葡萄》和《人鼠之间》，凯瑟的《一个迷途的女人》、《我的安东妮娅》、《教授的房子》和《啊，拓荒者!》，华顿的《欢乐之家》和《伊坦·弗洛姆》，米切尔的《飘》，波特的《愚人船》、《偷窃》和《坟》，韦尔蒂的《被遗弃的韦瑟罗尔奶奶》和《庞德之心》，安德森的《母亲》、《小镇畸人》、《鸡蛋》和《林中之死》，奥康纳的《善良的乡下人》，麦卡勒斯的《伤心咖啡馆之歌》以及帕索斯的《美国》三部曲等小说中的主要人物均受到研究者不同程度关注，《了不起的盖茨比》、《喧哗与骚动》、《我弥留之际》、《老人与海》、《愤怒的葡萄》、《飘》和《我的安东妮娅》等小说中的主要人物形象受到研究者较多关注。《了不起的盖茨比》中的人物性格及其两重性，《我弥留之际》中的人物形象、福克纳笔下的妇女形象、福克纳小说对经典印第安形象的突破、福克纳小说中的父与子模式、福克纳小说中的南方人物、福克纳短篇小说中的异化人物，《老人与海》与《老人和树》中主人公的异同、海明威笔下的人物形象、海明威式主人公的天路历程，《母亲》中的畸人形象，《啊，拓荒者!》和《我的安东妮娅》中的女性形象，奥康纳笔下的妇女群，《大地》中的主要人物形象，赛珍珠笔下的中国妇女群像以及波特笔下的女人们成为研究者关注的热点问题。研究者没有从意识形态角度对这些热点问题进行固型化的阶级分析，而是从新的角度（如历史、文化、女性主义等）进行分析解读，使菲茨杰拉德、海明威、福克纳、安德森、凯瑟、赛珍珠等美国白人现代小说家笔下的人物从过去的阶级分析所赋予的固型化形象中走出来，以新的形象进入读者视野，使读者对他们有了新的认识与理解。

（五）当代美国白人小说人物的去固型化分析

20世纪80年代，中国的当代美国白人小说研究涉及较多人物分析，契弗的《再见，我的弟弟》、《住在郊区的丈夫》、《第四次警报》和《五点四十八分班车》，欧茨的《他们》、《在冰山里》、《奇境》、《冬至》和《罗莎蒙特·密斯》，冯尼格特的《冠军早餐》、《囚徒》、《神枪手迪克》和《猫的摇篮》，厄普代克的《兔子，跑吧》、《兔子归来》和《罗杰的说法》，海勒的《第二十二条军规》，西格尔的《爱情故事》，塞林格的《麦田里的守望者》，多克托罗的《潜鸟湖》、纳博科夫的《洛丽塔》，肯·凯西的《飞越杜鹃巢》，梅勒的《裸者与死者》、《一场美国梦》和《古代的夜晚》，斯通的《起源》，泰勒的《孟菲斯的召唤》，卡波特的《冷血》，普拉斯的《钟形罩》，欧文·肖的《可以理解的失败》，肯尼迪的《斑鸠菊》，小巴克利的《马可·波罗，如果你能》，杰克逊的《抽彩》，瑟伯的《华尔特·密蒂的秘密生活》，麦克贝恩的《荒岛剑鸣》，华莱士的《无所不能》和切纳的《太空风云》等当代美国白人小说中的主要人物都受到研究者不同程度关注，研究者从不同角度对这些小说中的主要人物形象进行分析解读，使许多人物从20 世纪80 年代前阶级分析法所赋予的固型化形象中走出来，以圆形人物的新形象重新站立在读者面前，使读者对他们有了新的认识和理解。

20 世纪90 年代，中国的当代美国白人小说研究涉及更多人物分析，海勒的《第二十二条军规》、《出事了》和《此时彼时》，塞林格的《麦田里的守望者》，厄普代克的《对福特执政时期的回忆》、《来生》、《后半辈子与其他短篇》、《兔子，跑吧》和 A&P，欧茨的《内罗比》、《黑水》、《自我封闭》、《奇境》、《如愿以偿》、《花痴》和《祖露心怀》，梅勒的《裸者与死者》、《奥斯瓦尔德的故事：美国疑案》和《儿子的福音》，杰克逊的《抽彩》，契弗的《巨型收音机》，谢尔顿的《世无定事》，冯尼格特的《五号屠场》、卡佛的《你在圣·弗兰西斯科做什么？》和《茫茫大海》，安妮·泰勒的《圣人之举》和《岁月之梯》，卡波特的《蒂凡尼的早餐》，安·贝蒂的《像玻璃》和《燃烧的房子》，德里罗的《白噪声》，罗宾·科克的《昏迷》和《居心叵测》，纳博科夫的《洛丽塔》和《天赋》，品钦的《拍卖第四十九批》，斯泰伦的《索菲的选择》，巴斯的《漂浮的歌剧》、《路的尽头》和《萨巴斯的戏剧》，普拉斯的《钟形罩》，霍克斯的《第二层皮》，克鲁亚克的《在路上》，肯·凯西的《飞越杜鹃巢》，斯通的《亡命之徒》，戈登的《余生》和《开销》，斯洛特金的《强夺复生》和《枪手民族》，多伊特曼的《官方特权》，卡斯特多的《天堂》，金索沃的《动物梦》，泰鲁的《领事的档案》，韦伯斯特的《母亲之罪》，斯蒂文的《最后的补偿》，奥布赖恩的《追寻卡奇亚托》，斯泰格勒的《旁观的鸟》，斯迈利的《哞》，克莱顿的《失落的世界》，塞罗克斯的《芝加哥闹市区》，弗雷的《竞选基金》，维多尔的《史密森学会》，珀西的《影迷》，小麦考特的《一个游泳的修道士》以及凯西的《半世的幸福》等当代美国白人小说中的主要人物均受到研究者不同程度关注，研究者从不同角度对他们进行了分析解读，使他们以圆形人物的丰满形象站立在读者面前，使读者对他们所再现的人性的复杂性与多变性有比较深刻的认识与理解。

（六）美国黑人小说人物的去固型化分析

采用阶级分析法对美国黑人小说人物进行固型化分析是 20 世纪 80 年代前中国美国黑人小说人物研究的惯用手法。进入 20 世纪 80 年代，从意识形态角度对美国黑人小说人物进行固型化分析的做法逐渐减少，但是这个时期中国的美国黑人小说研究比较萧条，除了埃里森的《看不见的人》、沃克的《紫色》、莫里森的《最蓝的眼睛》和赖特的《女仆》，其他美国黑人小说很少受到研究者关注，而且研究主要以概论性评介为主，涉及小说人物分析的细读性研究较少。进入 90 年代，中国的美国黑人小说研究关注范围明显扩大，研究涉及人物分析逐渐增多，沃克的《紫色》和《梅丽迪安》，埃里森的《看不见的人》，赖特的《土生子》，莫里森的《爵士乐》、《宠儿》、《秀拉》、《最蓝的眼睛》、《所罗门之歌》和《乐园》，奈勒的《林登山》和休斯的《初秋》等美国黑人小说中的主要人物均受到研究者不同程度关注，《看不见的人》、《紫色》、《宠儿》、《秀拉》、《所罗门之歌》和《最蓝的眼睛》等小说中的主要人物成为研究者关注的热点，研究者从非意识形态角度对他们进行了去固型化分析解读，使他们以圆形人物的形象站立在读者面前，使读者既能看到黑人小说人物所再现的美国黑人不同于白人的地方，也能看到他们与白人和其他少数民族相同的地方，对他们所体现的人性的特殊性与普遍性有比较深刻的认识和理解。

（七）美国犹太小说人物的去固型化分析

20 世纪 80 年代，中国的美国犹太小说研究涉及人物分析较多，马拉默德的《店员》、《头七年》、《上帝的恩惠》和《自选集》，贝娄的《赫索格》、《洪堡的礼物》、《雨王汉德森》、《倒霉的人及其他》、《失言者》、《洪堡的礼物》、《再遭情变》和《奥吉·玛琪历险记》，辛格的《卢布林的魔术师》、《原野之王》、《迟来的爱情》、《市场街的斯宾

诺莎》、《老来恋》和《弥杜撒拉之死及其他故事》，罗斯的《再见吧，
哥伦布》、《鬼作家》和《对立的生活》，戈尔德的《没有钱的犹太
人》，欧芝克的《吃人的银河系》，沃克的《战争与回忆》与《战争风
云》和法斯特的《裘·库伦的忏悔》等美国犹太小说中的主要人物成
为研究者关注的热点，研究者从不同角度对这些小说中的主要人物形象
进行了多面性分析解读，使读者在看到贝娄小说中的妇女形象和罗斯小
说中的现代美国犹太人形象等具有共性特征的群体形象的同时，也看到
了贝娄、罗斯、辛格、戈尔德、欧芝克、沃克和法斯特等犹太小说家笔
下具有鲜明特征与个性差异的圆形的犹太人形象。

20 世纪 90 年代，中国的美国犹太小说研究关注范围比 80 年代更
广，涉及人物分析更多，贝娄的《赫索格》、《奥吉·玛琪历险记》、
《洪堡的礼物》、《赛姆勒先生的行星》、《只争朝夕》、《雨王汉德森》、
《再遭情变》、《更多的人死于心碎》、《偷窃》和《实际情况》，罗斯的
《再见吧，哥伦布》、《欺骗》、《萨巴斯的戏剧》和《传统继承》，马拉
默德的《黑色是我最钟爱的颜色》、《店员》、《信》和《杜宾的生活》，
辛格的《萧莎》、《羽毛皇冠》、《证件》和《第三者》，欧芝克的《帕
特梅塞和赞瑟普》和《大围巾》，沃克的《战争风云》与《战争与回
忆》等美国犹太小说中的主要人物均受到研究者不同程度关注，研究者
从不同角度分析解读了贝娄笔下的职业女性、贝娄笔下的知识分子形
象、贝娄小说中的流浪汉形象、《雨王汉德森》中汉德森和思特里克兰
德的形象、马拉默德的心理分析人形象、《店员》与《林家铺子》中主
人公形象的异同、《帕特梅塞和赞瑟普》中有生命的"假人"形象等热
点问题，通过对这些问题的多维深入探究，使读者看到了这些小说家对
人性的深刻洞见。

（八）华裔美国小说人物的去固型化分析

20 世纪 80 年代，中国批评界对华裔美国小说关注较少，除了聂华
苓，很少有华裔美国小说家受到批评界特别关注。对于聂华苓的研究，
也只是概论性评介，涉及其小说人物的分析很少。20 世纪 90 年代，谭
恩美、於梨华、汤亭亭、雷庭招、伍慧明、萧逸、赵健秀、任碧莲、聂
华苓和严歌苓等华裔美国小说家受到中国批评界不同程度关注，谭恩

美、严歌苓、聂华苓和於梨华等华裔美国小说家所受关注较多，其小说中的主要人物形象成为研究关注热点，研究者从多元文化等角度深入分析解读了谭恩美小说中的旧中国妇女及美籍华裔形象、严歌苓新移民小说中的移民形象以及於梨华留学生题材小说中的留学生形象，使读者看到华裔美国小说中圆形人物的同时，也看到了华裔美国小说家对中国文化的去固型化认识与理解。

（九）美国印第安小说人物的去固型化分析

20 世纪 80 年代，中国批评界对美国印第安小说的关注很少，涉及美国印第安小说人物分析的文字甚少。20 世纪 90 年代，中国的美国印第安小说研究开始纵深发展，研究涉及人物分析明显增多，莫马迪的《黎明之屋》、《名字》和《原始孩童》，韦尔奇的《血中冬季》、《吉姆洛尼之死》、《福尔斯克劳》和《印第安律师》，厄德里奇的《爱药》和《痕迹》，厄德里奇和道尔斯的《哥伦布王冠》，西尔科的《典仪》，维兹诺的《圣路易斯熊心灵的黑暗》、《暴露的大腿》、《格里夫：一个美国猴王在中国》和《自由的特里克斯特》以及美国早期印第安小说家波卡贡的《森林女王》和麦克尼克尔的《被困者》与《太阳下的奔跑者》等小说中的主要人物都受到研究者不同程度关注，研究者从多元文化等角度对美国印第安小说中的主要人物进行简单评介，去固型化倾向比较明显，但比较深入的人物分析研究较少。

第三章

走向多元化的美国小说研究：2000—2015

第一节　概述

进入 21 世纪，中国的美国小说研究更加繁荣，研究关注范围更广，研究对象更多，研究受意识形态影响更少，从"政治功利性"角度选择、译介和研究美国小说的做法几乎消失，研究更重视小说家及其作品的文学价值而非政治功能，研究呈现出多元化发展态势。

21 世纪，中国美国小说研究成果颇多。2000—2015 年，中国出版美国小说研究及相关研究学术著作 380 余部，各种正式发行的期刊发表的美国小说研究论文不计其数，许多未正式发表的美国小说研究成果频现于全国性外国文学和美国文学学术交流活动，如"中国外国文学学会年会暨学术研讨会"（截至 2015 年已召开 13 届）、"中国外国文学学会英语文学研究分会年会"（截至 2015 年已召开 4 届）、"全国美国文学研究会年会暨学术研讨会"（截至 2015 年已召开 17 届）、"全国美国文学研究会专题研讨会"（截至 2015 年已召开 11 届）等。

21 世纪，中国美国小说研究涉及白人小说家很多，既有美国文学史上占有重要地位的经典小说家，亦有步入文坛不久但却享有名气的新秀作家。2000—2015 年，中国美国小说研究涉及白人小说家主要有：早期小说家查尔斯·布洛克顿·布朗、汉纳·韦伯斯特·福斯特和凯瑟琳·玛利亚·赛奇威克；浪漫主义小说家欧文、库柏、爱伦·坡、梅尔维尔、霍桑和斯托夫人；现实主义小说家詹姆斯、肖邦、马克·吐温、朱厄特、豪威尔斯、吉尔曼、小贺拉提欧·艾尔格、奥尔科特、贝拉

宓、玛丽·威尔金斯·弗里曼、毕尔斯、哈特和科克兰德（Joseph Kirk-
land）；自然主义小说家德莱塞、克莱恩、伦敦、欧·亨利、诺里斯、
辛克莱、欧文·威斯特、加兰、弗兰克·斯多克顿和苏珊·库柏；现代
小说家菲茨杰拉德、奥康纳、福克纳、海明威、安德森、凯瑟、斯坦贝
克、华顿、波特、米切尔、麦卡勒斯、韦尔蒂、斯泰因、帕索斯、沃
伦、詹姆斯·琼斯、法莱尔、埃德加·赖斯·巴勒斯、理查德·康乃
尔、赛珍珠、刘易斯、托马斯·沃尔夫、哈珀·李、托马斯·狄克逊、
理查德·耶茨、纳撒尼尔·韦斯特、安迪·亚当斯、埃伦·格拉斯哥、
苔丝·斯拉辛格、林·拉德纳和桑顿·怀尔德；当代小说家巴塞尔姆、
塞林格、海勒、冯尼格特、梅勒、纳博科夫、巴斯、多克托罗、厄普代
克、桑塔格、欧茨、克鲁亚克、德里罗、品钦、普拉斯、契弗、卡佛、
库弗、卡波特、雪莉·杰克逊、查尔斯·弗雷泽、斯蒂芬·金、亨利·
米勒、琼·迪迪恩、安·贝蒂、丹·布朗、肯·凯西、迈克尔·坎宁
宁、威廉·加迪斯、保罗·奥斯特、威廉·巴勒斯、约翰·霍克斯、约
翰·赫赛、欧文·肖、简·斯迈利、科马克·麦卡锡、拉里·麦克莫
瑞、威廉·肯尼迪、威廉·马奇、杰拉尔丁·布鲁克斯、西德尼·谢尔
顿、尼尔·盖曼、艾瑞卡·琼、阿瑟·A. 伯格、埃洛拉·达农、巴
瑞·汉纳赫、艾什顿·史密斯、安娜·奎德伦、安妮·普鲁、奥尔特·
凡·蒂尔伯格·克拉克、芭芭拉·金索沃、保罗·哈丁、保罗·金代
尔、彼得·泰勒、丹·西蒙斯、蒂茜·玛丁荪、杜安·弗兰克里特、多
萝塞·坎菲尔德、费希尔、费雷思（Leslie Feinberg）、劳伦·威斯伯
格、卡罗尔·希金斯·克拉克、里克·穆迪、罗伯特·詹姆斯·沃勒、
莉莉·塔克、马克思·舒尔曼、玛丽·莫里斯、迈克尔·赫尔、尼娜·
斯凯勒、乔安娜·拉斯、乔纳森·弗兰岑、乔纳森·莱瑟姆、乔瑟琳·
杰克逊、琼·C. 乔治、斯宾塞·约翰逊、苏·蒙克·基德、汤姆·罗
宾斯、辛西亚·沃尔特、约翰·加德纳、约翰·克劳利、约翰·托兰、
詹姆斯·帕特森、詹姆斯·道森、朱娜·巴内斯、弗朗西斯·霍奇森·
伯内特、R.L. 史坦恩、安妮·赖斯（原名霍华德·爱伦·奥布里安）、
安妮·泰勒、保罗·鲍尔斯、布莱特·伊斯顿·埃利斯、厄秀拉·勒·
魁恩、菲力普·卡普托、菲利普·K. 迪克、弗诺·文奇、盖瑞·伯森、

戈尔·维多尔、哈罗德·罗宾斯、华莱士·斯特格纳、卡罗琳·米伯、凯茜·埃克、坎迪斯·布什奈尔、拉瑞·尼文、劳瑞·安德森、雷蒙德·钱德勒、理查德·鲍威尔斯、理查德·拉索、罗伯特·奥伦·巴特勒、罗伯特·斯通、玛丽琳·鲁滨逊、纳坦·恩格兰德、内尔森·德米勒、斯科特·奥台尔、苏西·辛顿、汤姆·沃尔夫、梯姆·奥布莱恩、托尼·厄雷、威廉·吉布森、威廉·斯泰伦、威廉·沃尔曼、约翰·格里森姆、约翰·欧文、詹姆斯·瑟伯、朱迪·布鲁姆、阿瑟·黑利、艾弗里·科尔曼、艾拉·莱文、艾丽斯·西伯德、艾米·沃尔德曼、艾萨克·阿西莫夫、安·兰德、安·帕契特、安东尼·伯吉斯、安东尼·道尔、奥森·斯科特·卡德、保罗·巴西加卢皮、保罗·索鲁、博比·安·梅森、查克·帕拉纽克、达拉·豪恩、丹尼斯·约翰逊、道格拉斯·库普兰德、蒂姆·温顿、弗兰特·麦考特、弗雷德里克·波尔、西里尔·科恩布鲁斯、乔纳森·萨佛兰、福尔、格洛丽亚·惠兰、贾德·鲁本菲尔德、金·爱德华兹、凯瑟琳·厄斯金、凯瑟琳·斯多克特、凯文·布洛克梅尔、科伦·麦凯恩、克莱尔·梅苏德、兰顿·斯沃斯奥特、劳拉·英格斯·怀德、雷切尔·卡森、理查德·马特森、琳内·沙伦·施瓦茨、路易斯·萨奇尔、罗伯特·海因莱因、罗伯特·科米尔、罗素·班克斯、洛丽·摩尔、玛·金·罗琳斯、玛丽·盖维尔、玛丽·麦卡锡、莫莉·贾尔斯、妮可·克劳斯、尼尔·斯蒂芬森、尼古拉斯·斯帕克斯、诺纳德·苏可尼克、帕特丽夏·康薇尔、乔纳森·罗森、乔治·马丁、瑞克·巴斯、萨拉·帕坎南、斯蒂芬妮·梅尔、苏珊·柯林斯、塔马·亚诺维茨、唐娜·塔特、托毕斯·武尔弗、托马斯·伯杰、托马斯·哈里斯、威廉·加斯、维罗尼卡·罗斯、温德尔·贝里、温斯顿·格卢姆、沃克·珀西、肖恩·威斯图、伊维·莫里斯、约翰·哈特、约书亚·弗里斯、赞恩·格雷、詹姆斯·帕特里克·唐利维、詹妮弗·伊根和朱迪·皮考特等。

　　21 世纪，中国美国小说研究涉及少数族裔小说家也很多，既有黑人小说家、犹太小说家和华裔小说家，亦有印第安小说家和其他少数族裔小说家。2000—2015 年，中国美国小说研究涉及少数族裔小说家主要有：黑人小说家莫里森、沃克、埃里森、休斯、赖特、鲍德温、赫斯顿、里德、安吉罗、马歇尔、切斯纳特、巴巴拉、奈勒、盖恩斯、基伦斯、杜波依斯、道格拉斯、米尔德丽德·狄罗斯·泰勒、汉纳·克拉夫茨、亚历克斯·哈利、爱德华·P. 琼斯、罗恩·米尔纳、卡罗利维亚·赫伦、盖尔·琼斯、格温德林·布鲁克斯、劳埃·布朗、帕西瓦尔·埃弗雷特、奥克塔维娅·埃斯特尔·巴特勒、芭芭拉·尼利、查尔斯·约翰逊、戴维·布拉德利、哈里特·雅各布斯、杰斯明·沃德、拉丽塔·塔德米、内拉·拉森、所罗门·诺瑟普、塔亚丽·琼斯、特瑞·麦克米兰、威廉·韦尔斯·布朗、威廉·加德纳·史密斯、维拉德·萨伏伊、萨菲尔（原名 Ramona Lofton）、爱丽丝·奇尔德里斯、宝琳·伊丽莎白·霍普金斯、沃尔特·莫斯利、约翰·埃德加·怀德曼、詹姆斯·温尔顿·约翰逊和牙买加·金凯德，犹太小说家贝娄、马拉默德、菲利普·罗斯、辛格、欧芝克、戈尔德、赫尔曼·沃克、蒂莉·奥尔森、格蕾斯·佩蕾、哈依穆·波特克、亨利·罗斯、阿特·斯皮格曼、乔纳森·萨福兰·福厄、亚伯拉罕·卡恩和安斯阿·伊捷斯卡，华裔小说家於梨华、严歌苓、谭恩美、哈金、汤亭亭、任碧莲、黄玉雪、伍慧明、赵健秀、聂华苓、劳伦斯·于、包柏漪、徐忠雄、李健孙、雷庭招、查建英、黎锦扬、裔锦声、雷祖威、张岚、白先勇、陈若曦、裘小龙、何舜廉、蒋希曾、陈耀光、李翊云、施雨、林语堂、水仙花、林德露、崔洁芬、江岚、邝丽莎、梁志英、吕红、王屏和杰米·福特，印第安小说家莫马迪、韦尔奇、厄德里奇、西尔科、维兹诺、戴安娜·葛兰西、灵达·霍根、路易斯·欧文斯、苏珊·鲍威尔、托马斯·金、谢尔曼·阿莱克西、约翰·约瑟夫·马修斯和早期印第安小说家西蒙·波卡贡与达西·麦克尼克尔，墨西哥裔小说家桑德拉·希斯内罗斯、鲁道福·安纳亚、亚历桑德罗·莫拉莱斯、海伦娜·玛丽亚·维瑞蒙迪斯和格洛丽亚·安扎杜尔，日裔小说家弥尔顿·村山、朱丽·大塚、约翰·冈田、内田淑子和山下凯伦，印度裔小说家巴拉蒂·穆克吉、裘帕·拉希莉、基兰·德赛和安妮·施瑞安，多米尼加裔小说家朱诺特·迪亚兹与朱莉娅·阿尔瓦雷斯，韩裔小说家李昌瑞、诺拉·凯勒、佩蒂·金和金兰英，越南裔小说家曹兰和黎氏艳岁，菲律宾裔小说家卡洛斯·布洛桑，海地裔小说家艾薇菊·丹提卡，伊朗裔小说家吉娜·B. 那海，巴基斯坦裔小说家莫欣·哈米德和 H. M. 纳克维，希腊裔小说家杰弗里·尤金尼德斯，阿富汗裔小说家卡勒德·胡赛尼，古巴裔小说家克里斯蒂·加西亚和意大利裔小说家马里奥·普佐。

21 世纪，中国美国小说研究既有概论性研究，也有具体小说家及作品分析研究，还有总结、梳理和反思过去研究成果的综述性研究以及对美国小说在中国的接受与译介情况的研究。研究对象多元化发展的同时，研究方法也呈现出多元化走势，除了文学批评方法，语言学研究方法和跨学科研究方法也颇受研究者青睐。

第二节　研究对象多元化

研究对象多元化是 21 世纪中国美国小说研究走向多元化的重要体现，主要体现在三个方面：首先，美国小说研究对象选择向度上主流与支流之间的界线日益模糊；其次，美国小说研究之研究成为美国小说研究的重要组成部分；再次，美国小说在中国的接受与译介也成为美国小说研究的重要关注。

一　主流/支流界限的模糊

主流与支流之间界限日益模糊是 21 世纪中国美国小说研究对象多元化的重要体现，研究既重视美国白人小说，也重视美国少数族裔小说；既关注同一小说家的重要小说，也关注其次要小说；既关注长篇小说，也关注中短篇小说；既关注美国文学史上占有重要地位的经典小说，也关注成为美国文学一分子的非经典小说；既注重小说家的具体作品研究，亦重视小说家的整体创作研究和美国流派小说和类别小说整体特征研究。不论白人小说研究还是少数族裔小说研究，也不论浪漫主义小说、现实主义小说、自然主义小说研究还是现当代小说研究，都体现了这种多元重视与多元关注。

（一）美国早期白人小说和浪漫主义小说研究中的多元关注

21 世纪，中国美国早期白人小说和浪漫主义小说研究关注范围甚广，2000—2015 年受到中国批评界关注的小说家既有欧文、库柏、霍桑、梅尔维尔、爱伦·坡和斯托夫人等先前已经受到很多关注的小说家，还有查尔斯·布洛克顿·布朗、汉纳·韦伯斯特·福斯特和凯瑟琳·玛利亚·赛奇威克（Catharine Maria Sedgwick）等先前未受到关注或受到较少关注的小说家；受到关注的小说不仅有评论界早已定论的经典小说，如霍桑的《红字》、梅尔维尔的《白鲸》、欧文的短篇小说《瑞普·凡·温克尔》、爱伦·坡的《厄舍屋的倒塌》和斯托夫人的《汤姆叔叔的小屋》，而且有先前评论界关注较少的非经典小说，如爱伦·坡的短篇小说《黑猫》、《一桶白葡萄酒》、《丽姬娅》、《泄密的心》、《焦油博士和羽毛教授的疗法》、《被窃的信》、《陷坑与钟摆》、《夜归人》、《红死魔的面具》、《跳蛙》、《椭圆画像》、《威廉·威尔逊》和《凹凸山的故事》，梅尔维尔的《速写员巴特尔比》、《比利·巴德》、《皮埃尔》，中篇小说《贝尼托·切雷诺》、《白外套》、《泰比》、《夏伊洛安魂曲》和《钟塔》，霍桑的《七个尖角的屋子》、《玉石雕像》、《福谷传奇》、《拉帕齐尼的女儿》以及短篇小说《好小伙布朗》、《牧师的黑面纱》、《胎记》、《我的亲戚，莫里纳上校》、《欢乐山的五月柱》、《美的艺术家》、《通天铁路》、《戴维·斯旺》和《伊桑·布兰德》，库柏的《最后的莫西干人》和《拓荒者》，欧文的短篇小说《睡谷传说》，梭罗的《瓦尔登湖》，布朗的《威兰德》，福斯特的《勾引男人的女人》和赛奇威克的《新英格兰故事》等。就关注程度而言，霍桑及其《红字》、梅尔维尔及其《白鲸》以及爱伦·坡等主要浪漫主义小说家及其作品所受关注最多。

霍桑研究涉及《红字》、《七个尖角的屋子》、《好小伙布朗》、《玉石雕像》、《我的亲戚，莫里纳上校》、《牧师的黑面纱》、《胎记》、《拉帕齐尼的女儿》、《美的艺术家》、《通天铁路》、《戴维·斯旺》、《伊桑·布兰德》、《欢乐山的五月柱》、《罗格·马尔文的葬礼》、《利己主义或胸中的蛇》和《福谷传奇》等小说，主要关注霍桑的创作思想倾向、霍桑的浪漫主义创作倾向、霍桑的罗曼司小说模糊风格的成因、霍桑的小说创作与罗曼司体裁观念、霍桑短篇小说的思想艺术、霍桑复杂的乡土情结、霍桑的黑色小说艺术、霍桑作品中的阴郁与神秘、霍桑的人性罪恶观、霍桑人性观形成的源流、霍桑小说创作与其矛盾的宗教观、霍桑小说与清教思想、霍桑小说的宗教母题、霍桑小说中的宗教叙事伦理、霍桑作品中的宗教思想、霍桑作品的"罪恶"主题、霍桑小说中的"原罪说"、霍桑与奥康纳小说中的原罪观之异同、霍桑对清教思想的矛盾态度、霍桑及其写作风格、霍桑小说中的知识分子形象、霍桑小说中的婚姻制度与家庭结构、霍桑的伦理道德立场、霍桑小说创作的"现代主义"思想主题、伪科学与霍桑短篇小说的叙述手法、霍桑作品中的自然人形象、霍桑小说中的知识分子与科学家形象及其反智主义倾向、霍桑笔下的女性角色与妇女问题、霍桑创作风格与时代的关系、霍桑的黑色幽默、霍桑的浪漫主义创作理念及其写作特征、霍桑短篇小说中的玄幻叙事、霍桑黑色小说的艺术重构、霍桑科技观及其对生态危机和自然保护的启示、霍桑历史题材短篇小说的民族主义历史叙事、霍桑小说的哥特要素、霍桑小说中的"夜行"叙事、霍桑作品与时代的对话关系、霍桑作品中"原罪"和"本罪"的交织与矛盾以及霍桑作品中的科学狂人悲剧等。

梅尔维尔研究涉及《白鲸》、《速写员巴特尔比》、《白外套》、《钟塔》、《夏伊洛安魂曲》、《贝尼托·切雷诺》、《比利·巴德》、《泰比》和《皮埃尔》等小说，主要关注梅尔维尔海洋小说到悲剧小说转变的成因、梅尔维尔对超验主义的挑战、梅尔维尔的宗教求索之路及其与尼采的宗教亲缘性、梅尔维尔海洋小说的辩证生态思想、梅尔维尔航海叙事作品中伊甸园神话的现实观照、梅尔维尔小说的原始主义创作倾向以及意识形态与梅尔维尔的叙事小说之关系等。

爱伦·坡研究涉及《黑猫》、《一桶白葡萄酒》、《厄舍屋的倒塌》、《丽姬娅》、《陷坑与钟摆》、《泄密的心》、《红死魔的面具》、《跳蛙》、《椭圆画像》、《威廉·威尔逊》和《凹凸山的故事》等小说，主要关注爱伦·坡小说中的死亡观念模式、爱伦·坡短篇小说的死亡主题、爱伦·坡小说创作中的死亡元素、爱伦·坡文学创作中的死亡之美、爱伦·坡小说中的死亡与爱情世界、爱伦·坡短篇小说的恐怖之魂（安全感的缺失）、爱伦·坡对精神世界的探索、爱伦·坡的理想及在其短篇小说中的反映、爱伦·坡短篇小说的"效果"、爱伦·坡小说与叔本华哲学、爱伦·坡的哥特小说、爱伦·坡哥特小说的源流及其审美契合、

爱伦·坡哥特小说的主题与艺术、爱伦·坡哥特小说的心理描写艺术、
爱伦·坡哥特小说的特点、爱伦·坡哥特小说中的生态意蕴、爱伦·坡
哥特小说中的意象、爱伦·坡哥特小说与蒲松龄志怪小说的异同、爱
伦·坡恐怖小说创作的原因、爱伦·坡恐怖小说的重复模式、爱伦·坡
恐怖小说中的恐怖之魅力、爱伦·坡恐怖小说的艺术魅力、爱伦·坡恐
怖小说的"恐怖"之谜、爱伦·坡恐怖小说的空间再现、爱伦·坡恐
怖小说的恐怖意象、爱伦·坡恐怖小说的浪漫主义特色、爱伦·坡恐怖
小说中的弑父情结、爱伦·坡恐怖小说的俄罗斯形式主义特征、爱伦·
坡作品中的唯美哥特式风格、爱伦·坡恐怖美学主义对哥特作品的突破
性影响、爱伦·坡的短篇小说与现代主义、爱伦·坡作品中的道德观、
爱伦·坡短篇小说的特点、爱伦·坡对现代小说的开拓与创新、爱伦·
坡人性主题创作的问题意识、爱伦·坡与法国前期象征主义、爱伦·坡
侦探小说的叙事模式、爱伦·坡作品中"我"的关键信息、爱伦·坡
与霍桑小说创作的异同、爱伦·坡小说中的黑白两色艺术世界、爱伦·
坡小说的叙述视角、爱伦·坡短篇小说的双重化叙述结构、爱伦·坡短
篇小说叙事的修辞特征、爱伦·坡短篇小说的叙事艺术、爱伦·坡短篇
小说中的非自然叙述、爱伦·坡短篇小说的文体特色、爱伦·坡短篇小
说中的意象、爱伦·坡对波德莱尔的影响、爱伦·坡的艺术观、爱伦·
坡推理小说中的社会价值、爱伦·坡作品中的异己性、爱伦·坡幽默小
说之源、爱伦·坡侦探小说中的悬念运用、爱伦·坡小说中的荒诞美及
对现代文学的影响、爱伦·坡短篇小说中的"反常的小鬼"与自然法、
爱伦·坡笔下的丑恶世界及其美学意义、爱伦·坡的创作世界、爱伦·
坡创作的重要源头、爱伦·坡的异域想象、爱伦·坡的种族观、爱伦·
坡短篇小说中的革新、爱伦·坡对《洛丽塔》的影响、爱伦·坡神秘
小说中的现代主义主题、爱伦·坡小说创作的艺术成就、爱伦·坡小说
的图像艺术效果、爱伦·坡的小说美学、爱伦·坡小说中"美女"的
多元身份、爱伦·坡小说中的"眼睛"、爱伦·坡小说中的城市意象与
其"入世"情怀、爱伦·坡小说中的孤独意识及其美学意义、爱伦·
坡小说中的黑色元素(梦境与死亡)、爱伦·坡小说中的坡式幽默、爱
伦·坡心理小说中的"反常之魔"、爱伦·坡与"南方性"、爱伦·坡

侦探和悬疑小说中的线索布置与创作习惯、爱伦·坡作品的密码主题、爱伦·坡作品中的报复心理、爱伦·坡作品中的复仇母题、爱伦·坡作品中的女性形象与男权意识、鲁迅的悲剧观与爱伦·坡作品中的悲剧美以及爱伦·坡与世纪之交的中国当代恐怖小说等。

（二）　美国白人现实主义小说研究中的多元关注

21 世纪，中国美国白人现实主义小说研究关注对象颇多，2000—2015 年受到中国批评界关注的小说家不仅有詹姆斯和马克·吐温等受评论界关注较多的经典小说家，而且有肖邦、朱厄特和吉尔曼等在 20 世纪后半期才逐渐受到批评界关注的经典小说家；还有先前批评界关注较少的小说家如小艾尔格（Horato A1ger, Jr.）、毕尔斯、奥尔科特和哈特等，受到研究者关注的小说不仅有詹姆斯的《黛西·米勒》与《贵妇画像》、肖邦的《觉醒》、马克·吐温的《哈克贝利·费恩历险记》、豪威尔斯的《赛拉斯·拉帕姆的发迹》和吉尔曼的《黄色墙纸》等美国白人现实主义经典小说，而且有先前没有受到研究者关注或关注较少的小说，如詹姆斯的《螺丝拧紧》、《华盛顿广场》、《金碗》、《鸽翼》、《专使》、《梅茜所知道的》、《朋友的朋友》、《悲惨的缪斯》、《布莱庄园的怪影》、《意大利时光》、《真品》、《波士顿人》、《德莫福夫人》、《罗得里克·哈德森》、《四次会见》和《欧洲人》，肖邦的《一个小时的故事》、《一位正派女人》、《梦境时分》、《一双长丝袜》、《德西蕾的孩子》、《美人儿佐尔阿依德》、《琐事》和《暴风雨》，马克·吐温的《汤姆·索亚历险记》、《苦行记》、《一个真实的故事》、《密西西比河上的生活》、《亚当夏娃日记》、《狗的自述》、《一个扑朔迷离的间谍故事》、《竞选州长》、《傻瓜威尔逊》、《亚瑟王朝中的康涅狄格美国佬》、《王子与贫儿》、《镀金时代》、《百万英镑》、《哥尔斯密的朋友再度出洋》、《败坏了哈德莱堡的人》、《山家奇遇》和《卡拉维拉县的著名跳蛙》，朱厄特的《白苍鹭》和《尖尖的枞树之乡》，豪威尔斯的《现代婚姻》和《埃蒂莎》，小艾尔格的《褴褛迪克》和《卖火柴的男孩》，毕尔斯的短篇小说《空中骑兵》和《一个失踪的士兵》，奥尔科特的《小妇人》，吉尔曼的《她乡》，哈特的《扑克滩放逐的人们》与《李顽》，贝拉宓的《回头看》和玛丽·威尔金斯·弗里曼的《一段好时光》。就关注程度而言，肖邦及其《觉醒》、马克·吐温及其《哈克贝利·费恩历险记》、詹姆斯及其《贵妇画像》、朱厄特及其《白苍鹭》和吉尔曼及其《黄色墙纸》受到关注最多。

马克·吐温研究涉及《哈克贝利·费恩历险记》、《竞选州长》、《败坏了哈德莱堡的人》、《卡拉维拉斯县的著名跳蛙》、《苦行记》、《汤姆·索亚历险记》、《山家奇遇》、《傻瓜威尔逊》、《亚瑟王朝中的康涅狄格美国佬》、《百万英镑》、《一个真实的故事》、《密西西比河上的生活》、《狗的自述》、《镀金时代》和《亚当夏娃日记》等小说，主要关注马克·吐温的语言风格及写作手法、马克·吐温儿童小说的艺术特色、马克·吐温及其创作、马克·吐温小说的幽默艺术、马克·吐温的黑色幽默、马克·吐温的小说艺术、马克·吐温从幽默到讽刺的艺术、马克·吐温对美国现实的批判及其影响、马克·吐温小说的语言特色、马克·吐温的少年历险记中的浪漫与现实、马克·吐温小说对美国文学的重要贡献、马克·吐温与密西西比河、马克·吐温作品的通俗面、汤姆·索亚和哈克贝利·费恩与马克·吐温的价值取向、马克·吐温笔下的"男孩"形象、马克·吐温的反智主义倾向、马克·吐温短篇小说的文体策略、马克·吐温笔下的美国现实、马克·吐温的自然感悟与人文情怀、马克·吐温短篇小说的道德焦虑、马克·吐温短篇小说的反讽艺术、马克·吐温和美国幽默短篇小说、马克·吐温和欧·亨利短篇小说幽默风格的异同、马克·吐温与海明威的异同、马克·吐温小说的美国本土与美国本土色彩文学、马克·吐温写作风格的变化及其原因、马克·吐温小说的叙事艺术、现代性与马克·吐温的思想变迁、马克·吐温与欧·亨利的艺术异同、马克·吐温小说与青少年教育、鲁迅与马克·吐温讽刺艺术的异同、马克·吐温与契诃夫短篇小说幽默讽刺艺术的异同、马克·吐温作品中的现实意义以及民国时期马克·吐温在中国的文学旅行等。

詹姆斯研究涉及《黛丝·米勒》、《贵妇画像》、《罗得里克·哈德森》、《鸽翼》、《梅茜所知道的》、《朋友的朋友》、《悲惨的缪斯》、《布莱庄园的怪影》、《意大利时光》、《德莫福夫人》、《美国人》、《四次会见》、《欧洲人》、《螺丝拧紧》、《金碗》和《真品》等小说，主要关注詹姆斯早期国际小说中的"美国女孩"形象、詹姆斯"美国女孩"想象的文化叙事模式、詹姆斯"美国女孩"叙事中的性政治、詹姆斯作品中的"美国性"建构、詹姆斯现实主义的异质性、詹姆斯的女性视角、詹姆斯小说中的女性群像、詹姆斯作品中的女性悲剧性成长因素、詹姆斯的性别意识对女性形象塑造的影响、詹姆斯小说中的"有闲阶级"贵妇形象、詹姆斯的女性情结、詹姆斯的欧美文化融合思想、詹姆斯国际题材小说中的美国身份构建、詹姆斯小说中欧美文化冲突的内涵、詹姆斯"国际主题"小说的创作心理、詹姆斯"国际主题"小说的形成根源、詹姆斯的文化观及其动态发展、詹姆斯晚期小说中的意识中心、詹姆斯现代主义小说的叙事融摄、詹姆斯的后期创作风格、詹姆斯小说中矛盾与冲突的无意识显现、詹姆斯小说中的戏剧化书写、詹姆斯小说中自杀题材的成因、詹姆斯作品中象征意象的现代主义意蕴、詹姆斯作品中的象征手法、詹姆斯的权力关系哲学、詹姆斯现实主义小说的日历时间、詹姆斯现实主义小说的叙述时间以及詹姆斯电影改编及女性人物的现代意义等。

肖邦研究涉及《觉醒》、《一个小时的故事》、《德西蕾的孩子》、《暴风雨》、《一位正派女人》、《一双长丝袜》、《母亲的反叛》、《梦境时分》和《美人儿佐尔阿依德》等小说，主要关注肖邦与自然主义、肖邦小说中的生态女性意识、肖邦的"三位一体"女性诗学和肖邦的孤独意识等。

朱厄特研究涉及《白苍鹭》、《尖尖的枞树之乡》和《外乡人》等小说，主要关注朱厄特小说中的女性主义内涵、朱厄特小说中的女性话语特征、朱厄特作品中的女性群体、朱厄特小说中的生态女性关怀和朱厄特作品的生态女性主义思想等。

吉尔曼研究涉及《黄色墙纸》、《办公室》和《她乡》等小说，主要关注吉尔曼短篇小说中的"疯女人"形象、吉尔曼与普拉斯的疯癫叙事者形象之异同以及吉尔曼女性主义写作策略的转变等。

除了对具体小说家及其小说的关注，中国批评界对美国白人现实主义小说的关注还出现在一些概论性研究中，如 19 世纪美国文学想象中的中国、美国短篇小说的创作技巧、基督教对 19 世纪美国小说创作的影响、19 世纪下半叶美国的牛仔小说、美国本土小说、美国本土小说的独立之路、美国废奴文学、美国妇女解放运动与妇女文学、美国女性主义乌托邦小说、美国生态文学、美国文学中的"替罪羊"小说、美国文学中的成长小说、美国西部小说、美国小说中的黑人形象、美国少年小说、19 世纪美国社会问题小说、19 世纪美国现实主义小说、19 世纪美国家庭小说与现代社会价值建构和美国的现实主义文学等。

（三）美国白人自然主义小说研究中的多元关注

21 世纪，中国美国白人自然主义小说研究关注范围很大，研究对象多元化倾向非常明显。2000—2015 年，中国批评界关注的美国白人自然主义小说家既有德莱塞、克莱恩、伦敦和欧·亨利等在批评界影响较大的经典小说家，也有诺里斯、加兰、约瑟夫·科克兰德、弗兰克·斯多克顿、苏珊·库柏和欧文·威斯特等先前受到批评界关注较少的小说家；中国批评界关注的美国白人自然主义小说既有德莱塞的《嘉莉妹妹》与《美国的悲剧》、克莱恩的《红色英勇勋章》、伦敦的《野性的呼唤》与《马丁·伊登》、欧·亨利的《警察与赞美诗》与《麦琪的礼物》等先前受到批评界关注较多的经典小说，亦有德莱塞的《珍妮姑娘》、《金融家》、《堡垒》、《天才》和《斯多葛》、克莱恩的《海上扁舟》、《新娘来到黄天镇》、《蓝色旅馆》、《街头女郎玛琪》、《神秘英雄主义》和《老兵》，伦敦的《白牙》、《强者的力量》、《月亮谷》、《铁蹄》、《约翰·巴雷肯》、《热爱生命》、《海狼》、《北方的奥德赛》、《老头子同盟》和《美国人》，欧·亨利的《二十年后》、《最后的藤叶》、《女巫的面包》、《命运之路》、《供应家具的房间》、《白菜与皇帝》和《绿门》，诺里斯的《麦克提格》、《章鱼》和《深渊》，辛克莱的《屠场》，加兰的《在魔爪下》和《熙来攘往的大路》，库柏的《乡居时光》，威斯特的《弗吉尼亚人》和斯多克顿的短篇小说《美女，还是老虎?》等先前受到批评界关注较少的小说。就关注程度而言，德莱塞、伦敦、欧·亨利和克莱恩等主要美国白人自然主义小说家及其作品所受关注最多。

德莱塞研究涉及《嘉莉妹妹》、《美国的悲剧》、《珍妮姑娘》、《黑人杰夫》、《堡垒》、《天才》和《斯多葛》等小说，主要关注德莱塞前期长篇小说的创作思想、德莱塞小说创作的外省意识、德莱塞小说的思想性与自然主义创新手法、德莱塞小说中的悲观主义、德莱塞小说中的人性美、德莱塞笔下的西方女性自我意识形象、德莱塞的自然主义小说创作、德莱塞小说中的悲剧思想、德莱塞小说中女性形象的悲剧性、德莱塞小说中的消费主义、德莱塞小说中的消费文化、德莱塞小说中的现代主义文学主题、德莱塞小说的当代启示（欲望·消费·幻灭·启示）、德莱塞的道德观、德莱塞伦理观的文化意义、德莱塞小说中的世俗化书写及其深度价值、德莱塞长篇小说中真实作者宗教意识产生的原因、德莱塞小说中的婚外恋情结、德莱塞的城市底层叙事、德莱塞小说中的荒野意象、德莱塞文学创作的发展轨迹、德莱塞小说中的"纯态自然观"、德莱塞笔下"美国梦"的嬗变、德莱塞小说中的美国城市、德莱塞叙事伦理的双重特征（欲望叙事与伦理回归）和德莱塞的矛盾性创作等。

伦敦研究涉及《野性的呼唤》、《马丁·伊登》、《海狼》、《热爱生命》、《白牙》、《强者的力量》、《约翰·巴雷肯》、《北方的奥德赛》、《老头子同盟》和《一块牛排》等小说，主要关注伦敦与海明威小说中"硬汉子"形象的异同、伦敦的阿拉斯加小说、伦敦和他的北方系列小说、伦敦"北方故事"中的地域特色、伦敦"北方故事"中的自然主义与浪漫主义、伦敦北方小说中的逃避、死亡与美国社会变迁、伦敦小说创作的思想主题、伦敦小说的民族特色、伦敦小说的艺术风格、伦敦小说中的男性意识、伦敦小说中的元主体性焦虑、伦敦早期小说的创作成因、伦敦笔下的中国人形象、伦敦小说中冷冽下的温情主题、伦敦小说中的兽性意识和超人思想、伦敦小说中的动物角色、伦敦小说中的英雄主义情结、伦敦早期小说中的文明焦虑与荒原情结、伦敦早期小说中的无产阶级观念、伦敦小说中的狼情结及创作风格、伦敦小说中的人—狗情感、伦敦笔下的性别关系、伦敦小说中的性别话语、伦敦的女性观、伦敦作品中超人形象的自然主义特质、伦敦小说中的"社会达尔文主义思想"与"超人哲学"、伦敦拳击小说中"适者生存"的道德悖论与伦理选择、伦敦的边疆情结、伦敦"荒原小说"中的多重生态寓意、伦敦的海洋世界、伦敦的短篇小说艺术、伦敦短篇小说中的对比手法、伦敦短篇小说中的"小人物"、伦敦小说创作中的自我指涉、伦敦小说中对"敬畏生命"伦理学的否定、伦敦小说中的华人否定形象和伦敦小说中的生存哲学等。

欧·亨利研究涉及《麦琪的礼物》、《最后的藤叶》、《警察与赞美诗》、《命运之路》、《供应家具的房间》、《爱的牺牲》、《白菜与皇帝》和《绿门》等小说,主要关注欧·亨利短篇小说的主题思想与语言特点、欧·亨利的写作特色、欧·亨利小说中的现实主义及其表现方式、欧·亨利的幽默表现手法及其现实意义、欧·亨利短篇小说的故事情节与主题思想、欧·亨利短篇小说的艺术特色、欧·亨利小说的语言艺术形式、欧·亨利小说的语言特色、欧·亨利小说中的人性世界、欧·亨利小说中的人性意识、欧·亨利小说中的人性主题、欧·亨利犯罪性小说中双线结构交织出的多元世界、欧·亨利在美国现代稿酬制度下的职业写作、欧·亨利式结尾的表现手法、欧·亨利式结尾的心理文化意蕴、欧·亨利式结尾的艺术特色及效果、欧·亨利短篇小说的艺术空间、欧·亨利文学思想的社会成因、欧·亨利小说中个性化人物的象征意义、欧·亨利小说的人文教育价值、欧·亨利的生态自然观、欧·亨利短篇小说的"文学性"与"陌生化"、欧·亨利短篇小说中的小人物形象、欧·亨利小说的叙事艺术特色、欧·亨利小说中的女性角色及婚姻价值观、欧·亨利短篇小说中的真情、欧·亨利小说的自然主义特点、欧·亨利与莫泊桑短篇小说的异同以及莫泊桑与欧·亨利文风的异同等。

克莱恩研究涉及《红色英勇勋章》、《街头女郎玛琪》、《海上扁舟》、《新娘来到黄天镇》、《蓝色旅馆》、《神秘英雄主义》和《老兵》等小说,主要关注克莱恩小说创作中的自然主义倾向、克莱恩的人文主义思想及其表现、克莱恩的实用主义思想及其表现以及克莱恩再造和创造想象的社会心理意义等。

除了关注具体小说家及其小说,中国批评界对美国白人自然主义小说的关注也出现在一些概论性研究中,如基督教对 19 世纪美国小说创作的影响、美国早期自然主义文学、美国战争小说、美国战争小说流变、19 世纪美国社会问题小说和自然主义、19 世纪美国自然主义思潮下的另类战争小说、自然主义对美国小说的影响、19 世纪美国女性作家短篇小说中女主人公的命运、美国 19 世纪末 20 世纪初新女性小说的主题、自然主义在美国的传承与发展、美国自然主义作家的命运观、美国自然主义文学中的零度情感介入与自然性再现以及"美国梦"的破灭与美国自然主义文学等。

（四）美国白人现代小说研究中的多元关注

21 世纪，中国美国白人现代小说研究关注范围极其广泛，研究者不仅关注菲茨杰拉德、海明威、福克纳、安德森、凯瑟、斯坦贝克、麦卡勒斯、帕索斯、刘易斯和赛珍珠等 20 世纪批评界关注较多的美国白人现代小说家，而且关注韦尔蒂、斯泰因、沃伦、法莱尔、沃尔夫、詹姆斯·琼斯、埃德加·赖斯·巴勒斯、安迪·亚当斯、托马斯·狄克逊、哈帕·李、理查德·康奈尔、苔丝·斯拉辛格、林·拉德纳和纳撒尼尔·韦斯特等 20 世纪批评界关注较少或未曾关注过的美国白人现代小说家；既关注 20 世纪批评界关注较多的经典白人现代小说，如菲茨杰拉德的《了不起的盖茨比》，福克纳的《献给艾米丽的玫瑰》、《我弥留之际》与《喧哗与骚动》，海明威的《永别了，武器》、《老人与海》与《太阳照样升起》，安德森的《小城畸人》，凯瑟的《我的安东妮娅》、《一个迷途的女人》与《啊，拓荒者!》，斯坦贝克的《愤怒的葡萄》与《人鼠之间》，华顿的《欢乐之家》与《纯真年代》，麦卡勒斯的《伤心咖啡馆之歌》与《心是孤独的猎人》，帕索斯的《美国》三部曲，刘易斯的《巴比特》与《大街》和赛珍珠的《大地》与《群芳亭》，亦关注 20 世纪批评界关注较少的非经典白人现代小说，或未曾关注过的白人现代小说如菲茨杰拉德的《夜色温柔》、《人间天堂》、《重访巴比伦》、《一颗里茨饭店那么大的钻石》、《本杰明·巴顿奇事》、《富家子弟》和《最后的大亨》，奥康纳的《好人难寻》、《格林利夫》、《人造黑人》、《善良的乡下人》、《获救的也许正是你自己》、《为了你和他人的安全》、《汇流》、《跛足者先入》、《慧血》、《启示》、《火鸡》和《家的慰藉》，福克纳的《去吧，摩西》、《押沙龙，押沙龙!》、《八月之光》、《熊》、《圣殿》、《夕阳》、《干旱的九月》、《野棕榈》、《希望之树》、《小镇》、《大宅》、《坟墓的闯入者》、《莱巴嫩的玫瑰花》、

《烧马棚》、《艾莉》和《曾有过这样一位女王》，海明威的《丧钟为谁而鸣?》、《印第安人营地》、《士兵之家》、《世界之都》、《非洲的青山》、《没有斗败的人》、《死在午后》、《春潮》、《白象似的群山》、《乞力马扎罗的雪》、《一个非洲故事》、《在我们的时代》、《大二心河》、《十个印第安人》、《雨中猫》、《弗朗西斯·麦康伯的短促的幸福生活》、《一天的等待》、《一个干净明亮的地方》、《伊甸园》和《杀手》，安德森的《鸡蛋》、《我想要知道为什么》、《母亲》、《林中之死》、《双手》、《没有点亮的灯》、《纸团》和《虔诚》，凯瑟的《我们的一员》、《大主教之死》、《教授的房子》、《一场瓦格纳音乐会》、《同名人》、《邻居罗西基》、《菲德拉的婚姻》、《来吧，爱神》、《保罗事件》、《莎菲拉和女奴》和《阿佛罗狄忒来啦》，斯坦贝克的《伊甸之东》、《罐头厂街》、《烦恼的冬天》、《珍珠》、《菊花》、《紧身甲》、《托蒂亚平地》、《小红马》和《胜负未决的战斗》，华顿的《伊坦·弗洛姆》、《另外两个》、《夏》、《罗马热病》、《元旦》、《云雀之歌》、《石榴籽》、《哈德逊画派》和《暗礁》，波特的《愚人船》、《灰色的马，灰色的骑手》、《开花的犹大》、《他》、《裂镜》、《绳子》、《魔法》、《那棵树》、《老人》、《偷窃》、《斜塔》、《被遗弃的韦瑟罗尔奶奶》和《中午酒》，米切尔的《飘》，麦卡勒斯的《金色眼睛的映像》、《婚礼的成员》《没有指针的钟》和《旅居者》，韦尔蒂的《一个旅行推销员之死》、《乐观者的女儿》、《绿帘》、《一则新闻》、《金苹果》、《献给玛乔丽的花》、《熟路》、《慈善访问》、《六月演奏会》、《败仗》和《钥匙》，斯泰因的《三个女人》、《艾丽丝·托克拉斯自传》和《毕加索》，帕索斯的《曼哈顿中转站》，沃伦的《国王的人马》和《黑莓之冬》，琼斯的《从这里到永恒》，巴勒斯的《人猿泰山》，法莱尔的《春夜》，赛珍珠的《东风·西风》、《牡丹》、《庭院中的女人》、《梁夫人的三位千金》、《同胞》、《分家》、《母亲》、《龙子》、《爱国者》、《战斗的天使》、《我的几个世界》、《帝王女人》、《正午时分》和《曼荼罗》，沃尔夫的《时间与河流》、《网与磐石》、《你不能再回家》、《天使，望家乡》、《远与近》、《完美的人》、《美国序幕》、《虎子》、《森林里的阴暗，像时间一样奇怪》、《火车与城市》和《四月，四月抄》，耶茨的《革命之路》、

《复活节游行》和《建筑工人》，亚当斯的《一个牛仔的日志》，狄克逊的《同族人》，刘易斯的《阿罗史密斯》，哈帕·李的《杀死一只知更鸟》，康奈尔的《最危险的游戏》，斯拉辛格的《一位作家某天的生活》，拉德纳的《理发》，韦斯特的《蝗灾之日》与《孤心小姐》和怀尔德的《阿尔切斯达》与《卡巴拉》等。就关注程度而言，福克纳、海明威、菲茨杰拉德、斯坦贝克、凯瑟、华顿、麦卡勒斯和波特等小说家及其小说所受关注最多。

福克纳研究涉及《献给艾米丽的玫瑰》、《喧哗与骚动》、《押沙龙，押沙龙！》、《八月之光》、《熊》、《我弥留之际》、《去吧，摩西》、《圣殿》、《野棕榈》、《干旱的九月》、《夕阳》、《曾有过这样一位女王》、《烧马棚》、《希望之树》、《小镇》、《大宅》、《坟墓的闯入者》和《莱巴嫩的玫瑰花》等小说，主要关注福克纳小说创作中的"吉诃德原则"、福克纳小说中的"怪诞"、福克纳和他的"插曲式小说"、福克纳小说中的神话原型、福克纳小说种族叙述中的悖论、福克纳小说的非理性叙事与癫狂主题、福克纳的圣经原型人物塑造与美国南方失落世界、福克纳笔下的女性群像、福克纳的女性观、福克纳的女性情结、福克纳小说中的妇女命运、福克纳小说中的女性形象、福克纳小说女性形象的二元性、福克纳小说中的女性异化主题、福克纳笔下的魅力女性、福克纳和白先勇小说主题中的时间意识之异同、福克纳小说的兄弟冲突主题、福克纳小说中的文化特质及价值评判、福克纳的家族小说叙事、福克纳家族母题小说中的自主情结、福克纳小说创作与美国南方、福克纳小说中南方方言地区标志与社会文化标志、福克纳小说的南方区域意识、福克纳的南方情结、福克纳小说中的美国南方乡愁情结、福克纳小说中的南方意识、福克纳的南方妇女观、福克纳小说中的南方女性神话、福克纳小说的后现代特征、福克纳与中国新时期乡土小说的转型、福克纳的印第安人故事、福克纳小说中的反英雄、福克纳笔下的弱势群体形象、福克纳创作思想和艺术手法的现代性、福克纳对马尔克斯创作的影响、福克纳与后殖民研究、福克纳小说创作的女性范式、福克纳小说创作与基督教文化、福克纳小说创作中的神话与典故运用、福克纳小说的反复叙事手法、福克纳小说的哥特式特征、福克纳小说的后现代精神、福克纳小说的结构艺术、福克纳小说的空间形式、福克纳小说艺术的独创性、福克纳小说语言艺术的繁复美、福克纳与象征主义、福克纳小说中"象征"的多义性、福克纳小说中的并置手法、福克纳小说中的父亲形象、福克纳小说中的耶稣式形象、福克纳小说中的复调因素、福克纳小说中的圣经原型与人性探索、福克纳小说中的象征隐喻、福克纳叙事艺术中的时间与空间形式、福克纳意识流小说的心理学创作背景、福克纳意识流小说的叙事特色、福克纳与"约克纳帕塔法"神话王国、福克纳短篇小说中反叛与身份的政治关系、福克纳小说中的父亲形象、福克纳小说中的矛盾思想、集体无意识与原型理论在福克纳女性塑造中的体现、福克纳小说的苦忍命题、约克纳帕塔法神话王国中的女性形象、福克纳家族小说的"寻父—审父"母题、福克纳小说中的时空意象、福克纳小说中的替罪羊群像、福克纳南方家族小说中父辈形象的二元对立、福克纳小说中的多种写作风格、"约克纳帕塔法世系"的"创世纪"与福克纳小说中的重复记忆术、《圣经》对福克纳小说创作的影响、福克纳立足消费文化语境的欲望叙事、福克纳小说中的淑女崇拜主题、"约克纳帕塔法世系"与福克纳的文学创作特征、福克纳中短篇小说中"约克纳帕塔法世系"中的微型世界、福克纳"约克纳帕塔法世系"小说与清教文化传统、福克纳"约克纳帕塔法世系"小说创作中的想象艺术、福克纳"约克纳帕塔法世系"小说中的家族小说主题、福克纳笔下的白痴群像、福克纳笔下的黑人男性形象、福克纳笔下南方"好人们"的身份错位、福克纳创作的原始回归倾向、福克纳的地方性书写与普世性关注、福克纳的电影化小说、福克纳的现代主义小说艺术、福克纳的典型文风及形成因素、福克纳短篇小说中次要人物塑造中的集体无意识、福克纳短篇小说中的父权影响、福克纳短篇小说中的空间与主体、福克纳短篇小说中的种族问题、福克纳短篇小说中的自然观、福克纳反种族主义立场与黑人忠仆形象塑造之间的矛盾、福克纳小说中的"审父"范式、福克纳后期小说中的法院意象、福克纳荒野—旅行小说中的原型意象、福克纳家族小说叙事的母题类型及其矛盾性、福克纳前后期创作思想的转变、福克纳人性异化小说的原型模式、福克纳神话王国里的冲突、福克纳文学创作的文化观、福克纳文学创作的文化语境、福克纳小说中的"恶人"形象、福克纳小说创作对后/印象主义画派技巧的借鉴、福克纳小说中的基督教时间观、福克纳的叙事风格、福克纳小说的叙事策略、福克纳小说的空间叙事模式、福克纳小说中的生态后现代主义、福克纳小说的现实意义、福克纳小说的语言风格、福克纳小说中的寓言、福克纳小说中时空变化的审美意义、福克纳小说中的基督教特征、福克纳小说中的乱伦主题、福克纳小说中的沙多里斯与斯诺普斯主题、福克纳意识流小说的开放性结构、福克纳与美国南方"圣经地带"、福克纳小说中的异质空间叙事、福克纳小说中"罪恶"的审美呈现、福克纳小说中的地域空间意识、福克纳小说中的消费主义文化、福克纳小说中的原罪观、福克纳自然书写的生态启示、福克纳与莫里森小说中的族裔身份、海明威与福克纳小说中的成长主题、福克纳与略萨创作主题的异同、莫言与福克纳、福克纳与莫言笔下扭曲的父亲与子女关系、福克纳与莫言的酒神精神、福克纳与莫言的乡土情结、福克纳与莫言小说中的女性形象、苏童与福克纳的颓败型家族叙事、苏童与福克纳的"南方世界"以及苏童与福克纳作品中的女性形象等。

　　海明威研究涉及《老人与海》、《太阳照样升起》、《白象似的群山》、《永别了，武器》、《雨中猫》、《杀手》、《弗朗西斯·麦康伯短促的幸福生活》、《乞力马扎罗的雪》、《一天的等待》、《一个干净明亮的地方》、《士兵之家》、《一个非洲故事》、《印第安人营地》、《丧钟为谁而鸣?》、《世界之都》、《非洲的青山》、《没有斗败的人》、《大二心河》、《死在午后》、《春潮》和《在我们的时代》等小说，主要关注海明威短篇小说的文体风格（简洁与含蓄）、海明威叙事艺术对其前辈的师承与超越、海明威的早期创作与美国现代化进程中的种族政治、海明威的生活背景及其小说中的硬汉形象、海明威悲剧人生的艺术表达、海明威的传奇人生与"迷惘的一代"、海明威的创伤与创作、海明威的写作风格、海明威的战争小说、海明威的旅游与创作的关系、海明威长篇小说书名的寓意、海明威小说的主题与风格、海明威小说的特色、海明威小说蕴涵的存在主义主题、海明威小说中的象征主义手法、海明威小说的语言风格及其形成、海明威笔下的西班牙形象、海明威小说中的

"青年因素"、海明威小说中的女性意识、海明威小说中的女性形象、海明威短篇小说中的传统女性与新女性形象、海明威的女性观对其短篇小说中两类女性形象的影响、海明威的童年阴霾与其笔下的女性形象、海明威短篇小说的省略艺术、冰山风格在海明威短篇小说中的体现、海明威小说的艺术形式、海明威创作中的父子关系困境、新历史主义与海明威短篇小说中印第安人的"失语"与"发声"、海明威短篇小说中的"虚无"主题、海明威"迷惘的一代"的特色、海明威悲剧小说的美学意蕴、海明威小说中的硬汉形象、海明威小说中的硬汉精神及其启示与现实意义、海明威小说中硬汉形象的建构、海明威小说中硬汉形象的相似性、海明威与伦敦小说中"硬汉子"形象的异同、海明威式与路遥式硬汉风格的异同、海明威小说中的"准则英雄"、海明威小说中的原始主义倾向与禅意、海明威小说的叙事艺术、海明威小说的叙事视角、海明威短篇小说的叙事结构、海明威短篇小说的叙事伦理、海明威小说的"叙事语式"、海明威小说中的悲剧意识、海明威小说中的悲剧情结、海明威小说的社会根源、海明威小说的隐喻技巧与内蕴、海明威小说中被遮蔽的女性原型、海明威小说中的"两性视角"、海明威小说中的"渔"行为、海明威短篇小说叙事中的"冰山原则"及其艺术效果、海明威与存在主义、海明威小说中的存在主义宗教意识、海明威小说中的非理性主义色彩、海明威小说中的话题寓意、海明威小说中的空间性、海明威小说中的生态主题及其启示、海明威小说中的二元对立自然观、海明威小说中的省略现象、海明威小说中的现代主义成分、海明威小说中的反战思想与死亡观、海明威小说中的老人情结、海明威小说中的两性理想、海明威小说中的矛盾情结、海明威小说中的男权思想、海明威小说中的"厌女症"情结、海明威短篇小说中的男性"边缘人"、海明威小说中的生死哲学、海明威小说中的人生使命与死亡意识、海明威小说中死亡意识蕴含的宗教精神、海明威小说中的死亡情结、海明威小说中的死亡主题、海明威短篇小说中的死亡体验、海明威超越死亡的硬汉精神、海明威小说中的阴性身体叙述、海明威小说中的自然观及其嬗变、海明威生命主体意识的美学魅力、海明威与象征主义、海明威小说中的食物描写、海明威小说中的"潜文本"、海明威笔下的硬汉性格对欧美文学的影响、海明威小说的"新闻"性写作、海明威与现代美国文学、邓恩与海明威思想、卡夫卡与海明威小说创作的异同、海明威与斯通小说的异同、海明威与菲茨杰拉德的异同以及海明威与薇拉凯瑟的异同等。

菲茨杰拉德研究涉及《了不起的盖茨比》、《夜色温柔》、《人间天堂》、《重访巴比伦》、《冬天的梦》、《一颗里茨饭店那么大的钻石》、《本杰明·巴顿奇事》、《富家子弟》和《最后的大亨》等小说，主要关注菲茨杰拉德的象征主义手法、菲茨杰拉德小说中的女性人物、菲茨杰拉德小说中的女性主义、菲茨杰拉德小说对女性的妖魔化、菲茨杰拉德小说中的女性异化现象、菲茨杰拉德小说中"新女性"的多重身份、菲茨杰拉德的爱情观、菲茨杰拉德长篇小说中人物的悲剧命运及其成因、菲茨杰拉德与劳伦斯的现代女性之异同、菲茨杰拉德笔下"迷惘的一代"、菲茨杰拉德的创作思想、艺术手法及现实意义、菲茨杰拉德小说中的印象主义绘画手法、菲茨杰拉德经典短篇小说的压缩模式、菲茨杰拉德小说的色彩描写特色、菲茨杰拉德小说中的超自然成分、菲兹杰拉德与爵士时代的美国悲剧、菲茨杰拉德小说的音乐性、菲茨杰拉德的通俗面孔、菲茨杰拉德的悲剧意识、菲茨杰拉德小说中的美国梦、菲茨杰拉德小说中"美国梦"的原动力及其展现、炫耀性消费与菲茨杰拉德的小说创作、菲茨杰拉德笔下的美国社会、菲茨杰拉德小说对美国现代化的反思、菲茨杰拉德小说中"爵士时代"的"个体人格特征迷失"、菲茨杰拉德小说中的青年文化、菲茨杰拉德小说中的时间叙事、菲茨杰拉德小说中的种族身份、菲茨杰拉德小说中的自传色彩与历史意识、菲茨杰拉德小说中的宗教色彩、村上春树与菲茨杰拉德的叙事技巧之异同、菲茨杰拉德与海明威写作风格的异同以及菲茨杰拉德与张爱玲作品中的女性异化现象等。

凯瑟研究涉及《我的安东妮娅》、《一个迷途的女人》、《啊，拓荒者!》、《教授的房子》、《我们的一员》、《邻居罗西基》、《一场瓦格纳音乐会》、《菲德拉的婚姻》、《大主教之死》、《来吧，爱神》、《保罗事件》、《莎菲拉和女奴》和《阿佛罗狄忒来啦》等小说，主要关注凯瑟分裂的内心世界（沉沦与救赎）、凯瑟笔下的女性形象、凯瑟笔下的女性自我实现、凯瑟小说中的女性主义、凯瑟边疆小说中的对比、凯瑟边疆小说中的浪漫传奇因素、凯瑟小说中的多元文化情结、凯瑟的土地情结、凯瑟拓荒小说中的精神生态观、社会生态观与自然生态思想、凯瑟的地域写作、凯瑟地域小说的审美现代性、凯瑟的印象主义美学追求、凯瑟短篇小说的艺术特色、凯瑟短篇小说中的叙事技巧与主题呈现、凯瑟短篇小说中的艺术家形象、凯瑟小说的世界意义、凯瑟小说的题材选择、凯瑟小说的叙事结构、凯瑟小说中的爱情主题、凯瑟小说中的波希米亚人形象、凯瑟小说中的日常生活之美及其展现、凯瑟小说中的生命共同体意识、凯瑟小说中的童年意象、凯瑟小说中的自然复魅、凯瑟早期小说中娱乐方式的全民化与普遍化以及凯瑟与海明威写作风格的异同等。

华顿研究涉及《纯真年代》、《欢乐之家》、《伊坦·弗洛姆》、《班纳姐妹》、《另外两个》、《元旦》、《云雀之歌》、《石榴籽》、《哈德逊画派》、《罗马热病》、《暗礁》和《夏》等小说，主要关注华顿小说中的美丽与哀愁、华顿的纽约小说创作、华顿笔下的纽约、华顿小说中女性主义意识的演进、华顿小说中的女性人物及其价值观、华顿的宗教女性观、华顿短篇小说中的牢笼婚姻、华顿小说中的多元"新女性"形象建构、华顿的小说理论以及华顿小说中的室内装饰主题等。

斯坦贝克研究涉及《愤怒的葡萄》、《菊花》、《人鼠之间》、《珍珠》、《伊甸之东》、《罐头厂街》、《烦恼的冬天》、《紧身甲》、《托蒂亚平地》、《小红马》、《月落》和《胜负未决的战斗》等小说，主要关注斯坦贝克的哲学观与创作、斯坦贝克小说主题构想的一贯性、斯坦贝克小说中的动物刻画与其生态思想、斯坦贝克的创作风格、斯坦贝克小说中的圣经隐喻、斯坦贝克笔下的中国人与中国文化、斯坦贝克小说创作中的乡土情结、斯坦贝克悲剧小说的结构模式、斯坦贝克笔下的洋泾浜、斯坦贝克的旅行书写、斯坦贝克的生态观及其写作、斯坦贝克的弑兄故事与圣经隐喻、斯坦贝克的思想维度、斯坦贝克小说中的影像转码、斯坦贝克小说创作与30年代加州腹地的斗争、斯坦贝克小说中的底层叙事、斯坦贝克小说中的美国梦及其难圆之因、斯坦贝克小说中的女性形象以及斯坦贝克小说中的圣经主题等。

　　奥康纳研究涉及《好人难寻》、《慧血》、《格林利夫》、《人造黑人》、《善良的乡下人》、《跛足者先入》、《识时务者为俊杰》、《暴力得逞》、《启示》、《家的慰藉》和《为了你和他人的安全》等小说，主要关注奥康纳的小说视野、奥康纳小说中的美国南方黑人问题、奥康纳短篇小说中的死亡、奥康纳小说中的暴力关怀、奥康纳暴力书写中的“错置”与“受苦灵魂”、“死亡”与“暴力”在奥康纳文本中的美学功能、奥康纳短篇小说中的原罪观、奥康纳短篇小说中的宗教观、奥康纳短篇小说的符号化特征、奥康纳小说中的特殊宗教救赎方式、奥康纳的基督教救赎伦理、奥康纳的天主教救赎观、奥康纳小说中特有的颜色意象及其启示、奥康纳短篇小说的主题与风格、奥康纳笔下的“丑男”们、奥康纳短篇小说中的外侵者形象、奥康纳短篇小说的怪诞艺术、奥康纳短篇小说中的怪诞文化冲突、奥康纳的女性观、奥康纳短篇小说中的女性意识、奥康纳小说中的“南方女性神话”解构、奥康纳小说中的存在主义困境、奥康纳小说中的哥特艺术、奥康纳小说中的怀旧主题、奥康纳小说中的南方文化、奥康纳小说中的宗教狂人以及奥康纳长篇小说中的意象原型等。

　　安德森研究涉及《小城畸人》、《林中之死》、《手》、《母亲》、《鸡蛋》、《曾经沧海》、《纸团》和《虔诚》等小说，主要关注安德森笔下“反叛的乡村”、安德森与其短篇小说中的精神顿悟及其现实意义、安德森的短篇小说艺术风格、安德森的现代主义小说艺术、安德森乡镇小说创作中的地域主题、安德森的语言艺术、安德森短篇小说中的“怪僻”现象、安德森作品中的自然主义倾向、安德森短篇小说的陌生化创作策略、安德森的民族主义理论以及安德森的写作风格等。

　　赛珍珠研究涉及《大地》、《梁夫人的三位千金》、《群芳亭》、《庭院中的女人》、《牡丹》、《龙子》、《同胞》、《爱国者》、《母亲》、《战斗的天使》、《帝王女人》、《我的几个世界》、《正午时分》、《分家》和《曼荼罗》等小说，主要关注赛珍珠的江苏情结、赛珍珠的儒家“政”观（天下有治：和而不同，生而统一）、赛珍珠笔下的中国人形象、赛珍珠的哲学思想、赛珍珠的中国情结、赛珍珠小说对乡土中国的发现、赛珍珠与中国大地、赛珍珠小说的中国民俗审美特质、赛珍珠笔下的

"中国话语"、赛珍珠的跨文化写作、赛珍珠的跨文化理想、赛珍珠小说的中国文化渊源、赛珍珠小说思想中两种文化主体的意义、赛珍珠"异乡人"的现代性、赛珍珠的文化价值观、赛珍珠的文化立场、赛珍珠的文学创作动因、赛珍珠的小说创作策略、赛珍珠的中西文化共融观、赛珍珠中国题材小说中的中西文化融合、赛珍珠短篇小说的叙事特点、赛珍珠抗战小说中的女权意识、赛珍珠小说的"中国经验"、赛珍珠小说的间性诗学及其获奖的当代意义、赛珍珠小说的文本间性、赛珍珠小说的主体间性、赛珍珠小说的中西合璧特征、赛珍珠小说在中美两国的经典化历程、赛珍珠小说中的"中国母亲"形象、赛珍珠小说中的后殖民主义意识、赛珍珠小说中的文化殖民意识、赛珍珠小说中的文化相对主义思想、赛珍珠小说中的中国"故园"情结、赛珍珠小说中的中国知识分子形象、赛珍珠小说中的中国海归知识分子形象、赛珍珠中国乡土小说中的中国形象、赛珍珠小说中的中国农民形象及其文化意蕴、赛珍珠小说中的中国文化传播、赛珍珠小说中的中国文化观、赛珍珠小说中的中式家庭描写、赛珍珠小说中的"头发"细节、赛珍珠中国题材小说中的"小脚"细节、赛珍珠中国题材小说中的双重文化视角、赛珍珠与冰心的文学文化观、林语堂与赛珍珠的恩恩怨怨、儒家精神对赛珍珠思想的影响、银幕上的赛珍珠以及赛珍珠在国际汉学中的地位与贡献等。

波特研究涉及《被遗弃的韦瑟罗尔奶奶》、《偷窃》、《斜塔》、《中午酒》、《绳》、《魔法》、《老人》、《那棵树》、《他》、《开花的犹大》、《裂镜》、《愚人船》和《灰色的马，灰色的骑手》等小说，主要关注波特短篇小说中意识流风格的艺术魅力、波特小说中的南方女性成长主题、波特一生与她的女性意识、波特短篇小说中的女性形象、波特墨西哥短篇小说中的女性主义思想、波特"米兰达"系列小说中的女性声音、波特短篇小说中的女性关怀主题、波特小说中的隐喻思维、波特小说中的《圣经》原型、波特短篇小说中的人性世界、波特短篇小说中的引语话语模式、波特短篇小说中的美国南方神话颠覆与重构、波特小说中叙述者的客观性以及波特的南方意识等。

麦卡勒斯研究涉及《伤心咖啡馆之歌》、《心是孤独的猎人》、《金色眼睛的映像》、《没有指针的钟》、《旅居者》和《婚礼的成员》等小说，主要关注麦卡勒斯小说中的孤独意识与孤独情结、麦卡勒斯的小说艺术风格、麦卡勒斯小说的哥特艺术、麦卡勒斯小说的哥特式主题、麦卡勒斯笔下作为父权制社会牺牲品的双性同体人、麦卡勒斯小说中的人道主义情怀、麦卡勒斯小说中的女性形象、麦卡勒斯短篇小说中家庭里的女人、麦卡勒斯小说中的"他者"世界、麦卡勒斯对美国南方哥特小说的继承与超越、麦卡勒斯小说中基督教爱的伦理隐性书写、麦卡勒斯小说中的灵性世界缺失、麦卡勒斯小说中的宗教观悖论、麦卡勒斯小说中的畸零人形象、麦卡勒斯小说中的精神空间与身份、麦卡勒斯小说中的母亲形象缺席与创作心理、麦卡勒斯作品中"隐蔽的东方主义"倾向、麦卡勒斯对传统南方家庭模式的挑战以及苏童与麦卡勒斯小说中南方情结的异同等。

韦尔蒂研究涉及《慈善访问》、《钥匙》、《六月演奏会》、《失败的战争》、《熟路》、《一个旅行推销员之死》、《乐观者的女儿》、《绿帘》、《一则新闻》、《金苹果》和《献给玛乔丽的花》等小说，主要关注韦尔蒂的南方情缘、韦尔蒂小说中的怪诞南方、韦尔蒂小说中的南方家庭观、韦尔蒂短篇小说中的人物与主题内涵、韦尔蒂短篇小说的独特创作手法、韦尔蒂小说中的摄影艺术手法、韦尔蒂短篇小说的主题特征、韦尔蒂短篇小说中的南方"畸零人"形象、韦尔蒂小说的政治意义以及韦尔蒂小说中的"少女"身体意象及其文化意蕴等。

沃尔夫研究涉及《他父亲的土地》、《天使，望家乡》、《一个文学评论家的肖像》、《火车与城市》、《四月，四月秒》、《虎子》、《森林里的阴暗，像时间一样奇怪》、《美国序幕》、《你不能再回家》和《网与磐石》等小说，主要关注沃尔夫的语言叙事风格、沃尔夫小说的"寻父"主题、沃尔夫小说中的非裔黑人形象衍变以及沃尔夫短篇小说的创作风格等。

除了关注具体小说家及其小说，中国批评界对美国白人现代小说的关注还出现在一些概论性研究中，如两次大战期间的美国小说思潮、"爵士时代"的美国小说、"爵士时代"的美国小说家及其作品的悲观情绪、"迷惘的一代"的产生及其小说、"迷惘的一代"文学中的悲剧意识、"迷惘的一代"的荒原意识、"迷惘的一代"与美国现代主义文学、"迷惘的一代"与中国"伤痕文学"的异同、20 世纪美国短篇小说中现代主义的艺术特征、20 世纪美国短篇小说艺术、20 世纪美国西部小说、20 世纪美国现实主义小说的发展与复兴、20 世纪美国小说中的边缘人形象、20 世纪美国牛仔小说、美国南方哥特短篇小说、美国南方哥特小说的现代精神、美国南方文学中的女性形象、美国南方小说的救赎意识、美国文学中的成长小说、美国现代派文学的发轫、美国现代文学产生的时代背景及主要特点、美国现代现实主义小说中同情观念的漫溢、20 世纪美国少年文学、美国战争小说、20 世纪初美国文学中妇女的自我意识、20 世纪美国南方女作家的小说创作主题、20 世纪美国小说的创作技法、20 世纪初长篇小说中"美国梦"的文学表现、美国现代侦探小说、意识流文学、美国意识流代表作中的意识流技巧、现代美国女作家的左翼思想、20 世纪 20—30 年代美国小说中的理想主义、20 世纪 30 年代美国小说中的依存关系、20 纪初美国小镇文学中的现代主义表现手法、美国"南方文艺复兴"时期作品中的骑士精神、美国"南方文艺复兴"文学主题在后现代的断裂与延续、美国"南方文艺复兴"与欧洲骑士文化的互文性、美国南方创伤小说以及美国"红色三十年代"左翼小说等。

（五）当代美国白人小说研究中的多元关注

21 世纪，当代美国白人小说家和小说如雨后春笋般进入中国批评界，不仅在当代美国文坛占有重要地位的小说家和小说受到批评界极大关注，而且未进入重要小说家行列的当代小说家以及一些刚在文坛露面的新人小说家及其小说也受到批评界重视；不仅先前受到批评界好评的当代美国经典小说受到研究者关注，而且先前未受到批评界关注的小说也纷纷受到研究者关注。2000—2015 年，中国当代美国白人小说研究涉及巴塞尔姆及其《白雪公主》、《玻璃山》、《我父亲哭泣的情景》、《气球》、《丽蓓卡》、《白雪公主后传》、《看见月亮了吗》、《在托尔斯泰博物馆》、《儿子手册》、《国王》、《城市生活》和《我与曼蒂博小姐》，塞林格及其《麦田里的守望者》、《笑面人》和《弗兰妮》，海勒及其《第二十二条军规》、《终了时刻》、《老年艺术家画像》、《出事了》和《像戈尔德一样好》，冯尼格特及其《五号屠场》、《时震》、《囚鸟》、《猫的摇篮》、《没有国家的人》、《冠军早餐》、《当世人沉睡的时候》、《上帝保佑你，罗斯瓦特先生》和《加拉帕戈斯群岛》，梅勒及其《裸者与死者》、《刽子手之歌》、《我们为什么在越南?》、《夜幕下的大军》、《林中城堡》、《一场美国梦》和《儿子的福音》，纳博科夫及其《洛丽塔》、《普宁》、《黑暗中的笑声》、《防守》、《劳拉的原型》、《微暗的火》、《透明》、《玛申卡》和《绝望》，巴斯及其《曾经沧海》、《烟草经纪人》、《新辛巴达航海记》、《迷失在游乐场》、《路的尽头》、《客迈拉》、《生活故事》、《三岔路口》、《奇思妙想》、《漂浮的歌剧》、《柏勒罗丰》、《山羊小子贾尔斯》和《英仙座流星》，多克托罗及其《上帝之城》、《皮男人》、《追求者》、《比利·巴斯格特》、《拉格泰姆时代》、《进军》、《但以理书》、《霍默与兰利》、《自来水厂》、《像真的一样大》、《世界博览会》和《安德鲁的大脑》，厄普代克及其《乔特鲁德与克劳狄斯》、《圣洁百合》、S.、A&P、《兔子，跑吧》、《寻找我的面孔》、《夫妇们》、《恐怖分子》、《父亲的眼泪》、《政变》、《巴西》、《兔子歇了》、《兔子富了》、《兔子归来》、《记忆中的兔子》、《农庄》、《伊斯特维克的女巫们》、《罗杰的说法》、《马人》、《自由》、《福特时代的回忆》、《满杯》和《走向末日》，桑塔格及其《在美国》、《火山情人》、《旧怨重诉》、《恩人》、《我们现在的生活》、《中国旅行计划》、《床上的艾丽丝》、《死亡匣子》、《河内之行》和《没有向导的旅行》，欧茨及其《他们》、《文身的姑娘》、《查尔德伍德》、《中年》、《极度孤单》、《表姐妹》、《大瀑布》、《四个夏天》、《掘墓人的女儿》、《那年秋天》、《妹妹，我的爱》、《你去向哪里，你来自何方?》、《野兽》、《白猫》、《妈妈走了》、《奇境》、《把心给我》、《圣殿》、《在冰山里》、《我带你去那儿》、《狐火》、《泥女人》、《阔佬》、《牵小狗的女人》、《浮生如梦——玛丽莲·梦露文学写真》、《狂野的夜!》、《一位美丽少女》、《光明天使》、《自我封闭》和《父爱》，克鲁亚克及其《在路上》、《达摩流浪汉》、《萨克斯医生》、《孤独旅者》、《镇与城》和《科迪的幻想》，德里罗及其《白噪音》、《名字》、《天秤星座》、《坠落的人》、《地下世界》和《大都会》，品钦及其《秘密融合》、V.、《万有引力之虹》、《熵》、《拍卖第四十九批》、《葡萄园》、《性本恶》、《放血尖端》、《梅森和迪克逊》、《慢学者》、《低地》和《抵抗白昼》，普拉斯及其《钟形罩》、《家信》、《日记》、《爱丽尔》和《隐喻》，杰克逊及其《抽彩》、契弗及其《游泳者》、《金罐子》、《巨型收音机》、《啊，青春和美貌!》、《住在郊区的丈夫》、《猎鹰者监狱》、《茫茫大海》、《再见，我的弟弟》、《告诉我是谁》和《约翰·契弗短篇小说集》，安·贝蒂及其《风起水库》，巴勒斯及其《赤裸的午餐》和《瘾君子》，奥斯特及其《神谕之夜》、"纽约三部曲"（《玻璃城》、《幽灵》和《闭锁的房间》）、《机缘乐章》、《烟》、《月宫》、《在地图结束的地方》、《黑暗中的人》、《密室中的旅行》、《偶然的音乐》、《布鲁克林的荒唐事》、《孤独及其所创造的》和《隐者》，丹·布朗及其《天使与魔鬼》、《达·芬奇密码》、《地狱》和《数字城堡》，卡波特及其《冷血》、《别的声音，别的房间》、《夏日十字路口》和《蒂凡尼的早餐》，亨利·米勒及其《北回归线》和《南回归线》，卡佛及其《我打电话的地方》、《大教堂》、《羽毛》、《软座包厢》、《你们为什么不跳个舞?》、《当我们谈论爱情时我们在谈论什么》、《短暂的风流韵事》、《纸袋》、《真跑了这么多英里吗?》、《平静》、《肥》、《毁了我父亲的第三件事》和《鸟人》，肯·凯西及其《飞越杜鹃巢》，库弗及其《公众的怒火》、《保姆》、《卡通》、《威尼斯的匹诺曹》和《刺玫瑰》，迈克尔·坎宁宁及其《时时刻刻》和《冰雪女王》，欧文·肖及其《穿夏装的姑娘们》和《幼狮》，琼·迪迪恩及其《民主》和《顺其自然》，威廉·加迪斯及其《小大亨》、《爱裂》和《木匠的哥特式古屋》，威廉·肯尼迪及其《流浪汉》，霍克斯及其《第二层皮》、《血橙》和《恐惧》，汤姆·沃尔夫及其《我是夏洛特·西蒙斯》，斯蒂芬·金及其《肖申克的救赎》、《莉茜的故事》、《魔女嘉莉》、《手机》、《迷雾》、《黑暗的另一半》、《日落之后》和《丽塔·海华斯和肖申克的救赎》，奥布莱恩及其《追寻卡西艾托》、《林中之湖》、《恋爱中的汤姆卡特》、《七月，七月》和《士兵的重负》，菲力普·卡普托及其《战争的谣言》，查尔斯·弗雷泽及其《冷山》和《十三个月亮》，R.L. 史坦恩及其《幽灵海滩》，阿瑟·阿萨·伯格及其《一个后现代主义者的谋杀》，埃洛拉·达农及其短篇小说《独自一人》，艾什顿·史密斯及其《来自墓穴里的种子》，安娜·奎德伦及其《伤痕累累》，艾瑞卡·琼及其《怕飞》，安妮·普鲁及其《老谋深算》、《船讯》、《半剥皮的阉牛》、《脚下泥巴》和《云雀》，奥尔特·凡·蒂尔伯格·克拉克及其《手提式唱机》，巴瑞·汉纳赫及其《瑞》、保罗·金代尔及其《猪人》系列小说，彼得·泰勒及其《孟菲斯的召唤》，蒂茜·玛丁苏及其《最后一位情人》，杜安·弗兰克里特及其《黑客》，多萝塞·坎菲尔德·费希尔及其短篇小说《被单》，费雷思（Leslie Feinberg）及其《蓝调石墙T》，哈罗德·罗宾斯及其《爱在何方》，华莱士·斯特格纳及其《旁观鸟》，简·斯迈利及其《一千英亩》和《山中十日》，杰拉尔丁·布鲁克斯及其《马奇》，卡罗尔·希尔兹及其《斯通家史札记》，凯瑟琳·休姆及其《美国梦，美国的梦魇》，坎迪斯·布什奈尔及其《欲望都市》，科马克·麦卡锡及其《血色子午线》、《上帝之子》、《路》、《老无所依》和"边境三部曲"（《骏马》、《穿越》和《平原上的城市》），劳伦·维斯贝格尔及其《穿 PRADA 的女魔头》，莉莉·塔克及其长篇小说《巴拉圭消息》，里克·穆迪及其《占卜者》、罗伯特·詹姆斯·沃勒及其《廊桥遗梦》，玛丽·莫里斯及其短篇小说《墙》，迈克尔·赫尔及其越战小说《快件》，马克思·舒尔曼及其短篇小说《爱情是谬误》，内尔森·德米勒及其《小城风云》，尼尔·盖曼及其《美国众神》和《乌有乡》，拉里·麦克莫瑞及其《孤独鸽》，乔安娜·拉斯及其《雌性男人》，乔瑟琳·杰克逊及其《乔治亚的毕特温小镇》，琼·C. 乔治及其《狼群中的朱莉》，斯宾塞·约翰逊及其《谁动了我的奶酪》，苏·蒙克·基德及其《蜜蜂的秘密生活》，汤姆·罗宾斯及其《基列》，托尼·厄雷及其《蓝星》，辛西亚·沃尔特及其《回家》，休·米勒及其《下面的世界》，詹姆士·帕特森及其《玛丽，玛丽》，詹姆斯·道森及其短篇小说《所有好处》，詹姆斯·瑟伯及其《华尔脱·密蒂的隐秘生活》、《公主的月亮》、《胜券在握》、《花园里的独角兽》和《猫鸟座》，朱莉亚·格拉斯及其《三个六月》，朱娜·巴内斯及其《夜林》，威廉姆·马奇及其《K 连》，约翰·赫赛及其《召唤》和《孤石》，约翰·克劳利及其《拜伦勋爵的小说：晚间地带》，约翰·托兰及其《漫长的战斗》，约翰·加德纳及其《救赎》，布莱特·伊斯顿·埃利斯及其《美国狂人》，拉瑞·尼文及其《非常道》，盖瑞·伯森及其《手斧男孩》，厄休拉·勒奎恩及其《黑暗的左手》、《变化的位面》、《倾诉》、《拉维尼亚》、《一无所有》、《从奥米勒斯城出走的人》和"地海三部曲"（《地海巫师》、《阿图安之墓》和《遥远的海岸》），西德尼·谢尔顿及其《你怕黑吗?》，弗朗西斯·霍奇森·伯内特及其《秘密花园》，伊·斯特鲁特及其《奥利芙·吉特里奇》，芭芭拉·金索沃及其《柴藤》、《毒木圣经》、《动物之梦》、《逃逸行为》、《罅隙》、《豆树青青》和《丰盛的夏天》，汤姆·舒尔曼及其《死亡诗社》，迈克尔·布莱克及其《与狼共舞》，罗伯特·乔丹及其《时光之轮》，乔纳森·弗兰岑及其《自由》和《纠正》，威廉·斯泰伦及其《苏菲的选择》和《奈特·特纳的自白》，安妮·赖斯（原名霍华德·爱伦·奥布里安）及其《夜访吸血鬼》，斯科特·奥台尔及其《蓝色的海豚岛》，苏珊·柯林斯及其《饥饿游戏》，唐娜·塔特及其《金翅雀》，托毕斯·武尔弗及其《凡人》，托马斯·伯杰及其《小大人》，托马斯·哈里斯及其《沉默的羔羊》，威廉·吉布森及其《神经漫游者》，威廉·加斯及其《隧道》和《在中部地区深处》，威廉·沃尔曼及其《彩虹故事集》和《欧洲中心》，温德尔·贝里及其《回家》，温斯顿·格卢姆及其《阿甘正传》，肖恩·威斯图及其《堕落的爱达荷》，伊维·莫里斯及其《品尝家》，约翰·哈特及其《最后的孩子》，约书亚·弗里斯及其《曲终人散》，赞恩·格雷及其《紫艾草骑士》，詹姆斯·帕特里克·唐利维及其《姜人》，詹妮弗·伊根及其《恶棍来访》、《风雨红颜》、《再见，我的爱》和《隐形马戏团》，朱迪·布鲁姆及其《永远》，朱迪·皮考特及其《十九分钟》以及安妮·泰勒、安妮塔·德赛、保罗·鲍尔斯、弗诺·文奇、戈尔·维多尔、卡罗琳·米伯、凯茜·埃克、劳瑞·安德森、理查德·鲍威尔斯、理查德·拉索、罗伯特·奥伦·巴特勒、马什·卡萨迪、莫里斯·肯尼、纳坦·恩格兰德、苏西·辛顿、约翰·格里森姆、约翰·欧文、塔马·亚诺维茨、沃克·珀西和维罗尼卡·罗斯等小说家，其中所受关注最多的小说家是巴塞尔姆、塞林格、海勒、冯尼格特、梅勒、纳博科夫、巴斯、多克托罗、厄普代克、桑塔格、欧茨、克鲁亚克、德里罗、品钦、普拉斯和契弗，他们的大部分或全部小说受到批评界关注，所受关注最多的小说是塞林格的《麦田里的守望者》、海勒的《第二十二条军规》、纳博科夫的《洛丽塔》、冯尼格特的《五号屠场》、巴塞尔姆的《玻璃山》和梅勒的《裸者与死者》等。

　　经典小说重读和非经典小说解读是 21 世纪中国当代美国白人小说研究的突出特征，海勒、塞林格、厄普代克、冯尼格特、巴塞尔姆、梅勒、纳博科夫、欧茨、品钦、巴斯、桑塔格、杰克逊、沃尔夫、普拉斯、丹·布朗、克鲁亚克、坎宁宁、凯西、多克托罗、迪迪恩、卡波特、霍克斯、谢尔顿、德里罗、库弗、卡佛、苏可尼克、欧文·肖、契弗、斯泰伦、加迪斯和约翰·欧文等当代美国白人小说家的作品受到空前重视。2000—2015 年，研究者从不同角度重读了海勒的《第二十二条军规》和《出事了》，塞林格的《麦田里的守望者》，厄普代克的"兔子"五部曲（《兔子，跑吧》、《兔子富了》、《兔子归来》、《兔子歇了》和《记忆中的兔子》）、《夫妇们》、《圣洁百合》和 S.、冯尼格特的《五号屠场》、巴塞尔姆的《白雪公主》、《玻璃山》和《气球》，梅勒的《裸者与死者》和《刽子手之歌》，纳博科夫的《洛丽塔》和《普宁》，欧茨的《背信弃义》、《查尔德伍德》、《表姐妹》和《大瀑布》，品钦的 V. 和《拍卖第四十九批》，巴斯的《生活故事》、《迷宫》和《路的尽头》，桑塔格的《恩主》、《中国旅行计划》和《在美国》，杰克逊的《抽彩》，沃尔夫的《远与近》和《完美的人》，普拉斯的《钟形罩》，丹·布朗的《达·芬奇密码》，克鲁亚克的《在路上》，坎宁宁的《时时刻刻》，普鲁的《老谋深算》，凯西的《飞越杜鹃巢》，多克托罗的《拉格泰姆时代》、《幸福国故事集》和《进军》，迪迪恩的《顺其自然》和《民主》，卡波特的《冷血》，德里罗的《白噪音》，马克思·舒尔曼的《爱情是谬误》，约翰·加德纳的《救赎》，契弗的《巨型收音机》，苏·蒙克·基德的《蜜蜂的秘密生活》，巴瑞·汉纳赫的《瑞》，保罗·金代尔的《猪人》系列，亨利·米勒的《北回归线》，霍克斯的《第二层皮》，斯迈利的《一千英亩》，杰拉尔丁·布鲁克斯的《马奇》，库弗的《保姆》，莉莉·塔克的《巴拉圭消息》，欧文·肖的《幼狮》，乔安娜·拉斯的《雌性男人》和威廉·加迪斯的《木匠的哥特式古屋》等小说，并且解读了这些作家先前未受到批评界关注的小说。

海勒研究涉及《第二十二条军规》、《出事了》、《上帝知道》、《最后一幕》、《我不再爱你》和《老年艺术家画像》等小说，主要关注海勒与后现代主义小说、海勒与黑色幽默、海勒的小说世界、海勒小说中的后现代主义艺术手法、海勒后现代小说的怪诞性、海勒小说中戏仿的后现代性、海勒小说中的死亡书写、海勒小说中的死亡主题、海勒的新写实主义小说、海勒与中国后现代主义以及海勒与莫言的异同等。

塞林格研究涉及《麦田里的守望者》和《弗兰妮》等小说，主要关注塞林格笔下青少年的艰难成长、塞林格笔下的成长模式（反叛、顿悟与成长）、塞林格的写作动机（只为自己快乐而写作）、塞林格与美国"反文化"青少年形象、塞林格的犹太特征及其小说中的折射、塞林格与苏童"成长小说"的异同以及塞林格与中国儿童文学作家作品中儿童形象的异同等。

厄普代克研究涉及"兔子"五部曲（《兔子，跑吧》、《兔子富了》、《兔子归来》、《兔子歇了》、《记忆中的兔子》）、《夫妇们》、《圣洁百合》、《政变》、《葛特露和克劳狄斯》、S.、A&P、《恐怖分子》、《农庄》、《伊斯威克的寡妇》、《分居》、《东维克的女巫》、《寻找我的面孔》、《马人》、《罗杰的说法》、《自由》、《福特时代的回忆》、《父亲的眼泪》和《走向末日》等小说，主要关注厄普代克跨越新千年的小说创作、厄普代克的短篇小说创作、厄普代克的童年记忆（父亲·母亲·牛皮癣）、厄普代克文学视野中的宗教意识、厄普代克长篇小说的宗教之维、厄普代克小说中的基督新教、厄普代克宗教观的成因、厄普代克与美国中产阶级、作为安格斯特小镇的多产编年史家的厄普代克、作为美国社会解剖刀的厄普代克、厄普代克小说中的意象符码、厄普代克的"女巫"惹恼女权主义者的缘由、厄普代克小说的思想主题（性爱与宗教、挣扎与救赎）、厄普代克小说中的"欲望"情结（从爱欲的反动到救赎的探寻）、厄普代克20世纪60年代小说中的人物身份认同、厄普代克小说中的女性形象、厄普代克小说中的美国现代意识、厄普代克小说中的喜剧性元素、厄普代克小说中的生态思想、厄普代克的道德关怀、厄普代克小说中的道德与信仰、厄普代克欲望记忆书写的审美情趣、厄普代克与"冷战"政治以及厄普代克与英国文学等。

冯尼格特研究涉及《五号屠场》、《时震》、《冠军早餐》、《加拉帕戈斯群岛》、《猫的摇篮》和《上帝保佑你，罗斯瓦特先生》等小说，主要关注冯尼格特小说的"后现代性"、冯尼格特的黑色幽默、冯尼格特小说的"冷战"政治意蕴、冯尼格特小说的创作特色、冯尼格特小说中的精神解析与形式建构、冯尼格特的艺术观、冯尼格特的元小说文本、冯尼格特小说中的生态意识、冯尼格特的后人道主义生态观、冯尼格特小说中的精神生态主题、冯尼格特笔下适于后现代人类生存的社会生态环境以及冯尼格特小说中的生态哲学等。

巴塞尔姆研究涉及《白雪公主》、《玻璃山》、《白雪公主后传》、《气球》、《丽蓓卡》、《看见月亮了吗》、《我与曼蒂博小姐》、《在托尔斯泰博物馆》、《儿子手册》、《国王》和《城市生活》等小说，主要关注巴塞尔姆的创作、巴塞尔姆小说创作的后现代反情节特征、巴塞尔姆的后现代主义观点与其语言拼贴风格、巴塞尔姆短篇小说的解构主义特征、巴塞尔姆短篇小说的文本形式（碎片亦即存在的证明）以及巴塞尔姆兄弟的文字绘画与后现代美国肖像等。

纳博科夫研究涉及《洛丽塔》、《普宁》、《劳拉的原型》、《绝望》、《黑暗中的笑声》、《微暗的火》、《防守》、《透明》、《玛申卡》和《绝望》等小说，主要关注纳博科夫小说中的文化流浪者、纳博科夫小说中的精神创伤与"时空交错"、纳博科夫小说中的"狂喜"美学思想、纳博科夫的文学思想、纳博科夫的文学艺术观、纳博科夫的现实与小说的自我意识、纳博科夫与戏拟、纳博科夫早期小说的诗学、纳博科夫长篇小说的后现代叙事艺术、纳博科夫的后现代空间叙事、纳博科夫的元小说创作、纳博科夫的后现代元小说叙事、纳博科夫小说中的元小说写作范式、纳博科夫的结构之谜、纳博科夫的诗性美学系统、纳博科夫的心路历程、纳博科夫对弗洛伊德精神分析学的批判、纳博科夫幻化自我的艺术、纳博科夫文学世界中的遁形现实、纳博科夫小说中的时间意识、纳博科夫小说的时间观、纳博科夫小说的艺术特色、纳博科夫小说叙事中的色彩、画面与视知觉、纳博科夫小说中"镜子的反照"与自我认

证的分裂、纳博科夫小说中的"诗如画"书写、纳博科夫小说中的
"双人物"、纳博科夫小说中的阿卡狄亚主题、纳博科夫小说中的后现
代伦理问题、纳博科夫小说中的后现代迷宫意识、纳博科夫小说中的后
现代转向与主题建构、纳博科夫小说中的诺斯替主义、纳博科夫小说中
的流亡生活与审美狂喜、纳博科夫英语长篇小说中的俄国流亡知识分子
形象、纳博科夫小说中的流亡情结、纳博科夫诗学体系与文学创作中的
西方现代艺术、纳博科夫和博尔赫斯文本的后现代叙事、纳博科夫对厄
普代克的影响、纳博科夫文学观与中国后现代小说的精神缠绕以及文化
语境与纳博科夫美国时期的自反性写作等。

　　梅勒研究涉及《裸者与死者》、《刽子手之歌》、《一场美国梦》、
《儿子的福音》、《我们为什么在越南?》和《夜幕下的大军》等小说,
主要关注梅勒小说的书写动机与主题、梅勒小说的主题与泛极权主义情
结、梅勒非虚构小说中历史的虚构策略、梅勒小说中历史的文本性、梅
勒与美国文学传统、梅勒作品中的互文性策略、梅勒的存在主义宗教
观、梅勒的"保守自由主义"、梅勒战争小说中的黑色幽默、梅勒小说
对犹太文化身份认同的现代性重构、梅勒小说中"鬼魅"的权力斗争、
梅勒的虚构与非虚构书写、梅勒的文学情结与思想内涵以及梅勒的生平
与创作等。

　　欧茨研究涉及《大瀑布》、《他们》、《掘墓人的女儿》、《奇境》、
《妈妈走了》、《自我封闭》、《狐火》、《把心给我》、《圣殿》、《在冰山
里》、《我带你去那儿》、《中年》、《泥女人》、《阔佬》、《父爱》、《牵
小狗的女人》、《浮生如梦——玛丽莲·梦露文学写真》、《狂野的夜!》、
《一位美丽少女》、《光明天使》、《你去向哪里,你来自何方?》、《四个
夏天》、《那年秋天》、《野兽》、《白猫》、《查尔德伍德》、《表姐妹》、
《约会》、《天堂的小鸟》、《预感》和《妹妹,我的爱》等小说,主要
关注欧茨哥特小说中的当代众生相、欧茨小说创作中的女性视角、欧茨
小说中的女性主义意识、欧茨早期悲剧性艺术观及其在作品中的体现、
欧茨小说的发展、欧茨小说中的暴力世界、欧茨小说中暴力中的柔软内
核、暴力与欧茨的悲剧创作、欧茨笔下的女性与暴力、欧茨小说世界中
的女性群像、欧茨小说中的女性话语权、欧茨小说中女性的内心隐痛、

欧茨小说中的悲剧女性形象、欧茨小说中的生态女性主义意识、欧茨的生态正义观、欧茨对心理现实主义小说创作的贡献、欧茨小说中的"浮士德难题"、欧茨小说中的异质空间、欧茨小说的通俗手法、欧茨短篇小说创作史以及欧茨的小说世界等。

品钦研究涉及《拍卖第四十九批》、V.、《葡萄园》、《万有引力之虹》、《性本恶》、《秘密融合》、《熵》、《放血尖端》、《梅森和迪克逊》、《慢学者》、《低地》和《抵抗白昼》等小说，主要关注品钦小说的"追寻情节"、品钦的"追寻"叙事、品钦后现代小说中的追寻叙事模式、品钦后现代小说中的"复魅"主题、品钦小说的解构性与语言的模糊性、品钦小说中的熵主题、品钦的后现代叙事、品钦小说与后现代主义小说的追寻主题、品钦与后现代主义、品钦"加州三部曲"中的乌托邦思想、品钦与20世纪60年代的美国、品钦早期小说中的开放性叙事结构、品钦早期小说中叙事话语的互文性、品钦小说中的神秘主义、品钦的小说创作艺术、品钦小说中的殖民话语、品钦小说中的种族话语、品钦及其熵的世界观以及品钦神话等。

巴斯研究涉及《路的尽头》、《迷失在游乐场》、《客迈拉》、《生活故事》、《迷宫》、《奇思妙想》、《烟草经纪人》、《曾经沧海》、《漂浮的歌剧》、《柏勒罗丰》、《山羊小子贾尔斯》和《英仙座流星》等小说，主要关注巴斯小说的写作方法和巴斯小说中的后现代主义艺术手法等。

契弗研究涉及《巨型收音机》、《游泳者》、《猎鹰者监狱》、《茫茫大海》、《再见，我的弟弟》与《告诉我是谁》等小说和《约翰·契弗短篇小说集》，主要关注契弗小说中人物的精神特征、契弗短篇小说的创作背景、契弗短篇小说人物的心路历程（空虚·彷徨·过失）、契弗短篇小说中的突变与不确定性、契弗短篇小说中的美国社会、契弗短篇小说中的寓言化叙事、契弗的新现实主义风格与艺术特色以及契弗小说的反讽语言艺术等。

普拉斯研究涉及《钟形罩》、《家信》、《日记》和《隐喻》等小说，主要关注普拉斯自传体小说中的社会转型期意识形态控制、普拉斯小说中的大屠杀描写及其政治历史意蕴、普拉斯的创作哲学以及普拉斯之死（活在母亲期望下的悲剧）等。

克鲁亚克研究涉及《在路上》、《达摩流浪汉》、《萨克斯医生》、《镇与城》、《科迪的幻想》和《孤独旅者》等小说，主要关注克鲁亚克的佛教禅宗思想、克鲁亚克小说与禅宗思想、克鲁亚克小说中的消费社会意识、克鲁亚克"自动写作法"的文化特征、寒山对克鲁亚克的影响以及克鲁亚克与亨利·米勒小说创作的异同等。

多克托罗研究涉及《大进军》、《拉格泰姆时代》、《上帝之城》、《比利·巴斯格特》、《霍默与兰利》、《但以理书》、《欢迎到哈德泰姆斯来》、《世界博览会》、《皮男人》和《像真的一样大》等小说，主要关注多克托罗小说的创作思想与创作模式、多克托罗小说中的大屠杀后意识与犹太性、多克托罗小说中的美国历史书写以及族裔背景对多克托罗女性人物塑造的影响等。

德里罗研究涉及《白噪音》、《坠落的人》、《地下世界》、《天秤星座》、《大都会》、《名字》和《美国志》等小说，主要关注德里罗小说中的后现代自然与"环境无意识"、德里罗小说主题的所指与能指、德里罗短篇小说中的恐怖诗学、德里罗小说中的技术暴力与责任伦理、德里罗小说中的技术与全球资本主义、德里罗小说中的技术与主体性、德里罗在虚幻与现实中的历史书写元小说、德里罗"9·11"小说中的美国社会心理创伤、德里罗小说中的逆"逻各斯中心"特征、德里罗的"互文性"创作手法、德里罗小说中的消费文化、技术崇高化与恐怖主义主题、德里罗空间艺术的叙述与救赎以及德里罗的小说创作观（让小说永葆生命力）等。

丹·布朗研究涉及《达·芬奇密码》、《失落的秘符》、《天使与魔鬼》、《地狱》和《数字城堡》等小说，主要关注丹·布朗小说的主题与悬疑特色、丹·布朗小说中的信仰主题（信仰泛滥、信仰危机）、丹·布朗小说中的母亲缺失与女性崇拜、丹·布朗小说中的"文化时空"格局与意象、丹·布朗小说的电影化叙事特征以及丹·布朗小说中现代人的精神生态状况等。

保罗·奥斯特研究涉及"纽约三部曲"（《玻璃城》、《幽灵》和《闭锁的房间》）、《在地图结束的地方》、《密室中的旅行》、《布鲁克林的荒唐事》、《机缘乐章》、《烟》、《月宫》、《黑暗中的人》、《偶然的音乐》、《孤独及其所创造的》、《隐者》和《神谕之夜》等小说，主要关注奥斯特小说的叙事策略与奥斯特创作的影响因素等。

桑塔格研究涉及《恩主》、《死亡匣子》、《火山恋人》、《在美国》、《床上的艾丽丝》、《河内之行》、《我们现在的生活方式》、《没有向导的旅行》和《中国旅行计划》等小说，主要关注桑塔格短篇小说的女性主义叙事特色、桑塔格小说创作的美学特点、桑塔格小说叙述艺术的独特性、桑塔格小说中的女性人物形象、桑塔格的现代审美观、桑塔格的"新感受力"美学以及桑塔格美学思想的文学意义等。

卡佛研究涉及《大教堂》、《羽毛》、《软座包厢》、《你们为什么不跳个舞？》、《当我们谈论爱情时我们在谈论什么》、《真跑了这么多英里吗？》、《平静》、《肥》、《我打电话的地方》、《毁了我父亲的第三件事》、《鸟人》、《洗澡》和《一件好事儿》等小说，主要关注卡佛的文学语言观、卡佛短篇小说中的"电视意象"、卡佛短篇小说的叙事特点、卡佛短篇小说中的男性气质书写、卡佛小说"简约"艺术的张力、卡佛短篇小说结尾的"不确定性"及其成因、卡佛短篇小说中的戏仿艺术、卡佛短篇小说的主题、卡佛小说的后现代主义话语特征及其文化内涵、卡佛小说的写作手法、卡佛的诗与小说的互文性关系、卡佛对苏童短篇小说创作的影响以及卡佛与村上春树的异同等。

库弗研究涉及《保姆》、《公众的怒火》、《卡通》、《威尼斯的匹诺曹》和《刺玫瑰》等小说，主要关注库弗小说中的现实与虚幻、库弗的简约派小说、库弗短篇小说中的黑色幽默、库弗"立体派"元小说中的碎片之美与另类真实以及库弗小说中"故事里面"的"嬉戏"等。

卡波特研究涉及《冷血》、《蒂凡尼的早餐》和《别的声音，别的房间》等小说，主要关注卡波特的黑夜小说、卡波特小说中的"成长中的寻找"主题、卡波特小说中的故事空间变化以及卡波特的文学创作等。

科马克·麦卡锡研究涉及《路》、《血色子午线》、《骏马》、《穿越》、《平原上的城市》、《老无所依》和《上帝之子》等小说，主要关注麦卡锡小说中的宗教情怀、麦卡锡小说中的讽喻性灾难叙事、麦卡锡小说中的自我流放书写、麦卡锡小说中的墨西哥文化书写、麦卡锡西部小说的美利坚性与民族间性以及麦卡锡的小说与电影的关系等。

斯蒂芬·金研究涉及《肖申克的救赎》、《莉茜的故事》、《魔女嘉莉》、《手机》、《瘦到死》和《迷雾》等小说，主要关注斯蒂芬·金恐怖小说的现实意蕴、斯蒂芬·金小说的主题及文学性、斯蒂芬·金短篇小说中的恐怖与荒诞、斯蒂芬·金小说中的恐怖元素以及斯蒂芬·金小说的电影改编等。

除了具体小说家及小说研究，还有一些概论性研究也涉及当代美国白人小说，这些概论性研究涉及话题包括当代美国小说、美国后现代主义小说、当代美国女性小说、黑色幽默小说、非虚构小说、成长小说、战争小说、哥特小说、新现实主义小说、通俗小说、元小说、科幻小说、太空科幻小说、军事科幻小说、微型小说、"垮掉的一代"小说、生态小说、新历史主义小说、牛仔小说、实验小说、间谍小说、犯罪小说、同性恋小说、西部小说、土著小说和"后垮掉一代"小说等，主要关注点有：当代美国小说的浪漫主义回归、当代美国小说的创作倾向、当代美国小说的新现实主义视域、美国新现实主义与后现代小说中的道德意识、当代美国小说对文学经典的改写、当代美国小说里的自我意识、当代美国小说中的边疆意义、当代美国小说的变革、当代美国小说中的"丑女人"现象、当代美国西部小说的创作倾向、20世纪美国成长小说的传承与变革、美国成长小说的嬗变、成长小说与美国文化、美国当代反恐小说的叙事特征、元小说与后现代神话、美国当代元小说与后现代主义、后现代小说通俗性的界限、后现代叙事文本的特征、后现代主义小说的艺术世界、美国后现代主义小说的语言策略、后现代主义小说中的拼贴画现象、美国后现代主义小说的特点、美国大众文化与后现代小说、美国后现代小说的新模式与新话语、美国后现代短篇小说的新模式与新话语、美国后现代派小说的艺术风格、美国后现代派小说的模式与话语、美国后现代主义小说的走向、美国后现代主义小说的主题与叙事结构、美国后现代主义小说的体裁发展、美国后现代主义小说的叙述视角、美国后现代主义小说的叙事策略、美国后现代元小说的叙事手段、美国后现代派小说与文化理论、美国文学中的后现代主义、第二次世界大战后美国小说中的反英雄人物形象、美国后现代主义小说的文本策略、美国文学传统与后现代主义小说、美国后现代小说中的"自我—社会"关系、美国后现代主义小说的现代性批判、美国后现代女作家的写作特质、美国黑色幽默小说的成因及其现实意义、"黑色幽默"派小说的艺术特征、"黑色幽默"小说的"反小说"形式、美国黑色幽默小说与存在主义、美国黑色幽默小说的名与实、存在主义影响下美国黑色幽默小说的创作特色、美国非虚构小说和作家、美国非虚构小说崛起的科技与思想背景、美国非虚构小说与现实主义小说叙事语法、当代美国非虚构小说的艺术魅力、美国战争小说的流变（从自然主义到新历史主义）、美国朝鲜战争战俘小说中的志愿军形象、美国朝鲜战争小说主题的三部曲模式（歌颂·质疑·批判）、美国越战叙事文学的独白性、美国第二次世界大战小说中的"缺席"主题、美国战争小说中的战争与生态、战争小说中战争对美军士兵基督教信仰的影响、美国南方哥特小说的现代精神、美国南方小说的救赎意识、美国流浪汉小说的主题演变（从流浪者到守望者）、"石墙酒吧造反"前后同性恋小说在美国的演变、第二次世界大战后美国通俗小说繁荣的原因及其发展特征、20世纪60年代美国通俗小说中的继承与反叛、美国西部通俗小说的源与流、通俗小说与当代美国文化、美国当代元小说理论与实践、中美当代元小说特点、20世纪美国小说中的多元、创新与现实主义、2008年美国全国图书奖与美国文学的多元化趋势、60年代的美国文化与新新闻体写作、新新闻主义与越南战争的关系、当代美国小说中的荒诞主题、当代美国小说的创作技法、美国当代女性主义科幻小说、美国冷战科幻小说中的科学家形象、后现代视角下美国反小说的艺术特色、美国后现代派小说中的道德缺席现象、新历史主义小说的社会历史观、当代美国小说中的解构主义与女权主义文学理论、美国小说的全球警示（国家梦想与警醒）、当代美国通俗小说的暴露特征、普利策奖获奖小说与美国文学的核心主题、性与美国男性小说（裸露与冲突）、美国小说的世界性、美国当代畅销小说中童年遭际的叙述作用、"达·芬奇密码现象"以及美国70年代新人小说家、"9·11"事件与"9·11"后英美小说、21世纪美国太空科幻小说与军事科幻小说的繁盛、20世纪60年代以来的美国青少年小说、20世纪末期最后20年的美国小说、1980—

2010 年的美国女性小说、新千年的美国新现实主义小说、后"9·11"
小说、2013 年美国短篇小说、2013 年美国小说、20 世纪后半叶美国小
说中的传统女性性别角色解构、20 世纪美国小说创伤叙事特征、21 世
纪美国的青少年小说、当代美国南方小说的现实性回归、当代美国小说
中的多元民族文化认同、当代美国小说中的新现实主义倾向、当代美国
小说中的自然、风险理论在当代美国小说中的嬗变、后"9·11"美国
小说创伤叙事的功能及政治指向、"9·11"小说在美国的兴盛及其意
义、美国后现代主义小说的崛起与发展、美国 20 世纪 60—70 年代小说
与青年的平等观、美国黑色幽默小说的美学意蕴、美国后现代反叙事小
说的政治寓意、美国后现代小说的心理叙述策略、美国后现代主义小说
改编电影的悲剧意蕴、美国后现代主义小说中的生态关注、美国后现代
主义小说中的时空叙事策略、美国后现代主义小说中的田园话语颠覆、
美国后现代主义小说中的"英雄"蜕变、美国后现代主义小说中的幻
想语言与现实世界、美国后现代主义小说中的批判性与世俗性之关系、
美国恐怖小说影视改编的类型、美国生态小说的后现代性、美国新现实
主义小说中的地域叙事、美国新现实主义小说中的人物概念与人物刻
画、美国伊拉克战争小说的兴起、当代美国小说中的守节与失贞、当代
美国校园小说中的少年主体性建构、后冷战时代美国小说中的当代美国
民族危机意识、美国新现实主义小说的题材（时代生活、历史书写与道
德世界）、当代美国少年小说的主要特征、越战小说中的记忆伦理和当
代美国哥特小说狂飙的原因等。

（六）美国黑人小说研究中的多元关注

21 世纪，中国美国黑人小说研究关注范围很广，关注对象很多，
先前受到批评界关注的小说家及小说受到更多关注，先前未受到批评界
关注的小说家及小说也受到很多关注。2000—2015 年，中国美国黑人
小说研究涉及莫里森及其《最蓝的眼睛》、《秀拉》、《爵士乐》、《所罗
门之歌》、《宠儿》、《柏油娃娃》、《天堂》、《爱》、《慈悲》、《宣叙》、
《家》和《恩惠》，沃克及其《紫色》、《父亲的微笑之光》、《殿堂》、
《梅丽迪安》、《欢迎之桌》、《现在是你敞开心扉之际》和《日用家
当》，赫斯顿及其《摩西，山之人》、《他们眼望上苍》和《汗水》，埃

里森及其《看不见的人》和《六月庆典》，休斯及其《让我奏响布鲁斯》、《救赎》、《父与子》、《并非没有笑声》、《黑人说河》和《初秋》，赖特及其《土生子》、《美国饥饿》、《黑孩子》和《即将成人》，安吉罗及其《我知道笼中鸟为何歌唱》、《非凡女人》和《生活的一课》，马歇尔及其《寡妇颂歌》和《棕色姑娘，棕色砖房》，鲍德温及其《向苍天呼吁》、《如果比尔街会说话》、《另一个国家》和《桑尼的布鲁斯》，里德及其《飞往加拿大》、《刺激》、《黄后盖收音机坏了》和《芒博琼博》，米尔德丽德·狄罗斯·泰勒及其《滚滚雷声，听我呼喊》，汉纳·克拉夫茨及其《女奴叙事》，查尔斯·切斯纳特及其《结发之妻》，托尼·凯德·巴巴拉及其《吃盐的人》，亚历克斯·哈利及其《根》，爱德华·P.琼斯及其《已知世界》和《迷失城中》，罗恩·米尔纳及其《一束阳光》，格洛丽亚·奈勒及其《布鲁斯特街的女人们》、《布鲁斯特街的男人们》、《戴妈妈》和《贝利小餐馆》，卡罗利维亚·赫伦及其《永远的约翰尼》，盖尔·琼斯及其《伊娃的男人》，厄内斯特·盖恩斯及其《简·皮特曼小姐自传》、《爱与尘》、《老人集合》和《阴沉沉的天》，奥克塔维娅·埃斯特尔·巴特勒及其《家族》与《亲缘》，芭芭拉·尼利及其《清洁工布兰奇》，查尔斯·约翰逊及其《中途》、《武馆》和《牧牛传说》，戴维·布拉德利及其《昌奈斯维尔事件》，杜波依斯及其《约翰的归来》，弗雷德里克·道格拉斯及其《一个美国黑奴的自传》，哈里特·雅各布斯及其《一名女奴的人生际遇》，杰斯明·沃德及其《拾骨》，拉丽塔·塔德米及其《凯恩河》，内拉·拉森及其《越过种族线》和《越界》，帕西瓦尔·埃弗雷特及其《抹除》，安·佩特里及其《纳洛斯街》，萨菲尔及其《推动》，所罗门·诺瑟普及其《为奴十二年》，塔亚丽·琼斯及其《银雀》，威廉·加德纳·史密斯及其《南街》，威廉·韦尔斯·布朗及其《克洛泰尔》，维拉德·萨伏伊及其《异域》，沃尔特·莫斯利及其《黑人贝蒂》、《蓝衣魔鬼》和《穿蓝裙子的魔鬼》，爱丽丝·奇尔德里斯及其《英雄不过是三明治》，宝琳·伊丽莎白·霍普金斯及其《对抗的力量》，约翰·埃德加·怀德曼及其《黄热病》和《费城大火》，约翰·基伦斯及其《扬布拉德一家》，詹姆斯·温尔顿·约翰逊及其《一个原有色人的自传》，牙买加·金凯德及其《我母亲的自传》、《露西》和《安妮·章》以及格温德林·布鲁克斯、劳埃·布朗和特瑞·麦克米兰等小说家，既有现当代黑人小说家，亦有早期黑人小说家，其中所受关注较多的小说家有莫里森、沃克、埃里森、赖特、鲍德温、赫斯顿、里德、盖尔·琼斯、爱德华·P.琼斯、埃弗雷特、哈利、米尔纳、奈勒、赫伦、安吉罗和切斯纳特等。

莫里森研究涉及《宠儿》、《最蓝的眼睛》、《所罗门之歌》、《秀拉》、《柏油娃娃》、《爵士乐》、《乐园》、《宣叙》、《慈悲》、《爱》、《家》和《恩惠》等小说，主要关注莫里森小说中的暴力世界、莫里森小说中的暴力禁忌意象及意义、莫里森小说中的象征意象、莫里森小说中的"树"意象、莫里森小说的模糊叙事、莫里森小说创作的音乐节奏、莫里森小说中的音乐叙事、莫里森小说中的音乐要素、莫里森小说的艺术特色、莫里森笔下的女儿国、莫里森小说中的柏油女人、莫里森小说中的姐妹情谊、莫里森小说中的隐喻运用、莫里森小说的审美特征、莫里森的食物情结、莫里森的小说世界、莫里森小说的叙述特色、莫里森小说中的人物精神生态危机书写、莫里森小说中女性人物的精神生态困境、莫里森小说中的黑人精神生态困境出路、莫里森小说中的悲剧精神、莫里森小说中的民族性、莫里森的后现代叙事权威、莫里森小说中的女性主体意识建构、莫里森小说中的传记特质、莫里森小说对白人话语的解构、"乱伦"在莫里森小说中的意义、莫里森的小说创作与西方现代文化思潮、莫里森小说中的"诗"与"真"、莫里森小说中的《圣经》名字、莫里森小说中的后现代主义文学特征、莫里森小说的社会主题、莫里森小说的主题嬗变（从回归传统到民族融合）、莫里森小说的文化意蕴、莫里森小说中的种族意识、莫里森小说的民族风格、莫里森小说中的民族文化意识、莫里森小说中的非洲文化元素、莫里森小说对黑人"口头传统"的艺术活用、莫里森小说的"黑人情结"、莫里森笔下的黑人文化、莫里森对黑人文化身份的重构、莫里森笔下的黑色灵魂、莫里森小说中的黑人身份认同主题、莫里森小说中的黑人世界、莫里森小说中的美国黑人自我认识、莫里森小说中的黑人宗教思想、莫里森小说中的女性形象、莫里森小说中的黑人女性形象、莫里森小说中黑人女性的自我意识（从"迷失自我"到"彰显自我"）、莫里森20世纪70年代小说中的黑人女性成长历程、莫里森小说中的母亲形象、莫里森笔下的黑人母亲形象、莫里森小说中的黑人形象、莫里森小说中的"丑女人"、莫里森对"母亲"及"母亲身份"的非裔美国文化诠释、莫里森对黑人妇女历史的书写、莫里森开放的女权主义、莫里森小说中的黑人女性主义、莫里森小说中女性主义意识的变化、莫里森与黑人女权主义批评、莫里森小说中的房屋意象与女性命运、莫里森小说中的黑人女性创伤与疗愈、莫里森小说中黑人女性创伤的美学意义、莫里森小说中黑人女性的安全空间、莫里森小说中黑人女性的成长、莫里森小说中男权制下的黑人女性身份、莫里森小说中的黑人女性身份认同思索、莫里森小说中的女性身份建构、莫里森小说中的女性自我寻求、莫里森小说中女性的"自我认同"轨迹及意义、莫里森小说中的"疯女人"意象、莫里森小说中的黑人母爱主题、莫里森小说中的母爱文化、莫里森小说中的女性叙事策略、莫里森"历史三部曲"中的女性主体意识、莫里森与当代美国黑人妇女文学、莫里森小说中的黑人社团、莫里森小说中的黑人文化身份建构、莫里森小说中的黑人文化言说、莫里森小说中的灵孩形象、莫里森小说创作中的原始图腾与神话仪式、莫里森小说中的黑人性与莫里森小说的身份政治、莫里森小说中的食物与性、莫里森小说中弑子事件的象征意蕴、莫里森小说中的黑人哥特式魔幻书写、莫里森小说中的"和谐社会"构建、莫里森早期小说中的身份主体意识、莫里森的哥特情怀、后现代语境下莫里森的话语策略、莫里森"历史三部曲"中的魔幻与现实、莫里森的非裔文化观、莫里森的家园意识、莫里森的小说诗学、莫里森诗化现实主义小说的发展、莫里森小说的空间叙事及其文化表征、莫里森小说的酷儿书写内涵、莫里森小说的历史编撰元小说特征、莫里森小说的美学追求、莫里森小说的异化世界、莫里森小说的族裔身份、莫里森小说的母爱主题及其伦理意义、莫里森小说人物的模糊性、莫里森小说语言的黑人性、莫里森小说中爱的变异的多维性、莫里森小说中的"父爱缺失"、莫里森小说中的父母暴力、莫里森小说中的"双重声音"、莫里森小说中的成长失败主题、莫里森小说中的创伤叙事、莫里森小说中的非裔美国人文化身份重构、莫

里森小说中的哥特元素、莫里森小说中的革命性自杀、莫里森小说中的
家庭伦理缺失与伦理诉求、莫里森小说中的镜子与自我、莫里森小说中
的两性关系、莫里森小说中的美国黑人身份认同、莫里森小说中的魔幻
叙事、莫里森小说中的南方元素、莫里森小说中的人物归属模式、莫里
森小说中的死亡主题、莫里森小说中的文化记忆建构、莫里森小说中的
象征手法、莫里森小说中的消费文化、莫里森小说中的原型观、莫里森
小说中的宗教情怀、莫里森小说中非裔美国人的心理自由化进程、莫里
森小说中个人与群体的关系、莫里森小说中的黑人身份认同、莫里森小
说中人物的命名方式、莫里森小说中男性人物命名的隐喻意义、莫里森
小说中姓名的象征意义、莫里森小说中少数裔民族的健康心理构建、莫
里森小说中资本意识的发展、莫里森早期小说中的食物意境、莫里森小
说的语言魅力、莫里森小说中的"逃离"母题、莫里森小说中的历史
记忆与身份危机、莫里森小说中的隐喻、莫里森小说中的颜色隐喻及其
意义以及莫里森与贝娄小说中族裔特性的异同等。

　　沃克研究涉及《紫色》、《日用家当》、《父亲的微笑之光》、《梅丽
迪安》、《殿堂》、《格兰奇·科普兰的第三次生命》、《1955》、《人工流
产》、《欢迎之桌》和《现在是你敞开心扉之际》等小说，主要关注沃
克的前期长篇小说创作、沃克的女性小说、沃克的黑人女性主义思想、
沃克小说中女主人公形象的演变、沃克成长小说中主人公的解放之路、
沃克小说的女性主义立场、沃克的妇女主义思想、沃克的妇女主义话语
建构、沃克的妇女主义美学、沃克短篇小说中的黑人妇女文化隐喻、沃
克小说的创作背景与女性形象、沃克小说中的后现代女性主义、沃克小
说中的黑人女性主体性建构、沃克小说中的母女关系、沃克小说中的生
态女性主义思想、沃克系列小说的生态处所理论、沃克小说中的超验主
义与沃克的父亲情结、沃克小说中的"暴力"、沃克小说的新现实主义
艺术、沃克小说中的泛灵论思想、沃克小说的生态主题、沃克小说中的
"百衲被"意象、沃克小说中的非洲民俗事象、沃克小说中的旅行意象
及其主题意义、沃克小说中的宗教思想以及沃克对鲁迅的批评等。

　　埃里森研究涉及《看不见的人》、《六月庆典》、《广场上的宴会》
和《混战》等小说，主要关注埃里森小说中的神话、埃里森对海明威

"冰山"原则的创造性运用、布鲁斯音乐与埃里森的文学创作、埃里森文学话语中的祖先在场、埃里森的黑人美学思想、埃里森创作的经典符号性、埃里森小说文化异质性的有机契合、埃里森的"慎独"与"少产"、埃里森的现代主义特征、埃里森对黑人人性的剖析、爵士乐对埃里森创作的影响、埃里森早期短篇小说的叙事特点、埃里森"文学爵士乐"美学中表达的种族政治思想、埃里森和 20 世纪下半叶美国黑人文学的关系、埃里森与赖特的师徒纠葛以及埃里森与巴赫金的异同等。

赫斯顿研究涉及《他们眼望上苍》、《摩西，山之人》和《汗水》等小说，主要关注赫斯顿的生态女性主义哲学观、赫斯顿短篇小说中的黑人生存状态、赫斯顿长篇小说中的女性形象、赫斯顿小说中的追寻原型、赫斯顿的多面性、赫斯顿小说中的隐喻、赫斯顿小说中的黑人民俗文化之乡——伊顿维尔、赫斯顿小说中的黑人民俗文化表征以及赫斯顿小说中的文化相对主义思想等。

赖特研究涉及《土生子》、《黑孩子》和《即将成人》等小说，主要关注赖特长篇小说中黑人的美国梦与美国梦中的黑人、赖特小说中的美国黑人、赖特文学创作中的现代主义特征、赖特对非裔美国人生存原则的文学观察以及赖特的反种族主义空间实践等。

除了具体小说家及小说研究，还有一些概论性研究涉及或关注美国黑人小说，这些概论性研究涉及话题有：20 世纪美国黑人文学发展的三次高潮、20 世纪美国黑人小说、20 世纪美国黑人小说的思想发展轨迹、当代美国黑人女作家的创作、非裔美国黑人文学、非裔美国黑人文学的命名现象、美国黑人女性文学的发展、美国黑人女性小说、美国黑人女性小说的边缘化表述策略、美国黑人女作家的创作思想与作品主题、美国黑人小说的嬗变与双重文化、美国黑人小说的主题嬗变（从追求自身解放到探寻自我精神）、美国黑人文学的新趋向（走向后现代文化多元主义）、1830—1930 年的美国黑人女性写作、"双重意识"问题与美国黑人的身份建构、20 世纪美国黑人小说中的父性、20 世纪美国黑人女作家小说的创作主体、美国黑人女性文学作品中的姐妹情谊、美国梦与 20 世纪美国黑人文学和美国黑人自传体文学作品、"哈莱姆文艺复兴"时期的越界小说及其传统、20 世纪美国黑人女性小说、20 世纪美国黑人女性作品中的黑人身份认同问题、20世纪美国黑人文学的身份意识特质、20世纪美国黑人女性作品中的民俗文化与黑人文化身份重构、第二次世界大战后美国黑人成长小说的主题变迁、非裔美国文学中的祖母形象、非裔美国侦探小说的伏都教与黑人民族主义、哈莱姆文艺复兴时期美国黑人女性文学的特点、黑人女性文学中的母亲身份变迁与黑人家庭伦理嬗变、黑人女性作家的自传体小说与黑人女性主义批评、黑人文学中"祖先崇拜"的文化哲学内涵、美国黑人女性文学传统、美国黑人女性文学的魔幻色彩与黑色风格、美国黑人女性作家笔下的肤色、性别与黑人原生态文化、美国黑人文学中的文化身份建构、美国黑人文学中的黑人传统音乐、美国黑人文学中的女性身份认同、美国黑人与华裔女作家作品中母女关系的互文性（母爱·冲突·融合）、美国黑人作家成长小说中的儿童成长现实、美国黑人女性文学的后殖民主义主题、美国黑人女性文学作品中的"母亲"记忆、美国黑人女性主义文学的创作主题、美国黑人女性作家作品中的《圣经》意识、美国黑人女作家的白人女性书写、美国黑人文学中的人性叙述、美国文学作品中的黑人民族身份变化、美国黑人左翼文学消长的历史启示和美国黑人文学的电影改编等。

（七）美国犹太小说研究中的多元关注

21世纪，中国的美国犹太小说研究空前发展。2000—2015年，中国批评界发表的美国犹太小说研究论文是20世纪80—90年代的两倍多，出版的美国犹太小说研究学术著作和相关学术著作超过20世纪的总数，研究范围极广，研究对象颇多，研究关注多于以前任何时期，研究涉及贝娄及其《洪堡的礼物》、《赫索格》、《晃来晃去的人》、《雨王汉德森》、《奥吉·玛琪历险记》、《更多的人死于心碎》、《赛姆勒先生的行星》、《寻找格林先生》、《只争朝夕》、《拉维尔斯坦》、《受害者》、《院长的十二月》、《贝拉罗莎暗道》、《离别黄屋》、《如烟往事》、《莫斯比的回忆》、《耶路撒冷去来》、《银碟》、《来日的父亲》和《堂表亲戚们》，马拉默德及其《店员》、《装配工》、《最初七年》、《魔桶》、《杜宾的生活》、《上帝的恩赐》、《湖畔女郎》、《黑色是我最喜欢的颜色》和《银冠》，罗斯及其《美国牧歌》、《再见，哥伦布》、《反美阴谋》、《朱克曼》三部曲（《鬼作家》、《解放了的朱克曼》和《被缚的朱克曼》）、《每个人》、《人性的污点》、《反生活》、《退场的鬼魂》、《夏洛克行动》、《垂死的肉身》、《乳房》、《欲望教授》、《波特诺的怨诉》、《我嫁了一个共产党员》、《遗产》、《复仇女神》、《解剖课》、《我们这一伙》、《犹太人的改宗》和《愤怒》，辛格及其《第三者》、《卢布林的魔术师》、《傻瓜吉姆佩尔》、《补锅匠的婚礼》、《童爱》、《市场街的斯宾诺莎》、《旅游巴士》、《命运》、《忏悔者》、《一次演讲》和《邻居》，欧芝克及其《大围巾》、《同类相食的星球》、《异教徒拉比》、《流血》和《斯德哥尔摩的弥赛亚》，奥尔森及其《告诉我一个谜》和《我站在这儿熨烫》，戈尔德及其《没有钱的犹太人》，沃克及其《战争风云》和《凯恩舰哗变》，哈依姆·波特克及其《选民》、《在起点》和《我是泥土》，亨利·罗斯及其《就说是睡着了》，阿特·斯皮格曼及其《鼠族》，安斯阿·伊捷斯卡及其《养家的人》，乔纳森·萨福兰·福厄及其《一切皆被照亮》以及格蕾斯·佩蕾和亚伯拉罕·卡恩等小说家，其中既有美国文学史上占有重要地位的犹太小说家，亦有当代美国犹太文坛上崭露头角、声誉渐增的新秀作家。

贝娄研究涉及《赫索格》、《洪堡的礼物》、《雨王汉德森》、《只争朝夕》、《更多的人死于心碎》、《绝望的父亲》、《堂表亲戚们》、《晃来晃去的人》、《奥吉·玛琪历险记》、《赛姆勒先生的行星》、《寻找格林先生》、《拉维尔斯坦》、《受害者》、《院长的十二月》、《贝拉罗莎暗道》、《离别黄屋》、《银碟》和《耶路撒冷去来》等小说，主要关注贝娄小说的存在主义及其来源、贝娄小说与萨特的"自由选择"观、贝娄的女性主义倾向、贝娄小说中的女性形象、贝娄的知识分子题材小说、贝娄小说中的知识分子形象、贝娄小说中知识分子命运的悲剧性、贝娄小说中知识分子的灵魂图谱、贝娄小说中知识分子夫妻之间的权力关系、贝娄小说中的犹太性元素与美国文化的碰撞、贝娄小说中的流浪意识、贝娄小说中的精神流浪意识、贝娄小说中的"流浪"主题、贝娄小说中的"父与子"主题、贝娄小说中的人文主义精神、贝娄小说中的文化意蕴、贝娄小说创作的文化源头、贝娄小说中的犹太文化、贝娄小说中的异化内涵、贝娄小说的异化主题、贝娄小说中的心理异化主

题、贝娄小说中的犹太传统、贝娄小说的犹太主题、贝娄与犹太伦理、
贝娄小说的犹太性与世界性、贝娄小说中的社会与人生、贝娄小说主人
公文化身份的困惑与追寻、贝娄的文化身份及其小说人物的文化身份、
贝娄创作的双重文化背景影响、贝娄的男性霸权话语、贝娄对文学精英
论传统的继承与超越、贝娄的肯定伦理观及其对反理性思潮的反思、贝
娄小说的艺术特色、贝娄小说的思想性与现代性意蕴、贝娄小说创作中
的自由意识观、贝娄小说的哲学性与当代意义、贝娄小说中的建构哲
学、贝娄小说中的个人、自然与想象力、贝娄小说中的坚守与困惑、抗
争与求索、贝娄小说中"戏仿"的英雄、贝娄小说中的弥赛亚救赎理
想、贝娄小说中的性别身份、贝娄创作中的"大屠杀"阴影及其反思、
贝娄小说叙事时间的复调性、贝娄小说中的超验主义思想、贝娄小说中
的现代性忧思、贝娄与浪漫主义传统、贝娄小说中的焦虑人物、贝娄小
说中的"受虐者"人物形象以及贝娄早期小说中的犹太人发展主题模
式等。

马拉默德研究涉及《店员》、《房客》、《上帝的惩罚》、《装配工》、
《头七年》、《魔桶》、《杜宾的生活》、《上帝的恩赐》、《银冠》、《犹太
鸟》和《湖畔女郎》等小说，主要关注马拉默德小说中的女性形象、
马拉默德小说中的犹太幽默、马拉默德小说中的受难形象、马拉默德
"受难"情结小说的主题意蕴、马拉默德短篇小说中的苦难言说、马拉
默德小说中犹太婚姻观的文化寓意、马拉默德的种族观、马拉默德与美
国神话以及马拉默德的小说创作思想等。

辛格研究涉及《卢布林的魔术师》、《傻瓜吉姆佩尔》、《第三者》、
《补锅匠的婚礼》、《童爱》、《旅游巴士》、《命运》、《忏悔者》、《一次
演讲》、《邻居》、《冤家，一个爱情故事》、《魔鬼的婚礼》和《证件》
等小说，主要关注辛格的短篇小说及其文化内涵、辛格小说中体现的犹
太文学主题、辛格小说的"同化"主题、辛格小说的主题模式、辛格
小说的创作源流与特色、辛格的双重文化束缚、辛格的宗教意识、辛格
小说中的"犹太幽默"及其文化意蕴、辛格小说中的愚者意蕴与女性
形象、辛格短篇小说中的不确定性、辛格小说的多元主题、辛格小说的
互文性、辛格对"契约论"的批判、辛格短篇小说中的第一人称叙述

者、辛格自传性短篇小说中的焦虑情结、辛格创作中的犹太性与现代性、辛格创作的男性立场及其女性形象、辛格的创作思想、辛格作品与犹太民族的格托精神等。

菲利普·罗斯研究涉及《美国牧歌》、《再见，哥伦布》、《人性的污点》、《反美阴谋》、《朱克曼》三部曲（《鬼作家》、《解放了的朱克曼》和《被缚的朱克曼》）、《每个人》、《波特诺的怨诉》、《反生活》、《垂死的肉身》、《退场的鬼魂》、《乳房》、《我嫁了一个共产党员》、《遗产》、《复仇女神》、《解剖课》、《愤怒》和《我们这一伙》等小说，主要关注罗斯小说中的后现代主义色彩与人物的两面性、罗斯创作的后异化视域及其对犹太传统的反叛、罗斯的早期小说与犹太人的斗争问题、罗斯小说人物的犹太性及其变化、罗斯"美国三部曲"中的新现实主义特征、"父与子"母题、历史意蕴、多元文化背景下的家庭伦理冲突、罗斯后期小说的新现实主义走向、罗斯后期小说的伦理主题、罗斯后期小说创作的伦理观、新现实主义语境下罗斯对犹太人身份的关注、罗斯的"色情"叙事、罗斯小说中性爱书写的嬗变、罗斯"凯普什系列"小说的变形及其意义、罗斯"凯普什系列"早期小说中的自我反叛形象、罗斯创作中的身体叙事、罗斯大屠杀书写的语境与特征、罗斯的犹太性、罗斯对犹太性的反拨与超越、罗斯男性书写中的多元话语、罗斯前后期小说创作主题嬗变、罗斯小说的女性主义主题、罗斯小说欲望主体从自然属性到社会属性的嬗变、罗斯小说中人物沉溺欲海的深层动因、罗斯早期中短篇小说中的人性问题、罗斯自传性书写的伦理困境、罗斯小说中的历史意识（罗斯对亨利·詹姆斯的继承与超越）、罗斯历史小说中的边缘叙事、罗斯"以色列小说"中的犹太教传统思想、罗斯早期小说世界、罗斯早期批评思想以及罗斯小说中的身体书写等。

除了具体小说家研究，还有一些概论性研究关注或涉及美国犹太小说，研究话题主要有：美国早期犹太小说的主题、美国犹太小说主题的嬗变、美国犹太小说中美国犹太人的处境、美国犹太小说中的女性形象、美国犹太小说中的人物类型、美国犹太小说中的犹太精神、20世纪美国犹太小说中的边缘人形象、当代美国犹太文学中的存在主义、当

代美国犹太文学中的文化意蕴、当代美国犹太文学中的异化主题、当代
美国犹太文学中的自我寻求主题、当代美国犹太文学中的后现代文化多
元主义、当代美国犹太小说与犹太裔文化身份、当代美国犹太小说主题
的发展轨迹、当代美国犹太小说家的思想倾向与整合精神、当代美国犹
太小说的犹太性及其形而上性、美国犹太小说的转折、美国犹太小说中
的人物文化身份变迁、美国犹太文学中的大屠杀小说、美国犹太小说中
的大屠杀叙事再现与历史重构方法、犹太作家创作手法上的特质（犹太
传统在犹太文学中的具体特征化）、犹太作家作品中的"父与子"主
题、当代美国犹太文学中的美国民族认同建构、第二次世界大战后美国
犹太文学的多重母题及其社会功能、第二次世界大战后美国犹太文学中
的"历史母题"及其社会功能、美国犹太文学的传承与超越、美国犹
太成长小说空间表征与文化记忆、美国犹太成长小说中的主体成长、美
国犹太文学中犹太主人公的身份演变、美国犹太小说中的城市书写、美
国犹太小说中的"矛盾"城市情结、美国犹太小说家笔下的现代城市、
美国犹太小说中的时间与空间、美国犹太作家的双重身份认同、20 世
纪美国犹太文学的发展历程、美国犹太小说中犹太人物形象的悲剧性
（挣扎中孤独的犹太人）、美国犹太小说中的犹太性与普世性和美国犹
太小说中的女性生存意识等。

（八）华裔美国小说研究中的多元关注

21 世纪，华裔美国小说家群进一步扩大，新的作品不断出现，中
国华裔美国小说研究进入蓬勃发展阶段，研究关注对象进一步增多，研
究涉及小说家及小说超过了 20 世纪的总数。2000—2015 年，中国华裔
美国小说研究涉及於梨华及其《在离去与道别之间》、《彼岸》、《又见
棕榈，又见棕榈》和《边界望乡》、严歌苓及其《无出路咖啡馆》、《橙
血》、《扶桑》、《风筝歌》、《乖乖贝比（A）》、《花儿与少年》、《第九
个寡妇》、《小姨多鹤》、《金陵十三钗》、《少女小渔》、《陆犯焉识》、
《白蛇》、《扮演者》、《阿曼达》、《一个女人的史诗》、《赴宴者》、《妈
阁是座城》、《也是亚当，也是夏娃》、《霜降》、《幸福来敲门》、《人
寰》、《天浴》、《补玉山居》和《寄居者》、聂华苓及其《桑青与桃
红》、《千山外，水长流》和《失去的金铃子》、谭恩美及其《喜福

会》、《灵感女孩》、《接骨师的女儿》、《灶王的妻子》、《百种神秘的感觉》、《与命运抗争》、《拯救溺水鱼》（又名《沉没之鱼》）、《惊奇山谷》和《女儿愿》，哈金及其《等待》、《活着》、《自由的生活》、《南京安魂曲》、《落地》、《池塘》、《背叛指南》和《战争垃圾》，汤亭亭及其《女勇士》、《中国佬》、《孙行者》、《第五和平书》和《无名女人》，任碧莲及其《典型美国佬》、《莫娜在希望之乡》、《爱妾》、《世界与小镇》、《谁是爱尔兰人》和《同日生》，伍慧明及其《骨》、《向我来》和《望岩》，赵健秀及其《甘加丁之路》、《唐老亚》、《大儿子的忏悔》和《鸡屋华人》，李健孙及其《支那崽》、《荣誉与责任》和《老虎尾巴》，雷庭招及其《吃碗茶》，劳伦斯·于及其美国少年历史小说《龙翼》，包柏漪及其《春月》，黄玉雪及其《华女阿五》，徐忠雄及其《天堂树》和《家园》，查建英及其《到美国去！到美国去!》，黎锦扬及其《花鼓歌》，裔锦声及其《华尔街职场》，雷祖威及其《爱的痛苦》，白先勇及其《安乐乡的一日》、《谪仙记》、《国葬》、《台北人》、《孽子》和《纽约客》，邝丽莎及其《上海女孩》、《雪花秘扇》和《乔伊的梦想》，张岚及其《遗产》和《饥饿》，李翊云及其《像他这样的男人》和《比孤独更温暖》，江岚及其《合欢牡丹》，梁志英及其《凤眼》，林德露及其《千金》，林语堂及其《唐人街》，施雨及其《刀锋下的盲点》，王屏及其《美国签证》，杰米·福特及其《悲喜边缘的旅馆》，陈若曦及其《远见》，裘小龙及其《红旗袍》，吕红及其《美国情人》，何舜廉及其《玛德琳在沉睡》以及水仙花、蒋希曾、陈耀光和崔洁芬等小说家，其中，谭恩美、汤亭亭、严歌苓、任碧莲、伍慧明、黄玉雪、赵健秀、哈金、邝丽莎、白先勇、於梨华、李健孙、雷霆超、何舜廉和李翊云等小说家及其作品所受关注较多。

谭恩美研究涉及《喜福会》、《接骨师的女儿》、《灶王的妻子》、《拯救溺水鱼》、《灵感女孩》、《百种神秘的感觉》、《惊奇山谷》和《女儿愿》等小说，主要关注谭恩美与美国主流意识形态的关系、谭恩美小说的叙述风格、谭恩美小说的叙事策略、谭恩美小说的创作策略、谭恩美小说的女性主义叙事特征、谭恩美小说中的女性主义思想、谭恩美小说中的母亲形象及母女关系的文化内涵、谭恩美与鲁迅小说中母亲形象的异同、谭恩美小说中的文化冲突与融合、谭恩美小说中华裔女儿的声音、谭恩美的幽灵小说、谭恩美小说中的中国形象及成因、谭恩美小说中"中国形象"的认知特点、谭恩美小说中的中国意象与其美国作家身份、谭恩美小说中的中国意象书写、谭恩美小说中的东方神秘主义与西方文明、谭恩美小说中体现的中美教育观差异与冲突、谭恩美的文化观、谭恩美小说的伦理主题、谭恩美小说中的生命平衡寻求、谭恩美小说中异质文化的时空交错、谭恩美小说的沉默主题、谭恩美对东方主义的构建与解构、谭恩美小说中的婚姻观、谭恩美小说中的成长主题、谭恩美笔下的华裔美国移民、谭恩美小说中的"鱼"意象、谭恩美作家身份的流动轨迹、谭恩美及其小说主人公的自我身份认同、谭恩美小说的文化归属、谭恩美的命运观（命运·信仰·希望）、谭恩美小说中的生态主题、谭恩美小说中母亲的故事、谭恩美小说中的儒家文化模因、谭恩美小说中的生存伦理、谭恩美小说中的伦理主题、谭恩美小说"苦难叙事"的文艺美学价值、谭恩美小说中的多样化叙事语言、谭恩美小说中民间故事的后现代主义意蕴、谭恩美长篇小说中的男性形象、谭恩美小说中的华裔女性形象、谭恩美小说中的幽灵创作元素、谭恩美小说中的基督教色彩及其文学价值以及谭恩美在华裔美国女性文学家研究中的地位等。

汤亭亭研究涉及《女勇士》、《中国佬》、《孙行者》、《第五和平书》和《无名女人》等小说，主要关注汤亭亭小说中的拼贴、戏仿与互文手法、汤亭亭小说的迁徙主题、汤亭亭小说中文化系统对华裔男性身份的影响、汤亭亭的文化认同、汤亭亭小说人物的文化身份探寻与建构、汤亭亭的创作美学（误读作为书写策略）、汤亭亭的文化身份建构策略、汤亭亭反叙事中的家园政治话语、汤亭亭文学创作中的生态伦理思想、汤亭亭小说的叙事策略、汤亭亭小说中的华裔美国人民族身份认同、汤亭亭小说中的族裔、性别与成长、汤亭亭小说中的中国文化呈现、汤亭亭小说中的女性人物、汤亭亭小说中的"新女性"形象、汤亭亭小说中的华人形象以及汤亭亭与移民文学等。

严歌苓研究涉及《扶桑》、《小姨多鹤》、《第九个寡妇》、《陆犯焉识》、《白蛇》、《金陵十三钗》、《一个女人的史诗》、《赴宴者》、《花儿

与少年》、《妈阁是座城》、《也是亚当，也是夏娃》、《少女小渔》、《霜
降》、《幸福来敲门》、《风筝歌》、《乖乖贝比（A）》、《人寰》、《补玉
山居》、《无出路咖啡馆》、《寄居者》和《天浴》等小说，主要关注严
歌苓旅美后的小说创作、严歌苓小说中的美国书写、严歌苓小说中在美
华人的文化认同、严歌苓小说中的边缘人物与西方人对中国的想象、严
歌苓小说中的新移民形象、严歌苓新移民小说中的情感书写、严歌苓新
移民小说叙事的人称机制与叙述视角、严歌苓新移民小说中的男性形
象、严歌苓新移民小说中的美国形象、严歌苓新移民小说中的漂泊主
题、严歌苓小说中的"离散"与"融聚"、严歌苓小说中的"寄居者"
与"漂流人"、严歌苓小说中说不尽的移民故事、严歌苓的写作之路、
严歌苓笔下的人文关怀、严歌苓创作中的荒诞意识、严歌苓短篇小说中
的错位爱情、严歌苓的女性乌托邦写作策略、严歌苓小说中的女性意
识、严歌苓小说中的女性主义、严歌苓小说中的女性形象、严歌苓小说
中的女性身份、严歌苓小说中的女孩形象及塑造手法、严歌苓小说中的
女性意象群演变、严歌苓小说中的弱者形象、严歌苓小说中的底层形
象、严歌苓小说中的寄居者形象、严歌苓小说中的中国移民者形象、严
歌苓小说中"缺陷性"男性形象及成因、严歌苓小说中的"扶桑"与
"葡萄"形象、严歌苓小说中的海外中国女性书写、严歌苓小说中的乡
村女性、严歌苓小说中的"姐妹情谊"、严歌苓笔下的女性同性之爱、
严歌苓移民小说中的女性乌托邦、严歌苓小说中的两性婚恋观、严歌苓
小说中的爱情悲剧及成因、严歌苓小说中的苦难主题、严歌苓小说中的
苦难书写、严歌苓的极致美学及其限度、严歌苓的抑郁症与文学创作、
严歌苓小说创作中的故园情、严歌苓小说对美国救世主形象的解构、严
歌苓小说中的"红色"意象、严歌苓中短篇小说的叙事艺术、严歌苓
小说中的人性书写、严歌苓历史题材小说中的人性、严歌苓小说中的人
性与情爱、严歌苓21世纪10年的小说创作、严歌苓小说中的时空差异
与链接、严歌苓小说中的理想主义精神建构、严歌苓小说中的历史意
识、严歌苓小说中的历史书写、严歌苓小说"文化大革命"叙事的嬗
变、严歌苓短篇小说中的"非常态恋情"、严歌苓小说叙事描写的"对
称性"、严歌苓小说中的中国叙事、严歌苓小说中的传奇叙事、严歌苓

小说中的存在主义、严歌苓小说中的身体书写、严歌苓小说中的理想与现实、严歌苓小说中的动物意象及其文化隐喻、严歌苓小说中的"自我"与"他者"、严歌苓小说的异域与本土视角、严歌苓小说中的词语超常搭配现象、严歌苓小说语言的辞格运用以及严歌苓小说的语言及叙事策略等。

任璧莲研究涉及《典型美国佬》、《莫娜在希望之乡》、《爱妾》、《同日生》、《世界与小镇》、《谁是爱尔兰人》和《虎书：艺术、文化与互依型自我》等作品，主要关注任璧莲与水仙花的异同、任璧莲小说的创作主旨、任璧莲短篇小说中的叙事声音、任璧莲"美国故事"中的"美国梦"与后多元时代的身份认同、任璧莲小说中的"身份表演"（跨越藩篱、追求多元）、任璧莲小说中体现的华裔美国文化身份构建中的阶级因素、任璧莲的族裔性和世界主义思想以及任璧莲的创作思想等。

白先勇研究涉及《国葬》、《台北人》、《安乐乡的一日》、《孽子》、《纽约客》、《谪仙记》和《寂寞的十七岁》等小说，主要关注白先勇短篇小说中的人物原型、白先勇小说创作与地方文化的互动关系、白先勇小说的追忆诗学、白先勇小说中的生命主体精神寻绎与建构、白先勇小说中的"欺"与"骗"、白先勇短篇小说中的孤独主题、白先勇短篇小说中的女性命运与上海、白先勇同性恋小说中的救赎意识觉醒与升华、白先勇小说创作的印象主义色彩、白先勇小说的叙事视野、白先勇小说中的儿童—青少年人物形象、白先勇小说中的死亡主题、白先勇小说人物建构的时间化与人本化、白先勇移民小说对美国形象的重构、白先勇小说创作中的美国因素、白先勇小说主题中的时间意识以及白先勇与聂华苓"台北人"主题小说的异同等。

赵健秀研究涉及《甘加丁之路》、《唐老亚》和《鸡屋华人》等小说，主要关注赵健秀短篇和长篇小说中的政治情结、赵健秀的中国传统文化观、赵健秀的跨族裔视角、赵健秀小说中的英雄形象、赵健秀小说中的中国文化利用、赵健秀的语言关怀以及赵健秀小说中的民间文化与族裔男性身份建构等。

哈金研究涉及《等待》、《战争垃圾》、《自由的生活》、《南京安魂曲》、《落地》、《池塘》和《背叛指南》等小说，主要关注哈金小说中的他者族裔生存、哈金小说中的主题悖论、哈金的文化身份、哈金的创作思想（写作是为了独立）、哈金长篇小说中的男主人公形象、哈金的"中国小说"、哈金小说中的国民性批判主题以及哈金小说中的中国想象等。

邝丽莎研究涉及《上海女孩》、《雪花秘扇》和《乔伊的梦想》等小说，主要关注邝丽莎小说中的中国情结与女性故事、邝丽莎新历史小说中的诗性历史与人性观照、邝丽莎历史小说中的中国意象以及邝丽莎小说中的自我与他者等。

伍慧明研究涉及《骨》、《向我来》和《望岩》等小说，主要关注伍慧明的小说艺术和伍慧明小说的逃离主题等。

除了具体小说家及小说研究，还有一些概论性研究涉及或关注华裔美国小说，这些概论性研究主要关注：美国华人英文文学的世纪历程、华美文学与女性主义东方主义、华裔美国男作家的主体意识、华裔美国女性的母性谱系追寻与身份建构悖论、华裔美国文学中文化身份的认同危机及其文化生存策略、华裔美国小说中的"唐人街"叙事、华裔美国小说的"唐人街"书写、华裔美国文学创作中的男性主体意识、华裔美国文学中的家园政治、华裔美国文学作品中华人的"文化认同"、华裔美国小说中的"关公"与"花木兰"、华裔美国英文小说里的中国观、华裔美国作家的小说主题、华裔美国文学中的"草根文群"、华裔美国小说的发展（从冲突到融合）、华裔美国小说的历史与现状、华裔美国小说中的族裔经验与文化想象、华裔美国小说中华裔身份建构中的破与立、华裔美国小说的男性视野与父子关系、华裔美国女性小说家的女性主义写作、华裔美国文学的华人族裔性、华裔美国文学中的成长小说、20世纪华裔美国小说中的理想父亲形象建构、当代华裔美国女性自传体小说与文化批评、华裔美国文学中唐人街单身汉社群的自我认同焦虑与"厌女情结"、美国移民题材小说中的母国文化与移民认同类型建构、华裔美国文学中的主题选择、"想象的共同体"与美国族裔作家的叙事策略、20世纪80年代中国留美学生文学中的"美国形象"、20世纪华裔美国文学中的自我追寻、北美新移民文学中的"另类爱情"

演变、北美新移民小说中"美国梦"主题的流变、北美新移民女作家小说中"多重边缘人"的女性叙事、移民小说的文化心态与史学地位、华裔文学中边缘主体的存在轨迹、华裔美国文学的中国文化书写、不同时代华裔美国女作家对身份认同的理解、华裔美国小说的发展、当代华裔美国文学中的中国标识、当代华裔美国文学中父亲形象的嬗变及其理想构建、当代华裔美国女性文学、当代华裔美国女性自传体小说与女性主义批评、当代华裔美国女作家的第二代华裔族群认同书写、东方主义与华裔女性作家的言说策略、东方主义与华裔美国文学中的男性形象建构、华裔美国女性文学中的东西方文化碰撞与身份构建、多元文化语境下华裔美国女性文学的变迁、海外华裔文学的创伤叙事、华裔美国文学中的父权意识、家国召唤、创作语境与期待视野、华裔美国女性文学中的强势母亲与家庭教育、华裔美国女作家文学作品的主题变迁、华裔美国小说的成长主题及其模式、华裔美国文学叙述文本中女性形象的出现及成长、华裔美国文学中的"广东形象"、华裔美国文学中的母女关系及其文化内涵、华裔美国文学作品的中国式人物及其历史嬗变、华裔美国文学作品母题"本土化"进程的历史发展、华裔美国文学作品中的中国元素、华裔美国小说中的生存空间及其文化表征、华裔美国小说中的男性失语现象、华裔美国作家的美国性与中国性、华裔美国小说的基本元素、华裔移民题材小说的边缘书写与主题嬗变、早期华裔美国文学作品母题的内涵、华裔女性文学的"食物"叙事传统、华裔美国文学对中国典故的"另类"改写、华裔美国文学中身份流动性的表征模式、华裔美国文学族裔追寻中的文化身份建构、华裔美国文学中"根意识"的嬗变、华裔美国文学中的恋"骨"情结、华裔美国流散写作中的身份焦虑、华裔美国女性文学中的超自然现象、华裔美国女性作品中的女性自我"开拓"、华裔美国女作家文学作品中的"美国梦"、华裔美国文学的文化双重性、华裔美国文学中的中国形象、华裔美国文学中"东方主义"的消解、华裔美国文学中的故国想象流变、华裔美国文学中的华人职业身份演进、华裔美国文学中的五邑元素、华裔美国文学中的中国文化传播、华裔美国小说中男性形象的演变、华裔美国族群话语的缺失与重构、华裔美国作家成长经历的文化冲突与身份认同、华裔美国作家中女性形象"失语"现象、华裔作家笔下的唐人街、女性主义东方主义与华裔美国女性文学中的父亲形象、华裔美国文学与中国传统文化的断裂与传承、中国文化在华裔美国文学中的消解、华裔新移民女作家的边缘叙事、华裔流散写作及其价值、文化表征与华裔美国文学的反表征书写、文化过滤与当代华裔美国文学、华裔小说中的"东北叙事"、华裔美国文学中的文化民族主义、中国传统文化在华裔美国小说中的延续与断裂、中国文化在华裔美国文学中的流变、中美文化与华裔美国作家眼中的中国人形象、中美文化形象在华裔美国文学中的塑造及其影响、华裔文学中华裔美国人的社会性别身份重构、华裔美国女作家小说中的母女关系、华人女作家第一人称视角叙述的超越性、族裔性对华裔美国文学接受的影响和华裔美国文学作品电影改编的表象与实质等。

（九）美国印第安小说研究中的多元关注

21 世纪，中国美国印第安小说研究快速升温，研究由以前的概论性评介走向具体作家作品细读性研究，研究成果不仅频现于各种学术期刊，而且出现于一些重要美国文学研究专著［如杨仁敬的《20 世纪美国文学史》（青岛出版社 2000 年版）、毛信德的《美国小说发展史》（浙江大学出版社 2004 年版）和常耀信的《美国文学简史》（英文版第 3 版）（南开大学出版社 2009 年版）］和各种全国性美国文学研讨会（如"当代美国文学研讨会"、"'后现代进程中的美国文学'专题研讨会"、"全国美国文学研究会第四届专题研讨会"、"全国美国文学研究会第十一届年会"、"全国美国文学研究会第十二届年会"、"全国美国文学研究会第十三届年会"、"全国美国文学研究会第十四届年会"、"全国美国文学研究会第十五届年会"、"全国美国文学研究会第十六届年会"和"全国美国文学研究会第十七届年会"）。2000—2015 年，中国美国印第安小说研究关注小说家及小说较多，涉及厄德里奇及其《痕迹》、《爱药》、《燃情故事集》、《羚羊妻》、《四灵魂》、《圆屋》、《鸽灾》、《桦树皮小屋》、《屠宰师歌唱俱乐部》、《影子标签》、《手绘鼓》、《世上最了不起的渔夫》和《弗勒》，西尔科及其《典仪》、《死者年鉴》、《摇篮曲》、《黄女人》和《说故事的人》，韦尔奇及其《血中冬季》和《印第安律师》，莫马迪及其《黎明之屋》、《日诞之地》和

《远古的孩子》，谢尔曼·阿莱克西及其《一个兼职印第安少年的超真实日记》、《印第安杀手》、《保留地布鲁斯》和《你典当的我来赎回》，杰拉德·维兹诺及其《熊心》和《哥伦布后裔》，灵达·霍根及其《太阳风暴》、《靠鲸生活的人》和《北极光》，戴安娜·葛兰西及其《石头心：莎卡嘉薇雅》，托马斯·金及其《草长青，水长流》，苏珊·鲍威尔及其《神圣的荒野》，路易斯·欧文斯及其《猜骨游戏》，波拉·甘·艾伦及其《指日可待》和约翰·约瑟夫·马修斯及其《日落》，其中，厄德里奇、西尔科、韦尔奇、莫马迪、阿莱克西、维兹诺和霍根所受关注较多。

厄德里奇研究涉及《爱药》、《痕迹》、《四灵魂》、《圆屋》、《鸽灾》、《手绘鼓》、《弗勒》和《披肩》等小说，主要关注厄德里奇儿童文学中的印第安性书写、厄德里奇的女性千面人物、厄德里奇小说中的动物伦理意蕴、厄德里奇小说中的性别杂糅策略、厄德里奇小说中的美国边疆景观与民族文化和厄德里奇小说中的边界主题等。

西尔科研究涉及《典仪》、《死者年鉴》、《黄女人》、《摇篮曲》和《说故事的人》等小说，主要关注西尔科与美国印第安文化、西尔科的正义主题关注和西尔科小说中的叙事杂糅特征等。

除了关注具体小说家及小说，中国批评界还从整体角度关注美国印第安小说，研究涉及后殖民语境下的美国印第安小说、美国西部印第安小说、美国西部印第安小说中的人物身份、印第安俘虏叙述文体的发生与演变、美国印第安英语小说的发展周期、当代美国印第安小说的归家范式、后殖民语境中当代美国印第安人的身份危机与生存困境、美国印第安文学的衰落与复兴、当代美国印第安小说创作中的文化建构、美国印第安文学的创作近况、当代美国印第安小说中的生态整体观、美国印第安文学的历史叙事、美国印第安文学的性质与功用以及美国印第安文学与多元文化的交融等。

（十）其他少数族裔小说研究中的多元关注

20 世纪，除了美国黑人小说、犹太小说、华裔小说和印第安小说等主流少数族裔小说，几乎没有其他美国少数族裔小说受到中国批评界关注，国内没有出现专门论述非裔、犹太裔、华裔和印第安之外美国非主流少数族裔小说的文字。21 世纪，除了美国黑人小说、犹太小说、华裔小说和印第安小说，其他美国少数族裔小说家及其作品也受到中国批评界关注。2000—2015 年，中国美国少数族裔小说研究涉及非主流少数族裔小说家及小说主要有：墨西哥裔小说家桑德拉·希斯内罗斯及其《芒果街的房子》、《拉拉的褐色披肩》与《萨帕塔的眼睛》，鲁道福·安纳亚及其《保佑我，乌尔蒂玛》，格洛丽亚·安扎杜尔及其《边土：新梅斯蒂扎》，海伦娜·玛丽亚·维瑞蒙迪斯及其《在耶稣脚下》；日裔小说家弥尔顿·村山及其《我仅要我的身体》，约翰·冈田及其《不—不仔》，朱丽·大塚及其《阁楼上的佛像》，内田淑子及其《照片新娘》，山下凯伦及其《橘子回归线》；印度裔小说家裘帕·拉希莉及其《疾病解说者》、《同名人》、《第三块大陆，最后的故土》和《不适之地》，芭拉蒂·穆克吉及其《詹思敏》、《树新娘》和《新印度小姐》，基兰·德赛及其《失落的传承》，安妮·施瑞安及其《印度贤妻》；越南裔小说家曹兰及其《猴桥》，黎氏艳岁及其《我们都在寻找的那个土匪》；菲律宾裔小说家卡洛斯·布洛桑及其《美国在心中》；多米尼加裔小说家朱诺·迪亚斯及其《奥斯卡·沃尔短暂奇异的一生》与《沉溺》，朱莉娅·阿尔瓦雷斯及其《西班牙征服者的血脉》；韩国裔小说家李昌瑞及其《说母语的人》，诺拉·凯勒及其《慰安妇》，佩蒂·金及其《"可靠的"的士》，金兰英及其《泥巴墙》；阿富汗裔小说家卡勒德·胡赛尼及其《追风筝的人》、《灿烂千阳》和《群山回唱》；意大利裔小说家马里奥·普佐及其《教父》和《通向慕尼黑的六座坟墓》；希腊裔小说家杰弗里·尤金尼德斯及其《中性》、《处女自杀》和《逼真记忆》；巴基斯坦裔小说家莫欣·哈米德及其《拉合尔茶馆的陌生人》和 H. M. 纳克维及其《同乡密友》；海地裔小说家艾薇菊·丹提卡及其《海的光芒》、《海之光克莱尔》和《锄骨》；伊朗裔小说家吉娜·B. 那海及其《信仰大道上的月光》以及墨西哥裔小说家亚历桑德罗·莫拉莱斯和古巴裔女小说家克里斯蒂·加西亚等。研究除了关注具体小说家及小说，还从整体角度关注非主流少数族裔小说，主要关注点有：西班牙裔美国小说的源流和美国少数族裔小说的存在因素等。

二 美国小说研究之研究

美国小说研究之研究也是 21 世纪中国美国小说研究对象多元化的重要表征，研究者在研究美国小说的同时，也关注美国小说研究的历史与现状、取得成就与存在问题，即对美国小说研究进行了研究。

2000—2015 年，中国批评界在研究美国早期白人小说和浪漫主义小说的同时，也关注美国早期白人小说和浪漫主义小说研究状况，主要涉及霍桑研究历史与现状、爱伦·坡研究现状、梅尔维尔研究现状和《汤姆叔叔的小屋》研究情况等。同样，中国批评界在研究美国白人现实主义和自然主义小说的同时，也对美国白人现实主义和自然主义小说研究状况进行了研究，研究主要关注 21 世纪国内詹姆斯小说研究状况、新中国 60 年詹姆斯小说研究情况、国内外百年毕尔斯研究状况、《黄色墙纸》的研究现状、伦敦研究与接受的历史与现状、伦敦后期小说研究现状和《嘉莉妹妹》的研究状况等，产生了不少研究成果，如田柳的《浅议杰克·伦敦在中国的接受研究》（2007）、张丰蕊的《杰克·伦敦小说研究述评》（2008）、张宝林的《杰克·伦敦的"田园三部曲"及其在中国的接受》（2010）、彭书跃的《杰克·伦敦小说接受路线图——杰克·伦敦 1919 年—1979 年作品接受情况浅析》（2010）和王丽亚的《新中国六十年亨利·詹姆斯小说研究之考察与分析》（2012）等；除此，一些综述性研究（如池大红和谭素钦的《近五年来国内美国文学研究综述》〈2002〉、芮渝萍、范谊和刘春慧的《中国"十五"期间美国小说研究》〈2005〉和宗蔚的《近五年来国内美国文学研究综述》〈2009〉等）也包含美国白人现实主义和自然主义小说研究之研究。

2000—2015 年，中国批评界在研究美国白人现代小说的同时，还比较重视对美国白人现代小说研究的历史与现状进行回顾梳理，总结研究中的成功经验和存在不足，发表了许多比较重要的研究综述论文，如刘更祥的《海明威研究综述》（2003）、张强的《舍伍德·安德森研究综论》（2003）、虞建华的《置于死地而后生——辛克莱·刘易斯研究和当代文学走向》（2004）、田俊武和王成霞的《国内外斯坦贝克研究的进展和缺失》（2005）、耿纪永的《知音少，弦断有谁听——早期福克纳研究及其在中国》（2006）、胡天赋的《〈夜色温柔〉在美国的批评接受》（2006）、张珂的《20世纪40年代斯坦贝克小说在中国译介述评》（2007）、侯营和胡足凤的《海明威短篇小说研究在中国（1979—1989）》（2007）、刘道全的《福克纳研究在中国》（2007）、刘士川的《〈了不起的盖茨比〉在中国的译介与研究》（2008）、丁秉伟的《伊迪斯·华顿研究中的"误读"与当代美国主流意识形态》（2009）、任虎军的《解读与再解读——〈了不起的盖茨比〉在中国的批评旅行》（2009）、杨纪平的《中国弗兰纳里·奥康纳研究述评》（2010）、国天琴的《近二十年来国内外埃伦·格拉斯哥研究综述（1874—1945）》（2010）、龙志勇的《20年来国内凯瑟琳·安·波特研究综述》（2010）、王红霞和孙勉志的《〈飘〉之研究综述》（2010）、朱振武和郭宇的《福克纳在中国的译介与研究》（2011）、廖欢的《十年来国内关于约翰·斯坦贝克的研究综述》（2011）、尹志慧和曹霞的《福克纳研究在中国：2000—2010》（2011）、舒玲娥的《赛珍珠小说研究述评》（2011）、王晓丹的《超越与颠覆：近十年国外卡森·麦卡勒斯小说研究述评》（2011）、许燕的《国内外薇拉·凯瑟研究述评》（2011）、王珊的《十年来国内薇拉·凯瑟研究综述》（2011）、何小宝的《美国经典作家伊迪丝·华顿的文学创作之旅与研究综述》（2011）、韦朝晖和吴俊的《海明威研究在我国——21世纪前12年的研究状况》（2012）、张海霞的《〈纯真年代〉的研究述评》（2012）、王兰明的《中国"托马斯·沃尔夫研究"现状述评》（2012）、胡剑锋的《百年孤独——近二十年来国内外格特鲁德·斯泰因研究综述》（2012）、谌晓明的《国内福克纳研究的沿革与展望》（2013）、黄娟的《国内福克纳研究综述：2007—2011》（2013）、吕艳妮的《薇拉·凯瑟研究现状述评》（2013）、张广勋的《爱德华·贝拉宓〈回顾〉的影响及其研究综述》（2013）、杨仁敬的《海明威评论六十年：从冷清到繁荣》（2014）、杨红梅的《福克纳国内外研究与评述》（2014）、张媛的《赛珍珠研究综述——基于"中国知网"等数据库的统计分析》（2014）和《赛珍珠〈大地〉研究综述——基于"中国知网"的数据》（2014）、张媛的

《我国海明威研究第二次高潮趋势》（2015）、陈喜华的《〈夜色温柔〉研究综述》（2015）、黎蕾的《论〈了不起的盖茨比〉在中国的译介与接受》（2015）和崔晓丹的《赛珍珠研究综述》（2015）等。

　　同样，中国批评界在研究当代美国白人小说家及小说的同时，也对当代美国白人小说研究的历史与现状进行了回顾梳理与总结反思。对当代美国白人小说研究的历史与现状进行梳理与总结在 20 世纪 80 年代和 90 年代已经出现，如 80 年代出现的施咸荣的《近十年美国文学在中国》（1989）和 90 年代出现的夏定冠的《美国文学在中国》（1991），但对当代美国白人小说研究历史与现状进行全面梳理总结研究真正始于 21 世纪。2000—2015 年，中国批评界全面回顾梳理并总结反思了当代美国白人小说研究的得与失，发表了不少有价值的研究成果，如潘小松的《近十年美国文学研究在中国著述》（2001），郭佳的《〈麦田里的守望者〉研究综述》（2002），罗小云的《从接受到对话——改革开放后美国文学研究在我国的复兴》（2002），池大红和谭素钦的《近五年来国内美国文学研究综述》（2002），刘佳林的《纳博科夫研究及翻译述评》（2004），张桂霞的《〈麦田里的守望者〉研究在中国》（2004），芮渝萍、范谊和刘春慧的《中国"十五"期间美国小说研究》（2005），郭英剑和王弋璇的《约翰·厄普代克研究在中国》（2005），戴晓燕的《纳博科夫在中国》（2005），唐志钦的《国内约翰·厄普代克研究评议及研究新思路》（2007），陈晓英的《近十年〈麦田里的守望者〉研究综述》（2007），姚君伟的《走进中文世界的苏珊·桑塔格——苏珊·桑塔格在中国的译介》（2008），黄协安的《厄普代克的"兔子故事"在中国的译介和研究》（2009），芮渝萍和范谊的《成长在两个世界之间——当代美国成长小说研究概论》（2009），方岩的《国内近十年来美国西部小说研究综述》（2009），任虎军的《新世纪国内美国文学研究热点》（2009），范婷婷的《巴塞尔姆国内研究述评》（2009），王祖友的《我国学者对海勒的解读和接受——纪念约瑟夫·海勒逝世 10 周年》（2009），冀爱莲的《托马斯·品钦研究在中国》（2010），杨金才和朱云的《中国的塞林格研究》（2010），陈楠的《国内简·斯迈利研究述评》（2010），郭英剑和刘文霞的《纳博科夫研究在中国》（2010），杨华的《不同文化背景下的纳博科夫研究》（2011），曹琳和程张根的《1980—2010 乔伊斯·卡洛尔·欧茨研究论文统计分析》（2011），陈爱华的《科马克·麦卡锡国内外研究评析》（2011），哈旭娴的《国外厄普代克研究专著综览》（2011），朱军的《〈第二十二条军规〉在中国》（2011），刘茜的《库尔特·冯内古特作品主题研究述评》（2011），李春萍的《〈五号屠场〉研究述评》（2012），赵艳花的《库特·冯内古特研究在中国》（2012），张沛的《保罗·奥斯特在中国的译介与研究》（2012），余军的《中国的美国新现实主义小说研究》（2012），张颖的《现当代美国少年小说在中国的接受与研究》（2013），张和龙的《新时期 30 年对美国"后现代派"研究的考察与分析》（2013），卢婕的《马克斯·舒尔曼作品在中国的研究综述》（2013），王弋璇的《国内乔伊斯·卡罗尔·欧茨研究评述》（2014），詹书权的《国内科马克·麦卡锡研究现状解析——基于硕博毕业论文的统计分析》（2014），郭颖的《国内安·贝蒂研究述评》（2014），王冰洁的《约翰·厄普代克国内外研究现状与趋势》（2014），惠迎的《纳博科夫〈绝望〉研究述评》（2014），张龙的《纳博科夫研究在中国》（2014），许梅花的《批评家笔下的梅勒》（2014），朱莉和张倩倩的《2013 年美国小说研究在中国》（2014），刘苏周和黄禄善的《20 世纪美国科幻小说研究在中国》（2014），张莉的《中国对苏珊·桑塔格研究现状之论析——纪念桑塔格逝世 10 周年》（2015）和《苏珊·桑塔格在中国的译介综述》（2015），季水河和唐丽伟的《国内欧茨译介与研究述评》（2015），赵诚的《厄普代克"兔子四部曲"国内外研究述评》（2015），陈慧莲的《二十一世纪美国德里罗研究新走势》（2015）和李杰《约瑟夫·海勒新现实主义小说的研究概述》（2015）等。

中国批评界在关注美国白人小说研究状况的同时，也非常关注美国少数族裔小说研究状况。2000—2015 年，中国批评界在研究美国黑人小说的同时，也极为重视对美国黑人小说研究状况的研究，研究者除了关注具体小说家的研究状况，还关注美国黑人小说的整体研究状况，研究成果主要有：陈伟的《国内莫里森研究综述》（2007），贺淑娟的《二十年来国内莫里森研究综述》（2007），孙银娣和李笑蕊的《中国美国黑人文学研究特点》（2010），胡笑瑛的《佐拉·尼尔·赫斯顿研究

在中国》（2011），王玉括的《非裔美国文学研究在中国：1933—1993》
（2011）和《非裔美国文学研究在中国：1934—2011》（2011），林元富
的《历史与书写——当代美国新奴隶叙述研究述评》（2011），杜志卿
的《〈宠儿〉研究在中国》（2012），黄波、金钊和张文凭的《近十年
国内莫里森研究综述》（2012），唐小霞的《〈最蓝的眼睛〉国内研究综
述》（2013），王飞的《国内新世纪以来美国黑人女性文学身份认同研
究述评》（2013），张荣凡的《非裔美国女作家赫斯顿小说在中国的研
究综述》（2014），沈宏和张晔的《艾丽斯·沃克的黑人女性主义思想
在中国的研究与传播》（2014）以及江妍和孙妮的《国内外马歇尔研究
述评》（2014）等。除此，一些总结梳理美国文学研究历史与现状的综
述研究（如上文提到的《近十年美国文学研究著述在中国》、《近五年
来国内美国文学研究综述》和《中国"十五"期间美国小说研究》等）
也比较关注美国黑人小说的研究情况。除了对美国黑人小说研究情况的
关注，中国批评界还关注美国犹太小说的研究状况，研究者对国内美国
犹太小说研究的历史与现状进行了回顾、总结、梳理与反思，刘文松的
《国内外索尔·贝娄研究现状》（2003），祝平的《国内索尔·贝娄研究
综述》（2006），宋德伟的《新世纪国内索尔·贝娄研究述评》
（2006），孙延宁的《菲利普·罗斯的研究现状简述》（2008），乔国强
的《试谈美国犹太文学研究中的几个问题》（2004）、《中国美国犹太文
学研究的现状》（2009）和《贝娄学术史研究》（2013），任虎军的
《美国犹太小说研究与译介在中国》（2010）和姜扬与张秀梅的《〈洪堡
的礼物〉国内研究现状分析》（2012）是 21 世纪国内美国犹太小说研
究之研究的重要成果。《国内外索尔·贝娄研究现状》非常概括地回顾
梳理了国内外贝娄研究现状，指出"贝娄研究在中国已取得可喜成绩，
但同国际贝娄研究热相比，我们对这位诺贝尔奖得主的研究仍有差距，
同中国卓有成就的海明威研究、福克纳研究相比也显得薄弱"①。《国内
索尔·贝娄研究综述》回顾梳理了 1979—2005 年国内贝娄研究状况，
认为"自改革开放以来，我国的索尔·贝娄译介和研究工作取得了长足

---

① 刘文松：《国内外索尔·贝娄研究现状》，《外国文学动态》2003 年第 3 期。

的进步［……］但关于索尔·贝娄的研究还缺乏系统性和理论深度，这与贝娄在美国文学和世界文学上的地位是不相称的"①。《新世纪国内索尔·贝娄研究述评》对 2000—2006 年国内贝娄研究状况进行了回顾梳理，指出"我国新世纪对贝娄的研究呈现出良好的发展势头"，但"热度还不够"，研究存在"泛而不精"、"发展不平衡"和"研究选题和研究方法上有趋同现象"等问题。②《菲利普·罗斯的研究现状简述》回顾了 20 世纪 50 年代以来国外罗斯研究状况和 80 年代以来国内罗斯研究状况，认为"国外的罗斯研究经历了近半个世纪之后已日趋成熟。与国外的罗斯研究相比，国内学界对罗斯的研究还相对欠缺"。文章同时指出，国内外学者对罗斯作品研究由 20 世纪的异化主题研究"转向了从社会学角度分析罗斯作品中的社会文化意义"。③《试谈美国犹太文学研究中的几个问题》探讨并澄清了国内外美国犹太文学研究中存在的常见问题，如"美国犹太作家"和"美国犹太文学"如何界定以及"美国犹太文学"是否是美国"主流文学"等，指出"无论是在早期的美国犹太文学，还是现当代的美国犹太文学中，文化与宗教都占有相当重要的地位，是研究中一个不可忽略的因素"。④《中国美国犹太文学研究的现状》回顾梳理了 20 世纪 70 年代以来国内美国犹太文学研究现状，探讨了 20 世纪和 21 世纪初国内美国犹太文学研究的特征，针对美国犹太文学的特点指出了美国犹太文学研究需要注意的问题："美国犹太作家可以变换写作方法，但却无法改变自己的民族文化立场和秉性［……］其叙事的要义始终不离犹太传统的或非传统的伦理道德观这个轴线［……］无论他们写什么或怎么写，作品的落脚点始终是在张扬一种犹太的伦理道德关系。"⑤《美国犹太小说研究与译介在中国》对

---

① 祝平：《国内索尔·贝娄研究综述》，《广西社会科学》2006 年第 5 期。
② 宋德伟：《新世纪国内索尔·贝娄研究述评》，《河南师范大学学报》（哲社版）2006 年第 6 期。
③ 孙延宁：《菲利普罗斯的研究现状简述》，《安徽文学》2008 年第 9 期。
④ 乔国强：《试谈美国犹太文学研究中的几个问题》，《天津外国语学院学报》2004 年第 3 期。
⑤ 乔国强：《中国美国犹太文学研究的现状》，《当代外国文学》2009 年第 1 期。

2009 年之前国内美国犹太小说批评与译介进行了总结梳理。① 这些综述研究不仅回顾梳理了国内美国犹太小说研究的历史与现状，而且对过去的研究进行了反思，指出了研究取得的成就和存在的不足，为国内美国犹太小说研究的进一步发展提供了重要的视角参照。此外，中国批评界还比较关注华裔美国小说研究状况、美国印第安小说研究状况以及其他少数族裔小说研究情况，发表了不少研究成果，如郭巍的《美国原住民文学研究在中国》（2007），蒋冬梅的《哈金研究现状》（2008），万永坤和刘晓红的《谭恩美代表作〈喜福会〉研究综述》（2010），张晓玮的《近 30 年中国学界汤亭亭小说研究综述》（2010），管艾艾的《美国早期华裔文学研究综述》（2010），张婷婷和张跃军的《美国墨西哥裔女性的声音——近 30 年〈芒果街上的小屋〉研究综述》（2011），陈桂峰的《华裔美国女作家包柏漪的创作研究综述》（2011），王晨爽的《谭恩美在中国的译介及研究概况》（2012），李鹏飞和张丽的《无声的压迫与沉默的反抗——对汤亭亭〈女勇士〉的评论研究》（2012），王建会的《华裔美国文学批评 30 年回顾与反思》（2013），唐扣兰的《近五年来国内华裔美国小说研究综述》（2013），邹惠玲和张田的《21 世纪前十年美国印第安文学研究述评——兼谈对中国学者的启示》（2014），卜太山的《华裔美国文学研究综述》（2014），胡严艳的《国内任璧莲作品研究述评》（2014），宋泽华的《近三十年国内汤亭亭研究述评》（2014），郝雪雯的《严歌苓小说近十年来研究综述》（2014），盛周丽的《谭恩美小说研究现状综述及其问题》（2014），熊洁的《谭恩美研究在中国》（2014），许锬的《〈接骨师之女〉的国内研究综述》（2014），《哈金小说国内研究现状分析》（2015）和《谭恩美小说〈喜福会〉的国内研究现状综述》（2015），陆晓蕾的《美国本土裔文学研究的现状与展望——2015 年美国本土裔文学专题研讨会综述》（2015），于晓霞和高芳的《近三十年中国学界汤亭亭作品研究综述》（2015），宋晓璐和王林的《〈喜福会〉文学评论综述》（2015），郝丽平和黄振林的《近十五年严歌苓小说研究综述》（2015），陈小芳

---

① 任虎军：《美国犹太小说研究与译介在中国》，《英美文学研究论丛》第 13 辑（2010 年秋）。

和李新德的《谭恩美文化身份研究综述》（2015），刘雪芳和林晓雯的《〈喜福会〉在中国的研究管窥》（2015）等；此外，一些从整体角度研究美国文学或美国小说研究情况的综述性文章（如前文提到的《十年美国文学研究在中国著述》、《近五年来国内美国文学研究综述》和《中国"十五"期间美国小说研究》）也涉及华裔美国小说研究状况、美国印第安小说研究状况以及其他少数族裔小说研究情况。

三　美国小说接受与译介研究

美国小说接受与译介研究也是 21 世纪中国美国小说研究对象多元化的重要表征，研究者在研究美国小说家及小说的同时，还将注意力投向了美国小说在中国的接受与译介，探讨了中国学界在接受与译介美国小说过程中取得的成就与存在的不足。

2000—2015 年，美国小说在中国的接受与译介受到中国批评界极大关注，研究者对美国流派小说或具体小说家或具体小说在中国的接受与译介情况进行了回顾梳理，探讨总结了 1926—1949 年梭罗在中国的传播与接受、近现代中国的爱伦·坡小说汉译史、爱伦·坡在中国的接受与认知缺失、爱伦·坡小说在中国的译介情况、《汤姆叔叔的小屋》在中国的接受、《汤姆叔叔的小屋》在中国的戏剧改编历程、《觉醒》在中国的译介与接受、《觉醒》在中国的批评接受史、民国时期马克·吐温在中国的接受与译介情况、詹姆斯在中国的接受情况、詹姆斯在中国的名声、《嘉莉妹妹》在中国的接受情况、欧·亨利作品在中国的译介与影响、伦敦在中国的接受情况、伦敦 1919—1979 年作品在中国的接受情况、伦敦"田园三部曲"在中国的接受情况、《了不起的盖茨比》在中国的译介与接受、福克纳短篇小说在中国的接受与译介情况、早期福克纳在中国的接受与译介情况、麦卡勒斯小说在中国的接受与译介情况、20 世纪 40 年代斯坦贝克小说在中国的译介情况、1950—1987 年中国对赛珍珠作品的翻译与接受、赛珍珠在 21 世纪中国的译介、奥康纳在中国的译介、桑塔格在中国的译介情况、海勒在中国的接受情况、纳博科夫在中国的译介情况、《洛丽塔》在中国的接受和影响、欧茨作品在中国的译介情况、厄普代克在中国的译介情况、厄普代克"兔

子故事"在中国的译介情况、《第二十二条军规》在中国的接受语境、
《麦田里的守望者》在中国的传播与失落、莫里森小说在中国的译介情
况、贝娄在中国的传播与接受、美国犹太小说在中国的译介情况、美国
早期小说在中国的译介情况、垮掉派小说在中国的译介情况、"文化大
革命"期间中国对美国当代小说的译介情况、"文化大革命"期间中国
对美国小说的译介情况、新时期外国文学期刊对美国小说的译介情况、
新时期之初美国现代派小说在中国的接受情况、新时期中国对美国意识
流小说的译介情况、黑色幽默派小说的汉译现状、美国黑色幽默小说在
新时期的汉译、美国生态小说在中国的译介以及徐迟与美国文学在中国
的译介等。

第三节 研究方法多元化

研究方法多元化是 21 世纪中国美国小说研究多元化发展的又一重
要体现。研究者不仅采用多元文学批评方法研究美国小说，而且采用语
言学研究方法和其他跨学科研究方法研究美国小说。

一 多元文学批评方法

采用多元文学批评方法进行研究是 21 世纪中国美国小说研究的突
出特征。新历史主义批评、后殖民主义批评、女性主义批评、生态批
评、生态女性主义批评、结构主义批评、后结构主义批评、解构主义批
评、精神分析批评、意识形态批评、神话原型批评、读者反应批评、西
方马克思主义批评、文化研究和叙事学等当代西方文学批评理论和方法
为中国批评界研究美国小说提供了重要理论依据和批评方法，研究者采
用一种或多种批评方法研究解读美国小说家及小说，这既体现在美国早
期白人小说及浪漫主义小说研究中，亦体现在美国白人现实主义小说、
自然主义小说、现代小说及当代小说研究中，还体现在美国少数族裔小
说研究中。

（一）美国早期白人小说和浪漫主义小说研究

21 世纪，中国批评界对美国早期白人小说和浪漫主义小说关注很

多，爱伦·坡、梅尔维尔、霍桑、库柏、欧文、斯托夫人、汉纳·韦伯斯特·福斯特以及凯瑟琳·玛利亚·赛奇威克等小说家及其小说都是研究者关注的对象。研究者采用多元文学批评方法研究了这些小说家的思想与艺术，多元文学批评方法的采用在霍桑研究、梅尔维尔研究和爱伦·坡研究中尤为突出。

　　2000—2015 年，中国批评界采用文化研究、女性主义批评、生态女性主义批评、神话原型批评和社会历史批评等多元文学批评方法研究了霍桑《红字》中的"清教主义"与"超验主义"思想、《圣经》典故与象征意象、圣经原型、U 形叙事结构、爱情观、爱之主题、悲剧主题、场景的象征意义、诚实主题、穿越时空的异化、传教士形象、道德观与宗教观的论辩、道德思想、道德阴影、道德主题、丁梅斯代尔的忏悔与救赎、丁梅斯代尔的救赎之路、丁梅斯代尔的圣经原型、丁梅斯代尔人格的矛盾统一性、丁梅斯代尔与齐灵渥斯的人格异同、二元对立思想与主要人物、反讽手法、反抗社会主题、父亲的"缺席"与珠儿的自我认知、珠儿的心理、珠儿形象的反衬及象征意义、珠儿在海斯特形象塑造中的作用、哥特特征、哥特艺术手法、海斯特的成长经历、海斯特的伦理蕴涵、海斯特的圣母形象、海斯特形象的伦理意义、海斯特的独立与自我实现、海斯特的多重象征意义、海斯特的反抗精神、海斯特的历史原型、海斯特的母亲形象及其神话原型、海斯特的女性意识、海斯特的异化与救赎、海斯特形象（真、善、美的化身）与霍桑的思想、海斯特与霍桑的女性意识、海斯特的边缘地位与霍桑的女权主义意识、海斯特与清教社区的关系、海斯特与祥林嫂的异同、含混美、含混性、含混主题、和谐思想、色彩的象征意义、红色的象征意义、红字"A"的多重寓意与人名的隐喻、红字"A"的内涵意与外延意、红字"A"的象征意义及其嬗变、红字"A"与海斯特的拯救、红字"A"在小说中作为贯穿小说之线的作用、荒野的象征与原型、荒原意象的意义、霍桑的悲剧美学、霍桑的超验主义思想、霍桑的非理性主义观、霍桑的女性主义意识、霍桑的清教情结与超验思想的纠葛、霍桑的人文主义清教思想、霍桑的善恶观、霍桑的生态意识、霍桑的自我分裂与白日梦、霍桑的宗教意识、霍桑的宗教情结、霍桑矛盾宗教情结的建构、霍桑的宗

教信仰与怀疑、霍桑的宗教观、霍桑对"罪"的态度、霍桑对清教主
义的颠覆、霍桑与俗世的隔绝、镜子意象及其叙事意蕴、看客性格、空
间建构、空间叙事艺术、浪漫主义艺术特征、两性形象的塑造与霍桑的
社会理想、伦理困境与道德救赎、矛盾的女性意识、矛盾性写作原因、
美国价值观、明暗色彩反衬意象、男权社会中海斯特的悲剧、男性形象
塑造("男子汉"的坍塌)、女性爱情探求、齐灵渥斯悲剧的原因、齐
灵渥斯的善与恶、齐灵渥斯形象、清教思想对丁梅斯代尔的影响、清教
主义背景下人性的自我救赎、清教主义伦理与传统、人物形象及其矛盾
性、人物形象与霍桑的清教观、人物的宗教象征与霍桑的圣经情结、权
力与统治主题、全知叙事者与人物塑造中的女性主义心声、人的自然性
与社会性的冲突与较量、人物的特殊命名与性格刻画、人名的象征意
义、主要人物的象征意义、人物的态度与命运、男女主人公的"罪"、
主人公背叛的圣经学意义、主人公的精神生态、主人公的人格结构、人
物关系、人物心路历程、人物性格及其双重性、人性善恶与人性救赎、
社会影响与女性解放、身体叙述、神话元素、神话原型意义、神秘主义
倾向、审美意蕴、生命意识、人文意蕴、生态女性主义意蕴、生态女性
主义自然观、生态主题、圣经关联、诗美意境、事物寓意、替罪羊母题
的建构、外在叙事策略、文化冲突、文化与政治意蕴、西方文化价值
观、西方宗教下的爱情悲剧、现代女性意识、象征魅力、象征手法、象
征意象、象征意义及人物的矛盾性、象征寓意、写作手法、心理描写、
心理描写对比、刑台的意义、叙事距离、叙事视角与叙事交流、叙事特
色、叙事艺术、殉道者形象、亚当式的堕落形象、语言与霍桑的人格、
原罪观、原罪主义的影响、针线意象的文化意涵、重复与差异、主题的
二元对立性、追寻母题、自然神论思想、自我拯救与自我毁灭、宗教爱
与世俗爱之间挣扎、宗教隐喻及其表象、宗教主题、罪与赎、《红字》
与《安娜·卡列尼娜》中女主人公的相似性、《红字》与《荆棘鸟》的
异同、《红字》与《呼啸山庄》中景物象征的异同、《红字》与《红楼
梦》中象征意义的异同、《水浒传》之潘金莲与《红字》之海斯特所体
现的不同时代烙印、《德伯家的苔丝》与《红字》中的平行性、S. 与
《红字》的互文性、《红字》与《圣经》的互文性、《红字》小说文本

与电影文本中的意象运用、《红字》从小说到电影中主要人物命运的全新改写、电影《红字》与原著的区别、小说《红字》与其 1995 年同名改编电影的异同、《红字》与多元文化时代的电影改编以及《七个尖角的屋子》中霍桑的"光"之哲学、霍桑爱的宗教观、罪错观、神秘性、哥特主题、霍桑对尖角屋的社会历史演绎、《七个尖角的屋子》与社会历史、《好小伙布朗》中的写作特点、含混主题、象征寓意、清教徒的灵魂之旅、神秘意象、圣经原型与反讽效果、互文性、悲剧必然性、"哥特"意蕴、人物性格、讽喻与象征、霍桑的人性原罪思想、含混主题、空间表征、人性观、色彩象征、霍桑的宗教思想、人性困境、三聚三离、原型、《好小伙布朗》与《阿拉比》的异同、《好小伙布朗》与《死者》的异同、《好小伙布朗》与《蝇王》的异同,《玉石雕像》中的罪感观、《我的亲戚,莫里纳上校》中的"男性气质"问题、《牧师的黑面纱》中"黑面纱"的意义、作为极端清教主义殉难者的胡珀形象、人物内心世界、"也许类"词所暗合的解构两难,《胎记》中霍桑的环境伦理观、生态女性主义思想、科学狂人形象、宗教观与科学观、被规训的身体与被奴役的心灵、女主人公乔治安娜的悲剧性及其成因、父权规训与女性反抗、家庭体制内的权力游戏、异化主题、女性意识在婚恋中的重要作用,《拉帕西尼的女儿》中霍桑的象征世界、文体特征、"脸面性"、哥特色彩、霍桑的科学观、霍桑的宗教思想、原型和象征世界,《美的艺术家》中的含混和霍桑的超验主义倾向、《通天铁路》中的生态意识、《戴维·斯旺》中幻想与现实之间的模糊边界、《伊桑·布兰德》中人性的沦丧与救赎、《欢乐山的五月柱》中的清教主义与狂欢哲学、《罗格·马尔文的葬礼》中的道德拷问、《利己主义或胸中的蛇》中霍桑的"人性及超越"和《福谷传奇》中霍桑的文化公民身份实践与政治观等,这些研究凸显了 21 世纪中国霍桑研究的动向与热点关注。

2000—2015 年,中国批评界采用后殖民主义批评、生态批评、神话原型批评和意识形态批评等多元文学批评方法研究了梅尔维尔《白鲸》中的自然主义色彩、非理性艺术之美、现代性、"白色"的象征意义、死亡象征、多重象征意义、主要人物的象征意义、象征元素的生态意义、生态思想、海洋动物描写、海洋生态思想、生态伦理困惑、生态文化意蕴、生态意识探寻、生态指向与启示、生态主义反思、梅尔维尔的自然观、反殖民主义斗争、和谐主题、思想冲突、伦理思想、神秘色彩、梅尔维尔的悲剧倾向及其影响、复仇与反复仇主题、复仇主题的神话原型意义、神话原型、宗教原型、宗教困惑、宗教内容的生态意义、自然书写的生态神学意义、"超验个人主义"与"极端个人主义"、梅尔维尔对超验个人主义的反思、思想主题与价值追求、圣经隐喻、宗教思考、德性伦理忧思、黑人形象、基督教道德观、加尔文主义宗教观、美国种族歧视问题、人与自然的对抗与和谐、社会关系、喜剧因素、亚哈船长的悲剧人生、以利亚的预言、忠诚与反叛伦理思想、种族平等意识、叙事艺术、叙述结构、叙事者、非叙事性话语、多维矛盾视角、黑色浪漫主义、修辞含混、艺术张力、陌生化艺术、主人公的命运以及《黑暗中心》与《白鲸》的异同、《速写员巴特尔比》中的"异者"反抗、权力运行机制、象征意象、异化问题、存在主义思想、象征手法对主题的凸显作用、梅尔维尔的左派激进主义思想、价值取向、"墙壁"意象与象征、《白外套》的政治蕴涵、《钟塔》与梅尔维尔对现代性的反思、《夏伊洛安魂曲》中的内战反思与和平祈祷、《贝尼托·切雷诺》中的后殖民话语、"恶"之主题和德拉诺船长形象、《比利·巴德》中的"圆形监狱"意象、天真主题和帝国梦反讽、《泰比》中的伦理主题、土著文化观照和感伤主义传统以及《皮埃尔》的创作意图与叙事结构等，这些研究彰显了 21 世纪中国梅尔维尔研究的动向与关注热点。

2000—2015 年，中国批评界采用文化研究、文类批评、现代性批评、俄国形式主义批评、影响研究和比较研究等多元文学批评方法研究了爱伦·坡《黑猫》与欧茨《白猫》中恐怖表现特征和"妻子"形象的异同、《黑猫》与《牧师的黑面纱》的异同、《黑猫》与《雨中猫》中妻子形象的异同、《黑猫》中的叙事艺术、象征手法、哥特特征、心灵恐怖的文化根源、爱伦·坡的保守政治观、爱伦·坡的文学理论体现、黑猫形象、心灵式恐怖、陌生化手法、恐怖美、恐怖气氛营造、恐怖主题和创作动因、"三无"妻子、"阿尼玛"原型、"暗恐"理论、意象、叙事艺术、生态女性主义主题、灵魂自白与伦理表达、《一桶白葡萄酒》中的文学手法及其艺术效果、坡的"统一效果论"反讽艺术、不可靠叙述者、文化巧合、道德寓意、哥特特征、叙事艺术和语言特征、《丽姬娅》中的人物心理、爱伦·坡的梦幻女性、女性主义主题和意识流艺术、《陷坑与钟摆》的叙事特色、《厄舍屋的倒塌》中的创作艺术手法、哥特因素、爱伦·坡对哥特式小说的继承与发展、艺术效果、象征所指、罗德瑞克的变态性格、恐怖叙述、恐怖气氛营造、美学风格（戏谑·怪诞·唯美）、"效果论"体现、心理描述手法、爱伦·坡的死亡美学、爱伦·坡的效果美学、修辞手法及艺术效果、爱伦·坡的大海与《南塔克特的亚瑟·戈登·皮姆的叙述》、《泄密的心》中的现代特征、杀人者动机、效果美学和存在主义主题、《红死魔的面具》中的叙事艺术、色彩美、伦理主题、哥特因素与效果美学、《跳蛙》与美国废奴运动、《椭圆画像》中的女性视角、《威廉·威尔逊》与爱伦·坡的善恶观和《凹凸山的故事》中的含混艺术等，这些研究体现了21世纪中国爱伦·坡研究的动向与热点关注。

除了霍桑、梅尔维尔和爱伦·坡，中国批评界还采用神话原型批评、新历史主义批评、后殖民主义批评、女性主义批评、生态批评和文化研究等多元文学批评方法研究了欧文《瑞普·凡·温克尔》中的多重主题、欧文的怀旧倾向、美国幽默传统、神秘世界和真实社会、精神之旅、艺术特征、神话原型、美国气质、家庭矛盾及其解决、比较手法、温克尔夫人形象、美学蕴涵、历史书写、主人公人物形象、政治反讽、对比与衬托表现手法、人物性格及悲观婚姻、美国主流精神、时空穿越与欧文后殖民主义反抗的暧昧性、《睡谷传奇》中现实与梦想的冲突、隐喻与思维风格、叙事视角、历史书写和荒野意识、《睡谷传奇》与《桃花源记》的相似性、欧文短篇小说《鬼新郎》中新娘女性意识的觉醒（从顺从到反抗）、库柏的创作与其矛盾的政治思想认识、库柏的海洋文学作品与国家建构、库柏海洋小说中的海权思想、库柏小说中的海洋民族主义思想、库柏小说中的海洋文化型构、库柏对美利坚的民族书写、库柏《皮袜子故事集》中的美国史诗性、生态"回归"、人与自然的关系、《最后的莫西干人》中的鹰眼形象、鹰眼"无为"的精神实质、现代政治文化意涵、浪漫主义主题、生态意蕴、写作手法、种族

与人物刻画、象征主义、警示与启迪、《拓荒者》中的环保意识、生态
主题、生态和谐观、古典自由主义精神、美国小说的兴起与查尔斯·布
鲁克顿·布朗、《威兰德》的矛盾意识与布朗对美国小说的贡献、《威
兰德》对英德哥特小说传统的继承与发展、《威兰德》的创作论、叙事
语境与美国建国初期的意识形态悖论、《瓦尔登湖》中梭罗的社会批判
精神、梭罗的自然观、环境美德伦理思想、文体特征和现实生活启迪、
《汤姆叔叔的小屋》的历史地位、文学价值、《汤姆叔叔的小屋》与美
国内战前南北方问题、《汤姆叔叔的小屋》中的基督教英雄主义、读者
情绪演变（同情·愤怒·行动）、结构主义特征、象征手法及意义、人
物形象与基督教在美国黑人奴隶制中的双重角色、叙事策略、女性救世
主义、汤姆叔叔形象、母亲形象、基督教人物形象、基督教文化、基督
教对奴隶制的双面影响、基督教对人物性格和行为的影响、美国黑人文
学形象、爱的真实诠释、儿童形象、死亡意义、《汤姆叔叔的小屋》对
黑奴解放运动的影响、《汤姆叔叔的小屋》与美国南北战争、《汤姆叔
叔的小屋》与美国文学中的性别歧视、《汤姆叔叔的小屋》与禁酒文学
以及凯瑟琳·塞齐威克《新英格兰故事》中的家庭、女性与美国早期
公民道德建构等。

（二）美国白人现实主义小说研究

21 世纪，中国批评界对美国白人现实主义小说家及小说的关注很
多，研究者采用多元文学批评方法从不同角度研究了詹姆斯、肖邦、马
克·吐温、朱厄特、豪威尔斯、哈特、小艾尔格（Horatio Alger, Jr.）、
毕尔斯、奥尔科特、吉尔曼和玛丽·威尔金斯·弗里曼等美国白人现实
主义小说家的思想与艺术，多元文学批评方法的采用在马克·吐温研
究、詹姆斯研究、肖邦研究、朱厄特研究和吉尔曼研究中尤为明显。

2000—2015 年，中国批评界采用后殖民主义批评、新历史主义批
评、生态批评、生态女性主义批评、黑人女性主义批评、新批评、社会
历史批评、文化研究、影响研究和比较研究等多元文学批评方法研究了
马克·吐温的《哈克贝利·费恩历险记》中的成长哲学、成长中的话
语权、成长主题、顿悟与成长、反英雄主人公、故事情节与吉姆的命
运、哈克的成长、哈克的成长之路、哈克的道德和心理成长历程、哈克

的道德转变、哈克的心路历程、哈克的性格特征、哈克的亚当原型、哈克的自然观、哈克的自由寻找历程、河流意象、黑人英语及其文学作用、吉姆形象的局限性、家庭对儿童成长的扭曲影响、空间叙事、口语化风格、狂欢化内涵、流浪汉小说传统发展、流浪汉形象与表现艺术、身体流浪精神追寻、马克·吐温对奴隶制的态度、美国西部文化、美国种族问题、母性主题、女性形象、批判主题、人物成长的艺术主题、人物特征、写作特点和人物形象、"局外人"形象、人物塑造、人性释放、人性思考、社会批判意识、身心自由、生态伦理观、生态女性主义思想、生态思想、死亡意象、死亡与恐怖、文化价值取向、文体特征、戏剧与浪漫反讽、象征意义、新历史主义思想、叙事手法、叙事特色、艺术魅力、艺术形式、幽默风格、幽默艺术、语言变异、语言风格、原型和象征手法、"木筏"的象征意义、对比手法、讽刺、情景反讽、种族冲突与融合、种族歧视、种族殖民意识、后殖民主义文化思想、自由和平等、《哈克贝利·费恩历险记》与《奥吉·马奇历险记》的异同、《竞选州长》中的巧妙构思、艺术特色、夸张手法、态度意义、反讽艺术、"漫画"式艺术韵味与叙述者、《败坏了哈德莱堡的人》中阳光下的罪恶、马克·吐温的写作特点、幽默讽刺艺术与人类人格面具下的贪欲、《卡拉维拉斯县的著名跳蛙》中的陌生化特征、幽默与讽刺之上的寓意构建、美国现实批判、召唤性与陌生化特征、《苦行记》中的美国幽默民间传奇、幽默文体与欺骗主题、华人形象与 19 世纪美国种族主义、《汤姆·索亚历险记》中的浪漫历险与永远童年、汤姆的顽童形象、童心、童趣、童真、生态思想、现实主义特征、美国现实主义表现、幽默艺术、美式幽默与幽默手法、《山家奇遇》中的催眠、骗局与隐喻、《傻瓜威尔逊》中的种族观、奴隶罗克西的社会隐喻、混血儿的身份隐喻、罗克西和傻瓜威尔逊形象、《亚瑟王朝中的康涅狄格美国佬》的主题与偏离手法、《百万英镑》中的美国文化、英美文化差异、喜剧外壳下的悲剧内涵与拜金主义思想、《一个真实的故事》中马克·吐温的黑人女性主义意识、《密西西比河上的生活》中的语言特色与生态主题、《狗的自述》中的幽默因素、理性与人性主题、《镀金时代》中的人物形象以及《亚当夏娃日记》中马克·吐温的生态女性意识及其矛盾性等，展现了 21 世纪中国马克·吐温研究图景。

2000—2015 年，中国批评界采用女性主义批评、后殖民主义批评、伦理批评、现代性批评、文化研究、叙事学研究和比较研究等多元文学批评方法研究了詹姆斯《黛西·米勒》中的象征主义写作手法、黛西·米勒的悲剧及根源、黛西·米勒悲剧的文化寓意、女性文化、文化权力之争、权力话语、"国际主题"、传统与现代的冲突、核心矛盾、女权主义建构、人物性格与文化冲突、温特朋身上的文化冲突、视点人物、女性对欧美文化的态度、詹姆斯的人性观、印象主义色彩、叙事特点、伦理叙事、象征诗学、《浮生六记》中芸和《黛西·米勒》中黛西形象的异同、《贵妇画像》中的创作特色、国际主题、跨文化交际、婚姻与自我、女性观、女性话语权、女性性格及其对婚姻选择的影响、矛盾与统一、欧美文化碰撞、存在主义哲思、自由观念与独立意识重构、爱情纠葛、奥斯蒙德形象、跨文化博弈下的成长主题及其表现手法、现实与想象的张力、伊莎贝尔的自由与道德、伊莎贝尔的多重形象、身份认同与伊莎贝尔的回归、伊莎贝尔的自由观、伊莎贝尔成长之路的引路人（拉尔夫·杜歇）、伊莎贝尔的反抗空间和自由追寻之路、伊莎贝尔的人格特征、推动伊莎贝尔成长的人物因素、隐喻的叙事功能、叙事视角、内聚焦、不确定性、象征艺术、意象、隐含叙述信息的语义传递途径、詹姆斯的知觉艺术、"另类语言"艺术、人物病态形象塑造、安娜与伊莎贝尔形象的异同、小说与电影《贵妇画像》中伊莎贝尔形象衍变的文化意蕴、《专使》中史垂则的使命、斯特莱特任务失败的必然性、斯特莱特的自我身份、斯特莱特的文化身份和斯特莱特的美国身份构建、《华盛顿广场》中的道德主题、父权制文化、话语权背后的父权统治与女性成长、房子代表的父权含义、凯瑟琳的悲剧命运、二元对立和心理写实在人物塑造中的成功体现、电影《华盛顿广场》中人物的现代改编、《罗得里克·哈德森》中的唯美主义与道德和边缘人罗兰·马里特形象、《鸽翼》中的自由意志与道德意义、《梅茜所知道的》中的戏剧化技巧、《朋友的朋友》中叙述视角对主题的贡献、《悲惨的缪斯》中的单一神话演变模式、《布莱庄园的怪影》的创作特色、《意大利时光》中的美国人身份建构、《德莫福夫人》中的德莫福夫人女性形象、《美国人》中的哥特成分、《四次会见》中主人公卡罗琳·斯宾塞悲剧的文化根源与后殖民主义主题、《欧洲人》中的欧美文化冲突与融合、《螺丝拧紧》中的性别问题、家庭女教师的梦幻现象及其歇斯底里的社会原因、《金碗》中的叙事艺术、梅吉被困扰的心结、梅吉的成长与蜕变、婚姻和家庭伦理观、艾美利洛的艺术形象以及《真品》中詹姆斯的艺术观、矛盾与冲突等，凸显了 21 世纪中国詹姆斯研究的动向与热点关注。

2000—2015 年，中国批评界采用生态批评、女性主义批评、生态女性主义批评、后殖民主义批评、结构主义批评、神话原型批评、文化研究和叙事学研究等多元文学批评方法研究了肖邦《觉醒》中"觉醒"的意义、"声音"的表现力、"新女性"芮芝小姐形象、"异化"现象、艾德娜"完人"荆棘之途、父权制度下艾德娜的精神觉醒、艾德娜的觉醒过程、艾德娜的觉醒和死亡、艾德娜的觉醒与 19 世纪美国女性状况、话语空间与艾德娜的觉醒、艾德娜的双重性、艾德娜的觉醒因素、艾德娜的自我救赎精神、艾德娜的悲剧命运、艾德娜的神话原型、艾德娜的替罪羊形象、艾德娜的心路历程、艾德娜的自我追寻之路、艾德娜的自由追寻、艾德娜对爱情的"逆觉醒"、艾德娜的"逆觉醒"之路、艾德娜对父权社会的反抗、艾德娜觉而未醒的原因、艾德娜沐浴的意象世界、艾德娜女性意识的影响、艾德娜形象的神话色彩、艾德娜形象与男权社会的强势、"海"的意象、大海意象与艾德娜的"堕落"、大海意象与艾德娜的心理成长、空间变化与艾德娜的解放、空间与艾德娜形象、空间意识、空间与女性的主体性、自然意象与女性观、自然在艾德娜女性自由意识觉醒中的作用、悖论与异化、场所与住所意象、超验主义思想、超越地方色彩的叙事技巧、存在观（追求有意义的存在）、存在主义色彩、单身女人赖茨的生存模式、钢琴曲的作用、黑衣女人的象征意义、克里奥尔民族身份认同、困惑、伦理观、美国男性的三重性、母性枷锁、男性人物的象征意义、内聚焦叙事艺术、女性的不觉醒、女性他者地位的变与不变、女性性意识觉醒、女性意识、女性主义思想、女性自我意识、情节反讽与结构反讽、人伦观、人物关系变化过程、三个男主人公对艾德娜的影响、神话元素、生死二元对立及超越、生态女性主义思想、生态意识、圣经原型意象及二元对立结构、视觉表象的象征意义、斯芬克斯因子、死亡叙事及审美意义、象征主义的深层寓意、肖邦对母性神话的解构、肖邦思想上的矛盾性、艺术特色、重复叙事技巧、主体建构、追求与否定、自然主义元素、自然主义主题、《睡美人》戏仿、《觉醒》的沉浮与美国妇女解放、《觉醒》与《紫色》中女主人公的异同、《简·爱》和《觉醒》的叙事互文性、《一个小时的故事》中马拉德夫人的女性意识嬗变、马拉德夫人之死、马拉德夫人的悲剧命运、女性话语权丧失、婚姻、自由与道德、门与窗的象征意义、象征与讽刺、语言特色、矛盾、生存取向、自由代价、意象与反讽、修辞语境及审美效应、反讽艺术、叙事声音、叙事技巧、话语与空间叙事、叙述视角越界及其美学效果、梦想与现实冲突、女性意识及其社会背景、女性主义意识觉醒、女性主义主题、文体策略、人际功能、修辞手法、痛苦与死亡中的觉醒、审美距离、生态女性主义思想和存在主义倾向、《一个小时的故事》与《一则消息》的叙事特色之异同、《德西蕾的孩子》中的种族与性别、未出场的"颠覆者"、戏仿、悲剧、"凝视"的政治、在婚姻中迷失的女性、妻子形象和女性主义、《暴风雨》中的反讽与象征艺术、《一位正派女人》中的感性之爱与理性之美、肖邦的女性观及其内心冲突、《一双丝袜》中家庭责任与女性自我实现的冲突、炫耀式消费、消费文化、女性主义和消费主义背后的自然主义、社会空间生产下的享受和焦虑、《一双丝袜》与《母亲的反叛》中女性主体意识建构的异同、《一双丝袜》与《庭院中的女人》中主人公自主意识觉醒的异同、《梦境时分》中的分层构思与审美意象、《美人儿佐尔阿依德》中的悲剧性、《暴风雨》中的反讽因素以及肖邦与自然主义、肖邦小说中的生态女性意识、肖邦的"三位一体"女性诗学和肖邦的孤独意识等,体现了 21 世纪中国批评界对这位"被重新发现"的美国女作家的高度关注。

2000—2015 年,中国批评界采用生态批评、女性主义批评、生态女性主义批评、伦理批评、结构主义批评、现代性批评、精神分析批评和叙事学研究等多元文学批评方法研究了朱厄特《白苍鹭》中的生态主义主题、生态女性主义特征、生态意识、生态价值观、姓名的象征意义、生物中心主义伦理思想、成长主题、人与自然的和谐理念、叙述话语的人际意义、语言美、美学意境与自然因素、《尖尖的枞树之乡》中的男性气质重构、"双重视野"、女性及其性别角色、《尖尖的枞树之乡》与佛教思想之暗合、《外乡人》中的女性叙事、吉尔曼《黄色墙纸》中的叙事特色、叙述策略、虚幻叙事、叙事方式的隐蔽性、疯癫的含义、"疯女人"的失语与顿悟、吉尔曼对疯女人叙事传统的突破、"我"最终发疯的原因、"纯女性"到"新女性"的女性主义形象嬗变、壁纸的象征意义、写作特色、结构主义特征、父权文化、监狱式权力规训、女性的压迫与解放、女权主义思想、女性主义主题、生态女性主义主题、身体政治、象征蕴涵、女性哥特特征、本我与超我的碰撞、"温情"下的禁锢与压迫、自我主题、爱的讽刺、医患关系、《黄色墙纸》与《最蓝的眼睛》的叙述共性、《黄色墙纸》与《紫色》中女性命运的异同、《黄色墙纸》与《办公室》中女性身份与女性空间的互文性、《她乡》与女性主义乌托邦小说创作的进步性和《她乡》中的"女儿国"乌托邦思想等，凸显了 21 世纪中国批评界对这两位女作家的极大关注。

　　除了上述小说家，中国批评界还采用女性主义批评、伦理批评、叙事学研究和文化研究等多元文学批评方法研究了奥尔科特《小妇人》中清教主义与新女性主义的冲突、19 世纪美国女性自由主义思想、"和谐家庭生活观"、精神世界、"天路历程"游戏及其教育功能、"新女性"与"真女性"女权主义特征、爱的教育、超验主义思想、奉献精神、马奇太太的教育方式、美国传统文化、美国伦理价值观、女性形象、女性意识、女性主义、乔的爱情与婚姻、清教情怀、四姐妹的性格特征、戏剧元素与自传性叙事、毕尔斯的恐怖小说及其分类、毕尔斯恐怖小说中的反讽、毕尔斯战争小说的反讽叙事艺术、毕尔斯的生平及其作品、毕尔斯的战争小说艺术、毕尔斯《空中骑士》与《一个战争片段》的主题异同、《空中骑士》中的反战主题与履职的重要性、美国核心价值观和艺术特色、豪威尔斯的现实主义之战、豪威尔斯作品所展现的道德观、豪威尔斯《赛拉斯·拉帕姆的发迹》中的 U 型结构、女性主义观点和叙事风格、豪威尔斯《埃蒂莎》中的反战思想、人物刻画和豪威尔斯的否定女性观、哈特的华人叙事、哈特短篇小说中的边疆元素、哈特小说中的现实主义表现、哈特小说中的华人形象、哈特短篇小说中的女性角色、哈特短篇小说中的道德伦理主题、哈特《扑克滩放逐的人们》中的生命歌唱、哈特《李顽》中的阶级流动性和西部文明主义以及弗里曼《一段好时光》中的消费异化等。

（三）美国白人自然主义小说研究

21 世纪，中国批评界对美国白人自然主义小说关注颇多，研究者采用多元文学批评方法研究了德莱塞、克莱恩、伦敦、欧·亨利、诺里斯、加兰、科克兰德、斯多克顿、苏珊·库柏和欧文·威斯特等自然主义小说家的思想与艺术，多元文学批评方法的使用在德莱塞研究、伦敦研究、欧·亨利研究和克莱恩研究中尤为突出。

2000—2015 年，中国批评界采用女性主义批评、社会历史批评、现代性批评、精神分析批评、西方马克思主义批评、结构主义批评、生态批评、意识形态批评、伦理批评、接受美学、文化研究、叙事学研究和比较研究等多元文学批评方法研究了德莱塞《嘉莉妹妹》中的自然主义、德莱塞式自然主义（对传统自然主义的超越）、德莱塞的自然主义情感观、德莱塞的宗教叙事、都市生活文化、城市化的负面影响、城市生存模式、城市生活与家庭空间缺失、德莱塞的城市话语、存在主义思想、道德观、道德主题、爱情观、不同价值观、多重人性、二元对立、郝斯特伍德的悲剧命运、赫斯特伍德的婚姻悲剧、郝斯特伍德的生存哲学、赫斯特伍德太太形象、畸形爱情、嘉莉妹妹的女性意识、嘉莉妹妹的美国梦、嘉莉妹妹的欲望、嘉莉妹妹欲望追求的价值取向、嘉莉妹妹的爱情观、嘉莉妹妹的成长与独立、嘉莉妹妹的生存之道、嘉莉妹妹的命运变迁、嘉莉妹妹的三次"转折"、嘉莉妹妹从贫穷到堕落的奋斗历程、嘉莉妹妹悲剧人生的根源、嘉莉妹妹的悲剧人生及其当代生活启示、嘉莉妹妹对中国女性的启发、嘉莉妹妹的社会影响、嘉莉妹妹形象与德莱塞的文学观、结构艺术、剧院在人物塑造中的作用、空间叙事、两种对立的道德价值取向、伦理异化主题、转折年代的美国社会、美国社会不同阶层人物的生活理念、美国社会的世道人心、主要人物的美国梦、扭曲的美国梦、"美国梦"的实现与幻灭、女性地位、女性人

物形象、新女性形象、女性主义思想、人物的欲望和命运与城市环境的
关系、欲望主题、异化主题、芝加哥城市书写、人物对照、人物原型、
社会象征、生态意蕴、物欲对女性道德的腐蚀、现实主义力量、消费社
会中的女性身份寻求、消费时代的嘉莉妹妹形象、消费文化、消费主义
价值观对嘉莉妹妹的影响、欲望、广告与消费、消费主义和自然主义的
现实意义、写作特色、现代性呈现、反讽手法、对比和象征艺术、摇椅
的象征意义、"服饰"的阶级标示作用、"无根漂泊者"意象、《嘉莉妹
妹》与《纯真年代》中男性人物形象之异同、《嘉莉妹妹》与《乌鸦》
的主题异同、《嘉莉妹妹》和《珍妮姑娘》中的女性悲剧、《嘉莉妹妹》
与左拉《娜娜》中的人物异同、《嘉莉妹妹》与莫言《红高粱》中新女
性形象的异同以及《嘉莉妹妹》与《中国合伙人》的主题异同、《美国
的悲剧》中的自然主义特色、文化符号、艺术审美价值、德莱塞的文化
矛盾心理、心理描写、美国社会文化、当代启示、历史隐喻性、艺术特
色、哲学思考、美国底层人物悲剧、"炫富符号"及其现实意义、失衡
人性、克莱德的伦理选择、克莱德的伦理成因、克莱德的情爱历程、两
性悲剧的伦理意义、自然意象的审美意蕴、罗伯塔的命运、罗伯塔的悲
剧及根源、色彩意象和破碎的美国梦、《珍妮姑娘》中的自然主义思
想、城市主题、珍妮形象、男主人公形象、消费主义影响下的人性扭
曲、雷斯特的上流社会心理、珍妮姑娘的悲剧及成因与悲剧审美内涵、
伦理主题、美德、男权与悲剧、女性身份建构、情感悲剧的必然性、纯
洁本性与堕落命运、男女关系和戏剧化异故事叙述者的可靠性、《黑人
杰夫》中的美国自然主义文化蕴含、《堡垒》中的德莱塞与基督教文
化、《天才》中的伦理、艺术和自然、德莱塞哲学沉思、艺术审美异化
与大众意识裂变以及《斯多葛》中的哲学思想等，凸显了 21 世纪中国
德莱塞研究的动向与热点关注。

　　2000—2015 年，中国批评界采用社会历史批评、女性主义批评、
生态批评、精神分析批评、后殖民主义批评、意识形态批评、伦理批
评、神话原型批评、文化研究、叙事学研究和比较研究等多元文学批评
方法研究了伦敦《野性的呼唤》中的文明与荒野、红白两色的象征意
义、希望与失望的纠结主题、巴克走向荒野的动机、巴克与伦敦的理想

自我、野性对巴克的呼唤与美国社会现实、环境转变与野性对巴克的呼唤、巴克性格的集体无意识、巴克形象、巴克蜕变的成因、巴克的狼性归宿、巴克的象征意义、巴克形象的审美意蕴、巴克形象的哲学意义、生命哲学、达尔文主义思想、自然主义思想、自然主义主题、自然主义与现实主义之融合、自然主义与集体无意识、"适者生存"的自然主义因素、叙事视角、物质决定论思想、伦敦穿越国界与人兽的狼文化写作、"超狗"形象、意识主题、生态思想、生态主题、生态批评观、伦敦的生态意识、生态伦理主题、伦敦的哲学信仰、伦理越位、伦敦思想的矛盾性与复杂性、伦敦的人生哲学、伦敦的生态哲学、现代文明反思、象征主义、"个人奋斗主义"、人性哲学、人性变化、人性的善与恶、神话原型、"森林之王"原型和存在主义意蕴以及《野性的呼唤》与《狼图腾》的异同、《马丁·伊登》中的幻觉描写与小说的结局、伦敦的超人英雄观、存在主义意蕴、存在主义主题、文体特色、现代社会中的自我失落与追寻、女性人物形象与女性主义思想、伦敦的人生观、自传成分、"马丁·伊登"形象中的"日神"与"酒神"精神、爱情对主人公命运的影响、主人公悲剧的原因、人物刻画、文学市场的体现与作用、美国社会、伦理困境与伦理选择、人生探求、"个人主义"主题、信仰与现实的矛盾之争、罗丝的爱情、"美国梦"主题、伊登形象的边缘性、伊登的自我、伊登的悲剧人生、伊登的死因、悲剧效果、伊登的超人艺术形象、消费主义文化、女性视角的审美意义、语言技巧、原型、伊登与《觉醒》中埃德娜命运之异同以及《马丁·伊登》与《了不起的盖茨比》的异同、《海狼》中的存在主义、自然主义、英雄主义和超人哲学、生态主义主题、自然主义特色、伦敦对人生哲学的反思、海狼拉森的性格、人物形象的心灵困境、海洋原型以及死亡与重生、《热爱生命》中的个体生命与民族精神、精神与肉体的辩证关系、人与自然的关系、自然抗争中的狼性找寻、意象根系与主旨、生命意义和人生哲学、《白牙》中的动物权利和伦敦的生态整体观、《强者的力量》中的印第安人众生相、《约翰·巴雷肯》中的叙事特色、《北方的奥德赛》中的生态思想、《老头子同盟》中的后殖民主义思想以及《一块牛排》中的汤姆·金形象等,展现了 21 世纪中国杰克·伦敦研究图景。

2000—2015 年，中国批评界采用精神分析批评、结构主义批评、道德哲学批评、文化研究、叙事学研究和比较研究等多元文学批评方法研究了欧·亨利《麦琪的礼物》的故事情节、情节模式、叙事特色、叙事手段、叙事结构、叙事风格、语言特色、陌生化语言、故事构思、深层结构、艺术手法、词汇衔接、写作特色、"欧·亨利式结局"、幽默手法、黑色幽默、美学意蕴、审美心理空间、二元对立关系、人性与爱情的统一与结合、消费现象和非语言交际因素、《最后的藤叶》中的艺术特色、叙事艺术、叙事特点、"空白"技法、隐喻意象、平凡而悲壮的人性美、仁爱思想、高尚结局与矫情人物、隐喻意义、小人物与大梦想、主人公的性格命运和人物关系变化、《警察与赞美诗》中的幽默艺术、叙事结构与语言张力、"欧·亨利风格"、故事风格、哲学意蕴、主题思想和精神分裂症患者的悲剧、《命运之路》中的宿命、《供应家具的房间》中环境描写与人物心理的对应关系、《爱的牺牲》中的主题与艺术、《白菜与皇帝》中的创作风格以及《绿门》中的人性主题等，凸显了 21 世纪中国欧·亨利研究的动向与关注热点。

2000—2015 年，中国批评界采用结构主义批评、社会历史批评、伦理批评、生态批评、新历史主义批评、神话原型批评、比较研究和影响研究等多元文学批评方法研究了克莱恩《红色英勇勋章》中的自然主义、比喻拟人修辞和颜色词汇的运用、写作手法、印象主义特色、象征主义写作手法、成长主题、二元对立原则与人物塑造、多元人性、存在主义思想、自然主义思想、文化主题、道德模糊性、男子气概、英雄主义情结、《红色英勇勋章》与《士兵突击》之异同以及《红色英勇勋章》对美国现代战争小说的影响、《街头女郎玛琪》中现实的困惑与抉择、自然主义元素、悲剧性根源和悲剧命运的现实追问、《海上扁舟》中的自然主义、个人主义、死亡威胁之美、英雄主义情结、人类的局限性和生态主题、《新娘来到黄天镇》中的历史与神话、叙事艺术和叙事视角转换、《蓝色旅馆》中自然主义的语言艺术、国民精神、瑞典人命运、文化特征、写作特点和冲突主题、《神秘英雄主义》中的神秘性以及《老兵》中的代际冲突主题等，展示了 21 世纪中国克莱恩研究图景。

除了德莱塞、伦敦、欧·亨利和克莱恩，中国批评界还采用新历史主义批评、后殖民主义批评、女性主义批评、生态批评、伦理批评、叙事学研究和影响研究等多元文学批评方法研究了《屠场》与辛克莱的历史选择、《屠场》与美国政治稳定和舆论开放的兼容性及其根源、《屠场》在中国当代的意义（工业文明之殇）、辛克莱的自我实现（从利己到利他）、辛克莱揭发黑幕小说的慈善观、诺里斯的小说理论及其倡导的"美国小说"、诺里斯的小说创作、诺里斯笔下异化的"中国城"形象（真实与偏见）、诺里斯的女性观及其小说中的女性形象、《章鱼》中的生态主题、《麦克提格》和《章鱼》中的自然主义思想、《深渊》中的城市空间和芝加哥意象、斯多克顿短篇小说《美女，还是老虎?》的叙事效果、加兰小说中的乡土意识与现代民族精神书写、《在魔爪下》的悲剧成因、《熙来攘往的大路》中的美国家庭价值观、苏珊·库柏《乡居时光》中的生态伦理观、欧文·威斯特《弗吉尼亚人》中的美国牛仔形象、威斯特与西部牛仔小说以及科克兰德与美国文学自然主义的渊源关系等。

（四）美国白人现代小说研究

21世纪，中国批评界采用多元文学批评方法研究了菲茨杰拉德、海明威、福克纳、安德森、凯瑟、斯坦贝克、麦卡勒斯、帕索斯、刘易斯、赛珍珠、韦尔蒂、斯泰因、沃伦、法莱尔、沃尔夫、詹姆斯·琼斯、埃德加·赖斯·巴勒斯、安迪·亚当斯、托马斯·狄克逊、哈帕·李、理查德·康奈尔、苔丝·斯拉辛格、林·拉德纳和纳撒尼尔·韦斯特等美国白人现代小说家的思想与艺术，研究方法的多元化特征在福克纳研究、海明威研究、菲茨杰拉德研究、斯坦贝克研究、凯瑟研究、华顿研究、麦卡勒斯研究、波特研究、奥康纳研究、安德森研究、赛珍珠研究和米切尔研究中尤为突出。

2000—2015年，中国批评界采用女性主义批评、后殖民主义批评、新历史主义批评、社会历史批评、精神分析批评、神话原型批评、意识形态批评、解构主义批评、结构主义批评、生态批评、生态女性主义批评、伦理批评、现代性批评、文化研究、叙事学研究、比较研究和影响研究等多元文学批评方法研究了福克纳《献给艾米丽的玫瑰》中的艾米丽悲剧及成因、艾米丽的悲剧命运及悲剧人生、艾米丽悲剧的心理学意义、艾米丽的哥特式特质、艾米丽的文化身份、艾米丽的象征意义、艾米丽的主体构建、艾米丽结局的不可避免性、艾米丽的矛盾心理、艾米丽从杀人凶手到替罪羊的角色转换、艾米丽的性格特征、艾米丽形象及其多维性、冲突与抗争、存在主义思想、传统文化敬仰与继承、福克纳的贵族意识、福克纳的南方情怀、福克纳的南方情结、南方情结与人性关怀、南方情结的继承与超越、福克纳思想的矛盾性、福克纳的女性刻画、福克纳的女性神话、福克纳的乡土情怀、福克纳的人道主义思想、福克纳眼中的清教南方、黑奴角色及其重要性、黑奴托比形象、黑人形象、哥特传统的发展、哥特式因素及原因、哥特式特征、哥特女性主义因素、监狱式社会的权力运行机制、伦理主题、矛盾与冲突、美国内战后南方社会的变迁、梦想与现实、南方女性问题、扭曲异化的女性形象、女性诉求、女性主义主题、女性主义思想、女性悲剧形象、女性问题、女性意识的缺失与扭曲、权力关系、权力话语、人生主题、人物象征、人性沉沦与拯救、忍耐精神与浪漫情怀、"熵"之主题、"缺失"及其历史意识、社会悲剧与个人幸福、叙事艺术、叙事技巧、叙事时间、叙事策略、叙事视角、叙事心理、叙述者的矛盾态度与边缘人的生存困境、叙述者身份、身体叙述、死亡叙事、空间叙事及其手法、空间隐喻、空间与身份、时间与空间书写、时序与叙事逻辑、召唤结构、幽闭空间、宅邸空间、19 世纪末美国的南方旧文化、文化历史韵味、文化因素、向往与毁灭主题、压抑与释放、罪与罪的情节、"态度"表达与意识形态体现、后现代主义特征、后殖民女性主义诗学观、谎言与封闭之美、创作技巧、场景描写、反讽策略、反讽艺术、魔幻现实主义特征、陌生化叙事、情节建构与象征意义、文体特色、象征意象、象征主义写作手法、艺术展现手法、语言特色、主题揭示技巧、主题隐喻、"玫瑰"的寓意、"玫瑰"的象征意义、玫瑰花的缺失与艾米丽的悲剧人生、"魔鬼情人"原型意象、"玄学式"自注、福克纳和丁玲笔下的孤僻女性（艾米丽与莎菲之异同）、《献给艾米丽的玫瑰》与《被遗弃的韦瑟罗尔奶奶》中人物塑造手法的异同、《献给艾米丽的玫瑰》与《远大前程》的叙事异同、《献给艾米丽的玫瑰》与《熟路》中人物及人物塑造的异同、《抽彩》与《献给艾米丽的玫瑰》中女性悲剧命运的异同、《欲望号街车》与《献给艾米丽的玫瑰》中女主人公的异同以及《献给艾米丽的玫瑰》与《另一种妇女生活》中悲剧意识的异同、《喧哗与骚动》中福克纳的南方女性观、福克纳的女性情结、福克纳的主体意识及其表现手法、福克纳的种族观、荒诞世界与扭曲人性、家庭衰落与历史变迁、旧南方女性形象、决定论色彩、凯蒂形象及其复调性、凯蒂的"母亲人格"、凯蒂形象嬗变、凯蒂与美国南方的失落、康普生家族悲剧与基督教伦理、昆丁的阿尼玛原型、昆丁的言语与行为、"昆丁"形象、"南方新女性"形象刻画、爱的伦理、美国南方种植园制度批判、母女形象与福克纳对美国清教观的批判、南方世界、女性角色的象征意义、女性空间意识与身份想象、女性形象、人文主义关怀、人物及家族命运、人物命运悲剧、人物群像、人物刻画、人性透视、三兄弟与本我、自我和超我、神话原型、圣经文学传统、圣经意蕴、圣经隐喻、圣经原型人物、诗性语言特征、时间表象、时间意识、时间意义、时间主题、人物时间观与命运的关系、人物与闪现的时间哲学、时空观、文化内涵、现代人生存困境思考、现代主义、现代主义创作技巧、象征艺术、意象和象征、水意象、自由联想、象征模式、陌生化手法、性主题、叙事形式及其艺术效果、叙事时间、多元叙事视角、非理性叙事与疏离主题、叙事策略、叙事空间、视觉化与空间化叙事、欲望叙述、叙事的复调性、杰森叙述的不可靠性、班吉部分的功能与技巧、班吉的叙述、穿越时空交错的叙述艺术、电影叙事、黑人美学功用、意识流手法、"意识流"艺术表现力、"复调"意识流特征、"镜子"的功能、文体特征、现代派写作艺术、写作特点、班吉篇中人物的言语与行为、句子重复、现代小说实验技巧、写作技巧、结构艺术、结构意义、《喧哗与骚动》与《丰乳肥臀》中家族叙事的异同、《喧哗与骚动》与《尘埃落定》中叙事模式的异同、《喧哗与骚动》与《秦腔》中怪诞现实主义与叙事的异同、《喧哗与骚动》与中国当代家族小说的故乡叙事之异同、《喧哗与骚动》与《家》中主题的异同、《喧哗与骚动》与《圣经》的互文性以及《喧哗与骚动》与《尤利西斯》文本的相似性、《押沙龙,押沙龙!》中的复调结构、叙事艺术及效果、叙事风格的修

辞意义、叙事策略、修辞叙事策略、叙述者、叙事视角和叙事时间、
"死亡"含义、不可调和的父子关系、主人公斯特潘形象、冒险叙述与
叙述冒险、成长模式与史性隐喻、哥特特征、幽灵意象、基督教文化思
想、种族歧视悲剧、海地女人的失语、话语与权力、圣经原型、神话原
型与象征、对话艺术、伦理悲剧、历史叙事、南方历史重构意识、新历
史主义主题、传统父亲形象、混血群体的种族创伤、基督教思想及现代
表现手法、罗莎小姐形象、生态话语、作者·读者·文本之关系、种族
主义、解构主义特征、萨德本的身份追寻、伦理主题以及《押沙龙，押
沙龙！》与《撒母耳记（下）》的异同、《八月之光》中的艺术特色、
决定论倾向复调特征、美国内战后南方人的孤独迷惘困境、结构诗性与
灵性、人物与福克纳对基督教原型的反讽、母亲角色、宗教多重性与民
族身份认同、互文性、生态主题、父亲形象、怪诞人体形象、"逻各斯
中心主义"及二元对立论批判、电影化叙事、反成长叙事、反种族主义
思想、福克纳的南方情怀、福克纳的现代性、福克纳的后现代精神、叙
事模式与福克纳的反清教思想、叙事时间、混血人身份认同困惑、莉
娜·格罗夫的身份、南方人的善与恶、女性"影子人物"、克里斯默斯
的模糊种族身份、克里斯默斯的主体解构之旅、克里斯默斯的悲剧成
因、克里斯默斯的俄狄浦斯情结、克里斯默斯的原型、耶稣原型、乔安
娜的双重性、乔安娜与乔的爱情悲剧、人物的不确定性存在状态、人物
身份认同危机、主要人物的异常行为和存在主义色彩、《熊》中的生态
思想、生态主题、生态伦理主题、福克纳的人与自然观、福克纳的自然
情结、美国童话、基督教原型、神话主题意蕴、服饰文化、历史与记
忆、成长叙事、文体特征和命名象征、《我弥留之际》中的危机意识、
狂欢化因素、达尔心理风格的语言体现、人物心理与福克纳的写作特
点、艾迪的人物性格、异化主题、家庭因素与达尔悲剧的成因、"苦
熬"精神及其现实意义、艺术真实感、意识流和多重叙事技巧、叙事话
语、叙事艺术、死亡主题、家庭伦理悲剧、对立与转化、哥特因素、女
性"影子人物"、主要人物形象、陌生化艺术技巧、互文性策略、达尔
家庭的解体、达尔形象、女性主义人物形象、福克纳的荒诞艺术和基督
教对福克纳的影响、《去吧，摩西》中福克纳的后现代主义态度、环保

意识、艺术特色、《圣经》母题、成长主题、权力话语、账本叙事、艾克形象、伦理主题、结构松散性与统一性的平衡、黑人女性形象塑造、人与人以及人与自然的对立与统一、乌托邦欲望的审美释放、《圣殿》中福克纳的原罪意识、生态女性主义主题、圣经原型和金鱼眼的神经症人格、《野棕榈》中的叙事艺术、存在主义主题、福克纳的女性观和"对位编码"的地理空间指向、《干旱的九月》中的人物心理表现、库柏的人性扭曲、悲剧因素、福克纳的南方情结、符号象征与典型人物形象、《夕阳》中的母性文化身份缺失、叙事策略及其主题深化作用、《曾有过这样一位女王》中的女性主义思想、女性叙事和不可靠叙述者、《烧马棚》中的父亲形象、父子关系、圣经原型和反讽语气、《希望之树》中的荒诞色彩和道德关怀、《小镇》和《大宅》中的地理景观书写、《小镇》中"穷白人"斯诺普斯的模式化形象、消费文化和空间文化、《坟墓闯入者》中种族问题中的阶级无意识、《莱巴嫩的玫瑰花》的叙事特征以及"大森林三部曲"中的生态主题和生态伦理悖论等,这些研究展现了 21 世纪中国福克纳研究图景。

2000—2015 年,中国批评界采用精神分析批评、生态批评、女性主义批评、生态女性主义批评、神话原型批评、读者反应批评、伦理批评、神话原型批评、结构主义批评、后殖民主义批评、文化研究、叙事学研究、比较研究和影响研究等多元文学批评方法研究了海明威《老人与海》中的象征手法及作者的人生哲学、象征艺术及其现实意义、多重象征、象征性语言、小男孩的象征意义、写作手法、语言风格、人物塑造艺术、"硬汉"形象的创新性及哲理内涵、英雄类型、海明威的无意识欲望表征、人类命运终极思索、《圣经》暗示、简洁风格的美学意蕴、创作艺术及其作用、没有胜负的战斗、海明威的人生命运隐喻、聚焦变"幻"、人文精神、人与自然观、悲剧意识、人生观、悲剧性蕴涵、孤独抗争与超越、不屈的灵魂、文体特征、叙述视角、无意识原型、人的风度、人的命运与人的救赎主题、人与自然的关系、哲学伦理、"老人"形象、"硬汉"形象、"自我"与"他人"的对话、圣经原型、《圣经》因素、棒球精神、悲观意识、悲剧色彩、悲剧式英雄、悲剧式英雄主义、悲剧性及其宗教仪式、反复修辞格及其作用、"冰山"风格、海明威的矛盾伦理观、海明威的人生观、海明威的生态意识、海明威对人的精神认识、海明威的自然观、和谐主题、生态主题、新生态主题（两种人类中心主义的对话）、性别元素、女性意识、宗教信仰、信仰观、桑提亚哥的"硬汉"精神、桑提亚哥的命运、桑提亚哥形象及其意义、桑提亚哥与海明威的相似性、"童性"及其价值、基督教因素、基督教隐喻、简与繁的对立统一、空间描写及其意义呈现、空间与叙事、马林鱼的悲剧意蕴、矛盾与平衡、散文叙事特征、深层结构、审美张力、生存法则、现代性反思、隐喻互动原则及其运作、原始主义倾向及禅意体验、自然主义审美取向、《老人与海》与《愚公移山》的文化异同、《老人与海》小说与电影中人物形象的异同、《老人与海》原著与电影的异同、《老人与海》与《这是一片神奇土地》中悲剧风格的异同、《老人与海》中的"形合"与《边城》中的"意合"之异同、《老人与海》与中国当代文学、《太阳照常升起》中的存在主义主题、人生哲学与艺术主张、"冰山原则"与象征手法、消费主义、疏离感、种族神话颠覆、生态观、"迷惘的一代"、人物性格特征与对话、生态女性主义思想、阿施利的爱情追寻、悲剧性、魔幻现实主义、乌托邦思想、"菲勒斯情结"、运动身体叙述、宗教观、生命主体意识、爱情观、青年迷惘的根源、女性主义主题、"准则英雄"形象、时空艺术、现代性、布莱特形象、唯美主义思想、《太阳照样升起》与《了不起的盖茨比》的异同、《白象似的群山》中的印象主义、争吵艺术、话语含义、叙事技巧、叙述视角、"冰山原则"、"海明威式对话"、"酒"之意象、冲突主题、生态女性观、生态女性主义主题、精神生态主题、伦理身份的多元意义、男女主人公的对话模式、男主人公的内心独白、女性主义主题、女性主义叙事特色、女性形象、人物的心理转变、时间的省略意义、象征意象、言外之意的真实、隐匿的心理时间、隐喻映射、肢体语言与对话的融合以及纵酒现象、《永别了，武器》中的女权主义思想、"迷惘的一代"及其精神特色、悲剧人格、女性形象、凯瑟琳形象、亨利的心路历程、亨利的毁灭、实用主义、海明威式英雄主义、非主角人物的作用、反战思想、反战观、战争观、爱情与战争、战争与人性、迷惘与悲剧、创伤主题、虚无主义、艺术特色、人物刻画、

"冰山原则"、意象与隐喻、"酒"之意象、象征主义手法、自然象征、现代性、细节描写、第一人称的作用、写作风格以及二元对立叙事结构、《雨中猫》中的女性困惑、女性救赎、女性意识、女性主体意识、女性主义思想、生态女性主义意识、生态女性主义思想、两性关系、海明威的男权态度、海明威的女性态度、海明威的女性观、人物的二元对立关系、现实主义主题、异化主题、象征手法、象征意义、"冰山"风格、复调特征、叙事艺术、叙事策略与主题展现、前景化、隐喻、人称指示语与主题意义、空间场景的象征意蕴以及《雨中猫》与《黑猫》中妻子形象的异同、《杀手》中的荒诞世界与虚无人生、杀手形象塑造、人物形象及其审美效果、"冰山原则"、陌生化、修辞特色以及戏剧场景与主题关注之关系、《弗朗西斯·麦康伯短促的幸福生活》中的叙事技巧、"冰山原则"、海明威式"懦夫"形象、男性气质危机以及叙述与描写、《乞力马扎罗的雪》中的爱情观、艺术特色、生与死、死亡含义、死亡顿悟、生态主题、异化主题、后殖民主义主题、反思格调与殉道精神、创作手法、深层叙事结构、叙事张力、意识流以及空间叙事形式及艺术效果、《一天的等待》中的父子误解根源、语言特色、"电报式"会话含意、语篇衔接、美学蕴含、"冰山原则"与"硬汉"形象、"重压下的优雅"主题以及儿童视角下的死亡意识、《一个干净明亮的地方》中的叙事视角、结构主义特征、存在主义哲学、虚无主义主题、自然主义、象征主义、叙事特色、美学蕴涵、人性异化、对话与"冰山"风格、海明威的老年人文关怀以及《一个干净明亮的地方》与《孔乙己》的主题异同、《士兵之家》中的文体风格和心理过程、《一个非洲故事》中的大公象形象、人性揭示与心灵顿悟、《印第安人营地》中的成长主题、尼克的内心成长、印第安男人死亡之谜、种族关系、儿童叙述视角及其意义、生死二元对立和原型范畴、《丧钟为谁而鸣?》中的人性缺失、生态女性主义意识、人物形象、女性形象、女性主义观念、父子困境以及语言风格及其意义、《世界之都》中的叙事策略、《非洲的青山》中海明威的矛盾自然观和生态思想、《没有斗败的人》中的人物话语表达方式、《大二心河》中的环境困惑、生态思想和矛盾生态观、《午后的死亡》中的跨文体写作、《春潮》中的叙事方式以及

《在我们的时代》中的人生观等，这些研究充分体现了 21 世纪中国批评界对海明威的高度关注。

　　2000—2015 年，中国批评界采用结构主义批评、解构主义批评、西方马克思主义批评、女性主义批评、新历史主义批评、后殖民主义批评、读者反应批评、神话原型批评、精神分析批评、伦理批评、文化研究、叙事学研究和比较研究等多元文学批评方法研究了菲茨杰拉德《了不起的盖茨比》中美国梦的演变、美国梦的幻灭及原因、美国梦与人物象征、美国消费文化、盖茨比的孤独、盖茨比的精神品质、盖茨比的堕落、盖茨比从梦的寻求到失落的天路历程、盖茨比的人格缺陷与人生悲剧、盖茨比的悲剧及其根源、盖茨比悲剧的必然性、盖茨比之死与菲茨杰拉德对美国梦的矛盾心理、盖茨比形象的模糊感、盖茨比形象的历史与文化意义、盖茨比的自我身份想象与拼接、盖茨比和尼克的性格与菲茨杰拉德的两面、盖茨比与菲茨杰拉德的相似性、菲茨杰拉德的悲剧思想、悲剧意识、悲剧特质、悲剧主题、爱情的悲剧性及成因、悲剧的女性群像、黛西的话语特征、黛西的形象及价值观、黛西的形象建构、黛西的名字意义、黛西的受害者地位、黛西与乔丹的关系、黛西与乔丹的人生姿态、都市田园思想、20 世纪 20 年代美国社会风貌、菲茨杰拉德的自画像、菲茨杰拉德的矛盾思想、菲茨杰拉德对女性的爱恨情结、复调性、谋篇布局、文体特征、艺术特色、象征艺术、写作技巧、电影化叙事艺术、电影叙述视角、多元叙事聚焦、叙事层次、双视角与分层叙述、视角模式、叙事方式的结构性转换、欲望叙事、形象叙述、叙事技巧、可靠叙述与不可靠叙述、第一人称叙述手法、叙述视角及艺术效果、戏剧化小说策略、意象描写及其艺术效果、背景描写、并置对照手法、怀旧策略、命名艺术、音乐描写手法、张力模式、景物描写、场景象征意义、陌生化技巧、对比技巧、反讽艺术、象征主义、事物的象征意义、天气的象征意义、颜色象征及其意义、绿色的象征意义及作用、色彩的多重隐喻、色彩象征、象征意象、色彩意象、色彩描写在人物刻画中的作用、矛盾修饰法、模糊手法、悬念艺术、幽默与讽刺、规训、反抗与惩罚、"进步"忧虑、"爵士乐时代"的女性价值观、"摩登女"的文化与女性主义思想、后殖民主义意蕴、结构性暴力、救赎之路、结构主义特征、尼克和盖茨比的原型象征、尼克的成长、尼克的道德成长、尼克的自我探寻、尼克的圆形人物形象、尼克的双重作用、女性人物的主体性丧失、女性形象及意义、女性主义意蕴、漂泊与回归、骑士精神、汽车象征意义、情节中圣经原型的平行对应、人类理性文明的精神灾难、肉体狂欢下的精神虚脱、人物形象、人物性格、三角恋、社会达尔文主义、身份焦虑、神话原型、圣经文化原型、圣经元素、时间效用、时间之狱主题、时间主题、文化价值观、文化主题、文化危机、西部文学特征、消费社会中"被物化"的新潮女性、消费社会中人的异化、消费主义与清教主义、新历史主义意蕴、性别焦虑、厌女倾向、异化主题、隐含作者与厌女情结、印象主义、原型母题、耶稣原型、主要人物性格异同、自我的丧失及其现代启示、宗教和道德寓意、二元对立、"二元主角"及其对"双重视觉"的表现、《了不起的盖茨比》与《永别了,武器》的主题异同、《了不起的盖茨比》与《马丁·伊登》的异同、《了不起的盖茨比》与《夜色温柔》中的女性主义和多重色彩寓意、《了不起的盖茨比》与《推销员之死》中人物性格的异同、《了不起的盖茨比》和《搏击俱乐部》中的消费文化、《了不起的盖茨比》与《乞力马扎罗的雪》中的"迷惘的一代"、《了不起的盖茨比》与《在路上》中的幻灭美国梦、《了不起的盖茨比》与《蜗居》中的异化主题、《了不起的盖茨比》与《挪威的森林》中象征手法的异同、《了不起的盖茨比》与《黑暗中心》的异同、《了不起的盖茨比》与《夜色温柔》的异同、《了不起的盖茨比》与《冬天的梦》的异同,《了不起的盖茨比》与《地之国》的互文性以及《了不起的盖茨比》的当代现实意义、《夜色温柔》中尼克尔的意识密码、尼克尔的婚姻、迪克的美国梦及其幻灭、迪克的性格、迪克的"骑车人"身份、迪克的精神荒原、迪克的三重人格、迪克的悲剧命运、迪克的圣经原型、迪克的婚外情、婚姻与爱情、婚姻困境、场景运用、象征主义手法、弗洛伊德主义意蕴、女性思想、空间形式、清教历程与菲茨杰拉德的民族道德观、男权社会的衰落、陌生化表现手法、写作艺术、爵士乐时代元素、"黑夜"与"白昼"的对立与消解、"失乐园"中的爱与哀愁、"美国梦"的升华、自传成分、存在主义特征、新历史主义意蕴、后现代主义特征、叙事艺术、非线性叙事、叙事视角切换、"恋父情结"、父亲伦理叙事、语象叙事、性别错乱、男性群像、性别政治、伦理主题、消费场景、新潮女郎形象、幽默与讽刺、商品化世界与商品化人群、现代主义特征和语言隐喻、《人间天堂》中的传统价值体系与现代伦理话语悖论、伦理价值及其表现、艾莫里的梦想追寻及幻灭历程以及"迷惘的一代"、《重访巴比伦》中的人文关怀、男权价值观下的女性形象、菲茨杰拉德的金钱人生写照与心灵洗礼以及悲剧人生中的自我救赎、《冬天的梦》中的女性主义思想、《一颗里茨饭店那么大的钻石》中的美国梦及其破灭、美国社会和青春主题、《本杰明·巴顿奇事》从小说文本到电影文本的主题变奏和人生哲学、《富家子弟》中人物的双重性格、女性主义与女性形象以及《最后的大亨》中的个人主义英雄等，这些研究充分彰显了 21 世纪中国批评界对菲茨杰拉德的高度关注。

　　2000—2015 年，中国批评界采用精神分析批评、生态批评、女性主义批评、生态女性主义批评、后殖民主义批评、结构主义批评、解构主义批评、伦理批评、神话原型批评、现代性批评、后现代性批评、社会历史批评、道德哲学批评、叙事学研究和文化研究等多元文学批评方法研究了凯瑟《我的安东妮娅》中的人物塑造风格、叙事艺术、"中国套盒"叙事结构、生态境界、生态主义、和谐共生思想、女性与自然、生态女性主义思想（女性·自然·和谐）、女性主义、女性书写、双性自我书写、"双性同体"思想、同性恋倾向、间性空间的身份间性、土地作用、主导意象、人格结构、安东妮娅形象塑造、"循环"与"回归"、回归"真实"主题、成长主题、草原空间、失语女性的自我实现、文化身份、性别与权力、移民文化身份认同危机、进步主义时期美国的国家认同、文化冲突、圣经神话原型和时间艺术、《一个迷途的女人》中的生态关怀、生态主义思想、生态女性主义思想、女性主义思想、女性形象与古典神话、对比手法、象征与女性、"分界线"寓意及作用、道德力量、福瑞斯特太太形象刻画和叙事意象重复、《啊，拓荒者！》中的矛盾、边疆风情、地域化叙事策略、环境正义思想、生态后现代主义特色、生态冲突与和谐、生态和谐思想、精神生态观、美国价值观、女主人公的自我成长、拓荒女亚历山德拉的矛盾情结、西进运动中美国妇女的嬗变、神话原型和传统两性角色颠覆、《教授的房子》中的圣彼得教授的矛盾自我、圣彼得教授形象、现代地域主义、审美现代性、自我与社会冲突以及进步主义时期美国的身份危机、《我们的一员》中的文本与潜文本、反战意识、战时女性的复杂角色、性别的反讽置换、反战立场和"月亮之子"形象、《邻居罗西基》中的生态意识、人生观、人类和谐本真生存状态回归、原型和父亲形象、《一场瓦格纳音乐会》中现实与理想之间的女性、《菲德拉的婚姻》中的二元对立、《大主教之死》中凯瑟对现代性意识形态的反叛、《来吧,爱神》中的法国文化元素、《保罗事件》中的"保罗之死"、《莎菲拉和女奴》中的叙事艺术以及《阿佛罗狄忒来啦》中的艺术主体性与艺术主体间性的冲突等,这些研究凸显了21世纪中国批评界对凯瑟的高度关注。

2000—2015年,中国批评界采用社会历史批评、解构主义批评、女性主义批评、精神分析批评、道德哲学批评、意识形态批评、神话原型批评、伦理批评、现代性批评、叙事学研究、文化研究和比较研究等多元文学批评方法研究了华顿《纯真年代》中的艺术表现手法、情感外衣下的时代特征与社会现实、女性意识解构与建构、女性主义思想、女性声音与男性眼光、叙事策略与女性人物的权力意识、对比艺术、反抗与妥协、爱情观、宗教伦理精神、"纯真"主题、"异化"主题、阿切尔的伦理选择及动因、阿切尔的"双性同体"形象(男性人格和女性意识)、阿切尔的双重人格、阿切尔的心灵成长、阿切尔的选择之路、艾伦和阿切尔的"超我"人格、艾伦与老纽约的关系、艾伦的女性意识、艾伦的神话原型、爱情与责任的抉择、爱情悲剧、秘恋悲剧、道德质询与精神追求、都市社会性格与个人命运、对比现象、房子意象及其伦理内涵、华顿的老纽约情愫、华顿的女性意识、华顿对男性神话的解构、空间压迫与主体性建构、韦兰的希伯来主义寓意、韦兰与艾伦的异同、女性主义叙事特征、权力话语、人物形象原型、新女性形象、主要人物的罪与罚、宗教内涵、人性理解、抒情语言与讽刺语言、消费文化、形容词的模糊性、章法与模糊修辞、《纯真年代》与《欢乐之家》中主人公的逃离倾向、《纯真年代》与《华盛顿广场》的互文性和成长主题、《纯真年代》与《嘉莉妹妹》中男性人物的异同、电影《纯真年代》的视觉风格对原作主题的深化以及电影《纯真年代》与小说的异同、《欢乐之家》中的自然主义思想、女性主义思想、父权社会、消费文化与女性悲剧、莉莉的装饰品命运、莉莉的生存困境、莉莉的妥协与反抗、莉莉之死、莉莉悲剧命运的必然性、男权囚笼中的老纽约女性、莉莉与嘉莉妹妹的异同、伦理悲剧、悲剧美学、狂欢化精神、复仇原型与话语权探索、《伊坦·弗洛姆》中华顿的自然主义思想及其表现、女性形象、宿命论色彩、哥特式小说特征、弗洛姆的悲剧人生及其成因、女性主义思想、妻子细娜的女性形象、象征与隐喻、反讽型叙事和叙事视角越界、《班纳姐妹》中的象征艺术、《另外两个》中的女权主义思想和爱丽丝形象、《元旦》的伦理道德思想、《云雀之歌》中的美国传统价值观、《石榴籽》中的姐妹情谊及其背离、《哈德逊画派》中的异性友谊、《罗马热病》中的深受男权意识禁锢的女性形象、现代主义思考、象征和文体特征、《暗礁》中的伦理主题以及《夏》中的戒律、话语及典仪和父权制下的伦理身份变换等，体现了 21 世纪中国批评界对华顿的极大关注。

2000—2015 年，中国批评界采用生态批评、女性主义批评、生态女性主义批评、精神分析批评、后殖民主义批评、新历史主义批评、结构主义批评、社会历史批评、道德哲学批评、神话原型批评、文化研究和比较研究等多元文学批评方法研究了斯坦贝克《愤怒的葡萄》中的生态危机意识、生态主题、生态理念、生态意识与"绿色"人物、生态观、斯坦贝克的农业观、女性策略和土地伦理、伦理主题、环境伦理观、基督教生态伦理观、基督教博爱精神、追梦与博爱精神、《圣经》典故与象征意义、救赎意识、意象与原型、圣经意象、圣经元素、圣经原型及其文体影响、象征寓意、人物形象的象征意义、陆龟的象征意义、20 世纪 30 年代的美国危机、美国神话、自然主义思想、现实主义主题、生态女性主义思想、存在主义思想、人生观、人性魅力、人性释放与价值界说、逃避主义、新历史主义意蕴、自然的"背景化"和"工具化"、斯坦贝克的创作价值观、斯坦贝克的善恶观、女性主体身份建构、女性形象、乔德妈的审美内涵、乔德妈和罗撒香形象、汤姆·乔德从利己到利他的转变、乔德一家的优良品质、吉姆·凯绥形象、理想母亲形象、罗莎夏的成长历程以及文体特征、《菊花》中女主人公伊莉莎的心路历程、伊莉莎女性意识的成长及其失败、生态女性主义思想、女性主义思想、男权主义、二元对立、"双性同体"、人生哲学、象征手法、对比描写、互文性、话语角色类型转换及人物特征、精神生态、空间构建及其突围、伦理困境、手套的象征和叙事空间、《人鼠之间》中的连锁隐喻、文化寓意和社会效用、弗洛伊德主义思想、人物寓意、隐喻及其在主题构建中的作用、男性友谊、主人公们的土地梦及其破灭、美国梦及其破灭、生态主题、主题隐喻、死亡与人格尊严、顾利妻子的悲剧命运及成因、佐治的悲剧人生和孤独主题、《圣经》伊甸园失去与重建主题的模仿、斯坦贝克的土地情结、人物群像的孤独感、艺术特色以及动物意象及其象征意义、《人鼠之间》与《骆驼祥子》中梦想主题的异同、《珍珠》中的自然主义思想、女性主义思想、电影化叙事特征、生态主义思想、印第安生态文化、简约形式与丰富蕴含以及奇诺的自我实现、《伊甸园之东》中的华裔文化身份确认、伪装与重构、怪诞华人形象、华裔他者形象及其文化认同、女性"他者"形象、母亲形象、圣经意象、家庭伦理道德观、基督教伦理思想、卡西的自由观和伦理困惑、《罐头厂街》中的东方主义哲学、《烦恼的冬天》中的伦理主题、丰裕社会与分裂主体、美德伦理和"灵石"意象、《紧身甲》中的女权主义思想、《托蒂亚平地》中蒙特雷湾的帕沙诺兄弟之梦、《小红马》中乔迪的成长、《月落》中的戏剧化写作倾向以及《胜负未决的战斗》中的象征手法等,这些研究表明,21世纪,斯坦贝克深受中国批评界关注。

2000—2015年,中国批评界采用社会历史批评、女性主义批评、后殖民主义批评、神话原型批评、现代性批评、文化研究、叙事学研究和比较研究等多元文学批评方法研究了波特短篇小说《被遗弃的韦瑟罗尔奶奶》中的创作手法、意识流叙述风格、主要意识流技巧、女性意识、女性悲剧形象、强悍母权形象、女性形象及心理(强势女权形象下的心理危机感)、象征主义、象征意蕴、叙述模式、《被遗弃的韦瑟罗尔奶奶》中的韦瑟罗尔奶奶与《献给艾米丽的玫瑰》中的艾米丽之异同以及《被遗弃的韦瑟罗尔奶奶》与《克莱蒂》中的死亡意象之异同、短篇小说《偷窃》中的叙述视角、意识流手法、象征手法、艺术魅力和钱包的象征意义、短篇小说《斜塔》的主题、短篇小说《中午酒》中的神话原型模式、生态意识、视角与隐含作者、短篇小说《绳子》中的文体特色、女性意识和语音风格、短篇小说《魔法》中的叙述层次及其主题、短篇小说《老人》中南方女性的艰难自我之路与叙事策略、短篇小说《那棵树》中的后殖民主义主题、《他》中的身份焦虑与双性格母亲、《开花的犹大》中的异化女性与游离的荒原人、《裂镜》中的女性观、《愚人船》中的叙事策略以及《灰色的马，灰色的骑手》中的创伤叙事等，体现了 21 世纪中国批评界对波特的关注程度。

　　2000—2015 年，中国批评界采用女性主义批评、生态女性主义批评、解构主义批评、结构主义批评、新历史主义批评、神话原型批评、现代性批评、后现代性批评、文化研究和比较研究等多元文学批评方法研究了麦卡勒斯《伤心咖啡馆之歌》中的宗教意识、哥特式风格、黑色幽默、存在主义思想、女性主义思想、"不可说"的悖论、民谣体结构及其文化意义、"双性同体"现象、"双性同体"理想及其在父权社会中的幻灭、叙事特色、叙事时距、叙述视角、解构与建构并举的小说世界、爱情苦旅、二元对立结构、畸人群像、人性物化与精神荒芜、孤独主题、女性形象、爱密利亚两次爱情经历的女性主义意义、爱密利亚身份认同的女性主义意义、生态女性主义主题、狂欢化因素、形式策略、隐喻、人物空间的性别意义、马西形象以及《伤心咖啡馆之歌》与《孔雀》中女主人公的异同、《心是孤独的猎人》中的情与爱、"孤独"的矛盾双重性、"孤独"的意义、人物形象、成长主题、"赋格曲式"结构、艺术特色、"双性同体"现象、"双性同体"观、自我与他人、"创伤"主题与典型人物形象、孤独主题、孤独原因、考普兰德形象、米克的性别认定困境、南方哥特式人物形象、自我创造型需要、空间与权力、基督形象塑造与宗教反讽特征、中庸之道以及《心是孤独的猎人》与村上春树《斯普特尼克恋人》的异同、《金色眼睛的映像》中哥特意象的后现代意蕴、"南方神话"解构和"真实南方"建构、后现代主义特征、生态女性主义、意象与隐喻、主体性构建、男性形象解构与颠覆以及存在主义色彩、《没有指针的钟》中的寓言、身体与时间、南方情结、自我缺失隐喻、主要人物形象、他者欲望书写以及身体政治与历史书写、《旅居者》中的三部曲结构和费里斯的逃离意识以及《婚礼的成员》中的象征意义、成长孤独与梦想破灭、成长受阻、女性成长及其孤独、弗兰淇的自我感丧失和空间隐喻等，这些研究凸显了 21 世纪中国批评界对麦卡勒斯的关注程度。

　　2000—2015 年，中国批评界采用女性主义批评、解构主义批评、结构主义批评、生态批评、后殖民主义批评、神话原型批评、精神分析批评、现代性批评、后现代性批评、伦理批评、文化研究和叙事学研究等多元文学批评方法研究了奥康纳《好人难寻》中的宗教原型和宗教主题（暴力·死亡·救赎）、奥康纳的宗教叙事风格、叙述声音、人物性格的双重性、信仰危机与祖母形象、弗洛伊德主义思想、精神荒原、文化寓意、精神家园找寻、怪诞色彩、结构主义特色、解构主义特色、"好人难寻"主题、奥康纳的精神生态意识、奥康纳的人生哲思、女性主义主题、"母性声音"及其意义、奥康纳的矛盾女性观、创伤叙事、反讽叙事与宗教情怀、反讽艺术、黑色幽默艺术、后殖民主义意蕴、荒诞主题、精神困境、人性探究及叙事线索、善良与邪恶的碰撞、善与恶的悖谬、人性中的善与恶、善恶观与暴力救赎主题、老祖母一家的道德缺失及暴力救赎、暴力意蕴、冷漠主题、女性受害者形象、异化现象、圣经意象、文体魅力与象征手法、《慧血》中的宗教思想、语言暴力与宗教救赎、暴力美学、圣经文学传统、哥特艺术、消费文化、颠覆性神学思想、象征主义、黑兹尔的反叛与皈依、黑兹尔的人物原型、城市表征和狂欢式人物形象、《格林利夫》中的反讽、《人造黑人》的 U 型叙事结构和不合时宜的"黑色上帝"、《善良的乡下人》中的畸人形象与美好希望、南方情结、南方精神信仰丧失、叙事艺术和人物刻画、《跛足者先入》中的残疾心灵与残缺人格、《识时务者为俊杰》中的文体和修辞、《暴力得逞》中的宗教思想（先知的葬礼和女性化救世主的迷茫）、《启示》中的宗教情结、《家的慰藉》中的理性与疯狂以及《为了你和他人的安全》中奥康纳的恶意世界等，彰显了 21 世纪中国批评界对奥康纳的高度关注。

　　2000—2015 年，中国批评界采用女性主义批评、解构主义批评、结构主义批评、现代性批评、后现代性批评、生态批评、生态女性主义批评、神话原型批评、新历史主义批评、伦理批评、文化研究和叙事学研究等多元文学批评方法研究了安德森《小城畸人》中的写作特色、艺术创新及影响、体裁双重性、现代性特征、表现主义特色、第三人称全知叙述者、哥特式创作手法、后印象主义写作手法、意象重复、语言的不可靠性、工业文明与人的异化、生态思想、两性形象、女性话语构建及其坎坷历程、女性形象、爱的失落与女性形象、叛逆女性、威拉德的成长历程、新历史主义意蕴、解构主义特性、存在主义思想、《圣经》叙事风格、空间建构、"参与"的重要性、"地方感"的失落、"疾病"的隐喻和他者化意义、"虔诚"中的他者性、"小镇"文化意蕴、本特利的成长、精神困境、精神顿悟、清教观、人格面具与阴影、人物心理特征、叙事空间的建构意义、自然主义潜流、自然主义因子、社会工业化与人性压抑和扭曲、伦理主题和审美现代性、《林中之死》中的女性形象、女性主义思想、生态女性主义意识、原型、悲剧性、宗教观、自然主义死亡观、冲突、叙事策略、语言特色和文体风格、文本召唤结构、元小说特征、象征意蕴、写作风格、成长小说特征以及《林中之死》与《祝福》中女主人公形象的异同、短篇小说《手》中的主人公与现代"畸形"文明、文体特征、暗恐、爱的渴望与失落、父权文化和原型偏离、《鸡蛋》中的叙事艺术（叙述者·视角·话语）、人文关怀、父亲形象与及物性系统、艺术特色、象征主义手法、"鸡蛋"的象征意义、名字寓意、父亲的顿悟、异化人性、"美国梦"的追求与破灭、现代主义意蕴、新历史主义意蕴、叙事策略和畸形人形象、《纸团》中的解构主义特征、表现手法、男性形象、象征意蕴和神话原型、《母亲》中人物的悲剧性、《曾经沧海》中的裸奔女人形象以及《虔诚》中的杰西形象等，凸显了 21 世纪中国安德森研究的动向。

2000—2015 年，中国批评界采用女性主义批评、生态女性主义批评、生态批评、后殖民主义批评、结构主义批评、新历史主义批评、道德哲学批评、文化研究、叙事学研究和比较研究等多元文学批评方法研究了赛珍珠《大地》的经典性、《大地》中的"土地"意象原型、土地情结、中国形象、异乡者形象、凄婉恋情、生态思想（人与土地的亲合

与疏离）、中国农民解读、"土地"象征的二元对立、阿兰的双重性格
（传统中国妇女形象和女性主义形象）、阿兰的性别话语、阿兰的主题
象征意义和四季象征意义、婚姻家庭观、跨文化民主思想、浪漫主义色
彩、美国人心目中的中国形象、民族精神表现、赛珍珠的博爱精神、赛
珍珠的女性主义思想、赛珍珠的宗教观与文学表象、赛珍珠对儒家思想
的批判、赛珍珠的后殖民主义写作视角、生态女性主义、生态主题、文
化相对主义意识、政治文化主题、中国农村生活、中国农民主题、中国
情结、中国他者形象、中华孝道之"子孝"、自我形象、宗教救赎意
识、文体特征、女性主义叙事特色、情节结构特点、叙事空间、语气系
统与人物关系变化、《大地》中的阿兰与《母亲》中的"母亲"形象之
异同、《大地》与《最蓝的眼睛》中的生态女性主义、《大地》从小说
到电影的叙事基调转变、《大地》从小说到电影的嬗变、《大地》叙事
的现实性与思想性以及《大地》与美国东方主义、赛珍珠的"中国情
结"及其小说《梁夫人的三位千金》、《群芳亭》中的宗教观和中国美
学思想、《群芳亭》与《女勇士》中跨文化女性意识描写的共性与个性
以及《群芳亭》与《浮生六记》的异同、《庭院中的女人》中的后殖民
主义思想、性别民族寓言和白人拯救神话、中西方文化观、浪漫主义色
彩、女性群像和生态女性主义思想以及《庭院中的女人》与《一双丝
袜》中主人公自主意识觉醒的异同、《牡丹》中儒家思想与犹太文化的
碰撞、《龙子》中的乡土中国和战争视角以及《龙子》与《水浒传》的
互文性、《同胞》中赛珍珠的异族婚恋观、梁氏家族的错位人生和女性
主义主题、《爱国者》中的民族国家意识、《母亲》中的后殖民女性主
义、生态女性主义和女性主义、《战斗的天使》中的父亲形象（父亲·
传教士·异邦客）、《帝王女人》中的慈禧书写、多重他者身份与自我
实现、《我的几个世界》中的慈禧书写和家园叙事及其身份认同、《正
午时分》中的母女形象、《分家》中王源的文化身份和中西文化观以及
《曼荼罗》中的殖民话语等，彰显了21世纪中国批评界对赛珍珠的关注
程度。

　　2000—2015年，中国批评界采用女性主义批评、生态批评、生态
女性主义批评、后殖民主义批评、结构主义批评、解构主义批评、新历

史主义批评、社会历史批评、伦理批评、意识形态批评、文化研究、叙事学研究和比较研究等多元文学批评方法研究了米切尔《飘》中标题的深刻内涵、斯佳丽的成长、斯佳丽的独立意识、斯佳丽的反叛精神、斯佳丽的人物特征及命运归因、斯佳丽的人物形象、斯佳丽的生活价值观、斯佳丽的塔拉情结、斯佳丽的性格特征及女性意识、斯佳丽的多重性格及形成根源、斯佳丽性格的矛盾性、斯佳丽性格的转变、斯佳丽人物性格对现代女性的启示、斯佳丽梦中迷雾的象征意义、斯佳丽的人格结构、斯佳丽的情感世界、斯佳丽的雾之梦、斯佳丽的爱情选择（传统与反传统的冲突）、斯佳丽的婚姻（为生活而婚姻）、斯佳丽的爱情婚姻经历、斯佳丽的悲剧婚姻及原因、斯佳丽的婚姻观、斯佳丽的婚姻价值观、斯佳丽形象及其塑造艺术、斯佳丽的女性叛逆意识、斯佳丽性格中的美国精神、斯佳丽个性的时代性、斯佳丽形象及其成因、斯佳丽与阿兰的异同、斯佳丽与梅兰妮的女性形象之异同、斯佳丽与王熙凤人物形象的异同、斯佳丽与《祝福》中女主人公的异同、斯佳丽与《京华烟云》中姚木兰的性格之异同、斯佳丽与《倾城之恋》中女主人公的异同、斯佳丽与美国社会转型时期女性的困境、女性意识、生命思考与女性意识、文化反思与女性意识、女性意识构建、"双性同体"意识、女性人物、女性自我价值实现、女性价值观、被忽略的女性形象、女性主义思想、女性主义思想困惑、女性观、生态女性主义思想、斯佳丽的土地情结、土地意义、生态意识、"土地伦理"的多重意义、男女主人公的性格、人物性格塑造、"逻各斯主义"与"解构主义"思想、"生命情感"、父亲形象、巴特勒人物形象、人物形象中的人性色彩、爱与恨、反讽言语行为、家园意识、内在矛盾、父权式压迫、黑人文化认同、文化负载词、老南方和奴隶制、美国南方人价值观的转变、美国南方社会、美国内战对黑人的影响、美国文化核心价值观、巴特勒的形象魅力、艺术魅力、黑人形象的描绘手法、叙事策略、嗅觉叙事、《飘》与《冷山》中南方情结的异同、《飘》到《乱世佳人》的电影改编、《飘》与意识形态批评、《飘》与中国的女性主义"异质同表"现象、《飘》的流行与寂寞以及《飘》的历史价值等，凸显了21世纪中国批评批评界对米切尔及其《飘》的研究动向。

2000—2015 年，中国批评界还采用女性主义批评、新历史主义批评、后殖民主义批评、神话原型批评、生态批评、伦理批评、现代性批评、后现代性批评、道德哲学批评、文化研究和叙事学研究等多元文学批评方法研究了韦尔蒂《熟路》中的菲尼克斯·杰克逊形象、菲尼克斯·杰克逊的原型与隐喻、女性形象、女性主义、"路"的多重含义和叙事艺术、《一个旅行推销员之死》中的推销员死因、空间叙事和原型叙事模式、《乐观者的女儿》中的女性独立意识、叙事视角和女性关怀伦理、《慈善访问》中的艺术特色、《钥匙》中的叙述逻辑、《六月演奏会》中的儿童叙事策略、《失败的战争》中的复调特征、戏仿、反讽和狂欢化色彩、《绿帘》中的畸形人形象、《一则新闻》中的不确定性与艺术特色、《金苹果》中的淑女文化与身体隐喻以及《献给玛乔丽的花》中的现代主义审美、沃尔夫《天使，望家乡》中的"孤独"主题、叔本华人生哲学观、异化主题和创伤书写、《他父亲的土地》中的精神漫游与成长和精神家园回归、《一个文学评论家的肖像》中的文学评论家肖像、《火车与城市》中的艺术魅力、《四月，四月杪》中的饥渴主题、《虎子》中的写作技巧和新历史主义主题、《森林里的阴暗，像时间一样奇怪》中生与死的告白、《美国序幕》的主题、《你不能再回家》中的创作技巧以及《网与磐石》和《你不能再回家》中的寻父主题、刘易斯《大街》中的反叛精神、美国乡镇文化、文化叙事特征、狂欢化色彩、美国"进步时代"的生态思想、"反乡村"叙事、刘易斯的美国乡镇叙事与塑造、肯尼科特的五大癖好以及服饰表现力、《巴比特》中的存在主义思想、复调叙述艺术、巴比特的理想实用主义、社会群体消费文化观、美国大众文化、美国商业文化的时代特征、棒球隐喻、快感与罪感、肖像化叙事策略、美国文化批判、新历史主义意蕴、讽刺手法和"美国梦"的嬗变、《阿罗史密斯》中阿罗史密斯的科学理想主义、隐含作者的叙事伦理和殖民医学与帝国意识以及《埃尔默·甘特利》中隐含作者的叙事伦理、帕索斯《曼哈顿中转站》中的主体形象和"美国三部曲"中的新历史主义主题、斯泰因作品的语言特色、斯泰因文学创作中的"醉"、斯泰因早期小说的文体风格、斯泰因《三个女人》的创作技巧、《艾丽丝·托克拉斯自传》中的叙事特色以及《毕加索》中的人物塑造技巧、安迪·亚当斯的《一个牛仔的日志》的主题与艺术、理查德·康奈尔的《最危险的游戏》中的海洋生态意识、文体特色、多模态隐喻和悬念设置、哈帕·李《杀死一只知更鸟》中的象征手法、儿童教育观、信仰格局、斯格特的女性成长、成长烦恼、知更鸟的审美意蕴、知更鸟的象征意义、拉德利的象征意义、孩子成长的引路人、黑人失语、妇女主义、公共意识与种族歧视、哥特特征、"女性成长"主题、儿童视角叙事策略、道德观、母爱缺失对孩子成长的影响、马耶拉人物形象以及《杀死一只知更鸟》与《手》中的创伤主题之异同、拉德纳小说中的自恋人物、拉德纳小说中爵士时代的美式幽默、拉德纳《理发》中的叙述视角、不可靠叙述和陌生化表现手法、斯莱辛格《一位作家某天的生活》中的自我和《无所属者》中的左翼知识女性小说特征、耶茨小说中的双重作者立场、耶茨《革命之路》中的女性主义思想、女性主义主题、特殊年代女性的自省与救赎、女性形象和乌托邦思想、《复活节游行》中的"孤独的女性"主题和女性关怀以及《建筑工人》中的真理、真实与想象力、沃伦《国王的人马》中的原型英雄、后现代叙事策略、后现代价值观、创伤书写、历史叙事、沃伦的历史观、伦理主题、女性反叛与回归、权欲悲剧、生态主题、异化主题和主体性特征以及《黑莓之冬》中的成长主题、塞斯的认知成长、成长的呈现方式、不确定性和孩子眼里的南方、纳撒尼尔·韦斯特《蝗灾之日》中的狂欢化特征和《孤心小姐》中的狂欢精神、人物原型与悲剧命运、怀尔德《阿尔切斯达》中的存在主义寓言与失败含混、《卡巴拉》中的寓言叙事以及巴勒斯《人猿泰山》中的真人"泰山"逸事和非洲人形象及其文化主题。

（五）当代美国白人小说研究

21 世纪，当代美国白人小说家及小说如雨后春笋般进入中国批评界，研究者采用多元文学批评方法研究了当代美国白人小说家的思想与艺术，涉及巴塞尔姆、塞林格、海勒、冯尼格特、梅勒、纳博科夫、巴斯、多克托罗、厄普代克、桑塔格、欧茨、克鲁亚克、德里罗、品钦、普拉斯、杰克逊、契弗、卡波特、卡佛、库弗、坎宁宁、巴勒斯、奥斯特、斯泰伦、肯·凯西、安·贝蒂、丹·布朗、亨利·米勒、欧文·

肖、琼·迪迪恩、威廉·加迪斯、威廉·肯尼迪、约翰·霍克斯、汤姆·沃尔夫、斯蒂芬·金、梯姆·奥布莱恩、菲力普·卡普托、查尔斯·弗雷泽、R.L. 史坦恩、阿瑟·阿萨·伯格、埃洛拉·达农、艾什顿·史密斯、安娜·奎德伦、艾瑞卡·琼、安妮·普鲁、奥尔特·凡·蒂尔伯格·克拉克、巴瑞·汉纳赫、保罗·金代尔、彼得·泰勒、蒂茜·玛丁荪、杜安·弗兰克里特、多萝塞·坎菲尔德·费希尔、费雷思（Leslie Feinberg）、哈罗德·罗宾斯、华莱士·斯特格纳、简·斯迈利、杰拉尔丁·布鲁克斯、卡罗尔·希尔兹、凯瑟琳·休姆、坎迪斯·布什奈尔、科马克·麦卡锡、劳伦·维斯贝格尔、莉莉·塔克、里克·穆迪、罗伯特·詹姆斯·沃勒、玛丽·莫里斯、迈克尔·赫尔、马克思·舒尔曼、内尔森·德米勒、尼尔·盖曼、拉里·麦克莫瑞、乔安娜·拉斯、乔瑟琳·杰克逊、琼·C. 乔治、斯宾塞·约翰逊、苏·蒙克·基德、汤姆·罗宾斯、托尼·厄雷、辛西亚·沃尔特、休·米勒、詹姆士·帕特森、詹姆斯·道森、詹姆斯·瑟伯、朱莉亚·格拉斯、朱娜·巴内斯、威廉姆·马奇、约翰·赫西、约翰·克劳利、约翰·托兰、约翰·加德纳、布莱特·伊斯顿·埃利斯、拉瑞·尼文、盖瑞·伯森、厄休拉·勒奎恩、西德尼·谢尔顿、弗朗西斯·霍奇森·伯内特、伊·斯特鲁特、芭芭拉·金索沃、汤姆·舒尔曼、迈克尔·布莱克、罗伯特·乔丹、乔纳森·弗兰岑、安妮·赖斯（原名霍华德·爱伦·奥布里安）、斯科特·奥台尔、苏珊·柯林斯、唐娜·塔特、托毕斯·武尔弗、托马斯·伯杰、托马斯·哈里斯、威廉·吉布森、威廉·加斯、威廉·沃尔曼、温德尔·贝里、温斯顿·格卢姆、肖恩·威斯图、伊维·莫里斯、约翰·哈特、约书亚·弗里斯、赞恩·格雷、詹姆斯·帕特里克·唐利维、詹妮弗·伊根、朱迪·布鲁姆、朱迪·皮考特、安妮·泰勒、安妮塔·德赛、保罗·鲍尔斯、弗诺·文奇、戈尔·维多尔、卡罗琳·米伯、凯茜·埃克、劳瑞·安德森、理查德·鲍威尔斯、理查德·拉索、罗伯特·奥伦·巴特勒、马什·卡萨迪、莫里斯·肯尼、纳坦·恩格兰德、苏西·辛顿、约翰·格里森姆、约翰·欧文、塔马·亚诺维茨、沃克·珀西和维罗尼卡·罗斯等许多当代美国白人小说家，多元文学批评方法的采用在海勒、塞林格、厄普代克、冯尼格特、巴塞尔姆、纳博科夫、梅勒、欧茨、品钦、德里罗等小说家研究中尤为突出。

2000—2015 年，中国批评界采用后现代性批评、现代性批评、女性主义批评、新历史主义批评、道德哲学批评、叙事学研究和比较研究等多元文学批评方法研究了海勒《第二十二条军规》中的艺术特色、艺术情趣、多元化创作手法、反讽艺术、荒诞艺术、结构特色、象征手法、陌生化表现手法、碎片、旋涡与重复叙事、省略衔接在表现黑色幽默中的作用、悖论艺术及其作用与效果、命名修辞、能指功能与主体间性、游戏性、"反人物"塑造、现代美学意蕴、身体叙事、创伤叙事、不可靠叙述、叙事策略、黑色幽默叙事策略、黑色幽默及其象征意义、"反小说"形式、存在主义主题、偏离现象、人物形象、"反英雄"形象、权力关系和狂欢化理论异化、"逃避"主题和话语权力、尤索林形象、反乌托邦因素、悲剧内涵、荒诞世界、黑色主题、"军规"的运作机制、"无形"与"重复"、多层次主题、海勒的反战思想、后现代主义艺术特征、后现代主义主题、荒诞主题、不确定性主题、严肃主题回归、恐怖因素、男权主义思想、女性主义倾向、女性形象、女性人物异化、异化问题、权力与异化的关系、人物孤独、人物异化及其荒诞性、现代医学的非自然化、小人物的生存启示、新历史主义意蕴、忧患意识、战争书写、支配性男性气质建构、宗教及哲学意蕴、美国军界的黑暗与罪恶、美国社会、《第二十二条军规》与《变色龙》中幽默讽刺艺术的异同以及《第二十二条军规》与《儒林外史》的异同、《出事了》中的叙事特色、荒诞主题和杀子惨剧、《上帝知道》中众声喧哗的互文空间、《最后一幕》中的叙事策略和后现代叙事、《我不再爱你》中荒诞世界中的荒诞之爱以及《老年艺术家画像》中的元小说写作特征等，体现了 21 世纪中国批评界对海勒的极大关注。

2000—2015 年，中国批评界采用生态批评、新历史主义批评、结构主义批评、社会历史批评、道德哲学批评、现代性批评、后现代性批评、文化研究、叙事学研究和比较研究等多元文学批评方法研究了塞林格《麦田里的守望者》中的存在主义、生态思想、生态主义、精神生态主义、超验主义、成长主题中"天人合一"的道家思想、成长主题和"反英雄"形象、人物形象及其社会文化根源、成长主体性关怀、

爱的呼唤、悲剧意识、美国实用主义、时代特征、文化意蕴、自然母
题、异化主题、孤独主题及其成因、"美国梦"及其破灭、迷茫、叛逆
与纯真追求、叛逆男孩的"少年侃"、求索与建构主题、人类世界与自
然世界的二元对立、人生困惑、人文关怀、人物成长叛逆与精神守望、
少年话语权力、社会化抉择（成长中的妥协与困惑）、失乐园心态、通
俗化倾向、危机与救赎、文化病理（后喻性·道德恐慌·大众歇斯底
里）、文化符号、犹太文化内涵、现代精神荒原中的追寻主题、摇滚精
神呼唤、自由选择与自我实现、新历史主义意蕴、霍尔顿的话语困惑、
霍尔顿的反抗与妥协、霍尔顿的性格与背叛成长、霍尔顿的精神成长、
霍尔顿的他人导向性（在迷惘与孤独中成长）、霍尔顿的成长历程（逃
离·反抗·幻想·顿悟）、霍尔顿成长的影响因素、霍尔顿成长的痛苦、
霍尔顿的成长悲剧、霍尔顿与贾宝玉的"成长"之异同、霍尔顿的精
神悲剧及其成因、霍尔顿的身份残缺、霍尔顿的双重心理、霍尔顿的思
维风格、霍尔顿的逃避心态与自我矛盾、霍尔顿的心灵之旅、霍尔顿的
"反英雄"形象、霍尔顿的语言特点、霍尔顿的自恋与自卑情结、霍尔
顿的自我分裂与拯救、霍尔顿精神世界的象征意象、霍尔顿叛逆性格的
转变、霍尔顿意识形态的颠覆性特征、霍尔顿执拗体现的时代特征、霍
尔顿的主体性、霍尔顿主体意识的现代主义与后现代主义特征、霍尔顿
的守望意义、守望者的内涵、霍尔顿形象的审美差距、追寻隐士形象、
孤独者的双面像、精神家园守望者形象、反英雄形象塑造、红色猎人帽
的审美意蕴、后现代特征、"陌生化"手法、"红色"意象、"浪子回
头"戏仿、"四方"教育及其启示、艺术特色、象征艺术、叙事特征、
叙事策略、叙事技巧、语言特色、色彩象征、第二人称运用、意识流手
法、张力美、文体特征、不可靠叙事和潜藏文本、口头叙事策略和"虚
拟听众"、人物类型和叙述视角、叙事策略与主题的统一、不确定性叙
事、叙述距离及其呈现方式、《麦田里的守望者》与《钟形罩》中自我
与他者困境的异同、《麦田里的守望者》与《奔逃》中叙事策略的异
同、《麦田里的守望者》与《少年维特之烦恼》中人物形象的异同、
《麦田里的守望者》与《城北地带》的异同、《麦田里的守望者》与
《垂死的肉身》的异同、《麦田里的守望者》与《挪威的森林》中的成

长困境与失落、《麦田里的守望者》与"兔子四部曲"中的"逃避主义"、霍尔顿与惜春形象的异同、《麦田里的守望者》对当代青少年精神世界的影响以及《弗兰妮》中的叙事进程等，这些研究彰显了 21 世纪中国批评界对塞林格的高度关注。

2000—2015 年，中国批评界采用新历史主义批评、后殖民主义批评、解构主义批评、女性主义批评、生态批评、精神分析批评、神话原型批评、后现代性批评、社会历史批评、道德哲学批评、文化研究、叙事学研究和影响研究等多元文学批评方法研究了厄普代克《兔子，跑吧》中的文化主题与克尔凯郭尔存在主义思想、新历史主义主题（颠覆与抑制）、意象及其本源、女性人物形象、主要女性的"他者"形象、妻子酗酒形象、女性主义主题、生态女性主义思想、生态主题、圣经原型、信仰危机主题、哈里的自然回归行为、哈里的信仰探寻、哈里逃跑的真正原因、哈里形象与语言风格、视觉语言艺术、郊区百态、美国小镇文化、救赎的解构与重建、乐园追寻、悲剧人生和平衡追寻、《兔子归来》中的中产阶级自我救赎与生存策略、太空含义、女权主义思想、自我认同危机、反文化意蕴以及电视媒介与现实、《兔子歇了》中的生态和谐主题、哈里的焦虑和平凡主题（起于平凡，归于平凡）、《兔子富了》中的死亡主题、家庭关系、美国中产阶级的物化世界、"自我意识"与"物意识"的碰撞、喜剧氛围下的悲剧内涵、叙事艺术和消费文化、《夫妇们》中的欲望乌托邦和享乐主义、"走不出自己"之主题、美国社会和性爱观、《圣洁百合》中的历史迷幻、精神意蕴及其与大众文化的关系、美国人的精神世界、美国社会宗教变迁、基督教信仰、科技伦理观和新历史主义主题、《政变》中的身份寻求和人物形象、*S.* 中的女性观、隐含作者与潜在话语以及 *S.* 与《红字》的互文性、《葛特露和克劳狄斯》中的后现代性、抗争者形象、葛特露的人物性格与命运以及葛特露形象、*A&P* 中的后现代主义因素及其文化政治修辞和文本召唤结构、社会准则和个人需求的矛盾冲突、叙事艺术与戏剧反讽、禁忌语的表现形式及语用功能、陌生化手法、萨米语言的口语化特征、萨米的叙事认同、人格与道德、消费主义文化、"身份焦虑"的话语异化表征、"海洋情结"的缺失与归依、骑士文学戏仿与资本主义文化矛盾、《恐怖分子》中的反叙事、文化想象与他者书写、美国与伊斯兰传统的冲突、他者叙述与主体建构、后"9·11"时代的文明冲突、后"9·11"文学幻想、身份认同危机的产生机制、症状和应对策略、犹太复国主义转向以及艾哈迈德·马洛伊的宗教心理、《农庄》中的宗教意蕴、《伊斯威克的寡妇》中"暮年的女巫情结"、《分居》中的道德主题与女权主义思想、《东维克的女巫》中的贪婪欲望与邪恶行为和宗教主题、《寻找我的面孔》中的主题、《马人》中的叙述策略、叙事空间、神话与现实、《罗杰的说法》中的叙述策略、《自由》中亨利的自由之旅、《福特时代的回忆》中的历史回归途径、《父亲的眼泪》中的痛楚主题、《走向末日》中的存在焦虑、"兔子四部曲"(《兔子,跑吧》、《兔子富了》、《兔子归来》和《兔子歇了》)的创作风格与人物形象塑造、"兔子四部曲"的实用主义意义、"兔子四部曲"中现代性精神危机的生态解困、詹尼斯形象变化、哈里的男性气概、宗教世俗化倾向、伦理主题、哈里的超我本源、"兔子"哈里形象、"美国梦"主题、美国现实社会以及从男权主义倾向到女权主义倾向的转向、"兔子四部曲"与当代美国人宗教观的嬗变、"兔子五部曲"(《兔子,跑吧》、《兔子富了》、《兔子归来》、《兔子歇了》和《记忆中的兔子》)中的自然主义元素、厄普代克兔子系列小说叙事的历史与伦理向度、厄普代克"兔子"形象的意识形态意义以及"兔子"与电影等,这些研究充分彰显了21世纪中国批评界对厄普代克的高度关注。

2000—2015年,中国批评界采用后现代性批评、新历史主义批评、解构主义批评、后结构主义批评、神话原型批评、生态批评、意识形态批评、叙事学研究和文化研究等多元文学批评方法研究了冯尼格特《五号屠场》中的艺术特色、后现代性、后现代主义特征、后现代叙事、元小说特征、元小说叙事技巧、非后现代性、后现代框架下的现代性、创作手法、象征艺术、重复艺术、语言风格、荒诞艺术与主题、死亡与重生主题、反战思想、反战争叙事、不可治愈的战争创伤、创伤叙事、创伤艺术与叙事疗伤、"德累斯顿大屠杀"、原型、荒诞人物形象、黑色幽默、冯尼格特黑色幽默与传统幽默的区别、比利的困惑、绝望、和解与出路、自我拯救、死亡观、基督教的不确定性、家园与荒原、空间隐

喻、生态意蕴、现实主义意义、新历史主义意蕴、"文本的历史性"与
"历史的文本性"、冯尼格特的历史意识与政治担当、意识形态幻象、
《时震》中后现代主义的颠覆性、后结构主义特征和后现代主义叙述艺
术、《冠军早餐》中的无深度文化再现与批判、后现代主义文化关怀、
文化忧思、后现代主义主题、后现代"超文本"写作、拼贴技法、大
众文化、元小说叙述视角和无深度人物形象、《加拉帕戈斯群岛》中的
生态乌托邦社会构建与现实主义创作艺术、《猫的摇篮》中的生态主
题、异化世界、创伤书写、社会批判意识、象征系统与黑色幽默以及
《上帝保佑你，罗斯瓦特先生》中人的向恶本性与战争创伤等，这些研
究凸显了 21 世纪中国批评界对冯尼格特的极大关注。

　　2000—2015 年，中国批评界采用后现代性批评、解构主义批评、
新历史主义批评、女性主义批评、俄国形式主义批评、生态批评、伦理
批评、文化研究、叙事学研究和比较研究等多元文学批评方法研究了巴
塞尔姆《白雪公主》中的后现代主义特征、童话戏仿、经典戏仿、拼
贴、不确定性艺术、互文性、讽刺手法、语词效力缺失、审美特征、后
现代女性特征、后现代主义重构趋势、女性主义道德伦理观、女性主义
以及《白雪公主》与格林童话《白雪公主》的异同、《玻璃山》中的后
现代特征、解构与重建、"美国神话"的解构与颠覆、童话模式下的社
会政治潜文本、童话传统价值观重构、生态主义思想、美国梦的解构与
颠覆、"寻找你自己"之主题、越战的政治意蕴、转喻及隐喻、后现代
性语言游戏、形式主义艺术特色、"陌生化"手法、荒诞与真实、后现
代知识分子形象与存在主义主题、《白雪公主后传》中的人物特征、叙
事策略与人性主题、女主人公戏仿、女性主义叙事特色、人文精神的互
文性嬗变、代理父亲形象、男性人物异化、反讽手法、戏仿颠覆与异化
主题、《气球》中的后现代特征及其意蕴、《丽蓓卡》中的作者闯入与
巴塞尔姆对现代主义叙事的反拨、《看见月亮了吗》中的后现代主义和
后现代叙事特征（零散性、不确定性和反讽）、《我与曼蒂博小姐》中
的符号系统和权力机构与逻各斯中心主义解构、《在托尔斯泰博物馆》
中的空间意识、《儿子手册》中的传统小说解构、《国王》中人物戏仿
的现实意义以及《城市生活》中的文本叙事化等，这些研究凸显了 21

世纪中国巴塞尔姆研究图景。

2000—2015 年，中国批评界采用后现代性批评、生态批评、神话原型批评、道德哲学批评、文化研究和叙事学研究等多元文学批评方法研究了纳博科夫《洛丽塔》中的后现代主义特征、后现代主义、元小说特色与叙事技巧、玄学侦探小说特征、现实主义、人本关怀、语言叙述特点、语言艺术、语言风格、情节结构中的戏仿、艺术手法、结构艺术、后现代空间叙事、旅行叙事、叙事策略与隐含作者建构、叙事技巧、叙事节奏、叙事视角、叙事声音、叙事艺术与立体主义审美效果、叙述者的不可靠性与文本整体的一致性、第一人称视点及其修辞效果、距离控制及其修辞效果、亨伯特的矛盾叙事话语与洛丽塔的隐性叙事、人性畸态与死亡叙事、恋童情结、洛丽塔的困顿与选择、欲望与爱情、洛丽塔的悲剧命运、洛丽塔主体意识的丧失与重构、洛丽塔的流亡与自我救赎、作为标签的"洛丽塔"和作为自由化身的阿达、亨伯特的多重身份、亨伯特的审美困境、亨伯特的自由选择、亨伯特形象、流亡主题的多元文化性、记忆与人物形象、文学主题、美国道德之死、道德主题、伦理主题、不伦之恋的伦理困境、道德的暗示性作用、成长主题、精神创伤、精神生态意蕴、男女主人公的精神回归、男女主人公的悲剧根源及意义、"魔圈"意象、地理空间、电影化倾向、荒诞特征、狂欢化特征、纳博科夫的离散情结、人物"自证"、人物的不确定性、善良表达、失落的"他者"与"主体"、时间幻想、死亡本能及其作用、死亡之美、童话戏仿、文本生成策略、消费主义、虚构与真实、罪恶主题的圣经原型以及《洛丽塔》从小说到电影改编的美学意义、《普宁》中的叙述结构、精神创伤主题、存在主义主题、经验存在与超验现实、纳博科夫的文学游戏观、"不可靠叙述者"与纳博科夫的叙事美学与伦理诉求、叙事结构与纳博科夫的时间观、《劳拉的原型》中的死亡主题（"死亡是一种乐趣"）、对话性、解构与重构主题以及纳博科夫的真实观、《绝望》中纳博科夫对同一性的反驳、《黑暗中的笑声》中的黑色幽默艺术、真实与虚构、绘画艺术元素和"笑"的后现代意义、《微暗的火》中的文本关系、蝴蝶美学、戏仿现象、拼贴手法及其叙事意义、不确定性、后现代小说的开放性特征、孤独、异化与死亡、《防守》中隐性主题的艺术功能与游戏策略、《透明》中的多层级文本现象、《玛申卡》中的叙事记忆、流浪与守望主题以及《绝望》中的自我分裂与对话世界等，这些研究彰显了21世纪中国批评界对纳博科夫的研究状况。

2000—2015年，中国批评界采用社会历史批评、新历史主义批评、生态批评、后殖民主义批评、女性主义批评、现代性批评、传记批评、伦理批评、文化研究和叙事学研究等多元文学批评方法研究了梅勒《裸者与死者》中的象征、隐喻与讽刺、存在主义、自然力量、"冲突"主题、人性与兽性之争、英雄观及其艺术表现手法、战争、权欲、人性关怀、生态主义意蕴、梅勒的犹太意识、犹太身份意识、种族歧视书写、权力与自由之争、自由主义思想及其根源、女性群像、暴力哲学、战争环境下的人性冲突、现实、回忆与幻想、"裸者"与"死者"的疏离感以及两性关系、《刽子手之歌》中吉尔摩的死亡选择（因果报应与轮回转世）、存在主义及梅勒的创作意识、历史与虚构悖论以及《一场美国梦》和《刽子手之歌》中的美国存在主义者人物形象、《林中城堡》中的悖论性历史叙事、《儿子的福音》中的叙事特征、《我们为什么在越南？》中的文化、政治和文学主题以及《夜幕下的大军》中的伦理主题、历史与文学跨界等，体现了21世纪中国批评界对梅勒的极大关注。

2000—2015年，中国批评界采用现代性批评、生态批评、女性主义批评、生态女性主义批评、后殖民主义批评、新历史主义批评、神话原型批评、伦理批评、文化研究和叙事学研究等多元文学批评方法研究了欧茨《大瀑布》中的叙事特色、男性形象和大瀑布的象征意义、压迫与抗争、伦理主题、生态正义问题思考、异化与救赎主题的存在主义意义、悲剧救赎与原型叙述、欧茨的实用主义哲学观、阿莉亚形象、悲剧精神、自然主义诗学特征、空间叙事特征与主题、《他们》中的女性意识、女性成长历程、荒诞性特征、心理现实主义特征、自然主义传承与超越、温情流露、存在主义思想、社会文化主题、主题的空间建构、《掘墓人的女儿》中的模仿、记忆主题、流散者的边缘性及漂泊心态、犹太身份困境与认同、文化身份消解、重建与回归、《奇境》中的叙事诗性、主人公的自我追求、主人公的虐待狂人格、身体政治和身体美学、新历史主义意蕴、女性话语权建构、女性的迷失与挣扎、权力、反抗与悲剧、《妈妈走了》中的尼基人格、尼基的成年礼、人物的精神生态困境与女性心理、《自我封闭》中凯勒的自由观、生态女性主义主题与美国社会家庭婚姻问题、《狐火》中的成长主题、暴力书写、沉沦主题、"狐火"的象征意义以及《狐火》与《哈克贝利·费恩历险记》的互文叙事、《把心给我》中的暴力阴影与心理"症候"、《圣殿》中的自我认同观、《在冰山里》中的规训权力与存在主义主题、《我带你去那儿》中的成长主题与创作思想、《中年》中的死亡意象和当代美国中年人的婚姻与家庭、《泥女人》中知识女性的自我探寻、《阔佬》中的利益至上观与自由追求困顿、《父爱》中的意识流与现实主义手法、《牵小狗的女人》中的女性失语与女性自我意识、《浮生如梦——玛丽莲·梦露文学写真》中的美国梦与美国噩梦、《狂野的夜!》中的"弑父"主题及其警世意义、《一位美丽少女》中的心理现实主义特征、《光明天使》中欧茨的悲剧意识、《你去向哪里，你来自何方?》中的少女自我找寻、女性主义主题、女性悲剧、历史隐喻、现代主义文化寓意、象征意义、音乐与幻象、《四个夏天》中的成长主题、《那年秋天》中的叙事艺术、《野兽》中的悬念、互文与人性、《白猫》中"猫"的互文性与"凝视"主题、《查尔德伍德》中的女性主义意识、《表姐妹》中的犹太寻根主题与叙事策略、《约会》中的困惑、悔悟与批判、《天堂的小鸟》中的激情与暴力、《预感》中的男性视角与女性声音以及《妹妹，我的爱》中的主题等，这些研究凸显 21 世纪中国批评界对欧茨的极大关注。

　　2000—2015 年，中国批评界采用新历史主义批评、后殖民主义批评、生态批评、后现代性批评、解构主义批评、伦理批评、文化研究和叙事学研究等多元文学批评方法研究了品钦《拍卖第四十九批》中的"熵"主题、熵化世界、后现代交际困惑、隐喻与意象、迷宫艺术、品钦的"政治美学"、隐喻结构与人文关怀、后现代叙事策略、后现代主义不确定性、种族主义历史书写、俄狄帕的悲剧精神、冲突与对抗、追寻主题、"超文本"意识、真实寻找、超真实、美国社会、麦卡锡主义政治话语、喧嚣与寂静、解构特征及其深层意蕴、V. 中的现实与历史书写、忧患意识、反殖民话语、隐喻结构与叙述视角、存在主义思想和严峻乐观精神、《葡萄园》中后现代社会的媒体政治与权力谱系、伦理基调（因果报应）、精神生态意识、圣经文化、美国后现代社会里的信仰危机、女忍者形象、大众媒体记忆政治、"义理"主题与空缺艺术、《万有引力之虹》中的技术伦理观、清教主题、黑色幽默主题、科技牢笼中的异化世界、反传统叙事艺术、后现代主义特征、现实主义思想和恩赞的"出埃及记"、《性本恶》中的悖论叙事、历史叙事与城市空间、《秘密融合》中的共同体与他者、《熵》中的后现代社会状况、《放血尖端》中的"9·11"叙事、《梅森和迪克逊》中的空间政治、《慢学者》中的救赎之路探寻、《低地》中的弃民追寻以及《抵抗白昼》中的象征性与对抗力等，这些研究体现了 21 世纪中国批评界对品钦的高度关注。

2000—2015 年，中国批评界采用后现代性批评、新历史主义批评、生态批评、女性主义批评、生态女性主义批评、社会历史批评、伦理批评、文化研究和叙事学研究等多元文学批评方法研究了德里罗《白噪音》中后现代社会的诗性特征、后现代社会的信仰危机、后现代社会的生存危机、死亡主题、死亡恐惧、格拉迪尼的死亡恐惧心理、杰克夫妇的死亡恐惧心理、后现代人的困境、大众传媒的影响、大众传媒与人类的死亡恐惧感、自然、环境和文化、生态思想、生态意识、精神生态意识、精神生态意识危机、生态整体主义精神、后现代生态整体主义思想、生态女性意识、生态伦理思想、伦理主题、文化主题、消费文化现象及其原因、消费主义思想、消费社会现象、后工业时代的美国社会、后现代美国人的"癌变"、美国现代生活方式、现代人的精神危机和自我救赎、后现代仿真技巧、后现代戏仿艺术、科技理性质疑、现代技术元叙事和技术责任主体缺失、单面人物形象和人物叙述话语、《坠落的人》中的隐喻及其意义、"坠落"的象征意义、叙事策略与文体风格、"9·11"反叙事、创伤表征与疗伤叙事、创伤与自我救赎、灾难创伤与回忆、灾难记忆与生命哀悼、记忆与担荷、恐怖与救赎、坠落与救赎、存在主义思想、身份建构、死亡书写、虚构与真实、后"9·11"景观、后现代写作技巧、主要女性人物形象、人物特征及其意义和三重空间叙事、《地下世界》中的文化主题、后冷战时代美国的生态非正义性、"垃圾"美学与技术伦理、《天秤星座》中的后现代叙事特点、后现代历史想象、历史重构与后现代批评、美国晚期资本主义文化病理的话语特征、美国例外论批判与反思、"历史编撰元小说"特征、新历史主义特色、历史小说化思想、历史虚幻化思想、媒介意识形态及其诡计与反官方叙事、《大都会》中的技术哲学思想、改编艺术、权力空间、"后大都市话语"、"陌生化"语言、"物时间"与"身体时间"、《名字》中的语言观和恐怖主义叙事策略以及《美国志》的主题等，这些研究凸显了 21 世纪中国德里罗研究状况。

　　2000—2015 年，中国批评界采用后现代性批评、神话原型批评、女性主义批评、生态批评和叙事学研究等多元文学批评方法研究了巴斯《路的尽头》中的后现代主义写作技巧、狂欢化世界、后现代神话与元小说特征、哲学文本戏仿、黑色幽默、异化世界、生存困境、面具与荒诞、《迷失在游乐场》中的后现代主义叙事特征、后现代主义主题与宗教思想、《客迈拉》中的后现代元小说特征与反讽式戏仿、阿拉伯神话与希腊神话的滑稽性改写、狂欢化特征与双重因素创作理念、《生活故事》中的后现代主义、《迷宫》中巴斯的后现代小说美学、后现代主义叙事特征、《奇思妙想》中巴斯的当代文学观、《烟草经纪人》中的女性形象（肉体荡妇、精神处女）、《曾经沧海》中的媒介融合、《漂浮的歌剧》中的生存境遇与虚无主义意识、《柏勒罗丰》中神话想象与现实的双向超越、《山羊小子贾尔斯》中的《俄狄浦斯王》戏仿、《英仙座流星》中的叙事与时间模式以及巴斯小说的写作方法与巴斯小说中的后现代主义艺术手法等，这些研究凸显了 21 世纪中国巴斯研究状况。

　　2000—2015 年，中国批评界采用后现代性批评、现代性批评、意识形态批评、伦理批评、文化研究和叙事学研究等多元文学批评方法研究了契弗《巨型收音机》中后现代消费文化中的意识形态、反讽艺术、人物道德堕落、音乐叙事、都市空间与中产阶级生存焦虑、中产阶级身份认同与异化、《游泳者》中的场景描写与主题揭示、象征意义、艺术风格、朝圣之旅与人生旅途寓言、《猎鹰者监狱》中的叙述结构与人生禁锢主题和现代生存伦理反思、《约翰·契弗短篇小说集》中的元小说叙述特征、《茫茫大海》中的不可靠叙述与伦理危机、《再见，我的弟弟》中的叙事美学以及《告诉我是谁》中的男性气质危机等，这些研究凸显了 21 世纪中国契弗研究状况。

2000—2015 年，中国批评界采用精神分析批评、神话原型批评、女性主义批评、意识形态批评、叙事学研究和比较研究等多元文学批评方法研究了雪莉·杰克逊《抽彩》中的叙事手法及其人性揭示、原始集体无意识、基督教传统、神话原型、替罪羊原型、女性悲剧及其根源、女性地位、女性主义、人物形象、儿童形象、社会意识形态与民主假象、叙事陷阱、存在主义意蕴、荒谬世界与扭曲人性、人物行为与思想冲突、象征艺术、隐喻象征、反语手法以及《抽彩》与《药》的异同等，这些研究凸显了 21 世纪中国杰克逊研究状况。

2000—2015 年，中国批评界采用女性主义批评、后殖民主义批评、伦理批评、叙事学研究和比较研究等多元文学批评方法研究了普拉斯《钟形罩》中埃斯特对女性身份的探索以及对男性社会的反叛、埃斯特的精神危机、埃斯特的"理性疯癫"、埃斯特的悲剧、埃斯特眼里的孤独与死亡、女性主体意识觉醒与建构、叛逆女性灵魂及女性意识、疯癫与女性成长、女性成长过程、成长主题、母女关系、女性身体伦理叙事、孤独言说与异化时代的异化人格、暴力与自我机制、存在主义、角色困境、疏离与依恋中的亲情伦理叙事、异化影像、美国帝国形象、身体书写、象征主义、重生仪式、规训权力的建构与解构、人生主题和反精神病学主题、《钟形罩》与《无字》中女主人公的异同、《家信》与《日记》中的母女关系以及《隐喻》中的女性困境等，这些研究凸显了 21 世纪中国普拉斯研究状况。

2000—2015 年，中国批评界采用后现代性批评、女性主义批评、后殖民主义批评、伦理批评、道德哲学批评、文化研究、叙事学研究和比较研究等多元文学批评方法研究了克鲁亚克《在路上》中的文化情境、"垮掉派"的文化身份困境、"垮掉的一代"的精神困境、"垮掉的一代"的精神探索、"垮掉份子"与"老派美国"、嬉皮士与反英雄、爵士乐主题、"忏悔"主题、性之主题（性与爱的分离）、情爱叙事伦理、西部情结、背包革命精神、本真追寻、朝圣主题、存在主义思想、生命意义、嬉皮哲学探索与思考、追梦精神、自然与女性、自我救赎的心路历程、"自发式写作"与自然主义、叙事技巧与主题意义、身体叙事与新教伦理、多重结构、黑人形象、女性形象、艺术特色、克鲁亚克的俳句艺术、后现代主义、后现代特征、后现代主义叙述策略、《在路上》与《了不起的盖茨比》中的破灭美国梦以及《在路上》中"垮掉的一代"与中国"80后"的异同、《达摩流浪汉》中的佛教思想、寒山的反叛与精神突围、《萨克斯医生》中的魔幻现实主义手法、《镇与城》和《科迪的幻想》中的"自发式写作"以及《孤独旅者》中的文化记忆等，这些研究凸显了21世纪中国克鲁亚克研究状况。

2000—2015年，中国批评界采用后现代性批评、女性主义批评、后殖民主义批评、结构主义批评、解构主义批评、意识形态批评、文化研究和叙事学研究等多元文学批评方法研究了肯·凯西《飞越杜鹃巢》中的叙事视角与二元对立意蕴、美国反文化运动、文化隐喻、疯癫与权力、后现代话语特征、布罗姆登酋长的自由困境、二元对立意识形态颠覆、疯癫叙事背后的现实喻指、规训与惩罚、话语转换与权力关系、精神疾病与帝国逆写、麦克莫菲形象、麦克莫菲的自由思想、女性形象、女性主义主题、象征意义、异化自我、解构主义特征以及《飞越杜鹃巢》从文本到影像的改编等，这些研究凸显了21世纪中国肯·凯西研究状况。

2000—2015年，中国批评界采用新历史主义批评、后殖民主义批评、女性主义批评、生态批评、神话原型批评、解构主义批评、后现代性批评、现代性批评、传记批评、伦理批评、文化研究和叙事学研究等多元文学批评方法研究了多克托罗《大进军》中的历史书写、文化记忆重组、美国科学伦理危机、复调叙事特征、荒诞思想与黑色幽默和多克托罗的悲观主义、《拉格泰姆时代》中的切分与变异、历史的文本性、历史解构与重构、新历史主义主题、音乐性、"美国梦"、复制与变形、身份问题、新现实主义特色、美国历史与政治、犹太女童的同化成因、叙述策略与历史重构、小家庭与大社会、《上帝之城》中的清教思想与美国文学经典传承、语类杂糅的历史建构、新历史主义与新现实主义主题、大屠杀后意识、犹太空间意识、反"神正论"叙事、宗教情怀与后现代之后的信仰重构、《比利·巴斯格特》中巴斯格特的成长、历史重构与思索、文学张力、女性形象、后现代叙事策略和父与子关系母题、《霍默与兰利》中的小人物与大历史、空间建构、媒介生态学思想、现代性主体、新传记叙事策略和伦理内涵及伦理批判、《但以理书》中的激进主义批判与历史再现、新历史主义主题、犹太性与圣经原型、《欢迎到哈德泰姆斯来》中自我毁灭的社会生态环境、《世界博览会》中的小人物与时代气息、《皮男人》中的历史与虚构杂糅、后现代叙事特征以及《像真的一样大》中的资本主义权力政治批判等，这些研究凸显了 21 世纪中国多克托罗研究状况。

2000—2015 年，中国批评界采用女性主义批评、生态批评、生态女性主义批评、后现代性批评、现代性批评、文化研究和叙事学研究等多元文学批评方法研究了坎宁宁《时时刻刻》中的女性生活、女性自我认知与自我解放、女性主体性建构、女同性恋倾向及其隐含意义、女性内心世界的深层危机、女性人物心理、女性生存空间、女性意识觉醒、现代知识女性的"牢笼"之惑、"雌雄同体"女性人物、女权主义思想、生态女性主义思想、游走于疯狂与理性之间的边缘女性与精神生态主题、后现代互文策略、互文与创新、疾病意象、"房间"意象、精神空间、空间叙事策略、叙事策略、理查德的创伤、名流的文化意义、生死主题、死亡书写、逃离现象、现代性焦虑、元小说特征、自杀情节的心理与社会学意义、《时时刻刻》与《达洛卫夫人》的互文性、《时时刻刻》从小说到电影的艺术转换以及《冰雪女王》中的中年人心灵之旅等，这些研究凸显了 21 世纪中国坎宁宁研究状况。

2000—2015 年，中国批评界采用后现代性批评、女性主义批评、生态批评、伦理批评、文化研究、叙事学研究和比较研究等多元文学批评方法研究了丹·布朗《达·芬奇密码》中的创作手法、神话与不确定性、哲学视野、存在主义思想、文化主题、女性形象、人性光芒、童话模式、祖父雅克·索尼埃形象、宗教符号、后现代主义特征、生态主义思想、线性叙事艺术、《达·芬奇密码》小说与电影的异同以及《达·芬奇密码》与西方悬疑小说的异同、《失落的秘符》中的失落寻觅及其寓意、《天使与魔鬼》中的创作特点、叙事艺术、空间叙事节奏、伦理主题与后现代创作技巧、《地狱》中的世界人口问题探究以及

《数字城堡》的艺术魅力及价值等，这些研究凸显了21世纪中国丹·布朗研究状况。

2000—2015 年，中国批评界采用后现代性批评、后殖民主义批评、解构主义批评和叙事学研究等多元文学批评方法研究了保罗·奥斯特《纽约三部曲》中的规训权力与权力话语、玄学侦探小说特征、侦探小说颠覆、身份诗学、叙事艺术、迷宫故事空间营造、多层故事结构、语言、身份与存在、语言游戏与文字游戏、《在地图结束的地方》中的存在悬置和狗先生眼中的美国社会、《密室中的旅行》中的三重语言观、两种叙事、元小说叙事策略和作家自我与写作、《玻璃城》中的犹太性、欲望主题与后现代自我身份、《布鲁克林的荒唐事》中的创伤复原与"地方"诗学、《机缘乐章》中的自由观、《烟》中的真实故事、《月宫》中的美国书写、《黑暗中的人》中的后现代反战呐喊、《偶然的音乐》中的叙事艺术、《孤独及其所创造的》中的时间叙述策略、《隐者》中的犹太人救赎寻求、《神谕之夜》的开放式与嵌套式结构以及奥斯特小说的叙事策略和奥斯特创作的影响因素等，这些研究凸显了21世纪中国奥斯特研究状况。

2000—2015 年，中国批评界采用后现代性批评、新历史主义批评、女性主义批评、神话原型批评、伦理批评和叙事学研究等多元文学批评方法研究了桑塔格《恩主》中的符号互文、存在主义意蕴与人物原型、《死亡匣子》中的存在与荒诞、显微术式叙述、存在主义意蕴、叙述层次、意识悖论、叙述伦理与"陌生化"审美、《火山恋人》中埃玛的表演、凯瑟琳与埃玛形象、叙事风格、叙述修辞、两性关系与"他者"群像、《在美国》中的漂泊梦、女性奋斗之路、历史书写、新历史主义主题、伦理主题、桑塔格的自我超越、自我塑造的矛盾性、不确定性策略与糅合叙事艺术、《床上的艾丽丝》中的床上禁锢与心灵自由、意识自由与现实困境、《河内之行》中田野中的公共知识分子形象、《我们现在的生活方式》中的叙事艺术、《没有向导的旅行》中的叙事策略以及《中国旅行计划》中的文体特征与叙事策略等，这些研究凸显了21世纪中国桑塔格研究状况。

2000—2015 年，中国批评界采用现代性批评、生态批评、文化研究和叙事学研究等多元文学批评方法研究了卡佛《大教堂》中的对话原则、极简主义风格、现代人精神生态危机、人文关怀、疏离与融合、《羽毛》中的生态主义主题与象征性隐喻、《软座包厢》中的象征主义、《你们为什么不跳个舞?》中的创作特色、《当我们谈论爱情时我们在谈论什么》中的简约主义风格与美国电视文化、《真跑了这么多英里吗?》中的叙事手法、《平静》中的错位叙事与时空留白、《肥》中的双层叙事与底层生活真实、《我打电话的地方》中的自我救赎主题与叙事结构、《毁了我父亲的第三件事》中的不可靠叙述策略、《鸟人》中的生存主题、《洗澡》与《一件好事儿》中"极简主义"的叙述困境及其解决等，这些研究凸显了 21 世纪中国卡佛研究状况。

2000—2015 年，中国批评界采用后现代性批评、新历史主义批评、解构主义批评和文化研究等多元文学批评方法研究了库弗《保姆》中的后现代主义不确定性、后现代主义小说特征、元小说特征与后现代主义喜剧美学特征、《公众的怒火》中的元小说特征、新历史主义主题、"拟像"主题与电影技巧、《卡通》中的不确定性世界、荒诞生活观、模拟和心理矛盾、碎片化特征和新一代的迷惘与迷失、《威尼斯的匹诺曹》中的消费文化以及《刺玫瑰》中的解构与戏仿、颠覆与再生等，这些研究凸显了 21 世纪中国库弗研究状况。

2000—2015 年，中国批评界采用后现代性批评、解构主义批评、新历史主义批评、生态批评、神话原型批评、伦理批评、文化研究和叙事学研究等多元文学批评方法研究了科马克·麦卡锡《路》中的乌托邦颠覆与重构、末日世界、后末世多维图景、"火种"寓意、生态主义主题、伦理主题、生态伦理观、叙事伦理艺术、不确定性、死亡意识、存在主义思想、圣杯母题、宗教救赎主题与"路"的含义、《血色子午线》中的越战政治意蕴、哥特式边疆与男性空间、霍尔顿法官的战争本性、后现代主义意向、生态主题与历史叙事、《骏马》中的生态意蕴、生态伦理思想、西部牛仔的身份选择困境、"葬礼"象征与"色彩叙事"、《穿越》中的分形空间构型与生态意蕴、"边境三部曲"（《骏马》、《穿越》和《平原上的城市》）中的存在主义、生态主题与西部牛仔形象重构、《老无所依》中社会与人性的隐喻世界、蝴蝶效应、欲望悲剧和不确定性叙事以及《上帝之子》中的文明与荒野等，这些研究凸显了21世纪中国科马克·麦卡锡研究状况。

2000—2015年，中国批评界采用后现代性批评、后殖民主义批评、文化研究和叙事学研究等多元文学批评方法研究了斯蒂芬·金《肖申克的救赎》中的美式英雄主义情结、安迪的人格魅力、人生艺术、自由主义意识、希望与自由、救赎与希望、传统文化引导的救赎之路、人性主题、美国社会文化中个人主义核心价值观、哥特特征、景观化叙事技巧以及《肖申克的救赎》从小说到电影的转化与改编、《莉茜的故事》中的自传色彩与后现代主义特征、《魔女嘉莉》中的后现代日常生活之恐怖书写、《手机》中的创作手法、《瘦到死》中的后殖民主义文化症候与东方主义以及《迷雾》中的主要人物性格缺陷等，这些研究凸显了21世纪中国斯蒂芬·金研究状况。

除了上述小说家和小说，中国批评界还采用解构主义批评、结构主义批评、女性主义批评、生态批评、生态女性主义批评、精神分析批评、神话原型批评、新历史主义批评、后殖民主义批评、道德哲学批评、伦理批评、意识形态批评、现代性批评、后现代性批评、文化研究和叙事学研究等多元文学批评方法研究了：

卡波特《冷血》中的博弈论、美国神话颠覆与解构、《蒂凡尼的早餐》中的精神走向、心灵归宿寻找与漂泊人生、存在主义思想、戈莱特利形象、象征及其自然主义内涵、叙事策略与人物塑造之关系和《别的声音，别的房间》的创作技巧与风格；

霍克斯《血橙》中女主人公凯瑟琳的疯癫之路与死亡之路、权力空间、戏仿艺术以及《血橙》与《断魂枪》的异同、《第二层皮》中的生与死以及《恐惧》中文本世界与现实世界之间的对话与狂欢；

琼·迪迪恩小说中的后现代主义和女权主义、迪迪恩的小说与非小说创作、《顺其自然》中的虚空主题与后现代社会女性困境、玛丽亚的生存状态、玛丽亚形象和人际关系异化以及《民主》中的叙述方式与开放式身份；

威廉·加斯元小说创作中的传统现实主义小说创作模式颠覆、加斯的元小说理论与实践、加斯小说中熵的文学隐喻、《在中部地区的深处》中的多重叙述架构与语言的任意性、语言的不确定性狂欢与后现代人物主体性消解以及《隧道》中的诗化文字、怪诞游戏与小说迷局构建；

威廉·斯泰伦对美国南方文学传统的继承与创新、《苏菲的选择》中苏菲之死的意义（灵魂的毁灭与重生）、原型、犹太主题、创伤主题、叙事艺术、叙事策略、元小说叙事、女性形象与女性悲剧命运以及《奈特·特纳的自白》中的文学虚构与"历史沉思"；

亨利·米勒小说的创作语境及文学流派影响、米勒小说的碎片化特征、米勒小说思想与语言的关联、米勒小说中的"无政府主义"与"自我重建"主题、米勒小说中的超现实主义与"自我重建"主题、米勒的超现实主义"自动写作"、米勒小说中的"污秽语言"、《北回归线》中的"恶魔叙事"、文体风格以及《北回归线》与《南回归线》中的"极端个人主义"；

蒂姆·奥布莱恩《追寻卡西艾托》中叙述与战争、生态主题和文化冲突中的牛仔之旅、《林中之湖》中的嵌套叙述和框架叙述、叙事策略、历史创伤与男性气质、《恋爱中的汤姆卡特》中的多重目的人物叙述、《七月，七月》中的创伤与叙事和《士兵的重负》中的写作疗法；

詹姆斯·瑟伯《华尔脱·密蒂的隐秘生活》中的白日梦与现实叙述、女性主义主题、二元对立、现代主义特色、幽默与叙事模式、《胜券在握》中的人物刻画及语言特色和两性战争、《花园里的独角兽》中的解构主义特征和《公主的月亮》中的反智主义思想；

弗朗西斯·霍奇森·伯内特《秘密花园》中的生态女性主义思想、生态意识、精神生态主题、人际功能、成长领路人、成长秘密、自然、人与社会、女性形象、现代主义主题、自然景物象征、二元对立哲学思想、哥特式风格及其作用、美学品格和象征意义；

查尔斯·弗雷泽《冷山》中的生态女性主义思想、生态主题、女性主义、女性主体身份批判性建构、南北战争后方女性的情感与精神内涵、南方情结、神话原型与隐喻和《十三月》中的生命意义追寻与反思；

芭芭拉·金索沃《毒木圣经》中的后殖民生态主题、殖民意识的矛

盾性、后殖民主义主题、生态女性主义主题和上帝之死与幽灵之在、
《柴藤》中的女性主义、女性形象及其心路历程和"家庭"及其含义、
《动物之梦》中的环境正义与地方伦理、《逃逸行为》中的科学与文学
邂逅、《罅隙》中的历史书写与身份认同和《丰盛的夏天》中的生态女
性主义主题;

罗伯特·詹姆斯·沃勒《廊桥遗梦》中的选择、叙事模式、爱情的
刹那与永恒、生命的两难抉择、生态女性主义意识、女性主义意识、爱
情与家庭的碰撞、爱与责任、真爱与道德、欲望与理智、叙事方法、经
典意象、沃勒的审美取向、陌生化语言、叙事时间艺术、文体特征及艺
术价值以及《廊桥遗梦》与《简·爱》中女主人公情感生活的异同;

安妮·普鲁和她的区域文学、普鲁小说中的生态理念、普鲁小说中
的生态思想、普鲁小说中人物身份的不确定性、年鉴学派与普鲁的文学
想象、《船讯》中小人物的大生活、生态主题、成长主题、家庭价值观
建构、男性主体解构与平等性别关系建构、记忆、空间与主体建构、主
要场景设置及寓意、《老谋深算》中的生态主义、生态哲学和人生哲
学、《半剥皮的阉牛》中的生态主题和《脚下泥巴》中男性气质的加
冕/脱冕;

厄休拉·勒奎恩对道家思想的诗意阐释与重构、道家思想与勒奎恩
的生态女性主义、道家思想对勒奎恩文学创作的影响、《黑暗的左手》
中的雌雄同体、世界主义、幻与真、女性主义与道家思想融合、《她消
除了他们的名字》与《地海传奇》(亦称《地海三部曲》)中的"名
字"、《地海传奇》中的多重叙事模式、《被放逐者》中的乌托邦世界、
《变化的位面》中的技术主题、《倾诉》中的生态女性主义思想、《一无
所有》中的道家思想以及《从奥米勒斯城出走的人》中的自我否定主
题、象征意义和叙事策略及意蕴;

简·斯迈利《一千英亩》中的生态主义、身体书写、生态女性主义
思想、土地伦理、女性主义动物伦理、隐形环境伦理主题、男性主人公
的气质、男权、女权及自然的博弈、吉妮的创伤与愈合;

玛丽莲·罗宾逊小说中的文化力量、罗宾逊小说中的宗教色彩、
《南方月亮下》中的生态地域主义思想、《管家》中的感性体验与地方

依附、二元对立、家园概念重构、生态女性主义关怀、空间、地方与时间和家园模式的现代性救赎、《年少爱读书》中的多元与保守、《莱拉》中的生命主题和《吉利德》中的解构主义；

理查德·鲍威尔斯小说中的生态与科技话语权之辩、鲍威尔斯的后现代现实主义书写、鲍威尔斯的杂糅与混合叙事策略、《回声制造者》中的生态伦理意识、自然生态思想、后现代生态思想、心灵成长与"9·11"反思和《奥菲欧》中的基因科技、历史书写与自我追求；

詹妮弗·伊根《恶棍来访》中的时间与生命、存在主义意蕴、时空叙述、碎片艺术、巴洛克风格、黑色幽默和偷窃癖患者的创伤与自我、《风雨红颜》中的现代美国女性及其特征、《再见，我的爱》中的绘画性和《隐形马戏团》中的超然世界找寻；

乔纳森·萨佛兰·福尔《特别响，非常近》中的创伤与记忆、解构性与重构性、"创伤迁移"现象、创伤书写、图像叙事、创伤叙事、疗伤叙事、"9·11"叙事、"9·11"创伤修复与身份回归和后现代主义叙事；

罗伯特·斯通小说中的创伤及其根源、《灵魂之湾》中当代美国中产阶级的困顿与自我背叛、"美国—拉美"文化对峙、拉腊形象与鹿之意象和《亡命之徒》中的宗教意识；

乔治·马丁《冰与火之歌》中的瑟曦原型、现实主义元素、父权社会中的女性生存困境、解构主义倾向、身体言说和"暴力叙事"；

斯蒂芬妮·梅尔《暮色》中的浪漫主义特征、《暮光之城》系列小说中梅尔的传统思想、爱情的悲剧美、吸血鬼文化、印第安狼人形象的后殖民主义意蕴、生态主题、女性主体性、反女性主义视角、倒叙与预叙、温馨世界和魔幻世界的爱情传奇；

安东尼·伯吉斯《发条橙》中的存在主义思想、后现代叙事伦理、主人公人物形象和《发条橙》从小说到电影的改编；

威廉·巴勒斯的三个文学世界（瘾君子、酷儿和控制欲）、《赤裸的午餐》中的文学实验与"恶"之主题和《瘾君子》中瘾君子的自白；

苏珊·柯林斯《饥饿游戏》中的女性主义叙事特色、女性主义、生态女性主义、反乌托邦书写、人性探讨、文化隐喻、当代隐喻、叙事序列、正负力量意象群与创作理念和《饥饿游戏》从小说到电影的改编；
以及：

安·贝蒂的短篇小说与新现实主义小说、安·贝蒂的叙事治疗、
《风起水库》中的美国自恋主义文化和《跟男人们同行》中的主题与艺
术，威廉·加迪斯《小大亨》中后现代话语之熵、话语解构与文学批
判性和《木匠的哥特式古屋》中叙述的不确定性，谢尔顿小说中的女
主人公形象、谢尔顿小说中的美国文化、《你怕黑吗?》中的最后恋和
最后警示、主题与艺术，雷蒙·费德曼《好日子》中叙事的双重立场
和费德曼的创作理论，乔纳森·弗兰岑《自由》中的自由、欲望与危
机、自由幻象、自由与约束和《纠正》中的当代美国文化、消费主义
及其弊端，麦克莫瑞《孤独鸽》与美国西部小说的后现代转向和《野
牛姑娘》中的生态思想，汤姆·舒尔曼《死亡诗社》中的象征主义，
马克斯·舒尔曼作品中的女性形象，《爱情是谬误》中的复调叙事艺术
（互文、并置与反讽）、语式对语旨的建构作用、语域偏离与反讽呈现、
反讽效果呈现和反讽叙事艺术，黑利小说的创作艺术、黑利小说中的改
革创新意识和《讹诈》中的现实主义特色，苏·蒙克·基德《蜜蜂的
秘密生活》中的爱之追求主题、生态思想、生态女性主义和激进女性主
义乌托邦思想，雷蒙德·钱德勒小说中的城市批评与道德重建、钱德勒
的侦探小说、钱德勒小说中的洛杉矶想象与美国 20 世纪上半期的西部
荒原图像和《漫长的告别》中的主题，女性主义科幻作家乔安娜·拉
斯《改变之时》中的女性主义乌托邦、《雌性男人》中的女性主义以及
《存在》与《天外传奇》中的女性主题，汉纳赫《瑞》的后现代文学特
征，保罗·鲍尔斯的小说意蕴，保罗·金代尔《猪人》系列的叙述视
角、顿悟与成长主题，杰拉尔丁·布鲁克斯《马奇》中的创伤主题、
历史回忆与真实再现、后现代危机，威廉·吉布森科幻小说《神经漫游
者》中的人文与生态关怀，塔克《巴拉圭消息》中的女权主义和文化
殖民中的女性意象，拉索笔下的美国小镇生活、《那古老的科德角魔
法》的主题和《帝国瀑布》的叙事策略，苏可尼克的创作风格和《威
尼斯之恋》与《赚钱》中的物化提升与主体消解，欧文·肖《幼狮》
中战争对人性的解构，R. L. 史坦恩哥特式小说《幽灵海滩》中的恐惧

意象建构，乔纳森·莱瑟姆新作《城市流年》中的生死爱欲与真假流年，华莱士·斯特格纳《旁观鸟》中的人与自然，斯科特·奥台尔《蓝色的海豚岛》中的伦理主题、生态女性主义主题、生态主题和环境正义主题，劳伦·维斯贝尔《白领魔女》中的后现代社会生活，布莱特·伊斯顿·埃利斯《美国狂人》中的复调艺术、讽刺与教化，拉瑞·尼文科幻小说《非常道》中的量子叙事，汤姆·沃尔夫当代美国校园小说《我是夏洛特·西蒙斯》的主题（"精英聚集地与灵肉交易场"），约翰·加德纳《救赎》中的创作观（后现代小说背景下的另一种声音），休·米勒《下面的世界》中的当代女性主义，内尔森·德米勒《小城风云》中的美国社会，坎迪斯·布什奈尔半自传体小说《欲望都市》中的后现代叙事话语，少儿文学家盖瑞·伯森《手斧男孩》中主人公的成长人生、自然回归与心灵成长，安妮·泰勒《诺亚的指南针》的主题和《思家饭店的晚餐》中的空间形式与空间叙事，迈克尔·布莱克《与狼共舞》中的生态思想，奇幻作家罗伯特·乔丹《时光之轮》的奇幻小说特征，多娜·塔特《秘史》的主题（神之疯狂与美之恐怖），皮特·哈米尔短篇小说《回家》中的情景设置与张力之美，丹·西蒙斯《极地恶灵》中伟大而悲壮的北极探险之旅，美莎拉·沃特斯新作《小陌生人》的主题（不谈同性恋，只说鬼故事），尼娜·斯凯勒处女作《油画情缘》的主题（用希望化解苦难、用艺术拯救灵魂），费雷思《蓝调石墙T》中"T"的象征意义、"蓝"的多重含义、认同与反认同的跨性别之路，卡罗尔·希金斯·克拉克《命运的诅咒》中的女性叙事，保罗·哈丁《补锅匠》中的父亲缺场与儿子追寻、象征意象、父亲意象、艺术技巧、存在主义思想、生态意识、创伤主题和生命伦理，薛曼·亚历斯《我就是要挑战这世界》中的少年成长主题，弗兰特·麦考特《安琪拉的灰烬》中的"美国梦"、苦难与梦想追寻、流散身份问题、二元对立、父爱缺失对弗兰克成长的影响和女性主义成长主题，安妮·赖斯《夜访吸血鬼》中的哥特式家庭、吸血鬼帝国、人性探索及象征意义、人物形象和寻根主题，艾丽斯·西伯德《苏茜的世界》中的原型、哥特元素、女性哥特特征、二元对立和父亲形象，《可爱的骨头》中的象征主义、叙事艺术、文字叙事与影像叙事，艾米·沃尔德曼《屈服》中的创伤与冲突、冲突与对话、后"9·11"
美国社会和标题含义，科伦·麦凯恩《转吧，这伟大的世界》中的叙
事时间、孤独主题、历史景观书写和克莱尔的越战创伤，温斯顿·格卢
姆《阿甘正传》中的"美国梦"、人生寓言、平民英雄形象及后现代主
义呈现、美国文化、美国文化记忆和中国儒学思想以及《阿甘正传》
电影与原著的区别，艾弗里·科尔曼《克莱默夫妇》中的女性主义，
艾拉·莱文《这完美的一天》中的乌托邦理想，艾萨克·阿西莫夫
《基地三部曲》中的现实性与哲理性，安东尼·道尔《所有我们看不见
的光》中的时空跨越主题、生命之光和战争与成长，奥森·斯科特·卡
德《安德的游戏》中的伦理问题，保罗·巴西加卢皮《发条女孩》的
科幻小说特征，博比·安·梅森《在乡间》中的越战创伤"治愈"主
题，查克·帕拉纽克《搏击俱乐部》中的孤独物化与男性气质丧失、
后工业社会中美国男性生存危机、消费文化与男性气质危机、存在主义
思想、自我与本我对决和救赎主题，丹尼斯·约翰逊《烟树》中的家
庭伦理困局与美国越战的伦理意义和《耶稣之子》中的信仰重塑（美
国战后颓靡青年的罪恶之源与救赎之路），道格拉斯·库普兰德《X一
代》中的"自我"主题，蒂姆·温顿《浅滩》中的生态思想与生态主
题、《呼吸》中的极限运动与霸权和《天眼》中的嬉皮士主题，菲利
普·K.狄克《城堡里的男人》中的政治无意识与后现代历史叙事和
《泰坦棋手》中的意识形态对立与乌托邦冲动、科幻小说作家弗雷德里
克·波尔和西里尔·科恩布鲁斯《法律角斗士》中的男性化主体身份
建构，格洛丽亚·惠兰《无家可归的小鸟》中的人生救赎与灵魂自由，
贾德·鲁本菲尔德《谋杀的解析》的侦探小说特征，金·爱德华兹
《不存在的女儿》中的"爱"之主题、美国文化价值观和女权主义思
想，凯瑟琳·斯多克特《相助》中的自我意识、黑人女佣们的宿命到
觉醒之路和艾碧莲的黑人女性形象，凯文·布洛克梅尔《天顶》中的
末日想象与"9·11"创伤再现，克莱尔·梅苏德《皇帝的孩子》中的
左翼思想，兰顿·斯沃斯奥特《祝福动物与孩子》中的青少年成长主
题，劳拉·英格斯·怀德《小木屋》系列小说中的女性成长主题，雷
切尔·卡森"海洋三部曲"（《我们周围的海洋》、《海风下》和《海的

边缘》）中的生态女性主义思想，理查德·马特森《我是传奇》中的
"硬汉"形象，琳内·沙伦·施瓦茨《大难临头》中的恐怖阴影与人生
思考，路易斯·萨奇尔《洞》中的成长主题，科幻小说家罗伯特·海
因莱因《星舰战将》中的男性主体身份，罗伯特·科米尔《巧克力战
争》中的伦理价值，罗素·班克斯《失去的肌肤记忆》中边缘人的代
言人形象，洛丽·摩尔《楼梯口的门》中的创伤叙事、《这儿只有这种
人：儿科肿瘤病区咿呀学语的儿童》中的反医学殖民叙事，玛丽·盖维
尔《秋千》中的魔幻现实主义，妮可·克劳斯《大宅》中的后现代历
史叙事及犹太寻根主题，尼尔·盖曼《美国众神》中的批判现实主义
色彩、神话宗教重述与历史寻求，尼尔·斯蒂芬森《瑞密德》中的虚
拟实境，尼古拉斯·斯帕克斯《最后的歌》中的成长小说模式，乔纳
森·勒瑟姆的冷硬派科幻小说写作与其《枪，偶尔有音乐》，乔纳森·
罗森《天空的生命》中的悖论与平衡，瑞克·巴斯《托承我们的大地》
中的生态主题，唐娜·塔特《金翅雀》中的名画和创伤、新历史主义
主题和中国元素，托毕斯·武尔弗《凡人》中的"非凡"主题，托马
斯·伯杰《小大人》中的他者伦理，托马斯·哈里斯《沉默的羔羊》
中的原型隐喻和叙事艺术，威廉·沃尔曼的后现代主义艺术世界、《彩
虹故事集》中的边缘人形象、《欧洲中心》中的后现代主义历史书写，
温德尔·贝里《回家》中的"奥德修斯归家"之现代重述，肖恩·威
斯图《堕落的爱达荷》中的艺术追寻，伊维·莫里斯《品尝家》的主
题，约翰·哈特《最后的孩子》中的人性善恶主题，约翰·赫赛《孤
石》中的中美文化壁垒及其悲观意蕴，约书亚·弗里斯《曲终人散》
中的黑色幽默风格和黑色幽默小说继承与创新，赞恩·格雷《紫艾草骑
士》中的牛仔形象塑造，詹姆斯·帕特里克·唐利维《姜人》中的尘
世、灵魂、生态伦理意识、爱情与欲望，朱迪·布鲁姆《永远》中的
"性"之主题，朱迪·皮考特小说中的当代社会伦理困境拷问和《十九
分钟》中的伦理主题，约翰·欧文的现代家庭小说、欧文小说中的城市
空间书写以及欧文小说观与小说实践之间的矛盾，沃克·珀西小说中的
美国后现代声音以及珀西的末世情结与美国南方的历史命运，安·帕契
特小说中的生命伦理诗学建构，玛·金·罗琳斯的鸟类书写，罗琳斯的

气象书写，莫莉·贾尔斯的阴性书写，帕特丽夏·康薇尔的侦探小说写作继承与转型，埃克"叛客"小说与"恐怖主义"的创作策略以及阿瑟·阿萨·伯格推理小说中的后现代特征等。

（六）美国黑人小说研究

21 世纪，中国批评界对美国黑人小说关注颇多，研究者采用多元文学批评方法研究了莫里森、沃克、赫斯顿、埃里森、休斯、赖特、安吉罗、马歇尔、鲍德温、里德、杜波依斯、道格拉斯、盖恩斯、奈勒、巴巴拉·米尔德丽德·狄罗斯·泰勒、亚历克斯·哈利、爱德华·P.琼斯、罗恩·米尔纳、卡罗利维亚·赫伦、盖尔·琼斯、奥克塔维娅·埃斯特尔·巴特勒、芭芭拉·尼利、查尔斯·约翰逊、戴维·布拉德利、哈里特·雅各布斯、杰斯明·沃德、拉丽塔·塔德米、内拉·拉森、帕西瓦尔·埃弗雷特、安·佩特里、萨菲尔（Sapphire）、所罗门·诺瑟普、塔亚丽·琼斯、威廉·加德纳·史密斯、维拉德·萨伏伊、沃尔特·莫斯利、约翰·埃德加·怀德曼、约翰·基伦斯、詹姆斯·温尔顿·约翰逊、格温德林·布鲁克斯、劳埃·布朗、特瑞·麦克米兰、牙买加·金凯德以及汉纳·克拉夫茨、查尔斯·切斯纳特和威廉·韦尔斯·布朗等小说家的思想与艺术，多元文学批评方法的采用在莫里森研究、沃克研究、赖特研究、埃里森研究和赫斯顿研究中尤为突出。

2000—2015 年，中国批评界采用后现代性批评、现代性批评、神话原型批评、女性主义批评、生态批评、生态女性主义批评、后殖民主义批评、新历史主义批评、解构主义批评、结构主义批评、精神分析批评、读者反应批评、意识形态批评、文化研究、叙事学研究和比较研究等多元文学批评方法研究了莫里森《宠儿》中宠儿的多重人物身份与象征身份、宠儿的替罪羊形象、被忽略的边缘化白人女性丹芙形象、丹芙的"创造性自我"、丹芙的成长、"创伤"主题、创伤性情感、创伤叙事与政治维度、代际间创伤、创伤治愈、重新记忆与精神创伤治愈、塞丝的精神创伤及疗救、塞丝的杀婴原因、塞丝的心理解放、母爱主题及其深层意蕴、塞丝的畸形母爱、塞丝形象、塞丝的存在主义形象、塞丝自爱、塞丝自我意识迷失与重建、分裂自我与主体间性、个人意识缺失到民族意识回归、黑人传统音乐元素、思想内容与黑人音乐特性之契合、黑人个体与群体之关系、黑人女性自我觉醒、黑人女性自我追寻、黑人女性自我解放、黑人女性自我实现、黑人女性自我成长、黑人女性身份危机及其拯救、黑人女性身份建构、黑人女性自我独立意识瓦解、三代黑人妇女自我寻找、黑人女性心灵世界、黑人母亲形象、母女关系、黑人母女关系、黑人男性、黑人男女关系、黑人女性主义思想、黑人女性身份、黑人女性主体性建构、黑人女性主体意识、黑人姓名隐喻、黑人主义与黑人女性融合、黑人社区的是非观、黑人群体建构、黑人身份重构、黑人民族身份构建、黑人个性解放、黑人文化元素、黑人文化重建观、黑人自我意识及民族意识重塑、美国黑人境况的二元对立、美国黑人历史再现、美国黑人心路历程、非洲传统元素、非洲神话原型、神话原型的意义指向、替罪羊原型及其意义、"智慧老人"原型、圣经原型、圣经母题、白人文化颠覆、回忆及其作用（填补缺失的历史）、集体主义意识、理想家庭模式、历史性叙事与抒情性表现、历史忧虑、历史与良知、历史重构、历史意识、复杂历史观、伦理诉求与建构、伦理主题、美国身份认同重构、美国文学传统杂糅、美与殇、文化功能、文化构架、莫里森的宗教救赎观、莫里森的非裔美国人文化身份重建、莫里森的黑白关系思考、莫里森的黑人民族解放道路探寻、莫里森对消除种族主义的理想期待、人物的主体性、人物的宗教身份、人物命名隐喻与莫里森的创作动机、杀婴母题的意识形态性、社会文化意义、身体政治与权威建构、女性主义意识觉醒、生态女权主义意识、生态主义伦理思想、生态女性主义、生态主题、精神生态主题、人与自然关系重建、女性主义主题、后殖民女性主义、后殖民主义主题、时间观的现代性、文本的真实指向、文本建构与文化能指、文化主题与艺术特色、新历史主义思想、寻根性、寻根主题、依附与独立、异化现象、幽灵形象、植物意象与黑人再生、种族主义与物种主义、自我分裂与主体间性、自我找寻主题、宗教意识、祖先文化、爱之结构、爱之表达、母爱思想、奴隶制下的母性与母爱、"异化"母爱意蕴、母亲女性身份颠覆、非裔母亲身份构建、黑人性、白人角色、性压迫、人物形象、艾米形象、母亲形象、美国黑人男性形象、男性形象、西克索的"真汉子"形象、奴隶叙事特征、蓝调特征、爵士乐式叙事策略及文本特征、空间隐喻与叙事意蕴、"不确定性"文本叙事、空间叙事、人物身份解构叙事、叙事结构、叙事话语、叙述策略的音乐要素、身体叙事、多元叙事技巧、多重叙述视角、主体间性视角、文体特征、叙事文体特征、悲剧性、悲剧性审美、语言特色、空间形式、创作手法与思想倾向、复调艺术、哥特因素、怪诞的双重性、鬼魂意象及其修辞功能、房子的象征意义、后现代特征、后现代性叙述特征、后现代现实主义叙事特色、后现代文本特征、后现代主义文学特征、文本的开放性、开放式结尾的艺术魅力、隐喻手法、象征意蕴的多重性、后现代叙事风格、后现代叙事策略、叙述策略及艺术魅力、爵士乐风格、多类型意识流、狂欢化特征、女性哥特特征、魔幻现实主义、写作艺术、人物形象塑造的陌生化手法、叙事技巧的陌生化、情节处理、互文性、散文体语言特征、时间技巧、象征意义、水之意象与象征、艺术形象与审美价值、杂糅性、哥特式意象、"召唤—回应模式"及其黑人美学思想、语言的陌生化、语言的隐喻性、前景化语言对主题的表达与深化作用、双向意识流及其在精神压抑及心理叛逆中的妙用、碎片化叙事对宠儿身份的解构与建构、存在主义特征、含混主题、作为修辞的调解与冥想、"百纳被"审美、《宠儿》与《红字》的哥特式异同、《宠儿》与《紫色》的异同、《宠儿》与《奥德塞》的互文性、《宠儿》与《汤姆叔叔的小屋》的互文性及其启示、《宠儿》与《爵士乐》的互文性、《宠儿》与《慈悲》的互文性、《宠儿》与《慈悲》中母爱和母亲形象的异同以及《宠儿》从小说到电影的二次构建、《最蓝的眼睛》中创作上的多重突破、黑人妇女悲剧、黑人母亲自我镜像迷误、黑人男性的艰辛寻根、黑人女性身份认同观、黑人女性主义意识、黑人女性生存困境、黑人女性自我选择、黑人女性身体政治意识、黑人女性成长及困惑、黑人女性形象、黑人女性自我形象建构、黑人女性主体建构、黑人群体生存困境、黑人社区及其意义、黑人身份认同、黑人文化背离与坚守、黑人文化自我审视与自我批判、黑人文化元素、黑人文化主体性丧失、黑人小女孩的悲剧命运、黑人异化、黑人自我迷失、黑人自我认同、黑人族裔身份探寻、后殖民女性主义思想、后殖民主义思想、集体暴力和替罪羊母题、文化霸权、文化殖民、文化殖民与族裔身份认同、西方文化意象的喻指意义、黑人文化传承与发展、欧洲中心主义传播体系下白人对黑人的精神洗脑、蓝眼睛背后的文化霸权、白人文化劫持下黑人女性的病态心理、白人审美标准对黑人女性心灵的浸染、白人文化霸权下的黑人自我否定、白人文化冲击下的黑人自我迷失、白人文化冲击下的黑人心灵、白人文化殖民下的黑人悲剧、白人文化对黑人心灵的戕害、美国梦的扭曲与颠覆、民族文化身份缺失的悲剧及其意义、强势文化中的弱势文化异化、母爱的失落与扭曲、母爱缺失下的心灵扭曲、母爱喻指、女性、家庭与文化、女性主义视角的多维性、佩科拉的悲剧及原因、佩科拉的生存心态及其成因、佩科拉的疯癫及其体现的主体异化、亲子关系与悲剧结局的关系、经济因素及其作用、权力规训与惩罚、规训权力的运行手段、人物悲剧命运、人物在群体中的归属模式、人物自我同黑人社区的游离与融合、弱势民族的困惑与思索、上帝形象的颠覆与重构、社会伦理和伦理选择、身体政治、神话原型、生态女性主义思想、女性主义主题、双重悲剧结构、双重歧视、他者建构、他者形象、新历史主义主题、性别、种族与阶级主题、种族主义内化现象、自我迷失与自我寻求、存在主义主题、"窥视"母题、希腊神话原型、边缘化表述策略、布鲁斯美学、蓝调特征、结构特征、解构主义特色、时间叙事策略、象征意蕴、隐喻意象、主题与象征意象、"蓝色"意象、自然意象及其象征意义、反讽艺术、空间叙事美学、修辞艺术、后现代叙事特征、创伤叙事、多元化叙事技巧、多元性话语模式、多元叙述声音和视角、话语建构与叙事策略、《最蓝的眼睛》与《穿越象牙门》的互文性、《最蓝的眼睛》与 V. 的互文性、《最蓝的眼睛》与《宠儿》中的黑人家庭关系以及《最蓝的眼睛》与《黄色墙纸》的叙述共性、《所罗门之歌》中的"飞翔"主题、飞翔象征、飞翔与姓名主题的交错、飞人意象的喻指意义、"奶人"的自我追寻、"奶人"的成长、"奶人"的心路历程、彼拉多形象、彼拉多身上的隐喻符号、非洲传统文化回归与传承、古希腊神话原型、原型人物、黑人命运、黑人女性、黑人女性解放、黑人女性主义主题、女性主义主题、新女性主义主题、黑人身份认同困境、黑人女性身份认同之路、黑人女性形象、黑人女性成长、黑人男性身份构建、黑人文化、黑人文化传统、黑人文化发展方向、黑人文化身份迷失与认同、民族传统文化、黑人文化寻根之旅、歌谣与黑人审美观、黑人自由解放之路、黑人精神困境、后人道主义思想、记忆场所、精神家园构建、精神生态思想、爵士乐因素、美国黑人历史文化精神重建、美国黑人民族文化反思、美国黑人文化选择困境、美国黑人族裔文化身份、黑人心灵世界、民谣的意义、民族身份认同、民族文化意识、权力关系、人际关系、家庭关系、人名隐喻、命名隐喻、女性命名方式及其象征含义、人物的生存疏离、女性人物的悲剧命运、三代黑人男性的成长之路、神话模式、神话原型与作用、生态女性主义主题、树的生态女性主义意蕴、圣经因素、痛楚禁忌、文化错位与文化归位、文化寻根、文化干预策略、文化理想、文化情结、寻根过程、音乐叙事、喻指世界、主人公文化身份回归、消费主义主题、追寻主题、自由与回归主题、"寻根"主题、暴力主题、成长主题、布鲁斯美学、哥特特征与叙事艺术、怪诞美学叙事艺术、叙事策略及艺术魅力、叙事艺术、全聚焦模式、语言特点、象征手法、魔幻现实主义表现手法、前景化叙事与主题展现、《圣经》戏仿、《所罗门之歌》与《圣经》的人物互文性以及《所罗门之歌》与《柏油娃娃》中黑人民众的美国梦追寻、《秀拉》中的黑人男性形象、男性形象与莫里森的女权思想、女性历史书写、女性身体反抗、女性主体性丧失与重建、女性主义思想、黑人女性苦难与反抗、黑人女权主义思想、黑人女性身体诉求、时间意象与黑人女性身份建构、黑人女性自我身份建构、黑人女性自我救赎、黑人女性抗争精神、黑人自我塑造历史、美国黑人女性传统家庭伦理观的颠覆与升华、黑人女性姐妹情谊及其作用、黑人文化身份构建、历史文化重构、水与火的文化象征寓意、圣经隐喻、人名寓意及原型、上帝造人神话改写、生存伦理、生死母题、死亡仪式、死亡主题及表现形式、死亡意象及意义、替罪羊母题、秀拉的叛逆之旅、秀拉形象、秀拉的自我追求、伊娃的女上帝形象、认同寻求、异乡人主题、喻指意象、族裔幽默、"现存"与"缺席"、存在主义特征、道德倾向、颠覆与构建、二元对立现象、艺术结构以及《秀拉》与《他们眼望上苍》的互文性书写、《柏油娃娃》中的美国黑人身份问题、后殖民主义主题、后殖民生态思想、生态思想、生态女性主义思想、黑人女权主义话语、莫里森的伦理观、莫里森对黑人民间故事的创造性改写、莫里森的双重意识、莫里森的后人道主义文化观、民族文化出路寻求、美国黑人流散文化观、吉德的无意识欲望、空间策略与文化身份、空间叙事、艺术特色、层叠叙事原型、人物塑造、家之建构、隐喻及其意义、隐喻模式和隐语引用、《爵士乐》中的后现代现实主义叙述、历史书写与爵士精神、爵士乐的象征意义、爵士乐式叙事特征、音乐叙事、音乐性与新黑人文化身份认同、语言偏离现象、不可靠叙述与历史书写、叙事话语与历史观、断层与传承、空间、地点与身份认同、黑人文化裂缝与踪迹、"创伤重演"与"创伤消解"、花之意象、内聚焦、文本结构、人物精神生态、后现代身份叙事、城市文化与身份重构、主体性建构、美国黑人女性主体建构、人物身份解构与建构、原型救赎、超越双重樊篱的黑人美学以及《爵士乐》与《最蓝的眼睛》的布鲁斯美学互文性、《乐园》中的乌托邦理想与哀思、圣经母题、理想与现实、母亲、记忆与历史、康索雷塔原型形象、叙事技巧、后现代叙事特征、复调式叙事、创伤叙事、身体叙事、共时性空间形式、两性观、历史观、历史编码与政治隐喻、生态思想、传统乌托邦颠覆、原型、暴力与救赎、大炉灶与社会空间结构原则之争、黑人民族出路追寻、黑人母亲主体性构建、不同群体主体建构、敌意与和解、多元文化社会思考、黑人女性主体意识、肤色政治、女性主义写作、权力策略与反抗、精神生态观照、集体记忆建构、基督精神与女神崇拜融合、《慈悲》中的历史意蕴、跨越种族与文化的女性人生、"家"之建构、人物生存心态、自我追求主题、种族超越、田园主义梦想及其破灭、美国例外论神话质疑、生态女性主义思想、生态思想、后殖民主义主题、规训权力、互文性、体制与人性、多种族家庭、弗洛伦斯的自卑情结、弗洛伦斯的黑人女性身份自我建构、母爱缺失对弗洛伦斯的影响、主体身份缺失、黑人女性主体性构建、被"背叛"的女性、女性群像、女性话语权建构、超越种族的女性关爱、母女关系、男性形象、空间叙事艺术、叙事视角、去种族化叙事、陌生化叙事技巧、时间叙事技巧、人物叙述、创伤、记忆与叙述疗伤、"他者"的病态身份构建、混血儿索柔的自我认同、原型意象、生存伦理、伦理身份与伦理意识、伦理选择、善良本性呼唤、"反抗哲学"及其文化意义、美国起源重塑、前景化语言、审美召唤和象征主义手法、《爱》中的意象美、手意象、原型意象、黑人女性成长、黑人女性主义生存观、女性主体沦丧与回归、女性友谊、女性身体、身体叙事、女性形象、道德伦理、畸形婚姻关系、种族空间政治、空间观、伦理主题、女性主义叙事特色、女性创伤书写、创伤与疗伤、意识形态倾向、姐妹情谊与父权制的较量以及《爱》与《慈悲》中姐妹情谊的异同、《家》中的创伤主题、治伤与灵魂回归、弗兰克的创伤、弗兰克的回归、女性书写、新历史主义主题、存在主义特征、美国黑人生存空间想象、救赎主题、文化书写、叙事判断与伦理归旨、空间叙事、叙事策略以及《家》与《喧哗与骚动》中的家族兴衰与时代变迁、《宣叙》中的不可靠叙述和黑人女性主义主题以及《恩惠》中的意象喻指和欲望下的白人男性形象等，这些研究彰显了 21 世纪中国莫里森研究的动向和关注热点。

2000—2015 年，中国批评界采用后殖民主义批评、新历史主义批评、女性主义批评、生态批评、生态女性主义批评、解构主义批评、结构主义批评、俄国形式主义批评、精神分析批评、文化研究、叙事学研究和比较研究等多元文学批评方法研究了沃克《紫色》中的色彩隐喻、象征手法、颜色象征及其意义、"紫色"的反原型象征意义、"紫色"的隐喻意义、标题的多重象征意义、布鲁斯音乐与颜色的暗含意义、姓名艺术与女性主义、书信体风格、书信体叙事策略、叙事艺术、叙事特色、叙述模式、语言策略、跨文本语言策略、文本戏仿与种族理想、反讽及其作用、黑人妇女的爱与宽容、黑人妇女的觉醒与蜕变、黑人女性生存之道、黑人妇女主义生存观、黑人女性成长主题、黑人女性成长特点、黑人女性的三重边缘化身份、黑人女性身体认知与文化认同、黑人女性精神生态探索、黑人女性身份认同、伦理主题、黑人女性生存伦理、黑人女性意识觉醒、黑人女性主义、黑人女性主义神学观建构、黑人女性主义文学传统、黑人女同性恋主义、黑人女性的创造性与自我解放、黑人女性自我重构、黑人女性自我实现及其方式、黑人女性主体意识演变、黑人女性自主身份追寻与构建、黑人女权主义法律观、黑人女性传统形象与"新形象"、黑人生存空间、黑人自我解放、黑人民间艺术与黑人妇女自我价值确认、黑人男性、黑人男性形象、黑人男性成长历程、家庭暴力、悲苦无助的母亲们、被忽视的女性角色、边缘群体话语权冲突与建构、夹缝中的女性人物、母女两代人形象（从"它们"到"她们"）、姐妹情谊、两性关系及其演变、两性和谐、两性形象塑造、男权社会和种族主义解构、男权主义、女性社会地位、女性伦理、女性身体政治、女性同性恋、同性恋情感、同性恋主题复写与改写、女性叙事建构、女性职业、女性主义叙事特色、女主人公女性意识觉醒与转变因素、女主人公身份探索过程、女性天性与身体、"躯体写作"、女性话语、女性自我意识觉醒与抗争、女性他者形象、女性主义思想、沃克对女性主义思想的继承与发展、沃克的女性观、沃克的女性叙述视角、沃克对传统男性霸权气质的颠覆与理想男性形象的重构、黑人女性茜莉的自我意识、茜莉的"身体救赎"、茜莉的主体性意识觉醒、茜莉的爱情取向、茜莉的内心蜕变历程、茜莉的自我解放之路、茜莉从自我缺失到自我完善的精神历程、茜莉的黑人女性意识觉醒、茜莉的女性主体丧失与建立、茜莉的身份建构、茜莉与莎格的关系、茜莉的"成长"与重生、茜莉与莎格的同性恋关系、服装与颜色对茜莉自我觉醒的催化作用、茜莉形象、"双性同体"形象、反性别主义思想、沃克的"双性同体观"、沃克的双性同体和谐观、沃克的妇女主义思想、性别政治、异性爱与同性爱、沃克对基督教神义论的颠覆、沃克对西方传统基督教的复调批判、沃克的非洲中心主义、沃克的民族意识、沃克的文化寻根意识、非裔美国人的传统追寻、非洲民俗文化、非洲族裔文化、黑人文化及传统、黑人文化美学、文化主题、生态女性主义思想、黑人生态女性主义、生态批评观、生态社会思想、生态体系构建与颠覆、后现代女性主义、后现代女性主义色彩、后殖民女性主义思想、后殖民叙事艺术、超友情之爱、称谓语、传统神权话语颠覆、创伤与修复、索菲亚形象、反传统男性形象、哈波形象、莎格名字的象征意义、精神世界、矛盾民族意识、二元对立及其消解、批判现实主义、《紫色》从小说到电影的改编、《紫色》文本与影片共谋的隐喻意象、《紫色》与《对抗的力量》的互文性、《紫色》与灰姑娘童话经典的互文性、《紫色》与《黄色墙纸》中女性命运的异同、《紫色》与《潜鸟》中女主人公的异同以及《紫色》和《大红灯笼高高挂》中色彩象征意义的异同、《日用家当》中的反讽艺术、象征主义手法、多维象征、人物形象、女性形象、黑人母亲形象、女性人物的象征意义、细节描写及其象征意义、当代美国黑人女性意识觉醒、妇女主义思想、文化冲突、沃克的民族文化身份意识、人物身份认同、黑人女性身份认同、美国黑人文化身份认同与文化遗产继承、美国黑人民族文化身份意识困惑及取向、美国黑人文化遗产观、梅格的性格变化与美国黑人文学思想嬗变、迪伊形象及其矛盾处境（文化冲突中的自我迷失）、迪伊的自由追寻、自由观和责任观、历史记忆与文化身份、文化语境、沃克的文化传承观、沃克的民族文化忧患意识、黑人女性主体追寻、生态女性主义思想、新历史主义、后殖民主题、"自我"与"他者"、觉醒与困惑、日常生活批判、现代主义元素、前景化语言、称呼语及其文体效果、修辞构建、时态隐喻、叙事美学蕴含、叙事特点和结构主义特征、《父亲的微笑之光》中的女性主义思想、视角变异、两性理想回归之路、"鞭打"意象（双重身份的幽灵）、非洲中心主义思想、沃克的黑人女性生存之道、父女关系与妇女主义思想、父女关系与生态女性主义思想、生态主题、叙事结构与叙述声音、他者形象、另类女性形象和复调特征、《梅丽迪安》中的男主人公性格、艰难探索、历史主题、创伤主题、音乐与杀戮主题、妇女主义、生态女性主义、黑人女性道德成见、艺术表现手法、叙事策略、反叙事、碎片化情节以及《梅丽迪安》与《紫色》中妇女主义思想的异同、《殿堂》中的对话形式变异、妇女主义思想、生态女性主义思想与生态主题、《格兰奇·科普兰的第三次生命》中的男性形象、《1955》中的布鲁斯特征、《人工流产》中的女性主义思想、《欢迎之桌》中的主题与艺术、阿方索与沃克的"双性同体"意识以及《现在是你敞开心扉之际》中的妇女主义主题等，这些研究彰显了 21 世纪中国沃克研究的动向和关注热点。

2000—2015 年，中国批评界采用后殖民主义批评、解构主义批评、结构主义批评、后现代性批评、现代性批评、社会历史批评、神话原型批评、文化研究、叙事学研究和比较研究等多元文学批评方法研究了埃里森《看不见的人》中的音乐特色、黑人音乐、布鲁斯表征、布鲁斯哲学、布鲁斯在人物塑造中的功能、爵士乐、埃里森的"音乐情结"、身份追寻、文化身份探寻及建构、人物身份认同、黑人话语权与文化身份、黑人个人文化身份认同、美国黑人的"无形"之困境、美国黑人的"无形"之主题、"无形"之根源与自强之路、黑人自我探寻之理性化道路、自由与身份探求、"无形人"的文化身份探寻及其多重意义、"无形人"的三次身份危机、"无形人"的自我身份构建、"无形人"的寻梦之旅、"无形人"的心理变化、"无形人"的思想表达方式、"无形人"的自我认同缺失与自我发现、"无形人"之"不可见性"与"可见性"、黑人悲惨处境及其文化成因、黑人民俗在主人公种族身份建构中的作用、黑人习性的文化意义、黑人曲折成长主题、黑人少年成长、成长主题、自我成长主题、矛盾冲突及其突破、荒诞世界中的自我追寻、自我发现之旅、对话性与自我认同、埃里森的"自我"拯救之路、埃里森的黑人身份认同意识、黑人意识、典型黑人身份、种族空间政治、种族观、后殖民主义主题、权力的性规劝与主体的性反抗、主/客体的相互凝视与身份建构、流浪主题、存在主义思想、存在主义主题（荒谬的极限处境与自我追寻）、"无为"之道、权力关系、存在与异化、英雄冒险原型主题、女性人物形象、智慧长者形象、心灵和谐之旅、神话隐喻模式、神话原型、多重原型、象征主义表现手法、象征意象、象征意蕴、"眼睛"意象及其象征意义、公事包的象征意义、"黑洞"的意义、视觉象征、矛盾形象与仪式象征、讽刺手法、后现代解构趋势、脱冕型结构、后现代主义特征、狂欢两重性、场景设置的主题意蕴、叙述特色、二元对立叙事、幽默艺术、黑色幽默、写作手法和互文性、《看不见的人》与《土生子》和《所罗门之歌》中身份建构的异同、《看不见的人》与《所罗门之歌》的互文性以及《看不见的人》与《六月庆典》的主题异同、《六月庆典》中的文学印象主义特色、文化隐喻、父子关系、后殖民主义文化主题、丢失"身份"寻求、黑人人性书写、仪式视角和《六月庆典》难产的原因、《广场上的宴会》中的自由寻求以及《混战》中的批判性话语等，这些研究凸显了 21 世纪中国埃里森研究的动向与关注热点。

2000—2015 年，中国批评界采用后殖民主义批评、精神分析批评、现代性批评、伦理批评、文化研究和叙事学研究等多元文学批评方法研究了赖特《土生子》中的悲剧精神、杀人现象、象征艺术、"盲"的象征意义、视觉的象征意义、规训权力、监狱式社会的权力运行机制、抗议之声、男主人公的性格特征、自然主义、别格的男性气质、别格的刻板印象、别格的心理构建、别格的异化与异化解除、别格的监狱之"家"、别格的性格及其悲剧原因、大众文化与传媒对种族观念的影响、黑与白、种族主义及其恶性效应、黑人形象、沉默"他者"、存在主义色彩、逃跑主题、伦理主题、跨种族性关系、后殖民女性主义主题、阴影与人格面具、审美愉悦、隐喻意义、写作特征、哥特恐怖特征、现实主义手法、《土生子》在美国黑人文学和美国文化中的意义以及《土生子》在美国文学中的重要地位、《黑孩子》中主人公在种族冲突下的困惑与成长及其主体建构、"隔离"主题、反抗意识、叙述视角、三维事实、"饥饿"主题和伦理关系以及《即将成人》中的黑人英语方言和成长主题等，这些研究体现了 21 世纪中国赖特研究的动向和关注热点。

2000—2015 年，中国批评界采用女性主义批评、生态女性主义批评、后殖民主义批评、新历史主义批评、神话原型批评、传记批评、伦理批评、结构主义批评、文化研究、叙事学研究和影响研究等多元文学批评方法研究了赫斯顿《他们眼望上苍》中的后殖民主义主题、后殖民女性主义思想、黑人女性主义思想、黑人女性形象重构、黑人女性自我认知、黑人女性成长、黑人女性自我成长、黑人女性成长之旅、女性主义主题、女性形象、女性反抗的妥协性、女性主义叙事特色、女性叙事策略与故事情节、生态女性主义思想、珍妮的生存方式、珍妮的需求层次、珍妮的言说与成长、珍妮的女性成长历程、珍妮的婚姻及其独立、珍妮的三次婚姻及其自我意识成长、婚姻在珍妮成长中的作用、珍妮的黑人新女性意识、珍妮的自我实现、珍妮与伏都教女神俄苏里、女性物化现象、黑人男性形象、种族身份建构、多元文化语境下黑人文化身份构建、黑人文化精神、黑人民俗文化及其在新黑人形象建构中的作用、自传性因素（佐拉·尼尔·赫斯顿的人生）、赫斯顿的种族观、新历史主义主题、自我探索与实现、成长主题及其空间政治意义、空间寓意、存在主义色彩、"大路"隐喻、叙事策略、叙事语言、叙事话语建构、顿悟与象征、象征手法、象征意象、"水"原型及其象征意义、主人公头饰与服饰变化及其象征意义、神话原型、埃及神话原型、爱的伦理与意象延伸、二元对立、规训与反规训、民间口头语言描写在黑人形象解构与建构中的作用、命名文化、审美追求、语言风格、布鲁斯特征、原始性与现代性、《他们眼望上苍》的现实意义以及《他们眼望上苍》与《紫色》的互文性、《摩西，山之人》中的"混杂"现象和短篇小说《汗水》中的多元主题（婚姻、人性、种族）等，这些研究凸显了21世纪中国赫斯顿研究的动向与关注热点。

　　除了莫里森、沃克、埃里森、赖特和赫斯顿，中国批评界还采用后殖民主义批评、新历史主义批评、生态批评、女性主义批评、生态女性主义批评、解构主义批评、后现代性批评、伦理批评、道德哲学批评、文化研究和叙事学研究等多元文学批评方法研究了鲍德温笔下的黑人自我探索、黑人性神话与美国私刑、鲍德温的文学"弑父"与美国黑人文学转向、鲍德温的跨空间写作、《桑尼的布鲁斯》中的美国黑人文化认同历程、布鲁斯音乐、布鲁斯音乐形象和美国黑人的他者性及其身份重建、《另一个国家》中跨种族性关系的困惑和白人女性的文化创伤、《向苍天呼吁》中的黑人主体性观、生态社会追求、狂欢化特质和基督语境下的黑人女性、《走出荒野》中难以走出的"荒野"和《如果比尔街会说话》中的父亲形象，盖尔·琼斯的布鲁斯小说、阿历克斯·哈利《根》中文化休克困境下的故乡想象、"寻根意识"、美国黑人家族的苦难历程、根意识觉醒、民族文化和文化价值，爱德华·P. 琼斯的小说创作、琼斯对黑人文化的歌唱、《已知世界》中的新历史主义主题、倒叙与预叙、当代奴隶叙述（历史真实与话语建构）、身份建构、历史元小说叙事策略、后现代主义叙事策略、主人公亨利的多层双重意识、荒谬世界与自由追寻和《迷失城中》中的历史阴影与自我寻找，伊什梅尔·里德的小说创作之路（在民间文化中建构非裔男性身份）、里德与后现代讽刺小说、里德与多元文化思想、《芒博琼博》中的后现代主义"反侦探小说"特征、《逃往加拿大》中的戏说语境和历史叙述及其政治隐喻、《黄后盖收音机坏了》中的伏都宗教与"新伏都"和《刺激》中里德对媒体话语权力的批判性审视，罗恩·米尔纳短篇小说《一束阳光》中的"死亡"及其意蕴，奈勒《布鲁斯特街的女人们》中的姐妹情谊、黑人女性恐女同性恋心理、玛蒂的母亲形象、男性形象、意象、反讽、荒诞梦幻、象征手法、《布鲁斯特街的女人们》与《布鲁斯特街的男人们》中的"孪生隐含作者"、《贝利小餐馆》中的女性主义主题、七位黑人女性形象（四位传统女性〈玛蒂、埃塔、卢西莉亚和科拉〉、三位激进女性〈金斯瓦纳、洛林和特丽萨〉）和黑人男性气质建构以及《戴妈妈》中的生态女性主义主题和黑人母亲形象，卡罗利维亚·赫伦《永远的约翰尼》的叙事策略，安吉罗《我知道笼中鸟为何歌唱》中的新黑人女性形象、女性成长书写、黑人女性觉醒、黑人女性身份建构与族裔文化身份构建和《非凡女人》中的女性自我歌唱主题，查尔斯·切斯纳特小说中的混血儿（种族歧视下的身份困惑）和《结发之妻》中折射出的文化形态，爱丽丝·奇尔德里斯《英雄不过是三明治》的叙事特色，宝琳·伊丽莎白·霍普金斯《对抗的力量》中的黑人女性自我意识和黑人女性主体性实现，哈里特·雅各布斯的自传式作品《一名女奴的人生际遇》中的黑人女性身份建构，弗雷德里克·道格拉斯《一个美国黑奴的自传》和哈里特·雅各布斯的《一名女奴的人生际遇》中的黑奴自传传统传承与发展和奴隶叙事中的性别视角，盖恩斯《简·皮特曼小姐的自传》中的美国黑人历史缺失再现、新奴隶叙述特征和召唤—回应叙事模式，盖恩斯短篇小说《阴沉沉的天》中的成长主题、《临终一课》中格兰特的内心改变及其意义、《老人集合》中的男性尊严重建与种族融合促进、历史回顾、现状展示和未来思索、黑人男性气概和黑人学校教育中的权力关系以及《爱与尘》中的黑白爱情悲剧，马歇尔《棕色姑娘，棕色砖房》中的黑人女性形象与文化冲突中的成长构建和《寡妇颂歌》中的"单一神话"母题、民俗事象、文化融合与艾维的文化身份建构，戴维·布拉德利的历史小说《昌奈斯维尔事件》中的历史与想象、对抗性叙事策略与黑人历史认知，休斯短篇小说中的生存困境主题、《让我奏响布鲁斯》中的信仰合理性、《救赎》的电影化特征、《早秋》中的潜文本叙事策略、诗化特征和简约主义手法、《父与子》中的悲剧叙事、《并非没有笑声》中的意象叙事和《黑人说河》中的河与历史、杜波依斯的黑人女性观、《约翰的归来》中的人物异化和杜波依斯"双重意识"对美国黑人文化身份的建构、休斯、杜波依斯与图默短篇小说中的"私刑"再现（梦想、回归与族群的否定），沃尔特·莫里斯《黑人贝蒂》中的文化融合和《蓝衣魔鬼》中的"地下人"形象、隐喻与人格主题（多重人格、幻听人格与后继人格），查尔斯·约翰逊的小说伦理观、《中途》中的后现代历史叙事、历史编撰元小说叙事策略、空间及意义表征、心理创伤与救赎之道、《武馆》中的传统东方智慧及其对现代西方人心灵的启迪和《牧牛传说》中的道家思想，杰斯明·沃德《拾骨》中的南方文学特征、"野蛮"与"文明"、写实主义和叙事技巧，内拉·拉森《越过种族线》中的成长主题和《越界》中的反讽意蕴，巴巴拉《吃盐者》中的身份选择与构建，拉丽塔·塔德米《凯恩河》中的黑人女性生存伦理和黑人女性主体意识建构，约翰·基伦斯《扬布拉德一家》中的美国南方男性气概伦理批判，20世纪中期美国黑人小说家维拉德·萨伏伊《异域》中的心象叙事，黑人女小说家萨菲尔《推动》中的黑人成长主题，黑人女小说家奥克塔维娅·埃斯特尔·巴特勒《家族》中的权力与奴隶叙述和《亲缘》中的"语言"诉求，黑人女作家芭芭拉·尼利《清洁工布兰奇》中的环境非正义现象及其原因，黑人女作家塔亚丽·琼斯《银雀》中的叙事视角转换艺术，当代黑人小说家帕西瓦尔·埃弗雷特《抹除》中的文本戏仿与种族想象，安·佩特里《纳洛斯街》中的跨族裔恋情悲剧与新历史主义主题，约翰·埃德加·怀德曼《黄热病》中的传统题材与后现代风格和《费城大火》中的后现代叙事策略与族裔关系，20世纪早期黑人小说家詹姆斯·温尔顿·约翰逊《一个原有色人的自传》中的混血儿身份隐喻，20世纪中期非裔城市自然主义小说家威廉·加德纳·史密斯《南街》中越界婚姻的伦理窘境，20世纪90年代登上文坛的黑人女作家特瑞·麦克米兰的小说创作，早期黑人小说家所罗门·诺瑟普《为奴十二年》中的黑奴创伤与修复、奴隶制下的人性扭曲、自由追寻的救赎之旅、黑奴历史重构与偏离、暴力与反暴力、空间隐喻与黑奴的"自由"信仰和黑人奴隶制下基督教的社会作用，早期黑人小说家威廉·威尔斯·布朗《克洛泰尔》中的"物化"景观，加勒比海裔黑人女作家牙买加·金凯德《我母亲的自传》中的后殖民主义主题、殖民主义话语逆写、语言风格、寓言叙事与自我书写以及

《露西》中的不可靠叙述与潜藏文本等。

（七）美国犹太小说研究

21世纪，中国的美国犹太小说研究空前发展，研究者采用多元文学批评方法研究了贝娄、马拉默德、菲利普·罗斯、辛格、欧芝克、戈尔德、沃克、蒂莉·奥尔森、格蕾斯·佩蕾、哈依姆·波特克、亨利·罗斯、阿特·斯皮格曼、安斯阿·伊捷斯卡、乔纳森·萨福兰·福厄和亚伯拉罕·卡恩等美国犹太小说家的思想与艺术，多元文学批评方法的采用在贝娄研究、马拉默德研究、辛格研究和菲利普·罗斯研究中尤为突出。

2000—2015年，中国批评界采用后殖民主义批评、新历史主义批评、女性主义批评、生态批评、生态女性主义批评、神话原型批评、结构主义批评、现代性批评、后现代性批评、社会历史批评、道德哲学批评、伦理批评、文化研究、叙事学研究和影响研究等多元文学批评方法研究了贝娄《赫索格》中的赫索格形象、赫索格的文化身份追寻、赫索格的精神危机成因、赫索格的精神生态状况、赫索格的精神同化、赫索格的心理、赫索格的婚姻悲剧、赫索格的理想追寻与自我重塑、赫索格知识分子社会属性的"被边缘化"、赫索格的悲剧原因、赫索格与神话精神、赫索格的心路历程、贝娄的身份焦虑、贝娄的犹太情结与人文情怀、贝娄的性别观、贝娄对女性主义的焦虑与反拨、贝娄的男性霸权思想、父权制与女性主义的相遇、两性关系及其文化象征意义、玛德琳的"新女性"形象、女性形象、女性主义思想、生态女性主义思想、迷惘与追寻、男女主人公的美国性、犹太女性、犹太文化精神、"他者"与"自我"、"他者"化的传统犹太女性、存在主义荒诞意识、后现代文化危机与主体救赎、当代知识分子的社会特征、知识分子的荒诞世界与荒谬生活、知识分子形象与贝娄的人文关怀、情境与意蕴、人文关怀与犹太民族境遇、现代哲学意蕴、人性异化主题、身份危机与伦理选择、书信、记忆与空间、性别、政治与文化、异化内涵、异化主题、荒原主题、复调特征、空间叙事与主体性、文本价值呈现模式、现代人的精神流浪、现代性、现实主义与现代主义、叙述分层、叙事艺术与读者心理空间构建、艺术风格、戏仿艺术、叙述技巧、意识流手法、写作技巧以及《赫索格》与《拉维尔斯坦》的互文性、《洪堡的礼物》中的艺术特色、"窗口"叙事理论、复调特征、礼物的意义、现代主义倾向、知识分子形象、主题与创作思想、后现代文化境遇下人物的对抗、异化与妥协、马丁·布伯哲学、"父子"关系、名字隐喻、犹太文化主题、都市问题及对中国的启示、符号界与象征界、女性形象的矛盾性特质及其成因、异化主题、不可靠叙述、叙事空间、贝娄的知识分子情怀、双角色人物模式、犹太文化意识与灵魂救赎、"成功"与"失败"的悖论、城市空间、都市人的现代性救赎、美国当代文明特征、贝娄的"犹太性"、知识分子的困境和超越以及文本的历史性、《雨王汉德森》中的原型模式、"负罪—救赎"母题、犹太性、索求主题与空间结构、雨王汉德森的精神危机及其追求之路、复调性、精神探索、存在主义思想、空间主题、贝娄的共同体思想、生态意识、动物意象及其文化内涵、英雄精神回归和汉德森的追寻者形象、《只争朝夕》中的存在主题、犹太文化与泰姆金医生形象、复调性、主人公威廉的精神世界、道德冲突、受虐狂现象的运行机制及其社会功能、父子矛盾的文化内涵、金钱至上的家庭关系、犹太人美国梦的破灭及其因素、理性与情感的冲突、贝娄对代际关系的思考、汤米的中年危机和主人公威廉的受难经历、《更多的人死于心碎》中的"对话"哲学、人物形象、多元性别模式、人称转换与视角越界、多重视角、受虐狂现象的运行机制及其社会功能、犬儒主义戏仿、人物关系和贝娄的泛性论批判、短篇小说《绝望的父亲》中罗金的痛苦和"绝望的父亲"形象、短篇小说《堂表亲戚们》中的"对话"策略、《晃来晃去的人》中的犹太性、存在主义主题和主人公的边缘性、《奥吉·玛琪历险记》中的互文性、存在主义主题、生态回归意识、"不确定"写作以及《奥吉·玛琪历险记》与《哈克贝利·费恩历险记》的异同、《赛姆勒先生的行星》中的反社会人性母题、创伤书写、创伤与疗伤、记忆与历史的争执、疾病叙事和引路人形象、《寻找格林先生》中的原型与生存追求主题、人物形象、二元对立、人生哲学、伦理指向、伦理道德、宗教伦理取向和贝娄对人类状况的关注、《拉维尔斯坦》中的文化主题、伦理主题、身份与认同、主体性特征、生命意识、生态观以及《拉维尔斯坦》与贝娄的犹太性转变、

《受害者》中的希伯来哲学与宗教和伦理思想（自我·他者·责任）、《院长的十二月》中的荒诞主题和贝娄的生态观、《贝拉罗莎暗道》中的创伤传播及其反思、道德哲学、叙事技巧和贝娄的犹太关怀、《离别黄屋》中贝娄的肯定伦理观和叙事伦理、《银碟》中主人公的犹太伦理困境、物质大厦上的价值困境和"父与子"主题以及《耶路撒冷去来》中的乡愁等，这些研究彰显了 21 世纪中国贝娄研究的动向与关注热点。

2000—2015 年，中国批评界采用后殖民主义批评、社会历史批评、道德哲学批评、伦理批评、结构主义批评、文化研究、叙事学研究和比较研究等多元文学批评方法研究了马拉默德《店员》中的叙事视角转换与语言特色、文体风格及其表现功能、写作特色、语言艺术、象征艺术、情节模式、"相遇"哲学、佛学色彩、文化碰撞、弗兰克的成长、团结意识、实用主义文化、伦理内蕴的三维视阈、二元对立、犹太人道主义精神、犹太幽默、犹太文化的悖论性、第一代美国犹太移民的生存困境、幸福感缺失的因素和"犹太人"的生成、鲍伯夫妇的犹太形象、父子形象、犹太父子关系、犹太父权思想、犹太移民"美国梦"的幻灭、"受难—救赎"母题、犹太受难形象和自然主义特征、《房客》中美国黑人作家与犹太作家的生死对话、《上帝的惩罚》中的话语意蕴、《装配工》中的"受难"情结、反抗权力和《装配工》中雅柯夫形象与《骆驼祥子》中祥子形象的异同、《头七年》中的犹太情结与文体特征、《魔桶》中的前景化艺术手法、人物性格与象征意义、双重意蕴、魔幻下的真实、犹太精神和犹太性表征（受难与救赎）、《杜宾的生活》中的自然意象、叙事艺术与杜宾的伦理困境、杜宾的精神困惑与自我救赎（道德回归与同化悖论）和杜宾人格的犹太性与美国化、《上帝的恩赐》中的犹太民族历史寓言、《银冠》中的犹太文化与美国主体文化的冲突与融合、异化社会与人道主义思想、"犹太性"和犹太文化主题、《犹太鸟》中的追寻主题以及《湖畔女郎》中马拉默德的犹太女性思考等，这些研究凸显了 21 世纪中国马拉默德研究的动向与关注热点。

2000—2015 年，中国批评界采用女性主义批评、新历史主义批评、道德哲学批评、现代性批评、结构主义批评、伦理批评、文化研究、叙事学研究和比较研究等多元文学批评方法研究了辛格《卢布林的魔术师》中的文化融合、冲突与变迁主题、符号矩形方阵、犹太传统价值回归与悖谬、辛格创作的男性立场与西方宗教哲学思想、雅夏的心路历程、伦理主题和新历史主义主题、《傻瓜吉姆佩尔》中的犹太文化精神、傻瓜吉姆佩尔形象、傻瓜吉姆佩尔的精神皈依与道德重生、艺术特色、"对话"哲学、主题模式、女性形象、生存与信仰主题、犹太文化主题以及《傻瓜吉姆贝尔》与《活着》中苦难与救赎母题的异同、《第三者》中的象征寓意和困惑人生主题、《补锅匠的婚礼》中辛格喜剧中的狂欢因子、《童爱》中的文化融合、冲突与变迁主题和犹太大街及其文化意义、《旅游巴士》中的二元对立与身份错位、叙事艺术、叙事技巧和空间叙事、《命运》中"自白"对话中的"人生"、《忏悔者》与《一次演讲》中的"回归"主题、《邻居》中的犹太身份、《冤家，一个爱情故事》中的大屠杀思考、《魔鬼的婚礼》中的主题以及《证件》中的新历史主义主题等，这些研究彰显了 21 世纪中国辛格研究的动向和关注热点。

2000—2015 年，中国批评界采用新历史主义批评、后殖民主义批评、女性主义批评、生态批评、精神分析批评、结构主义批评、后现代性批评、社会历史批评、伦理批评、文化研究、叙事学研究和比较研究等多元文学批评方法研究了菲利普·罗斯《美国牧歌》中主人公瑞典佬的悲剧、梅丽的压抑与叛逆、美国 60 年代的反叛文化、当代"伊甸园"困惑、女性主义主题、新历史主义主题、新现实主义艺术手法、"代沟"母题的叙事功能、美国质、流散性、族裔文化身份危机与重构、身份逾越后的伦理悲剧、民族身份与普世价值、成长主题、"美国梦"主题变奏、犹太裔美国人眼中的美国、《再见，哥伦布》中罗斯的"反叛"、场景机制及其主题揭示作用、文化身份认同困惑、尼尔的美国梦、尼尔的身份焦虑与建构、反叛与回归主题、子宫帽的悖论意象、罗斯的飞散意识和《再见，哥伦布》与《钟形罩》的异同、《人性的污点》中的身份隐喻与生存悖论、悲剧主题、人生主题、人性虚伪批判、创伤叙事、欲望叙事、新现实主义特征、科尔曼的文化身份认同、科尔曼的悲剧、罗斯的家庭婚恋观、罗斯的身份观、净化与摧毁、社会伦理观、美国校园知识分子和三段破碎的美国梦、《反美阴谋》中的新历史主义思想、历史书写策略、美国信念与犹太身份、双重主题及其意义和边缘生存想象、《朱克曼》三部曲中的叙事特色、《每个人》中的死者人生回顾、后现代主义生活、个人主义反思、个人伦理反思和多元文化社会中的身份认同、《波特诺的怨诉》中罗斯对多元性别模式的思考、《反生活》中的"反乌托邦"叙事、犹太裔美国人的民族身份情结、"希望之乡"追寻主题、超现实主义特征、"反"的寓意、后现代叙述策略与犹太民族身份观和犹太裔美国人的文化身份创伤、《垂死的肉身》中的欲望追求、后现代主义社会中的反抗、性爱书写的伦理意义、肉体与灵魂、新现实主义特征和音乐叙事、《退场的鬼魂》中的元小说艺术手法、西方危机的东方救赎和异化主题、《鬼作家》中的元小说特征、成长主题、犹太青年艺术家画像、后现代叙事策略及其意义和《鬼作家》对《安妮日记》的后现代改写与困惑、《乳房》中的二元世界、生态主题、欲望障碍、叙事策略与主题意义、《我嫁了一个共产党员》中的新历史主义主题和"政治"语码系统构建、《遗产》中罗斯的犹太传承、写作手法、"犹太文化"回归与升华和犹太"父与子"关系、《复仇女神》中的不可靠叙述、《解剖课》中的书写痛苦与"痛苦"书写、《解放了的朱克曼》中的"自我"隐喻、《愤怒》中的历史重建和主人公的心路历程以及《我们这一伙》中的讽刺艺术等,这些研究凸显了21世纪中国罗斯研究的动向和关注热点。

除了贝娄、马拉默德、辛格和菲利普·罗斯,中国批评界还采用新历史主义批评、女性主义批评、生态批评、后现代性批评、伦理批评、文化研究和叙事学研究等多元文学批评方法研究了辛西娅·欧芝克小说文本中的历史反思、欧芝克的文学创作之路(崇拜、背离、回归)、欧芝克的复调叙事与美国犹太作家的创作困境、欧芝克笔下的模式化人物、《大围巾》中的叙事策略和文体特色、文化创伤和母亲身份的伦理意义、《同类相食的星球》与欧芝克的创作选择、《异教徒拉比》与欧芝克小说的创作态度和《流血》中的生态意识、蒂莉·奥尔森《告诉我一个谜》中的复调特征、狂欢因子、叙事策略与文体风格和《我站在这儿熨烫》中的女性主义主题与艺术特色、格蕾斯·佩蕾小说中的后现代叙事声音、戈尔德《没钱的犹太人》中的主题思想、亨利·罗斯

《就说是睡着了》中的家庭关系和主人公戴维的顿悟与成长、沃克《战争风云》与《战争与回忆》中的象征手法和《凯恩舰哗变》中的犹太教教派主题、哈依姆·波特克《选民》中的犹太文化母题和波特克的"选民"观、《在起点》中的犹太性与犹太文化和《我是泥土》中的韩国难民形象、新生代犹太作家乔纳森·萨福兰·福厄《一切皆被照亮》中的"后记忆"与犹太性、早期犹太小说家安斯阿·伊捷斯卡《养家的人》中的性别焦虑与女性自由、阿特·斯皮格曼《鼠族》中的创伤以及亚伯拉罕·卡恩小说人物身份的空间性建构等。

（八）华裔美国小说研究

21 世纪是中国华裔美国小说研究蓬勃发展的阶段，受到研究者关注的华裔美国小说家及小说超过了 20 世纪的总数，研究者采用多元文学批评方法研究了於梨华、严歌苓、谭恩美、哈金、汤亭亭、任碧莲、伍慧明、赵健秀、黄玉雪、劳伦斯·于、包柏漪、徐忠雄、李健孙、雷庭招、查建英、黎锦扬、裔锦声、雷祖威、张岚、白先勇、聂华苓、邝丽莎、李翊云、江岚、梁志英、林德露、林语堂、施雨、王屏、徐忠雄、杰米·福特、陈若曦、裘小龙、吕红、何舜廉、水仙花、蒋希曾、刘爱美、陈耀光和崔洁芬等许多华裔美国小说家的思想与艺术，多元文学批评方法的采用在谭恩美研究、汤亭亭研究、严歌苓研究、任碧莲研究、伍慧明研究、黄玉雪研究、赵健秀研究、哈金研究、邝丽莎研究、白先勇研究和雷霆招研究中尤为突出。

2000—2015 年，中国批评界采用后殖民主义批评、新历史主义批评、女性主义批评、生态批评、生态女性主义批评、解构主义批评、结构主义批评、现代性批评、后现代性批评、道德哲学批评、意识形态批评、伦理批评、文化研究和叙事学研究等多元文学批评方法研究了谭恩美《喜福会》中的内容与形式、文本结构、故事魅力、叙事技巧、故事环结构与母女关系、语言艺术与母亲形象、母亲形象的女性主义蕴涵、"母女失散"主题、母女交流障碍与"失语"现象、母女思想交流和中国式母爱、母女的文化取向、母女女性角色认同的跨文化意蕴、亲情考验、母女谱系、安梅母女三代与不同文化背景下女性身份的认识和抗争、母女关系与中美文化差异、母女关系与东西方文化交流、母女冲突与融合、母女冲突的原因（民族中心主义）、母女隔阂的形成与消解、母爱的冲突与回归、母女的情感共鸣、母女身份转变之基础、母女走向和解的多元文化观、母女的双重文化困境与身份危机、母女命运的异同、女性话语权复得、女性主义主题、女性主义叙事特色、华裔女性主体构建、华裔女性自我身份构建、华裔女性身份建构的心路历程、华裔美国女性身份认同、华裔女性文化身份、华裔文化身份认知、文化身份观、文化身份重构、文化身份构建过程、华裔"女儿们"的文化认同（在夹缝中苦寻文化身份）、华裔女性身份危机与构建、华裔女性移民身份危机后的情感归属、华裔女性民族身份认同、华裔女性边缘化的原因、女性形象、母亲形象的颠覆与重塑、中国母亲在男权社会和种族歧视下的他者形象、母亲们的沉默语言、华裔女性刻板形象、双重文化下成长的中国女儿们、女儿形象、第二代华裔移民的身份危机与构建、华裔的"他者"身份及"东方主义"建构、中国传统文化、中国文化传承、多元文化环境中中华民族的包容美德、中国文化因素、中国文化符号、中国文化重构、多样化"中国"书写、中国形象、海外华人的寻根情结、文化寻根之旅、传统文化书写及其缘由、华裔美国儿女的自卑心理、男性形象、象征艺术中的东方文化、文化"熔炉"、道家思想、民族中心主义思想、中美家庭价值观、中美家庭教育差异、家庭教育误区、文化冲突和文化融合、文化冲突的伦理含义、中美文化碰撞与兼容、中美文化差异下的情感碰撞与交融、跨文化交际蕴含、文化乡愁、母爱主题与东西方文化差异、中美文化对"女儿们"的影响和作用、移民身份的双重性、东方神秘文化、象征意象、意象与主题、鹅毛的象征意义、语码转换、交际障碍、创作与治疗、麻将风格的故事结构、"孝"与"美国梦"、自我意识塑造与重建、叙述声音、隐喻意象及其主题建构、适应与共生、女儿身份认同的转变、女儿的"天鹅"梦、"天鹅"之歌与政治隐喻、叙事艺术、女性主义共名叙事策略、"麻将叙事"策略、麻将的寓意、人物话语、成长主题、文化意象、水的意象、食物意象、玉饰意象、误解、混乱、冲突及和解、男权文化与种族歧视、跨文化因素、两代移民的文化适应模式、谭恩美的本土意识、语言缺失与自我认同建立、谭恩美的文化身份认同、谭恩美的家园情结、美国华人的身份转变、美籍华裔女性的生存困境、男权社会的女性成长之路、中西面子观、中西文化冲突与交融下的"孝"、第一代虎妈到当代虎妈形象、创伤记忆与家庭模式、三代人的幸福观、逃离与回归主题、后现代美学特征、道家循环哲学、"创伤性记忆"、华裔女性创伤、创伤叙事、象征符号、"他者"化"中国"、女性"他者"形象、"她"者呈现、华人男性形象、东方主义视域下的中国家庭观、后殖民女性主义主题、生态女性主义主题、文化主体的身份认同、具有"中国特色"的人物性格、"麻将"的多重功能、二元对立与消解、龚琳达的女性形象、文化融合过程中的身份建构、家庭伦理、中国传统文化变异及其缘由、"金"的文化意义、"鬼魂"文化、女性自我认同、人物对话、人物叙事视角、婚姻伦理思想和社群主题、《接骨师的女儿》中的母女关系、母女冲突与中西方文化差异、母女文化身份、母亲形象、母亲创伤、女性话语与种族意识、女性与抵抗策略、女性主义叙事特色、女性哥特主义色彩、女性主义关怀伦理、女性主义与东方主义之争、弱势女性的"言说"策略、生态女性主义主题、后殖民女性主义主题、后殖民女性主义婚姻观、婚姻主题、后殖民主义主题、东方主义色彩、东方主义建构与解构、空间设置与华裔身份认同、华裔美国文化身份认知、华裔美国文化认同、认同建构之途、"失语"与"文化认同"、自我身份寻求和鬼魂叙事、寻根情结、传统伦理观、儒家家庭伦理嬗变、儿童伦理成长、创伤历史回避、骨意象与家族历史发掘、多元文化主义、谭恩美的历史文化观、展演及安度、沉默主题、死亡和神秘意象的内涵意义、生态影像书写、茹灵与露丝心理创伤治愈、精神生态思想、数字密码、叙事艺术、叙事结构和叙事策略、《灶王的妻子》中的母亲形象、母女关系的文化含义、三维叙事空间结构、"他者"中国与谭恩美的文化身份、东西方文化融合、中国文化因素及边缘文化身份认同、东方女性形象、中国形象、谭恩美的文化意识与文化身份断裂、结构主义叙事特色、女性主义叙事特色、谭恩美的东方人生观、生态女性主义主题、后殖民女性主义主题、反东方主义倾向和存在主义主题、《拯救溺水鱼》中的两性主题、人性关怀主题、精神生态（爱的迷失与回归）、象征意象、抵抗模拟策略、大母神原型、魔幻现实主义元素、

"鱼"原型意象的当代文化隐喻、陈璧璧的"第三空间"身份、情感拯救、人物塑造、宗教主题、反东方主义主题、幽灵叙事艺术、生态女性主义主题、创伤主题、拯救与被拯救主题的颠覆、"他者"拯救和男性形象、《灵感女孩》中的虚构与想象、伦理维度、迷信现象、意象与身份探寻、佛教思想（轮回·慈悲·平等）、魔幻现实主义色彩和中国他者意象、《百种神秘的感觉》中的生态思想、奥利维亚的身份认同、悲剧意识和后殖民女性主义主题、《惊奇山谷》中的身份困境与情感纠葛以及《女儿愿》中的文化身份定位与东方主义倾向等，这些研究展现了 21 世纪中国谭恩美研究的动向与关注热点。

2000—2015 年，中国批评界采用后现代性批评、后殖民主义批评、女性主义批评、生态女性主义批评、新历史主义批评、解构主义批评、神话原型批评、道德哲学批评、马克思主义批评、神话原型批评、伦理批评、文化研究、叙事学研究和比较研究等多元文学批评方法研究了汤亭亭《女勇士》中的后现代性特征、后现代创作手法、叙述特色、多重叙述声音、语言策略、"历史编撰元小说"特征、魔幻现实主义特色、"鬼"的文学意义、小标题及其意义、成长主题、华裔女性成长的艰辛与困惑、逃离现实的女性精神成长、"我"的成长、成长领路人形象、成长小说传统超越、文化对话、"文化抗争"精神、东西方文化交错、华裔美国人文化身份探寻、华裔美国的文化边际身份困境、中国传统文化的美国书写、情节模式与文化改写、家庭矛盾中的价值观、儒家思想和基督教观念在"我"身上的冲突与融合、月兰的焦虑、主要人物宗教观念的冲突与融合、东方伦理传统的颠覆与重构、跨文化叙事、跨文化观、中国文化元素、中国文化呈现、中国文化改写、人物主体性建构、"身份扮演"书写、汤亭亭的和平主义思想、文化冲突和融合、历史叙事、华裔历史重建、叙述的性别与种族偏见、女性困境、女性主义主题、女勇士形象、女性形象、中国母亲形象、"疯女人"形象、花木兰形象、女权意识、女性话语、女性生存境遇、女性书写、马克思主义女性观、华裔女性形象、华裔女性意识觉醒、华裔女性身份寻求、华裔女性身份建构、身份建构模式、全球化时代华裔离散身份建构、美籍华裔社会性别转换、后现代女性主义主题、生态女性主义主题、后殖民主义主题、"他者"、中国形象、"东方主义"话语建构与解构、抵抗策略、创伤叙事、创伤主题、"鬼"的多重意象、"鬼"的杂交性意象、神话原型、"割舌筋"的隐喻、传统神话的应用及功能、母亲的"大食"意象、空间意象、"白虎山"中鸟的意象、虚实相间写作风格、文本空间建构、阐释政治、离散群体的文化抉择、多重叙事"变奏"、对话性叙事策略、叙事模式和女性视角、"推拉式"叙述技巧、不可靠叙述、"白虎山"的叙事艺术、《女勇士》与《中国万里长城》中对话模式的异同以及《女勇士》与《紫色》中女主人公困境的异同、《中国佬》中的意象与象征、后现代创作手法、叙事特征、华裔男性属性建构与语言传统、华裔男性性别身份转变、华裔男性身份转变（从边缘化到杂糅）、华裔男性伦理身份丧失、华裔男性形象、中国传统文化运用、文化悖论、文化冲突与认同、文化改写与华裔"身份争取"、全球化时代华裔美国人离散身份建构、华裔美国人文化身份建构、华裔美国人身份认同、祖辈史诗书写中的华裔身份寻求、华人劳工（"耻辱"和骄傲）、中国劳工形象、历史意识、种族历史书写、历史解构与重构、历史编撰元小说叙事策略、后殖民主义主题、反种族主义主题、男性"身体政治"、身体书写、叙事空间、第三空间中的中国故事书写、杂糅与离散叙事、"他者"解构与"自我"歌唱、美国梦、战争伦理与和平诉求主题、边缘英雄形象、后现代主义书写、神话元素和神话原型意义、《孙行者》中的后现代互文性、华人新形象、性别策略、语码转换、文化蕴涵、华裔美国人的第三空间身份建构、华裔反抗策略、惠特曼·阿新形象、文化理念与社群观念、经典人物元小说戏仿、华裔形象颠覆与重塑、文化杂糅书写、狂欢化艺术实践及其诗学意义和《孙行者》对《西游记》的戏仿、《第五和平书》中的反战主题、创作思想与创作技巧以及《无名女人》中的性别压迫与种族歧视等，这些研究彰显了21世纪中国汤亭亭研究的动向与关注热点。

　　2000—2015 年，中国批评界采用神话原型批评、后殖民主义批评、生态女性主义批评、女性主义批评、新历史主义批评、解构主义批评、现代性批评、伦理批评、文化研究、叙事学研究和比较研究等多元文学批评方法研究了严歌苓《扶桑》中的神话原型、文化意蕴、"他者化"

华人形象与自塑形象、妓女形象、华裔女性话语权、海外华人女性文化身份、文化夹缝中的女性移民、女性与自由、雌性写作、华人男性形象颠覆、"他者"形象、人性表达、"凝视"与"反凝视"、文化夹缝中的身份与幻想、"双重东方化"的中国形象、寻根之旅、美国梦、离散族的创伤与后记忆、文化内涵、人物关系与生态女性主义主题、克里斯性格、"忍"的消解与重构、母性和叙事技巧、《小姨多鹤》中的姐妹情谊、人性光辉、多鹤形象的悲剧性及其成因、书写记忆与故土女性、《第九个寡妇》中的家庭伦理书写、政治无意识、中国/女性书写、故土女性、历史书写、历史叙事以及《第九个寡妇》与《金山》中女性书写的异同、《陆犯焉识》中"逃"的意义、"离去/归来"结构、"遗民"悲歌、移民视角与当代史观、悖论现象、空间叙事、女性主义形象书写、软与硬、虚构艺术和叙事时空艺术、《白蛇》中的圣经元素和异域环境下的中国传说书写、《扮演者》中的叙事结构和"洛丽塔式"畸恋故事及其深层文化讽喻、《金陵十三钗》中玉墨的生存困境、艺术魅力及音乐韵味、人性描写、创伤记忆与创伤"救赎"、《一个女人的史诗》中的女性书写和无怨无悔的爱、《赴宴者》中的中国经验表达和文化主题、《花儿与少年》中被殖民心态对"寄居者"存在方式的影响和无处安放的爱情与婚姻、《妈阁是座城》中的赌徒形象、家族伦理与性别文化、《也是亚当，也是夏娃》中的现代性、身份救赎与重新定位、《少女小渔》中的跨文化书写、异质文化语境中的身份认同与救赎和《少女小渔》从小说到电影的文本转换、《霜降》中的复调主题、《幸福来敲门》中的温情年代、《风筝歌》和《乖乖贝比（A）》中的人性探秘、《人寰》的叙述特色、《补玉山居》的叙事艺术、《无出路咖啡馆》中的美国人形象、《寄居者》中的漂泊宿命与坚忍以及《天浴》中的小说语言与电影语言之完美结合等，这些研究展现了21世纪中国严歌苓研究的动向与关注热点。

2000—2015年，中国批评界采用后现代性批评、后殖民主义批评、女性主义批评、解构主义批评、伦理批评、文化研究、叙事学研究和比较研究等多元文学批评方法研究了任碧莲《典型美国佬》中的典型中国佬形象、典型美国佬形象、华人形象、东方女性形象、女性形象、海伦形象、海伦的女性空间意识、格罗弗形象、文化属性、文化冲突与融会、文化差异表述、文化认同、华裔文化身份流变、文化身份建构、身份寻求、身份认同、多元文化背景下的自我价值与身份建构、美国民族身份认同消解与建构、华裔生存策略、知识分子的"美国梦"、后殖民主义主题、流散书写、张家人的经历和张家人的文化适应、"家"和两性关系、家庭观、成长主题、阴阳思想、多重主题与人文意象、伦理主题、女性爱情观、自然意象、叙事策略和迁徙叙事、《莫娜在希望之乡》中的"越界"书写、梦娜的文化身份建构、自由身份选择、多元文化语境下的族裔身份流变、离散华裔与故国、多元族裔身份自由追寻与建构、成长主题、女儿形象、母女关系及在华裔身份构建中的作用和理想化倾向、《爱妾》中的乌托邦之旅、多元文化主义、反本质主义身份观、叙事聚焦、多元叙事策略和女性主义叙事特色、《同日生》的叙事艺术、《世界与小镇》中的族裔、文化和情感动态建构、《谁是爱尔兰人》中的流动身份以及《虎书：艺术、文化与互依型自我》中跨文化中不同自我观的碰撞与融合等，这些研究凸显了 21 世纪中国任碧莲研究的动向与关注热点。

　　2000—2015 年，中国批评界采用后殖民主义批评、女性主义批评、新历史主义批评、解构主义批评、文化研究、叙事学研究和影响研究等多元文学批评方法研究了伍慧明《骨》中两代美籍华人的心路历程、美籍华人种族及性别身份流变、华裔美国人身份嬗变、唐人街的时空政治与华裔主体建构、华裔自我身份探索、三姐妹身份建构模式、华裔美国人身份构建历史、家庭故事与族裔历史、种族、阶级与华裔美国家庭悲剧、人物刻画与美国华人身份认同、人物形象、父亲形象及其建构、男性形象、平等和谐两性关系求索、父女关系、"雌雄同体"与华裔美国男性气质重构、身份迷失、身份建构、身份认同、主体身份与空间意义、离散书写、后殖民女性主义主题（沉默、抵抗与对话）、"孝文化"与"美国梦"的冲突与融合、历史记忆与创伤、文化创伤、儒家文化传承与变异、莱拉身份和文化选择、莱拉的文化"第三空间"构建策略、人物生存境遇及策略、人格建构、父亲里昂的悲惨命运、过去与现在（记忆过去赋予现在力量）、隐无和类我形象的共同指向、安娜之死、逃离者与"种族悲哀"、死亡意象（记忆与释怀）、"骨"之意象、时间艺术、电影化叙事、叙事时间、叙述方式、叙事策略、叙事形式与多重指涉主题、《骨》与《接骨师的女儿》的互文性以及《骨》与华裔文学身份的多重建构、《向我来》中的幽灵叙事、"孝文化"与"美国梦"的妥协与超越、飞散视角、美籍华人父亲形象重建、血统世系与文化认同以及《望岩》中的男性"身体政治"等，这些研究体现了21世纪中国伍慧明研究的动向与关注热点。

2000—2015年，中国批评界采用文化研究、叙事学研究和后殖民主义批评等多元文学批评方法研究了黄玉雪《华女阿五》中的叙事人称、第三人称视角、文化摈弃与融合、美国主体精神建构、东方主义、族裔属性斗争及其文化政治意义、中国传统价值观、东方人生观、文化范式、文化冲突、成长小说特征和成长主题等，展现了21世纪中国黄玉雪研究的动向与热点关注。

2000—2015年，中国批评界采用后现代性批评、后殖民主义批评、女性主义批评、解构主义批评、道德哲学批评、伦理批评、文化研究、叙事学研究和影响研究等多元文学批评方法研究了赵健秀《甘加丁之路》中的后现代创作技巧、后现代主义特征、互文性、空间模式与政治、性别政治与人物叙事策略、主人公的文化身份、伦理建构、华裔男性形象嬗变与构建、《唐老亚》中的华裔文化认同、理想与现实、人物身份构建与食物意象、"天命观"移植与再阐释、后殖民文化身份建构、华裔美国人精神和文化形象重建、"第三空间"建构和主人公文化身份建构以及《鸡屋华人》中华裔父亲的理想追寻等，凸显了21世纪中国赵建秀研究的动向与热点关注。

2000—2015年，中国批评界采用现代性批评、女性主义批评、新历史主义批评、后殖民主义批评、伦理批评和文化研究等多元文学批评方法研究了哈金《等待》中的等待观、现代性主题、孔林的心理结构、孔林形象及其东方主义建构、女性形象、中国形象（停滞的乡土中国）、复调特征、主题反讽与历史反思、《战争垃圾》中的战争创伤、《战争垃圾》与美国战争小说书写传统、《自由的生活》中的自由生活追求、自由代价、文化身份感和后殖民主义主题、《南京安魂曲》中的上帝之死、旁观者的道德、克制与朴实 、无法安魂的伤痛、战争记忆以及《南京安魂曲》的启示、《落地》中的美国华人离散、华人移民身份认同嬗变和文化归根与生根、《池塘》中的自我价值追求与幻灭以及《背叛指南》中的婚姻等，展现了 21 世纪中国哈金研究的动向与热点关注。

2000—2015 年，中国批评界采用女性主义批评、生态女性主义批评、新历史主义批评、后殖民主义批评、伦理批评和文化研究等多元文学批评方法研究了邝丽莎《上海女孩》中的中国情结、女性身份建构、记忆书写、母女关系、三重地理空间建构与思乡主题、族裔文化矛盾情结、离散语境下的家园与身份诉求、历史创伤叙事策略、秦珍珠的身份建构过程和新历史主义主题、《雪花秘扇》中的"他者"形象、反东方主义话语、中国文化挪用、性别与文化、姐妹情谊及其文化意义、"他者化"的民俗演绎、民俗文化与封建社会女性生存困境、后殖民女性主义主题、生态女性主义主题、女性主义主题、女性主义书写策略、新历史主义主题、多元错位现象与伦理主题、《乔伊的梦想》中的自我放逐与救赎以及邝丽莎小说中的中国情结与女性故事、邝丽莎新历史小说中的诗性历史与人性观照、邝丽莎历史小说中的中国意象和邝丽莎小说中的自我与他者等，凸显了 21 世纪中国邝丽莎研究动向。

2000—2015 年，中国批评界采用现代性批评、后殖民主义批评、解构主义批评、文化研究和比较研究等多元文学批评方法研究了白先勇《国葬》中的人物形象与国家认同、《台北人》中的上海形象、《安乐乡的一日》中的异质文化身份追寻、华人身份追寻和《安乐乡的一日》的现实意义、《孽子》中的空间美学与现代性回望、《纽约客》中的中美形象和飞散视角、《谪仙记》中的观点与记忆、《寂寞的十七岁》中的性苦闷以及白先勇短篇小说中的人物原型、白先勇小说创作与地方文化的互动关系、白先勇小说的追忆诗学、白先勇小说中的生命主体精神寻绎与建构、白先勇小说中的"欺"与"骗"、白先勇短篇小说中的孤独主题、白先勇短篇小说中的女性命运与上海、白先勇同性恋小说中的救赎意识觉醒与升华、白先勇小说创作的印象主义色彩、白先勇小说的叙事视野、白先勇小说中的儿童—青少年人物形象、白先勇小说中的死

亡主题、白先勇小说人物建构的时间化与人本化、白先勇移民小说对美
国形象的重构、白先勇小说创作中的美国因素、白先勇小说主题中的时
间意识和白先勇与聂华苓"台北人"主题小说的异同等，凸显了21世
纪中国白先勇研究动向。

  2000—2015年，中国批评界采用女性主义批评、后殖民主义批评、
生态批评、解构主义批评、伦理批评、文化研究和叙事学研究等多元文
学批评方法研究了雷霆招《吃碗茶》中的写作风格、主人公的文化身
份、文化冲突与主人公斌来的尴尬身份、斌来性无能的原因、唐人街
"父权制"社会、华裔美国身份重建过程中的异化与孤独、身份与婚
姻、华人"单身汉"社会的伦理困境、文化隐喻与叙事策略、"厌女
症"、"他者"中的"'她'者"、生态意识、唐人街的法律文化、华裔
男性形象传承与超越、自我矛盾的华裔移民男性形象、男性成长和华裔
男性的"边缘化生活"等，凸显了21世纪中国雷霆招研究动向。

  2000—2015年，除了谭恩美、汤亭亭、严歌苓、任碧莲、伍慧明、
黄玉雪、赵健秀、哈金、邝丽莎、白先勇和雷霆招，中国批评界还采用
女性主义批评、后殖民主义批评、新历史主义批评、后现代性批评、伦
理批评、文化研究和叙事学研究等多元文学批评方法研究了李健孙的文
化整合观、《支那崽》中的暴力表征、身体、空间与权力、成长主题、
幽默意蕴、男性身份构建、《鲁迅短篇小说集》对《支那崽》创作的影
响、《荣誉和责任》中的华裔男性三重英雄形象和在规训与惩罚中成长
的华裔斗士以及《老虎尾巴》与多元文化背景下的当代华裔美国写作，
徐忠雄《天堂树》中的对抗记忆、《美国膝》中的后现代语境下亚裔美
国族裔身份政治演变和《家园》中的离散身份嬗变，黎锦扬《花鼓歌》
中的华裔美国人身份及其认同变迁、儒家文化及家庭伦理、中西方文化
碰撞与交融和《花鼓歌》在美国华人移民文学中的里程碑地位，雷祖
威小说中的族裔性、《爱的痛苦》中的异质文化冲突与痛苦、错位人
生、边缘人的文化困境、华裔族群的矛盾处境、华裔身份印记、他者形
象、华裔男性形象与母亲形象和《生日》中三重空间的身份印记，聂
华苓的后期离散写作、聂华苓小说中的离散者形象、聂华苓小说中的移
民形象、聂华苓短篇小说的艺术特色、聂华苓"回望文学"的中国历

史书写、《桑青与桃红》中的离散与流亡主题、《千山外，水长流》的文化意蕴和《失去的金铃子》的成长主题，於梨华作品中的"无根"离散书写、於梨华作品中的国族认同与女性主体建构、於梨华短篇小说中的女性书写、於梨华移民小说中文化夹缝中的困惑人生、《相见欢》中的亲属关系与女性伦理观、《又见棕榈，又见棕榈》中华人眼中的"美国梦"、《边界望乡》中的"眺望原乡"和《彼岸》中的"无根的一代"，李翊云短篇小说中的小人物命运关注与文化差异书写、李翊云小说中的异化与归化语言策略、《像他这样的男人》中的文化创伤主题和《比孤独更温暖》中的怀旧书写与人性探秘，裔锦声《华尔街职场》中的文化意蕴，包柏漪《春月》中华裔美国文学对中国的史述，张岚《遗产》中的"沉默"时代与文化疆界、《渴望》中的中国传统文化和《饥饿》中的象征与原乡触摸、时空叙事与幽灵叙事，陈若曦《远见》中的多重生命体验与人生"远见"，裘小龙《红旗袍》的主题，吕红《美国情人》中的北美移民生活、性别意识与国别意识、现代内涵与叙事创新、生存困境与人性展现，何舜廉《玛德琳在沉睡》中的主体建构、焦虑主题和《玛德琳在沉睡》对"睡美人"的后现代重写，林德露《千金》中的华人女性形象和新历史主义主题，水仙花短篇小说中的美国华人家庭、水仙花的叙事策略、水仙花的文化身份构建之路、水仙花的民族融合理想，黄宗之与朱雪梅《破茧》的主题（在异国土地上破茧成蝶），刘爱美《脸》与多元文化下混血女艺术家的成长突围，梁志英《凤眼及其他故事》中的主题与艺术和亚裔美国酷儿的族裔性别身份困惑，施雨《刀锋下的盲点》中的身份认同与焦虑缓释、施雨小说中的"单纯/中国"与"丰富/美国"之融合，王屏《美国签证》中的艺术特色，林语堂《唐人街》中的流散主题与悲剧意识，江岚《合欢牡丹》中的华裔女性精神，21世纪华裔美国文坛的后起之秀杰米·福特《悲喜边缘的旅馆》中的华裔美国父子矛盾以及崔洁芬的女同性恋写作和美国第一个华裔左翼作家蒋希曾的沉浮等。

（九）美国印第安小说研究

21世纪，中国批评界对美国印第安小说的关注快速升温，研究者采用多元文学批评方法研究了厄德里奇、西尔科、韦尔奇、莫马迪、维

兹诺、波拉·甘·艾伦、谢尔曼·阿莱克西、灵达·霍根、戴安娜·葛
兰西、托马斯·金、苏珊·鲍威尔、路易斯·欧文斯和约翰·约瑟夫·
马修斯等美国印第安小说家的思想与艺术，多元文学批评方法的采用在
厄德里奇研究、西尔科研究、韦尔奇研究和莫马迪研究中尤为突出。

2000—2015 年，中国批评界采用后殖民主义批评、新历史主义批
评、女性主义批评、生态批评、生态女性主义批评、神话原型批评、解
构主义批评、现代性批评、后现代性批评、伦理批评、文化研究、叙事
学研究和比较研究等多元文学批评方法研究了厄德里奇《爱药》中当
代印第安人的生存困境、印第安文化与白人文化的冲突与融合、复调特
征中的主体性特征、水意象及其哲学意蕴、当代印第安民族文化建构、
美国印第安人的真实生存状态、露露·娜娜普什的女性形象、生态主题
(地理景观、位置感与身份建构)、话语体系、印第安女性"他者"身
份书写、主题象征意蕴、萨满文化意象 (失落·回归·传承)、地母原
型和三对兄弟的命运、《痕迹》中的美国印第安人生存模式重构、生态
主题和印第安生态伦理意蕴、《圆屋》中的文化创伤与印第安文化身份
建构和历史讲述、《鸽灾》中的暴力、爱情与历史、文化创伤书写、历
史事件与小历史书写、《四灵魂》中的族裔价值与经典传统、《手绘鼓》
中的族裔界限延展与消散、短篇小说《弗勒》中的印第安神话传说与
象征和短篇小说《披肩》中的爱之主题 (用爱点燃希望)、西尔科《典
仪》中的美国印第安人文化身份重构及传统文化回归、印第安人身份重
构之路、创伤与时间、文化元素、神话归域、生态伦理意蕴、生态后现
代主义特征、生态主题、生态整体观 (天、地、神、人的四元合一)、
后现代生态观、印第安文化创伤、精神创伤治疗、《仪典》与《红楼
梦》中叙事策略的异同、《死者年鉴》中的拜物教话语、后现代地方
观、美国"天命论"的瓦解、记忆政治、时间政治和时间观、《黄女
人》的多维叙事空间 (神话、民族志与自传)、印第安女性身份缺失、
传统印第安文化意象解构与重建、《摇篮曲》中的美国印第安人身份危
机与自我拯救、民族创伤与民族觉醒和《说故事的人》中的女性观、
韦尔奇《血中冬季》中的恶作剧者形象、记忆和遗漏叙事策略、《印第
安律师》中的新历史主义主题和主人公的主观能动性、莫马迪《黎明

之屋》中的生态哲学和后殖民主义主题、《日诞之地》中的印第安部落
语言历史表征和《远古的孩子》中的帮助者形象与印第安基奥瓦人身
份寻求、阿莱克西《一个兼职印第安少年的超真实日记》中的主人公
身份认同与建构、后殖民成长寓言、压迫与反抗和后印第安武士形象、
《印第安杀手》中的种族关系和文化融合、《保留地布鲁斯》中的种族
联盟与魔幻现实主义和《你典当的我来赎回》中的身份危机与自我救
赎、维兹诺《熊心》中印第安恶作剧者的朝圣（走向第四世界）和
《哥伦布后裔》中的哥伦布神话改写与第三空间生存、霍根《太阳风
暴》中的生态印第安人与精神腐败的白种男人和生态女权主义思想、
《靠鲸生活的人》中的生态主题、创伤书写、创伤与复原和《北极光》
中的意象与生态主题、葛兰西《石头心：莎卡嘉薇雅》中的符号"时
空体"、托马斯·金《草长青，水长流》中的颠覆性模拟、鲍威尔《神
圣的荒野》中亦真亦幻的身份寻求之旅、欧文斯《猜骨游戏》中的身
份危机治愈之旅以及马修斯《日落》中的相悖伦理诉求与两难伦理选
择等，这些研究彰显了 21 世纪中国美国印第安小说研究的动向与关注
热点。

（十）其他少数族裔小说研究

21 世纪，中国批评界还比较关注非裔、犹太裔、华裔和印第安裔
以外的非主流美国少数族裔小说，涉及墨西哥裔小说家桑德拉·希斯内
罗斯、鲁道福·安纳亚、亚历桑德罗·莫拉莱斯、海伦娜·玛丽亚·维
瑞蒙迪斯和格洛丽亚·安扎杜尔，日裔小说家弥尔顿·村山、约翰·冈
田、朱丽·大塚、内田淑子和山下凯伦，印度裔小说家裘帕·拉希莉、
芭拉蒂·穆克吉、基兰·德赛和安妮·施瑞安，越南裔小说家曹兰和黎
氏艳岁，菲律宾裔小说家卡洛斯·布洛桑，多米尼加裔小说家朱诺·迪
亚斯和朱莉娅·阿尔瓦雷斯，韩裔小说家李昌瑞、诺拉·凯勒、佩蒂·
金和金兰英，阿富汗裔小说家卡勒德·胡赛尼，意大利裔小说家马里
奥·普佐，希腊裔小说家杰弗里·尤金尼德斯，巴基斯坦裔小说家莫
欣·哈米德和 H. M. 纳克维，海地裔小说家艾薇菊·丹提卡，伊朗裔小
说家吉娜 B. 那海和古巴裔小说家克里斯蒂·加西亚等，研究者采用后
殖民主义批评、新历史主义批评、女性主义批评、生态批评、生态女性

主义批评、解构主义批评、结构主义批评、神话原型批评、精神分析批评、后现代性批评、伦理批评、文化研究、叙事学研究、比较研究和影响研究等多元文学批评方法研究了希斯内罗斯《芒果街的房子》中的教育成分、女性自我解放寻求、成长与梦想主题、"小屋"意象（枷锁与港湾）、阶级、族裔与女性身份追寻、芒果的意义、生态思想、存在主义意识、希望哲学、族裔女性成长、族裔女性成长历程、墨裔女性成长历程、女性身份构建、族裔女性身份、族裔女性困惑与成长、女性种族意识、奇卡纳女性空间诉求、女性主义思想、民族身份建构策略、失语者声音重塑、生活真谛、房子的多重意象、权力与身体的关系、权力机制、死亡与成长、家庭成长、空间与自我、他者、女性书写与族群呐喊和《芒果街的房子》与《呼兰河传》的异同、《萨帕塔的眼睛》中的生态主题和《拉拉的褐色披肩》中的墨西哥披肩传统文化传承、安纳亚《保佑我，乌尔蒂玛》中的西班牙文化与印第安传统的对立与融合和《保佑我，乌尔蒂玛》与奇卡诺成长小说中的普世智慧、维瑞蒙迪斯《在耶稣脚下》中的底层墨西哥裔美国女性的命运、安扎杜尔《边土：新梅斯蒂扎》中的种族、性别与后现代主义、莫拉莱斯小说中的历史与想象、迪亚斯《奥斯卡·沃尔短暂奇异的一生》中的虚伪美国式民主与平等、后殖民主题（杂和的文本、杂和的人生）、历史再现、流散与文化认同和成长主题、《沉溺》的叙事特征与主题表达、阿尔瓦雷斯《西班牙征服者的血脉》中的记忆政治、胡赛尼《追风筝的人》中的契合与超越、伦理道德、罪与赎、精神救赎、爱与救赎、背叛与救赎、成长与救赎、成长书写、成长主题、二元对立风筝意象、风筝意象对成长主题的凸显、阿米尔的"自卑感"及其作用、阿米尔的心路历程、阿米尔的抗争之路、阿米尔的人格结构、阿米尔的人格成长、阿米尔的成长之路、阿米尔的自我救赎、阿米尔的自我救赎之路、阿米尔的精神救赎、美国价值观下的个体心灵救赎、阿米尔及其父亲的角色行为、父亲形象、母亲形象、哈桑形象、哈桑悲剧人生的原因、生态主题、圣经原型、人物关系隐含的阿富汗民族关系、阿富汗流散移民的美国文化认同、自我与他者、"文化寻根"意识、家庭冷暴力与父亲角色、身份认同焦虑与找寻、叙事手法、《追风筝的人》从小说文本到剧本的改编以及电影《追风筝的人》改编效果的多种因素、《灿烂千阳》中的空间叙事、创伤经验、玛丽雅姆的成长之旅、玛丽雅姆的悲剧成因、创伤及修复、希望与拯救、主人公女性自我意识觉醒、女性主体、女性解放、两女主人公的关系演变、姐妹情谊、两性观、胡塞尼的女性观、后现代女性主义思想和生态女权主义主题、《群山回唱》中的情感、人性叙事、胡塞尼作品与"移民文学"的发展趋向、胡塞尼小说的政治维度、胡塞尼小说的精神世界和胡塞尼笔下的女性成长与自然重建、拉希莉小说中侨居海外的印度妻子形象（文化身份坚守与性别身份困境）、拉希莉小说创作中的庶民意识、拉希莉《疾病解说者》与流散文学发展的新趋势、《疾病解说者》中"小历史"中的"大历史"、历史叙事与文化霸权、伦理主题、跨文化写作和四则婚姻故事的"创伤"意义、《同名人》中名字的意义、果戈理的身份认同、异族婚恋主题和情感魅力、《第三块大陆，最后的故土》中的家园意识流动、空间书写与身份认同和《不适之地》中的移民文化身份困境与父女关系、德赛《失落的传承》中的人性温暖、失落中的坚守和后殖民女性主义主题（双重边缘化的他者）、李昌瑞《说母语的人》中的族群认同、多元文化主义思想和道德伦理困境、村山《我仅要我的身体》中的命运抗争与自由渴望、普佐《教父》中的维托自由王国之梦、张力结构的多重意蕴、科利昂的去疆域化过程、科利昂家族及其主人的中国传统式家族观、科利昂的理性、科利昂的悲剧人生、欲望书写、美国政治批判、多重现实主义元素、《教父》对中国网络小说的影响和《通向慕尼黑的六座坟墓》中的复仇与人性主题、穆克吉的印度书写与身份探索中对奈保尔的模仿与超越、穆克吉《詹思敏》中印裔美国人身上的跨文化现象、《树新娘》中殖民阴霾下的女性意识觉醒之路和《新印度小姐》与移民文学、施瑞安《印度贤妻》中婚姻美满的印度秘诀、印度裔美国小说《茉莉》中的双性同体形象、印度裔美国小说《地狱——天堂》中印裔移民的身份困境和被忽视的女性、凯勒《慰安妇》中的女性形象、无名女人、战争性别与创伤、佩蒂·金《"可靠的"的士》中的空间与身份、金兰英《泥巴墙》中美国移民的艰辛与挣扎、大塚《阁楼上的佛像》中的身份构建、冈田《不—不仔》中的母亲形象与日本文化中的种族中心主义、内田淑子《照片新娘》中日裔美国人的第三空间身份建构、山下凯伦《橘子回归线》中的洛杉矶书写、布洛桑《美国在心中》中的亚裔男性刻板印象、殖民者与被殖民者的双向模拟策略和女性觉醒力量、曹兰《猴桥》中的"他者"创伤记忆与文化适应及叙事策略、黎氏艳岁《我们都在寻找的那个土匪》中的历史关注、丹提卡《海光》中的生态女性主义思想和四个父亲形象（父权的让渡、缺位、压迫与弃权）、《锄骨》中的历史、身份与家园、那海《信仰大道上的月光》中的"失根"犹太人与流浪母题、哈米德《拉合尔茶馆的陌生人》中的文化创伤书写、东西方文化、东西方对话、身份困境、名字寓意、恐怖主义的形成根源追寻和《拉合尔茶馆的陌生人》结局的意义、纳克维《同乡密友》中的迷失旅程、尤金尼德斯《中性》中的性别美学、混杂身份、文化、种族、性别与叙事、《处女自杀》中的生态主题和《逼真记忆》中的后现代视角等，这些研究彰显了 21 世纪中国批评界对非裔、犹太裔、华裔和印第安裔以外美国少数族裔小说的研究动向与主要关注。

二 语言学研究方法

除了采用多元文学批评方法，中国批评界还采用多元语言学研究方法研究美国小说，这在美国早期白人小说及浪漫主义小说研究、美国白人现实主义小说研究、美国白人现代小说研究、当代美国白人小说研究、美国黑人小说研究、美国犹太小说和华裔美国小说研究中均有体现。

2000—2015 年，中国批评界借用语言学相关理论研究美国白人小说，研究者采用文体学、语用学、认知语言学、符号语言学、修辞学、语义学、句法学、语料库语言学、功能文体学、功能语言学、图式理论、关联理论、语法隐喻、计算文体学、顺应论、及物性、概念整合理论、认知语境建构论、社会语言学、言语行为理论和元语言理论等语言学理论方法研究了美国白人浪漫主义小说家霍桑《红字》中的主题意义、隐喻、人名与语言特点和《牧师的黑面纱》中"也许类"词所暗合的解构两难，梅尔维尔《白鲸》中的非叙事性话语与修辞含混，爱伦·坡《黑猫》中的符号矩阵特征，美国白人现实主义小说家马克·吐温《哈克贝利·费恩历险记》中的情景反讽与黑人英语及其文学作用、《汤姆·索亚历险记》中的反语手法、《百万英镑》中的对话、《竞选州长》中的夸张修辞、《山家奇遇》中的隐喻、《傻瓜威尔逊》中的隐喻、马克·吐温的语言风格、马克·吐温小说的语言特色和马克·吐温小说中的幽默，詹姆斯《贵妇画像》中隐喻的叙事功能和《黛西·米勒》中的会话，肖邦《一个小时的故事》中的语言特色、意象、修辞语境及审美效应、反讽艺术和象征艺术，美国白人自然主义小说家伦敦《马丁·伊登》的文体特色和《野性的呼唤》的主题与艺术以及伦敦短篇小说的简洁文体风格，欧·亨利《警察与赞美诗》中的语篇衔接和元话语的语境构建功能、《麦琪的礼物》中的语言特色、非语言交际因素和语篇特征、《最后的藤叶》中的隐喻意象和隐喻意义以及欧·亨利小说的语言张力、欧·亨利短篇小说的语言特点和欧·亨利小说的语言艺术形式，克莱恩《红色英雄勋章》中的比喻拟人修辞与颜色词汇运用和短篇小说《蓝色旅馆》中的自然主义语言艺术，美国白人现代小说家福克纳《献给艾米丽的玫瑰》中的文体特色、反讽艺术、诗性语言特征、班吉篇中人物的言语与行为、昆丁的言语与行为和人物身份建构、《押沙龙，押沙龙!》中的隐喻、叙事风格的修辞意义和修辞叙事策略、《我弥留之际》中达尔心理风格的语言体现、《熊》的文体特征以及福克纳小说语言艺术的繁复美、福克纳小说中"象征"的多义性、福克纳小说中的并置手法、福克纳小说中的象征隐喻和福克纳小说中南方方言地区标志与社会文化标志，海明威《老人与海》中的隐喻、文体特征和语言风格、《太阳照样升起》中的人物对话、《白象似的群山》中的隐喻、语言特点、礼貌原则运用、话语含义、会话过程与会话含意、会话意义的产生、人物语言和女性地位、《乞力马扎罗的雪》中的人物对话与语言特点、《永别了，武器》的写作语言、《雨中猫》的文体表现方式、话语与主题、文学语言、美国太太的心理与语篇衔接系统、《一天的等待》中的语言特色、"电报式"会话含意与语篇衔接、《一个干净明亮的地方》中的无形冲突、《杀手》中的人物对话、《士兵之家》中的文体风格和语用特征以及海明威短篇小说的文体风格

（简洁与含蓄）、海明威小说的语言风格、海明威小说语言风格的形成和海明威短篇小说的省略艺术，菲茨杰拉德《了不起的盖茨比》的谋篇布局、文体特征、并置对照手法、张力模式、黛西的话语特征、对话描写、隐喻和语篇衔接以及菲茨杰拉德小说的色彩描写特色，华顿《纯真年代》中的对比艺术和短篇小说《夏》中的话语及典仪，斯坦贝克《愤怒的葡萄》中的插入篇章和文体特色、《菊花》中的对比描写和《人鼠之间》中的连锁隐喻及其在主题构建中的作用，奥康纳《好人难寻》中的会话含义、《格林利夫》中的反讽、《识时务者为俊杰》的文体和修辞以及奥康纳短篇小说的符号化特征和奥康纳小说中特有的颜色意象及其启示，安德森《林中之死》的语言特色、文体风格、人生意义和叙事艺术、《鸡蛋的胜利》中的父亲形象与及物性系统和《手》的文体特征，米切尔《飘》中的模糊语言和合作原则违反，赛珍珠《大地》中的人物塑造，波特《偷窃》的文体特征与波特的写作风格和短篇小说《绳子》的文体特色，韦尔蒂短篇小说《熟路》中的隐喻和短篇小说《败仗》中的戏仿与反讽，哈珀·李《杀死一只知更鸟》的主题与艺术，斯泰因早期小说的文体风格，理查德·康奈尔短篇小说《最危险的猎物》的文体特色，巴勒斯《人猿泰山》中的语用技巧，当代美国白人小说家海勒《第二十二条军规》中的反讽艺术和省略衔接及其在表现黑色幽默中的作用，塞林格《麦田里的守望者》中的召唤结构及其美学意义、语言艺术、语言特色、语言哲学思考和第二人称运用，厄普代克《兔子，跑吧》中的"兔子"哈里形象、语言风格和视觉语言艺术，冯尼格特《五号屠场》中的黑色幽默、叙事手法和语言风格，巴塞尔姆短篇小说《我与曼蒂博小姐》中的符号系统和权力机构以及巴塞尔姆的后现代主义观点与其语言拼贴风格，纳博科夫《洛丽塔》中的语言叙述特点、语言艺术与语言风格，梅勒《裸者与死者》中的象征、隐喻和讽刺，品钦《拍卖第四十九批》中的隐喻与意象以及品钦小说的解构性与语言的模糊性，丹·布朗《达·芬奇密码》中的符号，契弗《巨型收音机》中的反讽艺术，杰克逊《抽彩》的语用特征，克鲁亚克《在路上》中的俳句艺术，多克托罗《上帝之城》中语类杂糅的历史建构，德里罗《白噪音》的叙事策略与文体风格、保罗·奥斯特《密室中的旅行》中的三重语言观，桑塔格《恩主》的诗学特征和短篇小说《中国旅行计划》的文体特征，卡佛小说集《大教堂》中的对话原则，威廉·加斯《在中部地区的深处》的多重叙述架构、语言的任意性和不确定性狂欢，威廉·加迪斯《小大亨》中的话语解构，詹姆斯·瑟伯短篇小说《胜券在握》中的人物刻画及语言特色，马克斯·舒尔曼《爱情是谬误》的复调叙事艺术（互文、并置与反讽），亨利·米勒《北回归线》的文体风格以及坎迪斯·布什奈尔半自传体小说《欲望都市》的后现代叙事话语等，这些研究彰显了 21 世纪中国美国白人小说研究方法的多元化态势。

2000—2010 年，中国批评界还借用语言学相关理论方法研究美国少数族裔小说，研究者采用认知语言学、语用学、修辞学、符号语言学、功能语言学、语料库语言学、隐喻象似性、关联理论、图式理论和及物性等语言学理论方法研究了美国黑人小说家莫里森《宠儿》中的散文体语言特征、黑人姓名的隐喻意义、语言的隐喻性、前景化语言对表达和深化主题的作用、主要意象及其认知意义、语相特征及语用功能、女性观、语言偏离现象和多维主题、《最蓝的眼睛》中的隐喻和多元性话语模式、《所罗门之歌》中人名的隐喻性、语言特点、女性化话语与女权主义话语、《秀拉》中的圣经隐喻、《柏油娃娃》中的隐喻模式、《爵士乐》中的语言偏离现象以及莫里森小说的暴力禁忌意象及意义、沃克《紫色》中的隐喻、语言策略和跨文本语言策略、《日用家当》中的反讽艺术、称呼语及其文体效果、母女对文化遗产的态度和《殿堂》中的对话形式变异、埃里森《看不见的人》中的神话隐喻模式、赫斯顿《他们眼望上苍》中的隐喻和叙事语言、赖特《即将成人》中作为叙事策略的黑人英语方言、休斯短篇小说《早秋》的文体特点、美国犹太小说家马拉默德《店员》中的语言艺术、叙事视角转换与语言特色、文体风格及其表现功能、《上帝的惩罚》中的话语意蕴和《最初七年》的文体特征、罗斯《人性的污点》中希尔克悲剧形成的语境因素、辛格《卢布林的魔术师》中的符号矩形方阵、欧芝克《大围巾》的叙事策略和文体特色、奥尔森《告诉我一个谜》的叙事策略与文体风格、华裔美国小说家谭恩美《喜福会》中的语言艺术与母亲形象、会话合作原则违背及其含义、女性的多模态积极话语、交际冲突和言语交际失败、汤亭亭《女勇士》中的语言策略、《中国佬》中的华裔男性属性建构与语言传统和《孙行者》中的语码转换与叙述方法、任碧莲《典型美国佬》中的人物性格与会话合作原则、严歌苓《天浴》中的小说语言与电影语言、李健孙《支那崽》中的幽默意蕴、日裔小说家村山《我所求的是我的身体》中语言与文化的关系、阿富汗裔小说家胡赛尼《灿烂千阳》中的玛丽雅姆悲剧和《追风筝的人》中的情感隐喻以及巴基斯坦裔小说家哈米德《拉合尔茶馆的陌生人》中的叙述策略等，这些研究彰显了 21 世纪中国美国少数族裔小说研究方法的多元化动向。

三 其他跨学科研究方法

21 世纪，除了文学批评方法和语言学研究方法，中国批评界还采用其他跨学科研究方法研究美国小说。2000—2015 年，中国批评界借用艺术学、美学、神话学、宗教学、神学、影视学、社会学、经济学、运筹学、医学、物理学、政治学、传播学、法学、教育学、心理学、民俗学、考古学、人类学、现象学、身体现象学、类型学、社会生态学、社会心理学、变态心理学、伊丽莎白·库伯勒·罗斯死亡心理发展理论、身体社会学、生命哲学、加缪生存哲学、价值哲学、对话哲学、关怀伦理学、犹太宗教伦理学、弗洛姆社会学理论、现象学美学、经济伦理学、马斯洛需求层次理论、评价理论、性别操演理论、空间认识论、混沌理论、图形背景理论、音乐、绘画、改编学、传媒学和级差系统理论等不同学科理论的研究方法研究了美国白人浪漫主义小说家霍桑《红字》中的哥特艺术手法、明暗色彩反衬意象、《红字》与多元文化时代的电影改编、《拉帕西尼的女儿》中的社会生态主题、爱伦·坡《厄舍屋的倒塌》与 19 世纪美国哥特传统和《厄舍古屋的倒塌》的美学风格（戏谑·怪诞·唯美）、马克·吐温《哈克贝利·费恩历险记》的社会心理学意义和《败坏了哈德莱堡的人》中的讽刺艺术、肖邦《觉醒》中艾德娜悲剧的巴尔塔萨式神学美学意义和《一个小时的故事》中的本我与超我较量和路易斯的态度、美国白人自然主义小说家德莱塞《嘉莉妹妹》中的隐喻、女权意识和伦理主题、克莱恩《红色英勇勋章》中的印象主义特色和主人公的心理话语以及克莱恩小说再造和创造想象的社会心理意义、美国白人现代小说家福克纳《献给艾米丽的玫瑰》中的本我、超我与自我、艾米丽性别建构与解构、悲剧成因和艾米丽悲剧的心理学意义、海明威《老人与海》中的鱼骨意象和《白象似的群山》中的人物形象与印象主义特征、菲茨杰拉德《了不起的盖茨比》中的印象主义艺术特色、艺术语言、多模态隐喻和消费社会中人的异化、华顿《纯真年代》中的语言魅力、人物话语与形象建构和电影《纯真年代》的视觉风格对华顿原作主题的深化、斯坦贝克《烦恼的冬天》的伦理学意义、奥康纳《好人难寻》中的冷漠与关怀、《好人难寻》与奥康纳的宗教叙事风格、《慧血》中的哥特艺术与"相遇"哲学和《暴力得逞》中的宗教思想（先知的葬礼和女性化救世主的迷茫）、安德森《小城畸人》中伊丽莎白的爱情、米切尔《飘》中斯佳丽的三次婚姻和黑人形象刻画手法、赛珍珠《群芳亭》中话语的态度意义、麦卡勒斯《伤心咖啡馆之歌》中的宗教意识与哥特式风格和《心是孤独的猎人》中的孤独意识、沃尔夫《你不能再回家》中的人与社会、当代美国白人小说家海勒《第二十二条军规》的荒诞艺术、艺术情趣与黑色幽默艺术、塞林格《麦田里的守望者》中的文化病理（后喻性·道德恐慌·大众歇斯底里）和霍尔顿人生成长的后阈限、冯尼格特《五号屠场》中的荒诞艺术、纳博科夫《洛丽塔》从小说到电影改编的美学意义和《黑暗中的笑声》中的黑色幽默艺术与绘画艺术元素、品钦小说中的熵主题、品钦及其熵的世界观和《葡萄园》中后现代社会的媒体政治与权力谱系、《迷宫》与巴斯的后现代小说美学、肯·凯西《飞越杜鹃巢》从文本到影像的改编和《飞越杜鹃巢》的电影改编艺术、多克托罗《霍默与兰利》中的空间主题、德里罗《白噪音》中的熵化世界、大众传媒影响、现代技术元叙事和技术责任主体缺失、坎宁宁《时时刻刻》中的疾病意象、丹·布朗《达·芬奇密码》小说与电影的异同、威廉·加迪斯《小大亨》中的后现代话语之熵、卡波特《冷血》中的博弈论、麦卡锡小说与电影的关系、斯蒂芬·金小说的电影改编、中西恐怖小说审美情趣的异同（《黑暗的另一半》和《血钞票》的异同）、拉瑞·尼文科幻小说《非常道》的量子叙事、美国黑人小说家莫里森《宠儿》中的宗教意识、哥特因素、女主人公摆脱痛苦的心路历程和《宠儿》从小说到电影的二次构建、《最蓝的眼睛》中的蓝调特征、经济因素及其作用、电影对波莉的双重影响和生存哲学、《所罗门之歌》中的歌谣与黑人审美观、《爵士乐》的音乐性、《爱》中的意象美、《慈悲》中的女性主体意识建构以及莫里森小说创作中的原始图腾与神话仪式、沃克《紫色》从小说到电影的改编、《紫色》中布鲁斯音乐与颜色的暗含意义、黑人女权主义法律观和黑人文化美学、《日用家当》中的反讽艺术和《殿堂》与美国妇女的教育问题、埃里森《看不见的人》中的矛盾形象与仪式象征、音乐特色、黑人音乐、艺术形式、埃里森的"音乐情结"、爵士乐与埃里森的黑人美学思想、赫斯顿《他们眼望上苍》中珍妮的人生和美国黑人女性的经济地位以及赫斯顿小说中的黑人民俗文化表征、鲍德温《桑尼的布鲁斯》中的布鲁斯音乐形象和鲍德温笔下的黑人性神话与美国私刑、盖尔·琼斯的布鲁斯小说、华裔美国小说家谭恩美《喜福会》中的中美家庭教育差异和《喜福会》从女性文本到文化电影的改编、《拯救溺水鱼》中的价值观、汤亭亭《女勇士》与《中国佬》中的"再神话"、《孙行者》中身体的社会学意义和《孙行者》与美国电影叙事、伍慧明《骨》中的电影化叙事、黄玉雪《华女阿五》的积极心理学意义、贝娄《赫索格》中的家庭伦理、罗斯《人性的污点》中的犹太文化母题、美国印第安小说家厄德里奇短篇小说《弗勒》中的印第安神话传说与象征、西尔科《死者年鉴》中的拜物教话语以及墨西哥裔美国小说家希斯内罗斯《芒果街的房子》中的教育成分等，这些研究关注充分彰显了 21 世纪中国美国小说研究方法的多元化特征。

第四章

美国小说研究的文化与文学效应

第一节　美国小说研究与美国小说在
中国的传播与接受

  中国百年的美国小说研究不仅为中国的外国文学研究做出了巨大贡献，而且在美国小说在中国的传播与接受方面也产生了积极的效应。中国批评界通对美国小说家及小说的评介与评论，使得中国读者对美国小说家及小说的认识越来越深刻，使得越来越多的中国读者接受了越来越多的美国小说家及小说，从而有效地促进了美国小说在中国的传播与接受。

  20世纪20年代，进入中国批评界的美国小说家仅有30多位，除了欧文、库柏、爱伦·坡、霍桑、马克·吐温、豪威尔斯、詹姆斯、伦敦、德莱塞、加兰、辛克莱、华顿、安德森、刘易斯、布斯·达金盾和约瑟夫·赫格西默，很少有美国小说家多次受到批评界关注。

  20世纪30年代，进入中国批评界的美国小说家增加到80多位，其中有不少美国黑人小说家。许多小说家多次受到批评界关注，如刘易斯、德莱塞、福克纳、海明威、詹姆斯、凯瑟、桑顿·怀尔德、帕索斯、马克·吐温、赫格西默、安德森、达金盾、弗兰克·史托克顿、布莱特·哈特、豪威尔斯、华顿、杰克·伦敦、欧文、欧·亨利、辛克莱，等等。受到批评界关注的美国小说家人数比20年代翻了一番，其中不少小说家在20年代没有受到中国批评界关注。

  20世纪40年代，进入中国批评界的美国小说家虽然没有30年代多，但其中不少小说家仍然受到批评界很多关注，如辛克莱、福克纳、伦敦、德莱塞、法莱尔、海明威、考德威尔、刘易斯、诺里斯、斯丹贝克、克莱恩、帕索斯、托马斯·沃尔夫、安德森，等等，他们中有些是以前在中国批评界没有出现过的新面孔，有些是自 20 年代以来一直颇受批评界关注的小说家。

　　新中国成立后的 30 年，进入中国批评界的美国小说家人数减少了，但不少小说家仍然受到批评界很多关注，阿尔伯特·马尔兹、菲里普·邦诺斯基、詹姆斯·古尔德·柯赞斯、刘易斯、法斯特、福克纳、海明威、斯坦贝克、帕索斯、马拉默德、克莱恩、波特、德莱塞、奥福尔德、马克·吐温、斯托夫人、威廉·莱德勒和阿尔瓦·贝西等小说家都不止一次出现在中国批评界。虽然马尔兹、邦诺斯基、柯赞斯、法斯特、莱德勒和贝西等后来逐渐淡出中国批评界，但他们却是"改革开放"前中国批评界关注较多的美国小说家。

　　"改革开放"后 20 年，进入中国批评界的美国小说家有 170 多位，其中有 30 多位少数族裔小说家。多次受到批评界关注的美国小说家既有白人小说家，亦有少数族裔小说家；不仅有 20 世纪前的小说家，而且有现当代小说家，包括：马拉默德、厄普代克、贝娄、海明威、辛格、欧茨、马尔兹、伦敦、赫尔曼·沃克、契弗、马克·吐温、安德森、波特、德莱塞、海勒、菲利普·罗斯、冯尼格特、福克纳、霍桑、欧·亨利、韦尔蒂、卡波特、梅尔维尔、梅勒、赖特、塞林格、詹姆斯、菲茨杰拉德、华顿、凯瑟、哈特、埃里森、爱伦·坡、欧文、刘易斯、玛格丽特·米切尔、麦卡勒斯、鲍德温、斯坦贝克、斯托夫人、理查德·希尔德里斯、肯·凯西、安布罗斯·毕尔斯、安妮·泰勒、奥康纳、巴塞尔姆、彼得·泰勒、法斯特、赫斯顿、杰克逊、克莱恩、克鲁亚克、库柏、罗伯特·潘·沃伦、莫里森、纳博科夫、聂华苓、欧文·华莱士、欧文·斯通、欧文·肖、欧芝克、普拉斯、赛珍珠、斯泰伦、汤亭亭、詹姆斯·米切纳、於梨华、休斯、肖邦、艾丽斯·沃克、威廉·肯尼迪、托马斯·沃尔夫、帕索斯、约翰·霍克斯，等等。这 20 年，受到中国批评界关注的美国小说家人数之多、涉及时间跨度之大，是以前任何时候都没有出现过的。

"改革开放"后 20 年，进入中国批评界的美国小说有 300 多部，其中 20% 是少数族裔小说。1979—1989 年，中国美国小说研究涉及美国小说有 120 余部；1990—1999 年，中国美国小说研究涉及美国小说翻了一番多，达到 260 余部，无论是白人小说还是少数族裔小说，都成倍增多。很多在 20 世纪 80 年代受到批评界关注的美国小说，在 90 年代受到更多关注；在 80 年代研究的影响下，很多美国小说家的更多小说在 90 年代进入中国批评界，而且频现于中国批评界，如海明威的《老人与海》、《永别了，武器》和《太阳照样升起》，福克纳的《喧哗与骚动》、《献给艾米丽的玫瑰》和《押沙龙，押沙龙!》，菲茨杰拉德的《了不起的盖茨比》和《夜色温柔》、马克·吐温的《哈克贝利·费恩历险记》，霍桑的《红字》，梅尔维尔的《白鲸》，德莱塞的《嘉莉妹妹》，杰克·伦敦的《马丁·伊登》和《野性的呼唤》，吉尔曼的《黄色墙纸》，麦卡勒斯的《伤心咖啡馆之歌》，安德森的《小城畸人》，赛珍珠的《大地》，厄普代克的"兔子四部曲"（《兔子，跑吧》、《兔子富了》、《兔子归来》和《兔子歇了》），斯坦贝克的《愤怒的葡萄》，海勒的《第二十二条军规》，肖邦的《觉醒》，米切尔的《飘》，塞林格的《麦田里的守望者》，梅勒的《裸者与死者》，贝娄的《赫索格》与《洪堡的礼物》，莫里森的《宠儿》、《最蓝的眼睛》与《所罗门之歌》，艾丽斯·沃克的《紫色》，埃里森的《看不见的人》，谭恩美的《喜福会》和赫尔曼·沃克的《战争风云》等。

21 世纪，进入中国批评界的美国小说家和小说成倍增多。2000—2015 年，进入中国批评界的美国小说家有 400 多位，其中少数族裔小说家有 140 余位；受到批评界关注的美国小说有 1000 多部，其中 1/3 是少数族裔小说。20 世纪受到中国批评界关注的美国小说，在 21 世纪受到了更多关注；在 20 世纪研究的影响下，不少美国小说家的所有或大部分小说在 21 世纪进入中国批评界，如白人浪漫主义小说家霍桑、梅尔维尔和爱伦·坡，白人现实主义小说家马克·吐温、詹姆斯和肖邦，白人自然主义小说家德莱塞、伦敦、欧·亨利和克莱恩，白人现代小说家海明威、福克纳、菲茨杰拉德、安德森、凯瑟、斯坦贝克、华顿、赛珍珠、奥康纳、麦卡勒斯、波特、韦尔蒂和沃尔夫，当代白人小说家海勒、塞林格、巴塞尔姆、冯尼格特、纳博科夫、巴斯、厄普代克、欧茨、多克托罗、品钦、奥斯特、卡佛、契弗、桑塔格、德里罗、克鲁亚克、梅勒、卡波特、库弗、科马克·麦卡锡、斯蒂芬·金、梯姆·奥布莱恩、安妮·普鲁、詹姆斯·瑟伯、厄休拉·勒奎恩、芭芭拉·金索沃、詹妮弗·伊根和威廉·加迪斯，等等。

首先，我们来看海明威。20世纪80年代，进入中国批评界的海明威小说有10部（《老人与海》、《永别了，武器》、《乞力马扎罗的雪》、《丧钟为谁而鸣?》、《桥畔的老人》、《不定期的节日》、《弗朗西斯·麦康勃短促的幸福生活》、《大二心河》、《伊甸园》和《尼克·亚当斯的故事》）；20世纪90年代，进入中国批评界的海明威小说增加到17部（《老人与海》、《永别了，武器》、《太阳照样升起》、《丧钟为谁而鸣?》、《乞力马扎罗的雪》、《杀人者》、《一个干净明亮的地方》、《一天的等待》、《在另一个国度》、《给她买了一只金丝鸟》、《岛之恋》、《弗朗西斯·麦康伯短促的幸福生活》、《雨中猫》、《危险的夏天》、《伊甸园》、《白象似的群山》和《印第安人营地》）；2000—2015年，进入中国批评界的海明威小说达到23部（《老人与海》、《永别了，武器》、《太阳照样升起》、《丧钟为谁而鸣?》、《印第安人营地》、《士兵之家》、《世界之都》、《非洲的青山》、《没有斗败的人》、《死在午后》、《春潮》、《白象似的群山》、《乞力马扎罗的雪》、《一个非洲故事》、《在我们的时代》、《大二心河》、《十个印第安人》、《雨中猫》、《弗朗西斯·麦康伯短促的幸福生活》、《一天的等待》、《一个干净明亮的地方》、《伊甸园》和《杀手》）。就海明威的单部小说而言，20世纪90年代，《老人与海》受到批评界的关注是80年代的数倍，而在2000—2015年受到的关注却是20世纪90年代的数十倍。

我们再来看福克纳。20世纪80年代，进入中国批评界的福克纳小说有6部（《喧嚣与骚动》、《献给艾米丽的玫瑰》、《圣殿》、《八月之光》、《熊》和《沙多里斯》）；20世纪90年代，进入中国批评界的福克纳小说增加到12部（《喧哗与骚动》、《献给艾米丽的玫瑰》、《押沙龙，押沙龙!》、《熊》、《我弥留之际》、《圣殿》、《八月之光》、《那傍晚时的太阳》、《夕阳》、《去吧，摩西》、《干燥的九月》和《老人》）；

2000—2015 年，进入中国批评界的福克纳小说达到 19 部（《喧哗与骚动》、《献给艾米丽的玫瑰》、《我弥留之际》、《去吧，摩西》、《押沙龙，押沙龙!》、《八月之光》、《熊》、《圣殿》、《夕阳》、《干旱的九月》、《野棕榈》、《希望之树》、《小镇》、《大宅》、《坟墓的闯入者》、《莱巴嫩的玫瑰花》、《烧马棚》、《艾莉》和《曾有过这样一位女王》）。就福克纳的单部作品而言，20 世纪 90 年代，《喧哗与骚动》受到批评界的关注是 20 世纪 80 年代的数倍，而在 2000—2015 年受到的关注却是 20 世纪 90 年代的数倍。《献给艾米丽的玫瑰》也是如此。

我们再看看霍桑的《红字》、菲茨杰拉德的《了不起的盖茨比》、海勒的《第二十二条军规》和塞林格的《麦田里的守望者》。20 世纪 80 年代，《红字》受到中国批评界的关注还不是很多；到了 20 世纪 90 年代，《红字》受到中国批评界数倍关注；2000—2015 年，《红字》成为中国批评界关注最多的美国小说之一。20 世纪 80 年代，《了不起的盖茨比》受到中国批评界关注，但不是很多；20 世纪 90 年代，《了不起的盖茨比》受到中国批评界的关注增加了数倍；2000—2015 年，《了不起的盖茨比》成为最受中国批评界关注的美国小说之一。20 世纪 80 年代，《第二十二条军规》和《麦田里的守望者》受到中国批评界的关注均不是很多；20 世纪 90 年代，这两部小说受到中国批评界的关注增加了数倍；2000—2015 年，《第二十二条军规》和《麦田里的守望者》均跻身于中国批评界关注最多的美国小说之列。

现在，我们来看看莫里森和谭恩美这两位美国少数族裔小说家。莫里森于 20 世纪 80 年代末进入中国批评界，当时仅有她的一部作品（《最蓝的眼睛》）受到批评界关注；但 1993 年莫里森获得诺贝尔文学奖之后，评论家的目光纷纷投向了这位黑人女作家。20 世纪 90 年代，莫里森已经发表的所有小说（《最蓝的眼睛》、《秀拉》、《所罗门之歌》、《爵士乐》、《宠儿》、《乐园》和《柏油娃娃》）都受到中国批评界关注；2000—2015 年，莫里森目前已经发表的 12 部小说（《最蓝的眼睛》、《秀拉》、《爵士乐》、《所罗门之歌》、《宠儿》、《柏油娃娃》、《天堂》、《爱》、《慈悲》、《宣叙》、《家》和《恩惠》）无一缺漏地进入中国批评界，莫里森成为迄今最受中国批评界关注的美国少数族裔小说家之一。谭恩美 1989 年发表《喜福会》，一举成名，但在 20 世纪 80 年代并没有受到中国批评界关注；20 世纪 90 年代，中国批评界对谭恩美的关注仍然不是很多，除了《喜福会》，她的其他作品并未受到批评界关注；2000—2015 年，谭恩美已经发表的所有小说（《喜福会》、《灵感女孩》、《接骨师的女儿》、《灶王的妻子》、《百种神秘的感觉》、《与命运抗争》、《拯救溺水鱼》〈又名《沉没之鱼》〉、《惊奇山谷》和《女儿愿》）都受到中国批评界关注。跟莫里森一样，谭恩美现在成为最受中国批评界关注的美国少数族裔小说家之一，她的代表作《喜福会》跟莫里森的《宠儿》一样，也跻身于中国批评界关注最多的美国小说之列。

同样的情况也出现于索尔·贝娄、菲利普·罗斯、艾·巴·辛格、伯纳德·马拉默德、艾丽斯·沃克、汤亭亭、严歌苓、任碧莲、哈金、路易斯·厄德里奇、莱丝莉·马蒙·西尔科、裘帕·拉希莉（印度裔女小说家）、桑德拉·希斯内罗斯（墨西哥裔小说家）和卡勒德·胡赛尼（阿富汗裔小说家）等美国少数族裔小说家。

20 世纪 80 年代，进入中国批评界的贝娄小说仅有 6 部（《雨王汉德森》、《洪堡的礼物》、《再遭情变》、《赫索格》、《奥吉·玛琪历险记》和《失言者》）；20 世纪 90 年代，进入中国批评界的贝娄小说增加到 11 部（《赫索格》、《洪堡的礼物》、《赛姆勒先生的行星》、《雨王汉德森》、《只争朝夕》、《奥吉·玛琪历险记》、《更多的人死于心碎》、《再遭情变》、《比拉罗赛内线》、《偷窃》和《实际情况》）；2000—2015 年，进入中国批评界的贝娄小说达到 20 部（《洪堡的礼物》、《赫索格》、《晃来晃去的人》、《雨王汉德森》、《奥吉·玛琪历险记》、《更多的人死于心碎》、《赛姆勒先生的行星》、《寻找格林先生》、《只争朝夕》、《拉维尔斯坦》、《受害者》、《院长的十二月》、《贝拉罗莎暗道》、《离别黄屋》、《如烟往事》、《莫斯比的回忆》、《耶路撒冷去来》、《银碟》、《来日的父亲》和《堂表亲戚们》）。就贝娄的代表作《赫索格》而言，20 世纪 80 年代，《赫索格》受到中国批评界关注很少；20 世纪 90 年代，《赫索格》受到中国批评界的关注增加了数倍；2000—2015 年，《赫索格》受到中国批评界的关注是 20 世纪 90 年代的数十倍。

　　20 世纪 80 年代，进入中国批评界的罗斯小说仅有 2 部（《鬼作家》和《对立的生活》）；20 世纪 90 年代，进入中国批评界的罗斯小说也只有 2 部（《骗术》和《我嫁了一个共产党员》）；2000—2015 年，进入中国批评界的罗斯小说翻了数番，达到 21 部（《鬼作家》、《美国牧歌》、《再见，哥伦布》、《反美阴谋》、《被缚的朱克曼》、《每个人》、《人性的污点》、《反生活》、《退场的鬼魂》、《夏洛克行动》、《垂死的肉身》、《乳房》、《欲望教授》、《波特诺的怨诉》、《我嫁了一个共产党员》、《遗产》、《复仇女神》、《解剖课》、《我们这一伙》、《犹太人的改宗》和《愤怒》）。

　　20 世纪 80 年代，进入中国批评界的辛格小说有 3 部（《欧利和雏芳》、《市场街的斯宾诺莎》和《老来恋》）；20 世纪 90 年代，进入中国批评界的辛格小说仅有 1 部（《萧莎》）；2000—2015 年，进入中国批评界的辛格小说增加了数倍，达到 11 部（《卢布林的魔术师》、《傻瓜吉姆佩尔》、《第三者》、《补锅匠的婚礼》、《童爱》、《市场街的斯宾诺莎》、《旅游巴士》、《命运》、《忏悔者》、《一次演讲》和《邻居》）。

　　20 世纪 80 年代，进入中国批评界的马拉默德小说仅有 1 部（《店员》，又名《伙计》）；20 世纪 90 年代，进入中国批评界的马拉默德小说增加到 3 部（《店员》〈又名《伙计》〉、《杜宾的生活》和《信》）；2000—2015 年，进入中国批评界的马拉默德小说达到 9 部（《店员》〈又名《伙计》〉、《装配工》〈又名《基辅怨》〉、《最初七年》、《魔桶》、《杜宾的生活》、《上帝的恩赐》、《湖畔女郎》、《黑色是我最喜欢的颜色》和《银冠》），比 20 世纪 80—90 年代增加了数倍。

　　20 世纪 80 年代，进入中国批评界的沃克小说仅有 1 部（《紫色》）；20 世纪 90 年代，进入中国批评界的沃克小说增加到 3 部（《梅丽迪安》、《紫色》和《日用家当》）；2000—2015 年，进入中国批评界的沃克小说翻了一番，达到 7 部（《紫色》、《梅丽迪安》、《日用家当》、《父亲的微笑之光》、《殿堂》、《欢迎之桌》和《现在是你敞开心扉之际》），沃克也成为仅次于莫里森的最受中国批评界关注的美国黑人女小说家之一。就沃克代表作《紫色》而言，20 世纪 80 年代，《紫色》受到中国批评界关注很少；20 世纪 90 年代，《紫色》受到中国批评界的关注增加了数倍；2000—2015 年，《紫色》受到中国批评界的关注比 20 世纪 90 年代翻了数番。

20 世纪 80 年代，进入中国批评界的汤亭亭小说仅有 1 部（《女勇士》）；20 世纪 90 年代，进入中国批评界的汤亭亭小说增加到 4 部（《中国佬》、《女勇士》、《第五和平书》和《孙行者》）；2000—2015 年，进入中国批评界的汤亭亭小说达到 5 部（《女勇士》、《中国佬》、《孙行者》、《第五和平书》和《无名女人》），涵盖了汤亭亭所有重要小说。就汤亭亭代表作《女勇士》而言，20 世纪 80—90 年代，《女勇士》受到中国批评界的关注总体上不是很多；2000—2015 年，《女勇士》受到中国批评界的关注比 20 世纪 80—90 年代翻了数十番。

20 世纪 80 年代，严歌苓小说没有进入中国批评界；20 世纪 90 年代，进入中国批评界的严歌苓小说仅有 3 部（《拉斯维加斯的谜语》、《海那边》和《人寰》）；2000—2015 年，进入中国批评界的严歌苓小说增加了数倍，达到 24 部 [《无出路咖啡馆》、《橙血》、《扶桑》、《风筝歌》、《乖乖贝比（A）》、《花儿与少年》、《第九个寡妇》、《小姨多鹤》、《金陵十三钗》、《少女小渔》、《陆犯焉识》、《白蛇》、《扮演者》、《阿曼达》、《一个女人的史诗》、《赴宴者》、《妈阁是座城》、《也是亚当，也是夏娃》、《霜降》、《幸福来敲门》、《人寰》、《天浴》、《补玉山居》和《寄居者》]，严歌苓也成为最受中国批评界关注的华裔美国小说家之一。

20 世纪 80 年代，任碧莲小说没有进入中国批评界；20 世纪 90 年代，进入中国批评界的任碧莲小说仅有 1 部（《典型美国佬》）；2000—2015 年，进入中国批评界的任碧莲小说达到 6 部（《典型美国佬》、《莫娜在希望之乡》、《爱妾》、《世界与小镇》、《谁是爱尔兰人》和《同日生》），涵盖了任碧莲所有重要小说。

20 世纪，哈金、厄德里奇、西尔科、拉希莉、希斯内罗斯和胡赛尼等美国少数族裔小说家都没有进入中国批评界；2000—2015 年，进入中国批评界的哈金小说有 8 部（《等待》、《活着》、《自由的生活》、《南京安魂曲》、《落地》、《池塘》、《背叛指南》和《战争垃圾》），涵盖了哈金所有重要小说；进入中国批评界的厄德里奇小说有 12 部（《痕迹》、《爱药》、《燃情故事集》、《羚羊妻》、《四灵魂》、《圆屋》、《鸽灾》、《桦树皮小屋》、《屠宰师歌唱俱乐部》、《影子标签》、《世上最了不起的渔夫》和《弗勒》），涵盖了厄德里奇所有重要小说；进入中国批评界的西尔科小说有 5 部（《典仪》、《死者年鉴》、《摇篮曲》、《黄女人》和《说故事的人》），涵盖了西尔科所有重要小说；进入中国批评界的拉希莉小说有 4 部（《疾病解说者》、《同名人》、《第三块大陆，最后的故土》和《不适之地》），涵盖了拉希莉所有重要小说；进入中国批评界的希斯内罗斯小说有 3 部（《芒果街的房子》、《拉拉的褐色披肩》和《萨帕塔的眼睛》），涵盖了希斯内罗斯所有重要小说；进入中国批评界的胡赛尼小说有 3 部（《追风筝的人》、《灿烂千阳》和《群山回唱》），涵盖了胡赛尼所有重要小说。哈金、厄德里奇、西尔科、拉希莉、希斯内罗斯和胡赛尼都已跻身于最受中国批评界关注的美国少数族裔小说家之列。

综上可见，从 20 世纪 20 年代到 21 世纪 10 年代中期，进入中国批评界的美国小说家和小说总体上呈现出突飞猛进增长走势，这种走势很好地体现了中国美国小说研究的效应。美国小说研究在美国小说在中国的传播与接受过程中发挥了十分重要的促进作用。美国小说研究者不仅是美国小说的读者，更是美国小说的发现者、接受者、推介者和传播者。中国批评界对美国小说家及小说的关注程度，也体现了美国小说家及小说在中国的传播与接受程度。正因为如此，随着美国小说研究在中国的不断发展，进入中国的美国小说家和小说也不断增多，美国小说家和小说的中国接受群和读者群也不断扩大，美国小说在中国外国文学领域的占比分量也越来越重，在中国读者阅读生活中的作用也越来越大。

第二节　美国小说研究与美国文化在中国的传播与接受

美国小说研究促进了美国小说在中国的传播与接受，也促进了美国文化在中国的传播与接受。可以说，没有美国小说研究的助推作用，美国小说就不可能在中国广泛传播；没有美国小说的广泛传播，美国文化也不可能在中国广泛传播。事实上，在美国文化在中国的传播与接受方面，中国批评界对美国小说的研究发挥了不可忽视的重要作用，主要体现在四个方面：对于不曾了解和熟悉美国小说中出现的美国文化现象和文化因素的中国读者，美国小说研究起到了向他们引介美国文化的作用；对于比较了解和熟悉美国小说中出现的美国文化现象和文化因素的中国读者，美国小说研究起到了帮助他们加深理解美国文化的作用；对于进入中国并开始传播的美国小说中出现的美国文化，美国小说研究起到了进一步推广传播的积极作用；对于中国开始接受的美国小说中出现的美国文化，美国小说研究起到了助推接受的作用。

美国小说研究之所以能够积极促进美国文化在中国的传播与接受，是因为美国小说与美国文化密不可分。作为美国文学的重要组成部分，美国小说自始至终与美国文化保持着紧密联系。事实上，美国文化是美国小说永恒的书写对象与主题关注，美国不同历史阶段的文化思想、文化运动、文化现象和文化符号，无一缺漏地进入了美国小说。因此，研究美国小说，不可能不涉及美国文化。纵观中国美国小说研究的历史发展，可以看出，中国批评界研究美国小说的过程，其实也是研究美国文化的过程。批评家对美国小说中的文化现象和文化因素进行深入解读与研究，他们的研究成果发表之后被中国读者阅读，无疑能加深中国读者对美国小说中出现的美国文化现象和文化因素的认识与理解，加速中国读者对所读美国文化的接受，从而助推了美国文化在中国的广泛传播。

可以说，中国普通读者对美国文化的接触，是从阅读美国小说开始的，但中国普通读者对美国小说产生阅读兴趣，却常常是由中国批评界对美国小说的评介和评论引发的，因为批评家对美国小说的评介和评论总是先于读者对美国小说的接受。正因为如此，中国批评界对美国小说的评介和评论在一定程度上左右了中国读者对美国小说的阅读选择，决定了某部或某些美国小说能否在中国读者中得以广泛传播并被接受。欧文、库柏、霍桑、梅尔维尔、爱伦·坡、马克·吐温、詹姆斯、德莱塞、伦敦、欧·亨利、肖邦、菲茨杰拉德、海明威、福克纳、麦卡勒斯、塞林格、克鲁亚克、纳博科夫、海勒、梅勒、厄普代克、冯尼格特、德里罗、多克托罗、品钦、欧茨、莫里森、艾丽斯·沃克、埃里森、鲍德温、赖特、贝娄、马拉默德、菲利普·罗斯、欧芝克、谭恩美、汤亭亭、严歌苓、厄德里奇和西尔科等美国小说家的小说之所以能够大量进入中国并广泛流传，应该说得益于中国批评界对它们的大量评介和评论。一般来说，批评界对某位小说家或某部小说的评介和评论越多，该小说家或小说就越能快速在读者中得以广泛传播。正是由于中国批评界的大量评介和评论，大量的美国小说才源源不断进入中国，被中国读者接受。通过阅读美国小说，中国读者接触到了未曾接触到的美国文化；通过中国批评界的评介和评论，中国读者更加深刻地理解了未曾深刻理解的美国文化。

中国批评界对美国小说的评介和评论，不仅帮助读者熟悉了美国小说，熟悉并深入了解了美国小说中的文化现象和文化思想，而且使读者在一些美国小说与一些美国文化之间建立了一定的对应关系。这可以在中国批评界评介和评论最多的美国小说家和小说中看出。纵观中国美国小说研究的历史，可以发现，有些小说家和小说在某个历史时期或阶段颇受批评界关注，但在另一个历史时期或阶段却明显"失宠"，可有些小说家和小说却永远是"常青树"，例如库柏、霍桑、菲茨杰拉德、海明威、福克纳、詹姆斯、塞林格和克鲁亚克等，他们不仅是批评界的恒常关注，而且是将读者引向特定历史时期美国文化的桥梁。例如，谈到美国西部边疆文化，读者自然而然会联想到库柏的西部边疆小说。中国读者阅读库柏的西部边疆小说，从中读到的不仅仅是美国早期"西进运动"时期的边疆艰苦生活，更多的是美国早期边疆开拓者们那种不畏艰难勇往直前的个人奋斗精神所体现出来的追求理想、追求幸福、追求自由、追求个性的积极进取的奋争文化。这种文化贯穿于美国的建国历程，建国之后也得以代代相传，成为美国文化宝库中永放光彩的珍宝。阅读库柏的西部边疆小说，中国读者从中阅读了美国的西部边疆文化，有意无意地接受了美国西部边疆生活中体现出来的积极向上的奋争文化思想和精神，言谈举止强调自我与个性，因此有意无意地传播了源于西部边疆生活的以强调个性与自我发展为主要特征的美国的个人主义文化。

同样，谈到 17 世纪英国殖民时期新英格兰的清教文化，读者自然而然会想到霍桑的代表作《红字》。中国读者阅读《红字》，从中读到

的不仅仅是女主人公海斯特·白兰与牧师丁梅斯代尔的爱情故事,而是
17世纪盛行于新英格兰的清教文化对当时以海斯特·白兰为代表的追
求个人幸福却违反了清教戒规的人们的身心所产生的巨大影响,而批评
界对《红字》的评介和评论无疑加深了读者对清教文化及其社会影响
的认识与理解。谈到20世纪20年代美国社会的消费文化和美国梦,读
者自然而然会联想到菲茨杰拉德的《了不起的盖茨比》。中国读者阅读
《了不起的盖茨比》,不仅会被盖茨比对爱情的痴心追求所感动,更能
通过盖茨比的爱情悲剧深刻认识美国梦的本质和20世纪20年代美国社
会的消费文化对人们生活的巨大影响。谈到"迷惘的一代"文化,中
国读者自然而然会想到海明威。阅读海明威的小说,中国读者从中读到
的不仅仅是一个个海明威式的硬汉英雄形象,更多的是处于两次世界大
战之间的美国年轻一代在经历第一次世界大战之后文化价值观方面的迷
惘及其影响。谈到南北战争前的美国南方文化,读者自然而然会想到福
克纳。阅读福克纳的"约克纳帕塔法"系列小说,中国读者从中读到
的不仅仅是福克纳式的人物、语言与艺术技巧,更是南北战争前蓄奴制
下美国南方的社会文化与社会图景。谈到20世纪中期美国社会的青年
反叛文化,读者自然而然会想到塞林格的代表作《麦田里的守望者》。
中国读者阅读《麦田里的守望者》,从中读到的不仅仅是霍尔顿这个叛
逆的少年形象,更是以这个反叛人物为代表的第二次世界大战之后美国
年轻一代的反叛文化价值观及其社会影响。谈到"二战"之后美国的
"垮掉的一代"文化,读者自然而然会想到克鲁亚克的《在路上》。阅
读《在路上》,中国读者从中读到的不仅仅是"垮掉的一代"人物形
象,更是这些人物形象所再现的20世纪50年代美国"垮掉的一代"的
文化价值观及其社会影响。谈到美国社会的种族歧视,读者自然而然会
想埃里森的《看不见的人》和赖特的《土生子》。阅读《看不见的人》
和《土生子》,中国读者从中读到的不仅仅是20世纪上半叶美国社会中
黑人的悲惨命运与艰难生计,更是美国白人根深蒂固的种族歧视文化及
其社会影响。谈到19世纪美国社会中女性对男权文化价值观的反叛,
读者自然而然会想到肖邦的代表作《觉醒》。阅读《觉醒》,中国读者
从中读到的不仅仅是具有女性意识和女性主义思想的女主人公艾德娜敢

于反抗男权统治的新女性形象，更是这一形象反映出的 19 世纪后期美国社会中的男权文化价值观及其社会影响。谈到 19 世纪美国上层社会的文化价值，读者自然而然会联想到詹姆斯的小说。阅读詹姆斯的小说，中国读者从中读到的不仅仅是詹姆斯娴熟运用的意识流艺术手法和成功塑造的活灵活现的人物形象，更是其笔下所展现的 19 世纪美国上层社会及其文化价值观。谈到当代美国社会的极权主义文化，读者自然而然会想到梅勒小说。阅读梅勒小说，中国读者从中读到的不仅仅是具有反抗精神的"嬉皮士"式人物形象，更是这些反抗人物形象背后体现出来的当代美国社会政治生活中的极权主义文化价值观。阅读这些小说家和小说，中国读者不仅接触了美国文化，了解了美国文化，而且借助批评家的评介和评论理解、接受并传播了美国文化。这可以在《麦田里的守望者》和《在路上》这两部小说的传播与接受中看出。《麦田里的守望者》和《在路上》是中国批评界关注颇多的两部美国小说，也是颇受中国读者喜欢的美国小说。在中国的年轻读者中，很多人很喜欢这两部小说。他们常读这两部小说文本，勤看这两部小说电影，频览这两部小说评论，不仅认同小说中人物的思想，而且有意无意模仿他们的语言与行为，有意无意地成为当代中国的"霍尔顿"和"垮掉的一代"。

综上可见，中国美国小说研究促进了美国文化在中国的传播，促进了中国读者对美国文化的认识、理解、反思、批评与接受。如果说"外国文学研究的终极指向，应该是为了促进世界各国文化的了解和交流"①，那么，中国美国小说研究无疑促进了中国读者对美国文化的了解，为中美文化交流做出了不可磨灭的贡献。

第三节　美国小说研究对中国现当代小说的影响

中国批评界对美国小说的研究，不仅促进了美国小说在中国的传播与接受，促进了美国文化在中国的传播，而且对中国现当代小说产生了不可忽视的重要影响。

① 王捷：《文化学与外国文学研究》，《文艺评论》1987 年第 4 期。

　　在中国美国小说研究史上，出现过一大批颇受研究者青睐的美国小说家，如白人浪漫主义小说家爱伦·坡、霍桑和梅尔维尔，白人现实主义小说家马克·吐温和詹姆斯，白人自然主义小说家伦敦、欧·亨利、辛克莱和德莱塞，白人现代小说家海明威、福克纳、赛珍珠、米切尔、菲茨杰拉德和斯坦贝克，当代白人小说家海勒、塞林格、厄普代克、冯尼格特、巴塞尔姆、梅勒、纳博科夫、欧茨、品钦、巴斯、桑塔格、杰克逊、沃尔夫、普拉斯、丹·布朗、克鲁亚克、多克托罗、德里罗、库弗、卡佛、契弗、斯泰伦、保罗·奥斯特、科马克·麦卡锡和斯蒂芬·金，黑人小说家休斯、赖特、埃里森、赫斯顿、鲍德温、莫里森和沃克，犹太小说家马拉默德、辛格、贝娄、菲利普·罗斯和欧芝克，华裔小说家汤亭亭、谭恩美、严歌苓、任碧莲、聂华苓和於梨华，印第安小说家厄德里奇、莫马迪、韦尔奇和西尔科，墨西哥裔小说家希斯内罗斯，印度裔女小说家拉希莉与穆克吉和阿富汗裔小说家胡赛尼等，这些小说家中，有些曾经颇受研究者"青睐"，但时间的推移和时代的变迁使他们最后"失宠"；而有些却永远是"常青树"，虽然时代的变迁对他们产生了一定的影响，但他们从未淡出研究者视野，如爱伦·坡、霍桑、詹姆斯、马克·吐温、德莱塞、伦敦、辛克莱、海明威、福克纳、菲茨杰拉德、米切尔、海勒、纳博科夫、辛格和卡佛等。爱伦·坡的恐怖小说和侦探小说、霍桑的《红字》、詹姆斯的心理现实主义小说、马克·吐温的口语化风格、德莱塞的《嘉莉妹妹》、伦敦的《野性的呼唤》、辛克莱的《屠场》、海明威的《老人与海》、福克纳的《喧哗与骚动》、菲茨杰拉德的《了不起的盖茨比》、米切尔的《飘》、海勒的《第二十二条军规》、纳博科夫的《洛丽塔》、辛格的《傻瓜吉姆佩尔》和卡佛的"极简主义"风格吸引了一代又一代的中国读者、批评家和作家，不仅深受读者和批评家喜欢，而且深深地影响了中国作家的创作。他们的艺术主张、创作题材、主题思想、艺术手法和语言风格都对中国现当代小说产生了不可忽视的重要影响。

　　谈及美国小说研究对中国现当代小说的影响，首当其冲应该谈到海明威。海明威是美国重要现代小说家，他于20世纪30年代初进入中国后，受到中国批评界极大关注。"文化大革命"期间，由于受社会政治意识形态影响，作为美国现代派文学的代表性人物，海明威一度受到中国批评界冷落。"文化大革命"结束后，被"封冻"的西方现代派文学开始"解冻"，20 世纪 80 年代，海明威迅速成为翻译界和批评界的"宠儿"，中国出现了"海明威热"。由翻译界和批评界烧起的"海明威热"，不由分说，自然波及中国小说界，对中国当代小说家的创作产生了积极影响。中国当代小说家王蒙、张承志和马原等都受到海明威极大影响①；当代小说家刘亚洲的《一个女人和一个半男人的故事》和邓刚的《迷人的海》都有海明威影响的痕迹②；当代小说家汪曾祺和王朔明确表示深受海明威影响③。海明威不仅在《老人与海》这部杰作中创造出桑提亚哥这一硬汉人物形象，他在读者心目中的形象也是一个硬汉子。海明威的硬汉子人物形象和硬汉风格深深地影响了中国的寻根文学，韩少功的《归去来》、莫言的《红高粱》、马原的《喜马拉雅古歌》、张承志的《北方的河》和阿城的《棋王》等寻根小说都带有海明威影响的烙印。④ 此外，海明威的创伤写作也影响了当代中国小说创作，"文化大革命"后出现的伤痕小说、反思小说、寻根小说、意识流小说和荒诞派小说无不体现出受伤后的中国人与海明威的共鸣。⑤ 海明威之所以能够影响中国当代小说，除了中国当代小说家个人的审美兴趣所导致的阅读偏好，跟中国批评界在中国文学界对海明威的传播和推广密不可分。

　　谈及海明威，自然应该谈及福克纳。福克纳与海明威都是美国重要现代小说家，他在中国翻译界和批评界的经历跟海明威极为相似。跟海明威一样，福克纳在"文化大革命"前颇受中国批评界"青睐"；"文化大革命"期间，福克纳受到中国批评界"冷落"；"文化大革命"结束后，被"封冻"的福克纳被迅速"解冻"，成为翻译界和批评界的"宠儿"。20 世纪 80 年代，中国出现了"福克纳热"，这股热潮不仅风行于读者和批评家，而且波及中国当代小说界，影响了不少中国当代小

---

① 樊星：《中国当代文学与美国文学》，中国社会科学出版社 2009 年版，第 19—20 页。
② 董衡巽：《海明威与中国当代创作》，《美国研究》1991 年第 3 期。
③ 同上书，第 122 页。
④ 李天军：《海明威与中国新时期小说》，《安徽师大学报》1994 年第 1 期。
⑤ 同上书，第 84—85 页。

说家。贾平凹、郑万隆、莫言和苏童等著名中国当代小说家都非常敬仰
福克纳,福克纳"约克纳帕塔法"系列小说中"乡土的气息、怀旧的
情感、忧伤的目光"使他们受到"深刻的启迪",福克纳的新颖叙事艺
术也使他们"十分痴迷"。"贾平凹的'商州世界'、郑万隆的'异乡异
闻系列'、莫言的'高密东北乡系列'、苏童的'枫杨树故乡系列'都
与福克纳笔下的'约克纳帕塔法县'有着承传关系,都在开拓中国乡
土小说的新天地方面留下了深深的足迹"。① 此外,余华和赵玫等中国
当代知名小说家也都深受福克纳影响②,当代小说家格非也明确表示过
福克纳对他创作的深刻影响③。在福克纳的"约克纳帕塔法"系列小说
中,《喧哗与骚动》堪称其代表作,这部小说"对于当代小说创作更是
有着深远的影响"。④《喧哗与骚动》中的故乡书写对中国当代小说家产
生了不少影响,"以故乡为蓝本,透过对故乡往事的回忆和现状的描绘,
来表达着作家对长期生活于斯的故乡的体认和情感寄托及其对时代变迁
的感受,成为许多当代作家不约而同的追求"⑤。因此,"对故乡进行梦
幻化、童话化乃至魔幻化叙事的作品在当代比比皆是"⑥。可以说,《喧
哗与骚动》对中国当代家族小说产生了举足轻重的影响,正如有学者
所言:

> 中国当代家族小说作家从民族境遇和个人经历出发,汲取了
> 《喧哗与骚动》中的故乡书写经验,使之与本土文化相融合。受福
> 克纳的影响,同时也由于传统家族文化的熏陶,当代中国作家对于
> 家族世系的刻画表现出了异乎寻常的执著,他们不仅以故乡为蓝本
> 传达人生体验与时代变迁,而且将现实的故乡升华为精神的、文化

---

① 樊星:《中国当代文学与美国文学》,第22—23页。
② 郭宇、朱振武:《书写的相似:语境、主题与手法——中国创作界对福克纳的接受》,《哈尔滨工业大学学报》(社会科学版)2013年第3期。
③ 格非:《欧美作家对我创作的启迪》,《外国文学评论》1991年第1期。
④ 赵树勤、龙其林:《〈喧哗与骚动〉与中国当代家族小说的故乡叙事》,《外国文学研究》2012年第1期。
⑤ 同上。
⑥ 同上。

的原乡，从而为作家和读者寻觅到了一个寄托情感的栖息地。《喧哗与骚动》的出现，激活了中国当代作家的家族意识和故乡情结，他们依照自己的经验和观察进行理解和改写，对于当代家族小说的创作起到了有力的推动作用。①

一定程度上讲，"福克纳的《喧哗与骚动》激活并加快了中国作家的家族小说创作热情，丰富了他们的精神内涵和表现技巧，深刻地影响到了20世纪后期以来的中国家族小说乃至当代文学的发展"②。福克纳之所以受中国当代小说家喜欢，并对中国当代小说产生重大影响，中国批评界对福克纳的评介、评论和推广功不可没。

如果说海明威和福克纳代表了美国现代小说研究对中国当代小说产生影响的极好例证，海勒则能很好地显示当代美国小说研究对中国当代小说所产生的影响。海勒是美国"黑色幽默"小说的代表作家，他的代表作《第二十二条军规》也是美国"黑色幽默"小说的代表作。20世纪80年代前，中国批评界对海勒关注很少。20世纪80年代，随着"黑色幽默热"在中国的出现，海勒迅速成为翻译界和批评界关注的热点。中国翻译界和批评界对海勒的译介、评介、评论和推广，不仅使海勒拥有很多中国读者，而且使他成为中国小说家喜欢的美国小说家之一。他的《第二十二条军规》是中国批评界关注最多的美国小说之一，也是中国小说家最喜欢的美国小说之一。许多著名中国当代小说家如刘索拉、张洁、王朔、王蒙、徐坤和王小波等都深受海勒影响，刘索拉的《你别无选择》、张洁的《他有什么病？》和《上火》、王朔的《千万别把我当人》、王蒙的《冬天的话题》和《星球奇遇记》、徐坤的《先锋》和王小波的《红佛夜奔》等中国当代小说都带有海勒《第二十二条军规》影响的烙印。③ 在海勒及其《第二十二条军规》的影响下，"一大批具有先锋意识的作家异军崛起：莫言、徐星、刘索拉、残雪、

---

① 赵树勤、龙其林：《〈喧哗与骚动〉与中国当代家族小说的故乡叙事》，《外国文学研究》2012年第1期。

② 同上。

③ 樊星：《中国当代文学与美国文学》，中国社会科学出版社2009年版，第20—21页。

陈村、马原、张辛欣等，以挑战者的姿态和惊世骇俗的面目出现在文坛上"，他们的作品中无不渗透着海勒《第二十二条军规》中的"荒诞"主题。① 此外，海勒小说展现存在主义思想、黑色幽默、不确定性和通俗化倾向的后现代主义写作手法也对中国后现代主义小说家产生了一定的影响。②

除了海明威、福克纳和海勒，谈及美国小说研究对中国当代小说的影响，还需提到辛格、纳博科夫、克鲁亚克、塞林格、亨利·米勒、厄普代克、卡佛、契弗和米切尔等美国现当代小说家，他们都是美国重要小说家，受到中国批评界关注颇多，尤其是纳博科夫、塞林格、厄普代克和克鲁亚克。纳博科夫的《洛丽塔》、塞林格的《麦田里的守望者》、克鲁亚克的《在路上》和厄普代克的"兔子五部曲"（《兔子，跑吧》、《兔子富了》、《兔子归来》、《兔子歇了》和《记忆中的兔子》）颇受中国读者欢迎，位居中国批评界关注最多的美国小说之列。中国批评界对这些小说家及其小说的评介和评论，不仅扩大了这些小说家在中国的传播与接受，也使得他们深受中国小说家欢迎，并且深深地影响了不少中国当代小说家。当代小说家韩东、朱文、鲁羊、张生和余华等都不同程度地表达过对美国犹太小说家辛格的景仰③，"余华的重要作品《我没有自己的名字》与辛格的《傻瓜吉姆佩尔》之间，有着明显的师承关系"④。中国当代小说家王朔、韩东、海男和陈家桥都非常喜欢美国犹太裔小说家纳博科夫⑤。当代小说家丁天很喜欢克鲁亚克的《在路上》⑥。当代小说家苏童不仅很喜欢辛格的《市场街的斯宾诺莎》，他的小说创作更深受塞林格的《麦田里的守望者》影响⑦，而卡佛的"极简

---

① 冯寿农：《中国新时期文学对西方荒诞派文学的吸收和消融》，《厦门大学学报》1993年第3期。

② 李杰：《约瑟夫·海勒与中国后现代主义》，《名作欣赏》2012年第18期。

③ 樊星：《中国当代文学与美国文学》，中国社会科学出版社2009年版，第24—25页。

④ 吴莉莉：《20世纪外国文学对中国当代作家的影响》，《南京师范大学文学院学报》2011年第4期。

⑤ 樊星：《中国当代文学与美国文学》，中国社会科学出版社2009年版，第28—29页。

⑥ 同上书，第30页。

⑦ 同上书，第31—32页。

主义"风格对苏童的创作"从内容到形式上都产生了很大影响"。① 契弗"迷人的叙述方式与叙述语言"深深地影响了当代小说家王蒙，王蒙将契弗的叙述方式和叙述语言用于自己的创作实践，推动了他对小说艺术的创新。② 当代小说家卫慧深受亨利·米勒影响，其长篇小说《上海宝贝》在风格上带有明显的米勒影响的痕迹。③ 当代小说家邱华栋认为厄普代克是对他影响最大的作家④。当代小说家王朔深受米切尔影响，他曾明确表示要写一部像《飘》一样的伟大作品。⑤

　　除了上述美国现当代小说家，谈及美国小说研究对中国现当代小说的影响，也需提到霍桑、爱伦·坡和辛克莱等 19 世纪美国小说家。霍桑和爱伦·坡都是 19 世纪美国浪漫主义小说家，辛克莱是 19 世纪末美国"揭发黑幕派"文学的代表作家，他们都是美国重要小说家，在中国美国小说研究史上一直处于颇受关注的地位，霍桑的《红字》、爱伦·坡的《泄密的心》与《厄舍屋的倒塌》和辛克莱的《屠场》都是中国读者非常喜欢的小说，位居中国批评关注最多的美国小说之列。中国批评界对这些小说的评介和评论，不仅促进了这些小说及其作者在中国的传播与接受，而且深深地影响了不少中国现当代小说家的创作。当代小说家马原很喜欢霍桑，当代小说家刘继明和陈染等很喜欢爱伦·坡⑥，中国现代文学的杰出代表陈翔鹤、李健吾、鲁迅和郭沫若等前辈小说家也受过爱伦·坡的影响⑦。爱伦·坡对鲁迅的可能影响受到不少学者关注⑧。有学者指出，除了爱伦·坡，鲁迅对马克·吐温、伦敦和辛克莱也有较高评价，他在作品、日记和书信中提到过的美国小说家很

---

　　① 李华、李亚男：《论卡佛对苏童短篇小说创作的影响》，《辽宁师范大学学报》（社会科学版）2012 年第 5 期。

　　② 朱静宇：《约翰·契弗对王蒙新时期创作的影响》，《文艺争鸣》2011 年第 4 期。

　　③ 樊星：《中国当代文学与美国文学》，中国社会科学出版社 2009 年版，第 32 页。

　　④ 同上。

　　⑤ 樊星：《中国当代文学与美国文学》，中国社会科学出版社 2009 年版，第 34 页。

　　⑥ 同上书，第 26—27 页。

　　⑦ 盛宁：《爱伦·坡与"五四"运动以后的中国现代文学》，《国外文学》1981 年第 4 期。

　　⑧ 参见苏煜《鲁迅与爱伦·坡》，《鲁迅研究月刊》，2002 年第 9 期；王吉鹏、臧文静《鲁迅与爱伦·坡》，《东方论坛》（青岛大学学报）2003 年第 6 期；袁获涌《鲁迅与爱伦·坡》，《贵州大学学报》1999 年第 1 期。

多，如斯托夫人、爱伦·坡、华盛顿·欧文、霍桑、马克·吐温、豪威尔斯、詹姆斯、德莱塞、伦敦、辛克莱、刘易斯、赛珍珠、戈尔德和休斯等。① 鲁迅并不精通英语，他之所以能提到如此之多的美国小说家，并对马克·吐温、伦敦和辛克莱这些美国重要小说家做出高度评价，不能说跟中国翻译界和批评界对这些小说家的译介、评介和评论无关。20世纪末 21 世纪初，爱伦·坡的影响再次出现在中国文坛，他的创作理念、创作题材和创作手法对中国当代恐怖小说创作产生了重大影响②，他的"恐怖主题、恐怖效果以及诉诸读者心灵深处的恐惧感，主要是通过死亡、人性恶、复仇等题材的独到开掘与精彩演绎表现出来的，而这几个方面都无一例外地走进了中国作家的创作文本中"③。郭沫若不仅在 20 世纪 30 年代翻译介绍过辛克莱的《石炭王》、《屠场》和《煤油》等小说④，而且深受其影响，辛克莱"激进的社会主义政治倾向对郭沫若产生了较大到影响［……］辛克莱使郭沫若确信文学是建立在生活体验到的基础之上的，对他从表现自我的浪漫主义转向反映现实的现实主义产生了一定的影响"。⑤ 如果说翻译不无深入研究的话，辛克莱对郭沫若的影响，跟后者对前者的深入研究密不可分。

---

① 袁荻涌：《鲁迅与美国文学》，《攀枝花大学学报》第 13 卷第 3 期。
② 胡克俭：《爱伦·坡与世纪之交的中国当代恐怖小说》，《西北师大学报》2008 年第 1 期。
③ 同上书，第 78 页。
④ 袁荻涌：《郭沫若与美国文学》，《文史杂志》1992 年第 3 期。
⑤ 王小林：《美国文学对郭沫若的影响》，《中国文学研究》2004 年第 2 期。

结语

反思与创新：未来美国小说研究的趋势

    自 20 世纪初以来，在百余年的历史发展中，中国美国小说研究经历了从意识形态化到去意识形态化再到多元化的历史嬗变，取得了十分可喜的成就，产生了积极的文学与文化效应，这种积极效应在未来中国的美国小说研究中会更加明显，未来中国的美国小说研究会取得更加喜人的成就。回看历史，可以发现，过去百年中国的美国小说研究取得不可否认的重大成就，但也存在不可忽视的问题与不足，主要体现在：首先，研究对象选择方面，批评界对经典小说家、主流小说家和白人小说家及其小说的关注明显多于对非经典小说家、非主流小说家和少数族裔小说家及其小说的关注，这种经典与非经典、主流与非主流、白人与少数族裔之间的差别表明，过去百年中国美国小说学术史很大程度上是美国经典小说家、主流小说家和白人小说家及其小说学术史，并不完全是整体意义上的美国小说学术史；其次，批评理论和研究视角方面，批评界借鉴和沿用当代西方文学理论和批评较多，从跨学科和中国本土文化视角对美国小说进行研究较少，研究中的理论创新不足，本土视角意识不强；最后，研究方法方面，批评界非常重视美国小说独立研究，重视对单个美国小说家或单部美国小说进行深入细致的分析解读，产生了不少富有见地的研究成果，但不太重视对美国小说家之间、美国小说之间、同一美国小说家的不同小说之间、不同历史时期美国小说之间、美国小说与其他国别小说之间的对比研究，从历时和共时角度对美国小说与中国小说进行对比研究不足。这些问题与不足，虽然不足以掩盖百年中国美国小说研究取得的重大成就，但能促使研究者深刻反思过去研究，认真思考未来研究，在反思中发现问题，在思考中寻求创新。反思研究与创新研究将是未来中国美国小说研究的两大趋势。

　　未来中国的美国小说研究会非常重视反思性研究，这将主要体现在两个方面：首先，经典小说家和经典小说重读研究将进一步加强。经典重读是 20 世纪 90 年代以来中国美国小说研究的突出特征，未来中国美国小说研究会更加重视经典重读，研究者会通过"语境化"和"重新语境化"的研究路径，从"异常"角度重新审视过去经典研究中的"定论性"结论，多维透视并挖掘被"定论"所掩盖的主题思想与艺术价值，重新发现过去研究忽略或未能发现的经典中所蕴藏的新东西，展现过去研究中未能展现的经典小说家与经典小说的思想与艺术价值。其次，美国小说学术史研究会受到更多重视。20 世纪 80 年代末以来，美国小说学术史逐渐成为美国小说研究的重要关注，未来美国小说研究会更加关注这一方面。美国小说学术史研究不仅仅是为了总结梳理美国小说研究的历史与现状，突显研究取得的成就，更是为了总结过去研究中的不足，反思研究中存在的问题，为日后研究提供有用参照和重要借鉴。回看过去百年中国美国小说研究的历史，可以发现，中国批评界对美国小说学术史的研究，主要关注的是美国文学史上极具影响力的重要小说家及小说。未来中国美国小说学术史研究的范围将会更广，研究对象将会更多，研究的反思性将会更强，研究对美国小说研究发展的作用将会更大，研究的效应将会更显，美国小说学术史研究与美国小说研究发展的关系将会更密。

　　未来中国的美国小说研究也会非常重视创新研究，主要涉及三个方面，即研究对象创新、研究视角创新和研究方法创新。过去百年中国的美国小说研究，主要是对美国文学史上占有重要地位的白人小说家和少数族裔小说家及其小说的研究，而且主要是 19 世纪和 20 世纪处于中心地位的经典小说家及小说，对 19 世纪和 20 世纪处于边缘地位的非经典小说家及小说以及 19 世纪之前的美国早期小说家及小说关注甚少，对非裔、犹太裔、华裔和印第安裔等美国主流少数族裔以外处于边缘地位的美国非主流少数族裔小说家及小说关注甚微。未来中国的美国小说研究，首先会在研究对象方面进行创新，突破过去研究的中心范式、经典范式和主流范式，更多关注经典小说家的非经典小说、处于边缘地位的非经典白人小说家及其小说、非主流少数族裔小说家及其小说以及美国早期小说家及小说，中心与边缘之间、经典与非经典之间、主流与非主流之间的界限会越来越模糊，全景画式研究会越来越普遍，整体研究会成为美国小说家和美国小说研究的必然趋势。未来中国的美国小说研究，也会在研究视角方面进行创新。过去百年中国的美国小说研究，主要借鉴了当代西方各种文学批评理论，采用了当代西方的各种文学批评方法，是单学科性研究，虽然也有不少跨学科研究，但未成一种研究趋势；而且，研究者很少借鉴中国文学批评理论从中国本土文化视角对美国小说进行审视批评，很多研究是重复他人（西方学者）之见，不是发自己（中国学者）之声。可喜的是，近年来，学界已经认识到了这种情况，呼吁从中国本土文化视角审视批评外国文学（当然包括美国小说）的声音越来越大，这种呼声无疑对中国的美国小说研究产生了不小影响。未来中国的美国小说研究，会更加重视本土视角的采用，重视在研究中发出自己的声音，会更多地进行跨学科研究。从中国本土文化视角进行审视批评和从跨学科视角进行创新研究是未来中国美国小说研究的一种必然趋势。除了研究对象创新和研究视角创新，未来中国的美国小说研究还会在研究方法方面进行创新。过去百年中国的美国小说研究，很少进行同一族群不同小说家、同一小说家不同小说或不同族群小说家比较研究，也很少进行美国小说与其他国别小说比较研究，历时比较研究和共时比较研究都比较匮乏，研究者在具体小说家和具体小说研究方面做了大量工作，取得了丰硕成果，但对同一小说家不同创作时期小说的共性与差异、同一族群小说家的共性与差异、不同族群小说家的共性与差异、不同历史时期美国小说的共性与差异以及美国小说与其他国别小说的共性与差异，缺乏足够关注与深入研究。未来中国的美国小说研究会更加重视比较研究，研究者会对同一小说家不同小说、同一族群不同小说家及小说、不同族群小说家及小说、不同历史时期的美国小说、美国小说与其他美洲国家小说（如加拿大小说、巴西小说等）、美国小说与欧洲国家小说（如英国小说、法国小说等）、美国小说与东方国家小说（如中国小说、日本小说、韩国小说、印度小说、越南小说等）进行比较研究，深入探讨作为个体的美国小说家和作为整体的美国小说在成长发展过程中的成就与缺失、特色与不足、亮点与瑕疵，全面展现美国小说家和美国小说的面貌，言及长处和亮点之时，不忘不足与差距之在。

总之，未来中国的美国小说研究会继承过去百年研究的优良传统，也会回看和反思过去百年研究中存在的问题与不足，创新是未来中国美国小说研究的基调，决定了美国小说研究的发展趋势。未来中国的美国小说研究中，经典小说家和经典小说重读会进一步加强，非经典小说家和非经典小说研究会受到更多重视，边缘少数族裔小说家及小说会逐渐"去边缘化"，美国早期小说家和小说会受到研究者更多关注，比较研究会更为普遍，跨学科研究会更受青睐，美国小说学术史研究会更加繁荣，研究者的中国本土视角意识会进一步增强。

主要参考文献

[法] 阿·纪德：《幻想的会晤：谈美国小说》，林疑今译，《西风》第 67 期（1946 年）。

白爱宏：《抗异化：索尔·贝娄小说研究》，中国社会科学出版社 2012 年版。

鲍忠明：《最辉煌的失败：福克纳对黑人群体的探索》，北京理工大学出版社 2009 年版。

卜太山：《华裔美国文学研究综述》，《湖北经济学院学报》（人文社会科学版）2014 年 7 期。

蔡葆真：《美国文学近况》，中国科学院哲学社会科学部学术资料研究室 1962 年版。

蔡春露：《威廉·加迪斯小说中的熵》，厦门大学出版社 2004 年版。

蔡勇庆：《生态神学视野下的福克纳研究》，中国社会科学出版社 2012 年版。

曹琳、程张根：《1980—2010 乔伊斯·卡洛尔·欧茨研究论文统计分析》，《牡丹江大学学报》2011 年第 12 期。

曾传芳：《叙事策略与历史重构：威廉·斯泰伦历史小说研究》，四川大学出版社 2009 年版。

曾梅：《托尼·莫里森作品的文化定位》，山东人民出版社 2010 年版。

曾虚白：《美国文学 ABC》，上海 ABC 丛书社 1929 年版。

查明建、谢天振：《中国 20 世纪外国文学翻译史》，湖北教育出版社 2007 年版。

常润芳：《欧·亨利作品在中国的译介与影响》，《中州学刊》2010
年第 4 期。

常文革：《透视灵魂深处的隐秘：霍桑〈红字〉研究》，吉林人民
出版社 2011 年版。

常耀信：《美国文学简史》（第三版），南开大学出版社 2008 年版。

常耀信：《美国文学简史》（上），南开大学出版社 1998 年版。

车凤成：《索尔·贝娄作品的伦理道德世界》，中国社会科学出版
社 2010 年版。

陈爱华：《科马克·麦卡锡国内外研究评析》，《山东外语教学》
2011 年第 1 期。

陈桂峰：《华裔美国女作家包柏漪的创作研究综述》，《铜陵学院学
报》2011 年第 3 期。

陈辉：《纳博科夫早期俄文小说研究》，四川大学出版社 2013 年版。

陈慧莲：《二十一世纪美国德里罗研究新走势》，《外国文学动态》
2015 年第 5 期。

陈杰：《本真之路：克鲁亚克的"在路上"小说研究》，四川大学
出版社 2010 年版。

陈敬：《赛珍珠与中国：中西文化冲突与共融》，南开大学出版社
2006 年版。

陈丽：《亨利·詹姆斯的艺术道德观》，上海外语教育出版社 2014
年版。

陈楠：《国内简·斯迈利研究述评》，《北方文学》2010 年第 1 期。

陈世丹：《关注现实与历史之真实的美国后现代主义小说》，厦门
大学出版社 2012 年版。

陈世丹：《后现代人道主义小说家冯内古特》，南开大学出版社
2014 年版。

陈世丹：《美国后现代主义小说艺术论》，辽宁师范大学出版社
2002 年版。

陈伟：《国内莫里森研究综述》，《科技信息》（学术研究）2007 年

第 2 期。

陈喜华：《〈夜色温柔〉研究综述》，《郑州航空工业管理学院学报》（社会科学版）2015 年第 5 期。

陈小芳、李新德：《谭恩美文化身份研究综述》，《宁波教育学院学报》2015 年第 5 期。

陈晓晖：《当代美国华人文学中的"她"写作：对汤亭亭、谭恩美、严歌苓等华人女作家的多面分析》，中国华侨出版社 2007 年版。

陈晓英：《开拓深层主题研究、"守望"名作艺术品格——近十年〈麦田里的守望者〉研究综述》，《山东文学》2007 年第 2 期。

陈许：《美国西部小说研究》，北京大学出版社 2004 年版。

谌晓明：《国内福克纳研究的沿革与展望》，《重庆交通大学学报》（社会科学版）2013 年第 2 期。

程爱民、邵怡、卢俊：《20 世纪华裔美国小说研究》，南京大学出版社 2010 年版。

程锡麟：《菲茨杰拉德学术史研究》，译林出版社 2014 年版。

程锡麟：《赫斯顿研究》，上海外语教育出版社 2005 年版。

程锡麟编选：《菲茨杰拉德研究文集》，译林出版社 2014 年版。

池大红、谭素钦：《近五年来国内美国文学研究综述》，《外国文学研究》2002 年第 4 期。

崔少元：《亨利·詹姆斯国际题材小说的欧美文化差异》，天津社会科学院出版社 2001 年版。

崔晓丹：《赛珍珠研究综述》，《语文学刊》（外语教育教学）2015 年 11 期。

［美］大卫·邓普赛：《现代美国小说及其背景》，《新闻资料》第 149 期（1947 年 5 月 3 日）。

代显梅：《传统与现代之间：亨利·詹姆斯的小说理论》，社会科学文献出版社 2006 年版。

代显梅：《亨利·詹姆斯笔下的美国人》，中国人民大学出版社 2007 年版。

代晓丽：《福克纳小说叙事修辞艺术》，中国社会科学出版社 2014

年版。

戴桂玉：《海明威小说中的妇女及其社会性别角色》，花城出版社2002年版。

戴桂玉：《后现代语境下海明威的生态观和性属观》，中国社会科学出版社2009年版。

戴晓燕：《纳博科夫在中国》，《南京晓庄学院学报》2005年第3期。

单雪梅编：《美国文化视野中的乔伊斯·卡洛尔·欧茨作品研究》，新疆大学出版社2013年版。

点默：《美国小说家马克·吐温》，《协大译文》1935年第2期。

丁秉伟：《伊迪斯·华顿研究中的"误读"与当代美国主流意识形态》，《国外理论动态》2009年第4期。

丁夏林：《血统、文化身份与美国化：华裔美国小说主题研究》，南开大学出版社2012年版。

董晨鹏：《走向世界的中国与世界主义的赛珍珠：文化动线视角下的赛珍珠》，上海文艺出版社2013年版。

董衡巽：《海明威与中国当代创作》，《美国研究》1991年第3期。

董衡巽：《美国现代小说风格》，中国社会科学出版社1997年版。

董衡巽编著：《海明威研究》，中国社会科学出版社1980年版。

董衡巽等：《美国文学简史》（上册），人民文学出版社1978年版。

董衡巽等：《美国文学简史》（修订本），人民文学出版社2003年版。

董丽娟：《狂欢化视域中的威廉·福克纳小说》，南开大学出版社2014年版。

杜家利：《迷失与折返：海明威文本"花园路径现象"研究》，中国社会科学出版社2008年版。

杜志卿：《〈宠儿〉研究在中国》，《华侨大学学报》（哲学社会科学版）2012年第2期。

杜志卿：《托妮·莫里森研究在中国》，《当代外国文学》2007年第4期。

樊星：《中国当代文学与美国文学》，中国社会科学出版社 2009 年版。

范革新等：《当代美国文学：1945—1990》，辽宁大学出版社 1997 年版。

范婷婷：《巴塞尔姆国内研究述评》，《绥化学院学报》2009 年第 3 期。

范湘萍：《后经典叙事语境下的美国新现实主义小说研究》，上海交通大学出版社 2015 年版。

方成：《霍桑与美国浪漫传奇研究》，陕西人民出版社 1999 年版。

方凡：《威廉·加斯的元小说理论与实践》，浙江大学出版社 2006 年版。

方红：《华裔经验与阈界艺术：汤亭亭小说研究》，南开大学出版社 2007 年版。

方文开：《人性·自然·精神家园：霍桑及其现代性研究》，上海外语教育出版社 2008 年版。

方岩：《国内近十年来美国西部小说研究综述》，《石河子大学学报》（哲学社会科学版）2009 年第 6 期。

冯寿农：《中国新时期文学对西方荒诞派文学的吸收和消融》，《厦门大学学报》1993 年第 3 期。

冯亦代：《印第安族的踪迹》，《读书》1989 年第 4 期。

傅东华、于熙俭选译：《美国短篇小说集》，商务印书馆 1937 年版。

傅淑琴：《亨利·詹姆斯早期小说的叙事空间研究》，经济科学出版社 2015 年版。

甘文平：《论罗伯特·斯通和梯姆·奥布莱恩：有关越南战争的小说》，厦门大学出版社 2004 年版。

高迪迪：《索尔·贝娄早期小说研究》，人民日报出版社 2015 年版。

高红霞、张同俊编著：《20 世纪美国南方文学》，兰州大学出版社 2011 年版。

高鸿：《跨文化的中国叙事：以赛珍珠、林语堂、汤亭亭为中心的讨论》，上海三联书店 2005 年版。

高婷：《超越犹太性：新现实主义视域下的菲利普·罗斯近期小说研究》，光明日报出版社 2011 年版。

[日] 高垣松雄：《美国小说的一侧面》，斐丹译，《现在文学》1935 年第 1 期。

高植：《两本认为正相反的美国小说》，《时事类编》第 3 卷第 8 期（1935 年）。

格非：《欧美作家对我创作的启迪》，《外国文学评论》1991 年第 1 期。

耿纪永：《知音少，弦断有谁听——早期福克纳研究及其在中国》，《同济大学学报》（社会科学版）2006 年第 2 期。

谷红丽：《理解诺曼·梅勒》，西北大学出版社 2009 年版。

谷红丽：《新历史主义和文化唯物主义批评视角下诺曼·梅勒的作品研究》，厦门大学出版社 2004 年版。

管艾艾：《美国早期华裔文学研究综述》，《语文学刊》2010 年第 6 期。

管建明：《后现代语境下的福克纳文本》，中山大学出版社 2010 年版。

吕艳妮：《薇拉·凯瑟研究现状述评》，《湖南科技学院学报》2013 年第 2 期。

郭继德：《20 世纪美国文学：梦想与现实》，外语教学与研究出版社 2004 年版。

郭佳：《〈麦田里的守望者〉研究综述》，《太原大学学报》2002 年第 1 期。

郭巍：《美国原住民文学研究在中国》，《天津外国语学院学报》2007 年第 4 期。

郭英剑、刘文霞：《纳博科夫研究在中国》，《汉语言文学研究》2010 年第 2 期。

郭英剑、王弋璇：《约翰·厄普代克研究在中国》，《外国文学》2005 年第 4 期。

郭英剑：《华裔美国文学研究：现状与问题》，《英美文学研究论丛》2010 年第 1 辑。

郭英剑：《赛珍珠评论集》，漓江出版社 1999 年版。

郭英剑：《中国二十世纪三四十年代的赛珍珠研究》，《外国文学研究》1999 年第 2 期。

郭颖：《国内安·贝蒂研究述评》，《名作欣赏》2014 年第 33 期。

郭宇、朱振武：《书写的相似：语境、主题与手法——中国创作界对福克纳的接受》，《哈尔滨工业大学学报》（社会科学版）2013 年第 3 期。

国天琴：《近二十年来国内外埃伦·格拉斯哥研究综述（1874—1945）》，《贵族民族学院学报》（哲学社会科学版）2010 年第 3 期。

［美］哈里·桑顿·穆尔：《今日之美国小说》，高植译，《时事类编》第 3 卷第 13 期（1935 年）。

哈旭娴：《国外厄普代克研究专著综览》，《南京师范大学文学院学报》2011 年第 3 期。

郝桂莲：《反思的文学：苏珊桑塔格小说艺术研究》，光明日报出版社 2013 年版。

郝丽平、黄振林：《近十五年严歌苓小说研究综述》，《清远职业技术学院学报》2015 年第 6 期。

郝雪雯：《严歌苓小说近十年来研究综述》，《赤峰学院学报》（汉文哲学社会科学版）2014 年第 3 期。

何宁：《菲茨杰拉德研究与中国》，《外语研究》2008 年第 1 期。

何小宝：《美国经典作家伊迪丝·华顿的文学创作之旅与研究综述》，《南京广播电视大学学报》2011 年第 1 期。

和静：《寻找心灵的家园：陈染和谭恩美小说比较研究》，对外经济贸易大学出版社 2012 年版。

贺淑娟：《二十年来国内莫里森研究综述》，《安徽文学》2007 年第 10 期。

侯金萍：《华裔美国小说成长主题研究》，暨南大学出版社 2014 年版。

侯营、胡足凤：《海明威短篇小说研究在中国（1979—1989）》，

《文教资料》2007 年 10 月号下旬刊。

胡国威：《菲茨杰拉德小说叙事研究》，中国戏剧出版社 2012 年版。

胡剑锋：《百年孤独——近二十年来国内外格特鲁德·斯泰因研究综述》，《群文天地》2012 年第 5 期下。

胡克俭：《爱伦·坡与世纪之交的中国当代恐怖小说》，《西北师大学报》2008 年第 1 期。

胡妮：《托妮·莫里森小说的空间叙事研究》，江西高校出版社 2012 年版。

胡天赋：《〈夜色温柔〉在美国的批评接受》，《西安外国语学院学报》2006 年第 3 期。

胡向华：《美国短篇小说批评与艺术形式嬗变研究》，现代教育出版社 2013 年版。

胡笑瑛：《不能忘记的故事：托妮·莫里森〈宠儿〉的艺术世界》，宁夏人民出版社 2004 年版。

胡笑瑛：《佐拉·尼尔·赫斯顿研究在中国》，《宁夏师范学院学报》（社会科学版）2011 年第 2 期。

胡选恩、胡哲：《E. L. 多克托罗后现代派历史小说研究》，科学出版社 2015 年版。

胡严艳：《国内任璧莲作品研究述评》，《现代语文》（学术综合版）2014 年第 5 期。

黄波、金钊、张文凭：《近十年中国内莫里森研究综述》，《科技信息》2012 年第 23 期。

黄剑：《赛珍珠"中国小说"文本研究》，江西人民出版社 2015 年版。

黄娟：《国内福克纳研究综述：2007—2011》，《绵阳师范学院学报》2013 年第 3 期。

黄娟娟：《海明威研究综述》，《社科纵横》2011 年第 2 期。

黄铁池：《当代美国小说研究》，上海三联书店 2014 年版。

黄卫峰：《美国黑人小说研究的里程碑——评〈20 世纪美国黑人小说史〉》，《外国文学》2007 年第 2 期。

黄协安：《厄普代克的"兔子故事"在中国的译介和研究》，《英美文学研究论丛》2009年第1辑。

黄运亭等：《在喧哗与骚动中沉思：福克纳及其作品》，海南出版社1993年版。

惠迎：《纳博科夫〈绝望〉研究述评》，《牡丹江大学学报》2014年第11期。

［美］霍华德·法斯特等：《美国短篇小说选》，清华大学外国语文系英文组辑译，文艺翻译出版社1953年版。

籍晓红：《行走在理想与现实之间：索尔·贝娄中后期五部小说对后工业社会人类生存困境的揭示》，北京理工大学出版社2015年版。

季水河、唐丽伟：《国内欧茨译介与研究述评》，《湘潭大学学报》（哲学社会科学版）2015年第3期。

冀爱莲：《托马斯·品钦研究在中国》，《三明学院学报》2010年第1期。

［美］加尔·凡·多兰：《现代美国的小说》，胡曦译，新生图书文具公司1944年版。

贾植芳、陈思和主编：《中外文学关系史资料汇编（1898—1937）》，广西师范大学出版社2004年版。

江春兰：《赫斯顿、安吉洛和凯莉自传的新突破》，厦门大学出版社2015年版。

江宁康：《美国当代文学与美利坚民族认同》，南京大学出版社2008年版。

江宁康：《美国文学经典与民族文化创新（1945—2010）》，人民出版社2014年版。

江森：《试论当代美国小说》，《方向文辑》1949年第1期。

江妍、孙妮：《国内外马歇尔研究述评》，《长春理工大学学报》（社会科学版）2014年8期。

姜扬、张秀梅：《〈洪堡的礼物〉国内研究现状分析》，《淮海工学院学报》（人文社会科学版）2012年第14期。

姜岳斌、沈建青：《国内海明威研究述评》，《外国文学研究》1989

年第 4 期。

蒋道超：《德莱塞研究》，上海外语教育出版社 2003 年版。

蒋冬梅：《哈金研究现状》，《外国文学动态》2008 年第 3 期。

蒋天平：《神圣的疾病：美国小说（1950—1970）中的疯狂形象研究》，巴蜀书社 2012 年版。

蒋欣欣：《托尼·莫里森小说中黑人女性的身份认同研究》，湖南人民出版社 2008 年版。

焦小婷：《多元的梦想："百衲被"审美与托尼·莫里森的艺术诉求》，河南大学出版社 2008 年版。

金衡山：《厄普代克与当代美国社会：厄普代克十部小说研究》，北京大学出版社 2008 年版。

金莉等：《20 世纪美国女性小说研究》，北京大学出版社 2010 年版。

荆兴梅：《卡森·麦卡勒斯作品的政治意识形态研究》，中国社会科学出版社 2015 年版。

荆兴梅：《托妮·莫里森作品的后现代历史书写》，中国社会科学出版社 2014 年版。

敬南菲：《二十世纪初美国犹太女作家研究》，上海交通大学出版社 2015 年版。

阚晨：《1987—1988 年美国小说概述》，《外国文学评论》1989 年第 2 期。

［美］兰斯顿·休斯等：《黑人短篇小说集》，［苏］蒙·贝尔克选编，黄钟译，中国青年出版社 1955 年版。

黎蕾：《论〈了不起的盖茨比〉在中国的译介与接受》，《文化学刊》2015 年第 3 期。

李保杰：《当代美国拉美裔文学研究》，山东大学出版社 2014 年版。

李常磊：《镜像视野下威廉·福克纳时间艺术研究》，外语教学与研究出版社 2015 年版。

李春萍：《〈五号屠场〉研究述评》，《技术与教育》2012 年第 2 期。

李公昭：《分裂的声音——美国内战小说与评论综述》，《外国文学研究》2009 年第 5 期。

李公昭：《美国战争小说史论》，北京大学出版社 2012 年版。

李公昭：《美国战争小说研究在中国》，《外国语文》2011 年第 1 期。

李贵苍：《书写他处：亚裔北美文学鼻祖水仙花研究》，中国社会科学出版社 2014 年版。

李贵苍：《文化的重量：解读当代华裔美国文学》，人民文学出版社 2006 年版。

李华、李亚男：《论卡佛对苏童短篇小说创作的影响》，《辽宁师范大学学报》（社会科学版）2012 年第 5 期。

李怀波：《选择·接受·误读：杰克·伦敦在中国的形象研究》，南京大学出版社 2012 年版。

李会学：《索尔·贝娄小说中的人物形象在时间轴上的展开》，中国社会科学出版社 2012 年版。

李杰：《约瑟夫·海勒新现实主义小说的研究概述》，《山花》2015 年第 2 期。

李杰：《约瑟夫·海勒与中国后现代主义》，《名作欣赏》2012 年第 18 期。

李美芹：《用文字谱写乐章：论黑人音乐对莫里森小说的影响》，浙江大学出版社 2010 年版。

李萌羽：《多维视野中的沈从文和福克纳小说》，齐鲁书社 2009 年版。

李鹏飞、张丽：《无声的压迫与沉默的反抗——对汤亭亭〈女勇士〉的评论研究》，《大学英语》（学术版）2012 年第 2 期。

李茜：《海明威笔下的"父子"关系》，湘潭大学出版社 2010 年版。

李淑言、吴冰编选：《杰克·伦敦研究》，漓江出版社 1988 年版。

李树欣：《异国形象：海明威小说中的现代文化寓言》，中国社会科学出版社 2009 年版。

李天军：《海明威与中国新时期小说》，《安徽师大学报》1994 年第 1 期。

李文俊编选：《福克纳评论集》，中国社会科学出版社 1980 年版。

李小均：《自由与反讽：纳博科夫的思想与创作》，百花文艺出版社 2007 年版。

李燕：《跨文化视野下的严歌苓小说与影视作品研究》，暨南大学出版社 2014 年版。

李有成：《逾越：非裔美国文学与文化批评》，浙江大学出版社 2015 年版。

廖綵胜：《福克纳小说中的语言与文化标志》，福建教育出版社 1999 年版。

廖欢：《十年来国内关于约翰·斯坦贝克的研究综述》，《咸宁学院学报》2011 年第 5 期。

林斌：《精神隔绝与文本越界：卡森·麦卡勒斯四十年代小说哥特主题之后》，天津人民出版社 2006 年版。

林疑今：《当代美国问题小说》，《时与潮文艺》第 2 卷第 2 期（1943 年）。

林元富：《历史与书写——当代美国新奴隶叙述研究述评》，《当代外国文学》2011 年第 2 期。

刘浒波：《南方失落的世界：福克纳小说研究》，西南师范大学出版社 1999 年版。

刘道全：《福克纳研究在中国》，《许昌学院学报》2007 年第 1 期。

刘风山：《后现代语境中的托马斯·品钦小说研究》，山东大学出版社 2013 年版。

刘风山：《奇幻背后的世界：托马斯·品钦小说研究》，外语教学与研究出版社 2011 年版。

刘更祥：《海明威研究综述》，《长沙电力学院学报》（社会科学版）2003 第 4 期。

刘海平、王守仁主编：《新编美国文学史》，上海外语教育出版社 2000/2002 年版。

刘海平主编：《美国文学研究在中国》，南京大学出版社 2015 年版。

刘佳林：《纳博科夫的诗性世界》，上海人民出版社 2012 年版。

刘佳林：《纳博科夫研究及翻译述评》，《外国文学评论》2004 年第 2 期。

刘建波编著：《美国文学经典作品重读》，北京理工大学出版社 2013 年版。

刘建华：《文本与他者：福克纳解读》，北京大学出版社 2002 年版。

刘克东：《趋于融合：谢尔曼·阿莱克西小说研究》，光明日报出版社 2011 年版。

刘龙主编：《赛珍珠研究》，云南人民出版社 1992 年版。

刘茜：《库尔特·冯内古特作品主题研究述评》，《工会论坛》2011 年第 6 期。

刘士川：《〈了不起的盖茨比〉在中国的译介与研究》，《和田师范专科学校学报》（汉文综合版）2008 年第 4 期。

刘苏周、黄禄善：《20 世纪美国科幻小说研究在中国》，《重庆工商大学学报》（社会科学版）2014 年第 2 期。

刘文松：《国内外索尔·贝娄研究现状》，《外国文学动态》2003 年第 3 期。

刘文松：《索尔·贝娄小说中的权力关系及其女性表征》，厦门大学出版社 2004 年版。

刘兮颖：《受难意识与犹太伦理取向：索尔·贝娄小说研究》，华中师范大学出版社 2011 年版。

刘雪芳、林晓雯：《〈喜福会〉在中国的研究管窥》，《绥化学院学报》2015 年第 8 期。

刘莹主编：《多元语境中的当代美国小说》，黑龙江人民出版社 2013 年版。

刘有成：《冯内古特小说中后现代主义艺术手法的不同运用：〈五号屠场〉与〈猫的摇篮〉对比研究》，吉林大学出版社 2015 年版。

刘玉红：《乔伊斯·卡罗尔·欧茨的哥特现实主义小说研究》，苏州大学出版社 2011 年版。

龙文佩、庄海骅编：《德莱塞评论集》，上海译文出版社 1989 年版。

龙溪：《几部新翻译的美国小说》，《时代生活》第 1 卷第 6 期（1943 年）。

龙志勇：《20 年来国内凯瑟琳·安·波特研究综述》，《安徽商贸职业技术学院学报》2010 年第 3 期。

卢婕：《马克斯·舒尔曼作品在中国的研究综述》，《南昌教育学院学报》2013 年第 6 期。

卢敏：《美国浪漫主义时期小说类型研究》，上海人民出版社 2008 年版。

陆薇：《走向文化研究的华裔美国文学》，中华书局 2007 年版。

陆晓蕾：《美国本土裔文学研究的现状与展望——2015 年美国本土裔文学专题研讨会综述》，《当代外国文学》2015 年第 3 期。

罗虹等：《当代非裔美国新现实主义小说论》，中国社会科学出版社 2014 年版。

罗小云：《超越后现代：美国新现实主义小说研究》，北京大学出版社 2012 年版。

罗小云：《从接受到对话——改革开放后美国文学研究在我国的复兴》，《当代文坛》2002 年第 6 期。

罗小云：《美国文学研究》，重庆出版社 2013 年版。

罗小云：《拼贴未来的文学：美国后现代作家冯尼格特研究》，重庆出版社 2006 年版。

罗长斌：《论厄普代克》，河南人民出版社 1997 年版。

［美］马尔科姆·考利：《第二次大战的美国小说》，陈东林译，《新中华》复刊第 21 期（1948 年）。

马士奎：《塑造美国形象——"文化大革命"期间对美国当代文学作品的译介》，《临沂师范学院学报》2009 年第 2 期。

马秀丽、陈艳丽：《德莱塞与消费文化研究》，内蒙古人民出版社 2013 年版。

毛信德：《德莱塞：1871—1945》，辽宁人民出版社 1984 年版。

毛信德：《美国黑人文学的巨星：托妮·莫里森小说创作论》，浙江大学出版社 2006 年版。

毛信德：《美国小说发展史》，浙江大学出版社 2004 年版。

毛信德：《美国小说史纲》，北京出版社 1988 年版。

［美］弥尔顿·王尔德曼：《近代美国小说之趋势》，赵家璧译，《世界文学》第 1 卷第 1 号（1935 年）。

弥沙：《"新冒现的文学"——华裔美国文学研究综述》，《东北农业大学学报》（社会科学版）2009 年第 5 期。

渺加：《美国文学的新动向》，《世界知识》1937 年第 6 期。

［美］牛顿·阿尔文：《泛论近代美国小说家》，刘夔译，《新闻资料》第 163 期（1947 年）。

潘小松：《福克纳：美国南方文学巨匠》，长春出版社 1995 年版。

潘小松：《近十年美国文学研究在中国著述》，《博览群书》2001 年第 5 期；2001 年第 6 期。

庞好农：《文化移入碰撞下的三重意识：理查德·赖特的四部长篇小说研究》，上海大学出版社 2007 年版。

彭书跃：《杰克·伦敦小说接受路线图——杰克·伦敦 1919 年—1979 年作品接受情况浅析》，《文学界》（理论版）2010 年第 11 期。

漆以凯：《杰克·伦敦和他的小说》，北京出版社 1981 年版。

钱程：《威廉·沃尔曼研究：后现代语境中的越界主题》，厦门大学出版社 2012 年版。

钱青：《我国第一部美国黑人小说史》，《译林》2006 年第 6 期。

乔国强：《贝娄学术史研究》，《东吴学术》2013 年第 2 期；2013 年第 3 期。

乔国强：《美国犹太文学》，商务印书馆 2008 年版。

乔国强：《试谈美国犹太文学研究中的几个问题》，《天津外国语学院学报》2004 年第 3 期。

乔国强：《中国美国犹太文学研究的现状》，《当代外国文学》2009 年第 1 期。

秦牧：《世界文学欣赏初步》，生活书店 1948 年版。

清华大学外国语文系英文组辑译：《美国短篇小说选》，文艺翻译出版社 1953 年版。

邱平壤编著：《海明威研究在中国》，黑龙江教育出版社 1990 年版。

任虎军：《个人主义还是平等主义？——诺曼·梅勒小说中权力与道德的文化批评》，兰州大学出版社 2007 年版。

任虎军：《解读与再解读——〈了不起的盖茨比〉在中国的批评旅行》，《四川外语学院学报》2009 年第 1 期。

任虎军：《美国犹太小说研究与译介在中国》，《英美文学研究论丛》第 13 辑（2010 年秋）。

任虎军：《新世纪国内美国文学研究热点》，《外国语文》2009 年第 3 期。

芮渝萍、范谊、刘春慧：《中国"十五"期间美国小说研究》，《外国文学研究》2005 年第 3 期。

芮渝萍、范谊：《成长的风景：当代美国成长小说研究》，商务印书馆 2012 年版。

芮渝萍、范谊：《成长在两个世界之间——当代美国成长小说研究概论》，《西南民族大学学报》（人文社会科学版）2009 年第 9 期。

芮渝萍：《美国成长小说研究》，中国社会科学出版社 2004 年版。

芮月英主编：《赛珍珠研究论文选萃》，江苏大学出版社 2013 年版。

佘军：《中国的美国新现实主义小说研究》，《南通大学学报》（社会科学版）2012 年第 2 期。

申丹、王邦维总主编，章燕、赵桂莲主编：《新中国 60 年外国文学研究（第一卷下）：外国小说研究》，北京大学出版社 2015 年版。

沈宏、张晔：《艾丽斯·沃克的黑人女性主义思想在中国的研究与传播》，《上海理工大学学报》（社会科学版）2014 年第 3 期。

沈雁冰：《两部美国小说》，《小说月报》第 14 卷第 6 号（1923 年 6 月 10 日）。

沈雁冰：《美国的小说》，《小说月报》第 14 卷第 11 号（1923 年 7 月 10 日）。

［英］圣约翰·厄文：《美国的文学——现在与将来（下）》，王靖译，《东方杂志》第 18 卷第 23 号（1921 年 12 月 10 日）。

盛宁：《爱伦·坡与"五四"运动以后的中国现代文学》，《国外文学》1981 年第 4 期。

盛周丽：《谭恩美小说研究现状综述及其问题》，《重庆工商大学学报》（社会科学版）2014 年第 5 期。

施咸荣：《近十年美国文学在中国》，《译林》1989 年第 3 期。

石坚：《美国印第安神话与文学》，四川人民出版社 1999 年版。

舒玲娥：《赛珍珠小说研究述评》，《文学教育》2011 年第 11 期。

舒奇志：《霍桑研究在中国》，《社会科学辑刊》2007 年第 1 期。

舒笑梅：《从"人的心灵"到"杰作"：格特鲁德·斯泰因的创作思想和实验艺术研究》，中国传媒大学出版社 2010 年版。

宋德发：《厄普代克中产阶级小说的宗教之维》，湘潭大学出版社 2009 年版。

宋德伟：《新世纪国内索尔·贝娄研究述评》，《河南师范大学学报》（哲学社会科学版）2006 年第 6 期。

宋晓璐、王林：《〈喜福会〉文学评论综述》，《湖北经济学院学报》（人文社会科学版）2015 年第 8 期。

宋泽华：《近三十年国内汤亭亭研究述评》，《哈尔滨师范大学社会科学学报》2014 年第 2 期。

苏晖：《黑色幽默与美国小说的幽默传统》，中国社会科学出版社 2013 年版。

苏新连：《厄普代克："兔子"与当代美国经验》，中国矿业大学出版社 2006 年版。

苏鑫：《当代美国犹太作家菲利普·罗斯创作流变研究》，上海三联书店 2015 年版。

苏鑫：《菲利普·罗斯研究在中国》，《广西社会科学》2010 年第 8 期。

苏煜：《鲁迅与爱伦·坡》，《鲁迅研究月刊》2002 年第 9 期。

隋红升：《危机与建构：欧内斯特·盖恩斯小说中的男性气概研究》，浙江大学出版社 2011 年版。

孙红艳：《文体学视阈下的格特鲁德·斯泰因语言艺术研究》，北京理工大学出版社 2014 年版。

孙会军、郑庆珠：《新时期英美文学在中国大陆的翻译（1976—2008）》，《解放军外国语学院学报》2010 年第 2 期。

孙晋三：《美国当代小说专号引言》，《时与潮文艺》第 2 卷第 2 期（1943 年 10 月）。

孙胜忠：《美国成长小说艺术和文化表达研究》，安徽人民出版社 2008 年版。

孙万军：《美国文化的反思者——托马斯·品钦》，知识产权出版社 2011 年版。

孙晓青：《文学印象主义与薇拉·凯瑟的美学追求》，河南大学出版社 2010 年版。

孙延宁：《菲利普·罗斯的研究现状简述》，《安徽文学》2008 年第 9 期。

孙艳芳：《莫里森小说的修辞艺术》，云南大学出版社 2012 年版。

孙银娣、李笑蕊：《中国美国黑人文学研究特点》，《中国比较文学》2010 年第 3 期。

孙毓修编著：《欧美小说丛谈》，商务印书馆 1916 年版。

覃承华：《海明威：在批评中与时间同在》，广西师范大学出版社 2015 年版。

谭晶华：《薇拉·凯瑟的生态视野》，北京师范大学出版社 2011 年版。

唐红梅：《种族、性别与身份认同：美国黑人女作家艾丽丝·沃克、托尼·莫里森小说创作研究》，民族出版社 2006 年版。

唐红梅：《自我赋权之路：20 世纪美国黑人女作家小说创作研究》，华中师范大学出版社 2012 年版。

唐扣兰：《近五年来国内华裔美国小说研究综述》，《安庆师范学院学报》（社会科学版）2013 年第 6 期。

唐伟胜：《体验终结：雷蒙·卡佛短篇小说结尾研究》，上海世界图书出版公司 2011 年版。

唐小霞：《〈最蓝的眼睛〉国内研究综述》，《长春理工大学学报》

（社会科学版）2013 年第 3 期。

唐志钦：《国内约翰·厄普代克研究评议及研究新思路》，《安徽文学》2007 年第 7 期。

陶洁：《福克纳研究》，上海外语教育出版社 2013 年版。

陶洁主编：《福克纳的魅力：福克纳国际研讨会论文选集》，北京大学出版社 1998 年版。

田丰、吴非晓：《论凯特·肖邦的〈觉醒〉在中国的接受》，《现代交际》2010 年第 5 期。

田俊武、王成霞：《国内外斯坦贝克研究的进展和缺失》，《四川外语学院学报》2005 年第 2 期。

田俊武：《约翰·斯坦贝克的小说诗学追求》，中国社会科学出版社 2006 年版。

田柳：《浅议杰克·伦敦在中国的接受研究》，《三峡大学学报》2007 年专辑。

田亚曼：《母爱与成长：托妮·莫里森小说》，中国社会科学出版社 2009 年版。

万永坤、刘晓红：《谭恩美代表作〈喜福会〉研究综述》，《作家》2010 年第 2 期。

汪汉利：《索尔·贝娄在中国的传播与接受》，《求索》2011 年第 3 期。

汪小玲：《美国黑色幽默小说研究》，上海外语教育出版社 2006 年版。

汪小玲主编：《纳博科夫小说艺术研究》，上海外语教育出版社 2008 年版。

王安：《空间叙事理论视阈中的纳博科夫小说研究》，四川大学出版社 2013 年版。

王冰洁：《约翰·厄普代克国内外研究现状与趋势》，《黄冈师范学院学报》2014 年第 1 期。

王晨爽：《谭恩美在中国的译介及研究概况》，《浙江师范大学学报》（社会科学版）2012 年第 6 期。

王程辉：《美国作家约翰·巴斯小说研究》，武汉大学出版社 2013 年版。

王冬梅：《种族、性别与自然：艾丽斯·沃克小说中的生态女人主义》，厦门大学出版社 2013 年版。

王飞：《国内新世纪以来美国黑人女性文学身份认同研究述评》，《湖南科技学院学报》2013 年第 7 期。

王钢：《文化诗学视阈下的福克纳小说人学观》，南开大学出版社 2013 年版。

王红霞、孙勉志：《〈飘〉之研究综述》，《海军工程大学学报》（综合版）2010 年第 2 期。

王吉鹏、臧文静：《鲁迅与爱伦·坡》，《东方论坛》（青岛大学学报）2003 年第 6 期。

王建会：《华裔美国文学批评 30 年回顾与反思》，《英语研究》2013 年第 1 期。

王建平：《美国后现代小说与历史话语》，中国人民大学出版社 2012 年版。

王建平：《美国印第安文学与现代性研究》，中国人民大学出版社 2014 年版。

王建平：《托马斯·品钦小说研究》，外语教学与研究出版社 2015 年版。

王建平：《约翰·巴斯研究》，上海外语教育出版社 2008 年版。

王捷：《文化学与外国文学研究》，《文艺评论》1987 年第 4 期。

王兰明：《中国"托马斯·沃尔夫研究"现状述评》，《北京科技大学学报》（社会科学版）2012 年第 2 期。

王烺烺：《托妮·莫里森〈宠儿〉、〈爵士乐〉、〈天堂〉三部曲中的身份建构》，厦门大学出版社 2010 年版。

王丽亚：《新中国六十年亨利·詹姆斯小说研究之考察与分析》，《浙江大学学报》（人文社会科学版）2012 年第 1 期。

王莉娅：《美国黑人文学史论》，黑龙江人民出版社 2001 年版。

王林：《美国少数族裔文学简史》，中央民族大学出版社 2012 年版。

王敏琴：《亨利·詹姆斯小说理论与实践研究》，湖南人民出版社2007年版。

王青松：《纳博科夫小说：追逐人生的主题》，东方出版中心2010年版。

王珊：《十年来国内薇拉·凯瑟研究综述》，《赤峰学院学报》（科学教育版）2011年第10期。

王守仁、吴新云：《性别·种族·文化：托妮·莫里森的小说创作》，北京大学出版社2004年版。

王淑芹：《美国黑人女性主义文学批评研究》，山东大学出版社2014年版。

王霞：《越界的想象：纳博科夫文学创作中的越界现象研究》，上海大学出版社2007年版。

王小林：《美国文学对郭沫若的影响》，《中国文学研究》2004年第2期。

王晓丹：《超越与颠覆：近十年国外卡森·麦卡勒斯小说研究述评》，《黑龙江社会科学》2011年第5期。

王欣：《创伤、记忆和历史：美国南方创伤小说研究》，四川大学出版社2013年版。

王雪青：《菲茨杰拉德小说艺术研究》，中国环境出版社2013年版。

王雪青：《亨利·詹姆斯小说的现代性研究》，中国环境出版社2013年版。

王彦彦、王为群：《族裔文化重建与文化策略：美国华族英文小说与华文小说比较》，中国社会科学出版社2015年版。

王夷平：《美国西部文学研究》，北京理工大学出版社2015年版。

王弋璇：《国内乔伊斯·卡罗尔·欧茨研究评述》，《郑州大学学报》（哲学社会科学版）2014年第2期。

王予霞：《苏珊·桑塔格与当代美国左翼文学研究》，中国社会科学出版社2009年版。

王玉：《在差异的世界中重构黑人文化身份：解读解构主义者托妮·莫里森》，华东理工大学出版社2010年版。

王玉括：《非裔美国文学研究在中国（1933—1993）》，《南京邮电大学学报》（社会科学版）2011 年第 2 期。

王玉括：《非裔美国文学研究在中国（1994—2011）》，《外语研究》2011 年第 5 期。

王玉括：《莫里森研究》，人民文学出版社 2005 年版。

王中强：《简约不简单：美国"极简主义"文学研究》，暨南大学出版社 2014 年版。

王忠祥：《一部出色而厚重的学术著作——评杨仁敬〈海明威在中国〉（增订本）》，《外国文学研究》2006 年第 6 期。

王祖友：《后现代的怪诞：海勒小说研究》，厦门大学出版社 2009 年版。

王祖友：《美国后现代派小说的后人道主义研究》，国防工业出版社 2012 年版。

王祖友：《我国学者对海勒的解读和接受——纪念约瑟夫·海勒逝世 10 周年》，《外语研究》2009 年第 3 期。

王佐良编选：《美国短篇小说选》，中国青年出版社 1980 年版。

韦朝晖、吴俊：《海明威研究在我国——21 世纪前 12 年的研究状况》，《天津市经理学院学报》2012 年第 5 期。

魏兰：《赛珍珠作品土地主题研究》，江苏大学出版社 2015 年版。

魏啸飞：《美国犹太文学与犹太特性》，广西师范大学出版社 2009 年版。

魏新俊：《亨利·詹姆斯的心理现实主义小说及其影响——从传统小说心理描写到现代意识流》，吉林出版集团有限责任公司 2011 年版。

翁德修、都岚岚：《美国黑人女性文学》，吉林大学出版社 2000 年版。

吴冰、郭棲庆主编：《美国全国图书奖获奖小说评论集》，外语教学与研究出版社 2001 年版。

吴建国：《菲茨杰拉德研究》，上海外语教育出版社 2002 年版。

吴金莲、徐刚：《少数族裔美国文学研究》，内蒙古文化出版社 2013 年版。

吴晶：《索尔·贝娄小说的犹太性发展研究》，陕西师范大学出版总社有限公司 2012 年版。

吴景荣译：《泛论美国小说——离了旧世界的桎梏》（原载伦敦泰晤士报文学副刊），《时与潮文艺》第 2 卷第 2 期（1943 年 10 月）。

吴莉莉：《20 世纪外国文学对中国当代作家的影响》，《南京师范大学文学院学报》2011 年第 4 期。

吴元迈：《回顾与思考——新中国外国文学研究 50 年》，《外国文学研究》2000 年第 1 期。

夏定冠：《美国文学在中国》，《新疆大学学报》（哲学社会科学版）1991 年第 4 期。

肖飚：《在流散空间凸现道德意识：论辛西娅·欧芝克小说中的犹太性》，厦门大学出版社 2012 年版。

肖画：《文学正典与文化间离：美国文学场域中的华裔文学研究》，中国社会科学出版社 2015 年版。

肖明翰：《大家族的没落：福克纳和巴金家庭小说比较研究》，广西师范大学出版社 1994 年版。

肖明翰：《威廉·福克纳研究》，外语教学与研究出版社 1997 年版。

肖旭、胡晓军、张黎：《重访经典：多重视角下的现当代美国小说研究》，四川大学出版社 2014 年版。

谢天振、查明建主编：《中国现代翻译文学史（1898—1949）》，上海外语教育出版社 2004 年版。

谢天振：《非常时期的非常翻译——关于中国大陆文革时期的文学翻译》，《中国比较文学》2009 年第 2 期。

邢祖文：《叛徒霍华德·法斯特从好莱坞领得了犒赏》，《中国电影》1958 年第 8 期。

熊洁：《谭恩美研究在中国》，《语文建设》2014 年第 15 期。

修树新：《托妮·莫里森小说的文学伦理学批评》，东北师范大学出版社 2012 年版。

徐颖果：《跨文化视野下的华裔美国文学：赵健秀作品研究》，南开大学出版社 2008 年版。

徐育新：《赛珍珠——美帝国主义文化侵略的急先锋》，《文学评论》1960 年第 5 期。

许梅花：《批评家笔下的梅勒》，《当代外国文学》2014 年第 1 期。

许锬：《〈接骨师之女〉的国内研究综述》，《常州大学学报》（社会科学版）2014 年第 6 期。

许锬：《哈金小说国内研究现状分析》，《江苏第二师范学院学报》（社会科学版）2015 年 1 期。

许锬：《谭恩美小说〈喜福会〉的国内研究现状综述》，《白城师范学院学报》2015 年第 4 期。

许燕：《包容与排斥：薇拉·凯瑟小说的"美国化"主题研究》，湖南人民出版社 2012 年版。

许燕：《国内外薇拉·凯瑟研究述评》，《湘潭大学学报》（哲学社会科学版）2011 年第 4 期。

杨昌溪：《黑人文学》，良友图书印刷公司 1933 年版。

杨春：《汤亭亭小说艺术论》，外语教学与研究出版社 2009 年版。

杨海鸥：《辛克莱·刘易斯小说的文化叙事研究：以〈大街〉等四部小说为例》，中国社会科学出版社 2010 年版。

杨红梅：《福克纳国内外研究与评述》，《兰州文理学院学报》（社会科学版）2014 年第 3 期。

杨华：《不同文化背景下的纳博科夫研究》，《人民论坛》2011 年第 17 期。

杨纪平：《中国弗兰纳里·奥康纳研究述评》，《长城》2010 年第 4 期。

杨金才、朱云：《中国的塞林格研究》，《外国文学研究》2010 年第 5 期。

杨丽：《杰克·伦敦"成长小说"研究》，外文出版社 2015 年版。

杨仁敬：《海明威：美国文学批评八十年》，上海外语教育出版社 2012 年版。

杨仁敬：《海明威评论六十年：从冷清到繁荣》，《厦门大学学报》（哲学社会科学版）2014 年第 3 期。

杨仁敬：《海明威学术史研究》，译林出版社 2014 年版。

杨仁敬：《新历史主义与美国少数族裔小说》，上海外语教育出版社 2013 年版。

杨仁敬编选：《海明威研究文集》，译林出版社 2014 年版。

杨仁敬编著：《海明威在中国》，厦门大学出版社 2006 年版。

杨仁敬等：《美国后现代派小说论》，青岛出版社 2004 年版。

姚君伟：《文化相对主义：赛珍珠的中西文化观》，东南大学出版社 2001 年版。

姚君伟：《走进中文世界的苏珊·桑塔格——苏珊·桑塔格在中国的译介》，《新文史资料》2008 年第 3 期。

挹珊：《战后美国小说概况》，《国闻周报》第 9 卷第 18 期（1932年）。

尹志慧、曹霞：《福克纳研究在中国：2000—2010》，《内蒙古农业大学学报》（社会科学版）2011 年第 4 期。

幼雄：《美国革命文学与贵族精神的崩溃》，《东方杂志》第 19 卷第 20 号（1922 年 10 月 25 日）。

于晓霞、高芳：《近三十年中国学界汤亭亭作品研究综述》，《长春教育学院学报》2015 年第 20 期。

虞建华：《杰克·伦敦研究》，上海外语教育出版社 2009 年版。

虞建华：《置于死地而后生——辛克莱·刘易斯研究和当代文学走向》，《外国文学》2004 年第 4 期。

玉棠：《美国小说家格雷的奋斗经过》，《健康生活》第 18 卷第 6 期（1940 年）。

袁荻涌：《郭沫若与美国文学》，《文史杂志》1992 年第 3 期。

袁荻涌：《鲁迅与爱伦·坡》，《贵州大学学报》1999 年第 1 期。

袁荻涌：《鲁迅与美国文学》，《攀枝花大学学报》1996 年第 3 期。

云天英：《威廉·福克纳作品的后现代叙事研究》，吉林大学出版社 2015 年版。

詹书权：《国内科马克·麦卡锡研究现状解析——基于硕博毕业论文的统计分析》，《湖北经济学院学报》（人文社会科学版）2014 年第

6 期。

张宝林、马云霞：《多棱镜中的杰克·伦敦研究》，内蒙古人民出版社 2008 年版。

张宝林：《杰克·伦敦的"田园三部曲"及其在中国的接受》，《天水师范学院学报》2010 年第 1 期。

张昌宋：《约翰·斯坦贝克创作研究》，国防工业出版社 2011 年版。

张丰蕊：《杰克·伦敦小说研究述评》，《世界文学评论》2008 年第 2 期。

张广勋：《爱德华·贝拉米〈回顾〉的影响及其研究综述》，《河南广播电视大学学报》2013 年第 3 期。

张桂霞：《〈麦田里的守望者〉研究在中国》，《郑州大学学报》（哲学社会科学版）2004 年第 5 期。

张海榕：《辛克莱·刘易斯小说的叙事空间研究》，外语教学与研究出版社 2011 年版。

张海霞：《〈纯真年代〉的研究述评》，《群文天地》2012 年第 6 期。

张和龙：《新时期 30 年对美国"后现代派"研究的考察与分析》，《外国文学》2013 年第 1 期。

张军：《索尔·贝娄成长小说中的引路人研究》，上海外语教育出版社 2013 年版。

张珂：《20 世纪 40 年代斯坦贝克小说在中国译介述评》，《楚雄师范学院学报》2007 年第 7 期。

张莉：《苏珊·桑塔格在中国的译介综述》，《湖北科技学院学报》2015 年第 2 期。

张莉：《中国对苏珊·桑塔格研究现状之论析——纪念桑塔格逝世 10 周年》，《湖北第二师范学院学报》2015 年第 6 期。

张龙：《纳博科夫研究在中国》，《枣庄学院学报》2014 年第 4 期。

张龙海：《华裔美国文学研究在中国》，《外语与外语教学》2005 年第 4 期。

张龙海：《透视华裔美国文学》，南开大学出版社 2012 年版。

张沛：《保罗·奥斯特在中国的译介与研究》，《大学英语》（学术版）2012 年第 1 期。

张强：《舍伍德·安德森研究综论》，《外国文学研究》2003 年第 1 期。

张荣凡：《非裔美国女作家赫斯顿小说在中国的研究综述》，《内蒙古师范大学学报》（教育科学版）2014 年第 10 期。

张素珍：《杜鲁门·卡波特小说艺术研究》，中国矿业大学出版社 1997 年版。

张涛：《诺曼·梅勒研究》，中国农业出版社 2013 年版。

张婷婷、张跃军：《美国墨西哥裔女性的声音——近 30 年〈芒果街上的小屋〉研究综述》，《河南科技大学学报》（社会科学版）2011 年第 5 期。

张威、王春：《托马斯·沃尔夫在中国的译介与接受》，《外语与外语教学》2012 年第 2 期。

张薇：《海明威小说的叙事艺术》，上海社会科学院出版社 2005 年版。

张晓玮：《近 30 年中国学界汤亭亭小说研究综述》，《四川教育学院学报》2010 年第 9 期。

张新宇：《美国西部小说评析》，吉林大学出版社 2012 年版。

张亚丽：《多元文化主义语境中的亚裔美国文学》，北京交通大学出版社 2013 年版。

张延军：《美国梦的诱惑和虚幻：华裔美国女作家作品研究》，南开大学出版社 2014 年版。

张艳：《福克纳生态思想研究》，山东大学出版社 2011 年版。

张颖：《现当代美国少年小说在中国的接受与研究》《广西社会科学》2013 年第 5 期。

张玉红：《赫斯顿民俗小说研究》，科学出版社 2015 年版。

张玉红：《佐拉·尼尔·赫斯顿小说中的民俗文化研究》，河南大学出版社 2010 年版。

张玉霞：《美国通俗小说经典〈飘〉研究综述》，《深圳大学学报》

（人文社会科学版）2009 年第 5 期。

张媛：《赛珍珠〈大地〉研究综述——基于"中国知网"的数据》，《常州工学院学报》（社会科学版）2014 年第 6 期。

张媛：《赛珍珠研究综述——基于"中国知网"等数据库的统计分析》，《重庆邮电大学学报》2014 年第 6 期。

张媛：《我国海明威研究第二次高潮趋势》，《山东理工大学学报》（社会科学版）2015 年第 2 期。

张月娥：《20 世纪美国文学流派研究》，河南人民出版社 2013 年版。

张越瑞：《美利坚文学》，商务印书馆 1933 年版。

张志刚：《美国浪漫主义文学中个人主义思想研究》，吉林大学出版社 2010 年版。

章柳：《评毛信德〈美国小说发展史〉》，《外国文学研究》2005 年第 3 期。

章汝雯：《托妮·莫里森研究》，外语教学与研究出版社 2006 年版。

赵诚：《厄普代克"兔子四部曲"国内外研究述评》，《名作欣赏》2015 年第 3 期。

赵宏维：《托妮·莫里森小说研究》，中国社会科学出版社 2015 年版。

赵家璧：《出版〈美国文学丛书〉的前前后后——回忆一套标志中美文化交流的丛书》，《读书》1980 年第 10 期。

赵家璧：《新传统》（1936），中国国际广播出版社 2013 年版。

赵景深：《二十年来的美国小说》，《小说月报》第 20 卷第 8 号（1929 年 8 月 10 日）。

赵莉编著：《托妮·莫里森小说研究》，东北林业大学出版社 2008 年版。

赵莉华：《空间政治：托尼·莫里森小说研究》，四川大学出版社 2011 年版。

赵树勤、龙其林：《〈喧哗与骚动〉与中国当代家族小说的故乡叙事》，《外国文学研究》2012 年第 1 期。

赵雪:《冯内古特小说中解构与建构技巧及功能研究》, 东华大学出版社 2014 年版。

赵艳花:《库特·冯内古特研究在中国》,《语文知识》2012 年第 1 期。

郑海霞:《东方主义视域下华裔美国文学中华人形象建构的流变》, 中国水利水电出版社 2015 年版。

郑海霞:《华裔身份的追索与建构:华裔美国文学流散叙事研究》, 上海交通大学出版社 2015 年版。

郑建青、罗良功编:《在全球语境下:美国非裔文学国际研讨会论文集》, 华中师范大学出版社 2011 年版。

郑克鲁等编:《外国文学作品提要》, 上海文艺出版社 1980/1981 年版。

郑振铎:《文学大纲》, 商务印书馆 1927 年版。

郑振铎:《郑振铎全集》(第 12 卷), 花山文艺出版社 1998 年版。

中国社会科学院外国文学研究所外国文学研究资料丛刊编辑委员会编:《海明威研究》, 中国社会科学出版社 1985 年版。

朱宾忠:《跨越时空的对话:福克纳与莫言比较研究》, 武汉大学出版社 2006 年版。

朱骅:《美国东方主义的"中国话语":赛珍珠中美跨国书写研究》, 复旦大学出版社 2012 年版。

朱静宇:《约翰·契弗对王蒙新时期创作的影响》,《文艺争鸣》2011 年第 4 期。

朱军:《〈第二十二条军规〉在中国》,《湖北经济学院学报》(人文社会科学版) 2011 年第 2 期。

朱莉、张倩倩:《2013 年美国小说研究在中国》,《外国文学研究》2014 年第 2 期。

朱荣杰:《伤痛与弥合:托妮·莫里森小说母爱主题的文化研究》, 河南大学出版社 2004 年版。

朱小琳:《回归与超越:托妮·莫里森小说的喻指性研究》, 中国社会科学出版社 2010 年版。

朱新福：《美国经典作家的生态视域和自然思想》，上海外语教育出版社 2015 年版。

朱振武、郭宇：《福克纳在中国的译介与研究》，《广东技术师范学院学报》（社会科学版）2011 年第 1 期。

朱振武：《福克纳的创作流变及其在中国的接受和影响》，人民文学出版社 2015 年版。

朱振武：《解密丹·布朗》，人民文学出版社 2010 年版。

朱振武：《在心理美学的平面上：威廉·福克纳小说创作论》，学林出版社 2004 年版。

朱振武等：《美国小说本土化的多元因素》，上海外语教育出版社 2006 年版。

祝平：《国内索尔·贝娄研究综述》，《广西社会科学》2006 年第 5 期。

庄园编：《女作家严歌苓研究》，汕头大学出版社 2006 年版。

宗蔚：《近五年来国内美国文学研究综述》，《宿州学院学报》2009 年第 5 期。

邹惠玲、张田：《21 世纪前十年美国印第安文学研究述评——兼谈对中国学者的启示》，《江南大学学报》（人文社会科学版）2014 年第 4 期。

邹建军：《"和"的正向与反向：谭恩美长篇小说中的伦理思想研究》，华中师范大学出版社 2008 年版。

邹建军等主编：《中国学者眼中的华裔美国文学：三十年论文精选集》，武汉出版社 2010 年版。

Anderson, Carl L. *The Swedish Acceptance of American Literature*. Philadelphia: University of Pennsylvania Press, 1957.

Angoff, Charles. "American Literature in Europe and Israel." *College English* 26.5 (Feb., 1965): 388 – 391.

Armstrong, William A., D. S. R. Welland, and Marcus Cunliffe. "American Literature in Britain." *Bulletin. British Association for American Studies* 2 (July, 1956): 7 – 14.

Balla-Cayard, L. , comp. "German Dissertations on American Literature Accepted between 1900 and 1945. " *American Literature* 24. 3 (Nov. , 1952): 384 – 390.

Brown, Deming. "Dos Passos in Soviet Criticism. " *Comparative Literature* 5. 4 (Autumn, 1953): 332 – 350.

——. "Hemingway in Russia. " *American Quarterly* 5. 2 (Summer, 1953): 143 – 156.

Fiske, John C. "Herman Melville in Soviet Criticism. " *Comparative Literature* 5. 1 (Winter, 1953): 30 – 39.

Frank, Armin Paul. "American Literature in Germany. " *College English* 27. 6 (Mar. , 1966): 497 – 498.

Gilenson, Boris. "American Literature in Soviet Union. " In *American Studies Abroad*. Ed. Robert H. Walker. Westport, Connecticut · London, England: Greenwood Press, 1975. 109 – 114.

——. "Contemporary American Fiction in the USSR. " *The English Journal* 62. 3 (Mar. , 1973): 377 – 378.

Hakutani, Yoshinobu, and Toru Kiuchi. "The Critical Reception of James Baldwin in Japan: An Annotated Bibliography. " *Black American Literature Forum* 25. 4 (Winter, 1991): 753 – 779.

Kiuchi, Toru, and Yoshinobu Hakutani. "The Critical Response in Japan to Richard Wright. " *The Mississippi Quarterly* 50. 2 (Spring, 1997): 353 – 364.

Klissourska, Natalia. "One More Window to the World: American Literature in Bulgaria. " In *As Others Read Us: International Perspectives on American Literature*. Ed. Huck Gutman. Amherst: The University of Massachusetts Press, 1991. 34 – 48.

Lüdeke, H. "American Literature in Germany: A Report of Recent Research and Criticism 1931 – 1933. " *American Literature* 6. 2 (May, 1934): 168 – 175.

Mantz, Harold Elmer. *French Criticism of American Literature before*

1850. New York: Columbia University Press, 1917.

Mews, Siegfried. "German Reception of American Writers in the Late Nineteenth Century." *South Atlantic Bulletin* 34.2 (Mar., 1969): 7-9.

Myers, David. "Retrieving American Jewish Fiction." Thursday, September 1, 2011; Wed., Aug. 21, 2013 〈http: // www.jewishideasdaily.com/959/features/retrieving-american-jewish-fiction/〉.

Nelson, John Herbert. "Some German Surveys of American Literature." *American Literature* 1.2 (May, 1929): 149-160.

Ohashi, Kichinosuki. "Anderson in Japan: The Early Period." *Twentieth Century Literature* 23.1 (*Sherwood Anderson Issue*) (Feb., 1977): 115-139.

Parker, Stephen Jan. "Hemingway's Revival in the Soviet Union: 1955—1962." *American Literature* 35.4 (Jan., 1964): 485-501.

Phelps, Leland R. "*Moby Dick* in Germany." *Comparative Literature* 10.4 (Autumn, 1958): 349-355.

Prizel, Yuri. "Hemingway in Soviet Literary Criticism." *American Literature* 44.3 (Nov., 1972): 445-456.

Ren, Hujun. "Norman Mailer in China: Criticism and Translation." *The Mailer Review* (Fall, 2013): 119-133.

Savolainen, Matti. "Fatal Drops of Blood in Yoknapatawpha: On Translations and Reception of Faulkner in Finland." *South Atlantic Review* 65.4 (Autumn, 2000): 51-61.

Schriber, MarySue. "Sherwood Anderson in France 1919—1939." *Twentieth Century Literature* 23.1 (*Sherwood Anderson Issue*) (Feb., 1977): 140-153.

Simon, Jean. "French Studies in American Literature and Civilization." *American Literature* 6.2 (May, 1934): 176-190.

Sloan, Irving J., ed. & comp. *The Jews in America* 1621—1970. New York: Oceana Publications Inc., 1971.

Wang, Lan-ming. "Thomas Wolfe Studies in China." *The Thomas*

Wolfe Review (2010): 138 – 141.

Yin, Xiao-huang. "Progress and Problems: American Literary Studies in China during the Post-Mao Era. " In *As Others Read Us: International Perspectives on American Literature*. Ed. Huck Gutman. Amherst: The University of Massachusetts Press, 1991. 49 – 64.

——. "*The Scarlet Letter* in China. " *American Quarterly* 39. 4 (Winter, 1987): 551 – 562.

后　记

　　本书是教育部人文社会科学研究规划基金项目"美国小说研究在中国的历史嬗变及其效应研究"（批准号：13YJA752017）成果。从获批立项到顺利结项再到成书出版，历时三载有余，我经历了很多艰辛，也得到了领导、同事、朋友、家人和有关组织机构等多方面的关心、鼓励、支持和帮助。成书的结果是甜蜜的，成功的感觉是美好的，成书的过程却经常充满苦涩。本书出版之际，我心中有很多话想说，但最想说的是"感谢"二字。

　　感谢教育部人文社会科学研究规划基金项目为本书研究提供资金资助！

　　感谢四川外国语大学为本书研究和出版提供资金资助！

　　感谢青岛理工大学王振国教授百忙之中阅读本书书稿、提出宝贵修改意见并不辞辛劳为本书作序！

　　感谢兰州大学高红霞教授、浙江工业大学闫建华教授和杭州师范大学陈茂林教授百忙之中阅读本书书稿并提出宝贵修改意见！

　　感谢所有关心、鼓励和支持我的领导、同事和朋友！

　　感谢我的家人为我完成本书研究所做的无私奉献！

作　者
2017 年 3 月 18 日